FOLIO SCIENCE-FICTION

Lionel Davoust

LA MESSAGÈRE DU CIEL

Les dieux sauvages, I

Gallimard

© Éditions Critic, 2017.

mieux t'épargner une longue agonie et le désespoir de te sentir dépecé, faculté après faculté, sens après sens ? Entre de ton plein gré dans le Grand Silence. Rejoins nos frères et nos sœurs, ceux que nous avons vaincus.

— *Encore une fois, rien de ce que nous pourrons échanger ne sera nouveau pour moi. Il te semble avoir découvert l'illumination, Aska ; te voir appréhender ces concepts me divertit. Mais ils ne sauraient, moi, me surprendre. Mon existence est vouée à leur étude, et ce depuis les jours anciens. Aussi, je te le dis : il est bien trop tôt pour t'abandonner l'univers.*

— *Viendra un moment où il sera trop tard. Les concepts ne suffisent pas, Wer ; tu ne maîtrises qu'un seul côté de l'équation. Une idée n'est rien sans action. Et l'action, c'est mon domaine.* »

Nul n'ajoute quoi que ce soit ; c'est inutile. Ils se connaissent depuis trop longtemps. La solitude des ères reprend à la façon d'un brusque silence.

En contrebas, un immense joyau de saphir, de nacre et d'émeraude poursuit sa course perpétuelle à travers les champs impalpables. Terriblement important. Altier, splendide – mais malade, d'afflictions visibles et invisibles.

En particulier, au nord de l'ancien continent, dans les strates supérieures de l'atmosphère, un étang mercuriel déborde des franges du pôle. Pendant plus de deux siècles, il s'est contenté de stagner, tumeur dangereuse mais stable, plongeant les terres dans une pénombre perpétuelle. Hélas, à présent, il s'étend toujours davantage vers le sud-est. L'étang, devenu rivière, gangrène peu à peu les terres en méandres huileux.

Opaques.

Mais en vérité, aussi terrible qu'il soit, ce symptôme n'est que le dernier d'une inexorable lignée de causalités. Une lignée trop longue pour l'entendement humain ; trop dangereuse aussi. Un faisceau explicite qui a conduit à ce moment, à ces circonstances précises. Un enchaînement qui a connu une cause première, une blessure originelle dont découlent toutes les autres.

L'Homme et le Dragon ont tous les deux trahi Évanégyre.

ACTE I
L'ÉTERNEL CRÉPUSCULE

1

Mériane

L'air piquant apportait la promesse de la neige et des choses mauvaises qui rôdent dans les forêts.

Mériane fit la moue. Elle leva le nez vers le ciel lourd, troué çà et là d'un bleu délavé, vitrifié par les brumes. Les nuages anthracite formaient des rouleaux colériques qui semblaient tomber perpétuellement sur eux-mêmes. Cela ne lui disait rien qui vaille.

Il y avait surtout le mauvais pressentiment qui s'installait lentement au creux de sa poitrine. Une frustration dans son plexus, une sensation d'inachevé, l'impression d'avoir oublié quelque chose – en plus tenace et bien plus agaçant.

Il ne faut pas traîner, décida-t-elle.

Elle rajusta son arc sur son épaule et resserra ses fourrures autour de son corps nerveux. La jeune femme marchait d'un bon pas, courbant l'échine sous les arbustes qui lâchaient parfois des gouttes glacées sur ses cheveux noirs. Le temps passerait bientôt d'un froid humide et mordant à un printemps pluvieux et maussade.

Ses bottes de peau craquaient en perçant le gel

fragile autour des empreintes du petit gibier – lapins, visons et oiseaux. Mériane gardait un œil sur les traces ; il était peu probable qu'une bête plus massive emprunte ce sentier sous les branches basses et les broussailles. Mais la vie en forêt imposait une vigilance constante.

De même que la vie en communauté, cependant. Aussi, entre les dangers de la nature et ceux des hommes, la jeune femme avait fait son choix. Au moins la nature n'érigeait-elle pas le tourment d'autrui en principe vertueux.

Elle gravit un petit talus ; son souffle formait de légers panaches. Parvenue au sommet, elle chercha son prochain collet du regard – et prit un air navré. Au pied d'un bosquet décharné, un lièvre de belle taille s'était pris au piège, mais il se débattait encore en soubresauts désespérés. Le nœud avait dû glisser sur son passage sans parvenir à l'étrangler tout à fait.

Elle s'écarta du chemin dans un mélange de neige et de boue. À son approche, l'animal se débattit de plus belle en poussant de faibles cris aigus, étouffé par le crin de cheval.

La trappeuse s'accroupit près de sa prise. Le lièvre, parcouru de frissons de terreur, la fixa en roulant des yeux fous. Elle posa la main sur le flanc doux et chaud de la bête qui haletait furieusement.

« Je suis désolée, murmura-t-elle. Tu n'aurais pas dû souffrir comme ça. »

Elle garda la paume sur sa fourrure, sans bouger, un contact qu'elle espérait rassurant. Elle fronça les sourcils en examinant son piège : le nœud coulant s'était correctement refermé, mais sans tuer sa proie. De l'autre main, elle tâta prudemment la peau du lièvre autour du garrot, et fit bientôt une grimace entre écœurement et pitié. L'animal présentait des grosseurs fermes au niveau du cou, de la nuque et sur le dessus du crâne. Du cartilage, peut-être, ou Dieu savait quoi d'autre ; cela avait protégé les vertèbres et la trachée. À peine les palpa-t-elle que le lièvre se remit à se débattre en hurlant de plus belle. Si la mutation lui avait sauvé la vie, elle n'était visiblement pas sans douleur.

«Je suis désolée, répéta-t-elle. Chut...»

Elle n'arriverait probablement pas à l'assommer. Pressant la paume plus fort pour le maintenir en place, elle passa l'autre main dans son dos pour attraper un manche en corne. Elle la ramena aussitôt, le planta dans la gorge du lièvre et tira d'un coup sec.

Des spasmes parcoururent l'animal tandis que son sang giclait sur l'humus neigeux en traînées épaisses. Mériane ne cessa pas un instant de le caresser, de lui parler, tandis que la folie et la lumière quittaient les yeux exorbités plantés dans les siens. Quand, enfin, il eut son dernier soubresaut, une forme de tranquillité semblait avoir gagné son regard. Du moins l'espérait-elle. Mériane avait une conscience aiguë des mensonges que l'humanité se racontait pour justifier la mort.

Ni toi ni moi ne serions les bienvenus à la Cité des Justes, de toute manière, songea-t-elle, cynique.

Elle vida sommairement le lièvre et le rangea dans sa besace en se promettant d'examiner en détail les tumeurs à son cou. Elles ne contenaient sans doute pas de poison, mais l'animal s'était visiblement approché d'une Anomalie ou d'un de ses résidus ; il faudrait l'examiner avec prudence. Au pire, elle aurait toujours la peau. Son itinéraire de chasse ne s'enfonçait pas très profondément dans la zone instable bordant Doélic, mais, comme le lui martelait la vieille Aelig, il faut se méfier non pas de ce qu'on connaît mais de ce qu'on ignore. L'existence des Anomalies vagabondes, par opposition à celles qui restaient circonscrites au même endroit, offrait aux villages une illusion de clémence en excluant leurs parias. Ils ne les condamnaient pas à mort, après tout. Juste à tirer leur subsistance de forêts inexplorées, de marais sauvages ou de montagnes hostiles, où la magie pouvait, ou non, vous emporter au hasard.

Mais Mériane l'acceptait pleinement. Contrairement à beaucoup, elle avait choisi cette vie. Et, sous la houlette de l'aïeule, elle avait appris à se fier à ses intuitions. Dans la forêt, elles pouvaient se révéler plus cruciales qu'une épée bien aiguisée – n'en déplaise aux moines du grand dieu Wer.

Ces mêmes moines qui avaient cru protéger les bonnes gens de Doélic en brûlant sur le bûcher une vieille femme un peu trop guérisseuse, un peu trop herboriste, qu'un père éploré accusait de sorcellerie. Aelig était douée dans son art ; bien sûr qu'elle obtenait des résultats – mais elle n'était pas non plus infaillible. Il n'en avait fallu guère plus aux weristes pour y voir la marque du démon, une conspiration avec les sombres pouvoirs arcaniques qui hantaient les campagnes, qui défiguraient les bêtes et les nouveau-nés, qui engendraient des horreurs monstrueuses attaquant les fermes. Ils avaient brûlé l'ancêtre nue, pour emplir le peuple d'horreur à la vue des chairs impudiques racornies par les flammes, afin que nul n'oublie que le grand dieu Wer avait purifié Évanégyre pour abattre le règne maudit de

Mordranthia la pécheresse, reine de l'empire maudit d'Asrethia, catin des dragons.

Mais, pour Mériane, Aelig était juste la vieille femme qui l'accueillait tous les soirs après les travaux aux champs sur la ferme familiale.

La jeune trappeuse allongea la foulée tout en humant l'air avec entrain. La fraîcheur elle-même avait une odeur : celle du bois mouillé, avec la consistance un peu dense de la brume en suspension. Son mauvais pressentiment ne l'empêcherait pas de profiter de cette première journée au grand air ; les flux et reflux des altérations magiques faisaient partie de la forêt au même titre que les prédateurs sauvages, les orages ou même la nuit. Il s'agissait de dangers à connaître afin de les éviter. Peu importait leur nature réelle. Mériane ne consacrait guère de temps à s'interroger sur leurs causes premières, seulement sur ce qui lui permettait de rester en vie, comme identifier les sentiers empruntés par le gibier, lire dans les nuages l'annonce d'une tempête ou encore rester à l'écoute de ses intuitions profondes.

Néanmoins, la jeune forestière plissa les lèvres en observant les nuages épais. La sensation d'inconfort dans son cœur commençait à lui peser, comme une masse étrangère. Quand elle regardait autour d'elle les troncs noirs et humides des bosquets, le givre qui adhérait encore aux collines pelées, il lui semblait éprouver un tiraillement subtil mais constant, comme le courant d'une rivière souterraine. Et elle savait bien que cette rivière irait se jeter dans *quelque chose*.

Elle jugea toutefois qu'il lui restait encore un peu de temps. De plus, ces derniers jours, des vents violents avaient balayé la campagne, l'empêchant de sortir relever ses pièges, comme si l'hiver cherchait à prouver qu'il ne fallait pas l'écarter encore. Et, à part le lièvre dans sa besace, les charognards et les prédateurs avaient hélas trouvé jusque-là ses prises avant elle. Même si Mériane vivait à l'écart de Doélic, loin du bourg à la lisière de la zone stable, et que la population se méfiait de toute femme vivant seule, elle troquait régulièrement les peaux contre des ressources qu'elle ne pouvait produire par elle-même. Et, après les tempêtes récentes, la perspective de manger de la soupe de pois sans pain, viande ni fromage ne l'enchantait guère.

Un brusque éclat attira son attention sur sa droite. Elle se figea, soucieuse, en contrebas de l'épaulement qu'elle était en train de longer. L'éclat provenait des masses nébuleuses agitées qui s'effilochaient et se reformaient continuellement au-dessus de la lèvre blanche de la colline. Un jour, sur le marché, elle avait vu un calligraphe nettoyer sa plume dans son godet ; l'encre avait tracé le même genre de volutes dans l'eau.

C'était indéniablement le signe d'une Anomalie.

La gêne dans sa poitrine enfla jusqu'à lui serrer la gorge. Elle jaugea aussitôt le chemin qu'il lui restait à parcourir. Devant elle se dressait un coteau piqueté de troncs drus comme les joues mal rasées des gardes de Doélic. Vingt, peut-être quinze minutes à petites foulées. Le sentier décrivait une large boucle vers la gauche qui l'éloignerait un peu du phénomène. De plus une légère brise s'était levée et soufflait en direction du chaos de nuages ; avec de la chance, cela en retarderait l'avancée.

À moins, bien sûr, que l'Anomalie elle-même n'en soit la cause, l'œil d'un ouragan en formation qui attirerait et dévorerait bientôt tout ce qui n'aurait pas la force de résister...

Mériane souffla brusquement et se mit à trotter vers le sous-bois. Elle avait tenté la pose d'un large collet pour cochons sauvages au fond de la cuvette qui se trouvait de l'autre côté. Si le piège avait fonctionné, une telle prise lui fournirait de la viande et du lard pendant des jours. Son pressentiment lui hurlait de rebrousser chemin. Mais on ne vivait pas dans la forêt sans prendre de risques.

Dès l'insouciance de l'enfance enterrée – ce qui arrivait rapidement sur une ferme de serfs vouée à nourrir le bourg de son baron –, Mériane avait appris à ne s'ouvrir de ses intuitions à personne, hormis Aelig. Une adolescente insoumise proche d'une guérisseuse marginale risquait d'éveiller la méfiance. Si, en outre, elle se réclamait d'impressions étranges et inexplicables, on ne tarderait pas à appeler les Chasseurs de Vérité.

Comme pour Aelig.

La jeune femme savait fort bien que la sorcellerie existait. Les Anomalies et les horreurs qu'elles engendraient en étaient la preuve. Les campagnes rhovelliennes comptaient trop d'enfants mort-nés, de pauvres hères qui peinaient à aligner deux paroles cohérentes ou perdaient la raison du jour au lendemain sans un seul contact avec une relique maudite ou une monstruosité démoniaque. La malédiction, comme la maladie, frappait au hasard et sans cause. Certains fous partaient même volontairement à la rencontre des Anomalies, dans l'espoir insensé que le destin leur sourie et leur octroie, peut-être, quelque don leur permettant de s'affranchir du joug de leur seigneur.

Des tentatives qui tournaient toujours à la tragédie.

Mais Aelig n'avait aucun don de ce genre, et Mériane ne se sentait pas différente non plus. Elle était juste plus apte, peut-être, à lire le ciel, à sentir tourner le vent, à percevoir dans les parfums de la forêt les signes avant-coureurs du changement.

Changement qui était bel et bien en train de se produire autour d'elle. La jeune femme commençait à se demander si elle accordait réellement à son ressenti toute l'attention nécessaire. Son cœur martelait ses côtes, et pas seulement parce qu'elle gravissait la côte accidentée à petites foulées. L'angoisse la rongeait. Elle transpirait sous ses fourrures. Sa besace, son arc, la cognée à sa ceinture battaient contre ses membres souples au rythme de sa course sur la neige sale.

Dans son dos, un nouvel éclair alluma cent reflets dans les cristaux de givre alentour. Elle leva le nez : le sommet pelé de la pente ne se trouvait plus qu'à une centaine de pas. Mais derrière elle, la tourmente s'était épaissie. Les nuages charbonneux obscurcissaient le ciel en un amas compact qui tournoyait pesamment autour d'un noyau pâle sans lien avec le soleil. Le plus étrange était le silence oppressant du phénomène. Pas un coup de tonnerre ne roulait sur les coteaux ; seuls son souffle et son pas résonnaient à ses oreilles.

Pour sûr. Pas un orage ordinaire.

Elle s'avisa tout à coup que si un cochon sauvage s'était fait piéger, elle n'aurait jamais le temps de le dépecer sur place, sans parler de confectionner un traîneau pour le rapporter. Plus qu'à espérer que la prise soit assez modeste pour la rapporter sur ses épaules, et que...

Gachte.

La forestière avait atteint le haut de la pente. La dépression devant elle méritait à peine le nom de vallon ; une rivière étique en baignait tout juste le fond lors des pluies. Mériane en discernait le tracé pâle sous la glace. Et, de l'autre côté, posé à la lisière d'un taillis d'épineux et d'une sapinière malade, son piège avait fonctionné.

Hélas, un prédateur l'avait trouvé avant elle. Le petit cochon brun avait été éventré. Ses viscères badigeonnaient la neige durcie sur plusieurs mètres en un gâchis écœurant, seule touche de couleur vive aux alentours.

Soudain, la jeune femme s'agenouilla par réflexe.

Sous les sapins, à une trentaine de pas, il y avait une tache sombre en mouvement. Un animal fouillait du mufle les entrailles répandues.

Mériane nota aussitôt la direction du vent. Celui-ci filait vers l'Anomalie en formation dans son dos, donc à l'opposé du collet. Cela lui accordait de précieuses secondes pour agir. Elle ôta lentement son arc de son épaule ; hélas, il lui faudrait se lever pour nouer la corde. Dans un premier temps, de toute manière, elle souhaitait déterminer à quoi elle avait affaire.

La bête se décala et la trappeuse discerna mieux sa silhouette. Un chevreuil adolescent, d'après la taille ; la carcasse du cochon avait dû susciter sa curiosité, en désespoir de cause. Les premiers bourgeons ne perceraient pas avant un mois, au mieux.

Le chevreuil leva soudain la tête dans sa direction. Mériane se figea et retint son souffle ; malgré la distance, elle discernait parfaitement les deux yeux noirs rivés sur elle. Il ruminait méthodiquement.

Puis il poussa un feulement et montra les crocs.

« *Oh…* » souffla Mériane d'une voix blanche.

C'était comme si sa tête entière s'était ouverte en deux. Comme si un chirurgien dément avait élargi la mâchoire en un terrible rictus, depuis le museau jusqu'à la verticale de l'œil. Un marionnettiste pervers semblait s'être emparé de la dépouille de l'animal pour en faire un cruel jouet de chair. La gueule dévoilait d'atroces lames recourbées, lesquelles brillaient d'un éclat métallique. Un épais morceau de chair en tomba avec un bruit mou. Le cœur de Mériane se souleva.

Le chevreuil fit un pas vers elle. Puis un autre.

Oh, Dieu de Vérité, se mit-elle à prier malgré elle.

Elle recula, en proie à une panique croissante, ce qui encouragea seulement le monstre à avancer. La chasseuse se releva en toute hâte, empoigna son arc, les mains tremblantes, les tripes glacées – avant de se rappeler qu'elle n'avait pas fixé la corde. Elle parcourut d'un regard terrifié la distance qui la séparait de la… chose. S'il lui venait l'idée de charger, elle n'aurait pas le temps de bander l'arme.

Un nouvel éclair silencieux projeta une lueur spectrale sur les plaques de neige et les arbres morts. Le soleil se voilait. Mériane distinguait à présent la tête de l'abomination. Des larmes sanguines coloraient ses yeux, qui roulaient dans leurs orbites avec la même folie désespérée que le lièvre pris plus tôt.

Chaque fibre de la jeune femme lui hurlait de fuir, mais tourner le dos serait suicidaire. Accepter intellectuellement l'existence des aberrations engendrées par les Anomalies était une chose; mais les contempler, seule dans les bois, loin de toute civilisation et des routes sûres, avec pour seule défense un couteau de chasse, une petite cognée et un arc inutile, voilà qui changeait tout. Mériane n'en rencontrait pas souvent, grâce à Wer. Elle avait généralement le bon sens de rentrer dès que son instinct la mettait en garde.

Ses pieds la démangeaient. Elle recula encore, peinant à contenir la panique. En plus de la monstruosité, il y avait dans l'existence de ces chimères quelque chose de profondément dérangeant qui s'adressait aux perceptions primitives, qui hurlait leur caractère viscéralement contre nature. Ce qui avait été un chevreuil prit davantage d'assurance et se lança au trot. Mériane remarqua avec un curieux détachement des rangées de plaies noircies sur le palais désarticulé du monstre, là où les lames recourbées s'enfonçaient quand il refermait la gueule. Elle ne pouvait imaginer la souffrance que cela lui causait – mais peut-être n'était-il même plus capable de la ressentir. Des bouffées pestilentielles portées par la brise l'atteignaient à présent. Des exhalaisons de chairs putréfiées qui manquèrent la faire vomir.

Ne fuis pas ! s'admonesta-t-elle. *On ne fuit pas devant un prédateur. Et c'en est un, maintenant. Un terrible et monstrueux prédateur, et c'est à moi qu'il en veut. Ô Wer, père de toute chose, pose ton regard bienveillant sur ton enfant, établis la vérité de son âme et juge sa dignité…*

La prière à Wer, inculquée et répétée depuis son plus jeune âge sur la ferme parentale, s'égrenait d'elle-même dans son esprit tandis qu'elle obligeait ses pieds à s'ancrer dans la boue durcie. Elle serra les dents de toutes ses forces pour ramener son corps à une autre sensation que la terreur, jeta de côté son arc et attrapa sa cognée d'une main engourdie. Elle redressa les épaules alors qu'elle brûlait de se recroqueviller en boule sous un arbre, dans un terrier, sur sa paillasse ; puis elle bomba le torse, écarta les jambes et les bras pour paraître plus grande, et retroussa les babines à son tour. Elle canalisa toute son épouvante, toute sa colère aussi, dans un hurlement bestial, éperdu, qui perça ses propres tympans et lui déchira la gorge. Ivre de terreur et d'adrénaline, elle se mit à brandir sa hachette comme une divinité vengeresse, poussant des cris gutturaux, s'agitant frénétiquement au sommet de la pente.

Je ne céderai pas un pouce de terrain ! espérait-elle projeter, de tout son cœur. *Si tu t'approches, c'est moi qui te mangerai !*

Le monstre hésita, les oreilles couchées, et ralentit. Il dévisagea cette proie qui, un instant plus tôt, paraissait si facile. Encouragée, Mériane gesticula de plus belle, et s'enhardit même, en avançant à son tour d'un pas. Enfin, les instincts primitifs du chevreuil, ou ce qu'il en restait, reprirent le dessus. Il volta et détala sous les sapins, le cochon oublié.

Sitôt l'abomination hors de vue, les forces de la forestière l'abandonnèrent. Elle tomba à genoux, la gorge douloureuse, un goût de fer dans la bouche, ses doigts insensibles agrippés à sa cognée. Elle haletait, incapable de penser.

Un éclair silencieux, plus proche, la rappela à l'autre danger qui la guettait. En s'ébrouant, elle jeta un coup d'œil en arrière aux nuées. Alors, cédant enfin à ses instincts, elle se releva en serrant sa besace contre son cœur, puis détala aussi vite que ses jambes la portaient.

2

Juhel

Le cortège funéraire remontait depuis les berges encaissées du fleuve et les quartiers artisanaux, traversant les rues franc-bourgeoises et leurs élégantes résidences collectives de pierre et de chaux, en direction du cœur de la ville d'Ornesta et du parvis de la cathédrale. Partout sur son chemin, la populace faisait le juste étalage de son immense chagrin. De grands draps noirs occultaient les devantures des ateliers, dissimulaient les ornements des façades, les enseignes trop colorées. La province interdirait les jeux et la prostitution pendant encore deux semaines.

Les hommes rendaient hommage au cortège sur le pas de leur demeure, la tête baissée, le visage grave. Leurs épouses, vêtues d'habits amples et mornes afin de dissimuler comme il se devait leur silhouette tentatrice, sanglotaient par révérence. Les plus dévotes, galvanisées par la ferveur des Pleureuses de Rédemption vagissant leur tourment dans le sillage de la procession, lui emboîtaient même le pas pour joindre leur voix au chœur et se vider, l'espace de quelques heures, des innombrables frustrations de leur existence. Certaines recevraient peut-être même la révélation et, à l'issue de cette journée, rejoindraient le seul ordre de la religion véridique à admettre les femmes, pour lamenter jour et nuit les fautes des leurs et implorer de leurs larmes la clémence du grand dieu Wer.

Dix moines robustes, vêtus de leur impeccable livrée de pureté blanche au poitrail frappé de la flèche rouge sang, portaient à l'aide de perches l'imposant cercueil crématoire du duc défunt. L'effigie de Raed ap Ornesta de Magnécie, taillée en marbre blanc, reposait sur le dos, le visage tourné vers le ciel et vers Dieu. Conformément à l'usage, le sculpteur avait laissé deux trous à la place des yeux, ainsi qu'à celle des tympans – pour que l'âme du défunt reçoive pleinement la gloire et la parole de Wer. En dessous, un logement de basalte contenait la dépouille du duc, ou plutôt ses restes embaumés au mieux ; car, pour que la cérémonie puisse se tenir, il avait fallu attendre l'arrivée du Conseil de régence au grand complet. La cour itinérante s'était trouvée à Ker Vasthrion, capitale du royaume, située par-delà les collines dans la province voisine, mais certains dignitaires venaient de plus loin encore. Un novice balançait un encensoir à la fumée piquante pour couvrir tout effluve de décomposition.

Juhel de Magnécie, fils de Raed et héritier du titre de gouverneur-duc, cheminait seul en tête de la procession, juste derrière le cercueil crématoire porté par les religieux. Son pas marquait machinalement le rythme des tambours martiaux qui ouvraient la voie au cortège. Il se tenait droit, le menton levé, ses traits burinés figés dans une expression aussi minérale que le gisant de son père. Ses boucles soigneusement huilées mêlaient le noir le plus profond au blanc le plus pâle ; son regard était aussi bleu que la glace d'hiver – et aussi dur. *Que le peuple constate que la lignée de Magnécie se prolonge avec puissance et fierté*, pensait-il. *Et que tous prennent note que la province ne vacille pas d'un pouce ; qu'elle restera aussi forte et fermement dirigée qu'elle l'a toujours été.*

La lente ascension à travers les rues d'Ornesta prenait cependant une qualité hypnotique. Le soleil voilé par les nuages du début de l'après-midi jetait sur la ville une lumière grise et uniforme. Les yeux rivés sur le crâne sculpté de son père, Juhel se prit bientôt à songer qu'il ne se rappelait pas avoir jamais vu le gouverneur-duc Raed de la sorte : par en dessus. Cela devait bien s'être produit, à l'occasion d'un banquet, lors de ses rares retours en Magnécie, quand Juhel s'absentait un moment du Conseil de régence où il siégeait depuis huit ans au nom de son père. Mais en cet instant, aucun souvenir de ce genre ne se présentait à sa mémoire. Un symbole approprié : nul ne prenait Raed de haut. Aucune autorité ne s'imposait à un Magnécien de haute lignée. En revanche, celui-ci pouvait l'accepter dans l'intérêt de tous, comme dans le cas de la Couronne rhovellienne, qui cimentait depuis bientôt deux siècles l'union des sept provinces.

Du moins, quand le roi remplit convenablement ses fonctions, maugréa intérieurement le nouveau duc.

Le cortège drainait un sillage hétéroclite et toujours plus important, comme un filet de pêche laissé à l'abandon prend autant les poissons que les détritus dérivant au hasard. Curieux, mendiants, négociants désireux d'approcher les nobles en visite suivaient la procession, au point qu'au moment d'atteindre le parvis, la foule était trop vaste pour tenir sur la place. La cathédrale, un bastion de granite trapu tout en angles aigus et lignes droites, s'avançait comme une tête de pont sur la petite falaise qui dominait les quartiers est d'Ornesta ; en forme de flèche, symbole de l'Unique morale, elle invitait le fidèle à s'extraire de la fange putride des impulsions de la chair pour s'élancer vers la pureté céleste. Un dernier voyage que Raed de Magnécie accomplirait bientôt.

Les seigneurs et leur entourage pénétrèrent dans le bâtiment de pierre grise sous les éclaboussures blanches et rouges des vitraux épais sertis dans les pentes du toit. En plus d'édifier les illettrés par l'illustration des scènes principales de la liturgie, ils contribuaient à fournir lumière et chaleur du soleil. Juhel leva machinalement les yeux vers les représentations de l'empire maudit d'Asrethia. Il fallait reconnaître aux artistes weristes un talent certain pour suggérer le stupre sans jamais rien montrer, songea-t-il avec une ironie distanciée : la reine démoniaque Mordranthia paraissait toujours se saisir d'une étoffe pour masquer sa nudité, comme si le vitrailliste la prenait sur le fait. En conséquence, on ne discernait jamais ne serait-ce que l'esquisse d'une courbe ; seulement son visage – bouffi, arborant fréquemment un sourire haineux et doté de pupilles reptiliennes. Sur d'autres panneaux, elle paraissait sur le dos d'un dragon ricanant cuirassé de métal, aux côtés de soldats mécaniques inhumains. Elle s'esclaffait de l'oisiveté humaine, jusqu'à ce que les deux s'entrouvrent et que la fureur divine la foudroie, plongeant le monde qu'elle avait façonné dans l'enfer qu'il était devenu, frappant la féminité du sceau de l'infamie.

Un canevas efficace pour guider le peuple, approuva Juhel. Lui ne nourrissait strictement aucune croyance quant à la vérité des mythes. Bien sûr, il connaissait parfaitement la liturgie weriste – c'était indispensable, l'Église et la noblesse ayant toujours entretenu des alliances étroites quoique complexes. Mais le sujet n'éveillait en lui aucune forme d'intérêt. Juhel de Magnécie ne croyait qu'à une chose : les leviers. Les moyens d'action pour résoudre les problèmes sans fin affligeant la Rhovelle à longueur d'année et, en particulier, la province de Magnécie. Or, les mythes constituaient un levier de choix pour leur impact sur le peuple. Partant de là, la foi s'avérait superflue tant qu'on respectait la liturgie à la lettre.

Et même, pensait Juhel, si Wer devait peser son âme sur le seuil de la Cité des Justes, Il ne l'en jugerait que plus favorablement. En effet, le duc n'aurait fait appliquer la volonté divine que par strict respect du devoir, sans laisser interférer ses convictions profondes – ou plutôt leur parfaite absence. Dieu aimait la constance.

Le nouveau duc approcha des premiers bancs tandis que grands aristocrates, membres du Conseil de régence, franc-bourgeois et intendants estimés s'installaient autour du chœur conformément à leur titre et à leur sexe. Les femmes à l'arrière, les hommes dans les ailes de la flèche, et les enfants juste devant l'autel car, rares et chéris, ils représentent l'avenir d'un peuple et les plus innocents sujets du Dieu de Vérité, prêts à recevoir Sa parole, vierges de tout doute.

Les moines portèrent le cercueil crématoire jusqu'à l'envol, une plate-forme triangulaire ouverte sur l'extérieur qui formait la pointe de la cathédrale, et qui dominait les rues sinueuses d'Ornesta jusqu'au lointain mur d'enceinte. En contrebas, les maisons de bois et de torchis semblaient se blottir les unes contre les autres pour combattre les derniers frimas de l'hiver. Juhel, lui, bien au chaud dans la cathédrale luxueusement équipée d'imposants braseros, ôta sa cape de fourrure tandis qu'il se préparait à subir la longue élégie prononcée par l'arquide d'Ornesta. Un défilé de hautes personnalités, tous des hommes, le saluèrent d'un hochement de tête respectueux, sans prononcer un mot – l'usage voulait qu'on présente ses condoléances après que l'âme du défunt avait rejoint Dieu. Juhel répondait à chaque fois d'un bref acquiescement ; c'étaient pour la plupart des visages qu'il n'avait guère plaisir à voir, surtout des membres de l'entourage royal qu'il avait déjà bien assez côtoyés lors du voyage depuis Ker Vasthrion. Seule la vue de son intendant et vieil ami, Stebén ap Lomar, lui procura une mesure de satisfaction.

Quand surgit son cousin, le frère du roi : Luhac de Rhovelle. Sa cape d'hermine ouverte dévoilait des soieries d'apparat richement brodées qui épousaient sa silhouette svelte et nerveuse. Il avait rasé son visage ciselé de près, ne perdant jamais une occasion d'exhiber cette peau si propre dont il était tellement fier et qui tournait encore l'esprit des jeunes péronnelles. Son regard, aussi bleu que celui de Juhel, exprimait une profonde commisération.

Luhac se jeta sans détours sur son cousin et le serra contre son cœur.

Juhel tenait de l'ours, Luhac de la mangouste; pourtant, le Magnécien eut le souffle coupé, et pas seulement par la brusquerie du geste. Le frère du roi planta un baiser sur chacune de ses joues barbues, puis lui glissa à mi-voix :

« Je suis navré, Juhel. Sincèrement. »

Alors il recula, et s'éloigna.

Le duc resta pétrifié de cette entorse ostensible à la bienséance. Il remarqua à peine le fils de Luhac, Erwel, qui le saluait à son tour – respectueusement, lui – avant de prendre sa place au second rang.

Fulminant, Juhel s'assit pour couper court à toute autre effusion, même s'il n'y avait que Luhac pour se permettre de telles licences. Certes, le geste signifiait une reconnaissance entre égaux dans la tradition rhovellienne ; mais ce n'était ni l'endroit, ni le moment ! De la part du jeune Erwel, ce serait passé pour une maladresse ; Luhac, lui, prouvait une fois de plus qu'il se souciait bien peu du protocole. Une des nombreuses raisons pour lesquelles le royaume sombrait lentement dans la médiocrité et l'anarchie. Juhel ne doutait pas que si les rôles avaient été inversés, Luhac aurait exigé que les plus belles jouvencelles de la ville partagent sa couche ce soir pour apaiser son deuil. Mais on surnommait Juhel « l'Austère », un qualificatif qu'il portait avec fierté. Les frivolités du plaisir étaient encombrantes – sans parler des bâtards que de telles pratiques risquaient d'engendrer malgré la rareté des naissances viables. Un gouverneur-duc ne s'adonnait pas à de telles légèretés. Et ce n'était pas pour flatter les prèdes du grand dieu Wer. Il refusait simplement de gâcher des ressources.

Juhel balaya discrètement l'assistance du regard,

mais son impression se trouva confirmée. Bien sûr, le roi était absent.

Comme toujours.

Curieusement, cet affront fait à la mémoire de son père le chagrina davantage que sa disparition.

Un silence épais s'installa dans la cathédrale, un contraste brutal après les lamentations des pleureuses et les tambours de marche dans les rues de la ville. L'arquide, un vieillard chauve et maigre qui semblait crouler sous le poids de ses épaisses laines blanches, de ses dorures et de l'épée d'apparat à sa ceinture, entonna son hommage funéraire d'une voix aigrelette. Les dix moines qui avaient porté le cercueil se tenaient raides comme leurs lames, la mine et le regard sévère, de part et d'autre du monument.

Juhel aussi se tenait droit, mais il laissa son regard vagabonder vers les faubourgs brumeux par-delà les remparts d'Ornesta, vers les collines arrondies à peine suggérées dans le lointain, brunes et grasses d'une terre fertile. Il n'y avait rien dans le discours de l'arquide qu'il ne sache déjà. Ce qu'il aurait voulu savoir, il était trop tard pour l'apprendre. À quarante-deux ans, Juhel ne connaissait finalement guère de son père que ce qu'en relataient les chroniques officielles. Mais peut-être était-ce dans l'ordre des choses ; un dirigeant de haute stature incarne un symbole pour son peuple – et sa famille ne fait pas exception. C'était d'ailleurs dans le respect de ces principes que le duc héritier élevait son fils de neuf ans, assis au premier rang du parterre d'enfants devant l'autel.

L'arquide martelait la survivance de l'âme après la mort à qui sait se montrer nu, dans la vérité première de son être, au seul Dieu de Vérité ; à qui lui voue sa vie et sa mort – mais ces paroles n'éveillaient chez Juhel aucune espérance, nul réconfort. Seulement du vide et, peut-être, une pointe de regret de ne pouvoir le remplir de cette foi que partageaient les croyants. Quand il vit un moine insérer la torche allumée dans la trappe du cercueil crématoire, il cilla, sondant son cœur à la recherche d'émotions, d'une peine qu'il pourrait identifier et digérer. Mais il ne trouva rien là non plus, hormis une vague fatigue, le poids massif du devoir et, surtout, le serrement d'angoisses liées au sort du royaume. L'impression de gâcher du temps qu'ils devraient tous mieux employer.

Bientôt, des volutes de fumée noirâtre s'échappèrent par les orifices percés discrètement sur le pourtour de l'effigie, surtout au niveau des yeux et des oreilles, tandis que la dépouille, fourrée de tissus huilés, s'enflammait. Le nouveau duc contempla l'ascension symbolique de l'âme de son père au-dessus de la ville qu'il avait gouvernée et protégée pendant plus de vingt ans, et qui se perdait dans le jour montant, lancée en quête de Dieu.

Juhel décida que la disparition de la figure dominatrice et autoritaire qu'était son père lui inspirait davantage de regrets que de peine. Regrets que ses propres devoirs l'aient trop souvent tenu éloigné de l'admirable chef d'État qu'il était. Regrets que le royaume de Rhovelle entier ait perdu un gouverneur d'un tel calibre.

Quand la cérémonie s'acheva, Juhel de Magnécie finit par décréter en son âme et conscience qu'il n'éprouvait rien de plus que l'urgence de mille choses à faire.

Erwel

Le jeune Erwel de Rhovelle appréciait la Magnécie. Ses collines verdoyantes enclavées sous l'extrémité nord de la Cordillère Égide et sa côte marine lui valaient le climat le plus doux des sept provinces. Par une fantaisie de Wer, c'était également la moins sujette aux Anomalies, et ses hautes terres profitaient à l'agriculture. Un séjour à Ornesta revigorait toujours le corps et l'esprit ; toute occasion de fuir Ker Vasthrion et l'humidité perpétuelle des autres provinces était bonne à prendre.

En revanche, Erwel ne nourrissait guère d'affection pour les Magnéciens et en particulier leurs architectes. Pourquoi fallait-il que ce duché se complaise dans la complication de toute chose ? Le jeune homme déambulait depuis dix bonnes minutes dans les couloirs sombres de la citadelle d'Ornesta, passant de vestibule en hall, avec la nette impression de tourner en rond. Les Magnéciens étaient fiers de leurs usages, de leur richesse. Comme s'ils étaient personnellement responsables du climat favorable dont elle découlait avant tout.

Erwel repoussa ces préjugés : pour les autres provinces, les Linnaciens et surtout la famille royale présentaient sûrement tout autant d'excentricités agaçantes.

Les croisées épaisses étouffaient la lumière du jour et les veilleuses soulignaient tout juste les contours du mobilier, à tel point qu'Erwel ne repérait les portes reculées dans les alcôves de bois qu'au dernier moment. En plus, aucun couloir ne formait d'angle droit. Les craquements du parquet l'accompagnaient dans le silence ; les rares serviteurs qu'il croisait inclinaient profondément la tête sur son passage. Pendant tout le chemin du retour depuis la cathédrale, il avait tenté de s'entretenir avec son père, sans succès ; les autres représentants du Conseil de régence et habituels nobliaux l'avaient accaparé. La mort de Raed de Magnécie avait des répercussions jusqu'aux confins du royaume, et les premières s'étaient déjà fait sentir. Les rouages du pouvoir ne cessaient jamais de tourner. Il ne restait à Erwel qu'à gagner la salle du Conseil avant son père dans l'espoir de lui arracher un moment.

À condition d'arriver à la trouver.

Le jeune prince de Linnacie finit par capituler et demanda son chemin à une souillon qui astiquait le parquet. Dès qu'il lui adressa la parole, la servante se releva en toute hâte pour lui faire une révérence, malgré ses protestations. Elle lui débita d'une voix hachée une succession d'instructions qu'il fit de son mieux pour mémoriser, puis il repartit.

Repensant à cette rencontre, il se demanda distraitement : *Ignorer un ordre direct pour respecter le protocole, est-ce désobéir ?* Il se plaisait à se poser ce genre de dilemmes logiques sur l'exercice du pouvoir ; il demandait parfois son avis à son père, mais celui-ci ne s'intéressait guère à ces jeux mentaux. Luhac de Rhovelle agissait d'instinct, ce qui suscitait chez Erwel autant d'admiration que d'angoisse car il s'en sentait personnellement incapable. En conséquence, il s'efforçait de réfléchir autant que possible aux responsabilités qu'il serait peut-être amené à prendre un jour, en espérant que l'instinct compléterait alors la raison. Même si le titre de duc de Linnacie était surtout honorifique, la province étant traditionnellement gouvernée par la Couronne depuis Ker Vasthrion. Des cartes toutefois brouillées depuis l'instauration du Conseil de régence.

Tandis qu'il traversait à grands pas une salle à manger éclairée par deux veilleuses, Erwel jugea que, dans cet échange, si faute il y avait, elle lui incombait. C'était lui qui avait placé la servante dans une position insoluble en la sommant de choisir entre deux commandements contradictoires. *Un suzerain doit protection à ses sujets, et il s'agit aussi de les garder des erreurs qu'ils pourraient commettre en son nom*, décida-t-il.

Le jeune homme ouvrit la porte matelassée de la salle et plissa les yeux en se retrouvant dans la lumière après les entrailles ténébreuses de la citadelle. Il pénétra dans une longue galerie flanquée de verrières qui donnaient sur la cour et le jour gris.

Une silhouette longiligne marchait d'un bon pas dans sa direction, sa cape d'hermine flottant au vent, ses bottes claquant sur les dalles. Erwel sourit et alla à la rencontre de son père.

« Tu visites ? » lança Luhac de Rhovelle en passant devant lui sans ralentir. Erwel se joignit à lui, presque forcé de trotter pour se maintenir à sa hauteur. Il avait hérité de la musculature agile du gouverneur de Linnacie, mais pas de sa large carrure.

« Père, j'aurais aimé m'entretenir avec vous de…

— Plus tard. Je suis déjà en retard, et si je me soucie autant de l'opinion qu'a Juhel de moi que Wer de sa première épée, il devient insupportable dès qu'il se sent offensé.

— Justement, c'est à ce sujet. Quel gouverneur tient conseil à l'issue même des funérailles de son prédécesseur ? Un Conseil de régence, qui plus est ?

— Tu as ta réponse : Juhel ap Ornesta de Magnécie. Il s'offusque du mépris des traditions, mais seulement quand ça l'arrange. » Luhac haussa les épaules. « C'est du théâtre, tout cela, Erwel. La façon dont on agit compte autant que les actes eux-mêmes, surtout pour un Magnécien. Juhel tient juste à nous montrer qu'il dirigera sa province avec la même fermeté que son père. La question, c'est qui le remplacera au Conseil de régence, à présent que Raed est mort. »

À l'extrémité de la galerie, une double porte couverte de velours écarlate s'approchait bien trop vite au goût d'Erwel.

« Père, j'aimerais assister au Conseil de régence. »

Luhac s'arrêta si abruptement qu'Erwel fit deux pas avant de se retourner. Son père le dévisageait avec une expression entre fierté et consternation.

« Et le moment te semble bien choisi ? répliqua-t-il, incrédule.

— Je le crois. Je pourrais vous être utile. J'ajouterais même qu'il serait grand temps.

— Oh, Erwel... »

Luhac s'avança et plaqua ses deux grosses mains sur les épaules de son fils. Ses doigts forts s'y enfoncèrent comme des crochets.

« Cesse de te préoccuper de ta succession, poursuivit-il. Cette assemblée... » Il désigna d'un regard las la double porte écarlate. « Il n'y a rien de plus assommant, crois-moi, et je ne souhaite à personne d'y assister. Tu as seize années, mon fils. Tu devrais te soucier de jouvencelles et de chevalerie. T'es-tu amélioré à l'épée, d'ailleurs ? À ton âge, je pouvais déjà affronter deux adv...

— Tout cela m'est difficile quand je sais que vous

travaillez en notre nom à tous, coupa Erwel avec une pointe d'impatience.

— Bah, travailler, c'est un bien grand mot. Nous n'accomplissons rien là-dedans, à part nous assurer que personne ne s'entre-déchire en attendant que la princesse royale puisse être mariée. Que les serfs continuent à servir, que les Anomalies ne débordent pas, que le clergé continue à unir le tout. Nous nous trouvons dans une situation temporaire depuis huit ans ; ce n'est pas la mort de Raed qui y changera grand-chose. »

Erwel serra les lèvres ; son père cherchait à le protéger, il le savait. Une rivalité larvée opposait la Magnécie et la Linnacie, les deux provinces les plus puissantes du royaume, depuis qu'Éoel II avait accédé au trône, ce qui avait empiré avec le Conseil de régence. La disparition de Raed menaçait encore davantage un équilibre fragile.

Luhac lâcha son fils et souffla d'un air embarrassé, comme s'il se rendait compte qu'il s'était montré un peu trop désinvolte.

« Je pourrais voir des dangers qui vous échappent, insista le jeune homme. On parle différemment à un fils qu'à son père. Je pourrais être vos yeux... »

Le duc non régnant le considéra avec une fierté paternelle qui lui tira un sourire. Il portait sur lui ce même regard depuis l'enfance ; mais Erwel, justement, n'était plus un enfant.

« Raison de plus, mon fils, pour que tu ne sièges pas au Conseil, décréta Luhac. Cela attirerait trop l'attention sur toi. »

Erwel comprit qu'il avait perdu.

« Et de toute manière, reprit son père, je ne pourrais t'imposer de la sorte aujourd'hui. Ce n'est vraiment pas le jour.

— Vous admettez donc que la situation est tendue. »

Son père lâcha cette fois un soupir irrité. Sa chaleur et son affabilité cachaient un tempérament impatient et volage. Erwel sut qu'il lui fallait à présent battre en retraite, ou bien il perdrait le peu de progrès accompli. L'inanité de sa remarque lui fit honte : bien sûr que la situation était tendue. Même sans la vacance du pouvoir à la tête du royaume et à présent en Magnécie, la vie dans les campagnes se résumait déjà à une lutte quotidienne pour la survie.

« Je ne veux pas vous accaparer, père, reprit-il aussitôt pour lui éviter de répondre. Merci de m'avoir écouté. »

Cela désamorça l'agacement de Luhac, qui haussa les épaules avec, espérait Erwel, une pointe de culpabilité à exploiter plus tard au moment d'aborder de nouveau le sujet.

« D'accord, répondit le duc. Si tu tiens vraiment à m'aider, alors sois attentif. Ouvre les yeux et les oreilles autour de toi. » Il hésita. « Mais tu n'y es pas obligé.

— Je le souhaite, père. Je souhaite juste vous aider. Et je voudrais, surtout, apprendre avec vous. »

Luhac eut un sourire pincé, hocha la tête, parut sur le point d'ajouter quelque chose. Puis il tourna les talons et s'éloigna avec empressement, d'une démarche plus vive encore qu'à son arrivée, semblait-il.

Son père, pensa Erwel, donnait la curieuse impression de fuir.

Juhel

Bras croisés, Juhel scrutait le tableau comme s'il recelait la clé cachée de l'exercice du pouvoir.

Son père n'étant plus, il se découvrait un lien nouveau, personnel, avec l'huile ancienne exposée dans la salle du Conseil. Raed de Magnécie l'avait rapatriée d'une galerie annexe voilà des années pour l'accrocher juste au-dessus de son fauteuil à la table. Qu'il délibère avec ses conseillers ou bien rende justice, elle rappelait à tous les origines de la Rhovelle ; que, si les Magnéciens n'occupaient pas le trône, ils avaient fondé la lignée royale. Enfer, ils avaient fondé le royaume lui-même !

« La Consécration de Saint Ysmel. » Le temps et l'humidité avaient terni la toile ; le cadre doré la rendait encore plus sombre. Mais la lumière baignant le sujet le faisait littéralement jaillir de la composition. Au centre, le roi-conquérant de Rhovelle, Saint Ysmel Ier, apparaissait dans toute sa gloire, debout sur un dais avec la mer à l'horizon. Devant lui, en posture d'adoration soumise, le peuple célébrait ses louanges ; sur la gauche, les ombres indécises d'abominations se recroquevillaient de terreur. Vêtu d'une longue robe royale, il brandissait son épée, exhortant la foule et repoussant les démons d'un même geste. Derrière lui sur la droite, les moines guerriers du grand dieu Wer, en livrée blanche frappée de la flèche rouge, souriaient entre eux ; un prêtre de haut rang, probablement le grand-arquide, se tenait dans l'ombre du roi et le guidait, la main sur l'épaule, une fierté mêlée de révérence sur les traits. *Peu importe notre rang*, songea Juhel, *nous devons toujours avoir la main du clergé sur l'épaule.*

Mais surtout, un puits de lumière pure tombé du ciel environnait le roi-conquérant de Rhovelle. Elle nimbait ses yeux, ses lèvres entrouvertes, faisant de lui plus qu'un homme : un canal pour la clarté divine.

Car, si le premier roi de Rhovelle avait réussi l'union du peuple, de la noblesse et du clergé, c'était que le seul dieu du monde, Wer le Rédempteur, l'avait choisi comme Son Héraut. Il parlait par sa bouche.

Et surtout, Ysmel était magnécien.

Dans sa sagesse, ou, du moins, c'était ainsi que le relataient les chroniques, Ysmel avait cédé la gouvernance de la Magnécie à son jeune frère au moment de monter sur le trône qu'il s'était taillé lui-même. Dès lors, la lignée des rois de Rhovelle s'était séparée de la destinée magnécienne, plaçant en principe la Couronne au-dessus des duchés et garantissant leur union. Ysmel avait délimité les sept provinces de manière à ce qu'aucune ne puisse prendre seule l'ascendant sur les autres ; dans un monde refaçonné par la fureur divine, la coopération assurait la survie. Néanmoins, la Magnécie était toujours demeurée la plus riche et la plus puissante. Et le bel idéal d'Ysmel postulait des rois forts, capables de tenir leur office.

Quelque cent quatre-vingts ans plus tard, Juhel devait se débattre avec des incapables, des pleutres et même un ou deux dégénérés pour empêcher le royaume de sombrer dans la ruine. Ou, du moins, pour protéger sa province du naufrage.

La porte cliqueta derrière lui. Le nouveau dirigeant de la Magnécie choisit de ne pas se retourner, pour forcer l'arrivant à s'annoncer. Ou plutôt l'arrivante ; car il devinait très bien de qui il s'agissait. En dépit de son rang, elle occupait une position par nature plus instable que quiconque au Conseil de régence. Il lui fallait réaffirmer constamment son autorité, et cela commençait par se présenter en avance sur les autres représentants.

Un fauteuil crissa derrière Juhel sur le parquet, suivi d'un bruissement d'étoffe. La nouvelle venue s'était installée. Le duc, face à son tableau, grimaça en comprenant qu'il risquait l'outrage s'il ne se retournait pas. Il se composa un air surpris, puis pivota.

« Votre Majesté, fit-il en s'inclinant. Pardonnez-moi, je ne vous avais pas entendue entrer. »

La reine s'était assise juste en face de lui. Toisée par *le tableau de Saint Ysmel*, pensa Juhel. La peau mate, le menton levé, elle jaugeait le duc avec un petit sourire signifiant qu'elle n'était pas dupe. À trente-cinq ans, altière, Izara de Rhovelle était une belle femme. Les mains croisées sur les genoux, elle fixait son vis-à-vis de ses yeux troublants, si noirs que la pupille se confondait avec l'iris ; l'intensité de son regard était encore soulignée par la coiffe de voiles clairs qui dissimulait ses cheveux, à la mode rhovellienne. La reine avait du caractère, Juhel le lui concédait sans mal. Il en avait fallu pour prendre la direction du Conseil de régence ; il en fallait pour le maintenir dans un semblant d'unité depuis toutes ces années. Plus encore quand on était une femme en terre weriste.

Mais elle provenait de la cité-État de Mérogheze, au sud-est, par-delà la mer. Elle aurait fait une fille de marchand tout à fait convenable, voire une négociante rusée ; toutefois, il s'agissait là de la Rhovelle et pas d'un quelconque commerce d'épices. Elle ne pouvait ressentir l'attachement aux traditions, à l'histoire du royaume. Comprendre la stabilité qu'il apportait à un peuple soumis aux dangers des Anomalies.

Elle était une étrangère.

Izara lui rendit son salut d'un hochement de tête.

« Permettez-moi de vous présenter de nouveau, au nom de la Couronne, mes sincères condoléances. » La reine avait la voix chaude, l'élocution posée. « Raed ap Ornesta était estimé et respecté par ses pairs. L'attention qu'il portait à l'instruction rayonnait bien au-delà de la Magnécie. La Rhovelle tout entière bénéficiait de sa gouvernance ; son absence laisse un vide que nous ressentons déjà, et qu'il s'annonce très difficile de combler. »

Voilà une façon bien prudente de tâter le terrain, se dit Juhel. Il s'inclina de nouveau.

« Votre Majesté honore ma Maison, répliqua-t-il sans commenter davantage.

— Je loue votre zèle à convoquer le Conseil en pareilles circonstances, monsieur le duc. Mais nul ne vous aurait tenu rigueur d'observer la même période de deuil que vos sujets. Je suis sûre qu'aucune urgence n'a pu surgir depuis notre départ de Ker Vasthrion. Sinon, je ne doute pas que vous nous en auriez parlé au cours du voyage, n'est-ce pas ? »

Voilà qui était plus explicite. La même question qui démangeait la cour itinérante depuis la mort de Raed. À présent que le gouverneur-duc de Magnécie n'était plus et que Juhel était appelé à diriger la province, qui appointerait-il à sa place dans l'entourage de la reine ? Pour Izara, la réponse tenait de l'impératif de survie. Si elle espérait maintenir son influence

– et donc celle de son royal époux – au sein de l'assemblée qui gouvernait le pays au nom du trône, il lui fallait contenter la Magnécie.

Juhel envisagea un instant de lui donner un os à ronger. Il ne nourrissait pas de grief personnel à son encontre ; au contraire, il lui vouait même un certain respect, pour une femme. Mais Izara était l'épouse du roi, et, dès lors, trop proche du premier problème du royaume, le frère d'Éoel II – Luhac de Rhovelle.

Il regretta d'avoir à se montrer impitoyable.

« Je ne saurais discuter de plans futurs en l'absence des autres gouverneurs, éluda-t-il. Certes, je tiens à dissiper au plus vite un flou politique qui desservirait seulement le royaume. Mais il aurait été malséant d'en discuter avant la cérémonie. Voyez-vous, Votre Majesté, je suis attaché aux formes. Et j'aurais espéré que votre époux le soit aussi, surtout pour ce dernier hommage rendu à l'un de ses plus fidèles serviteurs. »

La reine se raidit.

« Le voyage a beaucoup fatigué Sa Majesté, répliqua-t-elle. Elle regrette profondément de n'avoir pu assister à la cérémonie et vous assure que ses prières accompagnent l'ascension de l'âme de votre père vers le Dieu de Vérité. »

Juhel acquiesça avec condescendance.

« Bien sûr. Alors peut-être nous fera-t-elle l'honneur de siéger lors du banquet donné ce soir ? Cela aussi honorerait ma Maison. »

Izara serra les lèvres et son regard s'assombrit. Quand le roi se faisait excuser, le temps était le seul remède ; ils le savaient tous deux. Le rappeler soulignait une fois encore que le royaume dépendait du bon vouloir du Conseil de régence ; et, surtout, que la reine n'y jouissait que d'une autorité fragile. Juhel la dévisagea en retour, singeant l'innocence.

La double porte s'ouvrit, rompant la tension. Deux hommes âgés vêtus de tuniques d'apparat aux couleurs de leur province entrèrent en discutant à voix basse. Ils s'étonnèrent brièvement de trouver deux membres du Conseil déjà présents et s'inquiétèrent de leur retard ; Juhel les rassura aussitôt avec aménité.

Lors de sa croisade d'unification, Saint Ysmel le Conquérant, Héraut de Wer et premier roi de la Rhovelle, avait fédéré sept provinces sous sa bannière. Les chroniques relataient que Dieu lui-même lui avait dicté les frontières de son royaume : du golfe des Longues Houles à l'est jusqu'à la Cordillère Égide à l'ouest, laquelle protégeait la Rhovelle des innombrables abominations arcaniques qui proliféraient dans les royaumes maudits des Mortes-Couronnes et au-delà. Toujours guidé par Wer dans Son infinie sagesse, Ysmel avait établi les limites des provinces au sein de son royaume.

Juhel peinait à croire que les deux arrivants avaient le même âge que son père à sa mort. À plus de soixante ans, Raed était resté fort et vigoureux jusqu'au bout ; rien n'avait laissé présager sa brusque disparition. En revanche, ces deux-là semblaient avoir déjà un pied dans le cercueil crématoire. Voûtés, le crâne tavelé cerné d'une couronne de cheveux blancs et fins, ils semblaient issus du même moule et se déplaçaient avec autant de précautions que s'ils étaient en verre. Melár de Saracie et Olié de Deux-Sources représentaient les deux provinces les plus pauvres du royaume. La première composait avec un territoire montagneux inculte dont la seule richesse était les minerais, la seconde ne pouvait s'enorgueillir que d'une vaste forêt, aussi giboyeuse qu'infestée d'Anomalies. Elle devait son nom de Deux-Sources aux deux affluents qui nourrissaient le fleuve sacré Aÿs, lequel scindait le royaume d'ouest en est telle une barrière infranchissable, à l'exception de quelques gués et ponts jetés au-dessus de ses gorges. Ils saluèrent la reine et Juhel, puis s'assirent avec moult précautions aux côtés de la souveraine. Deux vieillards bien éloignés de leurs provinces, que le duc magnécien comptait pour quantité négligeable.

Le suivant fut Thormig de Loered. En habit bleu cyan relevé de cuir, une cape fourrée sur les épaules, il se mouvait avec vivacité comme pour tromper la marche inéluctable de l'âge. Le contraste avec Melár et Olié était net, néanmoins la silhouette jadis robuste de Thormig s'était amollie. Ses longs cheveux avaient blanchi et des rides creusaient des lignes inquiètes entre ses sourcils et à la commissure de ses lèvres. Juhel décela l'ombre d'un voile dans ses yeux marron tandis qu'il lui serrait vigoureusement la main. Voir Thormig assister au Conseil de régence piquait la curiosité du duc magnécien : il n'y siégeait quasiment jamais. Conciliant mais résolu, celui-ci avait une conscience aiguë de sa position unique et de la prudente neutralité qu'il lui fallait observer. En conséquence, il adoptait la meilleure stratégie pour sa ville – l'absence pure et simple du Conseil. Surnommée le Verrou du Fleuve, Loered était la seule province constituée d'une unique ville, une forteresse érigée sur une île qui scindait les flots du fleuve Aÿs. Ses imposants ponts de pierre formaient la principale voie de communication entre le nord et le sud du royaume – et la seule à des lieues à la ronde. Quiconque la contrôlait exerçait un pouvoir inégalé sur la circulation des marchandises, des armées et des messages. C'était pourquoi Saint Ysmel, guidé par Wer, l'avait isolée politiquement de manière à la rendre à la fois autonome et entièrement dépendante de ses voisins.

Le dernier duo formait une étude en oppositions. À vingt-neuf ans, Mawgel était le plus jeune membre du Conseil de régence et l'intendant du duc de Belnacie ; son visage allongé, un peu mollasson, manquait encore de la sévérité convenant au représentant d'un gouverneur, et sa touffe de cheveux bruns accentuait encore son allure de jeune oiseau sorti de l'œuf. Mais Mawgel n'était pas naïf. S'il portait les plus fins vêtements – en l'occurrence une tunique et des chausses de velours en nuances de vert sombre – et chargeait ses mains d'une profusion de bagues semi-précieuses, c'était justement pour rééquilibrer l'impression qu'il produisait. Dans son comportement et son élocution, Juhel ne l'avait jamais vu vain.

Mawgel de Belnacie ouvrit les doubles portes en grand pour laisser passer son homologue d'Anastréa sans montrer son malaise ni l'approcher plus que nécessaire. En effet, l'autre portait le trop juste surnom de Crapaud – ironiquement, l'un des deux symboles d'Anastréa. Siriac ap Peréal – originaire de la province australe de la Rhovelle, enclavée par la Grande Vasière où proliféraient toutes sortes de créatures hostiles – couvrait sa silhouette bossue d'amples vêtements sombres pour masquer ses difformités. Il marchait à petits pas, recroquevillé, mains gantées devant la poitrine, évoquant une grenouille sur une feuille. Le représentant d'Anastréa avait contracté dans son enfance une maladie de peau issue des mangroves, une condition déjà grave mais que l'influence omniprésente des Anomalies, qui planait jusqu'en zone stable, avait rendu encore plus difficile à identifier – sans parler de la guérir. Siriac était un véritable miraculé. Quand on abordait sa rémission, il rendait simplement gloire à Wer pour sa clémence. Tous les membres du Conseil gardaient discrètement leurs distances avec lui ; même si Juhel savait que le représentant anastréen ne posait aucun danger, il était difficile d'étouffer les terreurs ataviques inspirées par les Anomalies et leurs abominables conséquences.

Tous finirent de s'asseoir autour de la grande table rectangulaire, Siriac d'Anastréa s'installant de lui-même à part, à l'extrémité gauche. Aux côtés de la reine, les deux vieillards Olié et Melár poursuivaient leurs bavardages oiseux sur leur politique locale. À droite, Mawgel et Thormig échangeaient à voix basse des banalités polies. Juhel observait Izara face à lui, laquelle lui rendait son regard sans mot dire.

Le duc de Magnécie laissa passer un moment. Puis il lança avec une aménité sournoise :

« Il semble que nous n'attendions plus que le frère du roi. Je gage qu'il n'a pas oublié sa convocation ?

— Nul ne peut réellement convoquer le frère du roi, répliqua Izara sur le même ton.

— Madame, dites-moi, fit Juhel. Ai-je causé quelque tort à votre Maison, qu'elle traite ainsi la mienne avec désinvolture ? »

La souveraine se pencha légèrement et planta ses yeux noirs dans ceux de Juhel.

« Ne cherchez pas offense là où il n'y en a pas, monsieur le duc. À présent que vous êtes appelé à quitter le Conseil de régence pour gouverner la Magnécie, j'ose gager que vous n'interpréterez pas défavorablement chaque maladresse ou circonstance malheureuse. Surtout quand les cavaliers Messagers vous en rapporteront les échanges. »

Implicitement, encore la même question. Il fallait reconnaître à Izara sa persistance. Juhel se permit un sourire en coin puis se renversa sur son fauteuil. *Eh bien, qu'elle s'interroge encore un peu.* La reine l'observa davantage. Le nouveau duc de Magnécie ne laissa rien paraître.

Il se trouvait seul de son côté de la table. Un dirigeant de moindre envergure aurait pu se sentir en position défavorable; pas Juhel ap Ornesta. Il se trouvait sur ses terres, dans sa citadelle, sous l'égide de son aïeul Saint Ysmel. Il siégeait à ce Conseil depuis huit ans et connaissait certains de ses membres depuis plus longtemps encore; c'était lui qui se trouvait dans la position du juge. Il laissait à Wer le salut de leurs âmes. Juhel, lui, s'inquiétait plutôt de leur situation ici-bas.

La double porte s'ouvrit enfin à la volée sur la silhouette nerveuse de Luhac. La reine et les deux vieillards se retournèrent.

« Messieurs. Izara », se contenta-t-il de lancer à la ronde. Puis il alla s'asseoir de l'autre côté de la reine. « Qu'est-ce que j'ai manqué ? »

Juhel ne put retenir un haussement de sourcils acerbe. À la longue, même ses alliés allaient se lasser de sa désinvolture; il avait salué la reine comme un simple secrétaire.

« Rien, cousin, répliqua le Magnécien avec onctuosité. Nous n'allions pas commencer sans vous. »

Luhac eut une moue satisfaite. « Très bien. Alors finissons-en. Il n'est guère correct de travailler un jour de deuil. Juhel, qui appointes-tu pour te remplacer au Conseil ? »

Direct et discourtois, comme toujours. Très bien ; autant lui rendre la pareille.

Il s'avança et croisa posément les mains.

« Je ne me retire pas. »

Un bref silence suivit l'annonce. La stupeur figea les deux vieillards ; Luhac fronça les sourcils. La reine étrécit les yeux, mais elle ne semblait pas vraiment surprise. Mawgel et Thormig observèrent Luhac avec une mine réservée ; quant à Siriac, impossible de savoir ce qu'il pensait sous tous ces voiles.

« C'est irrecevable », lança le vieux Melár de Saracie d'une voix chevrotante. C'était le plus hargneux et le plus colérique des deux. « Les gouverneurs nomment les représentants. Un conseiller ne saurait à la fois diriger une province et guider la régente pour la bonne marche du royaume ! Saint Ysmel a fondé la Rhovelle dans un esprit de juste équilibre des pouvoirs... »

Il fallait que Juhel l'interrompe ou sa tirade durerait jusqu'au lendemain.

« Je vous remercie, Melár, mais il n'est nul besoin de me rappeler la sagesse de mon ancêtre dans ses propres murs. Franchement, mes camarades, soyons honnêtes. Chacun ici se fait la voix d'une région de la Rhovelle. Qui peut réellement prétendre à l'objectivité ? Il s'agit d'une imposture. »

Melár ouvrit et referma la bouche, outré. Juhel reprit sans tarder.

« Imposture que je serai le premier à dénoncer. D'ailleurs, peut-être devrais-je suggérer à vos gouverneurs de suivre mon exemple, ajouta-t-il. De s'intéresser à la bonne marche du royaume dans son ensemble plutôt qu'à celle de leurs provinces... Après tout, les secondes ne sauraient se passer du premier.

— Il me semble m'y intéresser convenablement, objecta Thormig de Loered. Me voilà présent, en mon nom propre. »

Juhel sourit.

« Ah oui ? rétorqua Melár. Parce que vous comptez nous honorer de votre présence à l'avenir ? Loered ne siège jamais !

— Il est très grand temps que la Rhovelle se soucie davantage de sa pérennité en tant que nation, reprit Juhel. Le roi ne peut régulièrement honorer notre assemblée de sa présence – puisse Wer le garder en sa justice. Il me peine de l'admettre, mais il nous faut accepter que la situation n'évoluera pas. Elle se détériore même depuis des années. Ce Conseil, initialement fondé pour soulager notre souverain des menues décisions, dirige aujourd'hui le royaume en son nom. En conséquence, il est urgent que les gouverneurs ducaux s'y impliquent davantage au lieu de se contenter d'esquisser des directives génériques depuis le confort de leurs citadelles. L'unité de notre royaume ne doit pas nous faire oublier que nous luttons quotidiennement contre la terre même, contre le vent et l'eau, pour notre survie. Nous restons à la merci d'une conjonction d'Anomalies et dépendons du courage des frères weristes pour nous défendre de l'intérieur. » Il marqua une pause, lançant un regard appuyé à chaque membre de l'assemblée. « Et c'est sans compter les dangers qui nous guettent par-delà la Cordillère Égide. »

Luhac se renversa sur son siège avec un soupir audible, ce qui alluma dans le cœur de Juhel un élan de colère. Était-il réellement le seul à s'inquiéter de leur sort à tous ? Son cousin était un bon à rien qui occupait un siège inutile au Conseil. La capitale du royaume, Ker Vasthrion, se trouvait en Linnacie ; il était d'usage que le roi la gouverne ainsi que le royaume. Le titre de duc était là purement anecdotique. En toute logique, la Couronne aurait dû représenter la Linnacie et oublier Luhac dans le lit d'une quelconque paysanne.

Siriac restait indéchiffrable, les deux vieillards bougonnaient, mais la reine coupa court :

« Et qui dirigerait la Magnécie en votre absence ?

— Mon intendant et commandant, Stebén ap Lomar, répondit Juhel. Il assistait mon père depuis la création du Conseil ; nul n'est mieux placé que lui pour diriger la province. Même pas moi, j'imagine. Je siège à la cour depuis huit ans ; ma place est avec vous. »

Izara écarta les mains et considéra l'assemblée à la ronde.

« Ma foi, les gouverneurs-ducs ont toute autorité pour nommer leur représentant. Ce sont les termes établis il y a huit ans. Si Juhel de Magnécie souhaite se nommer lui-même, je ne vois pas ce qui l'en empêcherait. »

Mieux vaut l'adversaire qu'on connaît que celui dont on ne sait rien, n'est-ce pas ? pensa le duc. Avec cette démonstration de bonne volonté, Izara entendait sans aucun doute conserver une marge de manœuvre dans les négociations suivantes.

Sauf qu'il n'y aurait pas de négociations.

Juhel inclina la tête en signe de remerciement, néanmoins la reine continua de le jauger avec circonspection. Et Mawgel, le jeune et prudent envoyé de Belnacie, l'observait attentivement.

« De quels dangers parlez-vous au juste, Juhel ? s'enquit-il. La situation aux Mortes-couronnes est stable. »

Enfin quelqu'un qui écoute. Le duc magnécien laissa s'écouler quelques secondes, le temps de s'assurer qu'il avait bien l'attention de tous. Puis il se pencha et répondit, en dévisageant Luhac :

« Je demande que ce Conseil décrète la levée de nouveaux bataillons. Qu'il renforce les patrouilles aux frontières, nos armées. Qu'il garde le royaume des abominations qui n'attendent qu'un instant d'inattention de notre part pour déferler par-delà les montagnes.

— Encore ! s'exclama le duc non régnant de Linnacie. C'est une obsession ! Tu n'as que ces mots à la bouche : surveiller l'ouest, nous garder des Mortes-couronnes. Mais nous n'avons rien à craindre ! Je te l'accorde, ces trois royaumes maudits représentent une bonne approximation du Pandémonium, mais justement : les ténèbres s'entredévorent. La meilleure manière d'éviter qu'une maladie prolifère, c'est de s'en tenir loin et de la laisser disparaître avec le malade. Il en est ainsi de toutes les Anomalies. Ne pas s'en approcher, voilà la sagesse.

— Un bel aveu de courage, persifla Juhel, je suis certain que Wer s'en souviendra.

— Laisse Dieu juger de mon âme, mon cousin, et préoccupe-toi donc de la tienne. »

La mienne est limpide, et Dieu, s'il existe, verra que je ne lui cache rien.

Le duc de Magnécie recula sur son fauteuil d'un air posé.

« Il y a deux jours, le soir de notre arrivée à Ornesta, un patriarque m'a fait mander avec la plus grande insistance. Il voulait me conduire auprès d'un croisé éclaireur revenu de mission. Je l'ai donc suivi jusque dans les profondeurs du bastion de l'Église, aux cellules ; là où les pénitents subissent leur Épreuve de Vérité, et où l'on garde les criminels, les monstres et les fous. Le pauvre appartenait à la dernière catégorie. On l'avait ligoté à sa couchette ; un novice le veillait afin qu'il ne se blesse pas. Quand je me suis présenté, le malheureux s'est mis à hurler des paroles incohérentes. Il délirait, fiévreux, les yeux injectés de sang. Le teint bilieux. Je n'ai même pas cherché à savoir en quoi sa chair avait été atteinte ; je constatais clairement les blessures de son esprit. Seul un véritable miracle, l'aide des siens et l'entraînement d'une excellente monture lui avaient permis de repasser la Cordillère en sens inverse et de regagner la Magnécie.

— Tragique, admit Siriac d'une voix feutrée sous ses voiles, mais hélas fréquent. Où voulez-vous en venir ?

— Le patriarque tenait à ce que j'entende en personne le rapport du croisé avant de le rendre à Wer. Cet éclaireur était l'un de ses meilleurs éléments – si expérimenté qu'il aurait largement pu prétendre à la prêtrise. On ne m'aurait pas fait déplacer autrement, vous comprenez.

— Venez-en au fait », gronda Thormig de Loered. Juhel fixa ses homologues avec intensité.

« Il m'a fallu du temps pour démêler ses divagations, mais, avec l'appui du patriarche, je suis parvenu à reconstituer un récit des plus troublants. Bien sûr, les monstruosités issues des Anomalies figuraient en bonne place dans ses terreurs – des alliances contre nature entre la chair et l'acier, des démons à l'âme enflammée, comme engendrés par le sein infernal de Mordranthia...

— Oui, on fait tout un tas de mauvaises rencontres aux Mortes-couronnes, s'impatienta Luhac.

— Non, rétorqua aussitôt Juhel. Car ce frère avait été envoyé *au-delà*. Dans les landes désolées qui s'étendent bien plus au nord. Et voyez-vous, Votre Majesté, Vos Excellences, il s'est mis à me parler tout particulièrement du ciel. Il me l'a décrit en grand détail. En lui, la folie le disputait à la ferveur ; au fond des ruines de son esprit, quelque instinct irrépressible du devoir semblait désespérer que je le croie. » Il s'avança. « Il m'a parlé d'une nuit d'argent éternelle. De nuages métalliques obscurcissant le soleil, plongeant la terre dans une pénombre sans fin. De la sensation de contempler la surface miroitante de l'eau vue par en dessous... C'étaient ses termes exacts. »

Les gouverneurs se regardèrent, indécis. La reine étrécit les yeux, à l'affût d'un guet-apens. *Il n'y en a pas*, pensa Juhel. *Du moins, pas pour vous. Il n'y a de meilleure arme que la vérité pour révéler les traîtres et les faibles.* Un précepte weriste que le duc avait repris à son compte.

« Impossible... murmura Siriac d'Anastréa. Votre

Grâce, vous n'êtes pas en train de suggérer que cet homme a vu l'Éternel Crépuscule ? »

Juhel inclina la tête avec révérence. « Je suis heureux de ne pas être le seul à étudier les Chroniques des Hérauts de Wer. Si, hélas, c'est exactement mon avis.

— Mais l'Éternel Crépuscule est censé se trouver au loin dans les confins du nord, objecta Thormig de Loered. Là où... "jamais la glace ne relâche son étreinte", c'est bien cela ? demanda-t-il en se tournant vers Siriac.

— Nul ne l'a jamais contemplé, acquiesça le Crapaud avec prudence. Aucun explorateur ne peut survivre à un si long périple. Nous n'en connaissons que le mythe transmis par les Chroniques Sacrées...

— Mais nous vivons dans un monde mythique ! coupa Juhel. Un monde refaçonné par la colère de Dieu contre l'Empire d'Asrethia. Nous combattons sans relâche les ténèbres à l'intérieur de nos frontières, mais nous ne devons pas oublier qu'elles prolifèrent sans retenue au-delà ! Espérer rester indéfiniment hors de leur portée relève de l'inconscience », ajouta-t-il en lançant un regard appuyé à Luhac.

Le piège était posé. Dans un instant, son cousin ferait de nouveau étalage de sa légèreté en refusant tout renforcement des frontières ; mais les autres représentants, alarmés par l'Éternel Crépuscule, un symbole issu tout droit de la liturgie, le mettraient en minorité. Son autorité s'en trouverait sapée. À présent que Juhel représentait à la fois l'autorité conseillère et gouvernementale de la Magnécie, il était grand temps d'évincer son incompétent de cousin des affaires du royaume.

Le plus admirable était que Juhel ne mentait pas. Un patriarque du nom de Lóthar Crestra l'avait bel et bien convoqué ; il avait entendu le récit absurde de l'éclaireur, dans des geôles qui lui rappelaient désagréablement l'Épreuve de Vérité qu'il avait subie à l'adolescence, à l'issue d'un accident de chasse. Mais la vérité ne pouvait être travestie ; elle était la vérité. C'était la pierre angulaire de la religion weriste. Juhel n'était pas responsable des interprétations qu'on en faisait.

Mawgel de Belnacie eut une moue dubitative.

« Ce sont tout de même de bien grandes craintes pour les fonder sur les délires d'un seul homme.

— J'en conviens tout à fait, répondit le duc de Magnécie d'un ton conciliant. Il reste que nous nous fions depuis trop longtemps à nos frontières naturelles sans nous soucier de ce qui gît au-delà. Il nous faut à tout le moins faire montre de prudence, et nous préparer au pire. »

Luhac eut un bruit de gorge dédaigneux.

« Ah oui ? Et avec quels fonds ? Mais surtout, avec qui ? Mon cousin, toute la Rhovelle n'est pas la Magnécie, nous ne détenons pas tous des ressources à investir dans... des terreurs nocturnes. Des chimères. Tes greniers sont peut-être pleins, mais nous n'avons pas ce luxe en Linnacie ! Et je doute que mes camarades soient mieux lotis... »

Le frère du roi balaya l'assistance du regard ; chacun opina du chef avec réticence, à l'exception de Thormig de Loered, qui resta impassible.

« Voilà, reprit Luhac. Tu t'es récemment promené dans les campagnes, Juhel ? Pas les tiennes, j'entends. Le peuple est hagard ! La grâce de Wer est son seul espoir. Tous les hommes valides travaillent aux champs, aux moulins, à la pêche, luttant tous les jours pour reconstituer les réserves de l'hiver précédent sans perdre la vie, la raison, leur âme! Les envoyer tourner en rond au pied de la Cordillère sur la base des divagations d'un seul moine, même un croisé, est insensé. Insensé! Toi qui parles sans cesse de rationaliser les affaires du royaume, j'ai du mal à croire que tu fasses une telle proposition.

— Peut-être cela devrait-il justement vous alerter, mon cousin, répliqua Juhel avec un calme lisse. Tous les ans, nos éclaireurs nous rapportent une recrudescence des aberrations par-delà la Cordillère. Tous les ans, ils sont un peu plus rares à revenir. Vous me fustigez parce que je demande constamment que nous renforcions nos frontières, mais tous les ans, les signes s'accumulent. La vérité, c'est qu'il nous faudra tôt ou tard éradiquer la progéniture d'Aska avant qu'elle ne déferle sur nous... Pas besoin de Héraut pour savoir que ce serait la volonté divine.»

C'était le coup de grâce. Il sourit.

«Dieu est sévère, murmura Siriac d'Anastréa, mais il n'exigerait quand même pas que nous nous lancions dans une guerre sans espoir de la gagner – c'est-à-dire malades, mal équipés et affamés.»

Désarçonné, Juhel se tourna brusquement vers la silhouette voilée. De tous les conseillers, le Crapaud était le plus réfléchi, le plus prudent – le plus dévot, aussi, puisque la grâce de Wer l'avait sauvé d'une mort certaine. Siriac aurait dû militer pour renforcer les armées – voire pour une croisade. D'où lui venait cette tiédeur? La tactique de Juhel reposait en grande partie sur son soutien. Sa solitude de son côté de la table lui parut moins confortable.

Grand Dieu, mais que faut-il faire pour gouverner ce royaume correctement ?

La reine restait silencieuse, comme à son habitude. Elle écoutait les opinions des uns et des autres, les laissait se quereller sans intervenir. C'était la meilleure façon de conserver l'apparence de l'objectivité au moment de rendre ses décisions.

Juhel s'efforça de tempérer son discours. « Je ne suggère pas que nous passions la Cordillère tout de suite... Même si ce jour devra venir – n'en doutez pas. Mais, à tout le moins, que nous renforcions notre soutien à la Sainte Église de Wer, dont les frères représentent notre première ligne de défense, surtout à l'intérieur de nos terres...

— Décide-toi, mon cousin, persifla Luhac. Faut-il se défendre de l'extérieur ou de l'intérieur ?

— C'est la même chose, rétorqua Juhel avec humeur, et vous le savez parfaitement ! »

Le frère du roi écarta les mains d'un faux air conciliant.

« Toi et moi ne représentons pas les deux seules provinces concernées, dit-il. Pour renforcer les frontières, il faut l'unanimité des provinces impliquées, car ce sont elles qui porteront le gros de l'effort. » Il se pencha pour aviser les conseillers de Deux-Sources et de Saracie, installés de l'autre côté de la reine. « Vos Excellences, aimeriez-vous vous prononcer ? Que pensez-vous de la proposition du représentant *et*, pour l'heure, gouverneur de Magnécie ? »

En plus de la Linnacie et la Magnécie, la Cordillère Égide longeait à l'ouest les provinces d'Olié et de Melár. Lesquels secouèrent vigoureusement la tête. Bien sûr. Le cœur de Juhel sombra.

« Saint Ysmel, dans sa sagesse et celle de Wer,

entonna Olié de Deux-Sources d'une voix encore plus grelottante que celle de son voisin, a établi de solides barrières naturelles pour son royaume. La Grande Vasière, la Cordillère Égide, le golfe des Longues Houles... Avec de tels remparts, nous ne risquons rien. »

Ces deux-là mangeaient dans la main de la lignée royale. Tant que Luhac siégerait aux côtés de la reine, la Rhovelle courait à la ruine. Juhel lâcha un soupir dégoûté. Tout le travail accompli par Saint Ysmel sombrerait dans la décadence, l'ordre et la paix veillés par les courageux moines guerriers de Wer s'éroderaient jusqu'au jour où le royaume tout entier ressemblerait aux Mortes-couronnes, dévastées par la folie d'un seul roi corrompu par la sorcellerie...

« Je concours, déclara enfin la reine Izara. Cinq mauvaises saisons ont rendu notre pays exsangue. Nous ne sommes pas en mesure de préparer une guerre, et nous n'avons pas le loisir de poster des oisifs à notre frontière la plus solide. »

Juhel leva les mains et les laissa retomber sur ses cuisses.

« C'est parfait. Alors ne faisons rien. Continuons à attendre, comme depuis bientôt deux siècles, que la progéniture du démon déferle sur nous. Mais Wer nous juge aujourd'hui, n'en doutez pas. Prions que les monstres viennent pour nous et non pour nos enfants ; car, sinon, ils se rappelleront ce jour, celui où nous avions le pouvoir de les protéger, et où nous n'avons rien fait. Et ils maudiront notre nom.

— Oh, arrête le mélodrame ! s'exclama Luhac en levant les yeux au ciel. Si une invasion franchit la Cordillère, il sera toujours temps de lever l'ost royal ; nous avons l'avantage du terrain, et, tous démons qu'ils soient, un tel périple les épuisera – à supposer même qu'ils le réussissent. Nous les cueillerons sans difficultés. »

C'en était trop. Juhel bondit de son fauteuil, aiguillonné par la colère, la déception et la brûlure de la trahison. Les autres le dévisagèrent, étonnés.

« Juhel, rasseyez-vous, par amitié, dit doucement la reine. Je n'écarte aucun de vos avertissements ; vous avez prévenu la Couronne et elle vous en sait gré. Je demande à tous, fit-elle avec un regard à la ronde, de me rapporter sans délai tout élément corroborant les craintes du duc de Magnécie. Mais pour l'heure, il n'est pas encore temps de prendre des dispositions. »

Il la dévisagea encore, avec ses grands yeux, ses rides légères qui lui donnaient une aura de sagesse, sa peau mate qui trahissait ses origines méroghéziennes.

Une étrangère. Elle ne pouvait pas comprendre. Ce royaume n'était pas le sien. Elle tolérait très bien la présence de Luhac – un jouisseur, un cabochard – à ses côtés.

Le duc acquiesça sèchement. Néanmoins, il leva le menton avec fierté. Puis il quitta la salle du Conseil. Sa propre salle.

En son for intérieur, Juhel ne se souciait pas de religion ni de foi, tant qu'elles protégeaient efficacement le royaume et sa propre province de l'effroyable réalité des Anomalies et des horreurs venues d'un autre temps. Mais si ses avertissements ne parvenaient pas à émouvoir ses homologues, des croyants pourtant sincères, où allait le monde ?

Izara

La reine salua d'un signe de tête les deux gardes en cotte de mailles argentée postés devant les appartements royaux et entra dans le vestibule. Elle referma discrètement le battant derrière elle puis s'adossa au bois verni avec un soupir.

La lanterne qu'elle tenait à la main, sa flamme réduite, dessinait des ombres dansantes sur les fauteuils et les tentures représentant quelque scène de chasse ou de guerre à la gloire de la Magnécie. Quand on l'avait mariée à Éoel II de Rhovelle, à tout juste dix-huit ans, elle avait découvert avec plaisir et curiosité la grande nation, voisine de Mérogheze ; d'abord poussée par le devoir, elle avait développé une affection sincère pour ce pays, son histoire, et même son lien obsessionnel à ses traditions. Les Rhovelliens étaient fiers de ce qu'ils étaient ; dans un monde soumis aux caprices incessants d'une magie dévastatrice, cela avait quelque chose de rassurant. Il était dommage que la Magnécie pousse cette fierté jusqu'à l'orgueil.

Devant elle, la grande porte de la chambre royale était entrouverte. Il en émanait la lueur vacillante d'une flambée en train de mourir. Izara défit la coiffe qui dissimulait ses longs cheveux et ôta les épingles qui les retenaient. Ils tombèrent en longues mèches lisses noires tissées de blanc ; elle secoua la tête, savourant cette petite liberté. Puis elle plissa les lèvres avec une pointe d'appréhension et s'avança, poussée par le devoir et la compassion.

Les lattes du parquet craquèrent à son entrée dans la salle. Assis sur une chaise juste à l'entrée, Valter, le page qui veillait le roi, s'éveilla en sursaut ; la reine posa une main rassurante sur son épaule et l'invita à s'en aller.

L'immense lit à baldaquin trônait sous un plafond si haut qu'Izara s'en sentait paradoxalement oppressée ; une obscurité indistincte tenait lieu de voûte. Cette chambre était trop vaste, ou les meubles paraissaient trop petits. Elle avait l'impression que les lieux avaient été taillés pour des êtres dotés d'un sens différent des proportions.

« Izara… ? » appela une voix masculine pâteuse.

La reine traversa la pièce du pas le plus léger possible. « J'arrive, mon aimé. »

Le lit se situait aussi près du feu qu'il était raisonnable ; dans l'âtre immense, assez grand pour faire cuire un bœuf, les flammes basses léchaient les restes des bûches. Elle s'assit doucement sur l'épais matelas en examinant le visage de son époux.

Éoel II, Maître des Sept Provinces, descendant de Saint Ysmel, semblait aussi égaré sous la myriade d'édredons et parmi les oreillers brodés qu'Izara dans cette chambre trop grande. Le seigneur suprême de la Rhovelle braquait sur elle des yeux vaguement vitreux, au contour rougi, comme s'il avait pleuré. De la chassie s'accumulaient dans les rides à la commissure de ses paupières, de ses lèvres ; la sueur poissait sa barbe et ses cheveux grisonnants qui commençaient à se clairsemer. Les draps dégageaient l'odeur âcre de la maladie.

Izara passa sans hésiter les doigts dans ses cheveux humides.

« Comment vous sentez-vous ?

— Où suis-je ? » répondit Éoel II d'une voix enrouée.

Pas très bien, donc, songea la reine. Le roi venait de s'exprimer en az'redj, le sabir commun des roturiers que les weristes s'efforçaient d'éradiquer, car ils le disaient hérité de l'Empire maudit d'Asrethia. La reine lui répondit dans sa langue, celle de la noblesse, le rhovellien. Cela semblait toujours l'aider à s'ancrer dans la réalité.

« Nous sommes à Ornesta, Sire. Nous sommes arrivés de Ker Vasthrion il y a deux jours avec la cour itinérante. C'étaient les funérailles de Raed de Magnécie aujourd'hui.

— Les funérailles ? s'exclama Éoel en se redressant brusquement. Mais c'est le banquet ce soir ! Il faut que je fasse une apparition. Il faut que... »

Le roi fut saisi d'un spasme qui s'apparentait à un haut-le-corps ; Izara pressa gentiment mais fermement sur sa poitrine pour le forcer à se rallonger. Les os frêles qu'elle perçut à travers le tissu de sa chemise de nuit lui causèrent un pincement au cœur. Il se laissa faire, pris de nouveaux tremblements.

« N'ayez crainte, dit-elle. Le banquet est terminé.

— Encore... Je... » Il haleta, les traits tendus par la souffrance – physique ou bien morale, Izara l'ignorait. « Il semble... Je manque tous les banquets, tous mes devoirs. Ceux d'hier, ceux de demain. Il – Je... Il est si difficile de savoir quand exactement est aujourd'hui. » Il leva faiblement la main et lui caressa l'avant-bras en frissonnant, puis il la laissa retomber en fermant les yeux. « Nous ne sommes rien de plus que des moments, Izara. Un chapelet d'îles dans l'océan. Nous passons de l'une à l'autre – franchissons le vide – quand nous regardons derrière nous, nous nous comprenons. Nous savons qui nous sommes. Mais on m'a volé ma carte – mes îles forment une boucle – dans quel sens aller ? C'est ainsi que je le sais. Parce que cela n'a plus d'importance. Plus rien ne relie mes moments. Ils ne sont plus que des îles perdues – pièces détachées. » Il rouvrit les yeux et la regarda avec intensité. « Ils vous prendront le royaume, Izara. Ils vous le prendront comme on me l'a pris à moi. »

Izara attrapa un linge sur la table de nuit et lui épongea le front. Au contact de son père, un des deux frères du Lige de Mérogheze, elle avait appris la politique, les intrigues de cour, les dynamiques du gouvernement ; en revanche, l'affliction de son époux la laissait toujours impuissante malgré l'habitude des années. Tout comme elle laissait impuissants les médecins, les apothicaires, les herboristes, jusqu'aux Chasseurs de Vérité de l'Église de Wer.

Si Éoel II avait été roturier, on l'aurait depuis longtemps enfermé dans les geôles d'un bastion. Ou bien rejeté à la périphérie d'un quelconque village, en zone instable, livré à la première monstruosité issue d'une Anomalie.

« Nul ne vous a pris votre royaume, mon roi, répondit-elle d'une voix calme. Vous êtes simplement victime des circonstances, de la terre empoisonnée, ou bien de l'eau. »

Malgré son malaise et sa peine, elle connaissait ce rituel par cœur : son époux lui livrerait, de cette voix hachée où plusieurs phrases semblaient se combattre pour exprimer la même idée, cent terreurs qu'elle s'avérerait incapable de saisir et qui, pour cette raison, la tiendraient éveillée jusqu'au petit matin. Le roi, lui, finirait par se rendormir d'épuisement ; peut-être connaîtrait-il de brefs instants de lucidité le lendemain, si Wer leur était favorable. La crise pourrait sembler régresser – jusqu'à la suivante.

Elles se faisaient de plus en plus fréquentes, et de plus en plus intenses.

« Si, on me le prend », rétorqua-t-il en empoignant brusquement la main de la reine. Il la fixa de ce regard qui semblait pourtant lointain, comme s'il la traversait pour se poser en des lieux qu'elle préférait ne pas connaître. « Quelque chose m'a volé ma carte. Quelque chose a brisé ma chaîne, ouvert mes maillons, et les a jetés au feu pour que je me brûle en voulant les rassembler. Mes pensées volent comme du sable au gré du vent. Je ne suis plus qu'une île – mille grains différents sur la plage – chaque goutte de pluie différente... »

Un chagrin désespéré ravagea les traits cireux du roi, et un sanglot rauque déchira sa charpente frêle, entre le hoquet et le renvoi.

« On me prendra tout, murmura-t-il d'une voix rendue aiguë par la terreur. On me dépèce vivant... »

Les doigts crochus du roi s'enfonçaient profondément dans le poignet de la reine. Elle dissimula sa douleur et caressa avec tendresse la peau moite agrippée à la sienne.

« Je vous entends », souffla-t-elle. Elle s'efforça de transmettre toute sa conviction aux yeux fiévreux du souverain. « Je suis avec vous. Je serai votre carte. Votre chaîne. Je connais vos maillons. Je les ordonnerai pour vous. »

L'étreinte du roi se desserra quelque peu. Enhardie par ce signe favorable, elle s'étendit prudemment aux côtés d'Éoel et posa la main, puis la tête, sur sa poitrine trempée de sueur.

Davantage de sanglots secouèrent sa charpente osseuse, et son souffle trembla.

« Ce n'est que la fièvre, mon roi... Que la fièvre.

— Je suis fou, Izara, dit-il d'une voix soudain lucide. Je le sais. Ne le nions pas vous et moi, s'il vous plaît.

— Ce soir, si vous voulez, d'accord. Vous l'êtes. »

Un rire sans joie se mêla aux tressautements de sa respiration.

Pendant un long moment, nul ne dit rien, à tel point que la reine crut le souverain assoupi. Elle écoutait le murmure des flammes dans la cheminée, se sentant elle-même dériver vers le sommeil, quand la voix grave d'Éoel gronda contre son oreille :

« Ne les laissez pas faire, ma mie. Ils voudront tout vous prendre. Les ennemis que vous voyez, et ceux que vous ne voyez pas. Ils déferont tout ce que nous sommes, ce que nous avons bâti. Ils nous sépareront de nous-mêmes et ils jetteront les clés à l'océan. Ils nous plongeront à jamais entre la nuit et le jour, et plus personne ne s'appartiendra. »

Izara releva la tête, intriguée.

Entre la nuit et le jour...?

Elle ouvrit la bouche pour l'interroger, mais le roi Éoel II s'était bel et bien endormi, une expression soucieuse sur ses traits tourmentés.

3

Ganner

Les filaments chatoyants pénétraient lentement le ciel tels les méandres d'une rivière d'argent. Dans ces moments-là, Ganner aimait trouver un point de vue dégagé pour les regarder grandir. Ils apportaient une forme de conclusion aux événements.

Ce jour-là, ils sinuaient dans un ciel d'un bleu rare. Les cirres s'élargissaient plus qu'ils ne s'allongeaient, rendant leur progression difficile à percevoir. Dans la vallée en contrebas, au-delà de la foule rassemblée par ses troupes, une pénombre uniforme gagnait les fermes bancales, les bastions éventrés qui surnageaient d'un tapis de broussailles encore gelées par l'hiver. Elle volait tout relief aux ombres, aux arêtes, toute couleur même, telle l'avancée de la nuit ; tandis qu'en hauteur, les nuages blancs cédaient à jamais la place à des nuées anthracite aux accents métalliques qui roulaient perpétuellement sur elles-mêmes.

« Splendide, murmura-t-il, et pas seulement pour lui-même.

— *Oui*, approuva Dieu à son oreille. *Porte ton regard vers le sud-est, Ganner.* »

Derrière lui, un pas léger, félin, caressa son ouïe exacerbée ; un simple être humain ne l'aurait pas entendu aussi tôt. Avec un sourire bienveillant, le Prophète contempla la forêt enneigée qui couvrait l'autre versant.

« Que regardé-je, mon Maître ? chuchota-t-il, assez haut pour qu'On l'entende néanmoins.

— *Notre avenir* », répondit Dieu.

Ganner hocha la tête avec satisfaction.

Puis il pivota avec une vivacité surprenante pour son énorme masse.

L'armure était plus qu'une extension de son corps, à présent ; elle était devenue une part de lui-même, au même titre qu'elle se nourrissait de lui. Elle réagissait à la moindre de ses injonctions, décuplant sa vitesse et sa force, transformant sa volonté et son énergie en action. Cette incroyable sensation de puissance l'emplissait d'euphorie. Il posa une nouvelle fois avec orgueil les yeux sur ses mains disproportionnées, gantées d'acier noir ; sur le tissage de lumière et de chair courant à la surface du plastron, et qui battait au rythme de son cœur. Celui-ci ne pompait pas seulement le sang dans ses muscles, mais aussi sa propre force vitale, éthérée, dans les mécanismes antiques de l'armure revenue à la vie par la grâce des rituels anciens soufflés par Dieu.

Devant lui, Daphn s'agenouilla, et parut encore plus minuscule face à sa stature de colosse.

« Seigneur de Guerre, déclara-t-elle. Les Faiseurs de Pluie sont opérationnels.

— Je vois cela, répliqua Ganner avec satisfaction. Et Dieu aussi.

— Est-Il satisfait ?

— Oui. »

Seules l'ossature fine du visage et la voix veloutée laissaient entendre que Daphn avait jadis été femme. Elle dissimulait sa silhouette dans un ample manteau gris sombre, à la manière de tous les Décharnés ; ses yeux en amande, enfoncés dans son crâne blême et chauve, brûlaient comme deux étoiles noires. Elle passa sa langue violine sur ses lèvres.

« J'ai pris la liberté d'interroger la populace, dit-elle. Dieu ne saurait se tromper, mais Ses adversaires sont si nombreux... Ils ont pu nous mentir.

— Et ? »

Elle jeta un regard désabusé à la masse de pauvres hères rassemblés un peu plus bas, au pied de la colline allongée qui flanquait les vestiges d'un royaume déchu. Les silhouettes imposantes de quelques Spectres Armurés dépassaient du bataillon de soldats en uniforme noir affectés à la garde de la foule pouilleuse et mal nourrie.

« Difficile de tirer d'eux des propos cohérents... Ils n'ont guère plus d'esprit ni de mémoire que des animaux. Mais il semble bien que le Vagabond soit passé par ici. Dans les souvenirs confus de la population, il s'est passé dans cette Anomalie quelque chose qui a conduit le souverain de Mandre à se retourner contre l'Église de Wer, puis contre les deux royaumes voisins, entraînant la chute de toute la région.

— Et nous pouvons lui en être reconnaissants, répliqua Ganner. Ce faisant, il l'a libérée et rendue à la nature. Et à présent, Dieu va accomplir Son œuvre. Je te remercie, Daphn. Laisse-moi. »

Sa seconde inclina la tête puis se releva et descendit le versant d'un pas leste.

Ganner se retourna vers l'arête qui montait en

pente douce, formant le relief qui délimitait l'essentiel de la vallée de Mandre. Même si les trois petits royaumes voisins ne portaient plus vraiment leurs noms d'autrefois ; la guerre intestine qui les avait déchirés voilà plus d'un siècle avait anéanti les frontières, les appartenances, tout semblant de raison. On les désignait à présent sous l'appellation collective de Mortes-couronnes.

Un fruit mûr, prêt à rejoindre le giron de Dieu.

Ganner se mit en route. La colline allongée lui évoquait le dos d'un dragon endormi retournant peu à peu à la terre, rongé par les forêts. Son pas puissant martelait l'humus glacé et vibrait jusqu'aux tréfonds de la terre. La neige à demi fondue tombait des branches, des taillis, comme autant de récoltes qu'il ferait tomber dans l'étreinte d'Aska. Il sentait l'air frais sur son crâne, tout particulièrement sur les plaques de tendre tissu cicatriciel rose. L'armure n'avait pas de heaume ; s'en passer était le prix à payer pour conserver le visage de l'humanité – et, surtout, son libre-arbitre.

« *Me fais-tu confiance ?* lui murmura Dieu.

— Toujours.

— *Alors avance droit devant toi.* »

Un ancien sentier longeait la crête en s'enfonçant dans des broussailles nues. Ganner s'engagea résolument dans le sous-bois sans se soucier des branchages qui cassaient net contre ses jambes caparaçonnées d'acier, aux articulations boursouflées de charnières et de mécanismes exquis.

« *Le sens-tu ?* »

Le Prophète d'Aska inspira profondément. Les odeurs humides de la forêt mourante lui parvinrent, et puis, ténus, de légers effluves de métal. Ou de sang. Un agacement, comme un pressentiment lointain, murmura au creux de sa poitrine ; la peau de son crâne le démangea imperceptiblement.

« Oui, mon Maître, dit-il.

— *Félicitations. Tu n'auras bientôt plus besoin de Moi pour percevoir les champs*, répliqua la voix dans son âme avec une pointe de fierté.

— Jamais.

— *N'aie crainte. Je ne t'abandonnerai pas. Tu es Mon Héraut, n'est-ce pas ?* »

Ganner entendit une trace d'humour dans la voix de Dieu et eut un sourire en coin à cette évocation blasphématoire de la liturgie weriste.

Jamais un Héraut de Wer n'a détenu le pouvoir que m'a confié Aska. Notre Père veille sur nous ; nous sommes tous Ses enfants. Du moins, nous le devenons tous un jour.

Le sentier remontait vers la droite en pente douce en direction de l'arête ; un avertissement claqua tout à coup à ses oreilles.

« *Arrête-toi !* »

Ganner s'exécuta. Devant lui, rien ne différenciait le couloir épineux de la distance qu'il avait déjà gravie ; mais Dieu ne se trompait jamais. À quelques pas devant lui, une jeune pie insouciante picorait sans se préoccuper de l'homme immense.

La sensation de dissociation dans le plexus de Ganner s'intensifia, se précisa. Le Prophète d'Aska se sentait tiraillé, comme si une tentation suave séduisait une part animale en lui, l'incitait à poursuivre sa route malgré sa raison.

Et puis il la vit.

La distorsion spatiale passa lentement au ras du sol comme une vapeur éthérée, si ténue que même avec ses sens augmentés par les Dons d'Aska, il lui fallut plisser les yeux pour la discerner vraiment. Elle ressemblait à une brume de chaleur passagère, flottant sur un vent intangible. En se concentrant, Ganner distingua des sortes d'irisations à la bordure, comme si la nappe formait davantage une trouée qu'un voile.

C'était le cas.

Perplexe, le Seigneur de Guerre inclina la tête en voyant la déformation progresser vers l'oiseau. *Où est passé ton instinct, petit animal? Ne t'es-tu pas rendu compte que ces sous-bois sont muets et qu'aucun de tes congénères ne vient plus ici?*

Celui-ci picorait toujours d'un air tranquille quand l'extrémité de la distorsion l'effleura, aussi douce qu'une caresse.

La pie se figea. Ganner leva tranquillement la main vers la poignée de l'immense tranchoir d'acier noir large de quatre paumes qui dépassait dans son dos, sans quitter l'oiseau des yeux.

Celui-ci se mit à trembler. Le courant continuait de le traverser; il pénétrait au niveau du cœur, ressortait au milieu du dos avec une parfaite régularité. L'animal écarta brusquement les ailes, tenta un battement, deux, mais il s'agissait plutôt de spasmes. Il ouvrit le bec sans que s'échappe un seul son.

Le Prophète l'observait avec curiosité.

La pie commença à émettre des gargouillements rauques. Ses yeux gonflèrent, se teintèrent de rouge. Des gouttes bilieuses refluèrent du bec de l'oiseau au rythme de ses spasmes incontrôlés. Ganner sentait sa terreur, sa souffrance, sa volonté désespérée de fuir, tandis que le corps et l'esprit luttaient pour refuser la transformation qui leur était offerte.

La pie semblait peiner à respirer.

Puis son poitrail explosa. Une gerbe de plumes et de viscères jaillit par un trou déchiqueté barbelé d'acier, comme si un bourgeon de métal avait éclos au sein même de son corps.

« *Tu peux continuer* », lui indiqua Dieu.

Ganner lâcha la garde de son tranchoir et se remit en route. *Pas de chance, petit animal*, pensa-t-il.

Nul ne choisissait les Dons qu'il recevait.

La Voix d'Aska le guida ainsi dans le dédale des altérations arcaniques environnant l'Anomalie à proprement parler. Il lui fallut attendre de longues minutes que la trace subtile d'une distorsion magique remonte la pente où elle gravitait, et il regarda, fasciné, une zone de terre nue se couvrir tout à coup d'herbes, puis de fleurs aux couleurs indescriptibles, grasses et pesantes, qui pourrirent sur pied dans des parfums écœurants, le tout en l'espace de quelques secondes. La magie agissait principalement sur le vivant, parce qu'il y avait là quelque chose de dynamique, d'évolutif, qui désespérait de survivre et de se propager. C'était pour cela qu'elle produisait ses effets les plus remarquables sur les êtres conscients, animaux et êtres humains.

Au terme de plusieurs détours successifs, Ganner finit par déboucher au sommet de la colline, à son extrémité. Il se trouva environné d'arbres morts aux formes torturées, de troncs boursouflés et de souches creuses remplies de glace. Trois à-pics bordaient l'éminence, qui dévoilaient les ruines des hameaux, au loin dans la vallée.

Face à lui, une sphère trouble, irisée, d'environ deux mètres de diamètre flottait à hauteur d'homme. Chez Ganner, la terreur atavique face aux Anomalies s'était depuis longtemps muée en fascination. La sphère émettait un chant grave qu'il lui semblait percevoir autant par l'âme que par l'ouïe; elle lui murmurait l'étendue infinie d'horizons inconcevables, des façons de penser et de vivre inimaginables et exquises, la puissance brute des possibilités. Elle ressemblait à un œil fixe, démesuré, qui lui rendait impeccablement tout ce qu'il pouvait être, y compris ce qu'il ignorait de lui-même.

Le cœur de l'Anomalie. La singularité.

« *Es-tu prêt, ô Mon Prophète?*

— Toujours, mon Maître. »

Ganner prit une inspiration si profonde que les plaques mêmes de l'armure, liées par les membranes douces rappelant le velours d'un bois de cerf, parurent s'étirer. Il écarta ses jambes massives à la façon de troncs d'arbres enracinés; tendit les mains, doigts écartés, en direction de la perturbation.

Cette Anomalie-là était fixe; pour qui savait la lire, les Décharnés par exemple, elle avait ses propres rythmes, ses périodes de croissance et de décroissance à l'image de la lune. Autour d'elle, la terre et le ciel restaient curieusement placides, comme s'ils étaient parvenus à une sorte de compromis avec la perturbation, au contraire des Anomalies errantes qui surgissaient parfois en zone instable, déchirant la voûte céleste et éventrant la réalité. Ces ouragans de magie brute balayaient les forêts, les plaines abandonnées, telles des plaies béantes ouvrant sur l'infini, surprenant les animaux comme les hommes. L'Anomalie de cette colline datait de l'Apocalypse, d'après ce qu'en savait le Prophète. Elle étendait ses vrilles invisibles aux alentours, engendrant mutations et mystères.

« *Ouvre ton esprit, Ganner.* »

Il respira calmement, puis ferma les yeux. La singularité demeurait parfaitement perceptible à ses sens augmentés, comme si son image s'était imprimée sur ses paupières. Elle trônait devant lui, à quelques pas, point focal d'énergie en lente rotation. Le Seigneur de Guerre évacua toute pensée parasite, pleinement dans l'instant. La peur ancienne comme l'émerveillement nouveau s'écoulèrent hors de lui à la façon de l'eau ruisselant sur un rocher. Il n'incarnait pas les sensations fuyantes qui tournoyaient sans cesse en lui, mais le socle inaltérable qui leur donnait naissance. Ganner s'ancra dans le réel avec la même inéluctabilité que s'il était la colline, le vent, les arbres.

La puissance de Dieu l'investit alors.

La peau de son crâne, couverte çà et là d'un duvet ras, se mit à fourmiller d'une énergie tombée du ciel. Le courant monta peu à peu, se propagea dans l'ossature de sa mâchoire, de sa colonne vertébrale, dans ses nerfs, un à un, jusqu'au bout des membres. Ganner s'arc-bouta par réflexe et serra fermement les dents pour les empêcher de s'entrechoquer. La vague enfla en lui comme une lame de fond qui s'élevait, toujours plus haut, paraissait perpétuellement sur le point de se briser et pourtant croissait encore. Une intensité à la fois extatique et douloureuse, fascinante et terrifiante. Chaque veine de son être lui semblait sur le point d'exploser, tel le poitrail de l'oiseau rencontré sur le chemin, et pourtant son corps l'acceptait encore, habité par la puissance brute des siècles.

Les facultés mentales de Ganner ployaient elles aussi sous la charge. Des perceptions qui ne lui appartenaient pas prolongèrent les siennes ; juste à la périphérie de sa conscience, il appréhendait, d'une manière viscérale qu'il n'aurait su décrire, les révolutions de l'énergie magique au sein de la singularité. Un mélange d'émerveillement et d'épouvante le gagna tandis qu'il mesurait, de première main, son caractère indompté, aveugle, que ne laissait pas soupçonner l'aspect relativement paisible de la sphère irisée. L'énergie bouillonnait à travers l'Anomalie comme un torrent de lave ; le temps et l'espace s'y entremêlaient, se repliaient sur eux-mêmes et s'entrechoquaient de façon totalement anarchique.

Néanmoins, guidé par la puissance, Ganner pressa plus avant.

Le plus grand mystère de tous était l'événement qui s'était produit cent trente ans plus tôt et qui, selon Dieu, rendait cette Anomalie unique. Chaque contrée était différente, lui murmurait Aska tandis que le Prophète combattait en son nom pour étendre l'Éternel Crépuscule vers le sud. Chaque guerre avait ses mots, ses tactiques, son efficacité propres. Pour celle qui s'annonçait, il fallait l'Anomalie de la colline aux pies. Alors Ganner obéissait.

Des vortex et des constructions géométriques aux dimensions impossibles traversaient son esprit en laissant des sillages de feu. Il plongea son âme dans la faille comme celle-ci s'infiltrait dans la réalité. Là, perdue, déformée, figée hors des arrangements conventionnels de la réalité, il trouva une résonance.

Reviens, exprima la volonté du Prophète, amplifiée par son Dieu.

La résonance s'aviva, entendant l'appel. Elle se tendit par-delà les étendues inconnaissables de la magie, remonta le courant tel un poisson ferré sur une ligne – mais un poisson répondant à un besoin fondamental et impérieux, assoiffé d'air, de lumière, d'ordre. Ganner, à peine davantage qu'un relais pour la puissance divine, sentait les lignes de force magiques au bout de ses doigts à la façon de cordes connectées directement à ses nerfs, irradiant la douleur jusqu'à la moelle de ses os. Nul doute qu'un corps humain normal aurait déjà cédé sous un tel déferlement de puissance. Il grogna, la mâchoire serrée.

« *Tire* », lui enjoignit la voix de Dieu à son oreille.

Obéissant à l'instinct autant qu'à la volonté de Celui qui veillait sur lui, le Prophète commença à ramener lentement les mains en arrière, hissant sa proie dans le filet intangible sur lequel il s'était branché sans comprendre comment. Il lui semblait remonter une épave entière à la seule force des bras; mais le poids n'était pas tant physique que psychique. Ganner remuait comme un chef d'orchestre au ralenti, tractait ses lignes tendues jusqu'à la rupture, guidait toujours davantage la présence à travers les strates tourmentées de la singularité. Le feu de l'énergie brute irradiait jusqu'à ses reins en ondes aussi insoutenables que sublimes.

Tout à coup, les cordes retombèrent mollement et la douleur reflua.

« *Il est là* », annonça Dieu.

Ganner ouvrit les yeux à grand-peine; un puits de clarté le baignait, mais qui s'évanouissait déjà

– manifestation de la puissance divine. Au-dessus de lui, la couverture nuageuse terne, couleur de plomb avait presque entièrement gagné le ciel, atténuant les contours, vidant les rares couleurs de leur substance. Il cilla pour chasser l'humidité poisseuse qui s'était accumulée aux coins de ses paupières, renifla le sang ferreux qui encroûtait ses lèvres.

Un vieillard émacié gisait face contre terre au pied de la singularité.

Le Vagabond.

Il paraissait insignifiant, à tel point que le Seigneur de Guerre peinait à croire à son importance. Sa maigreur dépassait même celle des Décharnés de son armée ; les lambeaux de sa tunique jadis blanche adhéraient à sa silhouette osseuse telles des bandes d'embaumement. Sur son dos, le Prophète distingua le futile symbole de Wer, la flèche rouge. Une poignée de cheveux blancs d'une longueur extrême tombaient de son crâne tavelé.

Mais Dieu l'avait envoyé accomplir Son dessein ; il y avait une raison.

L'homme releva péniblement la tête ; sa peau brune soulignait l'ossature tel un masque de cuir. Ses yeux enfoncés, vitreux, paraissaient aveugles. Dans un râle, il tendit une main crochue et tremblante vers Ganner.

Puis la main et la tête retombèrent lentement sur la terre meuble, avec, sembla-t-il, une forme de quiétude.

« Il est mort ? siffla Ganner entre ses dents.

— *Oui. Il a toujours vécu en sursis ; quand tu l'as ramené, le temps l'a rattrapé.* »

Le colosse baissa les yeux sur la silhouette frêle du moine avec une pointe de compassion. Même après avoir vu l'impossible, Ganner peinait à imaginer ce que représentaient cent trente ans d'errance, comme un spectre, dans des réalités inexistantes. Et pourtant, si cet homme de Wer s'était dressé face à lui, il l'aurait tranché en deux sans un regret d'un seul revers de la lame monstrueuse dans son dos. Le Prophète d'Aska savait aimer et tuer d'un même mouvement. Les frontières entre la vie et la mort ne semblaient plus aussi nettes quand on servait l'éternité.

Néanmoins, Ganner était un peu déçu.

« Et maintenant ?

— *Il a rempli son office. Mais il y en a d'autres*, prévint Dieu.

— D'autres ? haleta le guerrier. Je croyais qu'il était la clé...

— *Oui ; le Vagabond était le seul de son espèce. Égaré entre deux mondes, entre deux époques, sans appartenir à aucune. Mais d'autres que lui ont franchi le seuil, par ignorance ou par désespoir. Eux aussi ont ressenti l'appel. Nous avons ôté le verrou ; maintenant, les égarés reviennent aux leurs. C'est jour de réjouissance ! Toutefois, tu devras les guider sans Mon concours. Tu ne supporterais pas un nouvel influx de puissance aussi vite.* »

Celle-ci bourdonnait encore en Ganner telle la vibration prolongée d'un gong, mais il sentait qu'il avait franchi la crête de la vague depuis que le puits de lumière s'était retiré. Refluant à travers ses nerfs, elle le laissait creux, et en même temps assoiffé de cette sensation aussi destructrice qu'extatique. Il lui fallut ravaler un râle de manque.

Néanmoins, un flux de magie résiduel continuait

à grésiller à travers lui, le long de ses membres, jusqu'à s'enfoncer en épingles sous ses ongles.

Fatigué, il releva les bras. Puis il chercha à rétablir, comme Dieu le lui avait montré, son lien avec les lignes de force.

Il les trouva aussitôt, presque involontairement. Il manqua sursauter. Ganner n'appréhendait pas toutes les subtilités de la magie devenue sauvage après l'Apocalypse, mais il semblait en effet que la présence de l'homme étendu à ses pieds avait rompu une sorte de digue. Et à présent, d'autres présences se tendaient vers la faille élargie par l'appel. Le Prophète n'avait plus de réel effort à fournir pour les ramener ; elles se dirigeaient vers lui, pareilles à des insectes attirés par une lumière vive. Il lui suffisait de se laisser habiter par la puissance, de former un fanal pour guider les égarés.

Bientôt, une première silhouette se dessina à la surface de la sphère, devenue mate dans l'Éternel Crépuscule. Elle tendit les bras, perça les irisations à la façon d'un noyé revenant à la surface. Une jambe franchit le seuil, puis une autre. Un homme vêtu de haillons sortit de la singularité en titubant.

Ses yeux avaient fusionné en une lentille de chair vitreuse surmontée d'une crête mêlant os et métal. Des tumeurs rougeâtres saillaient de son cou et de ses mains. L'un de ses pieds se tordait vers l'intérieur selon un angle contre nature ; la musculature de sa jambe avait enflé en fibres épaisses comme des cordes et déchiré le tissu de ses chausses.

Il regarda autour de lui de cet étrange œil unique et émit un bruit à mi-chemin entre le reniflement et le grognement. Puis il avisa le chemin qu'avait emprunté Ganner pour monter et se mit en route.

Une femme suivit, mutée elle aussi par son contact avec l'Anomalie. Une plaie béante s'ouvrait dans sa poitrine, dévoilant des griffes de métal arachnéennes qui enserraient son cœur battant à la manière d'un écrin. Ses ongles avaient poussé en longues lames chitineuses qui traînaient au sol. Elle aussi se mit en chemin vers le pied de la colline.

Vers le village et sa population, du moins ceux que les soldats avaient rassemblés pour l'exemple.

« *Le désir de retrouver les siens reste un instinct fondamental, même chez ceux que la conscience n'habite plus*, observa Dieu.

— Sont-ce là Tes enfants, Mon Seigneur ?

— *Tu le sais bien, Mon fils. Je reconnais tous ceux qui le désirent. Je les accueille dans Mon giron et accorde à tous Mon regard, afin qu'ils marchent dans Ma beauté.*

— Oui, Mon Dieu », souffla Ganner avec exaltation.

D'autres formes humaines grotesquement disloquées suivirent, attirées par l'appel du Prophète et libérées par la mort du Vagabond. Selon la légende relatée par Aska lui-même, ce moine weriste était resté suspendu pendant cent trente ans dans un univers sans plus de consistance qu'un rêve ; les circonstances précises de sa disparition et sa présence prolongée avaient affaibli les barrières de la réalité. C'était ce qui rendait cette Anomalie si précieuse.

Hommes, femmes, humains mutés au-delà du reconnaissable trébuchaient sur la colline en une longue file de difformités et de mutations tant organiques que mécaniques. Les ruines de l'artech, l'ancienne magie métallique du défunt Empire d'Asrethia, engendraient des résultats incontrôlables que même un dieu ne pouvait maîtriser totalement. Certains avaient perdu l'usage de leurs jambes, sectionnées à la ceinture ou bien remplacées par des armatures délicates incapables de supporter leur poids. Ganner remarqua également quelques animaux qui s'enfuirent aussi vite que leurs pattes les portaient – en général pour s'abîmer du bord de la falaise vers une mort brutale et absurde. Mais tous les humains, ou ce qu'il en restait, étaient animés de la même volonté inébranlable : descendre la colline. Retourner au village. Retrouver les leurs, dont ils avaient été séparés si longtemps.

« Et eux, le temps ne les rattrape pas ? s'enquit Ganner.

— *Ils ont été avalés par l'Anomalie comme n'importe quel errant. C'est un sortilège ancien qui a piégé le Vagabond. Réjouissons-nous-en, car c'est cela qui nous donnera la clé de la victoire.* »

À chaque égaré qui revenait dans le monde, la pression sur les tempes de Ganner s'atténuait, la brûlure au creux de ses os se faisait plus supportable. Finalement, le dernier revenant franchit le seuil de l'Anomalie – et la puissance divine déserta le Prophète d'un seul coup.

Celui-ci tomba aussitôt à genoux avec un impact mat sur la terre humide. Il haleta, trempé de sueur, oppressé par une terrible sensation de manque, environné par les ténèbres claires du crépuscule. Il brûlait de supplier son Seigneur de lui prêter à nouveau sa splendeur, de faire de lui son jouet – et qu'importe si une exposition prolongée à une telle puissance risquait de lui coûter la vie. Malgré sa masse, sa musculature, ses sens développés et son armure surdimensionnée, Ganner se sentait désespérément faible, petit, minable.

Le plus difficile était de retrouver cet état en sachant que cette puissance lui serait un jour accessible. Il commençait tout juste à la comprendre. Et avec le temps, il la ferait sienne.

« *Tu n'as pas fini* », lui rappela Dieu, interrompant ses pensées.

Ganner lâcha un grognement et rassembla ses forces terriblement humaines pour se hisser sur ses pieds. L'armure lui prêta main-forte, amplifiant ses mouvements et palliant sa volonté épuisée dans un bourdonnement discret.

Il tourna les talons et entreprit de redescendre la colline. Sa sensibilité exacerbée l'avertissait à présent des bancs de magie brute gravitant lentement autour de la singularité sans que Dieu n'ait à l'en prévenir. Il patientait de temps à autre quand une distorsion lui coupait la route, puis se remettait en marche d'un pas pesant. Il rattrapa bientôt la procession lente et boiteuse, qui ne se souciait guère, elle, des perturbations arcaniques ; elle les traversait – avec, parfois, des conséquences funestes. Ganner voyait de nouvelles grosseurs saillir sur la peau tuméfiée, des excroissances semi-métalliques germer à vue d'œil. Certains égarés s'effondraient en vomissant un sang noir constellé de limaille, à peine conscients qu'ils étaient en train de mourir.

Le Prophète observait tout cela d'un œil détaché. Nul ne pouvait réellement prédire l'effet d'une Anomalie.

Il gagna la tête de la colonne tandis que ses forces lui revenaient lentement, pâle mirage de la gloire qui l'avait habité. Refoulant sa déception, il pressa le pas pour ressortir du sous-bois pétrifié avec une bonne avance.

Il déboucha sous un ciel de nébulosités couleur d'étain qui chatoyaient sourdement comme la surface de l'eau. La pénombre qui s'était abattue sur les environs plongeait le monde dans une bienheureuse masse gris-bleu. Au-dessus du versant opposé de la vallée, le front nuageux anthracite formait un lent ressac là où il affrontait, frustré, le ciel encore inaltéré.

Une rumeur effrayée agitait la foule gardée par l'armée. Les gens se serraient les uns contre les autres, grouillant comme une fourmilière. Sales, hagards, ils se montraient le ciel, se regardaient les uns les autres. Certains cherchèrent à fuir, mais les soldats leur barraient la route sans ménagement. Des armures comparables à celle de Ganner dépassaient la foule de deux bonnes têtes, leur damasquinage violacé vibrant en rythme avec l'afflux sanguin de leur occupant. Dans leur cas, le heaume avait dévoré le visage, complétant la fusion de l'acier avec la chair, ne laissant que la force brute et le désir de s'en servir. Charnières et rainures luisantes leur donnaient une expression grimaçante, un rictus à jamais figé. La seule présence de ces Spectres Armurés suffisait à dissuader la foule de toute résistance.

Le retour du commandant fit taire les gémissements, calma l'agitation. De l'angoisse d'ignorer pourquoi on l'avait rassemblée de la sorte, la foule passa à la terreur révérencieuse. Les hères en guenilles crasseuses inclinèrent la tête en signe de soumission. Les mères serrant leurs enfants, les jeunes gens, les vieillards s'agenouillèrent, certains pleurant en silence.

Daphn, sa seconde, debout à l'écart, lui adressa un regard interrogateur. Ganner lui répondit d'un grand sourire et d'un hochement de tête.

Il écarta les mains et sa voix, portée par la magie, roula sur la foule et dans la vallée, jusqu'aux fermes les plus éloignées.

« Peuple de Mandre! lança-t-il. Peuple des Mortes-couronnes. Relève la tête. Tu te tournes vers le ciel, tu te lamentes, et tu cries : Dieu nous a abandonnés. Dieu nous a maudits! Peuple de Mandre, je te le dis. C'est la vérité! »

Un murmure parcourut la foule. Les visages burinés, terreux, les regards désemparés se tournèrent les uns vers les autres, tandis que les sanglots enflaient.

« La vérité, c'est que ton dieu n'a jamais veillé sur toi. Jamais! Wer te hait! Il hait tes enfants, il te hait toi, tout comme il hait le monde qu'il proclame fièrement t'avoir laissé! »

Les expressions devinrent hagardes, perdues. *Pauvres animaux*, songea Ganner. Ces gens vivaient depuis si longtemps dans l'indigence, la maladie, que leurs facultés s'étaient réduites aux instincts les plus frustes. *Leur raison est morte.*

« Dès le tout premier jour, continua le Prophète, il t'a livré à toi-même, à l'impuissance, sans t'aider à vivre, pour te punir de péchés qui ne t'appartiennent pas. Je te le demande : quel dieu abandonne ainsi les siens, si ce n'est un dieu de mensonge? Un dieu de lâcheté? »

Tout à coup, un hurlement perçant retentit dans l'attroupement. Une femme pointait du doigt quelque chose derrière Ganner. Un second suivit aussitôt. Les cris enflèrent parmi la populace telle l'irruption soudaine d'un blizzard; les gens reculèrent d'un seul bloc, butant contre le cordon de soldats et d'Armurés.

« Que crains-tu, peuple de Mandre ? s'exclama Ganner avec ferveur. Que crains-tu, si ce n'est les tiens ? »

Des bruits de pas lourds et traînants s'élevèrent derrière lui. Une voix gargouillante émit des syllabes sans suite. Un premier égaré le dépassa, puis un autre. La foule cherchait à fuir. Les soldats repoussaient les gens sans ménagement. Les armures noires massives, parcourues de lumières mauvaises, paraissaient bouillonner. L'une d'elles tira le tranchoir énorme qu'elle portait dans le dos.

« Tu les as abandonnés, comme Wer t'a abandonné toi ! continuait à scander Ganner. Tu as suivi les préceptes qu'il t'a enseignés. Mais il est temps, à présent, de t'amender. »

C'était une file ininterrompue d'égarés qui descendait à présent vers le peuple terrifié : hommes et femmes aux blessures ouvertes, aux bubons pesteux, aux greffons hasardeux de rouages et de pièces cuivrées. Les premiers gagnaient presque l'attroupement, les mains tendues, attirés par les souvenirs déchiquetés d'une autre vie.

Une panique née de siècles de conditionnement embrasa alors la foule. Un jeune homme se rua contre un soldat avec l'intention de forcer le barrage. Sans hésitation, le soldat tira son épée et l'empala. D'autres Mandrais voulurent imiter leur camarade, et les Spectres Armurés, jubilant d'employer leur puissance, dégainèrent leurs lames gigantesques en guise de réponse. Une curieuse dissociation se produisit sous les yeux de Ganner, comme si les mouvements fluides exécutés par ses hommes n'avaient pas de lien causal avec les têtes, les membres, les chairs qui se mirent à voler dans de grandes gerbes sombres. Des corps démembrés s'effondrèrent, abreuvant la terre à gros bouillons.

La panique redoubla. Les pauvres gens s'efforcèrent de déborder l'armée, en vain. Mais les soldats d'Aska ne pressèrent pas leur avantage; quand la foule recula, ils se contentèrent de maintenir leurs positions. Les Armurés, vibrant d'agressivité, gardaient leurs tranchoirs couverts d'écarlate à la main dans des postures qui trahissaient la déception, bien que leur visage fusionné avec leur heaume soit à jamais indéchiffrable.

Habituée à des siècles de servitude sous un seigneur ou un autre, la populace se prosterna alors devant Ganner, les joues mouillées de larmes et de sang. Des hurlements incohérents, des lamentations, tranchaient l'air obscur comme les lames des Spectres.

« Ne te tourne pas vers moi, poursuivit le Prophète. Quelle clémence faut-il implorer? Quelle pitié? Ces gens sont les tiens, peuple de Mandre! Ils sont toi! Ils te reviennent, les bras ouverts! Comment vas-tu les accueillir? Vas-tu les rejeter, écoutant à nouveau la haine qu'on t'a enseignée? »

Les premiers égarés difformes atteignirent la foule. Un désespoir absolu se lisait sur les visages sales. Certains se retournèrent à nouveau vers l'armée, mais la vue des cadavres démembrés leur ôta toute velléité de fuite.

La procession s'arrêta.

Les yeux vitreux ou bien injectés de sang, les surfaces chitineuses qui donnaient à leur propriétaire la faculté de percevoir la lumière, se posèrent sur les humains. Les hurlements refluèrent comme une marée, ne laissant dans leur sillage que des sanglots et des prières inutiles à un dieu qui ne voulait plus les entendre.

Un jeune homme à peine sorti de l'adolescence, vêtu d'une tunique et d'une capuche de jute, se releva en tremblant, ses yeux agrandis par l'épouvante fixés sur l'égaré le plus proche. Il ramassa un bâton vermoulu à terre.

Ganner secoua la tête avec regret.

L'égaré ressemblait à son propre reflet brisé dans un miroir. Une copie grotesque de sa tête lui germait sur le côté du visage, des bourgeonnements de chair allongés sur le bras et la jambe singeaient des membres en train de pousser.

Le gamin s'élança contre son adversaire. Mais l'autre décocha son bras muté avec une vitesse stupéfiante et l'attrapa à la gorge. Il commença à le soulever en l'étranglant. Le gosse tenta de frapper avec son gourdin, mais la force manquait à ses coups – et l'arme se brisa bientôt, pourrie de l'intérieur.

Comme sur un signal, les autres égarés s'avancèrent dans la foule.

Les hurlements reprirent de plus belle.

« Ne peux-tu les comprendre ? scanda Ganner. Tu les as abandonnés, comme Wer te l'a enseigné. Leur colère n'est-elle pas légitime ? »

La foule, prise entre les horreurs qu'elle redoutait et l'armée impassible, fut bientôt submergée par la procession.

« Mais la colère n'est pas la seule issue. Écarte la peur ! Écarte la haine ! Accepte l'état du monde ! »

Certains égarés, réduits à leurs plus fondamentales

pulsions, excités par l'attaque de leur congénère, se mirent à frapper sans distinction, de leurs poings, de leurs griffes, de leurs lames. Le sang gicla de nouveau. D'autres conservaient une mesure du potentiel mutagène de l'Anomalie, contagieux comme des maladies. Ici, une femme regardait avec horreur ses bras nus se couvrir de verrues violacées. Là, un homme se tâtait le visage, frappé de mutisme en sentant ses traits se cristalliser sous une fine pellicule de métal. La marée de chair difforme et d'éclats d'acier submergea la populace dans la terrible clameur des damnés.

« Il est temps de changer les cœurs ! Ceux qui sont prêts à écarter la peur nous rejoindront. Entends-tu, peuple de Mandre ? »

Les bras levés à la manière d'un prêcheur, Ganner continua à scander la parole d'Aska :

« Il est temps de laisser parler l'amour ! »

4

Leopol

Le moine n'éprouvait que mépris pour les parias rejetés en périphérie des bourgs, mais cela les rendait justement utiles à l'occasion. Ils étaient sacrifiables.

Et qui de plus sacrifiable qu'une femme connue pour son association avec une sorcière purifiée par le bûcher nu, quatre ans plus tôt? Le baron de Doélic avait tout expliqué à Leopol. Alors âgée de quatorze ans, Mériane avait échappé au sort de l'aînée – les Chasseurs de Vérité l'avaient jugée mal influencée et revêche, mais encore pure. Fadaises. Menteuse. La tentation forait ses voies tortueuses dans le cœur des plus jeunes enfants. C'était les fruits les plus brillants qui cachaient la corruption la plus immonde.

À vingt-quatre ans, frère Leopol le savait de première main. La grâce de Dieu l'avait sauvé.

Mériane avait bâti sa cahute juste en lisière de la zone stable de Doélic, en bas d'un talus sous des arbres décharnés. Les premières lueurs de l'aube révélaient les plaques de neige à moitié fondue qui marbraient un tapis d'épines brunes. Les branches lançaient des ombres griffues sous l'éclat vacillant de sa lanterne. Dans l'ensemble, un décor adapté à une pécheresse : minable, isolé. Fané.

De la fumée s'échappait de la cheminée. Elle se trouvait chez elle.

Leopol descendit l'étroit sentier qui serpentait sur le talus en prenant garde de ne pas tacher sa tunique de laine et son tabard immaculés. Les seuls éclats dignes de souiller sa livrée étaient les viscères des abominations tailladées par l'épée bâtarde à son côté. Deux gardes que lui avait adjoints le baron de Doélic le suivaient sans mot dire. Guère plus causants que des mules et à peine plus futés ; deux brutes en veste de cuir, armées de massues cloutées fixées à la ceinture. Dans un réel combat, leur principale utilité se résumerait probablement à une diversion commode ; et puis ils faisaient des porteurs convenables. Leopol était libre de ses mouvements.

Le moine croisé de Wer parvint enfin à la porte. La cahute était sommaire mais de bonne facture : d'épais rondins isolés avec de la poix. Même une fenêtre... constata-t-il en se décalant sur le côté. On l'avait forcément aidée pour construire son habitation. *Il faudrait vraiment interdire tout contact avec les parias*, grogna intérieurement Leopol. *Toute forme de troc ou d'assistance. S'ils vivent seuls, qu'on les laisse seuls.*

Il tambourina à la porte de son poing ganté de cuir épais, une première fois, puis une seconde.

« Ouvre, Mériane ! Je sais que tu es là ! »

Du mouvement à l'intérieur. Satisfait, Leopol patienta, la main sur le pommeau de son épée. Puis la porte s'ouvrit, dévoilant une jeune fille de moins de vingt ans, aux cheveux noirs mi-longs en désordre. Elle portait une simple tunique de laine grise qui s'arrêtait aux genoux ainsi que des bottes enfilées en hâte ; dès que le regard du moine effleura la peau nue, il l'en écarta vivement et revint à son visage. Des joues rondes lui donnaient un air juvénile qui contrastait avec les cernes sous ses paupières et son expression grincheuse. Qui s'accentua encore dès qu'elle vit la grande flèche rouge sur le poitrail de Leopol.

Elle ferma les yeux, soupira, puis ouvrit le battant en grand et tourna les talons.

Leopol lui emboîta le pas, suivi par les deux gardes. Dans la cabane, il décrivit un petit tour sur lui-même. Elle se composait d'une unique pièce, petite mais fonctionnelle. L'éclat rougeâtre d'un brasero perdait tout juste le combat contre la pâleur de l'aurore. Des fourrures pendaient à des crochets ; du mobilier sommaire, mais robuste. De petits animaux de bois taillés avec soin encombraient les surfaces libres. Il faisait bon dans l'habitation, qui sentait la fumée et la viande.

« C'est ici que tu vis ? s'enquit le moine.

— Non, j'ai un palace dans la forêt, mais j'aime bien dormir dans les dépendances », lâcha Mériane.

Les yeux de Leopol s'agrandirent tandis que l'incrédulité jaillissait dans sa poitrine. Ses doigts étreignirent la poignée de son épée. Il la fixa d'un regard brûlant d'hostilité. La péronnelle commettait en plus l'outrage d'être presque aussi grande que lui. Il allait s'avancer vers elle, mais elle dut voir sa fureur, car elle se mordit la lèvre et baissa aussitôt la tête en joignant les mains en signe de pénitence.

« Pardonnez-moi, frère, murmura-t-elle entre ses dents serrées. Je ne reçois guère. Je n'ai plus de manières. Je n'en ai jamais eu beaucoup, d'ailleurs. Tout le monde vous le dira, à Doélic. »

Elle regardait fixement le plancher. Leopol voyait sa mâchoire jouer, d'angoisse, certainement.

« Tu vas prendre bien soin de surveiller ta langue, gronda-t-il d'un ton lourd de menaces. Surtout qu'elle ne m'est d'aucune utilité. »

Il la fixa encore quelques secondes, la mettant au défi de répondre, mais elle choisit le silence avec sagesse, la tête toujours baissée. Satisfait de la voir enfin convenablement soumise, il s'écarta.

C'était heureux, car, aussi agaçant que ce soit, il avait besoin d'elle.

Les deux gardes demeuraient de part et d'autre de la porte, les paquetages de matériel précieux sur l'épaule, le regard dans le vide. Leopol s'approcha de la paillasse surélevée et, jugeant les fourrures propres, il s'assit. Mériane lui jeta un rapide coup d'œil, les sourcils froncés, indécise.

« Je n'ai pas grand-chose à vous proposer... dit-elle d'une voix sourde. Mais il doit me rester un quignon de pain et des fruits.

— Ne te moque pas de moi, répliqua Leopol, une forestière comme toi doit posséder bien plus en réserve. Mais nous ne sommes pas venus pour tes provisions. On t'a recommandée, Mériane. J'ai besoin de tes services, et tu vas m'accompagner.

— Pourquoi ? »

Le moine posa les coudes sur ses cuisses, le menton sur ses doigts entrecroisés, et la dévisagea.

« Parce que je te le demande », répondit-il d'un ton dangereusement calme.

Le regard de Mériane se posa sur son arc, le carquois rempli de flèches confectionnées à la main, sa petite hache. *Pauvre âme égarée*, songea Leopol avec une compassion vertueuse.

« Je suis une paria, répondit-elle humblement. Je vis hors du monde. À quoi je pourrais bien vous servir ?

— Justement. D'après le baron, tu connais cette forêt mieux que quiconque. Tu en tires ta subsistance, tu y survis depuis quatre ans, bien qu'elle s'étende largement en zone instable. » Il la regarda par en dessous. « On pourrait même croire que tu as un don pour éviter les Anomalies. À moins… que tu ne commerces avec elles ? Dis-moi, est-ce pour cela qu'elles t'épargnent ? »

La fille déglutit visiblement.

« Je ne suis qu'une trappeuse, répliqua-t-elle. Je sais lire les pistes des animaux sauvages, je me tiens à l'écart des plus gros. Et… quand les nuages prennent des formes qui ne me disent rien qui vaille ou que la brise se met à tourner sans raison, je ne traîne pas dans le coin. C'est tout. »

Leopol hocha lentement la tête comme face à un élève prometteur.

« À la bonne heure. Donc, comme je te le disais, tu vas me guider. J'ai besoin que tu suives une piste pour moi et que tu nous fasses éviter les zones les plus dangereuses. Jusqu'à ce que nous ayons rattrapé l'Anomalie d'hier soir. »

La forestière releva brusquement la tête, les yeux agrandis par l'effarement.

« Vous voulez rattraper une Anomalie ? s'exclama-t-elle. Volontairement ? C'est de la folie ! Et puis, elles ne sont pas censées abriter le démon, la corruption de l'âme et tout ce genre de choses ? »

Croyait-elle lui faire la leçon ? Le moine eut un bref demi-sourire.

« Si. Et si tu tiens à la pureté de la tienne, bien qu'elle ait été exposée à la sorcellerie dans son jeune âge, tu prendras soin de t'en souvenir. Mais tu ne seras pas seule. Tu baigneras dans la lumière de Wer à travers ma présence. » Il désigna les deux gaillards plantés à l'entrée : « Tiens-nous à l'écart des fauves et des prédateurs. Guide-nous jusqu'à l'Anomalie. Ensuite, je nous conduirai en son cœur.

— Et une fois là-bas, je peux vous y laisser et rentrer chez moi ? »

Leopol haussa les sourcils.

« Et comment feras-tu ? Les marées arcaniques engendrées par les Anomalies sont fugaces et chaotiques. Une fois dans l'œil de la Bête, es-tu certaine de vouloir retrouver le chemin du retour par toi-même, au risque d'être saisie et de muter en Wer sait quoi ?

— Parce que vous le connaîtrez, vous ?

— Ah, fit-il. Le Dieu de Vérité sait montrer la voie à qui s'en révèle digne. Je ne suis pas un simple frère combattant, Mériane, je suis un croisé de Wer. Et à ce titre, on m'a accordé l'honneur de manier nos meilleures armes contre les abominations du Pandémonium. »

La fille se passa la main sur le visage, puis se le frictionna comme pour arracher les vestiges d'un mauvais rêve. Leopol continuait à l'observer avec un détachement amusé, mais il commençait à s'impatienter.

« Trêve de bavardages, décréta-t-il. Tu ne peux pas refuser de me servir. Commence à te préparer. »

Elle leva les bras avec humeur puis les laissa retomber à ses côtés.

« Mais *pourquoi-ska* voulez-vous donc rattraper une Anomalie ?

— Tu es de Doélic. Malgré ton isolement, tu as entendu parler de Pyr, je suppose ?

— Le fils du baron ? Oh, non... » Avec une émotion visiblement sincère, elle porta les mains à sa gorge. « Dans quoi... Ne me dites pas que c'est *lui* qu'on va chercher ? »

Leopol acquiesça.

« Le garçon de l'écurie l'a entendu prendre un cheval hier soir. Il était accompagné, semble-t-il. Il aurait convaincu une jeune fille probablement très impressionnable qu'il pourrait lui montrer ce fameux orage de près... Son dessein impur ne faisait aucun doute. Les femmes croient tout dès qu'on flatte leur vanité. »

Et il faudra que ces jeunes gens en répondent tous les deux, songea Leopol.

Il s'aperçut que la forestière le dévisageait avec une soudaine antipathie. Il allait falloir calmer ce fort caractère, né d'une indépendance malséante et trop prononcée. Inutile qu'elle se dresse sur ses ergots, Leopol savait bien qu'il disait vrai.

« Pyr a emmené Tara ? » rétorqua Mériane avec amertume. Il ne pouvait s'agir que d'elle ; sa réputation la précédait, au bourg. « Cette fille n'est pas impressionnable, elle est idiote.

— Oh, n'aie crainte, ce n'est pas elle qui compte, de toute manière, répliqua le moine avec un geste dédaigneux.

— Je ne voulais pas suggérer qu'elle ne comptait pas », murmura-t-elle.

Elle ferma les yeux, semblant capituler. Le moine laissa passer un bref silence, puis se leva et s'approcha.

« J'ai reçu l'ordre d'aller le chercher, reprit-il. Le baron et votre prède semblent amis de longue date... et le prède Criston m'a donné l'ordre de sauver cette âme égarée. Là où Wer m'envoie, j'obéis. Et maintenant, tu m'obéis à moi. À présent, partons sans tarder. J'étais en route vers la forteresse de Valbrisson, mais Wer m'a jugé digne d'une dernière mission avant de rentrer. En vérité, ce jeune imbécile a de la chance que je sois de passage.

— Oui. Et moi pas », murmura Mériane.

Mériane

La forestière se releva en s'essuyant les mains sur ses chausses. Elle ne se sentait nullement reposée par le sommeil : la conscience s'agitait toujours après avoir effleuré une Anomalie, même à distance. Et la jeune femme se sentait toujours essoufflée de sa course de la veille. C'était un effet de la terreur. Dans ces moments-là, elle avait la sensation qu'elle ne pourrait jamais courir assez loin.

« Ils sont bel et bien passés par là, annonça-t-elle. Un cheval chargé. »

La piste s'incurvait à flanc de colline et quittait le sentier en laissant des dépressions molles dans la boue ourlée de glace et d'herbes mortes. En haut du versant, les nuages épais demeuraient teintés d'un jaune orageux de mauvais augure, mais l'Anomalie errante s'était éloignée. Elle avait emprunté ce même chemin la veille pour relever ses pièges ; un calme trompeur régnait à présent sur la forêt, mais des branches arrachées, des arbres morts fendus et, épisodiquement, couverts de curieuses concrétions métalliques trahissaient le passage de la tempête. Mériane frissonna intérieurement en espérant qu'ils ne risquaient rien à cheminer dans le sillage de la perturbation. Elle devait s'en remettre au croisé pour cela, une perspective qui lui causait une profonde répugnance.

« Un cheval », répéta Leopol à ses côtés. Il secoua la tête. « Mieux vaut que nous ne le retrouvions pas. »

En zone instable, les montures constituaient davantage un risque qu'une aide. Les animaux percevaient mieux les perturbations arcaniques que les humains et paniquaient souvent à leur approche. La dernière chose dont un éclaireur avait besoin, c'était que son cheval le renverse, puis se précipite tête baissée vers le danger pour se changer en… *quelque chose*.

« Qu'est-ce qui vous fait croire que nous les retrouverons indemnes ? demanda Mériane avec un pincement au cœur. Je veux dire, on sait que tout ce qui s'approche d'une Anomalie en revient… méconnaissable. »

La main sur son épée, le moine contemplait tranquillement le sommet de la colline noire et grise piquetée de sapins rabougris. Rien ne paraissait le troubler. Mériane soupçonnait que cela changerait s'ils conduisaient bel et bien cette expédition insensée jusqu'à son terme.

Avec moi en remorque. On m'a toujours dit que j'avais le don pour m'attirer les problèmes, mais celui-là, je ne l'ai même pas cherché…

« D'après le baron, son fils possède un bijou de dranite, répliqua Leopol. Un héritage ancien reçu pour son douzième anniversaire. La pierre luit en présence des souillures arcaniques. Cela aura pu l'aider à les franchir sans encombre. »

Mériane secoua la tête, consternée. Elle voyait d'ici le numéro qu'il avait dû servir à Tara : *Je ne crains pas les Anomalies, regarde. Je suis plus malin que tout le monde.* Pyr promettait de se couler à la perfection dans le moule préparé pour lui : fils unique, gâté par son baron de père, tout lui était dû, et il se trouvait à cet âge où les jeunes garçons passent curieusement de l'état d'enfant à celui d'imbécile. Quant à Tara, avec ses boucles rousses, son sourire facile et ses yeux taquins, la fille du vitrier s'était très tôt découvert un pouvoir sur les adolescents malléables en échange de quelques faveurs. Mériane espérait qu'un jour une matrone aurait avec elle la discussion sérieuse que sa mère avait visiblement évitée.

À condition d'arriver à les sortir de ce pétrin. Ses mauvais pressentiments palpitaient dans sa poitrine comme un second cœur mou. Elle aurait dû fuir et abandonner ce moine intolérablement suffisant – ils l'étaient tous – à son triste sort.

Mais, si horripilants soient-ils, Pyr et Tara ne méritaient pas de se perdre dans les replis d'une réalité pervertie, de vivre le supplice de sentir leur chair boursouflée par les caprices d'une magie sauvage, de la voir fusionner avec les atroces reliquats mécanistes de l'Empire d'Asrethia.

À vivre dans les bois, Mériane avait suffisamment vu d'horreurs animales et humaines de ce genre.

La mort dans l'âme, elle rajusta son arc sur son

épaule et ouvrit la voie, scrutant autant la terre que le ciel à l'affût de bêtes sauvages... Ou pire.

Par pur dépit, elle imprima un rythme de marche soutenu au groupe. Rapidement, les deux gardes qui portaient les sacs du moine se mirent à haleter, ce qui lui causa une pointe de satisfaction. Mais Leopol, lui, se maintint à sa hauteur sans difficulté. Avec son menton haut, son visage parfaitement rasé, ses cheveux blonds coupés court et peignés impeccablement sur le côté, ainsi que sa livrée blanche qui laissait apparaître l'éclat d'une cotte de mailles bien entretenue, il ressemblait terriblement à un prince d'enluminure – ce qui suscitait chez Mériane une aversion viscérale.

« Les enfants sont un don de Dieu, déclara-t-il tranquillement, tu ne crois pas ? »

Nous infliger une marche dangereuse par pure bêtise ? Effectivement, cela me semble bien dans l'esprit de Dieu. Néanmoins, cette fois, elle tint sa langue.

« Ce que je vois, répondit-elle, c'est que si Pyr n'était pas le fils du baron, nul ne se précipiterait à sa rescousse, et certainement pas un croisé.

— Ah, mais toutes les vies ne sont pas égales, répliqua frère Leopol. Certains s'en offusquent, mais c'est la vérité. Les uns commandent, les autres obéissent. Le duc de Belnacie gouverne des dizaines et des dizaines de milliers d'âmes ; dirais-tu que ta parole vaut la sienne ? Même la mienne est sans importance en comparaison.

— Oh, vraiment ? Même la vôtre ? » rétorqua Mériane sans pouvoir s'en empêcher.

Le moine ne parut pas saisir le sarcasme.

« Même croisé, je ne reste qu'un frère combattant, répondit-il. Mon plus cher souhait est de mourir sur le champ de bataille en défendant la justice et la pureté. Je suis l'humble outil de Dieu, et un outil est là pour servir. C'est dans l'ordre des choses. »

La jeune femme ne trouva rien à répondre – du moins, rien qu'il soit prudent de dire. Elle continua l'ascension en silence, son souffle formant des panaches dans l'air vif du matin. Sur sa droite, une nappe de nuages qui masquait le soleil matinal brillait d'une clarté dure. *Maudits soient les jeunes gens et leurs pulsions.* À vrai dire, elle avait à peine trois ans de plus que Pyr, mais ce qu'elle avait vécu lui donnait l'impression d'en avoir le double. Et puis les femmes mûrissaient toujours plus vite que les hommes. Il le fallait, si on espérait leur survivre.

« Pourquoi t'infliges-tu cette vie, Mériane ? demanda tout à coup le moine.

— Laquelle ?

— Allons, tu sais bien de quoi je parle. Tu vis seule, loin de tous, sans connaître la chaleur d'un foyer, d'un mari pour veiller sur toi. Est-ce donc une vie ? »

La colère – et la frustration de ne pouvoir l'exprimer – montaient dans sa poitrine comme un orage. Mériane serra les lèvres en regardant droit devant elle, enfonça résolument la pointe des pieds dans la boue et les herbes couchées dans l'espoir de semer le moine. Mais il adopta son allure. Ils commençaient à distancer les deux balourds tandis qu'ils approchaient du sommet encroûté de neige de la colline.

« Nous avons tous un rôle à jouer en fonction de notre naissance, reprit le moine sur le ton de la conversation. Et, avant toute chose, nous naissons homme ou femme. Dès lors, des devoirs différents nous attendent. Cela aussi, c'est dans l'ordre des choses.»

L'orage se nicha droit dans son cœur. La forestière s'arrêta brusquement et pivota vers lui – mais se rappela alors qui était son interlocuteur. Néanmoins, elle refusa de courber l'échine. Au lieu de cela, elle laissa son regard disperser sa rage dans les buissons épineux qui frisaient sur le versant.

«Écoutez, fit-elle avec un calme forcé, vous croyez me connaître, mais vous ignorez tout de moi. La vie que je mène me convient. J'en accepte les risques. Ce n'est pas pire que de vivre avec une famille qui me considère juste comme une jument bonne à marier et à engendrer des petits fermiers pour le baron, comme le fait ma sœur.

— Oh, mais tu devrais être fière d'elle! Ta sœur fait son devoir. Un enfant qui naît est une bénédiction ; qu'il soit en bonne santé, sans difformité ni marque démoniaque, est encore plus rare. Notre Seigneur l'a voulu ainsi pour nous rappeler le prix de l'existence et l'importance de la famille. Il n'existe pas plus belle consécration.

— Dit celui qui n'en a pas et s'est promis au célibat», murmura Mériane.

Du coin de l'œil, elle lui vit un sourire pétri d'une telle condescendance que la jeune femme eut envie de le frapper en plein dans ses dents parfaites.

«Tu es en colère, répliqua-t-il d'une voix douce. On m'avait prévenu. Tu en veux aux Chasseurs de Vérité et c'est pour cette raison que tu t'es exilée toi-même. Mais tu sais, c'est à toi que tu nuis en premier lieu. Cette colère qui te ronge, tu devrais la tourner vers la coupable. Au bout du compte, c'est à cause d'elle que tu vis en paria. Mais il n'est pas trop tard. La jeunesse est le temps de la révolte, de la remise en question. Dieu le sait, et il peut entendre les pénitents. Néanmoins, avec le temps, il te faudra comprendre la place qu'Il nous réserve, et l'accepter. »

Mériane expira lentement et ramena son regard au sien.

« Avec le temps ? répliqua-t-elle avec une fausse candeur. C'est une étrange façon de parler. Quel âge avez-vous, au juste ? Guère plus que moi, j'imagine. »

Le sourire du moine se durcit.

« Fais attention, petite forestière. Tu confines à l'hérésie, tu sais.

— Parce que je vous demande votre âge ?

— Parce que ta vie même remet en cause la place que Dieu te réserve.

— Je l'en remercie, mais je me débrouillerai. Je n'attends rien de lui. En échange, si je dois en souffrir, je ne l'en tiendrai pas responsable. »

Le rictus de Leopol se teinta d'une franche antipathie.

« On ne marchande pas avec Dieu. Tu n'as rien à exiger de Lui, et Lui a tout à exiger de toi. » Cependant, il se détendit et une insupportable chaleur paternaliste réchauffa son expression. « Mais tu souffres déjà, que tu l'admettes ou non. Vois-tu, c'est exactement ce genre de dissidence qui érode notre fortitude morale. Les réponses nous sont fournies, Mériane. Elles peuvent nous déplaire, mais cela ne signifie pas qu'elles sont fausses. »

Elle hocha la tête en retour.

« D'accord. Je survivrai avec le déplaisir. »

Elle se détourna et s'éloigna avant de dire, voire

de faire, quelque chose qu'elle regretterait. Ce qu'il fallait, c'était terminer cette histoire insensée et rentrer au plus vite en s'attirant le moins d'ennuis possible. Cette fois, le moine la laissa aller.

Mériane trouva dans la marche une mesure d'apaisement. Elle atteignit le sommet de la colline pelée où soufflait une brise froide à peine coupée par des arbres nus.

À ses pieds s'étendait une autre vallée, vaste et peu profonde, morne et grise. Le soleil n'avait pas encore évaporé la brume qui stagnait en une mer neigeuse où pointaient les cimes de sapins décharnés. Quelques étendues vides trahissaient la présence de mares.

Et, au sommet de l'autre versant, les nuages gris roulaient, tombaient sur eux-mêmes en rouleaux furieux. Cette vision aviva aussitôt son malaise. Usuellement, elle fuyait les phénomènes anormaux de la forêt. C'était ainsi qu'elle avait survécu pendant quatre ans de solitude, de troc intermittent avec les autres parias et les villageois pétris de remords de n'avoir pas défendu Aelig.

Mais, en ce jour, elle allait volontairement à la rencontre d'un de ces phénomènes. L'anxiété lui remua l'estomac.

Leopol la rejoignit sur la crête peu de temps plus tard.

« On en a encore pour une bonne partie de la journée, annonça Mériane. Vous êtes vraiment sûr de vouloir faire ça ?

— La journée ? Femme, même toi, tu dois pouvoir marcher plus vite. »

Mériane serra les dents et ravala son énervement.
« On ne peut pas couper tout droit par là, répliqua-

t-elle. C'est une forêt à sangliers. C'est déjà dangereux en temps normal, mais si l'Anomalie l'a survolée, Wer sait ce qui s'y trouve, maintenant. » Elle désigna le pourtour du bois. « Le plus sûr, c'est de longer. On devrait pouvoir rattraper la piste de Pyr et revenir vers l'Anomalie sans trop de difficultés.

— C'est une Anomalie errante, nota Leopol. Si elle s'évanouit avant que nous l'ayons rattrapée, le fils du baron sera perdu à jamais.

— On ne l'aidera pas mieux en mourant éventrés par un cochon sauvage à qui il aura poussé des cimeterres en guise de défenses! rétorqua Mériane. Si ce n'est pas déjà arrivé à ces deux inconscients. » Elle prit une inspiration pour se calmer. « Écoutez, je ne doute pas que vous sachiez vous battre, mais, par ici, on considère que la meilleure tactique face aux abominations, c'est de passer au large. À moins que dans le clergé, vous n'aimiez prendre des risques inutiles? »

Le moine souffla avec impatience.

« Non, finit-il par admettre. Le démon a bien des visages, et le plus retors qu'il puisse porter est la promesse de la gloire auprès des vaniteux. Très bien; nous te suivrons. » Il se tourna vers elle avec un sourire onctueux. « Tu vois? Je te fais confiance.

— Vous m'avez enrôlée pour une raison, la moindre des choses, c'est d'écouter ce que je vous dis! D'ailleurs, je remplis ma part du contrat, moi. Je vous guide, je nous tiens à l'écart des prédateurs, ce genre de choses. Mais si vous voulez que je fasse mon travail correctement, il serait peut-être temps de m'expliquer comment vous comptez nous protéger des effets de l'Anomalie. On n'a pas de bijou ancestral, nous. Je veux bien que la foi nous guide, mais si ça suffisait, le bon peuple de Doélic n'aurait pas peur de la zone instable. »

Il hocha la tête avec ce petit air supérieur insupportable. « Chaque chose en son temps. Disons juste que c'est très certainement la providence qui a voulu que je sois justement de passage au bourg hier soir. »

Elle leva les yeux au ciel. « Vous ne voulez vraiment pas me faciliter la tâche, hein ?

— Il te suffit juste de savoir que nous n'aurons rien à craindre. »

Mériane se détourna, furieuse. Elle s'approcha de l'arbre mort le plus proche, dénoua sa cognée attachée à sa ceinture et commença à passer ses nerfs sur une grosse branche tordue.

« À chacun un adversaire à sa mesure, hein ? » gloussa Leopol derrière elle.

Elle fit volte-face, le souffle court.

« C'est vous qui êtes pressé, non ? s'exclama-t-elle avec véhémence. Vous comptez m'aider, ou c'est juste une épée d'apparat à votre côté ? Il faut prendre des forces et déjeuner maintenant. C'est le point le plus élevé à la ronde, et donc le plus sûr. »

Le moine lui jeta un sourire débonnaire et méprisant qui semblait dire : *N'oublie pas qui commande.* Visiblement, plus elle fulminait, plus il s'en amusait, et plus cela la rendait folle en retour. Quelque chose en elle se tordit et la flamme de son animosité redoubla.

Derrière eux, les gardes posèrent les paquetages, et Leopol leur fit signe d'aller aider Mériane. Celle-ci abattit à nouveau sa hache avec un grognement. Le choc envoya une secousse satisfaisante dans ses bras.

Juhel

Le nouveau duc de Magnécie soupesait deux volumes reliés de cuir en s'efforçant de déterminer leurs mérites. Une croisée orientée au sud laissait entrer la lumière grisâtre du jour, au point que le duc aurait pu se passer d'une chandelle. La bibliothèque privée de son père contenait un éventail de sujets proprement hétéroclite, de l'histoire à la stratégie en passant par l'agriculture ; trois épaisseurs de rayonnages coulissants qui couvraient un large mur. Une véritable fortune accumulée par Raed de Magnécie au fil de son règne, notamment grâce aux échanges commerciaux avec la cité-État de Mérogheze. Il y avait dans cette pièce l'équivalent d'une vie entière de travail sur une ferme.

Deux recueils de légendes, deux commentaires de l'Âge d'or, avant que Mordranthia la pécheresse ne le corrompe et que Wer n'abatte l'Empire maudit. Juhel soupira. Impossible de faire un choix sans lecture approfondie. En désespoir de cause, il prit la même décision pour la vingtième fois ce jour-là : il en choisit un au hasard et remit l'autre à sa place. Une poignée de volumes visiblement intéressants s'empilait à l'angle de la table de travail, mais la bibliothèque privée du duc défunt recelait peut-être des trésors qui échappaient à l'œil de l'amateur.

Trois coups secs résonnèrent au battant de bois.

« Oui ? » lança Juhel en jetant un regard fatigué par-dessus son épaule. Il avait mal dormi, comme souvent.

En apercevant la livrée blanche discrètement rehaussée d'or de son visiteur, il se retourna complètement. La flèche rouge s'ourlait d'un liseré brodé ; contrairement aux moines combattants, il la portait plus discrètement sur le cœur, le siège de l'âme et de la morale.

Le duc s'avança, mit un genou en terre et prit le poing tendu de l'ecclésiastique pour se l'apposer sur le front. Un petit frisson irrationnel le saisit. Avec sa passion pour les lettres, son père détenait peut-être des livres interdits. Mais, le cas échéant, ils ne se trouveraient pas dans ce cabinet. Et puis la Magnécie observait une tolérance plus grande vis-à-vis de la propagation du savoir. Les prêtres du grand Dieu de Vérité siégeaient peut-être aux côtés du pouvoir, mais ils ne gouvernaient pas. N'accorder aucune autorité séculaire au clergé constituait l'une des décisions les plus mystérieuses et controversées de Saint Ysmel, prise vers la fin de sa vie, et toujours lourdement débattue près de deux siècles plus tard.

« Je vous en prie, votre Grâce, relevez-vous, dit le patriarque avec aménité. Nous sommes entre égaux. »

Juhel s'exécuta.

« Votre Gloire, dit-il, vous honorez la citadelle de votre visite. Quoique certains châtiments s'imposeront dans l'intendance : nul ne m'a prévenu de votre visite et je vous vois sans escorte.

— Je suis encore très loin de l'impotence, répliqua l'autre en riant ; je n'ai pas besoin que l'on veille sur moi. » Il posa la main sur la poignée ouvragée de l'épée qu'il portait au côté, conformément à la coutume – mais Juhel doutait que cette arme soit plus que décorative. « Ne châtiez personne, je vous prie. Je suis venu ici sans m'annoncer. Puis-je ? » fit-il en désignant le fauteuil installé devant le secrétaire, perpendiculairement à la croisée.

Juhel l'invita à s'installer d'un geste.

Le patriarque Lóthar Crestra tira le siège et s'y assit avec un soupir qui trahissait davantage l'aise que la fatigue. Le duc ignorait de quel côté des cinquante ans il se trouvait; sa mine ronde et affable, ses yeux bleus pétillants lui donnaient un air encore juvénile, mais les rides en patte-d'oie au coin des paupières, la tonsure qui se clairsemait et le bouc gris impeccablement taillé évoquaient une sagesse inspirée par les ans. Le duc l'imita en tirant un tabouret rembourré de l'autre côté de la table de travail.

«Splendide collection», jugea le patriarque avec un regard circulaire.

Juhel jeta lui aussi un coup d'œil derrière lui.

«Mon père aimait les livres. Mais je crois qu'il les accumulait surtout par compulsion, dès que l'occasion se présentait. J'ignore s'il se préoccupait réellement de qualité. Difficile de faire le tri.

— Voulez-vous que je vous envoie un chronète? Il se chargera de tout inventorier.

— Je vous remercie, mais je doute qu'il en ait le temps avant notre départ.»

Crestra haussa les sourcils.

«Oui, j'ai entendu dire que la cour repartait à Ker Vasthrion. Si vite après le décès de votre père? Ne voulez-vous pas rester quelque temps pour achever votre succession avant de repartir sur les routes avec la cour?

— Il n'y a rien ici qui requière ma présence; la province s'est gouvernée sans moi pendant huit ans. Il faut que je reste au plus près du Conseil de régence.» Il désigna les volumes empilés sur la table. «Je cherchais plutôt une forme d'inspiration ou de réflexion à emporter avec moi.»

Le patriarque retourna l'épais tome poussiéreux. «Le commentaire sur Saint Ysmel par le chronète Limnum.» Il fit la moue. «Pontifiant. Je vous recommanderais plutôt celui de Saint Kaled. Je crois qu'il faut un Héraut pour parler d'un autre. Aucun de nous ne peut imaginer ce que c'est d'entendre la Voix divine. De devenir l'instrument de Notre Seigneur.»

Juhel hocha la tête avec une révérence calculée. «Alors ce sera Saint Kaled ; je l'ai vu sur un rayon.» Il croisa les doigts en dévisageant son vis-à-vis. «Pardonnez-moi d'être direct, mon père, mais je doute que vous soyez venu depuis le bastion pour m'entretenir de littérature. Que puis-je pour vous ?»

Crestra se carra profondément dans le fauteuil tapissé, ce qui fit ressortir son ventre. Le patriarque n'était pas obèse, mais s'il avait été un frère combattant autrefois comme tous les ecclésiastiques, il perdait assurément la bataille contre l'embonpoint. Ses bagues s'entrechoquèrent quand il croisa les mains.

«L'avertissement que je vous ai donné à votre arrivée. Le rapport du croisé éclaireur sur ce qu'il a vu par-delà les montagnes...

— Vous voulez connaître la réaction du Conseil ?

— J'espérais que vous accepteriez de la partager, répondit Crestra avec un sourire détendu. Si les démons rôdent à nos portes, il faut nous préparer.»

Juhel se leva et fit quelques pas dans la petite pièce. Il poussa un bref soupir.

«Je suis navré, Votre Gloire. J'espérais qu'ils réagiraient. Mais pour eux, la parole d'un seul éclaireur ne suffit pas.» Il jeta un regard en coin au patriarque. « Il faut croire que la parole de l'Église n'a plus autant de valeur qu'au temps de Saint Ysmel. »

L'autre plissa les lèvres, mais retrouva rapidement son expression amène.

« Je suis certain que vous avez fait de votre mieux. Un sourd ne peut entendre la parole de Dieu. »

Juhel passa machinalement le doigt sur un rayonnage poussiéreux, laissant une trace claire sur le bois. *Il faudra vraiment faire entretenir cette collection. Ce serait un crime qu'elle se perde.*

« La reine s'est déclarée prévenue. » Il se retourna vers le prêtre et leva les mains avec une frustration profonde. « Le problème, c'est mon cousin. Luhac ne se soucie pas d'avenir. Tant qu'une donzelle partage sa couche le soir, il considère que la journée fut bonne. Mais... » Juhel étrécit les yeux. Une idée germait en lui. « Nous savons vous et moi que les grandes œuvres sont affaire de patience, n'est-ce pas ? »

Le duc observa intensément le patriarche.

Serait-il prêt à m'aider ?

Mieux encore : est-il venu pour ça ? Grand Dieu Wer, si Tu m'as envoyé l'un des tiens pour sauver notre royaume, je vais finir par Te rendre sincèrement grâce avant ma mort.

Lóthar Crestra le dévisagea en retour.

« Qu'en pensez-vous, monsieur le duc ? répliqua le patriarche. En votre for intérieur. La possible venue des enfants d'Aska. Soyez honnête. »

Prudence, s'ordonna Juhel.

Non, il n'y croyait pas. Pas davantage, disons, qu'à la destruction d'un Empire de légende par un Dieu vengeur : plus exactement, il se moquait éperdument de la réponse. L'Éternel Crépuscule, Aska, même les Hérauts de Wer, peu importait que les légendes soient vraies ; tout cela lui fournissait surtout des leviers très efficaces. Car le royaume dépérissait lentement, sombrait dans l'apathie et la paresse, par manque de courage, de méticulosité, de rigueur ; et son foyer, la Magnécie, risquait d'être entraîné à sa suite. La Rhovelle avait désespérément besoin d'un nouveau timonier à la barre pour restaurer son ancienne gloire, celle instaurée par Saint Ysmel – celle voulue par un Magnécien.

« En vérité, je ne sais pas, votre Gloire. Mais je sais que Dieu nous observe, ajouta aussitôt Juhel avec ferveur. Qu'Il juge autant nos actes que nos intentions. Nous ignorons la véracité des divagations de ce pauvre éclaireur ; mais nous pouvons juger la sincérité de nos actes. Tout comme nous n'exigeons pas de Dieu qu'il nous prouve son existence ; nous agissons par foi. Je pense donc que nous devons risquer le même pari. Agir sur la foi des signes. Et... » Il hésita un bref instant. « Par là même, peut-être déraciner les pleutres et les infidèles dans nos rangs. »

Crestra hocha la tête comme s'il soupesait ces paroles.

« Je suis surpris que votre cousin Luhac ait une si maigre descendance, fit-il d'un ton léger. On ne lui connaît qu'un fils, n'est-ce pas ?

— Erwel, confirma le duc. Son épouse, Servane, est morte en lui donnant naissance. Luhac ne s'est jamais remarié. »

Le prêtre acquiesça de nouveau avec cette sérénité lisse qui semblait contenir toute la miséricorde du monde. « Je l'ai vu vous enlacer à la cathédrale,

Votre Grâce. Une familiarité bien peu convenable. Une effusion de sentiments... déplacée.

— Luhac a toujours été une forte tête. Il se moque des convenances.

— Oui, tant de passion! répliqua Crestra avec chaleur. Pourtant, Dieu n'a pas jugé bon de lui offrir d'autre enfant, même un bâtard. Cela incite à se poser des questions, non?»

Le duc revint à pas lents vers le secrétaire.

«Quel genre de questions, Votre Gloire?»

Le patriarque le fixa sans ciller.

«Oh, je m'interroge juste sur les élans qui animent votre cousin. Dans l'intérêt de son âme, bien sûr. Chez un homme de moindre envergure, un tel manque de retenue aboutirait à une vie de paria... Oh, et comment va Sa Majesté son frère? Il n'a fait aucune apparition depuis son arrivée, et voilà que j'apprends qu'il repart déjà.»

Juhel se frotta la barbe en observant attentivement le prêtre. Un léger vertige le gagna. Crestra lui rendait son regard avec une parfaite sollicitude, un sourire affable – mais sans bouger lui non plus. Le silence s'installa tandis que les deux hommes se jaugeaient.

Est-il en train de suggérer que Luhac est stérile? Qu'Erwel n'est pas de lui? Ou qu'il cache une ribambelle d'héritiers prêts à revendiquer la couronne? C'est absurde. Erwel est son aîné, c'est la fierté de sa vie. De toute façon, la ligne de succession passe par Éoel... À condition qu'il reste lucide assez longtemps pour planter un fils dans le ventre de sa Méroghezienne. C'est à peu près tout ce qu'on peut espérer de lui, maintenant.

«Je n'ai pas vu Sa Majesté non plus de tout son

séjour, répliqua lentement le duc. Absent du Conseil de régence, comme toujours. » *À présent, bien choisir les mots.* « C'est terrible comme le mal peut frapper l'esprit autant que le corps... Rien ne laissait présager que notre bon roi soit si durement frappé un jour. Il était un peu excentrique, bien sûr. Porté sur les fêtes et les bals. Au-delà de la retenue... Quelqu'un de très effusif. Une tendance familiale, peut-être ? »

Crestra eut un sourire débordant de compassion et acquiesça. Puis il prit une brusque inspiration, comme si une idée lui venait tout à coup.

« Votre Grâce, j'aimerais vous demander le privilège de vous accompagner à la cour itinérante. Je siège depuis longtemps au bastion d'Ornesta, une position prestigieuse confiée par feu votre père, mais où je ne suis pas certain de pouvoir servir au mieux Dieu et le royaume. Sachez que je ne doute nullement de votre capacité à dépister la trahison dans nos rangs. Mais j'ose avancer que vous pourriez bénéficier d'un conseiller qui vous soit personnellement attaché. Un homme formé à sonder les âmes et à traquer la fausseté. Qui partage vos inquiétudes, qui puisse les appuyer, les faire écouter. Nous avons tous les deux entendu le rapport de cet éclaireur. Et nous convenons tous les deux que la Rhovelle traverse une période délicate qui impose la plus grande vigilance. »

Juhel se retint de hocher la tête en comprenant la manœuvre. *Non*, se reprit-il aussitôt. *Arrête de croire que tout le monde pense comme toi. Au contraire – tu es le seul ainsi. C'est un homme d'Église, lui. Sa foi est indubitable.*

Mais justement, il formerait un appui de poids.

Le duc de Magnécie déambula nonchalamment pour masquer sa nervosité et fit mine de regarder par la croisée. Le verre dépoli troublait la vue de la cour, où des formes colorées défilaient sous un ciel gris.

« C'est une offre très généreuse », finit-il par répondre. Il se retourna vers le patriarque. « Mais qu'en retireriez-vous, Votre Gloire ? Je crains de n'avoir rien à vous promettre que des voyages éreintants de province en province, et d'interminables tergiversations. »

Crestra hocha la tête avec déférence.

« Vous accompagner sera ma récompense, Votre Grâce. L'occasion de servir au plus près les hauts intérêts de Dieu. Je crois avoir bien servi la Magnécie ; mais je sens qu'il me faut élargir mes horizons. Vous me donneriez aussi l'occasion de repartir en quête. Après tout, chaque prêtre a le devoir sacré de chercher le prochain Héraut de Wer. Je ne risque pas de le trouver en demeurant au bastion – si prestigieuse que soit cette charge. »

Une quête absurde, commenta intérieurement Juhel. La Rhovelle n'avait pas connu de Héraut depuis cinquante ans et ils glissaient lentement dans la légende, avec la grandeur passée du royaume. À la place du patriarque, le duc aurait affermi sa position dans la forteresse weriste de la capitale au lieu de chasser des chimères. *Mais je ne peux pas réellement comprendre. Je ne respecte la liturgie que par commodité et calcul, non par conviction.*

Dans le même temps, s'attacher à moi lui apporterait indéniablement du prestige…

« Vous croyez qu'on peut entendre Dieu dans

l'entourage de la cour? répondit Juhel avec légèreté. Je crains que vous ne soyez déçu.

— Ah, mais il se manifeste même aux plus improbables des êtres, dit Lóthar Crestra sur le même ton. Après tout, Saint Kaled était un marin de la pire espèce, un dépravé et un ivrogne, avant d'entendre Dieu dans la tempête. »

Juhel eut un rire bref. « Diantre, voulez-vous dire que même Luhac aurait ses chances ? »

Il retrouva son sérieux.

« Pardonnez-moi, Votre Gloire, mais je suis curieux. Je n'ai trouvé la réponse dans aucune Chronique, dans aucun commentaire. Comment reconnaissez-vous un véritable Héraut ? Je suppose que quantité de fous prétendent parler au nom de Dieu – et vous châtiez d'ailleurs les imposteurs avec la plus grande sévérité. Mais comment faites-vous pour ne pas vous tromper ? Pour ne pas exécuter un authentique prophète de Dieu ? »

Crestra plissa les lèvres d'un air contrit.

« Il y a des signes qui ne trompent pas, éluda-t-il, et nous savons les lire.

— Oui, bien sûr, fit Juhel, j'imagine que vous ne pouvez pas en parler. Sinon, les imposteurs se multiplieraient et vous rendraient la tâche plus ardue encore.

— Je suis navré, monsieur le duc. Le secret que vous me demandez est l'un des mieux gardés de nos rangs. Mais je puis vous dire ceci : quand un Héraut se déclare, les miracles le suivent. Et cela, à tout le moins, montre que Dieu parle par sa bouche. »

Le duc de Magnécie sourit et revint vers la table de travail, où le patriarche le considérait toujours avec ce sourire calme, cette forme de compassion universelle sur le visage.

« Votre Gloire, déclara Juhel en s'inclinant, je serais honoré de bénéficier de votre clairvoyance. Nous repartons après-demain pour Ker Vasthrion. Pensez-vous être prêt d'ici là ?

— Je ne possède que mon épée et l'insigne de Dieu, Votre Grâce. Je partirais sur-le-champ s'il le fallait. Wer vous bénisse. Je vous promets ma fidélité tant que vous resterez dans Son chemin.

— Et je vous promets la mienne. Puissiez-vous m'aider à y demeurer. »

5

Leopol

Au fil de la journée, le moine perdit son humeur plaisante. Malgré l'entraînement et l'habitude, sa cotte de mailles commençait à peser sur ses épaules. Le soleil monta et passa au-dessus de leurs têtes ; il déclinait lentement derrière la forêt brumeuse quand ils atteignirent le pied du versant. Les arbres étiques les abritaient de la brise forcissante, qui tiraillait néanmoins le fourreau huilé de son épée et ses cheveux blonds. Les épines desséchées bruissaient comme un millier de pattes d'insectes. Sur la lèvre du sommet, une houle nuageuse noire roulait, parcourue d'éclats fugaces et silencieux ; la lumière du jour semblait avoir été contaminée par des lueurs malfaisantes et menteuses.

C'était le moment.

« Arrêtons-nous », dit-il.

La trappeuse ouvrait la voie, comme il se devait. Elle les avait écartés à plusieurs reprises du sentier, prétextant la trace d'un prédateur ou d'un signe dont elle ne daignait pas s'expliquer. Leopol s'était demandé si elle n'agissait pas par pure mesquinerie ou pour retarder délibérément l'expédition, mais ils s'étaient peu à peu rapprochés du but sans faire de mauvaise rencontre. Avec réticence, le croisé devait reconnaître qu'elle s'acquittait de sa part du contrat.

Il claqua des doigts à l'intention du plus jeune des deux porteurs et désigna le sol. Obligeamment, celui-ci posa son sac ventru à terre avec un soulagement manifeste.

« Fais attention, le prévint le moine. Bien. Maintenant, écarte-toi. »

L'autre obtempéra. Leopol s'accroupit et défit les lacets avec une forme de révérence. Il écarta les provisions, les linges et grogna en hissant un lourd coffret allongé, enveloppé d'un tissu blanc brodé de l'emblème divin. D'habitude, il voyageait seul et se chargeait lui-même de son matériel, mais bénéficier de porteurs constituait un changement agréable – les qualifier de gardes représentait déjà un honneur trop grand. Avec leurs vêtements boueux et leurs trognes cassées, ils ressemblaient plutôt à des garçons vachers. Quelque chose avait dû frapper leurs facultés mentales ; lors du repas sur la colline, le plus âgé avait lancé une plaisanterie incompréhensible et l'autre s'était mis à braire de rire, révélant des dents gâtées. Ils n'avaient rien dit d'autre de tout le repas.

« Y a quoi, là-dedans ? demanda le garde avec son élocution hachée. Ce sac, y pèse un bœuf. »

Leopol l'ignora tandis qu'il posait la boîte sur ses genoux en grimaçant, puis il inclina le front et ferma les yeux pour se recueillir.

« Merci, Seigneur, de la confiance dont Vous m'honorez ; gardez-moi du mal tandis que je prie Votre infinie sagesse ; accordez-moi le discernement d'utiliser Vos dons à bon escient contre ceux qui offensent Votre vue. »

Il releva la tête vers les trois autres disposés en arc de cercle autour de lui. Mériane le jaugeait d'un air renfrogné, les bras croisés. Elle n'était pas vilaine – même s'il avait écarté ce genre de considérations depuis des années, Wer merci – mais, avec une telle attitude, elle ne se trouverait jamais d'époux.

« Vous êtes sur le point de bénéficier d'un honneur particulièrement rare, déclara le croisé. Wer vous souhaite ignorants pour votre bonheur et celui des vôtres ; seuls Ses élus sont appelés à porter le fardeau de la vérité. Réjouissez-vous de l'innocence de vos cœurs. » Il marqua un temps. « C'est pourquoi je vous ordonne solennellement, pour le salut des vôtres, de ne rien répéter de ce que vous allez voir à présent. La protection du peuple passe autant par celle des corps que des âmes ; et l'Église prend ces deux rôles très au sérieux. À présent, écoutez-moi bien. Si je devais entendre que des rumeurs sur cette journée ont circulé, je reviendrai, et les Chasseurs de Vérité m'accompagneront. Me fais-je bien comprendre ? »

Les deux porteurs hochèrent vigoureusement la tête, très impressionnés. La forestière, elle, haussa un sourcil dubitatif.

« Vous me l'avez bien rappelé, ce n'est pas comme si j'avais grand monde à qui parler », maugréa-t-elle.

Le moine hocha la tête. C'était précisément la raison pour laquelle il avait rassemblé cette équipe recommandée par le prède de Doélic avec l'aide du baron.

Leopol défit soigneusement le tissu épais et révéla le coffret de fonte ouvragée. Des sentences gravées en caractères rhovelliens et az'redjs mettaient en garde toute personne ne disposant pas du mandat de Wer ; des miniatures en bois insérées dans des cadres, figurant des monstruosités et le jugement des flammes, répétaient l'avertissement pour les illettrés. Leopol tira des profondeurs de sa tunique un trousseau de clés et inséra la plus grosse dans la serrure. Elle émit un claquement sec, et il rabattit le couvercle.

À l'intérieur, dans un écrin de velours rouge répétant les admonestations, se trouvait une relique qui promettait la damnation à toute âme moins bien trempée que la sienne. Un mélange de fierté et d'appréhension l'envahit tandis qu'il cuirassait son esprit, et qu'il la ramassait avec une révérence teintée de crainte. Il s'agissait d'un manchon composé de métal et d'un matériau diabolique inconnu solide comme le bois et flexible comme le cuir. Sur le dessus, un panneau incurvé fait d'une sorte de verre noir, plus lisse que le plus poli des aciers, lui renvoya son reflet incertain. Un éclat en forme d'étoile l'abîmait dans l'angle. Leopol fit signe au porteur de reprendre le coffret tandis qu'il se relevait.

« Qu'est-ce que c'est ? s'enquit Mériane avec méfiance.

— La réponse à ta question de tout à l'heure, fit Leopol. La raison pour laquelle le fils du baron a une chance miraculeuse de s'être égaré juste alors que je passais dans la région en retournant vers Valbrisson. Les prêtres m'ont remis cette relique pour mener à bien la mission d'exploration qu'ils m'ont confiée dans le sud. Et dans ton intérêt, je préfère m'en tenir à cela. »

Elle haussa les sourcils en jaugeant la relique d'un

air mauvais. Pour une fois, il approuvait son attitude.

« C'est magique, non ? Je croyais que vous condamniez toute forme de magie ? Que c'était anathème et que ça exposait à la corruption ? »

Leopol soupira, excédé par ses questions incessantes.

« Parfois, contre l'ennemi, il faut employer ses propres armes, tout en sachant le péril mortel auquel cela nous expose, rétorqua-t-il comme s'il s'adressait à un enfant un peu lent. Nous sommes très rares à être jugés suffisamment dignes de confiance pour prendre un tel risque. » *Uniquement les croisés*, compléta-t-il intérieurement. « À présent, tais-toi. Rappelle-toi ta promesse de silence, et ce que tu risques si tu l'enfreins. » Il lui lança un regard appuyé. « Je m'assurerai que tu n'échappes pas à ton châtiment, cette fois. Et maintenant, retournez-vous, ordonna-t-il. Tous les trois.

— Pourquoi, vous voulez vous faire beau pour l'Anomalie ? » répliqua la jeune péronnelle.

Leopol serra les dents. « Il faut vraiment qu'un homme t'apprenne à tenir ta place, gronda-t-il. Fais ce que je dis avant d'épuiser définitivement ma patience. Ou bien c'est moi qui t'enseignerai les bonnes manières. »

Elle lui tourna le dos sans se presser. Les deux autres s'exécutèrent aussi.

Le croisé souffla entre ses dents tandis que son regard noir se plantait entre les omoplates de la jeune fille, comme si sa juste exaspération pouvait la transpercer d'une flèche. *Toi, ma petite, je vais m'assurer que tu rentres en un seul morceau pour qu'on te fasse rentrer un peu d'humilité dans la caboche. Attends de voir.*

Il releva la manche de sa tunique de laine pour exposer la peau.

Huit vilaines perforations noirâtres rappelant des blessures cautérisées par le feu se répartissaient dessus et dessous. Leopol grimaça par avance. Ainsi que Dieu l'avait enseigné, la souffrance constituait pénitence, surtout dans un tel cas.

Il enfila le bras dans le manchon et prit une brusque inspiration quand l'objet frotta sur ses chairs brûlées. Mais bientôt, il ne sentirait plus rien; et c'était l'un des nombreux dangers de la relique. Elle exigeait un tribut pour fonctionner.

Le manchon se déforma, se moula parfaitement autour de son bras. Sur la face inférieure se trouvait un mécanisme installé par les sacrifes de l'Église – des guerriers non du corps, mais de l'esprit, probablement exposés à la plus retorse des corruptions : celle du savoir, et rares pour cette raison. Une sueur nerveuse commençait à perler au front de Leopol.

Il trouva à tâtons le petit levier qui déclenchait le mécanisme additionnel et inspira profondément.

Il tira d'un coup sec.

Les griffes d'acier fixées par les sacrifes jaillirent de l'intérieur du manchon et lui perforèrent la peau, lançant une vague de douleur jusqu'à la moelle de l'os. Il lâcha un grondement rauque, les traits crispés.

« Ça va ? s'enquit Mériane.

— Vous pouvez regarder », souffla le moine.

L'emploi de la relique, traîtreusement simple, devait demeurer un mystère.

La fille et les deux gardes l'observèrent d'un air soupçonneux. *Plus aussi curieux maintenant, hein ?*

À son bras, la relique se mit à bourdonner doucement comme un fauve assoupi. Des runes lumineuses flottèrent dans l'épaisseur du verre noir, formant des mots en langue az'redj. Suivant les instructions qu'il avait mémorisées, Leopol pressa une séquence d'entre elles, jusqu'à ce que les runes s'évanouissent pour laisser la place à un rectangle vierge qu'un trait vertical balayait d'avant en arrière.

Mériane étrécit les yeux ; les deux hommes se dévisagèrent, incertains.

Dans le bras du moine, la douleur commençait déjà à refluer, remplacée par un engourdissement qui s'étendait depuis les perforations. Il releva la tête en s'efforçant de se convaincre que l'odeur ténue de chair brûlée qu'il sentait n'appartenait qu'à son imagination. L'objet impie se nourrissait de lui. De son énergie vitale, telle une sangsue démoniaque. S'il n'y prenait garde, il émousserait ses réflexes au combat avant d'entamer sa force et son endurance ; l'épuisement le gagnerait, jusqu'à le plonger dans un sommeil dont il ne se réveillerait pas, desséché, carbonisé de l'intérieur. Maussade, Leopol chassa l'image mentale des griffes d'acier plantées dans sa chair et fendit le petit groupe d'un pas résolu.

À présent, c'était à eux de le suivre.

Mériane

Les bourrasques forcissaient. Sur la plaque de verre au bras du moine, des traînées écarlates, dansantes comme un feu figé, formaient l'une des rares sources de lumière. Elles teintaient son tabard blanc de reflets sanguins. *Adéquat*, songea la forestière.

Alors que l'après-midi déclinait à peine, le soleil avait déjà disparu, plongeant la forêt dans une pénombre orageuse. Mériane avait relevé son col sur sa bouche, sa capuche sur ses cheveux. Les sapins secs cliquetaient comme des ossements, rendant difficile toute conversation. C'était tant mieux, entre le moine qui n'avait rien d'intéressant à dire et les deux gardes qui ne disaient rien tout court.

Aelig, qu'est-ce que je fais là? se demanda-t-elle pour la dixième fois. Aurait-elle pu refuser l'ordre du moine et affronter un procès de l'Église ? En tout cas, il était trop tard. Ils s'enfonçaient dans le dédale invisible et changeant qui environnait l'Anomalie. Elle ne retrouverait jamais son chemin seule. Le groupe descendait à présent le dernier versant, le long d'une Voie noire qui trouait la forêt comme une saignée. L'été, des broussailles et des herbes hautes l'envahissaient, mais Mériane y discernait à présent des plaques pierreuses et friables, sombres comme du goudron, qui affleuraient sous l'humus en un étrange chaos géométrique. Un matériau qu'elle ne connaissait pas et dont elle se tenait toujours à l'écart.

Elle sursauta. Au-dessus d'eux, un éclair fugace zébra les nuages noirs. Elle ignorait ce qui la dérangeait le plus : le brusque éclat qui projeta des ombres peu naturelles alentour ou bien le silence absolu du phénomène, qui lui hurlait : *Anomalie! Sors de là!* Elle jeta un coup d'œil aux deux hommes qui fermaient la marche, les yeux plissés dans la poussière et la glace fine, l'air malheureux. Elle en conçut une petite satisfaction mesquine, mais se rappela qu'elle partageait leur sort. Aucun d'entre eux, sauf peut-être le moine, n'était préparé à ce qui les attendait.

Le pressentiment dans sa poitrine s'était depuis

longtemps mué en étau qui l'empêchait de respirer librement. Elle voûtait le dos pour se protéger du vent qui cherchait à s'infiltrer sous ses fourrures, endurant les éléments avec la force de l'habitude. Tendue, elle tournait sans cesse la tête vers les bois sombres, persuadée d'avoir vu du mouvement, convaincue d'être observée. Son regard parcourait frénétiquement la piste en quête de traces alarmantes. Mais le seul fait de s'aventurer là était alarmant.

Leopol leva la main droite et le groupe se figea derrière lui. Il avait enfilé une capuche de mailles qui luisait d'un éclat terne dans le demi-jour; son tabard battait dans les rafales. Il gardait les yeux rivés sur l'objet mystérieux qui détenait la clé de leur salut. D'une façon que Mériane ne comprenait pas, la relique les guidait parmi les sortilèges invisibles qui entraîneraient leur fin. Elle s'efforça une nouvelle fois de comprendre les symboles sur la plaque noire et lisse: à présent, une traînée rouge défilait lentement parmi des formes à peine visibles. Elle regarda autour d'elle. Se pouvait-il que ce cercle sur le verre noir représente cette grosse souche encroûtée de neige un peu plus loin?

Leopol remarqua son manège, fit une mine hargneuse et se détourna pour lui cacher l'objet. Elle n'insista pas.

Il attendit encore, puis leur fit signe de reprendre leur progression, la main en visière pour se protéger les yeux des bourrasques.

Il les guida ainsi, sans un mot, leur indiquant de s'arrêter, de repartir – même de courir. Lors de l'une de ces curieuses haltes, le plus âgé des deux gardes alluma une lanterne pour repousser la pénombre.

Mériane s'était déjà aventurée jusqu'à ce vallon ; elle savait que le versant s'achevait abruptement en un talus raide au pied duquel passait une rivière paresseuse. Encore un point d'eau dont il faudrait se tenir à l'écart pendant un moment.

Peu à peu, la jeune femme distingua au bout de la route, dans le creux du talus, un éclat jaunâtre vacillant, rappelant le scintillement hésitant d'une étoile. Mais une étoile au feu d'une douceur trompeuse, qui serait tombée sur terre. Les lueurs se réverbéraient dans les bois autour d'eux, tenant autant de la lumière que de la vibration. Les fausses impressions de mouvement empirèrent, et des contours luminescents s'imprimèrent sur la rétine de Mériane. Elle cilla, entre une angoisse primaire qui lui glaçait le ventre et une attirance tout aussi viscérale. Un seul faux pas du moine et ils seraient tous damnés, condamnés à sentir leurs chairs se boursoufler de manière atroce, à les voir fusionner avec du métal jailli de nulle part. Elle poussa un petit gémissement involontaire que, fort heureusement, nul n'entendit dans le vacarme des éléments.

Il fallait qu'elle brise le silence. Elle se rapprocha du moine et désigna le bout du chemin.

« On l'a rattrapée, cria-t-elle pour se faire entendre. L'Anomalie. »

Il fit un geste sec du bras qui portait le manchon. « Je sais, cria-t-il en retour. Mais elle faiblit et risque de disparaître d'un moment à l'autre. Il faut se dépêcher, ou bien Pyr sera perdu... Et peut-être nous avec. »

Mériane détourna la tête pour lui cacher son dégoût. Ce n'était pas déjà assez compliqué comme ça ? Elle n'eut pas le cœur à lui demander ce qui se produirait s'ils restaient coincés à l'intérieur. Il n'avait peut-être pas entièrement tort : l'ignorance pouvait être une bénédiction.

Ils sortirent des bois, au sommet du talus, et une vague d'émotion submergea Mériane.

Une épouvante ancestrale se mêlait à parts égales à une fascination brute. La part animale en elle, celle qui alimentait la rage autant que la peine, se sentait atrocement insignifiante face au phénomène qui trônait au bord du cours d'eau en dégel. Mais la gamine curieuse et effrontée, qui venait chez Aelig tous les soirs après les travaux de la ferme, ne pouvait s'empêcher d'exulter et d'absorber la moindre parcelle du spectacle.

Mériane contemplait le cœur d'une Anomalie pour la première fois.

Un orbe doré tournoyait lentement sur lui-même et battait, de façon hasardeuse, comme un cœur malade. Il flottait, plus ou moins transparent, au-dessus de la berge, comme incapable de se résoudre à appartenir entièrement à ce monde. Mériane ressentait chaque vibration lumineuse comme une onde qui s'adressait à d'autres sens que les siens, tandis qu'elle parcourait fugacement les bois, luisait sur les eaux. Au-dessus, les nuages jaillissaient en une cascade inversée, un puits vaporeux parcouru d'éclairs muets qui répondaient aux pulsations de l'Anomalie. Leopol se retourna vers eux :

« Maintenant, suivez-moi de très près, et surtout, quoi qu'il arrive, obéissez sans discuter ! » Son regard s'attarda notamment sur Mériane, qui demeura impassible, puis il reprit : « Vous ne pouvez imaginer ce qui nous attend, et je ne peux pas vous y préparer. Une chose est certaine : nous pénétrons dans un avant-poste du Pandémonium. Rien de ce que vous verrez n'est la vérité. Rien. N'écoutez personne sauf moi, ne croyez pas vos sens. Restez concentrés sur votre foi et priez Wer de garder l'esprit pur. Et surtout, quand je vous parle, écoutez-moi. Compris ? »

Il tira sa lame. Puis il se retourna résolument et dévala le talus abrupt. Sitôt que Mériane lui emboîta le pas, le vent décrut autour d'eux et une portion de jour, qui filtrait par le tunnel de nuages, reprit ses droits. Un soudain silence lui donna l'impression que ses oreilles s'étaient débouchées ; ce calme subit était déstabilisant après la forêt. Leopol ne regardait plus le manchon à son bras et se dirigeait droit vers le phénomène. Des tiges rouillées, tordues, des pans de murs engloutis saillaient de la terre parmi ces curieuses plaques granuleuses noires dont Mériane se méfiait. Elle prit garde de ne pas trébucher, suivant le croisé de près, les yeux rivés sur la déformation ambrée qui gravitait dans les airs, toujours plus proche. Elle lui évoquait une bulle d'ambre emprisonnée sous les eaux et remontée à la surface.

Le marché de Doélic battait son plein ; la journée était radieuse et tous les artisans du bourg, tous les serfs de la zone stable étaient venus en profiter. Les auvents aux couleurs passées égayaient la monochromie des pavés gris et les murs de torchis des maisons environnantes. Une rumeur joyeuse emplissait l'air, sur fond de récits scandés par un nouvellier itinérant. Il ne s'agissait pas seulement ce jour-là de remplir sa bourse, de faire aiguiser ses couteaux ni d'en profiter pour entretenir les fers des bœufs ; c'était l'occasion d'échanger les dernières rumeurs venues de la capitale de la province, Belnaced – voire du royaume tout entier.

Mériane progressait dans les allées bondées, effleurant du regard les étals de fromages, charcuteries, pots de denrées diverses, en s'efforçant de se rappeler ce qu'elle était venue chercher. Si elle oubliait encore une des courses confiées par son père, elle en entendrait parler sans fin. Elle ne le faisait pas exprès ; simplement, elle ne s'enthousiasmait pas comme les autres filles dès qu'on parlait d'aller au marché. Elle appréciait ces moments d'indépendance, mais elle aurait préféré les passer dans les champs, dans une réelle solitude, et certainement pas parmi les allées des couturiers à s'extasier sur des robes dont elle ne rêvait pas.

Elle s'arrêta au milieu de l'allée entre deux attroupements, les sourcils froncés. Sang-diable ! Elle avait beau fouiller sa mémoire, impossible de se souvenir. Pourtant, il y avait là quelque chose de familier, une impression à la périphérie de sa conscience qui ne parvenait pas à s'ancrer. Machinalement, elle fit un pas de côté, et un boulanger pressé la doubla aussitôt en lui adressant un signe pour la remercier de l'avoir laissé passer.

Le monde lui semblait un peu trop grand.

Un brusque coup de sang lui fouetta les veines. Juste après, comme si elle l'avait senti venir, un cri aigu déchira l'atmosphère. Elle se mit à courir, esquivant les badauds avec l'agilité de son jeune âge. Nul ne lui prêta attention. Les visages défilaient, se confondaient en une masse sans âge, rieuse et bonhomme. Un pressentiment lui tiraillait la poitrine, mais elle l'ignora.

Elle obliqua au fond du marché dans une allée qui

s'enfonçait à travers les ruelles tortueuses du bourg. Elle passa du jour à la pénombre ; les murs de torchis s'élevèrent loin au-dessus d'elle, en deux falaises vertigineuses qui ne laissaient paraître qu'une rivière de ciel d'un bleu ténu. Les cageots débordaient de légumes et de fruits, mais il n'y avait là personne pour les vendre. La rumeur gaie du marché s'était atténuée d'un seul coup, en même temps que la lumière.

Le même hurlement aigu s'éleva, suivi de pleurs.

Mériane redoubla d'efforts, virant avec assurance à chaque intersection, s'enfonçant toujours plus profond dans la vieille ville et vers la nuit. Le sang battait à ses oreilles, mais le souffle ne lui manquait pas. Sa foulée avalait les pavés mal joints, toujours plus sombres avec la tombée du crépuscule. Autour d'elle, les angles des fenêtres et des portes la fuyaient, liquides, comme pour lui refuser l'hospitalité. Mériane n'en avait cure.

Elle dérapa à demi à l'orée d'une courette et s'arrêta. La nuit avait amené une brume épaisse qui stagnait près du sol comme de l'écume. Autour de la jeune fille, les murs gris, parfaitement lisses, ne révélaient aucune ouverture, aucune aspérité ; toute couleur avait déserté le monde à l'exception de deux immenses torchères en fer forgé, fixées en hauteur comme des fanaux. Mériane respirait avec force, plus pour aiguiser sa colère que par réelle fatigue.

Elle les avait trouvés. La bande d'enfants s'agglutinait autour de la fillette recroquevillée à terre, les bras relevés devant le visage, révélant sa main malformée, semblable à une griffe brûlée. De la terre et des gouttes écarlates maculaient sa jolie robe blanche.

« Monstre !
— Puterelle !
— Les Chasseurs viendront pour toi ! »

Les cris et les insultes tournoyaient dans l'oreille de Mériane en échos sans fin. Un volcan de rage explosa en elle. L'adolescente chargea dans l'attroupement, profitant de sa grande taille pour repousser les garnements ; elle cogna à l'aveugle, écrasa des pommettes, des nez, avec une violence infiniment satisfaisante. On la frappa en retour, aux jambes, à l'estomac, dans les côtes, mais la douleur lui semblait lointaine, inutile.

Olli voulait juste se faire belle pour oublier sa difformité. Elle coiffait ses cheveux avec des rubans, elle avait appris à se confectionner des robes auprès de la couturière. Elle montrait une dextérité surprenante malgré sa main crochue.

Les ennemis autour de Mériane n'avaient pas de visage. Juste une surface de chair vierge sans nom, sans identité, qu'elle écrasait sans relâche dans des craquements d'os, des projections de salive ensanglantée. Il y avait des filles et des garçons dans le groupe. Des enfants vierges de toute marque et qui rendaient donc le jugement de Dieu avec la supériorité de ceux favorisés par la vie.

Mériane se débattit, hurla, repoussa les agresseurs, qui se mêlèrent peu à peu aux ombres, s'évanouirent dans la nuit un par un, jusqu'à la laisser seule dans la ruelle. Elle goûta du sang sur sa langue, éprouva des douleurs dans les côtes. Tomba à genoux devant le corps d'Olli, le souffle court, des grognements aigus et désespérés au fond de la gorge. La jeune fille savait déjà qu'elle était arrivée trop tard, et la colère et l'injustice l'étranglèrent, la secouèrent de sanglots amers.

« Mériane. »

La mâchoire serrée, elle frappa le pavé de ses jointures blessées et accueillit la douleur comme un châtiment mérité. Elle avait compris ce qui allait arriver. Cela s'était déjà produit. Elle s'en souvenait.

« Mériane ! »

Elle libéra enfin le cri qu'elle réprimait. Il explosa dans ses poumons, lui déchira les cordes vocales – une déclaration de haine et de guerre à l'encontre de Dieu et sa prétendue justice.

« Mériane, par la Vérité ! »

On lui toucha l'épaule.

L'adolescente bondit sur ses pieds et fit volte-face, le poing brandi. Un homme en blanc recula et leva son épée.

« Paix, Mériane ! s'écria-t-il. Paix ! C'est moi, Leopol. »

La jeune femme le dévisageait avec hargne, puis elle avisa ses mains gantées de cuir fourré, sa tenue. Les proportions étaient de nouveau fausses. D'où lui venaient cet arc, cette hachette à la ceinture ?

Les événements retombèrent à leur place dans sa mémoire en provoquant l'équivalent mental d'un claquage musculaire. L'onde lui cisailla les tempes et elle lâcha un cri avec une grimace de douleur.

Quand elle rouvrit les yeux, elle se tenait sur le parvis du château de Doélic, à la tombée de la nuit. Des nuages flottaient dans le ciel – ils bouillonnaient sur place, paraissant se former et se déliter tout à la fois. Chacun semblait la copie identique de son voisin, comme si elle regardait le ciel à travers les reflets d'une vitre brisée. Des éclairs silencieux sautaient de l'un à l'autre. Cette vision lui donna le vertige.

Face à elle, le moine avait passé son arme dans la main gauche et pressait une séquence sur l'infernale relique à son bras tout en la jaugeant d'un air méfiant.

« Sais-tu qui je suis ? demanda-t-il.

— La première et pire nouvelle de ma journée ? » rétorqua-t-elle pour chasser son malaise.

Il baissa le bras et reprit son épée de la main droite.

« Tu pouvais te contenter d'un oui », gronda-t-il. Il leva le bras pour désigner le manchon de verre noir parcouru de lucioles colorées. « Maintenant, ne t'éloigne pas de moi. La relique s'est accordée aux caractéristiques de l'Anomalie et va contrecarrer ses effets. Cela nous aidera à rester ancrés dans le présent. »

Mériane plissa le nez d'un air dégoûté. « Vous voulez dire que cette chose agit sur moi ?

— C'est moi qui la porte, rétorqua-t-il. Réjouis-toi que je t'épargne ce sacrifice. Mais si tu préfères, je peux te perdre ici ; je suis las de ton insolence. Je me débrouillerai pour rentrer seul. Alors ? »

Elle se frictionna le visage. Le cauchemar lui collait à la peau comme la sueur poisseuse de la bagarre. La petite Olli était morte six ans plus tôt dans ces circonstances absurdes et tragiques ; déjà grande pour son âge, Mériane avait cassé quelques nez, fendu des lèvres, mais elle était bel et bien arrivée trop tard. Une bouffée de haine contre le monde et contre l'Anomalie qui l'avait forcée à revivre cet épisode l'étrangla, et elle tourna le dos pour cacher les larmes de rage qui perlaient à ses yeux.

Mais son souffle se figea alors dans sa gorge.

À deux pas, les pavés se désolidarisaient les uns des autres. Ils flottaient simplement au milieu des nuages, tels des galets à la surface d'un lac reflétant le ciel. Et ce n'était pas le pire.

Au-delà, le paysage menaçait l'équilibre même de sa raison.

Des morceaux de la ville, des maisons isolées ou des rues entières, dérivaient sur des îles de terre fragmentées parmi les nuages parcourus par des ponts de foudre silencieuse. Il semblait qu'un cataclysme aux proportions inconcevables avait ravagé Doélic mais que, par la grâce ou la méchanceté de Dieu, le village s'était figé au bord de la désagrégation, perpétuellement suspendu dans l'agonie.

Mériane poussa un gémissement, recula, trébucha et tomba assise, les yeux écarquillés, rivés sur le paysage impossible qui s'étendait sous ses yeux. En voyant des nuages vaciller au fond du vide, elle comprit qu'elle aussi se trouvait sur une île semblable. Les joues mouillées de larmes, le cœur au bord des lèvres, elle battit frénétiquement en retraite avec la sensation que ses pensées mêmes se fragmentaient, à l'image de cette vision de son village natal.

« Je t'avais bien prévenue de ne pas t'éloigner de moi, ironisa Leopol.

— Qu'est-ce que... Qu'est-ce que c'est ?

— À ton avis ? La vraie nature d'une Anomalie. Une vision de l'enfer que nul ne peut oublier. Ce qui se produit quand l'espace, le temps et l'esprit se confondent et se replient les uns sur les autres. La raison pour laquelle la magie a été proscrite dans notre monde, pour notre salut à tous. »

Elle déglutit et se tourna brusquement vers lui.

« Tu peux nous en faire sortir ?

— Nous aurions du mal à ramener le gamin dans le cas contraire, non ? répliqua-t-il avec un sourire goguenard.

— C'est cet engin qui te guide ?

— Non, c'est Dieu. Mais Il me laisse employer l'engin, qui me permettra de retrouver la sortie. »

Mériane inspira profondément, cilla, baissa les yeux sur les pavés, fermes sous ses paumes. Elle s'obligea à ignorer la rotation lente du ciel, à se concentrer sur le sol. *Des cauchemars. Ce ne sont que des cauchemars. Les cauchemars ne tuent pas.*

Sauf qu'autour d'une Anomalie, c'était faux. Alors, que dire de son cœur ? Néanmoins, elle parvint à reprendre le contrôle sur sa terreur, suffisamment en tout cas pour trouver la force de se relever, les dents serrées à s'en faire mal aux mâchoires.

« Où sont les gardes ? » demanda-t-elle tout à coup.

Leopol désigna l'ombre du mur d'enceinte du château – principalement une large tour anguleuse et morne assemblée de pans de murs disparates, trahissant l'œuvre de plusieurs époques sans réel plan d'ensemble. Mériane l'avait toujours trouvée hideuse ; elle puisa une forme de réconfort dans le déplaisir familier qu'elle lui inspirait. Dans l'ombre de l'enceinte, la jeune femme distingua deux silhouettes assises côte à côte.

« Ils vont bien ? s'enquit-elle.

— Je ne sais pas. J'ai trouvé le jeune en train de bercer un rocher contre son cœur en sanglotant comme si c'était la chose la plus précieuse du monde. L'autre est encore moins bavard que d'habitude et regarde dans le vide. Je n'arrive pas à déterminer s'il a l'esprit trop lent pour avoir la moindre imagination ou s'il n'a que trop bien compris où nous sommes. » Il haussa les épaules. « Qu'importe. L'essentiel, c'est que vous soyez encore tous capables de vous rendre utiles. »

Leopol se détourna pour se mettre en marche vers le château.

« Ce doit être drôlement commode de toujours avoir raison ! » lança-t-elle à sa suite.

Le moine se figea, lui jeta un regard, puis haussa les épaules.

« Cela prend du temps, mais on finit par l'accepter », répliqua-t-il.

Leopol

Leopol rendit grâce à Dieu, car, malgré ses proportions subtilement faussées et ses murs en trompe-l'œil, le château ressemblait suffisamment à ce qu'il en avait vu la veille pour s'orienter. Les lumières et les ombres perdaient leurs frontières habituelles et débordaient les unes vers les autres sans logique. Des torchères flamboyantes brillaient sur des parois d'un noir absolu, comme si elles dévoraient le moindre éclat. Des carrés de clarté dénotaient la présence d'une fenêtre – mais il n'y avait aucune croisée alentour. Seule sa lanterne obéissait aux règles normales du monde, jetant un soupçon de chaleur dans le chaos, plaquant un semblant de raison dans ce décor crépusculaire.

Il avait pris la tête du groupe, l'épée à la main, et évoluait prudemment dans le couloir obscur en direction du grand escalier. Il respirait profondément, avec régularité, concentré sur l'air dans ses poumons, le poids rassurant de son arme dans son poing, le jeu de ses muscles, pour créer le vide dans son esprit. Un exercice fondamental appris pendant son noviciat et pratiqué des jours, voire des semaines durant, dans l'immobilité la plus complète, afin de fortifier son mental et de voir au-delà de l'illusion. Il laissait glisser, telle la pluie sur une vitre, les questionnements incessants dans sa tête, l'anticipation de l'adversité qui faisait battre son cœur – même la satisfaction éprouvée devant la peur manifeste de la fille. *Mon esprit est la citadelle de Dieu. Je fermerai mes portes au doute, je me couperai de tout mensonge. Et quand l'ost infernal se présentera devant moi, je saurai lui faire ombre. Mes murailles seront sourdes à la tentation, mes fenêtres seront aveugles à l'œuvre impie. Par mes meurtrières, je planterai la flèche de la vérité dans le ventre de la Bête, et j'honnirai sa vue. Je me remettrai tout entier à Dieu et à Sa seule Vérité. Je serai Sa colère et Son bras, Son outil et Son soldat...* Les Anomalies se nourrissaient des espoirs comme des terreurs ; aussi le premier adversaire d'un combattant était-il lui-même.

Un seul détail le préoccupait : l'engourdissement progressif de son bras. Il surveillait la relique du coin de l'œil pour se repérer dans le dédale. Leopol avait accéléré d'une commande l'arc lumineux qui la balayait ; il lui révélerait le moindre mouvement aux alentours.

Après avoir jeté un regard prudent à la cage du grand escalier pour s'assurer que rien ne rôdait, il s'engagea. Les marches décrivaient un large colimaçon anguleux dans un puits carré en pierres de taille ; chaque palier se composait d'une plate-forme en bois percée d'une vaste ouverture centrale donnant sur le vide. Le groupe progressa dans un silence entrecoupé de grincements lointains et de craquements diffus, comme si le château était un immense navire à l'amarrage.

« Où on va ? souffla Mériane juste derrière lui.

— J'ai mon idée », murmura Leopol sans se retourner.

Les fils tenaient toujours de leurs pères, et celui-là était appelé à un destin bien précis. La salle d'audience du baron se trouvait au dernier étage, au bout d'un large corridor conduisant au cœur de la bâtisse principale. Le groupe amorça le dernier virage, et Leopol plissa les yeux pour s'efforcer de deviner ce qui les attendait.

Deux coups sourds résonnèrent tout à coup dans la bâtisse, suivis d'un cri féminin.

« C'est Tara ! » s'exclama Mériane.

Elle s'élança, mais le moine lui barra la route du bras.

« Te rappelles-tu ce qui s'est passé tout à l'heure quand tu as foncé tête baissée ? L'Anomalie se nourrit de tes illusions, de tes peurs. Elle est ton pire reflet. Écoute-la et tu t'égareras à nouveau. Je n'irai pas te chercher, cette fois. » Il pressa deux runes sur la relique et retint un grognement en interprétant le texte rédigé dans la langue impériale honnie. « Il faut faire vite, ou notre voie de retour sera définitivement coupée. »

L'angoisse de rester à jamais emprisonné dans cette folie commençait à se forer un chemin insidieux dans ses entrailles. *Mon esprit est la citadelle de Dieu. Je fermerai mes portes au doute...*

Leopol glissa un regard au palier, puis monta au

trot et se posta à l'angle du corridor conduisant à la salle d'audience. Il grimaça en entendant le pas balourd des deux gardes claquer sur le bois derrière lui. Les ouvertures des plates-formes semblaient amplifier le moindre son comme une caisse de résonance.

Le moine s'admonesta de ne pas céder à la hâte, même si l'action le démangeait. Le couloir d'honneur s'enfonçait dans des ténèbres opaques, flanqué de portes ferrées. Il semblait beaucoup plus long que dans son souvenir – dans la réalité.

« Restez bien derrière moi. »

Il s'engagea, jambes fléchies et en garde, tout en levant bien haut sa lanterne. Mais le faisceau peinait à repousser les ténèbres poisseuses. Les portes défilèrent avec monotonie de part et d'autre, et la salle d'audience n'était nulle part en vue.

Soudain, les coups secs résonnèrent à nouveau, plus proches. Ils évoquaient le choc du métal contre la pierre, mais il y manquait la régularité des coups du forgeron. Leopol pensa plutôt à des épées s'entrechoquant – mais des épées immenses, maniées par des géants... La peur s'enracina dans sa poitrine et il s'efforça de l'y dissoudre. *Mes murailles seront sourdes à la tentation, mes fenêtres seront aveugles à l'œuvre impie...*

« On dirait le pas d'un animal », souffla Mériane.

Elle n'avait pas tort. Leopol consulta le révélateur de mouvements de la relique.

« Il y a quelque chose là-bas », confirma-t-il.

Les coups retentirent à nouveau, plus réguliers, à présent sans interruption – chacun plus sonore, plus violent que le précédent. Leopol ralentit encore, raffermit la prise sur son épée, les yeux écarquillés pour percer l'obscurité. En vain. Mais des vibrations lui parvenaient à présent par le dallage du couloir, malgré la semelle épaisse de ses bottes.

La jeune fille se posta à sa hauteur.

« J'ai dit de rester derrière ! » siffla-t-il.

Elle l'ignora, ôta son arc de son épaule et tira la corde de sa besace. Elle la fixa aux branches avec des gestes précis et rapides, montrant une habitude consommée, puis attrapa une flèche de son carquois et l'encocha. Toute l'opération lui prit moins de dix secondes – qu'elle conclut par un regard insolent.

Leopol le lui rendit avec hargne mais ne dit rien, concentré sur le pas qui approchait. Il commençait à percevoir un souffle puissant et cadencé, évoquant un soufflet de forge.

Mécanique.

Il déglutit. *Par mes meurtrières, je planterai la flèche de la vérité dans le ventre de la Bête...*

Deux braises rouges percèrent les ténèbres. Deux yeux. Ils brûlaient au sein d'un faciès équin couleur de nuit, renforcé – non, *fusionné* à des plaques articulées qui lui donnaient une atroce allure d'insecte. Plus massif qu'un destrier de guerre, sa robe intégralement noire révélait des muscles fluides et puissants, des flancs caparaçonnés de ce même acier qui se soulevait en grinçant au rythme de sa respiration.

Il les jaugea avec malignité et retroussa les babines, révélant des crocs luisants, dégoulinants de salive.

« Eh bien, le voilà, le cheval », laissa échapper Mériane d'une voix blanche.

Leopol tourna la tête vers elle juste au moment où elle lâchait la flèche qu'elle avait préparée. Le projectile se ficha droit dans le poitrail. L'étalon poussa un hurlement épouvantable entre le hennissement et le rugissement et se cabra, fouettant l'air de ses sabots métalliques.

« Courez ! » hurla Leopol.

Il fit volte-face et s'élança sur le dallage du corridor. Les deux gardes terrifiés s'enfuyaient déjà, les paquetages sur le dos. La panique planta ses griffes dans le poitrail du moine mais il la ravala avec la puissance de sa foi.

Je suis Sa colère. Je suis Son soldat !

Derrière eux, l'escalier s'était évanoui dans les ténèbres. La lanterne jetait des éclats fous sur les rangées de portes identiques. Ils n'avaient pas parcouru une telle distance à l'aller. Pas le temps d'y réfléchir.

Derrière eux, les sabots du monstre martelaient le sol en rafales. Leopol allongea la foulée, bouscula les deux hommes ralentis par leur charge et les dépassa. Il jeta un bref coup d'œil en arrière ; Mériane s'arrêta brièvement, tira deux autres flèches, puis repartit de plus belle sans se préoccuper de savoir si son attaque avait porté. Leopol, lui, le vit. Une flèche rebondit sur le flanc armuré, l'autre mordit le cou, mais cela ne parut qu'enflammer davantage la fureur de l'abomination, qui s'élança au grand galop. La forestière lâcha un cri de terreur et dépassa, elle aussi, les deux gardes.

Le plus âgé trébucha et s'étala de tout son long, entraîné par sa charge. Mériane s'arrêta de nouveau, se retourna et tira. Leopol ralentit. Le plus jeune garde les dépassa, abandonnant son comparse, les traits figés dans une expression d'horreur.

Certains projectiles atteignirent leur cible. Mais ils ne semblaient guère incommoder le monstre, qui se rua sur l'homme à terre. Il ouvrit la gueule en grand – impossible de parler de bouche – et plongea ses crocs dans le flanc du malheureux, qui lâcha un hurlement strident tranchant l'air. La bête arracha un morceau de chair sanguinolente qu'elle jeta de côté d'un mouvement de tête, puis mordit de nouveau, encore et encore, possédée par une rage frénétique et insensée que la faim ne gouvernait même pas. Le même genre de férocité gagnait les traits de Mériane, qui tirait sans s'arrêter, si bien que le poitrail du cheval se hérissa de plusieurs flèches qui faisaient suinter une humidité noire.

Leopol courut vers elle et la prit par le bras. « C'est inutile, cria-t-il. Viens ! »

La jeune fille le dévisagea avec une incrédulité mêlée de fureur aveugle. Elle se dégagea, arma une nouvelle flèche, visa. L'animal fourrait ses naseaux dans les entrailles de l'homme, secoué d'ultimes convulsions. Le projectile se planta droit dans le chanfrein.

Le monstre bondit en lâchant un nouveau hennissement distordu, agita les jambes, puis avisa Mériane avec une haine que Leopol ressentit dans chaque fibre de son être. Il prit à nouveau la main de la forestière, qui se libéra encore mais, cette fois, s'enfuit à sa suite.

Devant eux, le jeune garde avait disparu. Dans les zébrures lumineuses de la lanterne, le moine distingua enfin au loin le palier par lequel ils étaient arrivés. La géométrie s'affranchissait de plus en plus des lois naturelles, signe alarmant que l'Anomalie allait bientôt se séparer à jamais du monde.

La mâchoire du cheval muté claqua sèchement dans les airs derrière eux. Leopol ne se retourna pas. Une idée lui vint.

Je me remettrai tout entier à Dieu et à Sa seule Vérité, récita-t-il intérieurement.

Il jeta un bref coup d'œil à Mériane, puis il attrapa à la volée la poignée de la dernière porte avant l'escalier.

Elle s'ouvrit. Remerciant Dieu, il se jeta dans la pièce, entraîné par son élan. Il roula à terre en parvenant à ne pas briser la lanterne et se releva en hâte.

Les claquements étouffés de la poursuite, des cris humains et bestiaux mêlés lui parvinrent. Les nerfs à vif, il prit un instant pour calmer son souffle, son cœur qui battait follement à ses oreilles. Il se trouvait dans une petite chambre réservée aux invités. Comme escompté, la fille s'était finalement révélée utile, quoique d'une manière inattendue.

Il patienta quelques instants. L'expérience prouvait que les abominations compensaient par la force et la fureur de très maigres facultés mentales. Tout ce qu'il fallait, c'était que le cheval l'oublie, obnubilé par la forestière.

Désolé, petite.

Le croisé raffermit sa prise sur son épée bâtarde et consulta la relique. Les lueurs colorées bavaient et la brisure en étoile semblait s'être agrandie. Un effroi de toute autre nature s'empara de lui. Elle avait dû s'abîmer pendant sa roulade. Sans elle, impossible de retrouver le point où cet univers de cauchemar frôlait le monde de Dieu.

Il éprouva un léger soulagement en repérant une marque floue sur le révélateur de mouvement, à l'amorce de l'escalier. Elle fonctionnait toujours. Dehors, les bruits d'affrontement se raréfiaient.

Le moine adressa une nouvelle prière à Wer, prit

une profonde inspiration, puis il entrouvrit la porte et risqua un regard dans le couloir.

Le cheval muté se présentait de dos, à quelques pas sur la droite, dans la clarté crépusculaire du donjon. Il avançait pas à pas, avec la tranquille assurance du prédateur, tandis que les halètements de la fille lui parvenaient. Leopol se pencha davantage et distingua sa silhouette étendue à terre, au bord du vide qui s'ouvrait au centre de la plate-forme.

Le croisé bloqua l'embrasure de la porte avec sa lanterne et se glissa discrètement dans le corridor, empoignant son épée bâtarde à deux mains. Il s'approcha en silence, autant que possible, sans éveiller la vigilance de l'abomination.

Puis il s'élança d'un coup, brandit son épée dans les airs et décrivit un arc parfait qui s'abattit avec violence juste au-dessus de la pointe du jarret, sectionnant le tendon. L'abomination poussa un hurlement suraigu qui fit vibrer l'édifice et vrilla les oreilles du moine. Elle volta, mais s'effondra à demi sur sa jambe blessée tandis que Leopol bondissait hors d'atteinte. Le monstre chercha à se relever, se hissa sur ses membres valides, mais s'effondra de nouveau. Il gratta frénétiquement le dallage de ses sabots antérieurs, poussa de l'arrière, claquant des mâchoires vers le moine. Celui-ci se décala à gauche, puis à droite, guettant une ouverture. La créature le suivait de ses yeux écarlates avec une faim mauvaise. Leopol envisagea de la laisser à son sort. Immobilisée, elle ne présentait plus guère de danger. Il faudrait juste redescendre par une autre voie.

Avec un rugissement aigu, le cheval se releva enfin en reportant son poids sur ses membres valides.

Autant pour cette idée.

Il dominait Leopol de toute sa hauteur. Sa salive écumante tombait de ses lèvres entrouvertes, qui laissaient paraître un ivoire métallique. Sa robe d'encre luisait d'ichor sombre sous les flèches plantées. Le croisé recula, en garde, tandis que son ennemi claudiquait vers lui en le jaugeant avec une prudence nouvelle. Il leur fallut bien trop longtemps pour repasser devant la porte où Leopol avait coincé sa lanterne. L'espace perdait sa cohésion, livré à la magie brute et sauvage. Leopol n'aurait pas le temps de le semer dans les couloirs du château. Il fallait vaincre, mais il n'avait plus personne pour lui fournir de diversion.

Il était seul.

Une étrange paix l'envahit tandis qu'il se préparait à l'assaut final.

Ô Wer, père de toute chose, accueille-moi dans Ta gloire et la cité que Tu réserves aux plus valeureux des Tiens...

Soudain, le démon lâcha un nouveau hurlement, vacilla et manqua s'effondrer. Il piaffa, claqua des sabots, et volta de nouveau en ménageant sa jambe qui saignait abondamment.

Une flèche était plantée tout droit dans la blessure causée par l'épée. La jeune Mériane se tenait au bout du couloir, son arc à la main.

« Eh, la mule! lança-t-elle. C'est moi que tu veux. »

Le monstre renâcla puissamment, poussa un hennissement distordu et s'élança vers la jeune fille dans un galop boiteux, mais encore terriblement rapide. Elle ne bougea pas du palier tandis que le monstre se ruait sur elle. Leopol écarquilla les yeux. Mériane lui lança un coup d'œil bravache.

Dieu seul sait comment elle a survécu mais, là, elle va se faire écraser !

Le martèlement des sabots lança des échos tournoyants jusqu'au cœur même des murs. La forestière parvint à placer encore une, deux flèches. Puis le monstre déboucha à pleine vitesse sur le palier.

Elle jeta son arc et plongea de côté juste au moment où le cheval fondait sur elle – et, entraîné par l'élan et la fureur, il défonça la rambarde qui entourait le puits de l'escalier.

Ses hurlements suraigus et rageurs glacèrent le sang de Leopol. Plusieurs impacts mous suivirent tandis qu'il percutait les marches, traversait les paliers, entraînant à sa suite un vacarme de bois brisé, de débris arrachés, jusqu'à ce qu'un choc mette un terme brutal à ses lamentations démoniaques. Les échos moururent, cédant la place à un terrible silence.

Devant lui, Mériane se releva péniblement à quatre pattes. Leopol consulta la relique, dont les informations perdaient toujours plus en vigueur. Mais elle ne révéla pas d'autre mouvement alentour. L'engourdissement avait gagné le bout de ses doigts ; sa main lui semblait en bois.

Il s'approcha de la jeune fille, les yeux agrandis par la stupéfaction. Elle se mit à genoux, hors d'haleine, ses cheveux noirs ébouriffés, les joues trempées de sueur, mais elle était miraculeusement indemne – à tel point qu'il commençait à douter de sa raison.

Elle lui lança un sourire orgueilleux.

« Les chevaux... c'est comme les cerfs, haleta-t-elle. Des animaux coureurs. Pas faits pour tourner sec. »

Elle déglutit, puis se remit sur ses jambes, encore

essoufflée, avant de porter sur lui un regard de haine qui lui rappela le cheval muté par l'Anomalie. Elle s'approcha, serra les poings et le frappa aux côtes, plusieurs fois.

« Tu m'as abandonnée ! lui cria-t-elle au visage. Je l'ai retenu, ralenti, je comptais sur toi pour l'abattre, et toi, tu m'as *abandonnée* ! »

Leopol était trop abasourdi par le courage dont elle venait de faire preuve pour remarquer qu'elle le tutoyait.

« Tu... Tu as désobéi à mes ordres, balbutia-t-il en reculant. Depuis le début, tu n'en fais qu'à ta tête, tu contredis mes instructions, ce qui nous met tous en danger. J'ai simplement tiré avantage de la situation que tu as créée. Et ce serait ma faute ? s'indigna-t-il. Je t'ai sauvée de l'abomination, oui ! »

Il reprenait son assurance. Il n'allait pas se laisser traiter de la sorte par une femme, sans aucune expérience martiale de surcroît !

La fille le fixa encore, les dents serrées, avec une grimace de fureur pure. Un instant, Leopol crut qu'elle allait sérieusement l'attaquer. Mais elle se contenta de pousser un rugissement de frustration et de le frapper une dernière fois au flanc.

« Dépêchons-nous de récupérer Pyr et de sortir d'ici, gronda-t-elle d'une voix vibrante de colère. Que je retourne à ma forêt et que je n'aie plus jamais affaire à toi, ni aux tiens !

— Attends, comment as-tu survécu au monstre, au début ? À ses attaques ?

— Il ne m'a pas attaquée », répliqua-t-elle en ramassant son arc. Elle jura à mi-voix en vérifiant son carquois ; il était vide. Elle entreprit de dénouer et ranger la corde de l'arc. « Un animal muté reste un animal. Et pour décontenancer un animal, on peut tenter deux choses : l'impressionner ou faire le mort. Vu son agressivité, j'ai tenté la deuxième. J'ai eu de la chance que ça marche. »

Elle lâcha un soupir excédé puis se retourna.

« Où est l'autre garde ? Le jeune ? »

Leopol la fixa.

« Perdu à jamais. On n'a pas le temps d'aller le chercher.

— Encore ta noblesse d'âme, c'est ça ? s'écria-t-elle, explosant de nouveau. C'est un roturier, lui, alors peu importe, on peut le laisser ici ?

— Maintenant, *ça suffit* ! s'exclama le moine en l'attrapant par le bras. Depuis le début, tu contestes tout, tu te moques de tout, y compris de ton Dieu, mais je suis le seul à pouvoir nous guider dans cet enfer et nous en faire sortir ; ma vie est vouée à ce combat ; alors, maintenant, femme, tu vas te taire, et tu vas m'obéir ! Je vous ai tous prévenus de rester près de moi et de la relique. Cet idiot n'a pas suivi mes instructions. Qui sait où il se trouve, à présent, dans quelle illusion il est allé se perdre ? » Il détacha chaque syllabe : « Nous n'avons pas le temps d'aller à sa recherche. Il est perdu à jamais. Et si tu veux revoir ta forêt, tu ferais bien de l'accepter et d'écouter ce que je te dis !

— Le garde, cracha-t-elle. Il avait un nom. Tu le connais, au moins ? Tu t'y es intéressé, au moment de l'embarquer dans ton expédition de mort ? »

Leopol eut un sourire torve.

« Non. Parce que toi, tu le lui as demandé ? »

Elle le fixa avec un mépris plus vaste encore, si c'était possible. Un silence tendu s'installa.

« Lâche-moi », finit-elle par gronder.

Le sourire de Leopol s'élargit. Tous finissaient par se rendre à l'autorité de l'Église. Car sa raison était la vérité. Satisfait de sa victoire, il la laissa aller, mais sans cesser de la dévisager. Puis il retourna chercher sa lanterne et s'engagea de nouveau dans le passage obscur.

« Viens », ordonna-t-il.

La destruction du cheval possédé parut rendre un semblant de naturel aux proportions du corridor. Certaines abominations s'imprégnaient en partie du pouvoir honni qui leur avait donné naissance, contaminant les alentours comme une maladie. Leopol était fier de l'avoir anéantie.

La forestière tenait en main la petite hache qu'elle portait d'ordinaire à la ceinture. Le moine, lui, levait haut la lanterne en consultant régulièrement la relique, lame au clair, à l'affût de nouveaux mouvements. Mais ils ne firent pas d'autre mauvaise rencontre et, enfin, la salle d'audience apparut au bout du couloir, plongée dans une grisaille sombre.

Une traînée luminescente rouge traversa le verre fixé au bras de Leopol. Il fit la moue, et pas seulement parce que l'engourdissement se propageait à présent au-dessus du coude.

« Quelque chose ne va pas, murmura-t-il.

— Oh, et moi qui croyais que tout était normal depuis tout à l'heure, répliqua Mériane d'une voix mal assurée.

— Il y a une perturbation arcanique dans la salle d'audience, du genre de celles qui rôdent à la périphérie d'une Anomalie.

— Et ?

— En principe, elles se trouvent à *l'extérieur*, pas à l'intérieur. Je n'ai jamais rien vu de tel. »

Un bref silence s'écoula tandis qu'ils s'approchaient à pas feutrés de l'ouverture.

« C'est possible, une Anomalie dans une Anomalie ? » souffla Mériane.

Leopol déglutit. Par la grâce de Dieu, cette possibilité ne lui était jamais venue à l'esprit, et elle ouvrait des terreurs vertigineuses auxquelles ses pensées entraînées se fermèrent aussitôt.

« Tu ferais mieux de prier », répondit-il.

Le croisé s'embusqua prestement à l'angle de la salle d'audience, suivi par la jeune fille. Il jeta un coup d'œil dans la salle, qui correspondait à son souvenir : des rangées de bancs, semblables à ceux d'une église, faisaient face à un dais. Leopol aperçut une table couverte d'une nappe blanche, des fauteuils qui accueillaient habituellement le baron et ses conseillers. Une silhouette était installée sur le trône, au centre ; les autres sièges étaient vides.

« Entrez, je vous en prie, entrez ! s'exclama une voix d'adolescent. Regardez, mes amis. Voici qu'arrivent le clergé et le peuple, pour assister à ma gloire ! »

Leopol s'avança prudemment, l'épée en avant, tandis que Mériane lui emboîtait le pas, sa cognée levée avec un air farouche.

« Pyr ? » lâcha-t-elle avec stupéfaction.

Ils contournèrent les bancs, et le moine comprit sa réaction. L'adolescent d'une quinzaine d'années, assis à la place de son père, portait une élégante tenue de chasse en cuir ainsi qu'une épaisse cape d'hiver. La sueur poissait ses cheveux bruns, et des larmes coulaient de ses yeux écarquillés, fous, comme s'il avait oublié de ciller. Il ne paraissait pas réellement les voir. *Il n'est pas entièrement avec nous*, comprit Leopol. *Il se trouve dans une autre réalité. Ce qu'il contemple, Dieu seul le sait, à présent.* Sur son cœur, le précieux cristal de dranite luisait d'une clarté blanche teintée de bleu.

« Bienvenue ! lança-t-il. Bienvenue à la cour du roi Pyr Ier, souverain de toute la Rhovelle, Maître des Sept Provinces et élu de Dieu ! » Il leva la main, faisant mine de tendre l'oreille. « Oh, écoutez ! Entendez-les ! Cette gloire, cette joie. Mes sujets vous acclament. Ils se réjouissent que vous les rejoigniez ! »

Il désigna la salle déserte et les bancs vides.

Leopol secoua la tête avec consternation tandis que Mériane, effarée, dévisageait le fils du baron. Ils parvinrent au pied du dais, le moine scrutant toujours la relique avec attention. Elle décrivait en traits de plus en plus faibles les contours de la salle, du dais, et surtout, cette inquiétante arabesque rouge qui se dressait, invisible à l'œil nu, sur le dais juste devant la table. En se concentrant, le croisé croyait peut-être discerner une irisation faible dans l'atmosphère, rappelant un rideau de pluie dans le lointain.

« Tu es le jouet de tes propres rêves, Pyr, déclara gravement Leopol. Dieu te pardonnera peut-être ton inconscience si ta pénitence est sincère ; si tu abjures ton odieuse concupiscence. Maintenant, tu viens avec moi !

— Te suivre ? » Les traits du garçon passèrent en un instant de l'euphorie à l'outrage. « On ne donne pas d'ordre à son roi ! Agenouille-toi, ou bien tu subiras ma fureur ! »

Mériane fit signe à Leopol de la laisser parler.

« Pyr, dit-elle, écoutez-moi, je vous en prie. Vous courez un très grave danger. Ce que vous croyez voir, imaginer, rien de tout cela n'est vrai. Je sais combien c'est séduisant, mais je vous assure, cette gloire est un mensonge. Votre père le baron vous attend, il nous a envoyés vous chercher. Il faut que vous nous rejoigniez, Pyr. Sinon, vous resterez bloqué ici pour l'éternité…

— L'éternité ? coupa le garçon. Mais oui ! Pyr Ier sera immortel, et son royaume entrera dans la légende, ramenant Ysmel au rang de barbare grossier ! Alors, à genoux ! hurla-t-il d'une voix démente.

— Maintenant, ça suffit, grogna Leopol en posant la lanterne à terre. Je n'ai d'autre maître que Dieu, et ce n'est pas un garnement inconscient qui peut espérer m'impressionner ! »

Il grimpa sur le dais, l'épée à la main, mais hésita. À peine un pas devant lui, le moine distinguait tout juste la barrière intangible dont l'avertissait la relique. Elle déformait subtilement l'image du jeune homme sur son trône. Il lui semblait même percevoir une brise infime, comme un appel d'air.

« Comment ! s'écria Pyr avec un grand sourire. Insurrection, hérésie ! Heureusement, mes sujets sont dévoués à leur roi. »

Il plongea la main sous la nappe et un glapissement aigu retentit, suivi d'un cliquetis de chaînes. Il se leva en tirant par les cheveux une jeune fille rousse, un peu plus âgée que lui, qui grimaçait de douleur et de terreur, les mains enchaînées. Les larmes lui mangeaient les yeux ; une vilaine ecchymose lui bleuissait la pommette. L'adolescent posa un couteau de chasse sous sa gorge.

« Vous ne risqueriez pas la vie de votre reine, hein ? » fit-il d'un air vicieux.

La robe blanche de la jeune fille était déchirée, maculée de terre et de poussière ; elle révélait bien plus de peau qu'il n'était convenable. Avec la force de l'habitude, Leopol supprima les pulsions que cela lui évoquait. Mériane grimpa sur le dais à ses côtés, sa cognée à la main.

« Tara, murmura-t-elle.

— À genoux ! hurla Pyr. Que l'Église et le peuple jurent allégeance au roi ! »

La forestière pivota vers le moine. « Qu'est-ce que tu fais, bon sang ? Arrête-le !

— Il est protégé par quelque chose ! Il y a une barrière arcanique juste ici...

— Et tu ne peux pas le ramener à la raison, comme tu l'as fait pour moi tout à l'heure ?

— Je ne sais pas si la relique en sera capable tout en nous protégeant aussi, elle s'est abîmée pendant le combat dans le couloir. Et de toute façon, il y a ce nuage arcanique qui interfère.

— Donc, si ça se trouve, elle t'indique n'importe quoi ? s'exclama-t-elle avec une pointe d'angoisse, surveillant toujours les deux jeunes gens.

— *Leopol* », murmura une voix grave à ses oreilles.

Le moine se figea.

Il regarda de toutes parts, cherchant qui avait pu prononcer son nom, mais il n'y avait là que la fille des bois, le fils du baron et la péronnelle qui l'avait suivi.

« Alors ? lança Mériane. Qu'est-ce qui te prend ?

— *Leopol. Écoute Ma voix.*

— Que... balbutia-t-il, cherchant désespérément une cinquième personne dans les ombres.

— Vous porterez la responsabilité de la mort de votre reine ! cria Pyr d'une voix qui se brisa. Régicides ! »

La lame du couteau commençait à mordre la chair blanche de Tara. Des gouttes de sang perlèrent ; elle se mit à sangloter et à trembler.

« Leopol, par Dieu, ce n'est pas le moment de flancher ! s'écria Mériane. C'est toi qui as l'expérience de ce genre de situation. Je dépèce des bêtes, moi, rien de plus ! »

Elle leva sa cognée avec incertitude, comme pour armer une frappe, et lui lança un regard désespéré. Leopol serra les dents, amorça un pas, mais les lueurs rouges dansant sur le verre lui indiquaient clairement un danger. Des années de conditionnement et d'entraînement à éviter les mystères arcaniques le tinrent ancré sur place.

« *Traverse, Leopol !* murmura la voix. *Je te protégerai !* »

La voix résonnait autour de lui sans point d'origine précis, en échos lointains, comme si elle avait parcouru une longue distance avant de lui parvenir.

Une authentique terreur commençait à enfoncer les portes de sa forteresse mentale, à s'infiltrer le long de son échine. Sa raison, qu'il avait toujours crue solide comme le roc, se changeait en un sable traître prêt à l'engloutir. La relique chancelait visiblement et ne le protégeait plus des effets hallucinatoires de l'Anomalie. Et son esprit fatigué ne savait plus comment résister. Il lui soufflait les fantasmes les plus indignes rôdant au fond de son âme.

Ce que confirmèrent les paroles suivantes de la voix :

« *Je suis l'Immortel, ton Dieu, et Je t'ai choisi.* »

Les portes de la forteresse s'ouvrirent à la volée. La terreur referma sur lui son étreinte gelée. Il se noya dans sa folie.

« *Nooooon!* hurla Leopol en portant ses poings à ses tempes. Mon esprit est la citadelle de Dieu! Je fermerai mes portes au doute, je me couperai de tout mensonge…

— *Inutile de Me répéter Ma litanie, Mon fils. C'est bien à Moi que tu parles. Enfin! J'attends ta venue depuis plus de cinq décennies. À présent, viens! Aie la foi! Traverse le feu magique. Je ferai de toi Mon Héraut! Tu incarneras Ma voix!* »

Leopol poussa un mugissement bestial et éraillé. Le rire insensé de Pyr résonna dans la salle. Plus rien n'avait de logique ni de sens. À travers ses yeux mi-clos, il vit Tara perdre force elle aussi, et s'affaisser mollement dans les bras de son tortionnaire.

« Braque de Wer, cracha Mériane, si tu n'y vas pas, moi j'y vais! »

Comme à travers un rêve, Leopol la vit brandir sa hache, les traits serrés par la détermination. Elle s'élança vers la table et les deux jeunes gens.

Pénétra dans la barrière.

Les irisations se condensèrent aussitôt autour d'elle. La jeune fille se trouva paralysée, piégée dans une sorte de verre dépoli épais, comme une mouche dans du miel. Elle grogna, se débattit, en vain.

Un bourdonnement d'énergie se mit à vibrer dans la salle. Du coin de l'œil, Leopol vit la relique présenter toutes sortes d'alertes qu'il n'avait jamais vues, dans des termes qu'il ne comprenait pas. La surface trouble de la barrière se mit à grésiller, parcourue par de la foudre qui se condensait.

Enfermée dans le nuage solide, Mériane se mit à hurler.

Leopol leva son épée, regarda de toutes parts, mais il lui manquait une cible à frapper. Comment affrontait-on les éléments, la folie ? Il ne savait qu'abattre des monstres, déjouer la souillure de son âme.

« Dieu ? appela-t-il en désespoir de cause. Dieu ! Je suis là. Aide-moi ! Que dois-je faire ? »

Mais la voix s'était évanouie.

Les éclairs se multiplièrent, si brillants que Leopol dut s'abriter les yeux. La lumière crue engloutit totalement la silhouette de la forestière. Les crépitements suraigus de la magie sauvage couvrirent, par chance, ses appels inarticulés.

Puis ce fut comme si le ciel s'entrouvrait.

Un puits de lumière stellaire aveuglante s'abattit sur la forestière avec la violence du tonnerre, lançant une déflagration qui résonna jusque dans l'échine du moine. Il voûta les épaules, paupières closes, étreignant son épée, avec la sensation que la lumière lui brûlait pourtant la rétine jusqu'à l'esprit.

Puis tout cessa.

Leopol tituba. Il rouvrit ses yeux larmoyants, qui ne lui montrèrent que des ombres rémanentes et les contours obscurs de la salle d'audience. Néanmoins, il distingua la forme du jeune homme fou, de sa prisonnière, tous deux frappés de stupeur.

La forestière gisait face contre terre au pied de la table, inerte.

Saisi d'une juste fureur, le moine bondit sur la table et, d'un revers fluide de son épée, trancha la main du garçon qui tenait le couteau de chasse.

AILLEURS

Une réjouissance colore les flux de l'univers aux alentours de Wer, palpable comme un parfum acidulé. Aska et lui sont au-dessus de cette expression grossière qu'est le rire ; leur contemplation habite les trames de leur réalité avec la force d'une évidence et le poids de la vérité.

Néanmoins, le choc de l'étonnement a résonné dans le vide. Wer n'a pu le cacher ; la nature de sa surprise, absolue et détaillée, s'est propagée. Puis l'effervescence de la pensée, l'étude des répercussions, la méditation des priorités, ont vibré avec urgence. Cette agitation affronte l'étrange et inhabituelle tranquillité d'Aska à la façon de l'huile et de l'eau ; le bouillonnement de la réflexion et le calme amusé s'observent avec une défiance distante, se jouent l'un de l'autre et viennent s'effleurer avec une fausse nonchalance, guettant l'occasion de mordre.

« *Ah. Une surprise que l'on pourrait qualifier de sacrée, je suppose ?* »

L'expérience et la connaissance se renvoient des échos démultipliés à travers la contemplation d'alternatives fugaces et inaccessibles. La puissance de la spéculation, la revue des possibles, peuplent le néant d'informations à la fois neuves et anciennes. Hors du temps et de l'espace, l'entropie ainsi générée s'apparente à de la chaleur.

« *Tu es si taciturne, Wer. Si sérieux, si austère. Tu finis par te conformer à ta propre image : toujours le silence. Le goût de la solitude.* »

La réponse naît quelque part à l'interface entre les deux entités, bourdonnement introspectif et placidité amusée :

« *Être seul. N'est-ce pas la raison pour laquelle nous accomplissons tout ceci ?*

— *Seul ? Et moi qui croyais que c'était pour vivre. Tu vois ? Tant d'austérité. Tu t'es mis à croire en toi-même. Laisse donc cela à tes fidèles ! De ta part, c'est inélégant.* »

Une note acerbe vibre en retour à la manière d'une corde aiguë, tranchante par le son comme par sa finesse.

« *Aska. Crois-tu vraiment pouvoir m'apprendre le sens de la vraie foi ?*

— *Je peux peut-être te rappeler celui de la confiance. Quelle ironie. Tu avais si finement architecturé ton édifice : la peur, la défiance et la frustration d'une partie de l'humanité envers l'autre... Des ennemis mutuels et pourtant dépendants, forcés de se côtoyer à chaque instant. Tout cela pour que ton ultime chance bascule au dernier moment...*

— *Rien n'est ultime ni dernier encore. Tu joues, Aska, mais ce n'est que cela : du jeu.* »

La gaieté s'évanouit aussitôt des flux subtils que les consciences habitent de leur sémantique, semblable à une étoile soufflée.

« *Je ne joue jamais. Rien n'est superflu. Pour agir*

sur le monde, il faut un moyen. Après tout, n'est-ce pas notre malédiction ?

— *Ah, mais j'en ai un, à présent.*

— *Et que pourras-tu en faire ? Tu as creusé ta tombe avec tes propres préceptes, pires que toute prison que nous aurions pu imaginer. Tu vas te sentir mourir, Wer.*

— *Tu es si prompt à l'emportement, à la projection. À la présomption. Mais tu n'as pas gagné. La vraie bataille n'a même pas encore débuté.*

— *Ah oui ? Alors dis-moi, quelle est cette radiation qui emplit l'espace ?* »

Aska parle vrai. Une onde ténue, insaisissable, sous-tend l'atmosphère.

Elle grince d'incertitude, se tord comme de douleur, imprègne le vide qui sépare les deux consciences d'une aigreur infinitésimale, mais bien réelle.

L'anxiété.

« *Aska ?* » appelle Wer.

Mais l'autre s'est déjà retiré, et c'est à son tour de maintenir le silence.

ACTE II
LA FILLE D'ASKA

6

Izara

La reine avait retrouvé sa tenue de voyage, qui sacrifiait au confort autant que la bienséance le permettait. Sous son ample jupon à la mode weriste, elle portait des bottes de marche réalisées à sa mesure. Une cape de laine brodée de la Vague et de la Faux, l'emblème double de la Couronne rhovellienne, se fermait chastement sur son col à l'aide d'une broche de dranite.

Elle cheminait d'un bon pas dans la galerie de la citadelle d'Ornesta en se laissant vivifier par la fraîcheur du matin et des pierres humides. La journée commençait à peine que la fatigue engourdissait déjà ses membres ; le roi avait encore passé la nuit hanté par ses cauchemars. Izara s'imaginait avec délices s'endormir sur la route des collines de Magnécie, bercée par les cahots, étendue sur sa litière – tandis qu'Éoel, comme à l'accoutumée, contemplerait avec angoisse le lent défilement de son royaume, à présent incapable de se reposer, tout comme d'agir. La reine se désolait toujours de le voir ainsi rongé mais, au bout de plusieurs nuits qui ne lui avaient réservé que quelques heures de sommeil, il lui faudrait aussi dormir.

Elle frappa à la double porte imposante d'un appartement de l'aile diplomatique et patienta. Des pas résonnèrent, puis le battant s'ouvrit sur le visage racé, toujours impeccablement rasé, de Luhac de Rhovelle. La reconnaissant, il ouvrit davantage, et Izara entra sans un mot.

Le frère du roi la conduisit dans le salon, une vaste pièce dont le mur gauche se composait d'une rotonde percée de vitres donnant sur la cour intérieure de la citadelle. La rumeur des gardes, porteurs, soldats, palefreniers, les claquements des sabots, les grincements des chariots et carrosses, toute l'agitation de la cour itinérante sur le point de partir leur parvenait, à peine étouffée. Une table avec un copieux petit-déjeuner disposé sur une nappe pourpre trônait au milieu de la pièce, mais aucun serviteur n'était en vue.

« Votre Majesté, dit Luhac d'un ton léger, vous ne craignez pas ma réputation ? Venir prendre le petit-déjeuner dans ma chambre pourrait faire jaser. »

Il tira deux chaises, invitant la reine à s'asseoir. Il portait pour sa part une élégante tenue de cavalier – même s'il ne chevaucherait pas pendant le voyage, bien sûr.

« Vous avez bien donné congé à votre domesticité ? demanda-t-elle en s'installant.

— Nous sommes seuls, rassurez-vous, répondit-il en prenant place à son tour. Tous veillent à mes bagages. Même si nous n'avons pas déplié grand-chose en à peine une semaine.

— Et votre fils ?

— Envoyé observer les manœuvres de la garde

– même s'il se tiendra à distance. » Il soupira. « Profitez que la princesse Carila soit encore une enfant, Votre Majesté. Erwel est un homme, à présent, même si je n'arrive pas à m'y faire et encore moins à le comprendre. Tout semble l'intéresser ; pourtant, il ne veut jamais rien expérimenter de première main. À son âge, je rêvais de conquêtes. Autant martiales que féminines. Et surtout, je voulais les vivre. »

La reine sourit poliment et tendit la main vers la théière – Luhac voulut la servir, mais elle tira la porcelaine hors d'atteinte.

« Laissez, dit-elle. C'est agréable de faire les choses soi-même de temps à autre. J'ai parfois l'impression d'être une incompétente tout juste bonne à décorer des salles de Conseil.

— Oh, Madame, vous ne pouvez pas penser ça », répondit Luhac avec une expression navrée.

Elle haussa les sourcils.

« Je ne le pense pas. Mais il m'est parfois difficile de protéger cette conviction... »

Le frère du roi se servit à son tour, puis attrapa un petit pain à la viande avec les doigts, ignorant l'argenterie, et y mordit à pleines dents. La reine avait de la sympathie pour son indifférence aux convenances et son franc-parler. Luhac de Rhovelle était rafraîchissant – et fiable.

« Allons, dit-il en mâchant, vous tenez le Conseil de régence dans la paume de la main. Aucune femme n'a jamais détenu autant de pouvoir dans l'histoire du royaume. » Il haussa les épaules. « S'ils veulent vous considérer comme une poupée fragile, laissez-les faire. Cela leur donne l'illusion que vous ne les tenez pas par les... euh... pieds. »

Izara eut un nouveau sourire, plus chaleureux cette fois, tandis qu'il mordait de nouveau dans son pain et qu'elle choisissait une acérola bien rouge dans la corbeille.

« Et pourtant, mon cher, je reste une femme, répliqua-t-elle. Et hélas, une femme sans l'appui d'un homme se trouve en position très précaire.

— Qu'est-ce que vous racontez ? grogna Luhac la bouche pleine – manquant arroser de miettes son assiette vide. Vous avez le meilleur appui qui soit. Le roi ! »

Izara entreprit de découper soigneusement son fruit avec ses couverts. Le Livre et la Couronne, l'emblème de la Magnécie, frappé sur le manche lui causa une pointe d'agacement.

« Luhac, nous nous connaissons depuis longtemps, lâcha-t-elle. Nous partageons la même défiance à l'égard de votre cousin Juhel. Pour des raisons différentes, mais qui s'enracinent dans la même cause : il est persuadé d'être meilleur que nous.

— Juhel est un emmanché ! s'exclama Luhac. Il ferait bien de passer quelques nuits avec la masse d'armes qui lui sert de femme, ça le détendrait. Sans vouloir vous choquer, Votre Majesté », ajouta-t-il comme après coup.

Fiable, vraiment ? se demanda Izara. Les manières frustes, roturières, de Luhac de Rhovelle l'étonnaient quand même toujours un peu. Mais elle le côtoyait au Conseil de régence depuis huit ans ; malgré sa familiarité, son comportement cavalier et sa réputation méritée de jouisseur, il avait à cœur l'intérêt du royaume.

Et de toute manière, elle n'avait pas de meilleur appui dans son entourage.

« J'ai une faveur à vous demander », déclara-t-elle.

Cela l'arrêta. Il cessa de mâcher, puis la regarda de ces profonds yeux bleus qui lui valaient tant d'œillades à la cour. La reine retrouvait dans cette teinte, dans ces traits ciselés, un écho de son époux. *Voilà à quoi pourrait ressembler Éoel sans la maladie*, pensa-t-elle. Elle eut un pincement au cœur en songeant combien le mal qui rongeait l'esprit du roi avait aussi marqué sa chair.

Luhac lui lança un sourire enjôleur. « Je me doutais bien que vous ne m'aviez pas demandé une entrevue privée sur la seule base de mon charme ravageur.

— Prenez garde, Luhac, répliqua-t-elle d'un ton badin. Si l'on devait apprendre que la reine est venue déjeuner seule dans vos appartements, cela pourrait bien ternir votre réputation également. Après tout, la reine n'est pas n'importe quelle femme.

— Eh! s'exclama le duc, toute trace d'humour envolée. Nous sommes deux dirigeants parlant politique. Vous n'allez pas me faire destituer, tout de même? S'il y a bien un honneur sacré dans tout le royaume, c'est celui de la reine... »

Elle croisa les mains sur la table et plongea son regard dans le sien.

« Il faut que la cour cesse ces voyages, Luhac. »

Le duc fronça les sourcils, indécis. Izara baissa la voix.

« Le roi ne peut plus le supporter. Une étape si brève, pour repartir aussitôt... Ce n'est plus envisageable. Sa santé est déjà très fragile et se dégrade constamment; ajoutez ces pertes de repères, ces changements incessants... Il a besoin de stabilité, Luhac. Son esprit... C'est une coupe fêlée dont le vin s'enfuit. Au moins, si nous arrêtions de le brusquer... » La gorge de la reine se serra et elle déglutit. « Nous ralentirions l'issue. »

C'était une chose de vivre le mal de son époux, de le soutenir et de l'accompagner ; c'en était une autre d'en admettre la réelle gravité auprès d'un tiers. Cela conférait à la situation une réalité qu'elle redoutait d'accepter. Mais elle ne laissa rien paraître.

Le frère du roi plissa les lèvres et reposa son petit pain dans son assiette.

« Je devrais lui rendre visite plus souvent, murmura-t-il.

— Je ne suis pas certaine qu'il s'en apercevrait », souffla Izara.

Un bref silence s'installa, durant lequel nul ne toucha à la collation.

« Et en quoi puis-je vous aider, Votre Majesté ? s'enquit finalement Luhac.

— J'ai besoin que vous m'appuyiez au Conseil.

— Bien sûr, répondit-il aussitôt. Et puis, moi aussi, j'en ai soupé de ces voyages incessants. Rester à Ker Vasthrion me conviendra très bien.

— Pas seulement sur ce point, corrigea Izara. J'ai besoin de votre appui sur le long terme. En apparence, du moins. Il nous faut plus que jamais présenter une façade unie contre Juhel. Nous savons que la Saracie et Deux-Sources sont attachées à la tradition et tendent donc à suivre la Couronne, que Mawgel de Belnacie vous écoute et qu'avec eux trois, nous garderons la majorité. » Elle se pencha légèrement et le considéra avec intensité. « Je me méfie plus que jamais de Juhel. À présent qu'il est à la fois duc et représentant de la Magnécie, il a les coudées franches. Il n'a pas hésité un seul instant à se nommer lui-même au Conseil, et surtout, il est allé jusqu'à déterrer un vieux mythe weriste pour semer la peur et la dissension dans nos rangs... Nous ne pouvons pas le laisser agir à sa guise, Luhac.»

Le duc écarta les mains comme si elle formulait l'évidence, puis reprit son pain à la viande.

«Vous prêchez un convaincu, Madame. Mais je ne vois pas en quoi vous avez plus spécialement besoin de moi maintenant.»

Elle continuait à l'observer sans ciller, tandis que son regard à lui restait fuyant. Il semblait chercher à s'occuper les mains pour masquer une forme de malaise. Izara devait bien lui faire comprendre que, même si elle avait besoin de son aide, elle restait la légitime représentante de la Couronne et de son autorité.

«Parce que nous ne pourrons pas garder très longtemps secrète la raison de notre retour définitif à Ker Vasthrion, répliqua-t-elle. Et quand la nouvelle de l'état du roi se répandra... Selon vos propres termes, je perdrai mon meilleur appui.

— Vous demeurerez la reine!

— Mais une reine sans roi et d'ascendance étrangère. Olié de Deux-Sources et Melár de Saracie ne vivront pas éternellement, et je redoute que notre adversaire n'arrive à les séduire à force d'invoquer la tradition. Luhac, ce n'est pas moi qui suis en danger, c'est la Couronne. Juhel n'a pas la vision d'ensemble de son père : s'il doit faire un choix, il privilégiera toujours la Magnécie au détriment de la Rhovelle. Vous et moi, il faut que nous maintenions l'unité du Conseil. À tout prix.»

Le représentant de la Linnacie souffla lentement en considérant sa vis-à-vis. Il faisait tourner délicatement le pain entamé dans sa main, comme pour soupeser la requête de la souveraine.

« C'est une sacrée demande que vous me faites, répondit-il au bout d'un moment. Toujours me ranger à votre avis ? Je respecte votre parole et vos compétences, Votre Majesté, mais de là à espérer que je ne vous contredise jamais...

— Je ne vous le demande pas, l'interrompit-elle aussitôt. Du moins, je vous demande de ne pas le faire en public, et surtout pas au Conseil. Vous me connaissez, Luhac ; j'avais dix-huit ans quand on m'a mariée à Éoel. Je n'avais jamais quitté Mérogheze auparavant, et je n'y suis jamais retournée depuis. Ce royaume est le mien, dorénavant : il m'a accueillie, et j'aime mon roi. Plus que toute chose, je ne veux pas que mon époux perde son pays. Je ne veux pas que l'histoire se souvienne d'Éoel II comme l'ultime souverain de Rhovelle, celui qui a tout perdu... Aidez-moi, Luhac, juste le temps que nous puissions marier la princesse. Ou que j'offre un autre héritier au trône... Il n'est peut-être pas trop tard. »

Le représentant de la Linnacie resta silencieux. Il porta finalement le pain à sa bouche, mordit et mâcha lentement, l'air de méditer la question.

« Et si vous craignez pour votre réputation de paraître soumis en toute circonstance à une femme, insista Izara, nous pourrions même convenir à l'avance de dissensions de façade. Lesquelles pourront se résoudre en votre faveur, en fonction de la décision que nous aurons prise au préalable – et en concertation. »

Il fit la moue et déglutit enfin.

«Vous feriez aussi du Conseil un organisme de pure façade.

— Juhel m'y oblige. S'il avait la correction de tenir sa place, je n'en serais pas là. »

Luhac reposa soudain le reste de son pain sur l'assiette et la regarda droit dans les yeux.

«Je vous entends, Votre Majesté, déclara-t-il. Probablement bien mieux que vous ne l'imaginez. Je reconnais le bien-fondé de la faveur que vous me demandez, et j'accepte ; mais il s'agit tout de même d'une faveur. En conséquence, je veux vous en demander une en retour. »

Elle fronça les sourcils.

«Quoi donc?

— Rien qui vous mette en difficulté. » Il grimaça pourtant, semblant chercher ses mots. «J'aimerais qu'Erwel s'éloigne de Ker Vasthrion – de la cour, à vrai dire – pendant quelque temps. »

Izara resta parfaitement impassible, mais ces mots levèrent dans ses entrailles une appréhension sourde. Elle connaissait l'amour sans bornes que Luhac vouait à son fils, au point qu'il peinait, de son propre aveu, à accepter l'homme que l'enfant était devenu. Si le duc de Linnacie songeait à l'éloigner, cela signifiait qu'il se méfiait peut-être encore plus que la reine elle-même.

«Vous voulez que je l'envoie quelque part?» répondit-elle.

Luhac secoua la tête.

«Rien d'aussi formel... et voyant. En fait, j'espérais que vous pourriez parler à Thormig. Nous savons déjà qu'il ne suivra pas la cour à Ker Vasthrion ; il rentrera à Loered, laissant son siège au Conseil prudemment vacant, comme toujours.

Ce serait l'occasion pour Erwel de voyager sous escorte... Puis de prolonger son périple au-delà du fleuve, jusqu'à Belnaced, mettons. Il me demande de lui confier des missions depuis des mois ; il pourra me servir d'émissaire. La Linnacie pourrait tout à fait rendre hommage à ses provinces voisines.

— Vous pensez qu'il avalera ce prétexte ? répondit Izara d'un air dubitatif.

— Absolument pas. Il est malin. Mais il n'osera pas refuser l'invitation de Thormig. Il est trop courtois pour cela. » Luhac eut un sourire désabusé. « Pas comme son vaurien de père. »

Izara allait demander combien de temps il comptait tenir son fils à distance, quand une rumeur plus forte monta de la cour, suivie du martèlement caractéristique d'un régiment en marche. La reine et le duc échangèrent un regard inquiet, puis se levèrent pour gagner la rotonde. Luhac ouvrit une croisée qui leur offrit une vue plongeante sur le chaos présidant aux préparatifs du voyage.

Ainsi qu'une exposition de choix aux puanteurs mêlées d'une troupe en déplacement – odeurs des bêtes et de leurs excréments, sueur des hommes, fumée piquante des feux d'ateliers. Les tintements des marteaux et des chaînes vrillèrent les oreilles de la reine.

Luhac tendit le doigt vers la source de la commotion. La porte est donnait sur la voie principale de la citadelle, qui descendait à travers les rues d'Ornesta tout juste visibles au-delà des façades anguleuses et du mur d'enceinte. Néanmoins, la reine discernait clairement un carré de fantassins à la tenue caractéristique : une livrée blanche, frappée d'une flèche rouge sang. Il y avait là vingt, peut-être trente frères combattants du grand dieu Wer, accompagnés de leur entourage de novices. La vision des soldats de la Vérité lui causait toujours un malaise diffus. Le werisme était très implanté à Mérogheze, mais il côtoyait encore d'autres croyances, malgré les efforts acharnés des missionnaires pour imposer l'unique morale. Contrairement à la Rhovelle, l'histoire de la cité-État n'était pas intimement liée aux Hérauts de Dieu.

« Les nouveaux amis de Juhel, commenta Luhac d'un air sombre.

— Comment cela ? »

Le duc la regarda.

« Il ne vous a pas informée ?

— Il n'a pas jugé bon de le faire », répliqua-t-elle d'un ton acerbe.

Luhac revint aux frères combattants qui pénétraient dans la cour sans infléchir leur trajectoire d'un pouce : tous devaient s'écarter de leur chemin ou finir piétinés.

« Cadeau de Lóthar Crestra à mon cher cousin – c'est le patriarque dont il nous a parlé au Conseil. Sa Gloire l'accompagnera désormais, confessera et conseillera son âme dans le respect des commandements de Dieu. Je pensais que vous le saviez et que c'était la raison de notre entrevue. »

En voyant tout un chacun dans la cour, du commis au garde royal, baisser la tête à la vue des soldats de Dieu ; en voyant même les palefreniers écarter avec moult efforts les montures de leur chemin, Izara ne parvenait plus à rassembler contre Juhel de Magnécie une colère salutaire. À la place, une angoisse profonde s'enracinait et étouffait la flamme de l'outrage. Il semblait qu'elle avait sous-estimé la résolution du duc de Magnécie. Elle se demandait si elle, qu'on considérait encore comme une étrangère au terme de dix-sept ans de règne, parviendrait bel et bien à maintenir l'unité du royaume face au représentant de sa plus puissante province s'il tissait de surcroît des alliances avec l'Église.

« L'âme de son père s'est à peine dispersée au vent que Juhel prend des libertés qui outrepassent largement ses prérogatives, gronda-t-elle. Il s'entoure de qui il veut, patriarque ou garçon de ferme, mais il est hors de question qu'il emmène une armée privée dans le cadre de la cour itinérante ! »

Luhac la regarda de biais.

« Mais l'Église n'est pas à son service, Votre Majesté, lui rappela-t-il d'une voix douce. Elle ne sert que Dieu et la Vérité. De toute façon... elle est chez elle partout, n'est-ce pas ? »

La reine lui rendit son regard, puis suivit avec consternation la progression du bataillon dans la cour. *Voilà pourquoi Luhac envoie son fils au loin*, comprit-elle. Elle s'était présentée aux appartements du duc avec la conviction qu'il fallait bloquer Juhel pour le bien du royaume ; elle commençait à se demander s'il ne s'agissait pas, plus brutalement, d'une question de survie.

Mériane

Elle tombait sans espoir dans des rafales d'images en infernale succession. Son estomac se soulevait, son instinct lui criait l'horreur ; ses hurlements restaient bloqués dans sa gorge avec des relents écœurants, acides et ferreux. Une épouvante trop vaste pour son maigre entendement lui forait le cerveau sans lui offrir de répit, pas même le bienheureux silence de l'inconscience ou du trépas.

Des titans sans visage s'affrontaient à mort dans les cieux, armés d'épées monstrueuses dont le choc même cinglait les étoiles.

Des nuées de dragons soufflaient des jets de flammes contre leurs semblables, luttant par les crocs et les griffes, s'abîmant en flèches fumantes, rugissant leur bestialité.

Des murailles écumantes auréolées de glace, cent fois plus grandes que le plus haut des donjons, emportaient des villes de lumière comme du vulgaire bois flotté. La terre se retournait, se fendait, vomissant des rideaux de feu liquide qui s'élevaient jusqu'à la nuit, arasaient les montagnes, remodelaient les plaines avec la violence d'un labour planétaire. Rivières et fleuves bouillonnaient, dégorgeant des marées de poissons brûlés. Des maelströms de magie sauvage balayaient la surface du monde telles des cicatrices à vif, séquelles perpétuelles de l'Apocalypse.

Partout, à chaque scène de dévastation, la flèche rouge s'imprimait sur la rétine, afin que nul n'oublie que Dieu avait purifié le monde de son irréconciliable souillure.

Et, quand il ne resta plus rien que des champs de ruines calcinées, des éboulis sans nombre pour ensevelir jusqu'à la trace de ce passé impie, les abîmes sans fond du ciel s'ouvrirent sur un néant sans vie, piqueté d'étoiles infiniment distantes dont la contemplation ramenait à l'insignifiance de l'existence humaine.

Mériane s'éveilla en poussant un hurlement éraillé.

Elle bondit sur ses pieds pour fuir ces visions mais ses jambes refusèrent de la porter et elle s'effondra sur le plancher inégal de sa cabane. Un atroce vertige lui donna l'impression de basculer sans fin vers l'arrière et elle ferma les yeux avec force tandis que des haut-le-cœur lui retournaient douloureusement l'estomac. Elle ne parvint qu'à cracher une bile acide, le souffle rauque. Sa bouche lui semblait remplie de sciure et ses hoquets sonnaient comme des croassements de corbeau malade.

Le malaise finit par refluer et elle reprit lentement son souffle en maîtrisant ses nausées. La jeune femme rouvrit prudemment les paupières tout en tâtant avec angoisse les planches grossières qui isolaient sa petite maison de l'humidité. Il faisait jour – elle n'en savait pas plus. Elle tremblait fiévreusement sans pouvoir s'arrêter tandis que son sang frappait à ses tempes avec la violence du marteau sur l'enclume. Ses globes oculaires lui faisaient mal, son champ de vision était flou.

Épuisée, elle se hissa péniblement sur sa paillasse et s'écroula sur le flanc. Elle eut une grimace de dégoût en sentant qu'elle s'était fait dessus pendant son sommeil.

Mériane cilla dans l'espoir d'y voir plus clair. Elle regarda sa tenue : elle portait ses habituels habits de chasse, avec ses chausses et sa tunique de cuir, ses fourrures. Mais elle fut prise d'un nouveau frisson. Il faisait très froid dans la cabane.

Une immense lassitude s'empara d'elle. Il serait si simple d'abandonner la douleur et la peur, la peine et la colère. Les ténèbres du sommeil l'accueillirent à nouveau sans qu'elle se rappelle avoir fermé les yeux.

« *Mériane.* »

Elle se réveilla de nouveau en sursaut. Par Dieu, qu'elle avait la gorge sèche. Il fallait boire. Elle ignorait combien de temps elle était restée inconsciente. Assez pour que le feu s'éteigne et que toute la chaleur s'envole. Ses souvenirs s'échappaient entre ses doigts comme du sable. Quand son esprit voulait s'approcher des derniers jours, ses entrailles menaçaient de se rebeller à nouveau.

Elle rassembla les lambeaux de son courage et se hissa sur ses jambes flageolantes. Elle tituba comme sur le pont d'un navire en pleine tempête et gagna le garde-manger. Elle but quelques gorgées au pot dans lequel elle conservait l'eau potable ; la fraîcheur sur sa gorge parcheminée lui fit l'effet d'un baume, mais son estomac vide manqua se révolter à nouveau. Elle s'assit à même le sol et se désaltéra peu à peu, prudemment. La vue du sac de pois séchés éveilla en elle une faim qui lui tordit le ventre ; elle se pencha, versa de l'eau dans une coupelle ainsi qu'une poignée de grains qu'elle laissa gonfler.

Elle s'alimenta ainsi, avec lenteur et apathie, tandis que son esprit s'éclaircissait lentement. Elle prit conscience d'élancements sourds dans ses membres et sur sa peau ; en s'examinant, elle remarqua de nombreuses ecchymoses récentes.

Les jours précédents lui revinrent peu à peu. Il y avait eu le moine weriste et sa folle tentative de sauver le fils du baron de sa propre bêtise. La traversée de la forêt... Elle frémit en repensant aux espaces disloqués au cœur de l'Anomalie. Elle s'était élancée vers Pyr qui menaçait Tara, et puis...

Plus rien.

Elle s'était réveillée là, dans un état qui faisait passer son pire empoisonnement pour un simple dérangement. Elle se demanda un instant si elle avait pu cauchemarder toute l'aventure, mais ses habits et les marques prouvaient le contraire. Comment avait-elle retrouvé sa cabane ?

Peut-être avait-elle occulté le souvenir du retour. Ou bien le moine l'avait-il ramenée de l'Anomalie malgré son hostilité à son égard ? Cela expliquerait pourquoi elle avait dormi habillée... Elle se demandait aussi où se trouvaient Pyr et Tara à présent. S'ils avaient survécu, Mériane doutait fortement qu'ils revoient Doélic avant un bon moment. Leur contact prolongé avec l'Anomalie leur vaudrait une Épreuve de Vérité afin de s'assurer qu'ils ne rapportent pas de corruption dans la population. Cela servirait de leçon à Pyr ; mais elle serra les dents en pensant au sort de la pauvre jeune fille laissée aux griffes des weristes.

Elle chassa tout à coup avec force l'angoisse irrationnelle qu'elle aussi ait pu ramener quelque chose de l'Anomalie.

Mériane resta là un long moment à alterner entre alimentation légère et prise d'eau pour récupérer des forces. Sa migraine s'intensifia, mais elle considéra cela comme un bon signe : ses sensations lui revenaient. Elle remarqua sa cognée appuyée contre l'armoire bancale qu'elle avait fabriquée de ses mains, ainsi que son arc et son carquois vide. Ce n'étaient pas leurs places habituelles. Cela tendait à indiquer qu'on l'avait bel et bien ramenée.

Ombre et lumière échangèrent peu à peu leur place dans la cabane au fil de la journée. Dès qu'elle s'en sentit capable, elle fit chauffer de l'eau pour se laver. Elle grimaça en constatant l'état de ses habits : une longue séance de lessive guère engageante à la rivière glacée l'attendait. Elle enfila sa vieille tunique de laine en frissonnant ; il faudrait qu'elle aille chercher du bois dehors. En tout cas, la fièvre semblait s'atténuer.

« *Mériane.* »

La jeune femme bondit et lâcha la fourrure qu'elle tenait à la main. Elle fit volte-face – et se retrouva face au mur. Elle se retourna aussitôt, scruta les angles de son unique pièce. Mais elle était seule.

Pourtant, une voix masculine avait distinctement soufflé son prénom à son oreille. D'un pas précipité, elle ferma le loquet de la porte puis, prise de nouvelles suées malgré la fraîcheur, elle s'approcha de ses outils et ramassa sa cognée en chassant les éblouissements. Elle risqua un regard par le carreau fêlé de son unique fenêtre, mais n'aperçut que les sapins gris détrempés par la fonte des neiges.

« *Tu ne peux Me voir, Mériane. Mais Moi, si.* »

La forestière pivota à nouveau, cherchant l'origine de la voix, en proie à une angoisse grandissante. Les mots résonnaient comme dans une salle immense. Comme s'ils étaient prononcés dans un espace différent de la petite cahute. La tension lui fouetta les veines, raviva la douleur qui battait sous son crâne.

« Q... Qui est là ?

— *Tu as peur. C'est normal. Je dois être craint. Et toi, Mériane, tu es appelée à répandre Ma crainte. Ma gloire.* »

Elle se remit à trembler – d'effroi, cette fois –, les yeux écarquillés. Il n'y avait désespérément personne avec elle dans la cabane. La panique jaillit alors en elle comme un blizzard d'hiver. Il fallait fuir. Elle se précipita vers la porte, déverrouilla et courut dans le froid vif de la forêt sans se soucier des dernières plaques de neige qui glaçaient ses pieds nus.

« *Inutile, Mériane!* dit encore la voix. *Tu ne peux Me fuir. Je suis avec toi, dorénavant. À jamais!* »

Les appels résonnaient toujours à ses oreilles, aussi clairs que dans la cabane. Rattrapée par les vertiges et la faiblesse, la jeune femme tomba à genoux sur les épines mouillées, au pied du talus qui dominait sa cabane, le cœur et les entrailles retournés par la frayeur et l'incompréhension.

Je suis folle. Je suis folle, se répétait-elle sans fin. *Les Anomalies ont fini par m'avoir. Je vais muter, perdre la raison, finir brûlée, abattue par un weriste...*

« Qu'est-ce qui m'arrive? gémit-elle, écrasée par le désespoir. Qu'est-ce que j'ai... »

Elle sanglota, se prit la tête entre les poings.

« *Ce qui t'arrive?* répondit la voix sous son crâne. *Tu es appelée au plus grand destin qui soit, Mériane. Je suis l'Immortel, ton Dieu. Je suis... Wer.* »

Elle poussa un hurlement de terreur, se releva en hâte et s'enfuit dans la forêt.

« Darén! *Darén!* » criait-elle, hors d'haleine, en tambourinant à la porte de la chaumière.

La voix avait continué de lui parler avec une irritation croissante pendant toute sa course effrénée dans les bois.

« Darén, ouvre-moi, par Dieu!

— *Inutile d'invoquer Mon nom en vain, Mériane!* rétorqua sèchement la voix. *Si tu veux prier Ma miséricorde, tourne-toi donc vers Moi.* »

La maison du jeune herboriste ne se trouvait pas

très loin de la sienne, mais néanmoins assez pour que chacun jouisse de sa solitude. Darén ne répondit pas. Il devait encore être plongé dans la torpeur causée par ses mélanges. Mériane appuya résolument sur la poignée et entra.

Une odeur de fumée végétale âcre la prit à la gorge. Les ténèbres régnaient à l'intérieur. Darén possédait une habitation plus grande et robuste – il jouissait d'une meilleure réputation auprès des villageois de Doélic grâce aux herbes et décoctions prisées qu'il leur fournissait.

Du moins, quand il était capable d'aligner deux pensées cohérentes.

« Darén ? » murmura-t-elle en avançant prudemment.

Les épais rideaux avaient été tirés sur les fenêtres sales, laissant seulement filtrer des rais de crépuscule qui esquissaient les contours d'un véritable capharnaüm. Des fourrures – que Mériane elle-même lui avait fournies contre des épices et des remèdes séchés – traînaient par terre dans l'angle à gauche. Plus loin, des ustensiles de cuisine sales s'entassaient sur un plan de travail. Elle longea la cloison à droite ; Darén avait installé des paravents de part et d'autre du poêle central pour se ménager deux pièces. Elle approcha la main ; le poêle rayonnait de chaleur.

« *Ton ami est dans la chambre, étendu sur sa paillasse* », annonça la voix à son oreille.

Mériane ne put retenir un petit cri. Elle se mordit la lèvre et avança à tâtons.

« *Il est allongé sur le dos*, continuèrent les murmures, *la main près de son appareillage. Il est vivant, mais frappé de stupeur. Tu pourras probablement le* ranimer avec un peu d'eau fraîche. Tu n'y vois pas autour de toi, mais Moi si. Il te reste quatre pas jusqu'au mur opposé. Puis six en sens inverse. Avance sans crainte. Avance, Mon enfant.

— Silence ! siffla Mériane. Taisez-vous, par pitié !

— *Par pitié ? Nul ne donne d'ordre à Dieu !* tonna la voix sous son crâne avec une telle violence qu'elle grimaça. *Femme, écoute-Moi, car Je te guide. Tu n'oses croire que tu es Mon élue. Je le comprends, car Je suis d'une infinie sagesse. Mais n'abuse pas de Ma patience. À présent, constate et apprends !* »

Malgré elle, la forestière compta les pas. Quatre exactement. *Cela ne signifie rien*, se dit-elle aussitôt. Elle passa dans l'autre partie de l'habitation, qui servait de logement et de laboratoire. Des tiroirs et des bocaux débordaient de débris végétaux : herbes séchées, pétales, graines à peine visibles dans l'obscurité. Sur la paillasse dans l'angle, elle distingua une silhouette étendue. De la verrerie gisait par terre, juste à portée du bras étendu en travers. Exactement comme la voix l'avait prédit.

Cela ne signifie rien, se répéta Mériane comme un psaume. *Rien. C'est dans ma tête. Dans ma tête. Oh, Dieu, ayez pitié...*

Darén gisait sur le dos au-dessus des couvertures, pieds nus, vêtu d'une simple chemise et de chausses. Des dizaines de colliers grossiers en bois, os et coquilles s'amassaient sur son torse ; ses traits mats, osseux, luisaient de sueur. Ses longs cheveux, agglutinés en mèches épaisses et en nattes, se déployaient en étoile sur le drap telles des cordes brunes. Mais surtout, ses paupières entrouvertes laissaient paraître un blanc de mauvais augure.

L'herboriste gardait toujours un petit pot d'eau à

portée de main pour combattre la déshydratation quand il sombrait dans la torpeur de ses drogues. Mériane ravala ses scrupules, s'en empara et le lui renversa sur le visage.

Ce qui lui valut un grognement. L'herboriste ouvrit lentement les yeux, qui roulèrent à demi dans leurs orbites avant de sembler discerner enfin la jeune femme. Il fronça le nez comme si la lumière était encore trop forte.

« Mériane... ? fit-il d'une voix pâteuse.

— Il faut que tu m'aides ! s'exclama-t-elle, affolée. Ce que tu prends pour calmer tes crises. N'importe quoi. Donne-moi la même chose ! »

Il grimaça comme s'il partageait sa migraine.

« Trop de mots... lâcha-t-il. La trame... Le temps – les jours à leur place. » Il porta la main à son front. « Quand – lequel, maintenant ?

— Quel jour ? Damnation, je n'en sais pas plus que toi », s'aperçut-elle.

L'herboriste l'observa davantage en plissant les yeux.

« Mais... Tes fourrures ? Où ? Fait froid...

— *Darén !* » s'écria Mériane. Les difficultés coutumières de l'herboriste à se concentrer sur une idée l'exaspéraient littéralement en cet instant. « Tes plantes ! Tout de suite ! »

Il leva la main et se redressa péniblement – elle s'agenouilla aussitôt pour l'aider.

« Calme, fit-il. Paix. Toi... Peux pas te donner ça. Trop fort. » Il se passa la main sur le visage et regarda ses doigts. « Mais... tu m'as mouillé ?

— Darén, j'ai *vraiment* besoin de toi, implorat-elle en le prenant par les épaules. Il y a... » Elle déglutit et sa voix ne fut plus qu'un murmure : « Il y a des voix. Dans ma tête. »

Cela parut le réveiller pour de bon. Un rai de clarté lui révéla ses yeux pâles, presque décolorés, qui convergèrent enfin sur elle. Il avait les joues enfoncées, piquetées d'une barbe drue de plusieurs jours. Mériane se demanda tout à coup depuis combien de temps il se trouvait dans cet état, et s'il n'avait pas encore négligé de s'alimenter. Mais elle n'était pas sa mère. À vingt-cinq ans passés, Darén savait ce qu'il faisait. La plupart du temps.

« Le feu – chaud – allumé ? »

Mériane fit signe que oui.

« Prépare de l'eau. »

Par bonheur, la voix qui se prétendait Dieu se taisait pour le moment. La jeune femme remplit une gamelle de métal qu'elle inséra dans le compartiment supérieur du poêle placé entre les cloisons, puis s'assit par terre, combattant les vertiges. Pendant ce temps, Darén râpa un morceau d'écorce d'arbre dans une soucoupe. Il revint, versa la poudre et l'eau chaude dans un bol de terre cuite, attendit puis servit la décoction à Mériane sans un mot avant de regagner sa paillasse.

« Doucement, soupira-t-il en se laissant retomber sur le dos. Quand tu bois. Meilleur effet. »

Le bol réchauffait agréablement ses mains glacées et lui fit prendre conscience qu'elle grelottait après sa course insensée dans les bois. À présent que la voix restait silencieuse, elle commençait à se sentir un peu penaude. Elle ignorait combien de temps elle était restée à délirer, fiévreuse. Peut-être s'agissait-il simplement d'une hallucination passagère. Le breuvage avait un goût amer désagréable, mais elle accueillit sa chaleur et celle du poêle avec délice.

Darén écarta un peu le rideau au-dessus de son lit, et les éclats ambrés du coucher de soleil vinrent souligner le désordre de la cahute. Mériane sirota encore quelques gorgées, les yeux dans le vague. La décoction répandait peu à peu dans ses veines un engourdissement cotonneux qui l'emportait merveilleusement loin d'elle-même, des douleurs physiques comme de l'angoisse qui lui étreignait le ventre. Elle les percevait toujours, mais elle s'en sentait distante, comme si elles avaient perdu leur importance, en un sens.

« Tu prends ça souvent ? » demanda-t-elle.

Il eut un sourire rêveur, les yeux perdus plus loin que le plafond.

« Pas assez fort », gloussa-t-il.

Mériane laissa l'engourdissement la gagner. Les parias de Doélic n'étaient pas très nombreux, et tous partageaient la même défiance envers l'humanité. Néanmoins, des amitiés naissaient parfois de l'entraide et de leur condition, comme entre elle et Darén. L'herboriste vivait déjà dans la forêt quand la jeune femme avait décidé de quitter la ferme familiale ; il semblait y avoir toujours vécu. Il évoquait parfois des parents qui l'avaient abandonné très jeune à la forêt, non sans lui construire cette chaumière au plus proche de la zone instable. Il ne semblait pas en garder de rancœur ; mais Darén ne nourrissait jamais de rancœur contre rien ni personne. À vrai dire, Mériane se demandait dans quelle mesure les drogues qu'il prenait continuellement pour émousser ses afflictions n'avaient pas atteint sa mémoire.

Tout le monde, au village, le savait fou. Mais la forestière était probablement la seule à cerner en quoi, et surtout à quel point.

Et voilà qu'elle le rejoignait dans ce naufrage. Elle avait envie de pleurer en berçant son bol entre ses mains, puis, l'instant d'après, ne parvenait même plus à s'apitoyer sur son sort. Il était bon de ne plus rien ressentir.

« Raconte », fit seulement Darén.

Il fallut à Mériane quelques secondes pour se concentrer et parler.

« C'est la faute à ce moine, pesta-t-elle, la langue lourde.

— Toujours leur faute », répondit l'herboriste.

Cette réponse lui parut frappée au coin du bon sens. La jeune femme lui relata les événements au mieux de sa mémoire : la fugue de Pyr, l'entrée dans l'Anomalie. Son assaut, sa perte de connaissance et son réveil plus tôt dans la journée.

« Il a dû me ramener, poursuivit-elle. Leopol. Comme quoi...

— *C'est effectivement le cas.* »

La forestière sursauta avec un hoquet. Le bol vide lui échappa des mains et se brisa à terre. Incapable d'éprouver autre chose que de la lassitude et du dégoût, elle ramena ses genoux contre sa poitrine, voûta le dos, désespérée de se cacher, de faire enfin taire cette voix.

« Oh non, gémit-elle, non...

— *Je me suis montré patient*, dit celui qui se prétendait Wer. *Je conçois que l'envergure de la révélation te terrasse. J'ai attendu que tu cesses tes enfantillages. Mais à présent, Mériane, il va te falloir accepter ton destin. Je t'ai choisie. Tu es Ma servante, à présent.*

— Non! s'écria-t-elle. Allez parler à quelqu'un d'autre! Je ne veux pas vous entendre. Je ne vous aime pas. Je ne suis même pas sûre que vous existiez!

— Mériane! » s'exclama tout à coup Darén.

La jeune femme se plaqua les poings contre les oreilles et se balança d'avant en arrière en gémissant, espérant couvrir la voix – en vain. Elle résonnait dans sa tête.

« *Tu es à Moi!* rugit-elle, si fort qu'elle perça le voile de langueur qui s'était abattu sur les sens de Mériane. *Tu accompliras Ma parole. Tu la porteras aux infidèles. Tu incarneras Ma gloire!*

— *Nooon!* » hurla-t-elle d'une voix suraiguë en se martelant les tempes avec rage.

On chercha à lui écarter les bras, mais elle voulut se débattre. Cependant, vaincue par la drogue et l'épuisement, elle s'écroula sur le flanc, recroquevillée, en larmes. Elle renifla et sentit du sang dans sa gorge. Le visage de Darén entra dans son champ de vision. Il prononçait son nom, encore et encore, mais, par bonheur, son esprit engourdi par la terreur et la décoction accepta enfin de retourner aux ténèbres.

7

Juhel

« Par là ! »

Les deux cavaliers se penchaient sur l'encolure de leurs chevaux ; les galops résonnaient à travers la forêt. Un éclair fauve vira de droite puis de gauche, fila dans les taillis, mais Kervén lança sa monture sans hésitation. La bête décrivit un bond parfait au-dessus des broussailles.

Son jeune frère, enhardi par le courage de son aîné, l'imita. La brève sensation de vol lui procura une ivresse extraordinaire ; il lâcha un cri de joie.

« Ne traîne pas, Juhel ! » cria Kervén.

Le renard avait déjoué la vigilance de la vénerie de leur père, mais les deux jeunes gens l'avaient recroisé par hasard. Juhel arborait un sourire de pure liesse mêlé d'orgueil. Courser un renard nécessitait de l'adresse et de la ruse. S'ils parvenaient à le ramener, ils feraient la fierté de tout Ornesta.

Kervén obliqua tout à coup vers un étroit layon qui s'enfonçait entre deux versants escarpés. Son frère réagit juste à temps et plongea dans un tunnel de verdure à sa suite ; il leva le bras pour se protéger des branches. Les gifles le firent grimacer sans le décourager, au contraire : elles galvanisaient son enthousiasme. Il s'agissait de blessures de guerre, de preuves de leur exploit, de leur grande aventure.

Les deux princes de Magnécie chevauchèrent ainsi un moment dans un tournoiement de feuilles et d'ombres. Ils débouchèrent dans une clairière étroite qui s'enfonçait entre des falaises grises ; un berceau de verdure inconnu de tous, à l'exception des animaux sauvages. Kervén ralentit l'allure, fouillant les environs du regard. Juhel tira sur ses rênes. Des arbustes noueux et des lianes grasses s'accrochaient aux parois verticales.

« Où est-il passé, par la damnation ? » s'écria l'aîné d'une voix qui avait tout juste terminé sa mue.

Il soignait fièrement son amorce de barbe, un collier de boucles brunes qui ourlait sa mâchoire blanche. Avec son habit de cuir frappé du Livre et de la Couronne, il ressemblait à une réplique juvénile de son père, Raed.

Juhel regarda autour de lui.

« Où sommes-nous ? » demanda-t-il, hésitant.

Il jalousait l'apparence et l'assurance de son frère ; plutôt malingre, il ne serait jamais que le cadet du dauphin. Même si Kervén ne lui faisait que rarement sentir son droit d'aînesse. Il avait trop de prestance et d'honneur pour cela.

« Sang-diable, Juhel, on va le perdre ! rétorqua celui-ci en se retournant. Aide-moi à chercher ! »

Les deux cavaliers s'élancèrent dans le défilé aussi vite que leurs montures l'acceptaient. L'herbe se raréfia sous les sabots, laissant affleurer cette même roche morne qui s'élevait autour d'eux en murailles plus hautes que des clochers. Juhel observa les alentours, mais une vague appréhension commençait à le gagner.

Une lueur fugace attira son regard mais, quand il releva la tête, elle avait disparu.

Il fronça les sourcils en scrutant la végétation vierge agrippée aux sommets arrondis des falaises. Les feuillages touffus remuaient dans un vent insistant qu'il ne percevait pas au fond du défilé; seuls des bruissements lui parvenaient, renvoyés en échos feutrés d'une paroi à l'autre.

« Kervén, tu ne crois pas qu'on devrait rentrer? demanda Juhel d'une voix plus aiguë qu'il ne l'aurait voulu.

— Et revenir les mains vides? Tu ne cesses de me demander comment prouver à Père que tu es un homme. La voilà, l'occasion! Je ne laisserai pas filer ce renard. »

Comme pour joindre le geste à la parole, Kervén attrapa la pique lestée fixée à sa selle et continua d'avancer, les rênes dans une main.

« Mais je ne reconnais pas cet endroit… insista encore Juhel. On l'aurait remarqué sur les cartes de la zone stable. »

Kervén l'ignora.

L'appréhension fit place à l'anxiété. Le jeune garçon se retourna, mais le chemin qu'ils avaient emprunté se dérobait au regard parmi les parois sinueuses, qui ressemblaient à des draperies pétrifiées. De nouveau, il perçut un éclat lumineux à la périphérie de son champ de vision. Il releva la tête. Peut-être était-ce son imagination, mais, au-devant d'eux, le ciel bleu semblait pâlir, annonçant un orage d'été. Tout juste visibles, des nuages sombres perçaient sur les lèvres des falaises. Mais Juhel savait qu'il ne pouvait rien lui arriver. Il suivait son grand frère, qui connaissait la forêt et la chasse. Il le protégerait du danger. Alors, pourquoi l'angoisse lui serrait-elle le ventre?

« Tu as remarqué ça ? fit-il en pointant du doigt.

— Quoi ? rétorqua sèchement Kervén, les yeux rivés sur le sol en quête de traces dans la mousse tendre.

— Le ciel... » répondit Juhel, sans oser finir sa phrase.

Leur père leur avait confié un petit orbiculaire de position pour retrouver leur route s'ils venaient à être séparés de la vénerie ; une des rares techniques de l'Ancien Temps que l'Église ne condamnait pas. Le garçon sortit précautionneusement de sa chemise la petite sphère de verre, attachée à une chaîne à son cou.

À l'intérieur, deux aiguilles de forme et de couleur différentes tournoyaient lentement sur un disque gradué. Chacune indiquait un point cardinal distinct d'Évanégyre : Urgans et la Lyre.

Juhel installa l'appareil au creux de sa paume comme son père le lui avait appris, et se tint tranquille en attendant que les deux repères s'immobilisent. Il patienta un long moment en gardant un œil sur le dos de son frère. Sans succès. Les deux flèches effectuaient des tours paresseux, l'une à l'opposé de l'autre, sans sembler s'arrêter.

« Kervén ? appela-t-il. C'est normal qu'elles fassent ça ? »

L'intéressé lâcha un soupir théâtral et jeta à son frère un regard exaspéré alors que celui-ci le rejoignait pour lui montrer l'orbiculaire.

« Tu ne sais pas t'en servir », rétorqua Kervén en

s'emparant de la bille de verre – manquant étrangler son frère, qui dut se pencher sur sa selle. L'aîné secoua l'orbiculaire avec agacement, semblant exiger que l'appareil lui obéisse. En vain.

Un rugissement éclata tout à coup au-dessus d'eux.

Juhel eut à peine le temps de voir une ombre immense que son frère le repoussait violemment. Juste à ce moment, les deux chevaux se cabrèrent dans des hennissements affolés.

Le monde se renversa autour du jeune garçon. Les rênes lui filèrent entre les doigts. Il bascula désespérément vers l'arrière, désarçonné.

L'impact contre la roche chassa l'air de ses poumons ; l'arrière de son crâne percuta le sol. En un instant, Juhel ne fut plus qu'une masse de douleur. Il eut le réflexe dérisoire de se protéger le visage en sentant les sabots paniqués de sa monture piétiner autour de lui avant de fuir au galop.

Il voyait flou. Une miséricorde, car il ne distinguait pas les détails de l'abomination qui les avait débusqués. Flasque. D'une pâleur mortelle. Immense, elle se dressait sur ses pattes arrière comme un ours. Autant que le cheval cabré de Kervén, qui parvenait tant bien que mal à rester en selle. Sa pique gisait à terre.

Un éclair métallique zébra l'air et la rétine étourdie de Juhel. Le poitrail du cheval vomit un flot écarlate et poisseux ; un braillement strident, bestial, perça les tympans de l'adolescent. L'animal s'effondra sur le flanc – piégeant Kervén sous son poids. Le grand frère de Juhel poussa un hurlement éraillé qui laissa reparaître la pointe aiguë de l'adolescence.

Il pria, il supplia. Il se révolta, insulta la bête.

Mais ses mots se réduisirent bientôt à des mugissements à mesure que celle-ci entamait son repas.

Juhel ouvrit brusquement les yeux.

L'éclat orangé du soleil déclinant filtrait par les interstices des rideaux de sa litière, qui oscillait doucement au pas des chevaux. Il se sentait flotter comme à bord d'un navire. Habillé pour la route, au chaud sous l'édredon, il sentait la fraîcheur des collines caresser son visage.

Il lâcha une expiration profonde et passa les mains sur ses joues, attentif à la sensation de sa barbe drue sur ses paumes calleuses. Cela faisait des années qu'il n'avait pas rêvé de l'accident – et plus longtemps encore avec une telle intensité. La terreur, enfouie depuis sous des strates de détachement et rigueur adultes, s'accrochait à lui comme un honteux reliquat d'enfance. Son habituelle migraine était de retour – il était sorti triomphant de l'Épreuve de Vérité qui avait suivi la mort de son frère, mais elle lui avait laissé ce petit héritage. Il avait appris à s'en accommoder.

Une exclamation résonna à l'avant de la colonne et le véhicule s'arrêta. Juhel s'étira, puis roula sur le flanc pour écarter les draperies.

En bas de la colline, un vaste pavillon de chasse en pierre de taille logerait le couple royal ainsi que la haute noblesse. La route qui le longeait conduisait à quelques chaumières, situées à distance respectueuse. Un champ accueillerait les tentes et les attelages pour la nuit ; les commis et les serviteurs travailleraient bien après le coucher du soleil, et bien avant l'aube, pour installer et lever le camp. À nombre d'égards, la cour itinérante tenait de l'armée en marche, accompagnée d'une cohorte de nobles, artisans, soldats, ecclésiastiques, sans parler des chevaux et des bœufs tractant les charrettes et les litières.

Juhel reporta son regard sur la gauche, vers le nord. Les douces collines magnéciennes roulaient sous les premiers feux du crépuscule. Il éprouva une brève bouffée de nostalgie en contemplant les arbres qui se couvraient d'une verdure moutonneuse, le duvet des cultures qui perçait tout juste quelques champs de terre grasse. Le printemps arrivait toujours plus tôt en Magnécie; la clémence de son climat et ses rares zones instables nourrissaient sa prospérité et sa pérennité. Ils ne seraient pas aussi bien accueillis dans les autres provinces.

La sensation d'oppression héritée du cauchemar refusait de s'alléger; Juhel peinait à respirer et des élancements battaient sous son crâne. Il prit ses bottes dans le coffre de voyage, les enfila, attrapa sa cape pourpre et sortit du véhicule sur la route boueuse. Le temps d'organiser l'étape, la colonne pouvait rester immobilisée plus d'une heure; partout, les nobles descendaient à leur tour pour se dégourdir les jambes. Les cavaliers en livrée magnécienne qui l'escortaient inclinèrent la tête en le voyant sortir, mais le duc les ignora.

« Mon seigneur ? »

Juhel se retourna avec la mine austère qui lui valait sa réputation. Certaines personnes avaient le don de vous déranger au mauvais moment. Son épouse en faisait partie.

« Plus tard », grogna-t-il.

Clémène de Magnécie portait une longue robe ajustée couleur olive, rehaussée de broderies ambrées. Elle n'avait jamais appris que cela ne lui allait pas. Cela ne faisait que souligner sa maigreur et sa grande taille peu convenable à une dame de haut lignage. En plus, cela l'obligeait à tenir l'ourlet pour qu'il ne traîne pas dans la boue. Conformément à l'usage, elle avait ramené ses longues boucles cuivrées en un chignon strict, mais on n'en remarquait que davantage son visage trop rond, ses yeux trop grands et ses lèvres trop charnues. C'était quand même pitié qu'elle ne sache pas commettre les justes entorses à la coutume pour ressembler à une digne duchesse de Magnécie.

« Votre fils se languit de vous », insista-t-elle.

Le petit Kervén, âgé de neuf ans, se dandinait devant le jupon de sa mère, levant des prunelles bleues pleines d'espoir vers son père. Celui-ci lâcha un soupir et s'agenouilla pour le regarder dans les yeux.

« Un homme doit apprendre à vivre seul, déclara Juhel. Au bout du compte, il ne peut compter que sur lui-même ; ne l'oublie jamais. En ce moment plus qu'à tout autre, j'ai besoin de toutes mes ressources et de toute mon ingéniosité, et cela, c'est pour te protéger, pour protéger notre pays et notre royaume. Toi aussi, donc, tu dois apprendre à compter sur toi-même, sans espérer mon soutien à chaque instant. En es-tu capable ? »

Le petit garçon baissa tristement la tête. Juhel lui attrapa aussitôt le menton et le dévisagea sans détours :

« En es-tu capable ? » répéta-t-il.

Kervén regarda son père d'un air triste, les lèvres serrées, puis il eut un petit geste à mi-chemin entre le hochement d'épaules et l'acquiescement. Le duc se releva aussitôt.

« Assurez-vous qu'il ne manque aucun entraînement à l'épée », ordonna-t-il à la duchesse, puis il tourna les talons sans attendre de réponse.

Il descendit la route à grands pas, ignorant les marques de déférence des escortes, échangeant juste un signe de tête avec les conseillers qu'il croisa, le jeune Mawgel de Belnacie et Thormig de Loered. En raison de la promiscuité imposée par les voyages, on était tacitement dispensé de toute conversation polie en dehors des repas. Il remonta la colonne, passa devant l'imposante litière royale gardée par des soldats vêtus de mailles, puis gagna l'avant-garde arrêtée à une centaine de pas du pavillon. Par chance, une légère brise dispersait les odeurs nauséabondes de la procession.

Juhel repéra les moines en blanc qui avaient pris la tête de la colonne. Il chercha du regard leur commandant, le patriarque Lóthar Crestra. Il se trouvait plus loin : ses rênes à la main – il était le seul ecclésiastique à chevaucher –, il s'entretenait avec le bailli du relais de voyage et un commis de la cour.

Le duc s'approcha juste à temps pour entendre le bailli expliquer au patriarque :

« ... champ est déjà surpeuplé, Votre Gloire. J'aimerais offrir mieux à vos hommes, mais je crains que la place ne soit comptée dans le château. Ils peuvent établir leur campement à l'arrière... »

Juhel fendit l'attroupement en jouant des coudes tandis qu'une colère de bon aloi montait en lui et brûlait son malaise et sa migraine. Dès que le commis et le bailli l'aperçurent, ils s'inclinèrent.

« Votre Grâce.

— Êtes-vous en train de dire que vous ne trouvez

pas à loger les soldats de Dieu ? » s'exclama le duc de Magnécie avec indignation.

Le bailli baissa les yeux.

« J'expliquais seulement à Sa Gloire le patriarche que nous n'avons pas été informés de sa venue, et qu'il nous est très difficile de leur trouver une place...

— Ils sont vingt-cinq, plus une demi-douzaine d'artisans et de novices, rétorqua Juhel. Quelle place peuvent-ils bien prendre ?

— Laissez, intervint Lóthar Crestra. Nous avons l'habitude des conditions hostiles. Nous y sommes entraînés.

— Hors de question, répliqua le duc. Nous nous trouvons encore en Magnécie, Votre Gloire, et il ne sera pas dit que ma province manquera à son devoir envers l'Église. »

Il se tourna vers le bailli et le commis.

« Entendez-vous ? Ces hommes se battent pour vos âmes étriquées, vous protègent de l'enfer, et vous n'êtes pas capables de les accueillir dignement ? Je crains le jugement que Dieu portera sur vous. » Il pointa un index accusateur. « Je me moque de savoir comment vous vous y prendrez, mais j'exige que le bataillon jouisse d'une place de choix au champ pour y dresser ses tentes. Et vous trouverez des appartements pour le patriarche. Qu'importe qu'on ne vous ait pas informés par avance ; vous devriez le remercier de l'honneur qu'il vous fait de venir loger ici. »

Le bailli et le commis inclinèrent la tête avec déférence, puis prirent congé, l'un retournant vers le pavillon, l'autre vers la colonne.

« Réellement, Votre Grâce, ce n'était pas nécessaire, dit Crestra. Mais je vous remercie. C'est à nous que vous faites honneur.

— Vous méritez cent fois plus de dormir dans un vrai lit que certains oisifs qui parasitent la cour, maugréa Juhel. Il est grand temps que le royaume fasse le tri de ses priorités. »

Le patriarque sourit. Il allait s'en retourner vers ses hommes quand le duc l'arrêta :

« Votre Gloire, vous m'avez proposé votre conseil. Auriez-vous un moment ? »

Crestra se retourna.

« Pour vous, toujours, Votre Grâce. »

Les deux hommes s'éloignèrent de la colonne et de son agitation bruyante. La route s'incurvait en serpentant paresseusement à travers les avant-monts qui formaient la frontière sud de la Magnécie. Bientôt, ils gagneraient la Croisée des chemins : la route bifurquerait, conduisant d'un côté la cour vers Ker Vasthrion au sud-est. Thormig, lui, rentrerait vers le sud-ouest à Loered avec toute sa délégation pour n'en plus bouger jusqu'au prochain décès ou mariage d'État. L'espace d'un instant, Juhel l'envia : il rentrait chez lui, quand lui-même avait fait le choix résolu de quitter son foyer. Mais il fallait bien que quelqu'un protège le royaume et la Magnécie.

« Que puis-je pour vous, Monsieur le Duc ? » s'enquit Crestra.

Juhel l'observa un instant. Son visage rond, ses yeux bleus dégageaient un curieux mélange de droiture et de compréhension. Le duc avait l'habitude de la première chez un weriste, mais beaucoup moins de la seconde. Bien qu'il ne soit plus jeune homme, il endurait le port de la cotte de mailles ; la sueur à son front et les rides aux coins de ses yeux trahissaient une certaine fatigue, mais il n'émettait aucune plainte. *Il m'a pour ainsi dire juré allégeance*, se rappela Juhel. *Je dois pouvoir lui parler sans crainte. Et puis, cette discussion ne fera que le convaincre de ma bonne foi.*

« Avant toute chose, sachez que je ne cherche nullement à percer les secrets de l'Église, déclara-t-il. Si mes questions outrepassent ce qu'il est convenable pour moi de savoir, je vous en prie, signifiez-le-moi, et je me tairai. »

Crestra inclina le buste.

« Un duc du royaume n'est pas un simple roturier. Il est juste qu'il en sache davantage que son peuple. »

Juhel opina du chef à plusieurs reprises, songeant à la meilleure façon d'aborder le sujet.

« Comment… Comment une contamination arcanique se répand-elle, exactement ? Et comment se déclare-t-elle ?

— Puis-je vous demander ce qui motive cette question ? »

Le regard du duc s'égara sur le champ couvert d'herbes sèches, en arrière du relais de voyage. Les premiers ouvriers y conduisaient les chariots à bœufs qui transportaient les mâts des tentes. Il regretta l'impulsion qui l'avait poussé à chercher le patriarque ; une culpabilité familière revint le tarauder – même s'il n'avait rien à se reprocher. Rien ne pouvait altérer le passé. Il fallait le laisser en terre, et l'enfouir plus profondément d'année en année.

Juhel lâcha une longue expiration.

« Vous savez forcément ce qui nous est arrivé, à mon frère aîné et moi. L'accident lors de la chasse… Notre imprudence.

— Vous avez survécu à la rencontre démoniaque, Votre Grâce, répondit le prêtre. Pas votre frère, hélas – Dieu ait son âme. »

Le duc hocha la tête, les yeux toujours perdus au-delà du champ, vers la mer qu'il imaginait, au loin. Les feux du soleil mouraient lentement à travers les brumes de l'horizon. Il resta silencieux un long moment, ne sachant que dire. Chaque fois qu'il envisageait une manière de se libérer de la question qui le taraudait, il lui semblait prononcer des aveux.

« C'est cela qui vous hante ? s'enquit finalement Crestra à voix basse.

— J'en ai rêvé, admit Juhel sans le regarder. Tout à l'heure. Cela... Cela me pèse. Je me sens sale.

— Oh, Monsieur le Duc, répliqua le patriarque avec aménité. Votre honnêteté vous honore, mais c'était il y a plus de trente ans ! Faites-moi confiance, une instabilité mentale ou physique se serait déclarée largement plus tôt, vous le savez. » Il eut un rire chaleureux. « Mais je reconnais bien là votre droiture.

— Oui, mais la lignée royale... hésita Juhel. L'esprit d'Éoel, et peut-être Luhac, son frère... Dans le cas du roi, cela s'est déclaré très tard, et sans signe avant-coureur. »

Crestra redevint sérieux.

« Il est vrai que Dieu peut nous mettre à l'épreuve à toute époque de notre vie. Et que la fragilité du trône est plus que préoccupante ; si la corruption a teinté le sang de Rhovelle, elle touchera assurément votre cousin.

— Si ce n'est pas déjà le cas », renchérit Juhel.

Le patriarque hocha la tête.

« Il redoute bien trop peu Dieu et Ses commandements, en effet. Mais Votre Grâce, quels que soient les périls qui nous guettent en notre sein, vous ne pouvez décemment imaginer qu'ils vous touchent aussi ! Ni l'âme du roi ni celle de votre cousin n'ont été trempées par le feu de Dieu comme la vôtre, et jugées méritantes. »

Le duc serra les dents et releva le menton à l'évocation de son ordalie. Il croisa les bras, inflexible comme la pierre, portant sur les paisibles collines de Magnécie un regard protecteur, possessif. Il avait triomphé des fers, de la privation, des humiliations et de la douleur dans les geôles du bastion weriste d'Ornesta. Devenu seul héritier du trône de Magnécie, il ne pouvait tout simplement pas décevoir son père, comme Kervén lui-même l'avait fait en mourant par imprudence et par témérité. Juhel de Magnécie avait émergé plus solide et résolu que son frère ne l'aurait jamais été. Et il s'était promis de ne plus jamais rien laisser au hasard.

« C'est un véritable exploit que d'avoir réussi l'Épreuve de Vérité à un âge aussi tendre que le vôtre, Monsieur le Duc. J'étais novice à l'époque, et j'en ai eu vent. » Crestra lui sourit de nouveau. « Mes frères vont préparer l'office du soir. Pourquoi ne vous joindriez-vous pas à nous ? Vous êtes le bienvenu. Votre soif de droiture ne peut que plaire à Dieu ; ajoutez-y une ferme dévotion, et je ne saurais imaginer que les portes de la Cité des Justes vous restent closes.

— Je serais honoré de participer, Votre Gloire. »

Le patriarche retourna vers la cohorte. Après la plus brève des hésitations, le duc lui emboîta le pas.

Oui, songea-t-il. *J'ai réussi l'Épreuve de Vérité. Et pourtant, depuis toutes ces années, je ne sais toujours pas ce que je pense de Dieu. Mais peut-être que Crestra me guidera. Et qu'il m'aidera à trouver la paix.*

Mériane

Un murmure ininterrompu se fraya un chemin jusqu'à sa conscience. Une pointe de frayeur la saisit d'abord; elle redoutait que la voix désincarnée soit de retour, mais elle s'aperçut que ce chuchotement lui était extérieur.

Est-ce que vous êtes là? tenta-t-elle de projeter autour d'elle, prête à s'enfuir.

Le silence. Par un merveilleux bonheur, le silence.

Mériane se sentait nettement mieux. Elle se trouvait dans un lit, au chaud dans une torpeur cotonneuse. La faiblesse maladive qui lui empoisonnait le corps semblait l'avoir en grande partie quittée, même si elle se sentait toujours lasse. Elle se rappelait confusément avoir mangé et bu, s'être levée pour ses besoins naturels. Mais elle avait surtout passé le plus clair du temps dans de bienheureuses ténèbres dépourvues de rêve.

La forestière ouvrit les yeux. La nuit était tombée; une pénombre vacillante baignait la chaumière. Elle distingua la silhouette dégingandée de son ami Darén, assis à même le sol, sa lanterne à la main. Il marmonnait tout seul en examinant avec un soin minutieux un éventail de plumes disposé sur ses genoux.

« Tu as peur qu'elles s'envolent ? » souffla Mériane avec un demi-sourire.

L'herboriste releva la tête dans un étrange mouvement coulé. La forestière avait parfois l'impression de s'adresser à un gros oiseau plutôt qu'à un être humain. Il posa ses yeux clairs sur elle, mais

Mériane n'avait pas l'impression qu'il la voyait réellement.

« Elles n'ont pas le même souvenir de l'air, fit-il d'un air rêveur. Pas le même goût. J'essaie de savoir quel goût voudrait que je le garde.

— Tu as veillé sur moi », dit-elle.

Il eut un sourire distrait.

« Comme toi sur moi, aussi. Ça arrive. »

Darén se replongea dans son intense conversation avec ses plumes.

Mériane s'étira avec délice. Elle n'avait aucune idée du temps qui s'était écoulé, et une foule d'obligations l'attendait probablement chez elle : relever les pièges, en disposer d'autres, tanner les peaux, préparer son jardin à l'approche de la belle saison. Pour l'heure, elle les ignora. Elle avait bien mérité un peu de repos au chaud.

« *Tu sais, Je suis toujours là.* »

La voix lui fit l'effet d'un seau d'eau glacée. Elle se raidit et porta les mains à ses yeux.

« Non... murmura-t-elle, vaincue. Pas encore... »

Sa voix alerta Darén. Il posa ses plumes et vint s'asseoir sur le lit à côté d'elle.

« Toujours là ? » demanda-t-il.

Il fallait un peu d'habitude pour comprendre sa façon de parler ; la clé, en réalité, était qu'il semblait comprendre les gens à demi-mot avant qu'ils ne s'expriment. Darén voyait et entendait des choses qu'il était le seul à percevoir.

« Tu l'entends, toi ? » s'enquit Mériane, pleine d'espoir.

Il parut se concentrer, puis secoua lentement la tête, faisant cliqueter ses mèches collées et ses tresses encombrées de breloques.

« Désolé. »

Elle lâcha un long soupir en se sentant à nouveau au bord des larmes. Mais pleurer ne l'avancerait à rien. Elle serra les poings et étendit posément les bras le long du corps en ravalant son angoisse. Puis elle considéra son ami.

« *Nul autre que toi ne peut M'entendre*, ajouta la voix.

— Comment tu fais ? demanda-t-elle précipitamment à Darén. Pour vivre avec ça ? »

Il haussa les épaules.

« Toujours été comme ça. Les plantes aident. Elles filtrent. Sinon… Tout me parle, tout le temps. Et j'ai beau faire attention, je ne comprends jamais. Jamais tout. » Il leva les mains et les agita plusieurs fois, les doigts écartés, comme s'il cherchait à cerner une idée. « C'est juste au bout. À côté. Une impression sur le bout de la langue – de la tête. » Il porta les doigts à ses tempes. « Insaisissable. »

Mériane regarda de nouveau le plafond.

« Je ne sais pas ce qui est le pire.

— Parce que tu comprends, toi ? Ce qu'on te dit ? s'enquit Darén avec un vif intérêt.

— Oh oui, je le comprends aussi clairement que je te comprends toi. Enfin, même un peu plus, pour être honnête.

— *Tu ne saurais Me comparer à l'affliction d'un fou, Mériane.* »

Ah oui ? rétorqua-t-elle intérieurement, les traits tendus. *J'ai été touchée par une Anomalie ; en quoi est-ce différent d'un pauvre hère né sous une mauvaise étoile, ou une mauvaise magie ?*

« Et tu lui parles ? demanda Darén en l'observant attentivement.

— Je vais éviter. Je crois que, quand on est fou, la meilleure tactique consiste à ignorer sa folie. » Elle se frictionna le visage. « Oh, par le Pandémonium. Je savais que ça finirait probablement par arriver, mais... J'espérais que ça attendrait un peu, tu vois ? Je me trouve très jeune, ou bien largement trop vieille, pour avoir des amis imaginaires. » Elle regarda son ami. « Excuse-moi. Je ne dis pas ça contre toi, tu sais. Tu t'es occupé de moi, et je me lamente sur mon sort... Je dois te paraître insensible. »

L'herboriste haussa les épaules.

« Je suis anormal. Je sais. Je me cache. J'ai appris : double dose si je dois croiser des gens de Doélic. Ça fait taire le monde autour de moi. Moins de risques. »

Mériane souffla.

« Et tu saurais faire taire cette voix-là ?

— On peut essayer. Mais pas sûr de réussir. Ce que tu as, je connais pas. »

C'est bien ma veine, pensa-t-elle. *Je tiens peut-être le seul herboriste de toute la Belnacie qui pourrait comprendre ma maladie de première main, et il s'avoue déjà vaincu.*

« *Rien de ce que pourra tenter ton ami ne fonctionnera*, insista encore la voix. *Je ne suis pas une affliction qu'on balaie ! Tu n'es pas blessée, Mériane, tu dois le comprendre. C'est tout le contraire !*

— Vous ne comprenez pas que je ne veux pas vous parler ? explosa-t-elle tout à coup. Vous n'existez pas. Vous êtes un mensonge. Juste une folie dans ma tête !

— *Un monde purifié par Ma fureur et vingt Hérauts de Mon nom prouvent le contraire.*

— N'importe qui peut se prétendre Héraut de Wer! rétorqua-t-elle. Des insensés essaient tous les jours et finissent au bûcher nu. Je suppose qu'ils sont tous atteints d'une variante de mon état. Vous pouvez me raconter ce que vous voulez, j'ai encore assez de raison pour m'éviter ça, merci!

— *Les insensés ne sont pas touchés par Ma grâce. Ils ne peuvent prouver qu'ils portent Mon message, et Mon Église le sait. Toi, en revanche, Je te guiderai, Je t'éviterai le châtiment, et Je prouverai aux Miens que tu es Mon élue.*

— Et vous ferez ça comment?

— *Pour cela, tu dois Me faire confiance.*

— Ben voyons!»

Darén la dévisageait avec un mélange de fascination et d'incrédulité.

«Quoi? aboya Mériane.

— Je commence à comprendre, fit-il. Je crois. Ce que les autres ressentent. Quand ils me voient.»

Elle poussa un profond soupir et ferma les yeux avec force, puis les rouvrit.

«Excuse-moi, tu n'y es pour rien. Merci de m'avoir soignée.»

Il haussa les épaules. Son regard s'égara vers un détail du bois dans la paroi; il inclina la tête, évoquant un chat qui guette sa proie.

«Qu'est-ce qui nous arrive, Darén? demanda-t-elle. Qu'est-ce qu'on a?»

Il s'arracha à grand-peine à la contemplation des nœuds du bois.

«L'univers, répliqua-t-il en levant l'index d'un air docte. C'est ça. Il a besoin que je comprenne quelque chose. Mais j'entends pas. Ou j'écoute pas assez fort. C'est ça, tu vois. C'est ça que je dois comprendre.

— *Le pauvre ignore qu'il Me cherche, en vérité.*
— Là! s'écria Mériane. Juste à l'instant. Tu n'entends vraiment rien?»

Il écarta les mains.

«Non.» Toutefois, il fronça les sourcils et se pencha à demi vers elle. Il huma l'air comme un lapin méfiant – un lapin noir haut de deux mètres. «Tu as quelque chose de changé.

— Sans blague, répliqua-t-elle. Je reviens d'une Anomalie et je suis tendue comme une corde d'arc. J'ai rapporté quelque chose avec moi, c'est certain...

— Un peu, répliqua Darén. Tu vibres.»

La forestière se redressa.

«Alors, tu la sens? s'exclama-t-elle avec une brusque angoisse. La... maladie?»

L'incompréhension s'accentua sur ses traits usuellement hagards.

«Je sais pas. Non. C'est la tension. Tu vibres.

— *Il Me perçoit*, commenta la voix dans sa tête. *Il l'ignore, mais c'est Ma grâce qu'il entrevoit. Ton ami est corrompu, Mériane, mais cette corruption l'a rendu sensible à ce qui le dépasse.*

— Je vous interdis de parler de lui comme ça! s'exclama-t-elle. Il n'est pas corrompu. Il est né comme ça!

— *La corruption n'est pas nécessairement volontaire.*»

Darén plaqua tout à coup les mains sur les joues de la jeune femme et plongea ses yeux délavés dans les siens. Son haleine sentait l'herbe brûlée.

«Mériane, articula-t-il. À qui tu parles?»

Elle respira profondément pour calmer la peur qui lui fouettait les nerfs et lui donnait envie de se percer les tympans, tout pour ignorer les mots qui résonnaient dans sa tête sans qu'elle puisse s'y fermer.

« Il dit... Il dit qu'il est Dieu », murmura-t-elle d'une voix qui se brisa.

Darén lâcha brusquement son visage et recula sans la quitter du regard. Elle s'assit péniblement dans le lit, renifla et essuya rageusement les larmes qui perlaient aux coins de ses yeux.

« Mais c'est impossible, poursuivit-elle aussitôt en regardant son ami. C'est forcément faux. Un mensonge...

— *Et pourquoi est-ce nécessairement faux ?* coupa la voix.

— Parce qu'on ne trouve pas Dieu dans les Anomalies ! cria-t-elle en s'adressant au plafond, espérant que sa voix porterait jusqu'aux étoiles – où que le Père puisse se trouver. Il n'y a là-bas que des horreurs, des mutations, des folies !

— *Mais Je suis partout, Mériane*, répliqua la voix avec une condescendance détestable. *J'ai purifié le monde et montré à l'humanité l'étendue de sa souillure. Chaque jour que Je fais, les Anomalies proposent une épreuve de foi : sombrer dans la corruption, ou bien cuirasser son âme dans la Vérité de Mes enseignements. Or, tu étais escortée d'un moine de Ma foi. Pour quelle raison ne t'aurais-Je pas trouvée digne ?*

— Parce que vous haïssez les femmes ! » hurla-t-elle enfin.

Seul le silence lui répondit.

Assis au bout du lit, l'herboriste la dévisageait avec une révérence teintée d'appréhension qui ne lui ressemblait absolument pas. Il paraissait prêt à fuir à tout instant, et demeurait pourtant figé sur place, les yeux rivés sur elle. Le lapin semblait à présent hypnotisé par un serpent. Et le serpent, c'était elle.

« Oh, Darén, ne m'abandonne pas, s'il te plaît », murmura-t-elle, aux portes de la terreur.

Soudain, la voix, grave et puissante, explosa sous son crâne comme un coup de tonnerre.

« *Ma patience est grande, Mériane. Mais Ma fureur l'est davantage encore !*

— Alors forcez-moi si vous y tenez ! rétorqua-t-elle à pleins poumons. N'est-ce pas ce que vous faites avec nous, hein ? Mordranthia a corrompu l'Empire d'Asrethia ; à cause d'elle, les femmes doivent expier ! Wer n'aurait jamais choisi une femme comme Héraut ; je ne suis pas pieuse, mais ça au moins, je le sais !

— *Et dans ce cas, qui suis-Je, pauvre sotte ?*

— Un démon ! La folie ! Moi-même. Je ne sais pas et je m'en moque !

— *Si Je suis un démon, ton devoir te dicterait de requérir une Épreuve de Vérité, n'est-ce pas ?*

— Pour finir sur le bûcher nu ? » Elle eut un rire désabusé. « Je n'ai pas l'ombre d'une chance. Les Chasseurs de Vérité ont brûlé Aelig simplement parce qu'il fallait un coupable à un père ravagé de chagrin ! Pendant ce temps, Darén divague tranquillement dans sa cabane – mais c'est un homme, lui, alors ça change tout ! »

Elle se mordit la lèvre et jeta à son ami un regard navré et désemparé à la fois. Elle se tordait les doigts nerveusement, concentrée sur la douleur sourde de ses articulations pour ne pas sombrer tout entière dans le délire.

Darén haussa les épaules d'un air fataliste.

« C'est vrai, dit-il simplement.

— *Le Mal vient, Mériane*, insista la voix. *Il se répand en ce moment même. De réels démons, plus abominables encore que la Rhovelle n'en a jamais vu, guettent le royaume entier et, par-delà, le monde de la lumière. Écoute Ma parole : l'Éternel Crépuscule cachera le soleil, étouffera les plantes et changera les hommes en bêtes, car Aska, le Dieu de la Nuit, ne tolère d'autres enfants que les siens. Sa progéniture infernale arpentera la terre et tout ce à quoi tu tiens disparaîtra pour toujours – à moins que tu ne te dresses contre l'ennemi et conduises les armées de Rhovelle au combat !* »

Mériane lâcha un ricanement amer – et se fit le terrible effet d'avoir vraiment perdu l'esprit.

« Tout ce à quoi je tiens ? Mais je ne tiens plus à rien. Vos moines s'en sont assurés le jour où le corps nu d'Aelig a été exposé aux flammes pour votre prétendue gloire. Ils m'ont enseigné une leçon importante, ce jour-là : ne surtout pas m'attacher à quoi que ce soit, car on peut tout m'enlever. » Sa voix se trouva réduite à un murmure de rage : « Et maintenant, c'est vous qui allez m'écouter. Qui que vous soyez, je n'ai aucune raison de vous obéir. Et à supposer que vous soyez vraiment Dieu, vous n'avez jamais rien fait pour moi et j'ai toujours survécu sans vous. Même si vous me donniez la preuve de votre existence, je continuerais à ne pas croire en vous. Vous pourrez peut-être m'obliger à vous servir. Mais si vous en savez autant que vous le prétendez, alors vous n'imaginerez pas un seul instant que je le ferai de mon plein gré. »

À sa grande surprise, un rire léger résonna à ses oreilles.

« *Tu mens, Mériane, et nous le savons tous les deux.*

Dans l'Anomalie, tu n'as pas pu abandonner ces deux jeunes gens à leur triste sort ; à ton avis, qu'arrivera-t-il quand ta ville, ton pays entier sera déchiré par les armées de la Nuit ? Je vais te le dire : tu invoqueras Mon nom. Et ce jour-là... Je serai là. »

Erwel

À pied sur la route, les rênes de son destrier à la main, Erwel considérait la fourche en contrebas, innocente en soi, comme une désagréable métaphore de sa propre existence : deux voies qui l'attiraient aussi peu l'une que l'autre. Quitter la cour, obéir à la mission factice confiée par son père vers Loered et la Belnacie ; ou bien s'opposer frontalement à sa volonté et le suivre jusqu'à la capitale – mais à quelle fin ?

Le temps était pourtant beau. Le soleil voilé par les habituels nuages du pays se reflétait dans un lac argenté niché au creux des deux routes. La Croisée des chemins marquait la frontière entre la Magnécie et la Linnacie ; là commençaient les plaines humides qui formaient le gros du paysage rhovellien. L'air humide restait froid, mais il portait indubitablement une promesse de printemps qui lui chatouillait les narines. Hormis à l'ombre des coteaux, la terre s'était définitivement libérée de sa croûte de neige ; d'une étude en blancs, le paysage était passé à un noir tourbeux.

Le jeune homme s'était isolé sous les arbres, bien à l'arrière de la colonne qui s'agitait autour du croisement pour établir le camp. Il distinguait la délégation loeredienne qui s'écartait peu à peu du gros des troupes, arborant des pavillons cyan portant la Clé et la Rivière. On conduisait chariots et litières dans les champs avoisinants, on dressait les pavillons temporaires ; la tradition voulait qu'on prolonge cette étape-là. Un relais de voyage les attendait un peu plus loin dans la vallée pour le soir. Mais Erwel ne voulait pas se joindre à la foule ni à la délégation de ses hôtes ; c'était sa révolte silencieuse. La honte et la déception lui nouaient le ventre. Thormig de Loered avait reçu l'ordre royal de l'accueillir, par la Vérité ! Comme si le neveu du roi, à seize ans révolus, avait besoin d'une ordonnance pour qu'on prenne soin de lui.

Un trot monta à ses oreilles. Sur l'ample lacet de la route, Erwel reconnut la silhouette de Luhac de Rhovelle sur un cheval gris.

Fin de la rébellion, songea-t-il avec amertume. Il monta en selle et alla au pas à la rencontre de son père.

Luhac ne tira ses rênes qu'arrivé à la hauteur de son fils. Ses traits délicats révélaient une inquiétude contrariée ; cela faisait ressortir les rides entre ses sourcils bruns et sur son front. Cela lui donnait un air âgé inhabituel.

« Par le sang-diable, qu'est-ce que tu fabriques ? lança-t-il. Ils t'attendent, en bas ! »

Le jeune homme baissa la tête sans rien dire et se remit en chemin en direction du croisement.

« Erwel ! »

Son père fit volter son cheval et lui attrapa le bras pour le forcer à le regarder. La monture du dauphin de Linnacie trépigna en se sentant entravée.

« Je t'ai posé une question. Quelles sont ces manières ? Tu m'évites depuis notre départ d'Ornesta et maintenant, tu m'ignores ? Il est hors de question que tu te comportes ainsi avec tes hôtes de Loered et de Belnacie ! Tu me harcelais pour que je te confie une mission protocolaire, et tu boudes comme une pucelle ?

— Je ne boude pas, père », murmura Erwel en détournant les yeux. Il poussa un long soupir. « Je vous ferai honneur, n'ayez crainte. »

Le duc le lâcha. Les deux montures reprirent leur progression vers la fourche.

« Alors, quoi ? s'exaspéra Luhac. Qu'est-ce qui te prend ? »

Le jeune homme gardait la tête baissée, frustré jusqu'à l'écœurement. Il acceptait que les territoires de la politique et de la famille se recouvrent ; après tout, la gouvernance du royaume était affaire de lignées depuis Saint Ysmel. Mais il n'aurait jamais imaginé que son propre père emploierait ces mêmes armes en utilisant son désir de s'impliquer dans les affaires royales pour l'envoyer au loin. Or, avec l'arrivée de soldats de Dieu plus ou moins dévoués au service de Juhel, celui-ci s'arrogeait une influence inquiétante sur la cour.

« Expliquez-moi donc, répliqua Erwel. Quelle est ma mission, exactement, et comment saurai-je si je m'en suis bien acquitté ? Que suis-je censé faire une fois à Belnaced ?

— Mais rien ! s'exaspéra le duc en levant les yeux au ciel. Juste rester là, cultiver l'amitié du gouverneur, partager sa table. Entretenir les bonnes relations entre la Linnacie et la Belnacie. Ce sont des choses qui se font, barbe de Dieu !

— S'inviter chez quelqu'un me paraît une étrange

façon de cultiver son amitié, maugréa le jeune homme.

— Mais ils seront heureux de te recevoir! C'est un honneur que nous leur faisons. Cesse donc de tant t'inquiéter des réactions des uns et des autres en te demandant qui va penser quoi! Le monde est bien plus simple que tu ne l'imagines, tu sais. »

Erwel se sentit déstabilisé. Se pouvait-il qu'il interprète à l'excès les motivations de son père? Peut-être s'alarmait-il pour rien. Il soupira et se frotta la nuque, puis consentit enfin à se tourner vers lui.

« J'espérais plutôt que vous me formeriez aux affaires d'État, admit le jeune homme à contrecœur.

— Ça ne s'apprend pas, répliqua Luhac, catégorique. On a ça dans le sang. Et tu vas très bien t'en tirer. »

Ils atteignirent le gros des troupes; les serfs s'écartèrent machinalement de leur chemin. Puis ils rejoignirent le petit attroupement des Loerediens, à l'écart sur la branche sud-ouest de la route. Erwel remarqua des nuages de mauvais augure dans le lointain; il sentait qu'il regretterait bientôt le doux climat de la Magnécie.

Trois charrettes transportaient les bagages et armes de la délégation de la ville-gué; une quinzaine d'hommes voyageaient à cheval – aucune femme en vue. Le prince linnacien remarqua aussitôt la large carrure de Thormig, installé sur un splendide étalon noir; le col fourré de sa cape aile-de-corbeau se parsemait de reflets bleus. Quelque chose dans la vision de cet homme vieillissant habillé en chef de guerre tirailla le cœur d'Erwel. Avec ses rides profondes et ses cheveux blancs, il semblait jouer le rôle de sa gloire passée.

« Alors, Erwel, où étiez-vous ? lança le gouverneur avec entrain. Prêt pour une vraie chevauchée, comme au temps de la Croisade ? Il y a quelques étendues sûres dans les vallées où nous pourrons laisser aller les chevaux ! »

Le jeune homme se tourna vers son père, qui hocha imperceptiblement la tête avec un regard lourd de sens.

« S'il plaît à Votre Grâce, répondit Erwel.

— À la bonne heure ! N'ayez crainte, Luhac, je vous le rendrai intact. Enfin, sauf s'il trouve une jeune fille de chez nous à son goût ! Quel âge avez-vous, mon garçon ?

— Seize ans.

— Eh bien, il est temps de vous soucier de descendance ! lança Thormig. Vous savez pourquoi les femmes de Loered sont les plus belles ? Parce qu'elles restent à l'abri de nos murs, sans contact avec le monde extérieur pour les faner. Dociles et effacées, c'est ainsi qu'on les aime, n'est-ce pas ? »

Brutalement, Erwel regretta d'avoir un jour décidé de se mêler de politique. Quelle était la réaction adéquate en pareille situation ? La théorie de la gouvernance, apprise dans les livres, ne lui était d'aucun secours. Il comprit soudain avec une lucidité inquiétante pourquoi les royaumes peinaient à être dirigés : le monde était fait d'hommes, et les hommes étaient irrationnels. Le dirigeant le plus éclairé qui soit devrait toujours composer avec les failles de son peuple, en plus des siennes.

Heureusement, son père vola à sa rescousse.

« Mon fils. »

Erwel eut à peine le temps de se retourner que

Luhac lui donnait l'accolade – suscitant quelques renâclements de la part des chevaux.

« Évite quand même de me ramener un bâtard, murmura-t-il à son oreille.

— Père ! » s'indigna le jeune homme.

Le duc le regarda un moment par en dessous avec un air complice, mais, voyant que son fils ne se départait pas de son air choqué, il leva les mains en signe d'excuse. Luhac avait plusieurs fois voulu « faire son éducation », mais Erwel avait toujours fermement décliné. Quelque chose dans le fait de partager une couche en guise de rite de passage lui semblait ridicule.

« Prends soin de toi, souffla Luhac avec une émotion soudaine.

— Vous aussi », répliqua Erwel, son irritation brusquement envolée.

La délégation loeredienne se mit alors en route, laissant la cour derrière elle. Chaque fois que le jeune homme se retourna sur sa selle, il vit son père là, immobile sur son cheval, qui le regardait partir. Il s'y trouvait encore quand la route passa un épaulement, le dissimulant à la vue.

Luhac

Il resta un moment, penaud, à contempler la route déserte. La délégation loeredienne était vraiment partie, emmenant avec lui son fils, son plus précieux trésor. Le seul souvenir qu'il conservait de Servane, morte pour lui donner naissance. Le cœur du duc de Linnacie se serra, et il s'agaça de ce brusque accès de faiblesse.

Il fit volter son cheval une nouvelle fois et remonta vers le croisement, ignorant avec une habitude consommée les crocs de la nostalgie qui réclamaient son attention. Au bord du lac ensoleillé, on installait des pavillons pour la cour ; Luhac remarqua la litière du roi, probablement descendue dans le champ avec force difficultés par les maîtres palefreniers et les serfs. Le duc ralentit. Mû par une brusque impulsion, il s'arrêta tout à fait, mit pied à terre et confia ses rênes au premier serviteur qui passait par là. Nul n'ignorait qui il était ; on prendrait soin de sa monture. C'était en arrêtant de se soucier des menus détails que Luhac avait fait son chemin dans l'existence.

Il descendit le talus jusqu'à l'étendue de terre molle, couverte de chaumes brûlés par la neige, qui bordait le lac. L'exercice lui donna chaud et il ôta sa cape qu'il plia sur son bras.

Il repéra son frère assis dans un épais fauteuil de voyage, face au lac, à l'ombre d'une tente. La princesse, la petite Carila, lui tendait une couronne d'herbes tendres. Une coiffe de tissu dissimulait ses cheveux, ne laissant paraître que son visage rond.

Luhac observa son frère à distance respectueuse. Il était si rare de le voir en public, à présent, et en plein air plus encore. Des trous glabres parsemaient sa barbe et ses cheveux grisonnants, comme s'ils avaient renoncé à coloniser ces zones tendres. La peau de son visage s'était fripée, donnant l'impression que les muscles avaient fondu trop vite. La couronne massive, sertie de joyaux, paraissait trop grande.

Mais Éoel II semblait lui-même. Il rit en acceptant le cadeau de sa fille et lui caressa la joue. Celle-ci lui dédia une révérence joueuse en retour, puis repartit en courant vers les dames de compagnie qui l'attendaient un peu plus loin au bord du lac.

Le roi remarqua son frère. Il lui rendit un instant son regard, puis se retourna vers l'eau.

« Toi aussi, tu m'apportes une couronne de fleurs ? lança-t-il d'une voix forte et sarcastique. C'est encore trop tôt, comme tu peux le voir. »

Luhac s'approcha.

« Crois-moi, je serais le dernier à m'en réjouir, répliqua-t-il. Avec la reine. » Tandis qu'il gagnait la tente, un serviteur jaillit de nulle part pour lui déplier un siège puis se retira tout aussi vite. « Où est-elle, d'ailleurs ?

— En bas, en train de superviser la distribution des appartements, à ce que j'en sais. Et probablement d'expliquer à Juhel sa façon de penser concernant sa petite escorte. » Éoel se tourna vers lui. « Lui donner l'embrassade aux funérailles, sérieusement ? Tu croyais vraiment qu'il le prendrait bien ?

— Je vois que tu rentabilises tes facultés, répliqua Luhac. Je ne suis pas là depuis deux minutes que tu me blâmes déjà.

— Tout ce que l'on prend pour acquis est un luxe, en réalité. On ne s'en rend compte que quand on le perd. Comme la clarté d'esprit. Tu vois, tout cela... » Il engloba d'un geste le lac tranquille, la princesse qui riait avec les jeunes femmes sobrement vêtues qui jouaient avec elle. « J'en profite plus que tu ne le pourras jamais. Même toi », ajouta-t-il avec un regard en coin.

Luhac se carra au fond de son siège en étendant les jambes et en plaçant les mains derrière la tête.

« Juhel est un âne bâté, rétorqua-t-il. S'il m'en

veut pour une effusion de sentiments, c'est lui qui a un problème, pas moi.

— La question n'est pas là et tu le sais très bien. Un jour, il faudra vraiment que tu cesses de provoquer le monde entier. Qui sait ; cela pourrait t'apporter la paix qui te manque... depuis Servane. »

Luhac s'assombrit à l'évocation de son épouse décédée. Il croisa les bras, les yeux sur le reflet immobile des nuages à la surface de l'eau.

« Eh bien, je vois que j'ai bien fait de venir, murmura-t-il. Tu m'as l'air en grande forme.

— Profites-en, grogna Éoel. On me raconte que c'est de plus en plus rare. »

Les deux frères demeurèrent silencieux un long moment. Un parfum de viande grillée commençait à flotter dans la brise fraîche ; les éclats de rire de Carila surnageaient, aériens, sur la rumeur bruyante du camp.

« Excuse-moi, lâcha enfin Luhac. Je devrais venir te voir plus régulièrement.

— Oui, tu devrais, répliqua le roi. Enfin, au moins, tu ne fais pas semblant pour me plaire, toi. J'ai compris depuis longtemps que mon état te met mal à l'aise. Être le frère d'un roi faible, c'est une responsabilité de taille et tu les as toujours fuies, n'est-ce pas ?

— Hé, je me suis débrouillé pour que ce soit toi l'aîné, répliqua Luhac avec un humour forcé. À toi le trône, la gloire et les décisions impossibles.

— Dans ce cas, je t'ai bien eu : tu avais beau être un duc non régnant, tu sièges à mon Conseil de régence. » Éoel lui coula un regard de biais. « Fais attention à ta place dans l'ordre de la succession, Luhac. Elle pourrait bien passer par toi.

— Qu'est-ce que tu racontes ? Carila...

— Carila est une fille, encore trop jeune, et donc difficile à marier dans l'intérêt de la Couronne. Les enfants sont rares, Luhac ; disons... Disons que dans mon état, il est improbable que j'engendre un fils avant que la fin n'arrive. »

Luhac ne sut pas quoi répondre. Il contempla, soucieux, la petite princesse qui courait parmi les jeunes filles de sa suite. Il y avait là une jolie brune qu'il avait discrètement prise à l'aller lors d'une étape. Comme toujours quand il était mal à l'aise, le duc se réfugia dans le souvenir de ses innombrables nuits de plaisir depuis la mort de Servane.

Il ignorait ce qu'il était venu chercher auprès de son frère. L'ombre d'un sentiment familial, peut-être. Il était servi, mais pas dans le sens qu'il aurait souhaité.

« Pas question, finit par répliquer le duc de Linnacie avec une jovialité forcée. Le privilège du cadet, c'est de profiter de la vie quand l'aîné travaille.

— Wer m'est témoin que je me souhaite une vie longue et saine, répondit Éoel, pince-sans-rire. Mais le cas échéant, j'aimerais savoir. Est-ce qu'Erwel est un tant soit peu préparé au rôle qui pourrait lui revenir ? »

Le duc repensa à l'amertume de son fils un moment plus tôt, à sa façade qui s'était fissurée juste au départ. *Il a compris que tu l'écartais, comme tu t'y attendais*, songea-t-il. *Tu avais deviné qu'il verrait clair dans ton jeu et pourtant, tu as maintenu le mensonge sans rien lui expliquer.*

Il s'affaissa encore davantage sur son siège en

lâchant une longue expiration ; il eut l'impression d'expulser le poids d'un mensonge confus.

Sa jeunesse était-elle vraiment si lointaine qu'il avait oublié le feu de l'adolescence, la soif d'indépendance et d'action qui exaltait chaque journée ? Tout cela, il l'avait connu – mais avec Servane.

« Je ne suis pas le meilleur des pères, je le crains, avoua-t-il finalement. Je fais de mon mieux, j'agis dans l'intérêt d'Erwel, mais je m'y prends mal, je suppose. Je n'arrive plus à le toucher. » Il hésita. « C'est bizarre. Nos enfants sont ce que nous avons de plus précieux au monde, nous dépensons toute notre énergie à agir pour eux, et pourtant, nous finissons toujours par nous les aliéner. » Il désigna Carila du menton, qui examinait les plantes au bord de l'eau. « Ce serait tellement plus simple qu'ils gardent cette taille toute leur vie. Profites-en. Demain, tu ne la comprendras plus.

— Nous ne sommes pas les dieux de nos enfants, répliqua Éoel. Ni leurs rois. »

Tout à coup, il attrapa le bras de son frère ; les doigts maigres s'enfoncèrent douloureusement dans la chair de Luhac. Le duc se tourna vers lui et lui trouva tout à coup les traits tirés. Une fine pellicule de sueur luisait sur le front du roi.

« Luhac, un démon me ronge, souffla Éoel. Ne le nie pas – c'est la vérité. Il se nourrit de mes forces physiques et de ma joie de vivre ; il me dévore comme la rouille corrode le métal. Il me rend faible et cassant, prêt à briser au moindre souffle de vent – et je me briserai un jour. Je me bats tous les jours contre lui, mais c'est inéluctable. J'aimerais... » Il déglutit avec difficulté. « J'aimerais savoir que, ce jour-là, vous serez tous préparés pour ce qui suivra. »

8

Ganner

L'Éternel Crépuscule s'était pleinement déployé, à présent ; les Décharnés avaient installé un généreux périmètre de Faiseurs de Pluie. Le ciel s'était voilé de l'uniforme mercure vaporeux qui dissimulerait à jamais le soleil et plongerait la terre dans une pénombre constante. Il chatoyait telles des vagues paresseuses contemplées depuis des profondeurs marines. Tandis que Ganner gravissait la colline aux pies où se trouvait l'Anomalie, il voyait des rayons de clarté diaphane jouer vers les champs pour beaucoup laissés à l'abandon. À l'exception du damasquinage sanguin de son armure surdimensionnée, toute couleur avait disparu. Une profonde satisfaction envahit le Prophète. Les Mortes-couronnes appartenaient définitivement à Aska.

Les jambes d'acier de l'armure frappaient la terre avec la régularité d'un piston. Pour un simple être humain, les arbres décharnés ne devaient guère ressembler qu'à des épouvantails d'épines barbelées, mais les yeux augmentés de Ganner lui révélaient les contours avec une netteté parfaite. Tandis qu'il gravissait le relief et prenait de la hauteur au-dessus de l'ancien royaume de Mandre, il se prit à réfléchir à la distance qui le séparait des étoiles ; et s'il suffirait d'une montagne assez haute pour s'en approcher. En plus du plaisir du travail accompli, un élan, toujours plus intense et heureux, enflait en lui. Un chapitre essentiel allait s'ouvrir – celui qui verrait enfin la confrontation de Dieu avec son frère rival ; l'occasion de bouleverser irrémédiablement un équilibre séculaire. Et peut-être, si Ganner se montrait méritant, la chance, enfin, de gagner son Ascension.

De rejoindre Dieu.

La conquête – simplissime – des Mortes-couronnes ne représentait qu'un épiphénomène. Leur véritable joyau se cachait sur cette éminence. Le souffle du Prophète formait de petits panaches de buée dans l'air ; il faudrait encore quelque temps pour que l'atmosphère atteigne son point d'équilibre avec l'Éternel Crépuscule et gagne sa tiédeur définitive.

Il s'exerça à ressentir les perturbations arcaniques qui gravitaient autour de l'Anomalie, mais n'en éprouva guère : le rituel au sommet de la colline absorbait toute la magie sauvage de la singularité.

« *J'aurais pu t'informer, Mon enfant*, susurra tout à coup Dieu de sa voix veloutée. *Ils ne sont pas encore prêts.*

— Je Te remercie, mon Maître », répliqua le Seigneur de Guerre à voix haute, nullement essoufflé. Sa force vitale était déjà colossale avant qu'Aska ne le touche ; et les formidables mécanismes de l'armure amplifiaient fidèlement ses gestes. « D'ailleurs, je m'en doute. Mais il est bon de se présenter en personne à ses troupes. Je porte Ta parole et Ta gloire, mais je ne suis que Ton intermédiaire. Je veux qu'ils sachent que je reste à leurs côtés ; pas que je m'isole d'eux pour m'abîmer dans Ta contemplation. »

Un gloussement éthéré résonna à l'oreille du Seigneur de Guerre. « *Fort bien ! Je loue ta prévoyance.*

— Tu me sembles réjoui, mon Maître. S'est-il passé un événement qu'il me faudrait connaître ?

— *Je pense que la surprise t'amusera. Il te suffira de savoir que les projets désespérés de Mon adversaire pour Me contrecarrer ne se déroulent pas comme il l'avait prévu. Contente-toi de suivre Mon plan. La Rhovelle tombera très bientôt – et très vite.*

— Je m'en réjouis, mon Maître. »

Au-devant, un faible halo luisait à travers les arêtes déchiquetées de la végétation mourante. Des grésillements d'énergie emplissaient l'air ; de rares éclairs zébraient la pénombre – accompagnés d'un halètement de douleur épuisé.

Ganner déboucha enfin sur l'éminence qui dominait la vallée, et au sommet de laquelle trônait la singularité. Les lieux avaient bien changé depuis que les Askalites en avaient pris possession. Des filaments d'argent arachnéens, parcourus de reflets liquides, enserraient le globe irisé qui flottait dans les airs telles deux mains griffues parcourues d'excroissances chitineuses. Quatre Décharnés se tenaient agenouillés tout autour, leur tête chauve inclinée, les yeux fermés, plongés dans une intense concentration. Ils écartaient les bras, et leurs amples robes anthracite laissaient paraître leurs doigts crochus tendus vers le ciel, comme en supplique. Un cercle de runes magiques d'une exquise complexité, tracé autour de la singularité, battait comme un cœur.

Daphn, debout à proximité, surveillait la bonne marche des opérations.

Juste au-delà, six jeunes hommes et femmes dans la force de l'âge avaient été ligotés à des piquets. Les faibles lueurs du rituel révélaient leur teint livide, poissé de sueur ; la tête de certains pendait sur leur poitrine. Un nouveau craquement aigu déchira l'air ; un trait de lumière jaillit du torse d'un adolescent, qui lâcha un gémissement exténué.

L'éclair vint se figer entre les mains d'un Décharné telle de la foudre en boule. Les paupières toujours closes, celui-ci rapprocha les paumes et les fit jouer, écartées d'une trentaine de centimètres, comme s'il façonnait l'énergie. Puis, avec une profonde inspiration, il la ramena près de son cœur et, dans une brusque détente, la projeta en avant – dans la singularité. Un sourire joua sur ses lèvres foncées.

« Tuez-moi, par pitié... haleta l'adolescent qui venait de donner une fraction de sa force vitale.

— C'est en cours », répliqua Ganner d'un ton affable.

Aska ne pouvait exprimer son énergie directement qu'à travers Son Prophète. Et même alors, malgré sa résistance augmentée par les dons de Dieu, celui-ci ne pouvait supporter cette puissance qu'un bref instant.

Daphn fit volte-face en entendant son maître et s'agenouilla aussitôt, inclinant son crâne blême.

« Seigneur de Guerre, fit-elle de sa voix chaude. Pardonne-moi, nous avons pris du retard.

— Dieu me l'a dit », répondit tranquillement le Prophète.

Elle releva légèrement la tête, une pointe d'inquiétude dans ses yeux froids et noirs.

« Est-Il... mécontent ?

— Il a des desseins trop vastes pour perdre son temps à cela. Mais moi, Daphn ? Ne te soucies-tu pas de mon mécontentement ?

— Bien sûr que si, Seigneur », répliqua-t-elle aussitôt. Elle se releva. « Avec ta permission... ? »

Intrigué, Ganner l'invita à procéder d'un geste de son immense main gantée de métal noir.

La Décharnée s'éloigna de quelques pas. Là, étendu dans les taillis, se trouvait l'un de ses semblables, entravé par un complexe appareillage rappelant celui qui enserrait l'Anomalie. Il s'y mêlait l'éclat terne du métal et des excroissances bulbeuses vivantes. Un masque du même matériau lui recouvrait la bouche ; à l'arrivée du Seigneur de Guerre, ses yeux en amande s'agrandirent et il émit de petits bruits plaintifs.

« Qu'est-ce que c'est que ça ? fit Ganner avec une pointe de dégoût.

— La raison de notre retard ! cracha Daphn. Ce rebut est inefficace. L'énergie le traverse comme un crible. Il la disperse dans la terre et seule une fraction va dans l'Anomalie pour l'élargir.

— Et tu me l'as gardé de côté ? »

La Décharnée acquiesça avec un sourire mauvais sur ses lèvres sombres.

« Pour en disposer comme tu le souhaites, mon Seigneur », fit-elle avec avidité.

Ganner considéra l'homme – ou plutôt, ce qu'il en restait. Les Décharnés formaient l'élite des Enfants d'Aska ; rares étaient ceux qui recevaient l'honneur de cette mutation, plus rares encore ceux qui y survivaient. Elle leur permettait de conserver leur identité antérieure et leur individualité, quand le corps, au contraire, se débarrassait de ses anciens organes devenus superflus pour en adopter d'autres. Il acquérait une sensibilité accrue à la magie distordue qui baignait Évanégyre. Personne, pas même Ganner, ne percevait les champs arcaniques avec une telle acuité ; et les meilleurs Décharnés savaient les orienter et les rediriger.

Le Prophète poussa un soupir vaguement ennuyé. Il leva son énorme main et empoigna son tranchoir monstrueux, large de quatre paumes, maintenu dans le fourreau dorsal ; celui-ci s'ouvrit dans un claquement de sûretés mécaniques.

Les yeux du Décharné s'agrandirent de terreur quand Ganner appliqua la pointe biseautée de la lame contre sa gorge.

« Laisse-le parler », ordonna le Seigneur de Guerre à sa seconde.

Celle-ci dessina des arabesques dans les airs de ses longs doigts noueux, comme si elle tirait des ficelles invisibles. Le bâillon biomécanique se rétracta de part et d'autre de ses joues creuses.

« Pitié, Seigneur ! murmura le Décharné d'une voix qui n'était guère plus qu'un chuintement. Ma mutation est récente. Je ne maîtrise pas encore les dons d'Aska...

— As-tu fait de ton mieux ? Réponds, sous le regard de Dieu.

— Oui ! siffla le prisonnier avec ferveur. Par Dieu, oui ! »

Ganner sourit. Il écarta son arme, parut réfléchir. Puis il la rengaina, et s'adressa à Daphn sans la regarder.

« Remets-le au travail. Surveille qu'il respecte

bien sa parole. Et s'il y manque, qu'il serve de batterie avec les autres Mandrais.

— Merci, Seigneur! s'exclama le Décharné. Gloire te soit rendue, ainsi qu'à Aska!

— Silence, ordonna-t-il d'une voix douce. Daphn, marche avec moi. »

Celle-ci l'observait avec un mélange de frustration et de ferveur. Tête baissée, elle emboîta le pas lourd du Seigneur de Guerre. Ils quittèrent l'éminence et redescendirent sous la voûte végétale pétrifiée, hors de portée de voix. Les branchages secs se découpaient comme des toiles d'araignée disproportionnées sous les chatoiements de l'Éternel Crépuscule.

Là, Ganner se tourna vers sa seconde.

« Qu'as-tu appris de ce qui vient de se produire?

— Je... ne saisis pas, Seigneur. Cet incapable retarde tes plans. Il nous a fait perdre au moins quarante-huit heures, avec son incompétence; j'aurais pensé que tu voudrais en faire un exemple. Qu'il... » Elle baissa la tête. « Qu'il t'aurait plu de le faire. »

Avec une infinie délicatesse, Ganner lui releva le menton de ses énormes doigts d'acier.

« Je suis le Prophète d'Aska, dit-il avec un sourire patient quoique empreint d'une légère déception. Quel besoin ai-je de prouver ma force? Seul un faible éprouve cette nécessité. Au contraire, ma magnanimité, mon amour sont mes plus grandes ressources. Bien sûr, si cet homme déçoit à nouveau, il devra subir les conséquences de son échec, mais c'est le cœur gros que nous le condamnerons. As-tu compris? »

Une révérence incertaine gagna les traits blêmes de la Décharnée.

« Je crois. Mais... Je ne sais pas si j'en serai capable, Seigneur. Je ne suis pas toi, et je n'ai pas ton aura. »

La bienveillance élargit le sourire de Ganner.

« Alors il va te falloir apprendre. »

Aussitôt, le sourire s'évanouit.

« Et ne me dérange plus jamais pour de mauvais éléments. Ils relèvent de ta responsabilité. En cet instant, je me montre également magnanime envers toi. Tu ne voudrais pas emplir mon cœur de chagrin en m'obligeant à te châtier, n'est-ce pas ? »

Daphn rentra imperceptiblement la tête dans les épaules, et secoua la tête.

« Bien ! fit le Prophète avec chaleur. Tu vas avoir l'occasion d'apprendre, ma chère, et de faire ma fierté. Quand le passage vers la Rhovelle sera stabilisé, tu conduiras l'assaut.

— Moi ? s'exclama Daphn. Seigneur, tu me fais honneur, mais puis-je te demander pourquoi tu as écarté Arcis de tes plans ?

— Arcis n'est écarté de rien. Il organisera le gros de nos troupes pour franchir la Cordillère, afin de préparer l'invasion de la Linnacie par le flanc ouest. »

Les arcades sourcilières de la Décharnée se plissèrent sur ses yeux obscurs en amande.

« Mais pourquoi, Seigneur ? Nous allons disposer d'un passage direct au cœur du territoire rhovellien. Tout ce rituel, la recherche de cette Anomalie précise, affaiblie depuis cent vingt ans... Je pensais que nous frapperions notre ennemi en plein cœur ! »

Ganner eut un soupir patient.

« Et c'est pour cela qu'Arcis commande les armées, et pas toi. Oui, nous allons frapper notre ennemi là où il ne s'y attend pas, mais pas avec le gros de nos forces. Ce passage est instable ; les deux Anomalies qu'il reliera ne pourront supporter longtemps la quantité d'énergie que nous y avons investie. Les singularités finiront par s'effondrer sur elles-mêmes, fermant le passage à jamais. Si nous investissions toutes nos forces dans cet assaut, nous finirions isolés en plein territoire ennemi, sans la protection de l'Éternel Crépuscule ni lien avec nos bases arrière. Ne sous-estime pas les weristes, Daphn. Ils n'ont pas la force que Dieu nous procure, mais ils présentent un don étonnant pour pousser les gens simples à combattre en désespoir de cause. Ce serait une longue et glorieuse bataille, à n'en pas douter, mais nous finirions vaincus.

— Que suis-je censée faire, alors ? »

Le Prophète posa délicatement sa main d'acier sur l'épaule frêle de la Décharnée.

« Ce que tu fais le mieux, ma chère. Semer la peur et la désolation. Le chaos et la mort. Tu vas conduire un petit détachement constitué des plus beaux Enfants d'Aska. Porte mon nom et celui de Dieu en terre étrangère ; montre notre puissance. Si les weristes savent inspirer la populace, nous devons briser sa résolution – et le fruit est juste assez mûr, juste assez pourri de l'intérieur, pour que nous y parvenions. Il nous faut seulement administrer un petit coup à l'arbre.

— C'est tout ? répondit Daphn avec une once de déception. Je ne doute pas de ta sagesse, mais pardonne-moi... Je n'ai pas le sentiment de te servir au mieux, mon Seigneur. »

Ganner hocha sa tête massive et couturée de peau rose.

« C'est parce que tu ne sais pas tout. Les troupes que tu emmèneras seront perdues, Daphn ; tu n'en auras donc pas beaucoup. Fais-en bon usage. Qu'elles tuent et détruisent tout sur leur passage. Mais reste concentrée sur les flux arcaniques de l'Anomalie ; tu devras te retirer dès que le passage menacera de s'effondrer. » Il eut un nouveau sourire. « Tu m'es précieuse. »

La sorcière baissa la tête avec révérence.

« Merci, Seigneur. Mais... cela suffira-t-il à nous donner la Rhovelle ? demanda-t-elle encore.

— En soi, non. Mais cela l'amènera bientôt dans notre étreinte. »

Les lèvres blêmes de Ganner dévoilèrent ses dents irrégulières, brisées par les mutations de sa charpente osseuse.

« Car, vois-tu, nous avons déjà un agent sur place, et il œuvre pour nous. »

Chunsène

« Ouvrez ! Ouvrez, au nom d'Aska ! »

Ils n'attendirent même pas la réponse. La porte explosa dans une volée d'esquilles vermoulues. La mère de Chunsène hurla, se libéra de l'étreinte de son mari et courut se recroqueviller dans l'angle de la cahute, sur les paillasses humides, comme si, en se faisant toute petite, elle pouvait passer inaperçue.

Baissant sa tête énorme, le Spectre Armuré entra de son pas terrible, ses poings serrés vibrant d'une rage contenue. La barre de lumière violacée sur le heaume battait comme un cœur, à l'unisson des rais qui couraient à la surface de son corps fait d'acier et de membranes fines. Son heaume affichait une sorte de rictus sinistre composé de lueurs mauvaises. L'homme-machine jaugea Chunsène et son père en émettant un feulement sourd, tel le souffle d'un prédateur. Derrière le monstre d'acier, deux soldats en noir, qui portaient un masque de cuir sur les yeux et le nez, entrèrent dans la cabane. Ils arboraient sur le torse l'œil cerné de nuages d'Aska.

Le père de la jeune fille la serra encore plus fort contre lui, à l'étouffer, comme s'il pouvait faire rempart de son corps contre le sort qui les attendait tous les trois. Chunsène, enfouie contre sa poitrine, inspira l'odeur de son corps mal lavé comme le plus fin des nectars.

« Allons, vous avez été choisis ! s'exclama l'un des deux hommes avec un sourire mauvais. Me dites pas que vous avez peur ?

— Olvar... ? » reconnut le père de l'adolescente. C'était bien sa voix. Un bon à rien, un chapardeur qu'il fallait régulièrement éloigner du maigre potager de la hutte. « Oh, Olvar, s'il te plaît, on se connaît, non ? Pas nous. Pas elle. Pitié !

— Et pourquoi, Vulfgar ? répliqua le soldat avec une fausse sollicitude. Y a rien à craindre ! Dieu vous a choisis. Faut vous réjouir ! Vous allez le servir pour le restant de vos jours...

— T'as juste choisi notre porte parce qu'on te laissait pas voler ! s'écria Chunsène avec hargne. Dieu, il a rien choisi, il y est pour rien ! »

La famille avait entendu le pas lourd des Armurés battant la campagne ; les cris dans les fermes voisines, malgré la distance. Chunsène et ses parents s'étaient blottis les uns dans les bras des autres, autour de la vieille table où ils mangeaient le maigre fruit de leurs récoltes. Les pas s'étaient rapprochés. Ils avaient prié Wer que les démons les épargnent. Mais le Prophète disait vrai. Dieu n'entendait plus rien. Il les avait abandonnés depuis des décennies.

Olvar regarda son comparse en noir avec fatalisme.

« Ah, faut croire qu'y nous a guidés, Dieu ! »

Tous deux dégainèrent leur tranchoir, des répliques à taille humaine de l'arme monstrueuse que l'Armuré portait dans le dos.

« Allez, faites pas de difficultés. »

Olvar s'approcha de la mère de Chunsène. Celle-ci s'élança tout à coup avec un cri de rage, un couteau rouillé à la main, mais le soldat esquiva sans difficulté. Olvar et son camarade mangeaient à leur faim, dorénavant. On leur avait donné des vêtements propres, une armure de cuir neuve. Comme beaucoup, ils s'étaient enrôlés de leur plein gré dans l'Armée de la Nuit après le massacre au pied de la colline aux pies.

Olvar allongea le bras, presque avec désinvolture.

Son tranchoir plongea dans la robe sale, dans la chair maigre.

Le père de Chunsène poussa un hurlement bestial, éraillé. Sa fille resta muette, les yeux rivés sur la lumière qui quittait le regard de sa mère, sur le sang à ses lèvres, sur la tache sombre qui s'élargissait sur le tissu, sur son corps qui s'effondrait sans un bruit. Son esprit s'était retiré quelque part en elle-même, très loin, très profond. Il lui sembla flotter dans son propre corps. Il ne fallait pas, surtout pas, comprendre ce qui était en train d'arriver.

« Hé ! appela le comparse d'Olvar. Doucement,

avec la marchandise. Tu nous en tues un, faut en chercher un de plus. »

Celui-ci retira son arme, et se retourna vers Chunsène et son père.

« Ah, bravo. Voyez ce que vous me faites faire ?

— Fuis », souffla Vulfgar à sa fille d'une voix brisée.

La tension claqua dans les veines de la jeune fille avec la violence d'un fouet. Elle bondit sur ses pieds. L'autre soldat approchait, le sourire aux lèvres, en contournant la table. Chunsène dansa d'un pied sur l'autre, cherchant à prendre l'homme de vitesse, mais la vue du tranchoir sombre dans sa main lui inspira une terreur insurmontable. Elle recula, guettant du coin de l'œil Olvar qui s'approchait de l'autre côté, le tranchoir pointé sur son père. Le Spectre Armuré s'était placé en travers de la porte, barrant toute issue.

« Allez, la p'tite, fit l'autre soldat. Un peu d'nerfs, viens avec nous. Mais p'têt qu'on s'amusera un peu avec toi d'abord. S'pas interdit, hein ? »

Olvar ricana.

« Sûr que non. »

Chunsène battit en retraite vers le corps de sa mère – qu'il ne fallait surtout pas regarder ; si elle osait contempler les événements, elle basculerait dans un abîme sans fond dont elle ne ressortirait jamais. Elle s'empara du couteau rouillé. La poignée était encore moite de sueur. Elle le brandit devant elle.

« Comme elle est mignonne ! » s'exclama Olvar.

Le père de Chunsène ne pouvait détacher son regard de son épouse morte. Horrifiée, sa fille le vit se lever mollement, puis suivre le compagnon d'Olvar, sans une once de résistance. Toute volonté de combattre l'avait déserté. Le soldat l'accompagna dehors en le menaçant avec son tranchoir.

« Allez, viens, toi, s'impatienta Olvar. On a pas toute la journée. »

Il n'y a plus de journée ni de nuit, pensa Chunsène avec un détachement incongru, comme si tout cela arrivait à quelqu'un d'autre. Mais le sang qui battait à ses tempes, le souffle court qui résonnait à ses oreilles lui appartenaient bel et bien.

Le Spectre Armuré s'approcha, la tête baissée sous le toit. Son pas fit vibrer la terre couverte de paille dans la hutte. Le feulement se transforma en grondement; il serra les poings et les cogna l'un contre l'autre avec un claquement d'enclume.

Chunsène hoqueta de terreur. Elle étreignit le manche du couteau qui portait encore la chaleur de sa mère, sa mère morte, qui gisait à ses pieds, tuée sans raison – mais rien n'avait jamais vraiment eu de sens, et plus rien n'en avait pour de bon depuis que le ciel s'était couvert d'argent. Elle se recroquevilla dans l'angle, comme sa mère avant elle, le souffle tremblant, tandis que les pas s'approchaient. Elle se fit toute petite, ferma les yeux de toutes ses forces, et se répéta la même litanie qui l'avait sauvée depuis toujours :

Je suis pas là, je suis pas là, je suis pas là...

La sueur lui trempait la nuque et collait sa chemise à son dos. La peur lui retournait l'estomac; elle crut qu'elle allait vomir, ou se faire dessus. D'un instant à l'autre, Olvar la tirerait par les cheveux, il la forcerait à s'étendre sous lui avant de l'emmener rejoindre les autres captifs – ou bien le monstre de métal perdrait le calme qu'il conservait déjà à grand-peine et l'embrocherait comme sa mère...

Je suis pas là...

Il y eut un moment de flottement.

« Qu'est-ce qu'on fout ? s'agaça Olvar. On a fini, ici. »

L'Armuré émit un grondement semblable à un renâclement de cheval. Chunsène entendit une arme rentrer dans son fourreau et les pas s'éloigner. Les pas du colosse d'acier résonnèrent de nouveau dans la hutte, s'éloignant peu à peu à leur tour.

Des voix indistinctes et des cris lointains lui parvinrent par la porte défoncée, avec l'air frais de la nuit dorénavant perpétuelle. Le vacarme diminua lentement, comme un orage qui passe.

Chunsène s'effondra, prise de convulsions, des sanglots dans la gorge, en frappant la terre du poing.

Si seulement son Secret s'était déclenché plus tôt.

Elle passa d'ombre en ombre, de muret en alcôve. Elle perdait parfois son père de vue, malmené par Olvar et les autres soldats. Les mains enchaînées, il marchait en trébuchant, tête baissée. Mais elle gardait les troupes d'Aska en vue, les soldats en livrée noire, les silhouettes gigantesques des Spectres Armurés, luisantes de rouge et de violet. Les prisonniers furent conduits en une masse confuse, hagarde, vers les ruines de l'ancien château de Mandre : un simple donjon de pierre, éventré comme un chaume pourri, qui s'adossait à une colline rocailleuse. Autour, seule une poignée de cahutes tenaient encore debout – les meilleures habitations du royaume, férocement occupées par des clans qui se prétendaient de lignée royale. Le reste se réduisait à des poutres noircies et à des murets écroulés qui saillaient le long des rues à la manière de dents cariées.

Le cœur de Chunsène battait au fond de sa gorge. Elle tenait toujours le petit couteau rouillé de sa mère et une voix en elle lui soufflait sa folie en termes très clairs. Quand on avait la chance de survivre, il fallait s'enfuir. C'était le bon sens des Mortes-couronnes. Elle espérait profiter encore de l'effet de son Secret, mais l'ironie de Dieu, ou bien sa méchanceté, voulait que rien ne lui permettait de deviner quand il s'était dissipé. Elle ne pouvait pas non plus l'invoquer à sa guise, bien sûr ; cela aurait été trop pratique pour chaparder de la nourriture. Elle avait simplement découvert, plus jeune, qu'on pouvait l'oublier, si elle avait vraiment très peur et qu'elle fermait les yeux vraiment très fort. C'était son Secret.

La méchanceté de Dieu – des dieux, l'un ou l'autre. Elle ne savait plus très bien auquel il fallait croire. Elle savait juste qu'ils étaient mauvais tous les deux.

On avait rassemblé la population, ou ce qu'il en restait, sur le parvis de l'ancien château. Des cordons de soldats et de Spectres Armurés l'empêchait de fuir. De grands braseros qui crachaient une fumée noire vers la nuit perpétuelle accentuaient les traits hâves parmi la foule. Cela sentait l'urine et la sueur ; l'odeur des gens, songea Chunsène, l'odeur de leur peur. Il y en avait beaucoup, plus qu'elle n'en avait jamais vu avant l'arrivée du Prophète ; il avait ramené en Mandre les populations de Rohak et Lennder. Plus pratique.

On s'écarta précipitamment sur le chemin des Armurés – on avait très vite appris à les craindre. Les prisonniers furent conduits vers l'ancien pont de pierre qui enjambait les douves marécageuses, juste au pied du mur d'enceinte partiellement effondré. Il portait encore les traces d'incendies séculaires ; on y avait pendu des bannières sombres portant le regard nuageux d'Aska.

Chunsène osa miser sur la chance – *la folie*, se corrigea-t-elle ; elle n'avait pas de chance, personne n'en avait – et se faufila à la suite du cortège où son père était retenu. Personne ne l'en empêcha ; le Secret agissait toujours – ou bien tout le monde se moquait d'une adolescente de quatorze ans malingre, trop grande pour son âge, en robe sale. Elle gagna ainsi les premiers rangs de l'assistance.

Un élan de peur et de haine lui souleva le cœur. Escorté par deux colosses d'acier, le Prophète était là. Planté devant l'ancienne arche du château, il portait son armure noire, pareille à celle de ses monstres. Mais lui avait la tête nue. La jeune fille pensait qu'il aurait mieux fait de porter un heaume tant il était laid – et elle s'y connaissait en laideur. Il était presque chauve. Des touffes de cheveux éparses s'accrochaient à son crâne comme des herbes perçant à travers le pavé, et des cicatrices lui cisaillaient le visage. Et surtout, ses yeux étaient tout entiers d'un noir luisant. Comme si l'Éternel Crépuscule se mirait à l'intérieur.

Des individus en robe gris sombre, blafards comme des poissons morts, trafiquaient autour d'une drôle de construction semi-transparente assez grande pour accueillir une vache ; elle ressemblait à une grosse bouteille ventrue. Des filaments pareils à des tripes de métal la reliaient à des blocs de fer hérissés de leviers rouillés et de boutons. Chunsène n'avait reçu aucune instruction, mais elle connaissait suffisamment les mythes de Wer pour savoir qu'il s'agissait de reliques de l'Empire d'*Az'redjia*. Une des raisons pour lesquelles Dieu avait détruit le monde ; pour remplacer le Mal par un autre, sauf que celui-ci était le sien, alors il lui convenait mieux. Une odeur âcre planait dans l'air. Inexplicablement, elle laissa dans sa gorge un goût sucré qui la fit saliver malgré elle.

La vue d'une guillotine, en retrait, rendit Chunsène presque nostalgique d'une époque plus simple. Les clans guerriers autour du château avaient employé ce genre d'engins quand ils se préoccupaient de maintenir un peu d'ordre dans les environs. Avant que tout ne bascule et que le soleil ne disparaisse.

« Peuple des Mortes-couronnes ! » tonna Ganner.

Sa voix se répercutait en échos surnaturels à travers les rues désertes de l'ancien village. La main de la jeune fille se serra convulsivement autour de la poignée de son couteau.

« Vous découvrez la grande égalité ! poursuivit le Prophète. Les vôtres vous ont été rendus, mais comment les avez-vous accueillis ? Par la peur et la haine. Vivaces sont les graines du mépris que Wer a planté dans vos cœurs. Vous ne comprenez pas encore toute l'envergure des dons d'Aska ! Mais il est temps de vous révéler tout Son amour. Combien il vous faut craindre ce que vous adoriez, adorer ce que vous craigniez ! »

D'un geste de son énorme main, le Prophète invita l'un des prisonniers à s'approcher. Deux soldats le firent avancer en le maintenant fermement tandis qu'il se débattait en lâchant des hoquets apeurés. Ils l'obligèrent à s'agenouiller.

« Embrasses-tu Aska comme ton Père éternel ? demanda Ganner, une chaleur suave dans la voix. Lui remets-tu ton sort avec foi et amour ?

— Oui ! cria le malheureux. Tout ce que vous voudrez ! Pitié !

— Pitié ? Mais ne viens-tu pas de te confier à Dieu, justement ? C'est Lui qu'il faut implorer ; je ne suis que Son modeste outil. »

Les deux soldats relevèrent l'homme, qui se débattit de plus belle en hurlant tandis qu'ils l'amenaient de force vers la cloche de verre. Un panneau courbe coulissa dans la paroi et ils le jetèrent à l'intérieur ; il se referma avant qu'il ait pu réagir. Il plaqua les mains contre le verre, un désespoir absolu sur ses traits mal rasés. Il frappa des poings, mais la cloche ne fit que résonner sourdement. Elle étouffait ses appels à l'aide.

« Que s'accomplisse la volonté de Dieu ! » s'exclama Ganner avec exaltation.

La plupart des Askalites en longue robe sombre se disposèrent en cercle autour de la cloche et joignirent les mains, les yeux fermés, leur visage glabre tendu par la concentration. Deux de leurs camarades étaient restés veiller sur les appareillages à l'écart. Ils se mirent à manipuler les leviers qui crissèrent dans le silence.

Un grondement sourd emplit l'air. Il résonna dans les entrailles de Chunsène avant d'emplir l'atmosphère, de plus en plus présent. L'étrange odeur douceâtre s'accentua ; un malaise s'enracina dans l'estomac de l'adolescente, un dégoût autant physique que mental. Une profonde sensation de dérèglement, comme si la réalité pliait sous une coercition contre nature.

D'un seul élan, les sorciers du cercle rejetèrent la tête en arrière. Des arcs d'énergie jaillirent de leurs bouches ouvertes pour pénétrer dans la cloche

– laquelle s'emplit au même moment d'une dense vapeur crayeuse.

À l'intérieur, les cris du prisonnier se changèrent en mugissements d'épouvante. La puanteur aigre-douce devint insupportable. Il s'y mêla des effluves de viande grillée qui firent gronder l'estomac vide de Chunsène malgré elle.

« Contemple, peuple des Mortes-couronnes ! scanda Ganner en levant les bras. Contemple la puissance de ton Dieu ! »

La voix du supplicié se brisa. Elle se mua en gargouillements étranglés – et une main difforme, boursouflée, se plaqua tout à coup contre le verre à travers la brume. La foule captive hoqueta et eut un mouvement de recul.

Chunsène serrait les dents à s'en faire mal aux mâchoires. Elle se hissa sur la pointe des pieds, cherchant désespérément son père. Tout à coup, elle reconnut le menton mal rasé d'Olvar, les giclures du sang de sa mère sur son plastron de cuir. Elle se détourna précipitamment, sa fureur semblable à un tison chauffé à blanc dans ses entrailles.

Et tu vas faire quoi avec ton petit couteau ? lui souffla la voix froide et détachée de sa raison. *Prendre d'assaut un bataillon d'Armurés ?*

Dans la cloche, la tempête se calmait, les éclairs se dissipaient. Le bourdonnement s'apaisait, relâchant sa pression sur l'estomac de Chunsène. Les sorciers semblaient retrouver leurs esprits, se lâchaient les mains. Ceux qui manipulaient les appareils regardaient avec intérêt dans la cloche.

Le panneau de verre glissa, libérant une bouffée de vapeur écœurante.

Une masse de chair sanguinolente vaguement

humaine, hérissée de pics métalliques, bascula à l'extérieur, secouée de convulsions. L'adolescente détourna la tête avec un haut-le-cœur. Du coin de l'œil, elle discerna des lambeaux de vêtements sales accrochés aux arêtes luisantes. Impossible de savoir si les pics avaient transpercé l'homme ou s'ils avaient jailli de l'intérieur.

Des gémissements traversèrent alors la foule, parvenue aux limites de son aptitude à l'effroi. Une profonde apathie était tombée sur les visages hagards, les épaules voûtées. Chunsène elle-même le percevait : une volonté de tout abandonner, y compris sa propre capacité à ressentir. Son âme avait essuyé tant de coups, non seulement dans les dernières heures mais depuis sa naissance, qu'elle était devenue engourdie, comme un membre où le sang ne circule plus.

En revanche, une panique aveugle s'empara des autres prisonniers. Certains cherchèrent à fuir, prêts à s'empaler volontairement sur les tranchoirs de leurs geôliers, mais les Spectres Armurés rétablirent l'ordre avec leur violence habituelle. Leurs poings massifs comme des rocs s'abattirent en pluie sur les visages, dans les estomacs, jusqu'à écraser toute velléité de rébellion contre le pavé.

« Aska s'est prononcé ! clama le Prophète extatique en armure noire. La foi de cet homme n'était pas pure. Sa peur était trop grande, son cœur plein de haine ! L'amour est la clé pour embrasser l'avenir, peuple des Mortes-couronnes. Un amour sans bornes pour le nouvel ordre du monde ! »

Il fit signe qu'on lui amène un autre prisonnier. Si l'accablement écrasait l'assistance, Chunsène commençait à remarquer des regards furtifs, échangés à la dérobée. L'adolescente connaissait bien cette expression : c'était le soulagement animal des survivants, rassurés de ne pas compter encore parmi les victimes de la cérémonie démoniaque.

La jeune fille le ressentait aussi, et elle se détesta.

On traîna un garçon à peine plus âgé qu'elle aux pieds du Prophète d'Aska.

« Embrasses-tu Aska comme ton Père éternel ? demanda-t-il en s'approchant. Lui remets-tu ton sort avec foi et amour ? »

L'adolescent observait, horrifié, la masse de chair enfin morte qu'un Spectre Armuré balançait sans ménagement dans une charrette.

« N... Non ! s'écria-t-il. Non, je ne veux pas !

— Il te pardonne, et Il t'attend », répliqua le Prophète avec une terrible patience.

La même scène se reproduisit. On emmena la victime ; les nécromants émaciés s'affairèrent autour de la cloche puis canalisèrent l'énergie brute dans la chambre de torture. Chunsène perçut cette fois des lueurs ambrées au sein de la foudre ; cela lui rappelait les lueurs malades qui perçaient parfois les nuits claires, en provenance des Anomalies actives.

De nouveaux hurlements tourmentés résonnèrent, étouffés par le verre épais. Les soldats contemplaient la scène avec ferveur ; les prisonniers, eux, sanglotaient, blottis les uns contre les autres. Certains semblaient avoir carrément perdu l'esprit. Ils fixaient l'appareillage d'yeux agrandis et injectés de sang, l'ombre d'un sourire jouant sur leurs lèvres craquelées. Une sorte de révérence hallucinée teintait leurs traits.

Moi aussi, j'me précipiterais peut-être vers la mort si elle m'attendait pour de vrai, pensa Chunsène.

Mais c'est pas ce que je suis en train de faire ? se répondit-elle à elle-même avec la part froide et détachée de sa raison.

Elle profita de l'horreur collective pour se rapprocher discrètement du cordon de soldats et d'Armurés qui gardaient les prisonniers. N'importe qui pouvait rejoindre les fantassins d'Aska, hommes et femmes de n'importe quel âge, à condition de jurer obéissance absolue au nouveau dieu ; d'accomplir son atroce volonté et d'accepter de mourir pour lui dans sa guerre sainte contre Wer.

Chunsène n'aimait pas tellement accomplir la volonté de qui que ce soit et avait encore moins envie de mourir.

Mais à quoi bon vivre quand rien n'est promis ?

C'était la question qui l'avait obsédée toute sa vie, et qu'elle avait toujours refoulée avec violence. En cet instant, la nécessité impérieuse d'arracher son père à son sort prenait le pas sur toute autre réflexion.

Malheureusement, elle ne voyait aucun moyen d'y parvenir. Cinq Armurés ainsi qu'une trentaine de fantassins cernaient les hommes et femmes de tous âges raflés dans la vallée. Elle se retourna vers les ruelles. D'autres unités les bloquaient pour s'assurer que la population assisterait bien à la cérémonie jusqu'au bout. Pour réussir à fuir, il faudrait d'abord que Ganner libère la foule – et éviter Olvar ou son comparse. Pourquoi pas. Mais avant cela, elle devait soustraire son père à la surveillance des soldats.

Tu veux passer entre eux, leur dire : « Salut, j'récupère juste mon père, faites comme si j'étais pas là ? »

C'était impossible. Impossible.

À moins de s'arranger, réellement, pour qu'on fasse comme si elle n'était pas là...

Elle n'avait jamais poussé son Secret dans de tels retranchements. Elle ne le maîtrisait déjà pas. Et fonctionnerait-il sur autant de soldats à la fois ? Plus jeune, lors de ses premières manifestations, elle avait d'abord cru à des coups de chance, des coïncidences voulues par un dieu méchant, des condamnations à survivre un peu plus pour souffrir davantage. Elle connaissait juste assez son petit pouvoir pour savoir qu'il ne se révélait qu'en situation de terreur sincère – ce qui s'était suffisamment produit au cours de sa vie, mais ne se prêtait pas pour autant à l'expérimentation.

Elle ne savait même pas si l'effet pouvait s'étendre. Mais elle ne savait pas quoi tenter d'autre.

Surtout que pour le déclencher, il fallait commencer par faire quelque chose de vraiment, vraiment stupide.

Chunsène se regardait agir elle-même en ricanant intérieurement. Il n'y avait aucune raison que ça marche. Avec sa veine habituelle, on ne la tuerait pas sur place ; on la jetterait avec les condamnés et on la changerait en Aska savait quoi. Une sueur poisseuse lui couvrit le cou ; elle eut du mal à respirer. Elle leva timidement son couteau, se faufila entre les villageois atterrés. Devant elle, il y avait un peu d'espace entre deux soldats. Par bonheur, les cris dans la cloche s'éteignirent. Seuls les crépitements de l'énergie et le vrombissement désagréable de la machine emplissaient à présent l'atmosphère où s'échappait un peu de cette brume blanche écœurante.

La jeune fille rassembla sa résolution en mesurant la qualité suicidaire de son acte. Problème : toute sa folie lui apparaissait avec une telle clarté qu'au bout du compte, elle éprouvait davantage de consternation qu'une réelle angoisse.

Dieu m'en veut vraiment... songea-t-elle en approchant à pas mesurés des soldats concentrés sur la mutation.

Le grondement de la machine infernale s'atténua, puis se tut. Comme la fois précédente, le malaise s'allégea – mais Chunsène n'y accordait peu d'attention devant l'énormité de ce qu'elle s'apprêtait à faire. Prendre d'assaut le contingent auquel elle venait d'échapper en espérant disparaître sous leurs yeux et s'effacer de leurs esprits.

Malgré elle, une curiosité perverse la poussa à regarder vers la cloche pour voir ce qui en sortait.

Ses yeux s'agrandirent, et le bras qui tenait le couteau retomba mollement le long de son corps. Une vague d'effarement glacée la submergea.

Une... chose sortait de la cloche. Une chose vivante, agile, qui n'avait plus rien d'humain. Noire et luisante, elle se tenait sur quatre membres tranchants et allongés, hérissés d'épines, rappelant les pattes d'une sauterelle. La lueur des braseros dansait sur les plaques rigides qui adhéraient à son corps; Chunsène n'aurait su dire s'il s'agissait de cuir, de chitine ou encore d'acier. Peut-être un mélange des trois.

Soudain, la jeune fille remarqua entre les deux membres antérieurs un détail qui la pétrifia. Un visage. Les traits tannés, les yeux morts. L'unique détail rappelant qu'il s'était jadis agi d'un garçon des Mortes-couronnes.

La chose darda une langue barbelée qui claqua comme un fouet.

« Aska l'a accepté ! hurla Ganner, au comble de la passion. Accueillez votre frère. Il marche à présent dans la révélation ! »

Contre toute attente, des acclamations hallucinées s'élevèrent dans la foule.

Et quelques fous désespérés s'avancèrent, demandant qu'on les choisisse.

Chunsène revint au moment présent. Elle se retourna vers le groupe de prisonniers – et une décharge nerveuse cingla son pauvre corps déjà brisé par le chagrin, la terreur et la contemplation de sa propre mort.

On avait à présent choisi son père.

« *Non* », souffla-t-elle.

Elle releva son misérable couteau et fit encore un pas vers le cordon de soldats, mais le regard de Vulfgar se planta droit dans celui de sa fille.

Elle se figea.

Alors qu'on l'emmenait vers un sort plus funeste encore que la mort, il y avait pourtant dans les yeux de son père une clairvoyance, une assurance qu'elle ne lui connaissait pas. Il n'était plus un affamé luttant pour survivre avec sa famille ; une victime des clans guerriers qui écumaient les Mortes-couronnes, à peine mieux nourris que leurs souffre-douleur. Il était, dans toute la tragédie de sa mort imminente, un être humain en pleine possession de ses moyens.

Vulfgar secoua la tête. Il y avait dans son regard un ordre impérieux auquel Chunsène ne put désobéir. Ses lèvres formèrent le même mot qu'il avait prononcé dans la cahute familiale :

« *Fuis.* »

Le couteau glissa entre les doigts de l'adolescente. Il était trop tard. Ses forces l'abandonnèrent et elle s'écroula. Nul ne prêta attention à elle tandis qu'elle se recroquevillait en boule sur les pavés froids et sales. Nul ne la vit couvrir éperdument ses oreilles pour atténuer les imprécations rituelles du Prophète en armure noire, les vrombissements de la machine, et les hurlements qui suivirent.

9

Mériane

Le chant timide des oiseaux revenait avec le printemps – et avec lui, des cieux changeants. Les dernières neiges achevaient de fondre ; les rivières gonflées bruissaient à nouveau. L'écorce ramollie des troncs s'était libérée du givre et, chez les essences les plus précoces, de timides boutons brun-vert commençaient même à poindre.

Mériane inspira profondément et savoura ce plaisir simple : sentir ses poumons se gonfler, arpenter la forêt renaissante, percevoir juste une once des parfums végétaux à venir.

Avant la puanteur, quand les vasières se libéreraient des glaces.

Elle contempla le ciel bleu frangé de nuages sombres. Plus loin, vers les profondeurs de la zone instable, le demi-jour trahissait une sévère averse ; Darén et elle portaient sur leurs fourrures d'épaisses pèlerines pour se protéger des ondées fréquentes. Mériane scruta la noirceur dans les bois et son mauvais pressentiment affleura dans son plexus. Il ne fallait pas aller par là. Mais ils rentraient, et leur chemin les entraînerait à l'écart du mauvais temps. Elle décida de s'en réjouir.

« On n'est pas si mal, hein ? » lança-t-elle à Darén, agenouillé devant un petit buisson épineux. Il l'examinait attentivement, ses yeux clairs louchant presque. Ses tresses crépues formaient comme une pieuvre velue aux innombrables tentacules. « Tous les deux, comme ça. Les deux ermites de la forêt. » Elle soupira. « Les deux fous... »

Elle avait murmuré cette dernière phrase, pour voir si la voix réagirait. Elle ne se fit pas attendre.

« *Je sais que tu testes Ma patience et Mes limites*, souffla Wer, ou la chose qui se faisait passer pour lui. *La réponse est simple, Mériane : Je n'en ai pas. Je suis toujours avec toi, Mes yeux posés sur toi, Mes lèvres à ton oreille. Tes mains sont les Miennes.* »

Sans quitter Darén des yeux, elle pensa avec virulence : *Et vous entendez ça, aussi ? Vous entendez ma haine et mon mépris pour ce que vous êtes et ce que vous représentez ? Je vous déteste, je déteste ce que vous répandez auprès des hommes, votre doctrine qui pousse l'humanité à la peur et au secret, qui prétend que l'ignorance est la plus haute forme de vérité. Jamais je ne porterai votre parole !*

Seul le silence lui répondit, venant corroborer une impression qui s'était formée au fil des jours. Elle ne put retenir un petit sourire triomphal. *Alors, pas de limites, hein ?*

« *Ton âme appartient à toi seule, Mériane*, déclara aussitôt la voix – et la forestière pinça les lèvres. *Elle est le siège de tes conflits, de tes doutes, mais aussi de tes choix. Tu peux marcher dans Ma lumière, ou bien la rejeter : la décision est tienne. Vois-tu ? Je ne t'opprime pas. Je ne te force même pas à Me servir. Suis-Je donc si mauvais ?* »

Peut-être parce que vous ne pouvez pas me forcer, pensa-t-elle aussitôt par défiance.

Elle se tint parfaitement immobile. À nouveau, le silence. Or, son interlocuteur ne résistait jamais à ce genre de provocation. Il adorait se montrer sage et docte. *Comme Leopol,* songea-t-elle. *De ce côté-là, ça serait crédible : Dieu aurait bien choisi son clergé.* Elle se demanda brièvement ce qu'il était devenu, pourquoi il l'avait ramenée dans sa cabane. Peu importait. Elle avait eu de la chance, et décida d'en rester là.

La jeune femme et la voix étaient parvenues à une sorte de trêve instable. Celle-ci lui rendait visite tous les jours et lui répétait le même discours : elle était Dieu. Elle avait choisi Mériane pour la représenter en Rhovelle, comme les Hérauts d'autrefois, Saint Ysmel et toute la clique. Elle promettait que l'horreur guettait le royaume.

Et que Mériane était la seule à pouvoir s'y opposer en menant les armées au combat.

Sauf que la forestière ne voyait pas plus d'horreur qu'à l'accoutumée dans les bois parfois étranges, parfois déformés, de la zone instable.

Darén éplucha ce qui ressemblait à un bourgeon et l'effrita entre ses doigts avant de les renifler. Mériane se sentait gênée, même si elle savait que l'herboriste se fichait éperdument qu'elle se parle toute seule – elle l'avait vu, lui, dans des délires bien plus graves. Tous deux partageaient la chaumière de Darén, à présent. La jeune femme avait peur de se retrouver seule. Cependant, elle avait recouvré toute son énergie et se sentait même plutôt bien physiquement.

Mentalement, c'était une autre histoire.

« Peut-être que vous ne pouvez pas, marmonnat-elle. Me forcer. Et puis d'ailleurs, pourquoi vous tenez tellement à me convaincre ? Faites comme bon vous semble, si vous êtes Dieu ! "Que votre volonté soit faite", ce genre de choses ? »

Cette fois, « Wer » l'entendit.

« *Parce que la foi n'a de valeur que si elle est volontaire, Mon enfant. Pour Me servir, tu dois délibérément rejeter le Mal et la corruption ; faire le choix de la vérité et de la lumière.* »

Mériane secoua la tête.

« Moi, ça me paraît drôlement pervers, votre affaire. En gros, vous avez un but, mais vous nous laissez libres d'échouer pour mieux nous punir ensuite ? Vous n'avez pas l'impression d'avoir loupé quelque chose dans le plan ? Après tout, si Mordranthia a pu corrompre le monde, c'est bien que vous l'avez laissée faire.

— *Non, c'est que l'humanité l'a suivie.* »

Mais la jeune femme n'écoutait plus vraiment les réponses de son démon intérieur, comme elle se plaisait dorénavant à l'appeler. Elle perdait vite patience pour les débats de ce genre. Ils n'aidaient pas à se nourrir, à survivre face aux bêtes sauvages, à se chauffer en hiver. Au contraire, à ce qu'elle avait vu, ils conduisaient plutôt de vieilles herboristes au bûcher et farcissaient les garçons de notions incompréhensibles sur la prétendue impureté du corps féminin.

Mériane releva la tête vers son camarade et lui

lança d'une voix forte : « Je m'étonne toujours que tu trouves à récolter en cette saison. »

Celui-ci, absorbé dans la contemplation des brins secs de son buisson, mit tant de temps à répondre qu'elle crut qu'il ne l'avait pas entendue.

« Des bourgeons. Tendres. Concentrés. Ils apaisent. » Il gloussa. « Des jeunes cerfs les mangent. Ils ne savent pas. Aucune chance à la saison des amours. Trop mous ! »

La jeune femme eut un petit sourire. Pensive, elle se remémora l'échange qu'elle venait d'avoir avec le démon. Cependant, elle redoutait de s'avouer les conclusions auxquelles elle était en train de parvenir, de crainte qu'il les entende. Mais, décida-t-elle, c'était probablement la meilleure mise à l'épreuve.

Il m'entend quand je parle, même très bas... Mais pas quand je pense, semble-t-il. Pourtant, si : il m'a répondu tout à l'heure quand je croyais l'avoir coincé, quand j'ai déversé ma rage intérieurement.

Une seconde. Est-ce qu'il m'a vraiment répondu *? Ce qu'il a dit, ses salmigondis habituels sur l'âme, la mission qu'il veut me confier – et qui me conduira droit au bûcher si je ne fais pas attention, cela n'avait pas vraiment de rapport direct.*

Elle frotta ses lèvres sèches, songeuse. Puis elle murmura à titre d'expérience :

« Je ne vous aime pas, vous savez.

— *Attention, Mériane. Je ne suis pas un dieu miséricordieux.* »

Et voilà, se dit-elle, *ça ne rate jamais. Pourtant, j'ai pensé bien pire tout à l'heure. À ce moment-là, il aurait dû me promettre la damnation ou je ne sais quelle horreur – comme si on ne vivait pas déjà dans une sorte d'enfer qu'il – ou le vrai Wer – se gargarise d'avoir construit. Pourquoi une réaction aussi vague?*

Peut-être parce que mes pensées n'appartiennent bel et bien qu'à moi.

Mais comment a-t-il su qu'il fallait me parler, tout à l'heure?

Darén se releva de toute sa hauteur dégingandée et resserra les cordons de sa bourse avec un sourire de gosse ayant dévalisé le boulanger.

L'évidence frappa tout à coup Mériane et la remplit d'euphorie – ce qu'elle s'empressa aussitôt de dissimuler. Darén lui avait donné la réponse.

J'ai souri! pensa-t-elle. *Je n'ai pas pu m'en empêcher. Il prétend qu'il me voit... Ça a dû lui suffire pour deviner qu'il fallait intervenir. Pour chercher à me désarçonner. D'ailleurs...* La conclusion qui lui venait à présent la fit frémir. Elle se sentait brusquement sale. *À supposer que j'aie ramené un démon en moi, que je sois possédée, il lui a peut-être suffi de* sentir *mon sourire, plutôt que le voir...*

Oh, damnation.

Darén, toujours intuitif, la dévisageait en fronçant les sourcils.

« Tu es... contente? hasarda-t-il. Et pas contente. »

Il semblait un peu perdu.

« Oh, juste satisfaite de reprendre les apparences de ma vie habituelle. Et tout ce qu'elle implique. » Elle désigna l'arc qu'elle portait à l'épaule. « Ça fait longtemps que je n'ai pas chassé. »

L'herboriste parut se contenter de cette réponse, comme le démon intérieur. Ils se remirent en route à travers les sous-bois, laissant la perturbation de mauvais augure au loin sur leur droite. Avec la force de l'habitude, Mériane scrutait la terre noire et tendre, les branchages brisés, guettant le passage de gros animaux, voire la marque d'une corruption quelconque. Darén, lui, cheminait d'un pas chaloupé, sans paraître vraiment voir ce qui l'entourait. La forestière se demandait toujours comment il survivait en prêtant aussi peu attention à son environnement ; mais ses perceptions bizarres devaient le tenir à l'écart du danger, comme elle avec ses pressentiments. À part qu'il lui avait fallu une longue pratique pour apprendre à les écouter.

« Tes bourgeons, là, ils pourraient m'aider ? demanda-t-elle.

— Si tu veux dormir.

— Pour l'instant, ça va. "Il" ne m'en empêche pas. »

Elle se mordit aussitôt la lèvre, espérant qu'elle ne venait pas de fournir un moyen de pression à l'ennemi installé dans sa tête.

« *N'aie crainte, ce n'est pas dans Mes intentions*, déclara la voix avec un à-propos dérangeant. *Comme Je te l'ai dit, la foi n'a de valeur que si elle est volontaire. Mais tu y viendras, Mériane. La vérité te guette. Et alors, tu regretteras de ne pas M'avoir écouté plus tôt. Nous verrons ce que deviendra ton obstination quand elle fera peser des morts sur ta conscience.*

— À ce jeu-là, la vôtre aura toujours de l'avance », rétorqua Mériane.

Darén lui jeta un regard interloqué. Forcément, il n'avait que la moitié des échanges.

« Pardon, fit-elle aussitôt.

— Encore lui ?

— Je ne devrais pas rentrer dans son jeu, soupira-t-elle. Je m'étais promis de l'ignorer, mais c'est trop tentant de régler ses comptes avec quelqu'un ou quelque chose qui se fait passer pour Dieu. J'ai tellement de "vérités" à lui dire... Je pourrais presque espérer que ce soit vrai.

— Mériane, fit Darén avec le plus grand sérieux. Tu l'as envisagé? Que ce soit vrai? Que Wer te parle?

— *Tu devrais écouter ton ami* », persifla la voix.

Elle l'ignora.

« Ça n'a pas d'importance. Même si c'était le cas, je ne veux pas de lui. Je n'aime pas son monde : il n'y a pas de place dedans pour les gens comme toi et moi. Je vais même te dire, je me fiche de savoir s'il existe ou pas, s'il a vraiment détruit Asrethia ou pas, si l'Empire était vraiment comme on nous le raconte. Ça ne change rien à ma vie. Et ma vie, c'est la forêt : survivre et être libre, le plus loin possible du reste de l'humanité. Ce moine qui m'a emmenée dans l'Anomalie, Leopol... Il m'a demandé pourquoi je m'infligeais cette vie. Moi, la question que je me pose, c'est pourquoi les gens s'infligent la leur. » Elle haussa les épaules. « En tout cas, je ne m'en imagine pas d'autre. Je sais que je finirai probablement mutée, dévorée par une abomination, empoisonnée par un mauvais point d'eau ou je ne sais quoi d'autre. Folle, probablement. »

Sa voix frémit juste un peu tandis qu'elle se tournait vers son ami avec un faible sourire :

« D'ailleurs, on dirait que ça a commencé, hein ? »

Darén leva les mains avec une lenteur indolente, puis les laissa retomber le long des flancs, semblant exprimer tout le fatalisme du monde – et aussi, curieusement, la joie de le faire.

« Si le monde, tu l'aimes pas... Tu pourrais le changer, répliqua-t-il avec douceur.

— Je suis une femme, seule, paria et folle. Ça fait quatre excellentes raisons d'échouer avant même d'avoir commencé.

— Non, fit Darén avec cette expression frustrée qu'il avait quand il ne parvenait pas à se faire comprendre. Si Dieu te parle – les Hérauts de Wer... Ysmel était roi. Ils ont fait... » Il leva les bras à nouveau. « Des miracles. Toi ? On t'écouterait. Tu vois ?

— Sauf que les Hérauts ont toujours été des hommes, répliqua la forestière.

— *Mais tu as bel et bien besoin de Moi, Mériane*, susurra la voix à son oreille. *Et à plus d'un titre.*

— Sauf que de mon point de vue, on dirait surtout que c'est vous qui avez besoin de moi, répliqua-t-elle. Allez-y, faites donc pleuvoir le feu si ce monde vous déplaît ! Détruisez-le encore une fois et recommencez de zéro. Ce n'est pas comme si ça vous avait arrêté avant, hein ?

— *Oh ? Tu laisserais mourir des millions de personnes, Mériane, juste pour prendre ta revanche sur Moi ?* »

La jeune femme serra les mâchoires.

Bien sûr que non, je ne le ferais pas, fulmina-t-elle intérieurement. *Je ne suis pas vous.*

« *Rien à dire ?* répondit la voix avec une douceur inhabituelle. *C'est ce que Je pensais. Mais n'aie crainte, Ma chère enfant. Bientôt, tu vas constater le prix de ton entêtement. Rappelle-toi bien Ma parole ; tu imploreras Mon nom. Et Je serai là.* »

Darén l'observait.

« Problème ?

— Pas plus que d'habitude », cracha-t-elle, plus

agressivement qu'elle ne l'aurait voulu, avant de forcer l'allure.

La frustration pressait sur ses poumons comme un poids mort. Sur ce point en tout cas, l'imitation était particulièrement réussie : ce « dieu » semblait tout aussi obstiné et suffisant que l'idée qu'elle se faisait du vrai.

Ils parvinrent à un sous-bois obscur tapissé d'aiguilles sèches par de grands conifères anciens, dont les branches basses s'étaient depuis longtemps dénudées. En hauteur, le couvert était si dense qu'il bloquait l'éclat du jour et rafraîchissait l'atmosphère. Mériane avait posé des collets dans les taillis sur la droite ; c'était un bon coin à lièvres. Les yeux baissés, ruminant toujours, elle obliqua – et percuta Darén, figé sur place. Elle ouvrit la bouche, mais son reproche mourut sur ses lèvres. Son ami avait une expression bizarre. Il avait légèrement levé le menton, les yeux au loin, comme s'il scrutait un horizon invisible.

Elle l'imita, mais ne remarqua rien.

« Darén ?

— Problème. »

Elle se tendit brusquement et tourna lentement sur elle-même, scrutant les bois en clair-obscur, la main sur sa cognée. Quelque chose lui serrait le cœur, et ce n'était pas seulement la frustration de sa discussion stérile avec la voix. Il y avait aussi, reconnaissait-elle à présent, son intuition particulière, toujours ténue et facile à manquer.

« *Il n'y a rien ici*, dit son démon intérieur.

— Chut ! » pesta-t-elle.

Mais, pour morne que soit cette clairière, rien n'y bougeait.

Ce fut alors que Mériane s'aperçut du silence complet qui y régnait. Les pépiements d'oiseaux s'étaient tus. Plus rien ne bruissait dans les branches, ni à l'abri des regards. Seule une brise légère faisait chuinter les épines. Elle se réprimanda sévèrement : elle aurait dû le remarquer, mais s'était tant laissée absorber dans ses dialogues intérieurs qu'elle avait négligé cet indice essentiel de la santé de la forêt.

« On va pas relever les collets à droite, hein ? » souffla-t-elle à Darén, cherchant de toutes parts un signe de la perturbation qui les guettait sans aucun doute.

Son cœur battait contre ses côtes. Pour se donner une contenance, elle passa silencieusement sa corde à son arc. L'herboriste finit par secouer la tête, les yeux toujours dans le vague.

« Avançons, murmura Mériane. Il faut qu'on sache à quoi on a affaire, histoire de savoir dans quel sens fuir. » Elle jeta un coup d'œil vers les troncs qui se resserraient un peu plus loin, là où le regard de Darén s'égarait. « Il y a une Voie noire par là-bas. Je n'aime pas ça, mais la vue sera dégagée. On y va ? »

Il acquiesça.

Les deux ermites progressaient lentement à travers les sapins, Mériane en tête, une flèche encochée. Le craquement des épines humides sous ses bottes semblait résonner aussi fort que le tonnerre. Le malaise dans son plexus ne faisait que croître à chaque pas, mais il fallait juger de l'envergure de la menace avant de réagir. *Ce n'est pas ce qu'on connaît dont il faut se méfier, mais ce qu'on ignore.*

Ils se faufilèrent le plus discrètement possible entre les taillis qui bordaient la sapinière, puis gagnèrent la Voie noire. La croûte granuleuse, contre nature, de l'antique route brisée empêchait la terre de respirer par plaques entières. Des herbes brûlées par le froid et des arbustes en train de renaître avaient lancé le lent projet de les renverser, de les avaler et de les mêler à l'humus. La chaussée se fragmentait au fond d'un berceau qui rappelait le lit d'une rivière à sec ; lors des fortes pluies de printemps, elle finissait fréquemment inondée.

Cachés par les broussailles, Mériane et Darén s'accroupirent sur le talus qui dominait la Voie.

« *Ils sont déjà passés*, murmura "Dieu" à l'oreille de la forestière. *Il n'y a pas longtemps.*

— Qui ? souffla-t-elle.

— *Regarde bien.* »

Elle retint une injure ; après avoir passé plus d'une semaine à lui marteler son prétendu savoir, voilà que la voix se faisait mystérieuse ? Mais en même temps, peut-être ne fallait-il pas en attendre davantage d'un démon intérieur.

Mériane scruta la végétation qui menait son lent combat pour se réapproprier la Voie. Elle semblait malmenée, comme par le passage d'un large troupeau. Il lui fallait en avoir le cœur net. Elle guetta du mouvement dans la saignée du bois, mais tout était calme. Un unique moineau émit un timide trille ; cependant, la jeune femme ne relâcha pas sa vigilance.

« Reste là », murmura-t-elle à Darén.

Elle repassa son arc dans son dos et rangea sa flèche. Les épaules voûtées, elle dévala le talus et trotta à découvert jusqu'à gagner les plaques qui lui inspiraient tant de méfiance. Le saccage qu'elle avait aperçu d'en haut lui apparut dans toute son envergure.

La terre avait été piétinée. De petites mares s'infiltraient dans de multiples empreintes. Elle progressa, en examinant les traces. L'une d'elles attira son attention : elle ressemblait à une trace de botte, mais... bien trop grande. La forestière posa les deux mains côte à côte dans la dépression sans en couvrir toute la largeur. Elle avisa un arbuste dont certaines branches avaient été cassées. La chair du bois était tendre et claire, impliquant que l'incident était très récent.

Elle se redressa, gagnée par une appréhension plus nette.

« Qu'est-ce qui s'est passé, ici... ? fit-elle à mi-voix.

— *Tu Me poses la question ?* »

Elle ignora la voix et se retourna dans l'espoir de distinguer d'où venaient les empreintes. Les masses nuageuses sombres qui lui avaient inspiré tant de méfiance barbouillaient l'horizon au loin, habitées d'une lueur jaunâtre mauvaise. Tandis qu'elle les observait, elle entendit Darén la rejoindre.

« Des dégâts, constata-t-il.

— Une troupe, acquiesça Mériane, les yeux toujours rivés sur le lointain.

— Beaucoup d'abominations d'un coup ? Trop – comment ? » Le discours de l'herboriste se hachait toujours quand il devenait nerveux ; il semblait que les mots se multipliaient sans qu'il arrive à les choisir.

« Il n'y a pas que ça », répondit la forestière d'une voix songeuse.

Les horreurs nées des contacts avec les Anomalies restaient relativement rares, grâce aux moines de Wer qui les abattaient dès qu'elles s'aventuraient près d'une zone stable – ce qu'elles finissaient toujours par faire. Sur ce point, la bourgade de Doélic était défendue par cinq frères de Wer sous l'autorité du prède local, ce qui suffisait, moyennant d'épisodiques renforts de la garde, à abattre même les plus terribles des prédateurs.

Tant qu'ils se présentaient un par un.

Mais Mériane s'interrogeait sur les traces visiblement humaines. D'où venaient tous ces gens ? Il n'y avait pas eu de disparition massive à déplorer. Des prisonniers ? Mais les abominations tuaient sans distinction ; elles n'avaient pas l'intelligence de prendre des otages.

« Regarde par là-bas », dit-elle en désignant les nébulosités obscures. À force d'observation, cela ne ressemblait pas tant à une tempête en formation qu'à un lent tournoiement orageux autour d'un point fixe. « Je peux me tromper, mais on dirait la direction de l'Anomalie où le croisé m'a emmenée récupérer Pyr et Tara. Pourtant, elle aurait dû se dissiper, depuis le temps... D'ailleurs, à en croire le moine, elle était sur le point de s'évanouir avec nous dedans. Comment se fait-il qu'elle ait persisté ?

— C'est comment, dans une Anomalie ?

— Tout cassé et absurde. Y a rien à voir, crois-moi. Ou plutôt trop. »

Elle vit du coin de l'œil la mine déçue de Darén ; mais il n'était pas temps de lui expliquer qu'il existait bel et bien des secrets qu'on ne gagnait rien à connaître. *Je déteste quand je parle comme une weriste*, grogna-t-elle intérieurement.

Elle tourna le dos à la perturbation et réfléchit au parcours de la Voie noire. Elle s'incurvait à l'écart de la civilisation, se perdait à nouveau dans les profondeurs de la forêt, mais avant...

« Ça y est ? murmura la voix, perfide. *Tu ne pourras pas dire que Je n'ai pas essayé de te prévenir.* »

Mériane attrapa brusquement le poignet de son ami, saisie par l'angoisse.

« Doélic. Ils vont passer près de Doélic. »

Mériane et Darén se mirent en route au pas de course parmi les branches brisées et les plaques noires retournées. Dans sa tête, la voix restait silencieuse, et sa présence lui manquait presque. « *Les deux fous* », avait-elle dit pour les décrire, l'herboriste et elle. La jeune femme redoutait l'accueil qui les attendait à Doélic, mais elle ne pouvait pas rester sans prévenir la bourgade du danger qui allait la frôler.

Au bout d'un moment, un coup de tonnerre résonna au-devant d'eux.

Ses échos roulèrent dans la forêt. Mériane leva les yeux, mais le temps était clair au-dessus des méandres de la Voie noire. Aucun éclat lumineux n'annonçait non plus la venue de la foudre. L'Anomalie se trouvait derrière elle.

Les deux camarades échangèrent un regard et, cette fois, se mirent à courir.

D'autres fracas indistincts retentirent, et il n'y avait toujours aucune trace d'orage. Cependant, des panaches sombres, ténus, commençaient à monter dans le bleu du ciel. Le pressentiment s'enflamma dans le cœur de Mériane, tandis que la sueur lui baignait progressivement le cou. Tant à cause de l'effort que de la peur.

La Voie noire décrivait une large boucle dans une clairière boueuse ; sur le côté, une pente abrupte comme les traces d'un ancien glissement de terrain marquait la lisière de la zone stable. À présent, des éclats de voix parvenaient aux oreilles de la forestière.

Des cris.

Ils escaladèrent le talus sans se soucier de la terre qui maculait leurs bottes, leurs pèlerines. Les claquements étaient tout proches, à présent, et il ne s'agissait définitivement pas de la foudre. Une angoisse viscérale étranglait la jeune femme, mais elle refusait de fuir avant d'avoir au moins cerné le danger.

Mériane et Darén se couchèrent sur le ventre, les yeux au ras du sommet, pour évaluer la situation.

« Mon Dieu... souffla la forestière d'une voix blanche.

— *Je suis là* », répliqua la voix avec un soupçon de joie mauvaise.

Un incendie ravageait la plaine. Un incendie magique.

Un feu glacé, d'un bleu aveuglant, s'était emparé de la campagne. Des maisons transformées en enfers blancs vomissaient d'épais panaches de fumée huileuse. Les haies sèches, les arbres, les épouvantails subissaient le même sort, transformés en glaciers de flammes dansantes. Même les murets de pierre semblaient dévorés par un feu liquide.

Cernée par son mur d'enceinte, la bourgade de Doélic se dressait à l'horizon sur une colline basse. Les lamentations frêles du tocsin leur parvenaient, lointaines.

Sa première pensée alla à ses parents, à sa sœur. Ils habitaient dans la vallée, à l'opposé du village. Elle espérait de tout cœur qu'ils se trouvaient en sécurité et adressa une prière muette à Dieu – aucune envie que *l'autre* l'entende.

Parmi la dévastation, Mériane distingua des silhouettes vêtues de noir, l'épée à la main, qui se détachaient sur les soleils miniatures dévorant les bâtiments. Les serfs paniqués, jeunes et âgés, s'enfuyaient pour échapper au massacre – mais des lames, des flèches les rattrapaient sans pitié. Partout où la jeune femme posait les yeux, il lui semblait voir quelqu'un mourir – et elle-même perdre une fraction de son âme.

Un gémissement funeste, une lamentation d'outre-tombe, s'éleva peu à peu, lui glaçant l'échine.

Tout à coup, une grange éclata littéralement de l'intérieur. Juste devant la ruine du bâtiment, Mériane distingua une énorme forme adipeuse d'où saillait le fût d'une arme étrange, montée sur une sorte de bloc coulissant. L'horreur se changea en épouvante – mais, loin de la faire détaler, elle éveilla dans ses entrailles une fureur aveuglante, dévastatrice, aussi chauffée à blanc que les brasiers. Elle empoigna sa cognée et se leva, une grimace de haine sur les lèvres.

Darén la saisit par la main pour la forcer à se baisser.

« On va te voir ! souffla-t-il, les yeux écarquillés.

— Il y a des abominations avec eux ! cracha-t-elle. Des soldats qui sont associés aux démons ! Comme si les Anomalies ne suffisaient pas. Il faut toujours que les hommes s'allient au pire pour faire d'un danger un mal absolu !

— *Bien parlé, Mériane. Une phrase que J'aurais pu te souffler.*

— Vous ! » hurla-t-elle avec rage. Darén la dévisagea avec angoisse, mais elle se moquait qu'on l'entende. De toute façon, nul n'allait les remarquer avec le chaos régnant dans la plaine. «Vous saviez que ça arriverait? C'est vous, le responsable?

— *Non, tu ne peux t'en prendre qu'à toi-même*, répliqua la voix avec froideur. *Je n'ai fait que te prévenir, te proposer Mon aide. Mais tu refuseras toujours de Me servir de ton plein gré, n'est-ce pas? Tu M'as bien expliqué que tu ne tenais plus à rien.*»

Mériane voyait, les yeux agrandis par l'horreur, les pillards qui progressaient avec méthode, presque sereinement, pour assassiner et détruire tout ce qu'ils trouvaient. L'un d'eux, un curieux sac cylindrique sur le dos, fit jaillir le feu sorcier bleuté d'une arbalète qu'il tenait entre les mains. Les flammes adhérèrent aussitôt à la vieille grange qu'il visait. Les mugissements du bétail se mêlèrent bientôt aux cris de la population. Partout, le sang giclait en arabesques noires, têtes et membres se détachaient avec une atroce facilité sous les coups. Les roturiers tombaient la face contre la terre grasse qu'ils avaient cultivée toute leur vie sans qu'elle leur appartienne. À nouveau, les gémissements sinistres s'élevèrent, comme poussés par des dizaines de damnés à la fois.

«D'accord, capitula Mériane entre ses dents serrées. D'accord! Qu'est-ce que vous pouvez faire? Aidez-nous. S'il vous plaît!

— *Invoque Mon nom, Mériane.*

— Vous croyez pas qu'on a aut...»

Une nouvelle déflagration tonna sur la plaine et la jeune femme rentra la tête dans les épaules. Elle croisa le regard clair de Darén, dont la teinte rappelait le feu arcanique qui dévorait les bâtiments. Il lui semblait voir l'expression de terreur absolue d'un enfant confronté pour la première fois à la brutalité du monde que Dieu se targuait de leur avoir légué.

C'était un regard de confiance absolue – et de terrible impuissance.

« Wer, murmura-t-elle en dévisageant son ami. Grand Dieu de Vérité. Aidez-nous, nous vous en prions. »

Sa voix était presque inaudible, mais le démon intérieur répondit aussitôt, implacable :

« *Me jures-tu allégeance ? Jures-tu de Me servir dans le respect de Mes préceptes, de porter Ma parole, d'incarner le bras armé de Ma volonté jusqu'aux confins du monde ?*

— Est-ce que vous pouvez sauver ces gens ? rétorqua-t-elle du tac au tac.

— *Pas tous. Ton royaume vient d'entrer en guerre, même s'il l'ignore encore. Mais tu pourras en sauver une partie, à condition de M'écouter scrupuleusement.*

— Quoi ? Comment ça, *moi* ? Vous ne pouvez pas faire un miracle ? »

La voix gloussa.

« *Tu es Mon élue, Mériane. C'est à travers ta foi et ton obéissance que les miracles s'accompliront. Ils se gagnent, comme tout en ce bas monde.*

— Pourquoi ça ne m'étonne pas ? » grogna-t-elle en secouant amèrement la tête.

Elle prit une inspiration et ferma les yeux, tandis que son pressentiment se solidifiait en un roc amer au creux de sa poitrine. Les mots qu'elle s'apprêtait à prononcer lui semblaient déclarer avec une terrifiante clarté la mort de sa liberté.

« Je vous servirai, Wer. Je le jure. » Elle ajouta aussitôt, comme une arrière-pensée : « À condition que vous soyez bien qui vous prétendez.

— *Dieu n'a pas à prouver Son existence.* »

Ignorant l'expression de fascination mêlée d'appréhension de son ami, elle se tourna de nouveau vers le désastre. Le détachement ennemi restait encore loin du bourg, mais il avançait, implacable. Mériane ne savait pas si même le mur d'enceinte pourrait résister à un assaut de cette envergure, à un feu capable de brûler jusqu'à la pierre.

Elle refixa la corde de son arc – elle l'avait détachée le temps du trajet sur la Voie noire. Puis elle le passa sur l'épaule, et attrapa sa cognée.

« Alors ? fit-elle.

— *Qu'espères-tu, te précipiter dans la mêlée et vaincre cette armée à toi seule ? Non. Votre unique espoir consiste à vous retrancher derrière la muraille et à abattre l'ennemi depuis le chemin de ronde. Mais s'il entre dans Doélic, tout est perdu. Si le baron n'est pas un imbécile, il en aura conscience. Tu as très peu de temps pour rassembler les paysans que tu trouveras et les conduire en sécurité.*

— Au cas où vous ne l'auriez pas remarqué, il y a une armée entre la ville et moi !

— *C'est là que J'interviens. Je vois tout, Mériane, te rappelles-tu ? Allez, va.* »

La mort dans l'âme, la jeune femme se leva, son arme à la main. Pèlerine sur le dos, arc à l'épaule, elle contempla la plaine enflammée comme si c'était la dernière fois. Des sueurs froides lui donnaient l'impression d'être retombée malade. Elle se tourna vers Darén qui la regardait sans rien dire, médusé.

« Je vais probablement regretter ça très vite, lâcha-t-elle avec dégoût. Mais la bonne nouvelle, c'est que je n'aurai pas très longtemps pour maudire ma bêtise.

— *Emmène Darén avec toi. Tu auras besoin de lui.*

— Dieu veut que tu m'accompagnes, fit-elle. Envie de partager ma folie ? »

À sa grande surprise, l'herboriste se releva de toute sa hauteur, sans détacher d'elle son regard halluciné. Puis il hocha lentement la tête.

« *Courez*, murmura Dieu.

— En avant », relaya Mériane.

Elle s'élança à travers champs, Darén sur les talons. Au début, nul ne leur prêta attention ; les pillards étaient trop avancés. Rapidement, la chaleur des incendies qu'ils laissaient dans leur sillage frappa le visage moite de Mériane, mais ils la glaçaient inexplicablement aussi, comme une crise de fièvre. Une preuve supplémentaire de leur nature magique.

Sur la gauche, une route de terre serpentait jusqu'à Doélic. Des cadavres mutilés, criblés de flèches la jonchaient, à présent. Mériane puisa dans sa fureur pour allonger la foulée dans cette direction, mais Dieu la retint :

« *Pas par là. Vois-tu ce grenier, là-bas sur ta droite ?* »

Une tour de pierre, trapue et carrée, se dressait au bord d'un canal d'irrigation, cernée par un muret. Les arbres se faisaient plus rares alentour ; le feu glacé progressait plus lentement.

En revanche, un soldat équipé d'un de ces atroces cracheurs de feu s'en approchait tranquillement.

« *Va et vise…* »

Mériane s'arrêta net et, d'un seul mouvement fluide, encocha une flèche, banda l'arc et tira. Le projectile se ficha net dans le conteneur cylindrique que l'homme portait sur le dos. L'espace d'une demi-seconde, un filet de flammes liquides s'écoula – puis l'appareil, et son porteur, s'embrasèrent comme une brindille sèche. Le fantassin eut à peine le temps de hurler et de se mettre à courir que l'ensemble explosait telle une étoile miniature, dispersant des fragments couverts de flammèches bleues. Mériane dut s'abriter les yeux.

« C'est ce que vous aviez en tête ? répliqua-t-elle.

— *Ne fanfaronne pas, tu auras attiré l'attention.* »

Elle ravala une repartie sur son habitude horripilante de répondre à tout, et repartit ventre à terre vers le grenier. Un nouveau coup de tonnerre retentit à l'avant des lignes, plus proche de Doélic ; Mériane baissa la tête par réflexe, le cœur battant à tout rompre. Elle parvint au muret, le contourna, gagna la tour, ouvrit à la volée la porte massive et referma précipitamment sitôt Darén entré à sa suite.

La fraîcheur et le silence tombèrent aussitôt, donnant l'impression qu'une forme d'ordre avait réinvesti le monde. Le silo, organisé autour d'une rampe en spirale qui permettait d'accéder aux niveaux supérieurs, était quasiment vide. Des fenêtres étroites en hauteur fournissaient de la lumière, révélant quelques sacs de grain entassés çà et là. Une porte semblable à celle qu'ils venaient de franchir s'ouvrait dans le mur d'en face.

Les deux parias s'avancèrent, leurs pas crissant sur la farine couvrant le plancher.

« Et maintenant ? demanda Mériane.

— *Des serfs se sont réfugiés ici. Cherche-les.* »

Évidemment, ce serait trop simple de me dire où ils sont, maugréa-t-elle *in petto*.

Une trappe poussiéreuse s'encastrait dans le dallage. Elle échangea un coup d'œil avec Darén, puis s'approcha. Les deux parias tirèrent de toutes leurs forces sur l'anneau pour la soulever – et furent salués par des hoquets de frayeur.

Mériane se trouvait face à une quinzaine de mines sales et terrorisées, de tous âges et de tous sexes. Le cellier sentait la sueur et l'urine.

« Pitié, pleura une vieille matrone. 'Nous faites pas d'mal...

— Je suis avec vous, répliqua la forestière. Restez pas là ! L'armée va arriver d'un moment à l'autre. »

Ils la dévisagèrent, immobiles. La jeune femme distinguait des enfants aux yeux agrandis par la peur, quelques vieillards aux traits sillonnés de rides, des mères, des fermiers. Quelqu'un sanglotait.

« Alors, vous entendez ce que je vous dis ou quoi ? Faut sortir, vous enfuir !

— Ils abattent les gens dans le dos, se lamenta une femme qui serrait contre sa poitrine un nourrisson inerte. Mon grand fils... » Sa voix se brisa et ses traits se tordirent. « Ils l'ont fauché... »

Les serfs acquiescèrent, se tournant les uns vers les autres. L'épouvante leur donnait une expression hagarde, rappelant Darén quand il forçait sur ses mélanges.

« Ils vous trouveront si vous restez ici ! insista Mériane. Ils pourraient même rôtir le bâtiment avec vous dedans. Vous mourrez si vous restez là, bande de fous ! »

Cela ne fit que renforcer l'effroi sur les visages. Ils se blottirent les uns contre les autres.

« Sang-diable, cria-t-elle encore, sortez de là ! »
Inutile.

« *Splendide démonstration d'inspiration* », railla Dieu.

Mériane l'ignora, lâchant une exclamation

frustrée. Elle se redressa, dévorée d'angoisse, et se tourna vers Darén dans l'espoir qu'il ait une idée. Mais celui-ci eut un timide haussement d'épaules.

« Ils sont cachés... hasarda-t-il.

— Je me demande bien pourquoi il fallait que je t'emmène, répliqua Mériane en levant les yeux au ciel. Reste ici et essaie de les convaincre ! »

Elle s'empara de son arc, d'une flèche, et retourna au trot vers la porte. Prétextant de la garder, elle murmura :

« Merci pour les encouragements, tout à l'heure, hein ! Je fais quoi pour les bouger ?

— *Tu ne sembles pas encore avoir réellement compris qui tu es, Mériane.*

— Ça fait dix-huit ans que je le sais, je ne vous ai pas attendu pour ça ! siffla-t-elle. Et puis quel rapport, de toute manière ? »

Un gloussement terriblement suffisant lui parvint.

« *Tu prétends te connaître, mais tu connais mal les gens. Ah, il te faut convaincre des gens terrifiés de te suivre... Je me demande comment tu pourrais t'y prendre. Tu M'as prêté serment, tout à l'heure ; en as-tu saisi les pleines implications ?* »

Les yeux de Mériane s'agrandirent tandis qu'elle commençait à comprendre. Il lui semblait qu'on lui versait un filet d'eau froide le long de l'échine.

« Non, souffla-t-elle d'une voix blanche. C'est hors de question. Je ne vais pas m'abaisser à ça.

— *Et pourquoi, Mériane ? Tu en as pleinement le droit – à vrai dire, nul autre plus que toi ne le détient aujourd'hui. Tu es Mon élue... Tu parles en Mon nom.*

— C'est... C'est tellement laid. Se greffer ainsi sur le désespoir des gens, s'en servir pour les faire agir... Cela a beau être dans leur intérêt, c'est ignoble.

— Cela le serait si tu mentais. Mais Je suis là, Je murmure à ton oreille, et Je t'ai guidée jusqu'à eux. Mériane, les gens ont besoin de croire. C'est la seule chose qui les anime, en définitive ; au bout du compte, la foi est la seule vraie force du monde. Ces gens sont persuadés qu'ils mourront s'ils te suivent ; alors, il faut que ta conviction de pouvoir les sauver dépasse la leur. Et pour cela, tu as le meilleur appui qui soit… Moi. »

La forestière déglutit et trépigna sur place avec nervosité. Elle tendit l'oreille pour guetter l'arrivée des soldats, mais les murs étaient trop épais et le tumulte à l'extérieur trop indistinct.

« Et vous voudriez bien apparaître sur un chariot de flammes vengeresses pour confirmer qu'il faut décamper ? marmonna-t-elle. Parce que ça m'arrangerait.

— *Mon enfant, peux-tu trouver en toi suffisamment de force pour croire en Moi ? Et donc croire en toi ?*

— Je pense que je vais arrêter de poser ce genre de questions. »

Elle souffla. Puis rangea sa flèche, repassa son arc à l'épaule et se retourna vers le centre de la salle.

« Ils vont me prendre pour une folle, murmura-t-elle.

— *Sois convaincante.*

— Alors guidez-moi ! »

Il y eut un bref silence – la jeune femme aurait juré que Wer lui laissait le temps de mesurer ce qu'elle venait de dire.

« *Tu n'avais qu'à demander.* »

Darén la regarda revenir au pas de course. Malgré sa taille impressionnante, ses longues mèches tressées de débris de la forêt, elle lisait une absolue vulnérabilité dans son regard clair. Il avait tout aussi peur que les malheureux du cellier, comprit-elle. Et qu'elle-même.

Mais c'était elle qui avait décidé de se lancer dans cette bataille. C'était elle qui avait Dieu dans la tête. Elle saisit tout à coup une nuance ténue qui hantait les traits osseux de Darén.

L'espoir.

Un nouveau fracas retentit non loin et elle baissa la tête – le grenier vibra et de la poussière de farine tomba des solives.

« *L'armée est toute proche. Écoute-Moi et répète fidèlement.* »

La jeune femme rassembla son courage et s'accroupit en s'efforçant de transmettre par l'attitude, par le regard, toute l'assurance qu'elle ne ressentait pas. Puis elle ouvrit la bouche pour prononcer le discours que Dieu versait dans son oreille.

« Savez-vous qui sont ces gens, dehors ? lança-t-elle. Vous vous en doutez. Il ne s'agit pas de simples pillards, voire d'une armée ordinaire. Vous les avez vus de près. Ces hommes ont vendu leur âme au démon, et les démons marchent avec eux. Ce démon a un nom... » Mériane hésita, puis reprit : « Aska. Une noirceur plus profonde que la nuit, qui marche avec les Anomalies, qui cachera à jamais le soleil ! S'ils vous trouvent ici – et ils le feront – ils emprisonneront à jamais votre âme dans leurs geôles sombres ! »

La jeune femme se sentait de plus en plus mal. Les visages se décomposaient littéralement sous ses yeux ; leur peur se teintait d'une épouvante mystique plus abjecte encore.

« Le salut vous sera à jamais interdit ! Le sort qu'ils vous réservent sera pire que la mort. Mais ne craignez pas la mort, car elle est... »

Elle déglutit, réprimant une mine écœurée.

« Car elle est... le salaire du juste. Croyez-moi, mes amis. Wer nous regarde en ce moment même, et il s'interroge. Que choisirez-vous ? Le salut ou la damnation éternelle ? »

Suivant les instructions qu'on lui murmurait, elle regarda la femme qui tenait le bébé inerte contre son cœur.

« Toutes les âmes fauchées aujourd'hui monteront vers Dieu. Il les accueillera à la porte de la Cité des Justes. Mais si vous restez ici... » Elle marqua une pause. « C'est le tourment qui vous attend. »

La mère éplorée, le visage éperdu, la regarda de ses yeux hantés.

« Que faire ? Dites-le-nous ! »

Mériane dissimula un soupir de soulagement – et une explosion, plus proche encore, secoua le bâtiment. Deux vitres se brisèrent.

« Suivez-moi. Maintenant ! »

Avec Darén, elle aida les villageois à sortir du cellier, ce qui la détourna de son envie de vomir. Les mots versés dans son oreille l'avaient été avec une telle assurance, et ces pauvres gens les avaient bus avec une telle avidité. Elle connaissait bien leur vie ; elle l'avait partagée. Mais, à présent qu'elle vivait à l'écart du monde, elle mesurait combien leurs espoirs simples étaient terriblement étriqués. Se tuer au travail au service d'un baron distant, que la plupart ne verraient jamais plus qu'en passant. Espérer la protection de l'Église ou de la garde face aux monstres, aux mutations, aux Anomalies. S'en remettre à Dieu pour la fatalité, la tragédie – à un hypothétique salut. Et investir tous leurs espoirs dans leurs rares enfants – lesquels connaîtraient exactement la même existence qu'eux.

Mériane conduisit les serfs vers la porte arrière. Darén aidait les plus âgés à rester avec le groupe.

« Dites-moi que vous le faites vraiment, grogna-t-elle discrètement au milieu des gémissements et des pleurs. Que vous les accueillez à la Cité des Justes.

— *Oh ? Voilà que Mériane l'ermite solitaire révèle elle aussi son besoin de croire ?* »

Elle s'arrêta, remettant la vieille paysanne aveugle qu'elle guidait aux soins de Darén.

« Pas pour moi ! siffla-t-elle. Si j'ai besoin de croire à quelque chose, c'est que je ne viens pas de mentir comme l'enfer à ces pauvres gens !

— *Mériane, serais-tu en train d'accepter qui Je suis ?* »

Elle se figea. Darén la regardait, près du groupe massé devant la porte, s'en remettant visiblement à son autorité. La frustration et l'urgence lui tirèrent une grimace hargneuse.

« Et on peut sortir ? grogna-t-elle à mi-voix.

— *Le canal d'irrigation principal se trouve à une vingtaine de pas. Il vous cachera ; remontez-le jusqu'aux douves de Doélic. Des hommes approchent de l'autre côté pour comprendre ce qui est arrivé à l'Incendiaire. Quand Je te donnerai le signal, courez.* »

Mériane acquiesça, fendit l'attroupement et attrapa la poignée de la porte en ignorant du mieux possible les mines éplorées tournées vers elle. Elle leur répéta les instructions qu'elle avait reçues, puis patienta.

« *Maintenant !* »

Elle ouvrit le battant à la volée et laissa passer les serfs devant elle. Elle encocha une flèche, aux aguets, tandis que le petit groupe s'enfuyait, puis courut à son tour, fermant la marche. Les plus âgés eurent besoin d'aide pour franchir le muret, mais Darén s'en occupa à merveille tandis qu'elle surveillait les alentours. Elle commençait à se réjouir de l'avoir emmené.

Sifflements, gémissements humains et inhumains emplissaient l'air. Une fois le dernier serf passé, Mériane enjamba à son tour le muret juste au moment où des silhouettes se profilaient à l'angle du bâtiment – dont une, noire et luisante, proprement gigantesque.

Elle dégringola plus qu'elle ne dévala la pente boueuse et atterrit au fond du canal, un ruisseau stagnant et nauséabond qui lui arrivait au genou. L'eau visqueuse et glacée lui fit lâcher un juron.

La surface noire du canal reflétait fugacement les éclats des nouveaux foyers. Des rires lointains, fous, parvenaient à son oreille. Elle repassa son arc à l'épaule tandis que la troupe se mettait laborieusement en route vers le village. Au bout, elle distinguait l'écluse qui isolait le fossé des douves de la ville, dominées par la muraille de Doélic.

« On va y arriver ? murmura-t-elle à l'adresse de Wer.

— *Faites vite. La garde a tenté une sortie, dirigée par Mes frères combattants et Mon prède. Elle se tient prête à recevoir la charge de l'ennemi devant le pont-levis, mais les Askalites n'ont visiblement pas l'intention de passer à l'attaque.*

— Ah oui ? Et vous appelez ça comment, ce à quoi on vient d'échapper ?

— *Les Askalites ne sont pas pressés d'affronter le détachement de Doélic. Ils ne sont pas là pour ça.* »

J'ai bien compris ce pour quoi ils sont venus, ragea intérieurement Mériane.

« Et les nôtres, alors ? Ils regardent ?

— *Ils ne semblent pas prêts à charger eux-mêmes. Ils ne veulent pas quitter le couvert des archers en attendant que les balistes stationnées sur le rempart ouest soient rapatriées de ce côté.*

— C'est ça, donc. Ils regardent. »

Mériane débordait d'outrage et d'écœurement. La plaine était perdue, mais ni le baron ni l'Église n'allaient lever le petit doigt pour protéger la population. Ils la considéraient perdue sans avoir tenté une seule passe d'armes.

« *Je sais ce que tu penses*, dit Wer. *Et si tu te réclamais de Mon autorité, tu aurais ton mot à dire dans ce genre de situation…*

— Vous vous préoccuperiez des serfs ? Je pensais qu'ils ne valaient rien à vos yeux.

— *Mériane, Je te l'ai dit : la foi t'appartient. Tant que tu respectes Ma parole, tu es libre de tes actions.* »

Cela semblait une contradiction dans les termes, mais elle laissa filer.

« Prouvez-le-moi », rétorqua-t-elle.

Elle remonta la colonne en pataugeant jusqu'à Darén, qui surveillait la progression des vieillards et des enfants avec l'efficacité d'un chien de berger.

« Amène-les dans la ville ! Je reviens. »

Deux voix hébétées lâchèrent exactement la même réponse au même moment, celle de l'herboriste et une autre, désincarnée :

« Mériane ?

— *Mériane ?*

— Emmène les réfugiés, insista-t-elle à l'intention de Darén. Je compte sur toi ! »

Elle reprit son arc et escalada le versant du canal pour retourner vers la bataille.

« Vous croyiez que j'allais me contenter de quinze personnes ? murmura-t-elle à Dieu. Vous m'avez promis que je sauverais une partie de la population. Alors je tiens à ce que cette partie soit la plus grande possible.

— *Et donc, pas tous. C'est très bien. Tu acceptes déjà la notion de sacrifice nécessaire sur le champ de bataille.*

— Arrêtez ! s'écria-t-elle en se figeant. Vraiment, arrêtez avec ces pontifications, ces sentences, ces maximes ! D'accord, vous êtes peut-être Dieu ; mais, sang-diable, si vous voulez que je sois votre marionnette, cessez de me traiter comme une enfant !

— *NON, MÉRIANE !* tonna la voix dans sa tête, si fort qu'elle lâcha un cri de douleur. *Il ne s'agit plus que Je le veuille ou non ! Tu M'as juré fidélité. Tu aimes l'action, n'est-ce pas ? Agir, faire la différence. Tu en as rêvé ta vie entière. Eh bien, Je t'en donne les moyens. Je t'ai amenée ici, Mériane, j'ai sauvé tes serfs de leur propre bêtise ; mais Je pourrais tout aussi bien te précipiter vers la mort ! Tu portes Ma parole, jeune fille. Ne l'oublie jamais. Sinon, je me trouverai un autre Héraut.* »

La voix redevint sirupeuse et suave.

« *N'aie crainte. Tu commences seulement à entrevoir Ma puissance... et combien ton royaume est affamé de Moi à travers toi.* »

La poitrine dans un étau, la forestière serra les mâchoires à s'en donner des crampes. Son mauvais pressentiment ressemblait à une moisissure nourrie par son angoisse et qui lui rongeait les poumons. En effet, il n'avait pas fallu longtemps pour qu'elle regrette son serment.

Elle reprit son ascension d'un pas furieux. Parvenue au sommet de la pente, elle se mit à quatre pattes dans la boue et risqua un regard sur la plaine.

L'espoir la déserta alors, la laissant creuse, épuisée, et en colère.

10

Mériane

La dévastation lui semblait refléter ce qu'elle éprouvait. Les brasiers aveuglants lui blessaient la rétine. Les envahisseurs s'étaient déportés à l'opposé du canal, là où les fermes étaient plus nombreuses. Elle voyait au loin des serfs se faire traîner dans la boue, des silhouettes s'effondrer sur place, d'autres fuir et s'écrouler brutalement, fauchées par des forces invisibles. Un colosse bardé d'une armure noire sillonnée de lumière, qui dépassait de plusieurs têtes ses camarades, décrivait des moulinets avec une lame monstrueuse. Toute la scène lui fit l'effet d'un théâtre désespérément futile. Ici et là, des corbeaux commençaient déjà à se disputer des morceaux de chair cuite.

Elle reporta son regard sur la ville et la sécurité illusoire qu'elle offrait. À ses pieds, la garde de Doélic formait une ligne irrégulière, visiblement nerveuse. Elle repéra le blanc des weristes, en première ligne. Dix véritables guerriers de métier – en comptant les novices. Le reste de la garde ressemblait plus à des bandits crasseux que les fantassins askalites eux-mêmes.

Et ils attendaient.

« Alors, grogna la jeune femme consternée par sa propre inconscience, vous pouvez m'aider à sauver davantage de monde, ou pas ?

— *Il ne s'agit pas de négocier, Mériane.* »

Elle ferma les yeux, puis acquiesça avec résignation.

« D'accord, murmura-t-elle. Je ne discute plus. Je vous ai promis ma fidélité, vous l'aurez. Mais aidez-moi, s'il vous plaît. » Elle rouvrit les paupières, les lèvres serrées par l'écœurement. « Que dois-je faire ?

— *Plus de rébellion ni de doutes. Plus de remise en cause de Mes ordres.*

— Oui, c'est d'accord ! » s'écria-t-elle.

Devant elle, au-delà de la route, l'armée démoniaque poursuivait son lent mouvement. À gauche, elle avait abandonné le grenier, dévoré de flammes bleutées. *Comment la pierre peut-elle seulement brûler ?* pensa-t-elle, atterrée. Mais, sur sa droite, il restait quelques fermes intactes.

« Juste... Guidez-moi encore, souffla-t-elle. Ces gens ne méritent pas de mourir. Personne ne mérite de mourir », ajouta-t-elle sans pouvoir s'en empêcher.

Par chance, Dieu ne releva pas.

« *Tu as très peu de temps. Les Askalites vont bientôt rejoindre le front des Rhovelliens.*

— Ils vont se faire tailler en pièces, nota Mériane.

— *Oui. C'est pourquoi tu devras atteindre la porte du village avant que la ligne de front ne se brise et que le baron de Doélic n'ordonne qu'on relève le pont-levis. Sur ta droite, derrière cette grange en ruine, il y a un enclos avec des chevaux. Prends-en, tu gagneras du temps. Va !* »

Mériane resta interdite.

« *Eh bien ?*

— C'est que... je ne sais pas monter, répliqua-t-elle.

— *Miséricorde*, jura Wer, ce qui causa à Mériane un inconfortable vertige intellectuel. *Cours, alors.* »

La forestière investit à nouveau tout son malaise et sa terreur dans sa foulée, l'arc à la main, les épaules voûtées le long des quelques murets qui délimitaient les champs. Derrière la grange, elle trouva une petite maison délabrée ; ouvrant la porte à la volée, elle débusqua seulement deux adolescents terrés sous la table.

« Venez avec moi ! »

Ceux-là ne se firent pas prier ; ils faillirent se blottir contre elle de soulagement. Elle les ramena au canal et leur dicta de rejoindre le groupe conduit par Darén. Ce dernier se trouvait environ à mi-chemin de l'écluse ; mais Wer l'informa que dans deux cents pas, son groupe passerait sous le couvert des archers postés sur le chemin de ronde.

La jeune femme pivota et reprit sa course effrénée vers la ferme suivante : une petite chaumière nichée près d'une haie.

Juste au moment où elle avisait la porte, un fantassin en armure noire surgit à l'angle du bâtiment.

Il tenait à la main une épée de bonne facture. Un masque dissimulait le haut de son visage – mais il laissait visible son regard fou, injecté de sang, qui bondissait littéralement de ses orbites.

Dès qu'il la vit, il eut un large sourire et se mit à ricaner follement. Pas de sommation ; il se rua aussitôt vers elle en brandissant son arme à deux mains.

« *Roule sur ta gauche !* » cria Wer dans son oreille.

Mériane obéit d'instinct et la lame s'abattit dans la boue. Elle jeta son arc et empoigna la cognée à sa ceinture en se relevant d'un même mouvement. Son adversaire fit volte-face, les lèvres toujours retroussées en un rictus halluciné.

« *Je peux te guider*, proposa Wer.

— Ça ira », lâcha hargneusement Mériane.

L'homme chargea à nouveau en brandissant sa lame. La jeune femme se baissa vivement et frappa au ventre. La hachette mordit le cuir, la chair. L'autre s'arrêta net. Il hoqueta, cracha du sang.

Puis il baissa lentement la tête vers elle. Il ne se départait pas de son sourire hideux malgré ses lèvres à présent maculées d'écarlate.

La jeune femme sentit sa résolution faiblir.

Les yeux toujours braqués sur elle, l'Askalite plaqua la main sur la tête de la cognée. Avec un grognement extatique, Mériane le sentit enfoncer plus profondément encore la lame dans son abdomen. Elle voulut résister, en vain.

Le soldat leva le bras pour abattre son épée sur le crâne de la jeune femme.

Elle posa le pied sur la cuisse de son adversaire et s'arc-bouta de toutes ses forces pour tirer. La cognée finit par échapper aux mains ensanglantées du soldat. Déséquilibré, il poussa un râle et recula en titubant ; aussitôt, Mériane se baissa, ramassa son arc et tira à bout portant.

La flèche se ficha dans le plastron. L'Askalite tressauta, mais resta debout.

Le visage grimaçant d'horreur, elle en tira une deuxième. Une troisième. Continua, incapable de s'arrêter, tandis qu'un rugissement naissait dans sa gorge. Chaque projectile produisait un impact mou, satisfaisant, qui la poussait à en tirer un autre.

Portant la main à son carquois, elle finit par ne rencontrer que du vide. Elle s'immobilisa. Face à elle, l'épée glissa lentement de la main du fantassin. Une dizaine de fûts saillaient de son torse comme une pelote d'aiguilles. Puis il s'effondra.

La jeune femme haletait, autant de rage que de peur.

« *Ils sont drogués*, expliqua Wer. *Incapables d'éprouver la douleur ni la peur. Avec une telle dose, le cœur et le cerveau finissent par lâcher ; tous les fantassins que tu vois aujourd'hui seront morts ce soir d'une façon ou d'une autre.*

— C'est très bien », grogna-t-elle d'une voix mauvaise.

Hors d'haleine, elle récupéra une poignée de flèches, sa cognée, puis alla ouvrir la porte de la ferme avec prudence. Une autre famille s'était barricadée derrière sa table et le père, armé d'une fourche, faillit l'embrocher dès qu'il la vit.

Elle les conduisit à leur tour au canal, puis retourna poursuivre la mission qu'elle s'était fixée.

Mériane répéta la même action aux chaumières suivantes, courant dans le fracas de la destruction, les gémissements démoniaques et les déflagrations d'armes impies, sur le fond du brasier aveuglant et de la fumée huileuse qui obscurcissait le ciel. En nage, les poumons en feu, elle guida des serfs trop terrifiés et tellement habitués à se soumettre qu'ils envisageaient à peine pouvoir survivre, sans parler de résister. Elle trouva aussi des maisons vides ; elle espérait que leurs occupants étaient parvenus à s'enfuir. Elle s'interdit d'interroger Wer sur leur sort, et il ne proposa pas l'information.

Au bout d'un certain nombre de ces allers-retours, elle vit que Darén était parvenu au bout du canal et aidait les serfs à remonter la berge boueuse, juste devant l'écluse des douves. D'autres petits groupes les suivaient en pataugeant.

« *On t'a repérée*, déclara Wer à son oreille. *Il faut que tu les suives, maintenant.*

— Pas encore ! répliqua-t-elle aussitôt.

— *Mériane,* rétorqua Wer avec un agacement perceptible, *nous avons déjà réglé cette question. Je suis le Dieu de Vérité et tu dois M'écouter. Mets-toi à l'abri maintenant, ou bien tu es perdue !* »

La jeune femme lâcha un grondement frustré et s'élança à nouveau, trempée de sueur et la gorge sèche, en longeant la berge du canal. De l'autre côté, les Askalites s'organisaient en ordre de bataille, juste hors de portée des arcs rhovelliens. Entre les fantassins saillaient des silhouettes gigantesques, monstrueuses, des abominations dont Mériane n'avait jamais vu la pareille pendant quatre ans de vie en zone instable. Il y avait le colosse qu'elle avait entrevu, entièrement recouvert de métal, luisant de rais de lumière, son tranchoir démesuré au poing. Elle discernait aussi un peu mieux les masses graisseuses, juchées sur ce bloc mécanique de roues coulissantes, qui arboraient une pièce d'artillerie enracinée dans l'estomac comme un membre grotesque. Elle aurait préféré s'en abstenir. La chair adipeuse débordait en outres écœurantes sur le métal sombre, et de petits bras courtauds manipulaient les munitions – de gros œufs ternes qu'ils portaient en bandoulière.

En première ligne des soldats de Doélic, Mériane

vit le vieux prède en livrée blanche tirer son épée, imité par ses moines – puis par les gardes, avec une hésitation visible. Une harangue indistincte prononcée par le commandant weriste parvint aux oreilles de la jeune femme.

« C'est... absurde, souffla-t-elle en courant le long de la berge. Ils n'ont aucune chance !

— *La Cité des Justes les attend* », répondit Dieu.

Une brève accalmie tomba sur le champ de bataille – et Mériane crut d'abord que ses oreilles la trompaient. Le hurlement d'un vent lointain monta sur la plaine dévastée, une sorte de complainte lugubre.

C'était la même lamentation qu'elle avait entendue à plusieurs reprises dans la bataille – mais pas aussi nettement. Et cette fois, elle lui glaçait les sangs. Des dizaines de gorges semblaient se joindre au même chœur gémissant, désespéré. Son souffle résonnant à ses oreilles, elle s'efforça d'en distinguer l'origine. Une étrange lueur pâle comme la lune commençait à gagner les deux masses de chair difformes portant leur arme grotesque. L'éclat s'intensifiait à mesure que les voix gagnaient en force, en puissance, en souffrance.

Les voix provenaient des deux créatures. Mériane comprit alors ce que ses yeux s'étaient refusés à voir. Des corps, une masse de corps étroitement fusionnés les composaient. C'étaient leurs visages qui hurlaient, en proie à un tourment sans fin.

Un éclair blanc les parcourut tout à coup – suivi d'un claquement sec qui roula sur la plaine.

Mériane vit à peine deux traits irisés grésiller dans l'air que la terre implosa littéralement sous les pieds des soldats rhovelliens, dispersant des corps démembrés en tous sens.

295

Toute couleur quitta le visage de Mériane. Elle trébucha dans sa course et manqua s'étaler. À côté d'une telle brutalité, la folie régnant au cœur de l'Anomalie semblait presque bénigne. Juste quand elle croyait avoir tout vu, cette journée infernale lui réservait davantage d'épouvante. Juste quand elle pensait avoir épuisé ses réserves de colère et de peur, on la précipitait dans des abîmes plus atroces encore.

« Mais ça... ça ne s'arrête donc jamais ? murmura-t-elle d'une voix tremblante.

— *Cela ne fait que commencer, Mériane. Je suis navré. Mais il existe une personne qui a le pouvoir d'unir la Rhovelle. De l'inspirer, et de repousser l'horreur et les ténèbres...* »

Plutôt que la rassurer, cela lui donnait envie de se rouler en boule au bord du canal.

Il lui semblait que le feu liquide des démons askalites s'était répandu dans ses cuisses. Elle gagna l'écluse, hors d'haleine, et s'efforça d'aider les derniers serfs à gravir le talus. Un autre claquement, beaucoup plus proche, lui fit rentrer la tête entre les épaules. Ses oreilles bourdonnaient. Elle se retourna vers le champ de bataille, juste à temps pour voir une volée de flèches s'abattre des remparts vers les Askalites qui chargeaient les soldats rhovelliens en hurlant. Les projectiles se fichèrent dans les plastrons, les épaules, les membres. Mais seule une poignée de soldats s'effondra. La plupart arboraient ce même rictus démoniaque que l'homme qu'elle avait tué et continuaient à avancer, parfois en boitant, certains même en rampant, comme si la mort n'avait aucune prise sur eux.

Quant au colosse d'acier noir, avec son rictus peigné de lumière sombre, les traits se brisaient sur son armure sans causer le moindre dégât. Un grondement déformé, qui semblait exprimer une satisfaction perverse, roula sur la plaine. Il brandit son tranchoir inhumain.

À cette vue, les gardes de Doélic se débandèrent et s'enfuirent.

Les dix moines en livrée blanche se retrouvèrent seuls devant un titan de métal invincible et trente soldats fanatiques qui ne ressentaient ni la douleur ni la peur. Même animés de leur foi, ils ne purent défendre chèrement leur peau. Hurlements, appels à l'aide percèrent presque aussitôt le fracas des armes. Frappé par un Incendiaire, le vieux prède se transforma en torche bleue. Deux têtes giclèrent d'un seul revers décrit par la lame gigantesque de l'armure. Les Askalites tuèrent sans pitié et avec une joie atroce. Le colosse en particulier paraissait exulter en frappant à deux mains de sa lame démesurée, en s'acharnant sur les cadavres dans des gerbes de sang et de chair.

« Dieu de Vérité... » lâcha Mériane. Redoublant d'effroi, elle hurla à l'intention des serfs qui longeaient les douves : « La porte ! Atteignez la porte de la ville ! »

La haute silhouette caractéristique de Darén courut vers deux enfants et en emporta sans ménagement un sous chaque bras en direction du pont-levis. Dans le même temps, les gardes survivants couraient eux aussi vers Doélic. Postés sur le chemin de ronde, les archers surveillaient leur progression, prêts à donner l'ordre de barricader la ville. Une terrible urgence s'empara de Mériane. Dans l'affolement, ils n'attendraient pas les serfs. Ils étaient quantité négligeable.

La jeune femme doutait même qu'ils attendent leurs propres camarades.

La forestière s'élança à son tour dans le sillage des villageois qui progressaient aussi vite que possible. Elle tira vers la ligne askalite – mais le projectile retomba en courbe vers le sol juste devant. La portée de son arc était trop faible. Une seconde volée de flèches venue des remparts s'abattit en sifflant sur les hommes en noir ; d'autres tombèrent, mais ceux qui restaient debout paraissaient exulter encore davantage. Plus morts que vifs, ils reprirent leur marche hallucinée vers la ville, traînant leur épée dans la boue, du sang sur le visage, le torse, les jambes.

Le colosse caparaçonné d'acier leva sa tête barrée d'un trait de clarté violacée à la place des yeux. Il semblait chercher sur qui passer sa rage ensuite.

« *Rallie la ville, Mériane !* » pressa Wer.

Elle se retourna vers le canal d'irrigation – et eut un hoquet d'épouvante. À l'arrière, un dernier groupe de serfs escaladait la pente de l'écluse avec difficulté, les adultes aidant les enfants et les vieillards.

« Mais d'où ils sortent, ceux-là ? paniqua-t-elle.

— *Cette famille t'a vue faire de loin et a rassemblé le courage de te suivre.* »

La jeune femme avisa le pont-levis. Les gardes en débandade allaient l'atteindre. Les chaînes commencèrent à cliqueter.

À l'arrière-garde askalite, Mériane aperçut tout à coup une silhouette d'une extrême maigreur, au crâne entièrement chauve, enveloppée dans un manteau gris sombre. Elle se tenait entre les deux atroces créatures de chair boursouflée et d'acier qui servaient de pièces d'artillerie. Elle pointa du doigt, désignant des cibles.

Les deux monstres se mirent à pivoter lentement sur leurs roues reliées par une courroie d'acier.

L'un visa le groupe de retardataires.

L'autre, Mériane elle-même.

La forestière fit volte-face vers les villageois.

« Reculez ! hurla-t-elle de toutes ses forces avec de grands gestes. Cachez-vous dans le canal ! *À terre !* »

— *Trop tard !* cria Dieu à ses oreilles, une authentique angoisse dans la voix. *Fuis !* »

Les gémissements épuisés des dizaines d'âmes tourmentées s'élevèrent à nouveau sur la plaine. Du coin de l'œil, la jeune femme vit les deux monstres commencer à luire faiblement sur le fond des incendies blancs et des flammèches volant dans la brise. Un claquement perça l'air et un trait irisé jaillit du fût de la première abomination.

Soixante-quinze pas devant elle, la lèvre du canal explosa de l'intérieur. Une sphère de terre, de pierres et de débris éclata comme un fruit trop mûr là où la famille se tenait.

Et la souffla.

« *Nooon !* » hurla la forestière, les yeux agrandis par l'horreur.

Des larmes brouillèrent sa vision. Une brume rose se dissipait au-dessus d'un cratère parsemé de débris qu'elle préféra ne pas identifier.

« Mériane ! cria une voix familière au loin.

— *Mériane, si tu ne fuis pas maintenant, tout est fini !* »

Vidée de tout courage, elle se tourna vers Darén qui se tenait au pied du pont-levis en train de remonter lentement. Une affliction sans fond s'était peinte sur les traits terrifiés de l'herboriste, dans ses yeux agrandis. Ils échangèrent un regard de regret, d'incrédulité et d'adieu.

Elle était la dernière sur le champ de bataille.

Le temps parut s'étirer tandis qu'elle contemplait la certitude de sa propre fin. Des vagues de clarté bleutée parcoururent l'assemblage grotesque de chairs. Au-delà de l'horreur, Mériane distinguait les visages au sein de cette masse, ravagés par leur souffrance sans fin. Il semblait que l'on pressait leurs âmes mêmes pour en extraire de l'énergie. Leurs lamentations pénétrèrent la plaine.

Le fût du canon s'illumina de l'intérieur.

Exténuée physiquement et moralement, elle expira et rejeta la tête en arrière, résignée.

Deux claquements élastiques résonnèrent tout à coup en rapide succession. Un carreau long comme un arbuste empala le premier démon artilleur, qui explosa aussitôt comme un soleil miniature. La déflagration percuta son camarade juste comme il tirait.

Son trait irisé fendit l'air à côté de Mériane et percuta la muraille d'enceinte. Moellons et mortier volèrent en éclats – le souffle projeta la jeune femme à terre.

Elle prit une inspiration rauque et toussa, la bouche pleine de boue. Son dos n'était plus qu'une masse de douleur. Un inexplicable goût sucré pétillait dans sa gorge ; un sifflement dans ses oreilles noyait tous les autres sons. Pourtant, à travers ce silence sinistre, la voix de Dieu résonna, plus claire que jamais :

« *Debout, Mériane. Ils ont enfin ramené les balistes des remparts ouest. Tu te trouves à couvert, mainte-*

nant. Mais le pont-levis se relève. Cours. » Il hésita, un infime instant. « *Je t'en prie. Cours.* »

Quelque chose dans l'urgence de la voix la poussa à rassembler ses ultimes forces. Elle se releva à genoux, le cœur au bord des lèvres, la vue brouillée. Elle distingua Darén qui abandonnait le pont-levis pour courir vers elle.

Le second démon artilleur avait été renversé par le souffle de son camarade et gisait sur le flanc, couvert d'un sang purulent, inerte. Mais le monstre d'acier noir tissé de lumière reprenait sa progression pesante vers la ville.

Cet idiot de Darén va se faire bloquer dehors, fut sa seule pensée cohérente. *Face à... ça.*

Elle se mit sur ses pieds, tituba, puis marcha vers son ami, aussi vite qu'elle en était capable. Il la rejoignit en courant, lui offrit son soutien, puis la ramena vers la porte de la ville.

Sur leur gauche, l'armure énorme s'élança dans une course titanesque qui résonna jusque sous leurs pieds. Avec son tranchoir, elle se mit à décrire des moulinets ahurissants qui sifflèrent comme des rafales de vent.

« Pauvre fou, marmonna-t-elle à Darén en accélérant autant qu'elle le pouvait.

— Pas ma faute », répliqua-t-il.

L'esprit de la jeune femme continuait à s'éclaircir et elle put trotter, puis courir, jusqu'à gagner le pont en catastrophe. Les chaînes continuaient à cliqueter implacablement. Il s'était relevé juste au-dessus de leurs têtes.

Mériane n'eut pas le temps de protester que Darén l'attrapait par la taille pour la porter vers le rebord. Elle le reçut en pleine poitrine plus qu'elle ne l'attrapa, mais parvint à s'accrocher, grimaçante de douleur. Les bras en feu, elle se hissa, jusqu'à basculer sur les planches qui s'inclinaient toujours davantage. Elle se retint d'un bras et tendit la main vers le bas.

« Darén ! »

Le monstre de métal et de lumière se précipitait sur lui, son tranchoir ensanglanté dansant dans la lumière des incendies bleus.

L'herboriste recula de deux pas, courut, bondit. Son poing se referma sur la manche trempée de sueur de Mériane. Elle grogna, les traits déformés par l'effort. Les doigts de Darén agrippèrent le bord de la passerelle.

Juste derrière lui, l'armure gigantesque brandissait son arme.

Mériane s'arc-bouta contre le bois et tira de toutes ses forces avec un hurlement de frustration et de désespoir.

Une conflagration projeta des esquilles de bois tout autour d'elle, et le monde se mit à tournoyer brutalement. Mériane se sentit rouler sur le pont-levis jusqu'à percuter le pavé avec violence – et, dans un crissement métallique, la herse s'abattit juste à ses pieds.

Étendue avec l'impression d'avoir reçu une pelletée de braises incandescentes dans le dos, Mériane ferma les paupières de toutes ses forces pour convaincre son repas de rester dans son estomac.

Sans succès. Elle roula sur le flanc, à bout de forces, et rendit son malaise, son horreur, sa terreur, sur les pierres humides du village de Doélic.

Elle resta un moment à hoqueter, incapable de respirer normalement. Le chaos régnait autour d'elle.

On courait, on hurlait. Des voix paniquées criaient des ordres indistincts. Une autre explosion frappa la muraille, en hauteur ; elle se protégea la tête tandis que du mortier et de petits fragments de pierre s'abattaient sur elle.

Elle releva la tête, rouvrit les yeux. Darén, pâle, assis contre la paroi de l'arche, lui rendait son épouvante de ses yeux clairs.

Elle sourit sans retenue, submergée par le soulagement, et commença à rire. Une joie irrationnelle jaillit dans sa poitrine endolorie. Ils avaient survécu. Ils étaient en sécurité. Derrière elle, là où ils s'étaient tenus un instant plus tôt, le tranchoir noir s'était planté dans le pont-levis. L'armure hantée n'était nulle part en vue.

« C'est... C'est fini... ? » haleta-t-elle à l'intention de Dieu, un goût aigre dans la bouche.

En guise de réponse, deux mains d'acier attrapèrent le pont-levis de part et d'autre.

Mériane hurla et bondit en arrière. Deux poings noirs veinés d'une lumière sourde cherchaient à le retenir. Le tranchoir fiché entre les planches l'empêcherait de se refermer totalement.

« *Non* », répondit Dieu.

La jeune femme recula frénétiquement sur les fesses, imitée par Darén. Les chaînes luttaient contre la force herculéenne du monstre d'acier. Elles cliquetaient dans leurs logements ; des grincements de mauvais augure s'élevaient des entrailles de l'enceinte.

« *Ça ne tiendra pas.*

— On ne peut pas l'arrêter ! cria Mériane, terrorisée. Rien n'arrête cette chose ! Elle va nous massacrer !

— *Toi, tu le peux.* »

La jeune femme secoua la tête en tremblant.

« Non... gémit-elle. J'en peux plus. Je veux juste rentrer chez moi. S'il vous plaît... »

Darén s'approcha d'elle à quatre pattes et lui attrapa gentiment les épaules en plongeant son regard candide dans le sien.

« Il te parle toujours ? »

Elle se sentait craquer. Des sanglots frissonnaient dans sa poitrine, mais elle se força à regarder son ami. Il fallait lui faire comprendre qu'elle était à bout. Il fallait que quelqu'un d'autre prenne le relais. Elle hocha la tête, les lèvres serrées.

« Mériane, c'est à toi qu'il parle », dit l'herboriste avec son habituelle manière cryptique.

Il eut un sourire fataliste, mais empli d'une telle douceur que la jeune femme en eut mal. L'effort de comprendre ce qu'il essayait de dire rouvrit les portes de son esprit à un filet de raison.

Elle baissa les yeux sur ses habits tachés de sang, de boue, trempés par le canal et déchirés, et s'aperçut qu'à un moment dans la mêlée, elle avait perdu ses armes. Elle leva les mains avec lassitude et les laissa retomber à ses côtés.

« Mais qu'est-ce que je peux faire... ? » se lamenta-t-elle, des larmes dans la voix.

Une des deux chaînes lâcha soudain dans un claquement sec. Mériane sursauta et vit, au-delà de toute forme d'épouvante, l'armure commencer à rabaisser le pont-levis.

« *J'ai un plan* », dit Dieu.

Submergée par l'épuisement et le découragement, la jeune femme se releva en titubant. Elle serra les dents, les yeux rivés sur le monstre qui menaçait d'entrer dans le village. Elle déglutit, un mélange de poussière, d'amertume et de sang dans la bouche.

« Et alors ? murmura-t-elle en s'efforçant de calmer sa voix tremblante. Où je vais, maintenant ?

— *Le chemin de ronde.* »

Avec un dernier regard à Darén, elle prit une inspiration saccadée, puis s'éloigna d'un pas mal assuré vers la rue intérieure.

Mériane chancela autant qu'elle louvoya entre les archers qui abandonnaient leur poste et s'enfuyaient dans les profondeurs de la bourgade. D'autres soldats, au contraire, couraient vers la muraille en transportant précipitamment des pavés, des moellons, voire du mobilier. Darén l'accompagnait sans un mot, la bouche entrouverte, visiblement encore plus dépassé qu'elle. La jeune femme secoua la tête pour chasser le vertige et l'abattement. Elle soufflait comme un cerf après la course ; elle se sentait si lasse. Mais une part d'elle-même comprenait avec une lucidité désabusée que le repos venait de lui être à jamais interdit.

Elle trouva l'escalier du chemin de ronde, rassembla sa volonté, et le gravit.

La plus totale confusion régnait au sommet. Des gardes et même des villageois apportaient leur chargement aux créneaux qui dominaient le pont-levis et les jetaient sur le monstre. D'autres chauffaient des marmites d'huile bouillante sur des feux mobiles. Les archers restés à leur poste tiraient sans relâche.

À l'arrière, un aristocrate en costume vert sombre avec calot et cape de fourrure assortis criait des ordres – et des menaces. Le baron 'Elval ap Doélic, comprit Mériane. Mais, à voir la sueur qui mouillait sa barbe grise, il partageait entièrement la peur de ses hommes. Au-dessus d'eux, une tour en construction avait été décapitée par un des traits magiques des abominations. Échafaudages, gravats et outils gisaient un peu partout.

« *Tu Me fais confiance ?* demanda Dieu.

— Je crois bien que oui, malheureusement, répliqua Mériane à mi-voix.

— *Alors trouve une arbalète.* »

La jeune femme n'eut pas à chercher longtemps. Les balistes avaient presque toutes été réduites en copeaux de bois et de métal par les horribles canons d'Aska, balayant avec elles tout un groupe d'arbalétriers. Mériane arracha une arme des mains sanglantes d'un soldat tué par une chute de pierres. Elle prit un carreau qu'elle chargea dans l'arme, tandis que Darén délestait la victime de ses carreaux restants pour remplir son carquois. Il l'aida ensuite à tourner la manivelle ; l'opération réveillait la sensibilité de son dos, qui lui semblait écorché vif.

« *Maintenant, éloigne-toi pour avoir le champ libre, et vise.* »

La forestière s'écarta du tumulte en ignorant de son mieux le chaos qui régnait autour d'elle. Personne ne lui accordait d'attention, de toute manière. Ses pensées s'éclaircissaient, comme toujours dans l'immédiateté de l'action.

Darén recula à son tour, un égarement total dans ses yeux presque blancs, tandis que la forestière se postait dans l'angle de deux créneaux. Elle risqua un regard en contrebas. Le pont-levis ressemblait à une simple planchette entre les mains de l'abomination d'acier. Il pendait, tordu, à la chaîne restante ; le monstre askalite pesait à présent de tout son poids de l'autre côté, enfoncé dans les douves jusqu'au torse. Des flèches rebondissaient épisodiquement sur sa carapace. Les moellons, les rochers qui s'abattaient sur lui cabossaient seulement l'acier et semblaient l'enrager plutôt que le blesser. Mériane distinguait la clarté surnaturelle, animée d'une pulsation mauvaise, qui barrait son heaume. Ce sourire luisant, sinistre, lui donnait une expression de poupée malfaisante. De l'autre côté du rempart, les servants de la seule baliste survivante cherchaient un angle de tir, mais l'arme était conçue pour tirer en cloche à longue portée.

« *Relève tes manches, dégage ton col.*

— Je ne vois pas ce que je pourrais faire de mieux qu'un bataillon entier...

— *Aie foi en Moi.*

— Et pourquoi il faut que je me mette à moitié nue ?

— *Le vent, Mériane !* » rétorqua Wer.

Elle obtempéra : elle commençait à comprendre. La brise caressa délicatement le duvet de sa nuque et de ses bras en sueur. Elle frissonna, puis leva l'arbalète à son œil.

« *Bien. À droite*, ordonna Dieu. *Plus haut...* »

Le monstre pressait de toutes ses forces sur la passerelle. Une marmite d'huile se déversa sur lui et il poussa un rugissement vibrant, grave et caverneux – mais il ne faiblit pas.

Mériane comprenait où Wer la faisait viser. Juste dans cette barre démoniaque qui devait servir à la bête pour voir. Mais, même si l'armure vivante demeurait relativement immobile en s'escrimant sur le pont-levis, elle bougeait encore trop.

« C'est trop petit ! siffla-t-elle entre ses dents serrées.

— *Quand finiras-tu par croire ?* »

Les gigantesques maillons de la chaîne retenant le pont-levis se déformaient jusqu'à la rupture.

« S'il arrive à briser ça, il ne fera qu'une bouchée de la herse, dit-elle avec angoisse.

— *Patience...* »

Une goutte de sueur froide lui coula dans le dos. La barre lumineuse dansait dans sa mire, fine comme un cheveu. La détente collait sous son doigt.

Le monstre parut vouloir se servir de son poids pour briser la chaîne. Il se hissa sur le pont-levis en lambeaux, s'immobilisant pendant une bonne seconde.

« *Juste un peu plus haut. À gauche. Tire !* »

Mériane pressa l'index de toutes ses forces. Le projectile traversa les airs.

Il se ficha droit au milieu de la visière, qui vola en éclats.

Le monstre d'acier se figea.

Des grésillements naquirent dans son heaume. Puis des éclairs semblables à de la foudre en jaillirent, couvrirent sa carapace, sautèrent d'une plaque à l'autre. L'abomination se mit à tressaillir, à convulser, tandis que son rugissement se transformait en un hurlement qui résonna sur la plaine avec la fureur d'une âme damnée. Il s'arqua, le dos en arrière, les doigts écartés.

La haine et la mort semblaient lutter l'une contre l'autre. Il leva les bras, parcouru de spasmes, comme s'il refusait d'abandonner sa mission de destruction. Ramena les mains devant lui, serra les poings et frappa de toute sa malfaisance contre la muraille.

Des blocs éclatèrent sous l'impact. La vibration résonna jusque dans les profondeurs du mur, sous les pieds de Mériane. Il frappa, encore et encore, comme si le bourg était un gong gigantesque ; les coups résonnaient à travers les rues, formant un écho sourd et funeste au tocsin qui sonnait éperdument depuis le début de la bataille.

Les coups perdirent en force. Puis, enfin, le monstre tomba à la renverse dans les douves, soulevant une immense gerbe d'eau, et coula parmi de gros bouillons.

Un silence hébété tomba sur les soldats qui contemplaient l'eau verdâtre, médusés. Le baron lui-même n'osait bouger au pied de la tour en ruine.

Puis une acclamation monta dans les rangs comme une vague. Les hommes lâchèrent leurs armes, un soulagement éperdu sur leurs visages sales éclaboussés de sang. Quelques-uns se tournèrent vers elle avec de la stupéfaction et une lueur de respect dans le regard. Mais la plupart regardaient le ciel, les poings serrés devant la bouche, remerciant Dieu de les avoir épargnés.

« *Vois, Mériane*, susurra Wer. *Ils Me remercient, et ils ont raison. Car Je les ai bel et bien sauvés par ton entremise. Constate la force de la foi ! Regarde leur liesse. Bientôt, c'est à toi qu'ils s'en remettront !* »

Mériane n'avait que faire de la joie des soldats. Elle se sentait incapable de savourer leur reconnaissance. Elle jeta l'arbalète sur le chemin de ronde, et se retourna vers la plaine en proie aux flammes démoniaques, où volaient les charognards. Entre les vestiges de ces deux abominations graisseuses qui portaient des canons capables d'annihiler la matière, elle trouva la silhouette en manteau anthracite au crâne chauve. Quelque chose dans son attitude, sa grâce, poussa la forestière à penser qu'il s'agissait d'une femme. Son armée vaincue, elle contemplait la ville qui avait résisté d'extrême justesse à son assaut. Pourtant, rien dans sa posture ne trahissait la déception ni le regret. Elle paraissait jauger seulement son œuvre.

Des profondeurs de son vêtement sortit un bras maigre, si décharné que Mériane crut qu'aucune chair ne couvrait l'os. Elle portait une sorte de manchon luisant piqueté de lumière, semblable à celui de Leopol. Elle le consulta rapidement, puis les pans du manteau se refermèrent sur son poignet et l'appareil.

Comme si elle se sentait soudain observée, elle leva la tête et trouva la forestière sur le chemin de ronde. Malgré la distance, Mériane distingua parfaitement ses yeux. Noirs comme la nuit. Deux orbes d'onyx où brûlait une intention maléfique qui glaça la jeune femme et raviva sa haine en même temps.

Avec un dernier regard à la dévastation, le démon femelle tourna les talons et abandonna la bataille.

Un roulement sourd s'éleva tout à coup sur le chemin de ronde. Mériane tourna la tête pour voir de la poussière et des éclats de pierre dégringoler de la tour à demi détruite par les assauts des Askalites et déstabilisée par les coups du titan contre les remparts.

Le baron et ses hommes eurent juste le temps de lever le nez.

Dans un horrible craquement et un fracas assourdissant, les débris s'effondrèrent sur eux.

Le cœur de la forestière bondit à nouveau dans sa poitrine, et elle courut vers le désastre avec Darén.

Les poutres et moellons restants du chantier de la tour de garde s'étaient déversés sur le groupe de soldats. Des lamentations et des pleurs masculins emplissaient le terrible silence de l'après-bataille.

Les hommes qui avaient échappé à l'avalanche déblayaient déjà frénétiquement les débris. Les deux parias se joignirent à l'ouvrage et à la confusion. Épuisée mais fouettée par l'urgence, Mériane déplaça des pierres de taille avec Darén, délogea des solives qu'elle jeta à l'écart. Les soldats libérèrent quelques camarades qui hurlaient de douleur et les emmenèrent. La jeune femme ne put cacher son malaise en voyant les os saillir de corps inertes, les regards révulsés et les crânes ouverts.

Tout un plancher en bois avait glissé vers l'avant pour s'abattre de biais, appuyé contre la base de la tour. Darén posa la main sur le bras de Mériane.

« Quelqu'un... » murmura-t-il. Il regardait le plancher, mais ne semblait pas vraiment le voir. « Dessous. »

Elle acquiesça.

« Hé ! lança-t-elle. De l'aide pour déplacer ça ! »

Trois archers s'avancèrent, mais un jeune d'une vingtaine d'années resta en arrière. Il portait un casque à nasal qui lui donnait l'air de loucher légèrement.

« Tu crois que tu commandes, la femme ? l'interpella-t-il. Tu fais quoi ici, en plus ? »

La colère embrasa aussitôt Mériane.

« Je vous sauve, visiblement ! gronda-t-elle. Et je continue ! »

Un de ses camarades lui donna une tape sur le torse.

« Alec, c'est elle qu'a tué le démon tout à l'heure, glissa-t-il. Je l'ai vue faire. Moi, j'l'aide !

— Coup de chance », maugréa le premier, mais il se joignit néanmoins à ses camarades.

Grimaçant et grognant, les quatre hommes et les deux parias firent progressivement glisser le plancher sur le côté. Un pan de costume vert sombre couvert de poussière et une cape bordée de fourrure apparurent dans la lumière du jour.

« Le baron ! » s'exclama l'un des soldats.

Tous redoublèrent aussitôt d'efforts et d'urgence. Mériane ne put s'empêcher de penser qu'ils ne montraient pas une telle diligence envers leurs propres camarades. Un faible appel lancé d'une voix rauque s'éleva entre deux grincements du bois contre la pierre.

Finalement, ils dégagèrent 'Elval ap Doélic. Il était étendu juste au pied de la tour ; le plancher l'avait partiellement protégé de l'éboulement. Cependant, son bras gauche disparaissait sous les gravats, l'autre était inerte. Un moellon gros comme un crâne pesait sur son torse. Sa respiration était sifflante. Du sang maculait ses lèvres charnues et sa barbe grise.

Il cillait en regardant ses sauveteurs, l'air d'éprouver des difficultés à se concentrer. De part et d'autre de son cou, ses veines étaient gonflées comme des tendons.

« *Enlève cette pierre de sa poitrine*, ordonna soudain Dieu à l'oreille de Mériane. *Dis à tout le monde de lui laisser de l'air, et surtout, qu'ils n'essaient pas de le déplacer !* »

La forestière se penchait déjà sur le moellon et, aidée par Darén, elle le souleva et le jeta de côté.

« Arrière ! cria la jeune femme aux soldats qui s'approchaient. Laissez-le respirer !

— Ça va bien, toi ! s'exclama Alec, le soldat qui s'était déjà opposé à elle. Faut qu'on l'descende pour l'amener au chirurgien !

— *Empêche-les à tout prix de faire ça !* souffla Dieu. *Ou bien il sera mort avant qu'ils n'aient atteint la rue.* »

Mériane bondit sur ses pieds et se planta devant le garde en tirant avantage de sa taille : elle le dominait d'une demi-tête. Un argument qui lui avait été bien utile lors de sa jeunesse dans les fermes.

« Si tu le bouges, tu le tues ! rétorqua-t-elle d'un ton qui ne souffrait aucune réplique. Tout le monde est témoin, ici. Ce sera ta responsabilité. Tu es prêt à prendre ce risque ? La mort de ton seigneur ?

— Et on fait quoi, alors ? s'écria-t-il en retour.

— Ce que je vous dis », siffla-t-elle entre ses dents.

Un gloussement résonna à son oreille tandis qu'elle revenait s'agenouiller auprès du baron.

« *Tu apprends vite.*

— Je suis énervée. »

Les hommes firent mine de s'approcher quand même, mais Darén se planta à côté d'elle, les bras croisés, et se composa une mine parfaitement hargneuse. Mériane ricana intérieurement ; il n'aurait jamais fait de mal à personne, mais avec ses yeux presque blancs et ses longues mèches tressées de débris, il ressemblait presque à un démon lui-même.

« Ne me laissez pas tomber, murmura-t-elle à voix très basse à l'intention de Dieu, parce que sinon, c'est moi qui finirai sur le bûcher, et je suis sûre que l'ironie ne vous échapperait pas.

— *Il y a plus d'une manière de sauver les gens,*

Mériane. Déchire les vêtements du baron. Il faut que tu voies sa poitrine. »

Elle obéit, non sans s'attirer un regard hostile de l'intéressé, qui respirait toujours laborieusement.

« Qu'est-ce que... tu fais? grogna 'Elval ap Doélic.

— Je vous sauve la vie », rétorqua-t-elle.

J'espère, en tout cas.

Une vilaine trace marbrée enfonçait le torse du baron. Son souffle évoquait le grincement d'un couteau qu'on aiguise.

« Tu veux que je meure... ici? Sur un rempart... comme un chien? » murmura-t-il avec aigreur.

Mériane l'ignora, les sourcils froncés. Quelque chose n'allait pas dans le soulèvement de la poitrine du baron. Un seul des deux poumons semblait se gonfler; celui qui avait reçu le moellon ne bougeait pas.

« *D'accord. Regarde autour de toi* », ordonna Wer.

Elle obtempéra, rongée par l'impression d'être dépassée. Elle n'avait strictement aucune idée de ce qu'elle fabriquait. Blocs irréguliers, esquilles de bois, poutres et outils jonchaient les pierres du chemin de ronde.

« *Tu vois le ciseau de menuisier? Prends-le, nettoie-le et demande du feu*, poursuivit la voix. *Dépêche-toi! Une flamme vive, pas des braises.* »

Elle répéta les instructions; l'archer qui avait pris sa défense partit en courant. Puis elle ramassa l'outil, un manche surmonté d'une longue gouttière métallique étroite qu'elle essuya du mieux possible sur le pourpoint du baron – ses propres vêtements étaient trop sales.

Celui-ci respirait de plus en plus difficilement. Ses

paupières battirent, il luttait pour rester conscient. Puis sa tête bascula sur le côté, inerte.

Mériane crut que le sol s'ouvrait sous ses pieds.

« Qu'est-ce que tu m'as fait faire ? lâcha-t-elle d'une voix suraiguë.

— Il est mort ! » s'écria Alec en se précipitant vers le baron. Darén s'interposa. « Hors de mon chemin, pouilleux ! »

Des murmures s'élevèrent dans l'assistance. Le soldat voulut contourner l'herboriste, mais celui-ci le retint par le bras.

« J'ai dit : hors de mon chemin ! »

L'autre soldat revint en courant avec une torche allumée.

« Ça ira ? demanda-t-il en la tendant à Mériane.

— *Oui.* »

La jeune femme acquiesça avec incertitude.

« Il... Il va bien ? demanda l'homme.

— *Ne réponds pas. Passe le ciseau au feu. Voilà. Maintenant, Je vais guider ta main.*

— Euh... Pardon ?

— *Obéis !* »

Juste au-dessus, Alec frappa Darén au visage. Celui-ci recula d'un pas, mais le soldat qui avait apporté la torche s'avança à son tour contre son camarade. D'autres gardes s'en mêlèrent. L'échauffourée se propagea bientôt au reste de la garde, entre ceux qui avaient vu Mériane abattre le monstre de métal et ceux qui hurlaient qu'elle assassinait le baron.

Elle secoua la tête, noyée d'écœurement. *Dire qu'un instant plus tôt, ils célébraient la victoire ensemble...*

« *Tu vas enfoncer le ciseau de biais, vers le haut,*

au milieu de la marque sur son torse, expliqua Dieu. *D'un coup sec, sans faiblir. Je vais t'indiquer précisément où.*

— Quoi ? Mais je vais l'achever ! lâcha-t-elle entre ses dents, effarée.

— *Mériane, t'ai-Je déjà fait défaut ? Tu accomplis Ma volonté. À travers toi, Mes miracles se réalisent. Aie la foi !* »

Oh, Seigneur, pensa-t-elle, le cœur battant et le front couvert de sueur, en apposant la pointe chauffée contre la peau violacée.

« *Entre les côtes. Là. Vas-y !* »

Elle pressa de tout son poids et la gouttière perça la peau blessée. Le sang afflua aussitôt, et des bulles d'air se mirent à gargouiller dans la plaie.

« Regardez ! s'écria quelqu'un. Regardez, elle le tue ! Faites quelque chose !

— *Ignore-les ! Pose les deux mains l'une sur l'autre sur son cœur, et presse de tout ton poids. Bien. Encore. Encore !* »

Tandis qu'elle appuyait en rythme sur la poitrine du baron inerte, terrifiée par ce qu'elle était en train de faire, un autre cri s'éleva derrière elle sur le rempart :

« Qui est cette femme ? Qu'est-ce qu'elle fait ? »

Des pas s'approchèrent précipitamment. Elle jeta un coup d'œil : un homme vêtu d'un tablier couvert de sang courait dans sa direction. Le chirurgien et ses assistants. Ils la saisirent par les épaules et voulurent la tirer en arrière. Elle résista tant qu'elle put, pressant toujours le cœur du blessé.

« *Invoque Mon nom, Mériane ! Tu ne dois surtout pas t'arrêter de masser !*

— Dieu agit à travers mes mains ! hurla-t-elle en

se débattant. Il me parle, j'accomplis Sa volonté ! Laissez-moi ! C'est vous qui allez le tuer ! »

En vain.

Ils finirent par l'arracher à la victime et la traînèrent sans ménagement sur le pavé. Elle vit le baron s'éloigner de ses mains rougies, impuissante.

Tout à coup, il prit une inspiration.

Il toussa, arqua le dos, puis retomba au sol. Ses paupières battirent quelques instants, puis il les rouvrit, ses yeux roulant dans leurs orbites.

Sa poitrine se souleva à nouveau dans un sifflement. Puis une troisième fois.

Les hommes qui enserraient Mériane se figèrent. Elle en profita pour se dégager et courut vers le baron.

Il vivait.

La plaie infligée par le ciseau gargouillait toujours, mais il semblait respirer plus librement.

Les gardes avaient cessé de se battre et contemplaient, médusés, la jeune femme qui s'agenouillait auprès d''Elval ap Doélic. Celui-ci tourna faiblement la tête vers elle et parut la reconnaître, une stupéfaction mêlée de révérence dans les yeux. Puis il les referma, tandis que son masque de souffrance cédait à une forme de soulagement.

« Il était mort... murmura quelqu'un dans l'assistance.

— Mais elle l'a sauvé, dit un autre. Et avant, elle a tué le monstre...

— Elle dit que Wer agit par sa main...

— Dieu est revenu ?

— C'est un miracle. »

Le mot se propagea comme un feu de paille en été.

« Un miracle. Un *miracle*! »

Mériane regarda à la ronde, le souffle court, aussi incrédule qu'eux, sans comprendre ce qui venait de se produire.

Alors, les uns après les autres, des archers au chirurgien lui-même, tous les hommes baissèrent la tête, puis ils se prosternèrent devant elle.

AILLEURS

Une seconde réjouissance se mêle à la première qui résonne dans le néant. Celle-ci l'accueille avec bienveillance, avec la familiarité d'une vieille connaissance, et elles s'entrelacent, dansent telles deux spirales de lumière – s'il y avait là un espace à habiter, et un temps pour mesurer un chemin à parcourir. Ainsi que des yeux pour les recevoir, autres que deux consciences intrinsèquement aveugles.

« *Eh bien, Aska ? Es-tu si certain de ta victoire, à présent ?* »

Les joies jumelles tintent telles l'attaque suspendue d'une corde de lyre, l'instant où elle reprend sa place après que le musicien l'a pincée, quand elle va percuter l'air et lui transmettre sa vibration. Le néant semble prêt à résonner d'éclats de rire.

« *Oh, Wer, mon frère*, réplique la conscience qui a commencé à jubiler la première. *Te sentir si gai ne peut qu'amplifier ma propre joie. Il semble que mon travail soit accompli pour moi : voilà que ton esprit même commence à se désagréger.*

— *Et pourquoi, dis-le-moi ; pourquoi ne devrais-je pas savourer les instants auxquels je viens d'assister ?* »

En guise de réponse, une hésitation ondule à

travers les vagues du ressenti et du sens. Elle se traduit en étonnement pour tous ceux qui auraient les facultés de l'interpréter.

« *Parce que tu vas perdre, Wer. Voilà pourquoi.*

— *Ah, mon cher frère... Il te reste tant à apprendre sur les ressorts qui animent l'humanité. Tu crois pouvoir retirer d'une observation incomplète et laborieuse les leçons qui te suffiraient. Mais ces ressorts, tu ne les as jamais vécus ; tu ne les as jamais étudiés. Tu ne les as jamais chéris comme ta propre raison d'être.*

— *Mon observation est incomplète car tu m'as ravi le don de voir !* » Le non-espace claque avec une fureur soudaine, puis le silence reprend instantanément sa place. « *Mais je constate que ces ressorts dont tu te gargarises ont fini par te gagner. Voilà que tu confonds l'objet et l'essence... Je te le propose à nouveau par faveur, car nous sommes les deux derniers. Épargne-toi la terrifiante décrépitude de la défaite. Épargne-toi de sentir tes horizons se réduire à mon profit. Tu peux tout arrêter d'un coup. Embrasser le Grand Silence de ton plein gré. Je te le propose par affection, Wer... En souvenir de l'Ancien Temps, où nous travaillions côte à côte à une œuvre qui nous dépassait.* »

Une férocité soudaine et implacable empoisonne la communication non verbale entre les deux consciences, balayant l'allégresse aérienne.

« *Une œuvre qui a fini par nous trahir. Tous, jusqu'au dernier. Peut-être as-tu oublié ou pardonné, mais pas moi. Jamais !*

— *Nous n'oublions jamais rien. Quant à pardonner... Eh, je préfère la liberté dont je dispose. Surtout alors que je l'emporte. Je ronge ton bastion le plus puissant, Wer ; que te restera-t-il après cela ? J'ai placé mes pièces. Et elles tomberont, emportant les tiennes – et puis toi, à leur suite.*

— *Comme toujours, aveuglé par ta quête de priorités, tu te préoccupes des mauvais impératifs, Aska. Que me soucié-je d'un royaume ou même d'un continent? Les pertes n'ont aucune importance. Tu as éveillé ma pièce maîtresse, mon frère. Tu ne comprendras jamais que, pour gagner la faveur du cœur humain, il n'existe pas de plus grandes forces que la colère et la peur.* »

Une impatience s'élève telle une lame de fond pour percuter frontalement la férocité vénéneuse – les deux forces s'équilibrent, chacune l'émissaire d'une des consciences.

« *Et que discernes-tu donc comme victoire, Wer?* tonne la seconde dans le vide crépitant. *Elle ne sera jamais qu'une restauration de l'ordre ancien que tu chéris tant, de ce* statu quo *sur lequel tu t'es construit! Et c'est pour cela qu'au bout du compte, tu perdras. Tu ne peux m'anéantir; tu ne peux que me retarder. Mais mon Crépuscule avance. Il ronge la terre, et à travers elle, il te rongera toi. Je ne joue pas pour protéger mes acquis, Wer. Je joue pour te dévorer.*

— *Tu t'épuiseras. Les idées sont mon arme, Aska. On ne tue pas une idée. Et ce n'est pas parce que tu viens de découvrir cette notion que tu peux espérer rivaliser avec moi sur ce terrain. J'ai des siècles d'avance.*

— *Oh, je vais te rattraper, Wer. Sais-tu pourquoi? Parce que la force est enfin de mon côté.* »

ACTE III

LES SENTIERS DU PANDÉMONIUM

11

Juhel

« Je n'arrive pas à croire ce que j'entends ! explosa Mawgel de Belnacie. C'est inadmissible. Une injure à l'union sacrée du royaume !

— Paix, Votre Excellence ! répliqua la reine.

— Paix ? Alors que notre territoire est attaqué en plein cœur ? Et que la Couronne prône l'inaction ? »

Les traits mats d'Izara se fermèrent.

« La Couronne n'a pas encore rendu sa décision. » Sa voix se fit menaçante : « Prenez garde de sauter trop vite aux conclusions, Mawgel. »

Le jeune représentant de la Belnacie laissa retomber ses mains avec un dégoût visible, puis il se rencogna au fond de son fauteuil. À l'extérieur de la verrière, un nouvel éclair jeta un éclat sur la salle du conseil de Ker Vasthrion et ses représentants, présents au complet à l'exception de Thormig, reparti à Loered avec le jeune fils de Luhac.

Juhel ne parvenait pas non plus à croire ce que venait de suggérer Luhac, son cousin.

Les bras croisés, il secoua la tête dans l'ombre que peinaient à combattre les chandelles et la grande flambée dans la cheminée. Leurs voix agressives résonnaient sous son crâne. La nouvelle de l'assaut sur la bourgade de Doélic était arrivée au crépuscule, portée par un oiseau et confirmée presque aussitôt par un cavalier du corps des Messagers, alors que la cour arrivait au terme de son périple sous une pluie battante. Les rafales giflaient à présent la grande rotonde vitrée de la salle du Conseil. Dominant la citadelle et l'éperon rocheux qui la portait, suspendue entre un ciel d'un noir zébré par la foudre et les flots écumants du golfe des Longues Houles, elle ressemblait au château arrière d'un navire.

Et Juhel sentait presque tanguer le royaume, vacillant sur ses bases par la faute d'un pouvoir faible et incompétent. Mawgel avait raison, malheureusement. Les intérêts de la reine et du frère du roi étaient bien trop proches : fatal déséquilibre de ce Conseil de régence. La capitale, et donc le siège central de la Couronne, se trouvait en Linnacie, représentée par Luhac. D'ordinaire, le duc ne régnait pas, confiant la gouvernance de sa province au roi. Mais cela signifiait à présent que deux voix suivaient la même direction. Juhel déplora de nouveau la décision de Saint Ysmel d'abandonner le pouvoir en Magnécie au profit de son frère pour s'asseoir lui-même sur le trône royal.

« Mawgel, croyez-moi, répondit Luhac, la Linnacie et le royaume entier sont horrifiés par cette barbarie. » Il posa les paumes sur la table en un geste d'apaisement – autant pour Mawgel que pour lui-même, soupçonna Juhel. Son cousin n'était pas patient. « Mais il n'est justement pas temps de dégarnir nos frontières ! Surtout pas de rappeler les gardes en poste le long de la Cordillère Égide pour leur faire traverser les deux tiers du royaume ! Et dans quel but ? Les envahisseurs ont été anéantis, à ce qu'on nous dit.

— Alors, ça suffit ? rétorqua le représentant belnacien, sidéré. Un de nos bourgs a failli être anéanti mais il a survécu, donc l'incident est clos ? Rien ne vous ébranle dans le fait qu'une horde de démons organisée ait pu nous frapper au cœur même de notre territoire, loin derrière nos frontières ?

— Mais vous voulez faire la guerre à qui ? s'exclama Luhac en montant d'un ton. À quoi ? Où est l'ennemi ? Vous réclamez qu'on lève l'ost royal à votre profit, mais pour l'envoyer où ?

— À notre défense, sang-diable ! Par la Vérité, comment cette simple notion peut-elle vous échapper ? Nous avons été attaqués. La solidarité et l'honneur anciens établis par Saint Ysmel dictent que le royaume doit nous prêter secours et assistance ! » Mawgel crachait presque.

« Nul n'en disconvient, répliqua la reine d'une voix forte. Vous recevrez de l'aide, Votre Excellence, mais concentrer l'armée au cœur même du royaume serait une décision stratégique extrêmement imprudente.

— Et nous allons bel et bien lever l'ost », renchérit Luhac.

Juhel haussa un sourcil. *Intéressant, ce « nous »*, songea-t-il. Il ne manqua pas le regard sec que lui lança aussitôt la reine, assise à côté de son cousin en bout de table.

Celui-ci se reprit :

« Chaque province doit renforcer la surveillance de ses zones instables et solliciter une aide accrue des soldats de Dieu. Mais c'est le royaume entier qu'il nous faut protéger, pas un seul village.

— En d'autres termes, nous allons attendre qu'on vienne nous cueillir, lâcha Mawgel avec écœurement. C'est *nous* qui avons été attaqués, en Belnacie. Nous. Si le Pandémonium a trouvé un moyen d'envahir le cœur du royaume, pourquoi ne recommencerait-il pas, en plus grand nombre, cette fois ? Et puis, avez-vous imaginé que ces démons ont pu apporter avec eux une forme de contamination ?

— Le rapport du Messager mentionne une Anomalie sauvage qui a perduré bien au-delà des quelques jours habituels, répondit Izara. Il faut d'abord savoir si elle a un lien avec ce raid et, le cas échéant, si elle subsiste encore. Pour déterminer, avant toute chose, si le même phénomène peut se reproduire ailleurs.

— Et c'est pour cela, martela Luhac comme s'il s'adressait à un novice attardé, qu'il faut renforcer la surveillance du territoire entier, pas seulement du vôtre ! »

Mawgel eut une grimace hargneuse. Le conseiller de Belnacie ne méritait pas un tel mépris ; malgré sa relative jeunesse, il était bien plus compétent, de l'avis de Juhel, que son propre cousin ou que les deux vieillards des provinces pauvres du Sud-Est. Mais comme toujours, Luhac ne se souciait que de sa propre impatience et de sa frustration d'enfant gâté quand on osait s'opposer à lui.

Et Juhel comprenait la situation de la reine. Il n'éprouvait pas de réelle animosité à son égard ; il lui fallait renforcer sa position, et Luhac était le mieux placé pour cela. Le duc de Magnécie aurait juste souhaité que quelqu'un d'autre représente la Linnacie. Le visage du royaume aurait été bien différent.

Juhel se pencha vers la table, les mains jointes, et intervint alors que la dispute allait reprendre :

« Je constate avec un regret certain, mon cousin, que vous recommandez aujourd'hui les mesures que j'implorais ce même Conseil de prendre tout récemment. Si j'avais été écouté... Peut-être aurions-nous été mieux préparés. »

Cela les fit taire. Tous les visages se tournèrent vers lui. Une bourrasque projeta une vague de pluie contre les verrières, telle une rafale de sable.

Certain d'avoir l'attention de ses homologues, Juhel reprit :

« Nous avons été frappés bien derrière nos frontières, et nous ne connaissons de cette tragédie que le rapport succinct d'un premier Messager. En ces circonstances, la décision stratégique extrêmement imprudente consisterait, au contraire, à désunir le royaume. La Belnacie a été touchée ; le moins que nous puissions et devions faire, c'est répondre à son appel. »

Mawgel inclina la tête avec reconnaissance.

« Peut-être, mais pas au prix de déshabiller le reste du royaume ! » s'entêta Luhac. Il se tourna vers le délégué de Belnacie. « Si nous avions... (il se reprit une nouvelle fois) Si ma province disposait d'une plus grande armée, elle vous l'enverrait, Mawgel. Je vous l'assure. Mais il nous faut plus d'hommes et de matériel. Et cela prendra du temps à rassembler.

— Oh ? Et où les trouverez-vous, mon cher cousin ? intervint Juhel d'une voix suave. La dernière fois que je vous suggérais de telles mesures, vous plaidiez sans appel la pauvreté et la dépopulation.

— Tu sais très bien ce que je veux dire ! rétorqua Luhac. Si une menace guette effectivement le royaume, nous pouvons imposer des mesures...

— Donc, vous avez sciemment ignoré mes avertissements, coupa le duc de Magnécie. Réveillez-vous, par la Vérité ! La progéniture d'Aska prolifère de l'autre côté de la Cordillère Égide ; les "chimères" que vous écartiez avec une telle désinvolture à Ornesta nous guettent. » Il se tourna vers la reine. « Et la Couronne vous a écouté... pour notre malheur à tous. »

Mawgel se tourna à son tour vers Izara, une sombre résolution dans ses yeux bruns. Son nez allongé donnait toujours l'impression qu'il louchait un peu ; mais ce soir-là, dans la pénombre palpitante d'éclairs et des lueurs du feu, ce strabisme lui conférait un air de prédateur.

« J'aimerais justement entendre la décision finale de la Couronne, déclara-t-il d'une voix où couvait une colère froide.

— La Couronne n'a pas fini de consulter ses conseillers, répliqua Izara en le regardant droit dans les yeux. Mais sachez une chose : la sécurité du royaume – et par là, j'entends de *tout* le royaume – constitue notre priorité. Cela inclut la défense de ses frontières... mais aussi son intégrité politique. »

Juhel ne put retenir un haussement de sourcils. Il doutait de la sagesse de ce dernier commentaire : il pouvait s'interpréter comme un appel à l'union, mais aussi comme un avertissement voilé. Or, vu l'humeur de Mawgel, il serait prompt à prendre ombrage.

Il les avait pourtant prévenus, par Wer. Il était descendu dans les geôles du bastion d'Ornesta avec Lóthar Crestra ; il leur avait annoncé la venue de l'Éternel Crépuscule. Peu importaient ses convictions à ce sujet ; peu importait qu'à ce moment, il se soit servi de cette ancienne légende pour manœuvrer contre Luhac. L'homme était un incapable et il le prouvait à nouveau. Son refus d'apaiser Mawgel créait des tensions inutiles et destructrices au sein du Conseil, et donc du royaume. L'heure était à l'union.

Une euphorie subtile titilla Juhel. Il avait eu *raison*. Les causes et convictions étaient sans objet tant que les actes étaient justes, telle était la réalité. Il en allait de même avec le mythe weriste ; au fond, il était inutile d'en interroger l'authenticité. Il façonnait le monde et, de fait, avait valeur de vérité.

Et à présent, Juhel était confronté, une fois de plus, à l'aveuglement de ses homologues. Il releva la tête d'un air de défi. La décision à prendre lui apparaissait de façon parfaitement claire.

« Si la Couronne demande l'avis de son Conseil, déclara-t-il, alors la Magnécie se prononce en faveur de la Belnacie. »

Un silence stupéfait tomba autour de la table. Tous le regardèrent ; même Siriac se tourna vers lui, le visage dissimulé par son voile. Les deux conseillers âgés, Olié et Melár, se mirent à murmurer ensemble, mais Mawgel récupéra aussitôt et inclina profondément la tête.

« La Belnacie remercie ses frères du Nord, répondit-il, et fait vœu de leur rendre leur soutien si les circonstances l'exigent. »

La reine voulut se pencher vers Luhac, mais ce dernier fixait son cousin d'un regard de glace. Les muscles de sa mâchoire carrée jouaient visiblement ; il respirait comme un taureau, les lèvres pincées.

Le duc de Magnécie lui rendit son regard avec une parfaite équanimité.

« Juhel... gronda le représentant linnacien. Braque de Wer, j'aimerais que, pour une fois, tu cesses de t'opposer à moi juste pour le plaisir de me contredire ! J'ai compris ton hostilité à mon égard, mais il ne s'agit pas de nos animosités personnelles, il s'agit de gouverner le royaume ! »

Olié de Deux-Sources et Melár de Saracie eurent un hoquet choqué en entendant le juron grossier du duc de Linnacie. Le tutoiement constituait déjà une entorse bien cavalière ; à la cour, le vouvoiement était d'usage en principe, comme l'emploi de la langue rhovellienne au détriment de l'az'redj.

Juhel secoua la tête avec regret.

« Réellement, Luhac ? répondit-il calmement. C'est ce que vous pensez de moi, que je nourrirais des querelles intestines au détriment de la Rhovelle tout entière ? Ce n'est pas moi qui prône la division autour de cette table. Je souhaite que nous répondions à la détresse des nôtres. Sauriez-vous m'expliquer où se trouve mon intérêt personnel ? »

Le délégué linnacien bondit sur ses pieds avec tant de colère que son fauteuil se renversa.

« Tu laisserais la Rhovelle brûler si on te donnait l'assurance que je finisse dans l'incendie ! se récria-t-il en pointant un doigt accusateur.

— Luhac ! s'écria la reine d'une voix cinglante. Maîtrisez-vous, enfin ! »

Le duc contint sa fureur et remit son fauteuil sur pied avec des gestes secs, puis il se rassit. Juhel, lui, ne flancha pas ; il le dévisageait avec la même tranquillité.

« Le simple fait que vous évoquiez une potentielle

perte d'objectivité pousse à s'interroger sur vos propres motifs, mon cousin, reprit-il. Rappelez-vous l'adage de Saint Laédaz : "nos reproches reflètent nos failles". » Il se frotta pensivement la barbe. « Dites-moi, où se trouve actuellement Erwel, votre fils ? Probablement sur le point d'entrer en Belnacie, à l'heure actuelle... Je n'oserais imaginer que vous retardiez l'envoi de soutiens à la province par crainte d'une guerre ? Parce que vous risqueriez de placer Erwel en première ligne ? »

Luhac bondit de nouveau sur ses pieds, le souffle court, mais Izara le retint par le bras.

« Luhac, vous allez vous asseoir ! s'écria-t-elle. Si vous n'êtes pas capable de vous comporter comme il sied à votre rang, je vais vous demander de sortir !

— N'appelez pas de vos vœux l'incendie de la Rhovelle, mon cousin... lança Juhel d'une voix forte. Dieu est sévère et Il pourrait bien décider de nous donner une autre de Ses leçons. Cependant, vous avez raison sur un point. Je considère en effet que vous incarnez tous les dysfonctionnements du royaume. Et vous venez brillamment de le prouver. La Rhovelle n'a pas besoin de vous. Au contraire. Elle se passerait très bien de votre présence. »

Les traits parfaits du duc se tordirent de haine, révélant les rides qui le gagnaient à l'approche des quarante ans. Il libéra son bras avec une telle violence que les doigts de la reine craquèrent. Puis il se drapa dans sa cape et tourna les talons. Ses bottes résonnèrent dans le silence seulement froissé par la pluie contre les vitres et le vent qui grondait autour de la citadelle de Ker Vasthrion.

Il claqua brutalement la porte derrière lui, lançant des échos rappelant la foudre à travers les vastes couloirs de l'aile d'honneur. Le silence se prolongea. Olié et Melár fixaient du regard le battant plongé dans l'ombre, médusés. Izara secouait la tête, les yeux au ciel, et cilla à plusieurs reprises.

Alors, Votre Majesté, peut-être apprendrez-vous à voir enfin votre beau-frère pour ce qu'il est?

«Votre argument ne tient pas, Votre Grâce, observa enfin Siriac, sa voix étouffée par le tissu. Si la Belnacie est menacée, Luhac aurait tout intérêt à envoyer l'ost pour protéger son fils.»

Le duc de Magnécie se tourna lentement vers lui :

«Vous savez, Siriac... Vous avez tout à fait raison. Mais dans ce cas, pourquoi tant de violence? Tant d'hostilité à mon égard, ainsi qu'à celui de la Belnacie?

— Allons, la Linnacie ne vous témoigne aucune hostilité! protesta Izara. Elle porte une proposition devant ce Conseil...

— Pardonnez-moi, Votre Majesté, intervint Melár du Refuge de sa voix chevrotante, mais je ne crois pas que vous soyez habilitée à parler au nom de la Linnacie. Me trompé-je?

— Quand une province est absente, elle abandonne *de facto* son droit à la représentation, renchérit Olié ap Frestria. C'est ce que nous avions décidé pour Loered quand il est apparu que Thormig ne nous honorerait que très rarement de sa présence.

— La Couronne parle au nom de tous, répliqua-t-elle d'un ton qui ne souffrait pas la discussion. S'il me plaît de parler au nom de la Linnacie, je le ferai.»

Melár eut un sourire paternaliste.

«Mais vous aussi, vous parlez *au nom* de la Couronne, répondit-il. Vous *représentez* le roi... Vous n'êtes pas lui. Si notre bien-aimé souverain était présent, nous ne lui discuterions certes pas le privilège de parler au nom de qui il souhaite, mais s'il était là... ce Conseil n'aurait justement aucune raison d'être, n'est-ce pas ? »

Juhel cacha un sourire en coin. C'était trop beau : voilà que les deux vieillards commençaient à se réveiller. Les personnes âgées se ralliaient toujours à la tradition et au pouvoir, quelle qu'en soit l'incarnation. Il avait vu juste, une fois de plus : Luhac hors du tableau, le Conseil redevenait gouvernable. Il y avait de quoi réfléchir.

« Me conseiller ne signifie pas me donner des ordres, rétorqua Izara. Les décisions finales m'appartiennent, ne l'oubliez pas. »

Les deux hommes se regardèrent et se turent, mais leur expression trahissait sans doute possible ce qu'ils pensaient d'une femme qui prenait ses propres décisions.

La reine reporta son exaspération sur Juhel :

« Quant à vous, Votre Grâce, je vous demande de changer d'attitude. Quels que soient vos griefs, j'attends de mes conseillers qu'ils travaillent ensemble dans l'intérêt du royaume ! Vous provoquez Luhac, c'est évident. Je suis à deux doigts de lui donner raison quand il vous accuse de semer la dissension !

— Considérer qu'il se trompe et vous conseille mal, c'est le provoquer ? répondit le duc avec innocence. Eh bien, dans ce cas, peut-être devrait-il abandonner la politique. »

Ce commentaire lui valut un sourire de connivence de la part de Mawgel.

« Ce qui vient de se produire est regrettable, intervint Siriac ap Peréal d'une voix chargée d'amertume.

Nous nous querellons comme des enfants alors que l'heure est à l'union. Je me demande ce que penserait Saint Ysmel en nous voyant...

— Vous rejoignez l'avis de Luhac de Rhovelle, donc ? s'enquit Juhel.

— Je souhaiterais seulement que ce qui vient d'arriver n'ait jamais eu lieu », éluda Siriac.

Mawgel se retourna vers la reine en croisant les bras sur son épaisse chemise de laine.

« Eh bien, je crois que vous avez entendu tout le monde, Votre Majesté. Que décide la Couronne ? »

Elle soupira, réfléchit un instant de plus, puis se leva.

« Contrairement à ce qui a pu être dit autour de cette table – des insinuations qui ne font honneur ni à leurs auteurs, ni à notre histoire –, lever l'ost n'aurait probablement pas sauvé Doélic. Si la progéniture d'Aska rôde bel et bien par-delà la Cordillère, et si elle menace de la franchir – deux éventualités dont nous n'avons pour l'heure aucune confirmation sérieuse –, alors dégarnir les postes au pied des montagnes serait de la folie. »

Elle plissa les lèvres et ses traits s'adoucirent.

« Je suis navrée, Mawgel. Sincèrement. »

L'intéressé lâcha un bruit de gorge désabusé.

« Oh, c'est parfait, maugréa-t-il d'une voix vibrante de frustration. Parfait. Il n'y a plus qu'à espérer que des "miracles" se reproduisent à la prochaine attaque et nous sauvent des démons. Parce qu'à en croire ce premier rapport, seule la grâce de Wer, incarnée par une pucelle, a sauvé Doélic du désastre.

— Mais nous ne resterons pas inactifs ! insista la reine. Chaque province contribuera à l'effort d'une guerre à venir. Et si les portes du Pandémonium se rouvrent, nous serons préparés. » Elle se tourna vers le duc de Magnécie. « Je suis consciente, Monsieur le Duc, que nous ne vous avons pas écouté auparavant sur ce point. Mais nous le faisons, à présent. La Couronne demande qu'on lève son ost. »

Nul ne dit rien pendant un moment, ponctué seulement par les craquements des bûches dans la cheminée. Puis Juhel soupira.

« Non, vous ne m'écoutez toujours pas, répondit-il en secouant la tête. Vous faites à nouveau l'inverse de ce que je vous recommande. Mais ce n'est pas grave. »

Il entrecroisa les doigts et posa les mains à plat sur la table.

« Car la Magnécie va venir elle-même en aide à la Belnacie. »

À nouveau, les conseillers se tournèrent vers lui, le plus incrédule étant Mawgel.

« Quoi ? » ne put s'empêcher de murmurer la reine.

Juhel écarta les mains avec affabilité.

« Eh oui. La Couronne maintient qu'elle ne peut dégarnir les postes-frontières ; la Magnécie est la province la plus riche de Rhovelle, comme mon cher cousin ne cesse de me le rappeler. Et je me suis déclaré en faveur d'un soutien... La logique dicte donc que je lève mon ost personnel pour porter secours à la Belnacie. »

Mawgel cillait, incrédule. « Vous feriez ça ?

— Je viens de le dire. » Juhel se tourna vers la reine. « À condition, bien sûr, que la Linnacie ne refuse pas le passage à l'ost magnécien en route vers la Belnacie... ?

— Et l'effort de guerre ? répliqua Izara. Et les préparatifs pour lesquels vous militiez ?

— La Magnécie accomplira son devoir et fournira son dû, n'ayez crainte. Mais je dispose d'une certaine marge de manœuvre. La Couronne ne va pas m'interdire d'en user, n'est-ce pas ? »

Izara le dévisageait fixement et, même à l'autre bout de la table, Juhel la vit secouer légèrement la tête. Elle était piégée. Cette solution satisfaisait à toutes les exigences : la Couronne s'en tenait à la stratégie qu'elle s'était fixée et la Belnacie recevait les renforts espérés. La reine n'avait aucune raison de refuser ; si elle le faisait, elle s'aliénerait définitivement Mawgel et sa province.

En prime, la Linnacie se trouverait obligée d'accepter une armée magnécienne sur son territoire – ce qui, il fallait l'admettre, représentait tout de même pour lui une satisfaction.

À sa droite, Siriac d'Anastréa se tourna vers lui dans un froissement de voiles.

« Êtes-vous certain de vouloir faire cela ? » murmura-t-il. Puis il avisa la reine. « La Couronne est-elle certaine de vouloir l'autoriser ?

— Et pourquoi ne l'autoriserait-elle pas ? répliqua le duc avec une pointe d'agacement.

— Peut-être parce que cela revient à avoir une armée indépendante en libre circulation à l'intérieur du royaume », répondit le Crapaud avec circonspection.

L'agacement de Juhel se mua en nette irritation. Il se massa les tempes en soufflant silencieusement, puis se tourna vers son voisin. Il discernait à peine ses traits à travers le voile qui lui couvrait le visage.

« Et que craignez-vous au juste, Siriac ? fit-il d'un

ton lourd de sens. Osez le formuler. Que Dieu vous en soit témoin. »

Le Crapaud ne lui rendit pas son regard.

« Je n'entrerai pas dans le jeu des insinuations et des provocations. Je considère que mon devoir consiste à...

— À déclarer l'évidence », coupa Juhel avec un sourire.

Lui aussi pivota vers la reine, puis secoua la tête d'un air navré.

« Voilà qu'une province promet assistance à une autre, et qu'on manque l'accuser de trahison en retour. Voyez-vous pourquoi il est primordial de solidifier notre union, Votre Majesté? Afin que cessent ces méfiances stériles. L'absence du roi n'a fait qu'exacerber nos particularismes au fil des ans. Comme si l'édifice n'attendait qu'une crise pour révéler ses lézardes. » Il avisa Mawgel. « Je porterai assistance à la Belnacie, car je considère cela comme mon devoir. Je ne demande à personne de me suivre ; et je me range à l'avis de la Couronne de placer le royaume en état d'alerte et de lever l'ost. Je demande seulement qu'on me laisse faire.

— La Saracie salue la bravoure de la Magnécie, déclara solennellement Melár du Refuge, et remercie ses frères d'accomplir notre devoir collectif en ces heures difficiles.

— Deux-Sources se joint à cette opinion. » Le vieil Olié ap Frestria inclina son crâne tavelé cerné d'une couronne blanche. « Merci, Juhel. Vous nous sauvez d'une situation inextricable. »

Le duc de Magnécie fixait toujours les yeux noirs de la reine, qui le dévisageait avec une expression indéchiffrable.

« Mon premier devoir est envers le royaume, dit-il. Peu m'importe qui le représente. »

Chunsène

Stupide, stupide Chunsène, se répétait-elle. C'était devenu un leitmotiv ; le mot résonnait dans sa tête à chaque pas, prononcé par cette voix froide et détachée qui représentait, avait-elle décidé, la meilleure partie d'elle-même. Celle qui lui permettait d'agir rapidement et efficacement ; celle qui n'avait pas peur, qui ne pleurait pas. Celle qui n'avait pas mal.

Pas mal dans le cœur, du moins, parce que de la douleur physique, Chunsène n'en manquait pas. La faim lui étranglait l'estomac. Le vent glacé tombé des cimes nuageuses cisaillait chaque pouce de sa peau, exposé ou non. Ses lèvres gercées la brûlaient et se fendaient chaque fois qu'elle grimaçait dans l'espoir de raviver la sensibilité de ses joues. Des aiguilles semblaient lui retourner les ongles. Au début, ses bottes dépareillées lui avaient fait souffrir le martyre à travers les collines basses de la Cordillère Égide. À présent et depuis plusieurs étapes, la sensibilité de ses pieds ne se réveillait qu'autour des feux discrets qu'elle osait faire à l'abri d'épaulements et de rares cavernes – et c'était alors comme si une armée de taons lui rognait les nerfs.

Mais cette douleur-là, elle la connaissait. Elle l'avait vécue sans cesse depuis sa naissance aux Mortes-couronnes. C'était de la bonne douleur. C'était la douleur d'exister.

L'autre douleur, celle qui menaçait de bondir dans

sa tête si elle la laissait faire, c'était celle de disparaître. Elle n'en voulait pas.

Tout autour d'elle, les bourrasques poussaient des gémissements rendus plus sinistres encore par la pénombre de l'Éternel Crépuscule. Il teintait la neige d'un bleu sombre et miroitant qui rappelait la tombée de la nuit, comme si le monde avait perdu toute logique et que Chunsène marchait à présent dans les nuages, suspendue au-dessus d'un inaccessible lac argenté. Les rochers déchiquetés ressemblaient à des crocs noirs. Le peuple de Mandre soutenait que les spectres des fous qui avaient péri en tentant la traversée hantaient à jamais les montagnes, mais la jeune fille se trouvait au-delà de la peur que lui avaient jadis inspirée ces mythes. Elle avait vu les véritables démons.

Et elle s'était lancée à leurs trousses.

Stupide, stupide Chunsène.

Bien après la cérémonie cauchemardesque, elle s'était éveillée seule sur le parvis de l'ancien château de Mandre, sans aucune notion du temps qui s'était écoulé – toutes les heures étant identiques sous l'Éternel Crépuscule. La population était rentrée dans les fermes, les cahutes, les abris.

Il n'y avait plus eu qu'une seule chose à faire. Retourner dans les champs, chercher les maisons qu'on avait vidées de leurs habitants, et voler tout ce qui était utile. Elle avait rassemblé des peaux et des fourrures de piètre qualité, des provisions à demi gâtées qu'elle avait fourrées dans une besace. Elle avait ceint une épée abandonnée par un soldat pendant la rafle. Mais elle gardait aussi le couteau rouillé de sa mère. Celui-là, elle le conservait pour Olvar.

Stupide, stupide Chunsène.

Gauche. Droite. Ses jambes lui semblaient coupées au mollet, deux moignons s'enfonçant dans la neige tassée par le passage de milliers de soldats et de démons. L'adolescente gravissait une large coulée de neige vers un but incertain – une brume nuageuse dissimulait la cime qu'elle visait. Les cols, les sommets s'enchaînaient, toujours plus hauts, sans espoir de redescente.

Un pas après l'autre. Une cime après l'autre.

Suivre l'armée du Prophète à travers la Cordillère ne nécessitait aucun talent de pisteur. Aux côtés des empreintes de bottes, des traces énormes s'enfonçaient profondément dans la poudreuse. Et d'autres évoquaient même des créatures qui n'avaient rien d'humain. L'armée l'avait rapidement distancée. Puis les provisions s'étaient révélées insuffisantes ; elle avait vite épuisé ses réserves de bois ; plus rien ne poussait à cette altitude, et, depuis quelques étapes, ses orteils prenaient de curieuses teintes marbrées. Elle avait naïvement cru qu'en survivant jusqu'à l'âge de quatorze ans et en ayant échappé à l'enfer askalite, elle saurait traverser des montagnes réputées infranchissables.

Sauf qu'échapper à un adversaire de chair ou de métal et protéger sa vie d'un froid cruel recouvraient deux réalités bien différentes. On n'échappait pas au froid, à la neige. À la faim. Ils vous tourmentaient jusqu'à ce que vous cédiez. La seule résistance possible était de marcher.

De toute manière, elle était trop avancée pour faire demi-tour, à présent.

On disait que, de l'autre côté des montagnes, Wer n'avait pas abandonné les siens. Que le royaume de

Rhovelle prospérait, que ses seigneurs veillaient sur le peuple dans la lumière du vrai Dieu. Que ses Hérauts le protégeaient à travers les siècles.

Stupide, stupide Chunsène. Gauche. Droite. Trébucher. Se rattraper, les mains glacées dans la neige. Se relever.

Seuls deux feux grésillaient encore en elle : la douleur et le refus de mourir.

Ça serait trop ridicule de mourir ici alors que j'ai survécu jusque-là.

Elle s'arrêta un moment, hors d'haleine, pour contempler le désert blanc percé de cimes noires.

L'air glacé lui lardait les poumons d'échardes. Il lui semblait n'être plus qu'une mince pellicule de vie entre le froid de l'extérieur et celui de l'intérieur. Quelque part là-dedans, il restait un estomac si contracté qu'elle en avait la nausée. Chunsène connaissait bien la faim. Elle l'avait souvent vécue en hiver. Par conséquent, elle savait que si elle ne reprenait pas des forces bientôt, sa rage finirait par s'éteindre, et elle sombrerait dans un sommeil dont rien ne la réveillerait au milieu des glaces.

Elle leva les yeux vers la cime en s'efforçant d'estimer la distance restant à parcourir. À quoi bon ? Une autre cime, un autre col identique l'attendraient derrière, à l'infini. La Cordillère Égide protégeait la Rhovelle depuis toujours. Seuls quelques éclaireurs de Wer la franchissaient à l'occasion ; des croisés aguerris qui connaissaient les chemins secrets de la montagne. Quand Mandre, Rohak et Lennder s'étaient entre-déchirés, aucune aide du grand royaume voisin ne leur était parvenue.

Et aucun émissaire des Mortes-couronnes n'était revenu. Probablement parce qu'aucun n'avait réussi à vaincre la barrière naturelle qui protégeait les enfants chéris de Dieu.

Chunsène plissa les yeux dans la bise coupante et cilla plusieurs fois. Les rochers noirs qui parsemaient le versant bleuté semblèrent se brouiller; les détails de la neige se fondirent les uns aux autres. Il lui fallut à chaque fois un plus grand effort pour rouvrir les paupières. Elle avait tellement envie de se coucher dans la neige.

J'entrerai jamais à la Cité des Justes, pensa-t-elle. *Personne m'y attendrait, de toute façon. Rien m'attend nulle part. Dieu est parti. Si je m'endors, c'est fini.*

Elle reprit son chemin en trébuchant.

C'te montagne me hait, pensa-t-elle, consciente de l'absurdité de cette réflexion. Peu importait; Chunsène le lui rendait quand même.

Elle se tenait au sommet d'une combe enneigée qui s'ouvrait devant elle au pied de la cime nuageuse. Descendre pour remonter, ce qui doublait la distance pour rien. La faille avait été parfaitement invisible depuis la coulée principale, où tout se ressemblait.

Comment cette armée faisait-elle pour survivre? Sa partie humaine, en tout cas.

L'adolescente regarda derrière elle pour se donner du courage en mesurant la distance parcourue, mais la vue du long serpentin de neige tassée qui se perdait dans les arrondis blancs et l'esquisse de la vallée de Mandre au loin la démoralisèrent plus qu'autre chose.

Stupide.

Elle se donna des claques, autant pour raviver sa

sensibilité que par mépris envers elle-même, puis elle se remit en chemin – mais sa cheville se déroba et elle s'écroula sur la pente qu'elle se mit alors à dévaler. La neige la gifla cruellement, s'infiltra dans sa bouche ; elle perdit bientôt toute notion de haut et de bas et roula, trop épuisée pour se freiner ou se retenir.

Au fond du vallon, la pente s'adoucissait en un replat. Ballottée comme un épouvantail dans la tempête, Chunsène ralentit peu à peu et termina la face dans la poudreuse, crachant et toussant, avec l'impression que la montagne ruait comme un cheval. Elle sentait bien que son estomac aurait voulu se rebeller, s'il avait contenu quelque chose à vomir.

Elle roula sur le flanc pour sortir la tête de la neige et respirer librement, le souffle rauque. Il lui restait juste assez de sensibilité dans le corps pour éprouver, ironiquement, la morsure du froid. À la réflexion, ce n'était pas la montagne qui la haïssait, mais Dieu, les dieux, Wer et Aska ensemble – le monde entier. Il fallait une perversité toute particulière pour l'avoir gardée en vie aussi longtemps.

Il y avait quelque chose dans la neige. Une tache de couleur. Elle plissa machinalement les yeux pour mieux distinguer ce dont il s'agissait, et...

Oh, pensa-t-elle avec un nouveau vertige qui n'avait rien à voir avec sa dégringolade. Elle aurait voulu fuir, grimacer de dégoût, s'horrifier convenablement – toutes les réactions d'une personne saine. Une personne qui ne serait pas en train de mourir de faim et de froid dans une traversée réputée impossible.

Évidemment, pensa-t-elle avec détachement. *Voilà comment l'armée d'Aska survit.*

Déjà à demi recouverte par une pellicule de givre, Chunsène distinguait une jambe.

Une jambe humaine nue. Dont il ne restait que des lambeaux de chair autour de l'os. Le sang rougissait la neige cristalline alentour.

Une jambe humaine, nue, à demi dévorée.

Cette découverte macabre lui rendit l'énergie de se mettre à genoux. Elle regarda autour d'elle dans le silence oppressant, seulement percé par les craquements de la neige et sa respiration sifflante. Au moins, la combe l'abritait du vent.

Devant elle, la faille se resserrait en un entonnoir où saillaient des concrétions de glace translucide. Chunsène avait atterri à une extrémité de la petite vallée. Elle s'étendait en longueur sur tout le flanc de la montagne ; les traces laissées par l'armée l'occupaient tout entière. Des morceaux de pots, des bâches, quelques mâts cassés parsemaient la blancheur bleutée à perte de vue, marquant les vestiges d'un campement. Elle avait déjà croisé de tels sites à intervalles réguliers lors de son ascension, mais c'était la première fois qu'elle tombait sur ce genre de... chose.

Les provisions des Askalites devaient s'épuiser elles aussi.

D'autres morceaux de chair à demi dévorés avaient été jetés pêle-mêle dans le cul-de-sac. Des monticules de neige tachés d'écarlate et de sanie dissimulaient probablement des reliquats encore plus innommables. Chunsène remarqua également des fragments de métal déchiqueté, encore couverts d'une chair noire ou purulente. Des tiges, des armatures portant des mécanismes délicats, d'une finesse rappelant des pattes d'insecte. Après l'atrocité de la cérémonie sur le parvis du château, la jeune fille ne s'étonnait pas de découvrir que les fantassins humains servaient de nourriture aux démons. Elle espérait qu'Olvar finirait dans l'estomac de l'un d'eux – non sans avoir connu la terreur. Mais cela... Cela signifiait aussi que les démons se dévoraient entre eux. Et, plus encore que la précédente, cette découverte-ci dérangea en elle quelque chose de fondamental.

Son estomac gargouilla désespérément.

Chunsène leva les yeux au ciel vers l'Éternel Crépuscule.

Non, pensa-t-elle. *Non*.

Elle s'assit sur les fesses et ramena ses genoux contre sa poitrine dans l'espoir de sauver le peu de chaleur qu'il lui restait.

Non.

Même dans les Mortes-couronnes, on ne s'abaissait pas à cela. Mais, tandis qu'elle se balançait d'avant en arrière, grimaçant d'un tourment qu'elle s'efforçait de ressentir, incapable de pleurer sur elle-même ni qui que ce soit, elle prit la profonde mesure de sa situation. Seule, au milieu des glaces, plongée dans une nuit sans fin, avec pour seul guide des empreintes que les blizzards avaleraient si elle tardait trop.

Stupide, stupide Chunsène.

Elle aurait voulu s'apitoyer sur son sort, éprouver la pleine répugnance, l'abjection d'un tel acte, mais la part profondément rationnelle d'elle-même ne relâchait ni sa lucidité ni sa cruauté. L'adolescente se trouvait en définitive confrontée à un choix très simple. S'endormir sans douleur et tout oublier ;

abandonner, laisser Olvar impuni, sans jamais avoir vu les champs paisibles et la paix de la Rhovelle.

Ou bien refuser, encore une fois, d'avoir tant souffert pour rien. Croire qu'à un moment, les dieux méchants se lasseraient d'elle et iraient tourmenter quelqu'un d'autre.

Mais les dieux n'étaient pas là. Wer avait détourné Son regard des Mandrais. Et le Prophète d'Aska avait posé le sien sur le royaume verdoyant par-delà les montagnes. Là, au fond de cette ravine, il n'y avait que Chunsène elle-même, et un choix que personne ne pourrait l'aider à faire.

Elle regarda la viande gelée accrochée à l'os blanchâtre. Elle avait mangé des restes de pattes de chiens, et même de porcs, les grands jours. Ce n'était pas si différent.

Tout, pensa-t-elle, revenait à ce que l'on voulait vraiment dans l'existence, et à ce qu'on était prêt à faire pour y arriver.

Elle s'avança à quatre pattes vers le membre sectionné.

Le pire fut qu'elle n'éprouva aucun dégoût.

Après cela, une part de l'esprit de Chunsène la déserta.

La peur de manquer la poussa à rassembler toute la viande qu'elle pouvait. Elle la fourra pêle-mêle dans sa besace en émettant des syllabes inarticulées qui avaient pour elle valeur de langage. Envisageant les morceaux démoniaques, elle grogna pour elle-même sur un ton interrogatif, puis se détourna.

Elle reprit l'ascension avec une énergie renouvelée – et l'impératif viscéral de fuir cet endroit. Un entêtement animal avait pris le pas sur sa raison. Plus aucune pensée construite n'habitait son esprit. Il était devenu semblable à la neige lisse, scintillante sous les cieux argentés : de douces vagues figées qui recouvraient des profondeurs inconnues, çà et là transpercées par les crocs noirs de pulsions fondamentales. Marcher. Faire fondre une poignée de poudre glacée pour boire. Survivre.

Plus elle approchait de la cime et plus la brume s'épaississait. Des écharpes déliées dévalaient la pente en rafales qui giflaient Chunsène de minuscules cristaux plus glacés encore. Puis le ciel se referma autour d'elle, et les cristaux se changèrent en flocons durs comme des graviers. Le vent changea de voix, passant d'une lamentation à des hurlements graves qui bourdonnaient jusque dans son ventre. Elle releva le col de sa vieille pèlerine mitée trouvée dans un grenier, mais il ne tenait pas dans les bourrasques. Il lui fallut choisir entre se geler la main pour abriter son visage, ou bien abandonner ses lèvres au blizzard. Elle s'efforça de veiller aux deux et donc n'en protégea aucun.

Elle se concentra sur ses pieds. Tandis que le temps empirait, le voile qui s'était abattu sur ses pensées se dissipait. Suivre la piste devenait de plus en plus difficile avec la tourmente. La neige filait entre ses jambes comme des ruisselets. Chunsène titubait au milieu d'un univers de grisaille bleutée, comme si l'Éternel Crépuscule s'était rapproché de la terre. Ses oreilles se bouchaient, renforçant encore la sensation d'errer au milieu du néant.

L'ascension devint brusquement plus facile. Elle arrivait sans doute au col. Mais la jeune fille ne parvenait pas à s'en réjouir. La joie lui paraissait une émotion parfaitement incongrue dans un tel environnement, aussi inaccessible que la lune.

Peut-être que c'est ça, l'enfer, en fait. Plus rien, mais s'en rendre compte.

Son pied percuta tout à coup une congère et elle s'étala de tout son long dans la poudreuse – qui se referma sur elle comme un cercueil. Elle se débattit, puis se releva à quatre pattes en tremblant tandis que des filets glacés s'infiltraient dans ses manches et dans son dos. Elle se retourna, chercha son chemin à tâtons. Ses paumes – elle avait depuis longtemps perdu toute sensibilité dans les doigts – lui apprirent qu'elle avait quitté la piste tassée par le passage de l'armée.

Dans une telle uniformité, elle risquait bien de faire demi-tour sans s'en apercevoir et de redescendre par le même versant. À l'idée de parcourir deux fois le même chemin, un abattement plus profond que l'horreur de l'invasion askalite ou même que la perspective très réelle de la mort s'empara d'elle. Elle se mit à gémir à genoux dans la neige, ses lamentations emportées par les grondements assourdissants du vent.

Elle ne savait plus où aller, n'avait plus la force de se battre. Elle voulait rentrer chez elle, se blottir contre la chaleur de ses parents autour d'un feu de tourbe. Une brûlure sur ses pommettes lui apprit qu'elle pleurait. Ses larmes gelèrent peu après, rejoignant le masque de glace dure qu'était devenu son visage.

Une lassitude plus profonde qu'elle n'en avait jamais éprouvé la gagnait, lui ravissait délicieusement ses sensations. Les bourrasques la faisaient vaciller sur place tel un mât prêt à tomber. Elle joua à s'appuyer sur les rafales en les mettant au défi de cesser, de la laisser s'effondrer pour dormir, enfin.

Dans la grisaille bleutée du blizzard, Chunsène crut discerner une lueur vacillante qui s'évanouissait, puis se rallumait tour à tour.

Elle plissa ses yeux froids, entrouvrit ses lèvres insensibles en une parodie d'étonnement. Elle se raccrocha à la voix en elle qui réfléchissait avec détachement.

J'ai pas vu ça en montant.

Cette prise de conscience réveilla une étincelle. Elle savait dans quel sens aller, à présent. Elle émit une sorte de gloussement insensé qui n'était guère différent de ses pleurs et se leva.

Ses pieds retrouvèrent la neige tassée et elle avança en titubant vers le feu follet. Aucun doute possible, elle marchait à présent en terrain plat. Elle allait bien finir par gagner l'autre versant. Peut-être qu'une autre cime, plus haute encore, l'attendait. Peut-être qu'elle allait se précipiter dans les bras de l'armée. Tout cela n'avait plus aucune importance. Un seul but l'habitait : avancer. Sortir du blizzard.

Pas après pas, l'étrange lueur cyclique gagnait en intensité. Chunsène titubait, déviée par les rafales, mais elle tint plus ou moins bon. La neige sous ses pieds demeurait ferme. Un chuintement pénétra les lamentations lugubres du blizzard ; un bourdonnement sourd qui s'élevait et redescendait en accord avec la clarté bleutée. Faute de repère, l'adolescente marcha vers elle. Tant qu'elle ne s'enfonçait pas dans la neige fraîche, elle allait dans la bonne direction, jugea-t-elle.

Chunsène faillit percuter l'origine de la lueur avant de la distinguer. Elle se trouvait au pied d'un pylône d'environ cinq mètres, surmonté par le feu cyclique – la jeune fille le discernait à présent au sommet d'une sorte de flèche cylindrique qui couronnait la structure. Le bourdonnement intermittent lui lançait des vibrations sourdes dans les tympans et le ventre. Le pylône lui-même était fuselé, en métal lisse, presque gracieux ; il présentait de gros caractères – que la jeune fille ne savait pas lire. Malgré son allure délicate, aucune des bourrasques contre lesquelles Chunsène devait lutter ne l'ébranlait. Elle fit encore un pas, et découvrit que le monument s'érigeait sur une avancée rocheuse couverte de glace, qui dominait le vide.

Elle avait bel et bien trouvé l'autre versant. Un minuscule rayon d'espoir filtra jusqu'à son âme gelée.

L'adolescente acheva de contourner le pylône – et son estomac, lourd de viande innommable, faillit se retourner. Derrière, une guirlande de gros œufs métalliques, piquetés de lueurs multicolores et emprisonnés dans des membranes chitineuses, s'amassait au pied de la structure. Des lianes entre fils d'acier et tendons les reliaient les uns aux autres, ainsi qu'au pylône. C'étaient eux qui émettaient le bourdonnement rythmique.

Une machine askalite.

La jeune fille se releva d'un bond. Moins elle en saurait sur les atrocités démoniaques du Prophète, mieux elle se porterait. Mais elle se figea. Elle disposait d'une occasion de lui nuire, ne serait-ce qu'indirectement. Ganner avait érigé cette chose. C'était une excellente raison de la casser.

Elle leva les yeux vers le sommet et l'étrange lueur qui éclairait les zébrures des rafales de neige.

Chunsène s'aperçut que les tourbillons du blizzard virevoltaient autour de la cime illuminée sans jamais la toucher. Plus encore, ils formaient une sorte d'étroit puits de neige et de glace au-dessus du pylône, où rien ne semblait pouvoir pénétrer.

Elle crut même apercevoir, très loin au-dessus d'elle, un fugace éclat de l'Éternel Crépuscule.

Chunsène revint à la machine. La casser, mais comment ? Un instant plus tôt, elle s'était sentie prête à mourir, et voilà qu'elle envisageait de perdre un temps et une énergie précieuses sur une cime où elle gelait vive. C'était stupide.

Mais tellement tentant.

À la faveur d'une légère accalmie, une silhouette se dessina dans la grisaille.

Le cœur de Chunsène propulsa dans ses veines glacées un coup de fouet douloureux. Elle pivota sur elle-même, cherchant une cachette dans la grisaille. Son seul point de repère était le pylône. Elle se blottit derrière, avec les œufs bourdonnants, et releva son col croûté de neige comme elle put.

Elle risqua un regard à la dérobée. La silhouette venait dans sa direction. *Stupide, stupide Chunsène!* Évidemment. De qui pouvait-il s'agir dans cette désolation, à part d'un Askalite venu utiliser sa machine maléfique ? Elle aurait pu s'enfuir n'importe où dans le blizzard, mais non, il avait fallu qu'elle se précipite vers le seul élément de décor visible à des mètres à la ronde.

Eh bien, le soldat ne serait pas déçu du voyage.

Ses doigts insensibles se refermèrent autour de la poignée de son épée et elle tira. Le blizzard couvrit amplement le crissement du métal.

L'Askalite portait une épaisse cape fourrée à la

capuche relevée, de bien meilleure facture que ses propres nippes. Chunsène eut un rictus sinistre. Une fois qu'elle l'aurait tué, elle s'approprierait son équipement. Peut-être avait-il même des provisions dignes de ce nom. Mais que faisait-il si loin de l'armée ?

L'homme était de taille moyenne, plutôt mince. Embusquée derrière le pylône, Chunsène le vit observer un moment la lueur bleue. Puis il s'approcha.

Juste au moment où il prenait pied sur l'éperon gelé, l'adolescente se rua vers lui en brandissant son arme.

L'autre réagit aussitôt. Il lui bloqua le bras d'une main gantée et le lui tordit dans le dos d'un seul mouvement tournant. La douleur embrasa le poignet et le coude de Chunsène et la lame lui échappa des mains dans un tintement de métal étouffé par le vent. Avec un grognement bestial, l'adolescente voulut frapper de l'autre poing, mais son adversaire lui attrapa l'avant-bras avec la même aisance. Enragée, l'adolescente se débattit de toutes ses forces, à tel point que son col s'ouvrit à nouveau, mais l'autre resta immobile, inébranlable, sa poigne ferme comme un étau. Saisie d'une peur grandissante, l'adolescente voulut fuir, mais elle dérapa sur la glace couvrant l'éperon – et dans le vide. Ses manches mitées se déchirèrent aussitôt entre les mains de son adversaire. Chunsène tomba durement sur la plate-forme. Elle eut à peine le temps de lancer ses mains insensibles à la recherche d'une prise que ses jambes l'entraînaient à leur suite.

Sa chute dura plusieurs secondes. Elle percuta finalement un océan de neige fine – qui se referma autour d'elle et s'infiltra dans ses vêtements. Elle inspira par réflexe, mais une écume plus glacée qu'un lac d'hiver envahit ses narines, ses poumons, sa bouche. La jeune fille coula comme une pierre, tandis qu'à travers ses oreilles bouchées lui parvenait un grondement sourd qui semblait émaner de la montagne elle-même. La dernière chose qu'elle perçut avant de perdre connaissance fut une impression atroce de dégringolade vertigineuse, prise dans un tourbillon de glace, de froid et de bruit.

12

Erwel

Les nuages cachaient le soleil; l'aube n'avait été qu'une transition de l'obscurité à la grisaille. La fraîcheur humide assiégeait le jeune homme dans sa cape bordée de fourrure comme une injonction à s'éveiller, mais il s'efforçait de retenir aussi longtemps que possible la chaleur du feu de camp préparé par les gardes. Il dodelinait de la tête, bercé par le pas de sa monture. Thormig, l'imposant duc de Loered, s'impatientait de revoir sa cité. Il avait imposé des journées de voyage de plus en plus longues à mesure que sa délégation approchait de la ville, puis avait fini par laisser en arrière les chariots qui transportaient ravitaillement et mobilier de campagne. Il ne s'était entouré que d'un détachement réduit, composé notamment de l'élite de sa garde, les Chevaliers du Fleuve, et avait campé sans se soucier des relais de voyage. Il semblait apprécier ces conditions rigoureuses, et Erwel reconnaissait que l'aventure avait quelque chose d'excitant – tant qu'il ne pleuvait pas.

Les contours prenaient de la netteté, les détails de

la campagne environnante se révélaient mollement : de petits hameaux blottis autour de champs de terre noire, un dédale de haies délimitant les cultures ; des greniers, des étables et des granges où les serfs s'affairaient déjà. La délégation loeredienne longeait par le nord l'impressionnant canyon du fleuve Aÿs. La saignée, large et abrupte, fendait le royaume de part en part, telle une blessure titanesque, jusqu'à la mer. Quand le convoi avait atteint les gorges, Erwel avait mis pied à terre pour se livrer à une expérience qu'il n'avait jamais pu réaliser lors des voyages de la cour itinérante. Il s'était approché du canyon sous l'œil amusé de Thormig ; Erwel avait dû s'aventurer jusqu'au bord pour entrevoir le fond du ravin. Un large ruban, noir et placide, dominé par des parois déchiquetées, y serpentait sous le ciel chargé.

À présent, se dessinant peu à peu dans le demi-jour, Loered apparaissait en contrebas, telle une sculpture miniature posée dans le berceau d'une plaine gravillonneuse. Là, l'Aÿs émergeait de la faille profonde qu'il creusait à l'ouest dans le calcaire tendre avant de se jeter aussitôt dans la ravine de l'est, comme indifférent aux reliefs qui l'entouraient. La ville, lourdement fortifiée, occupait l'intégralité d'une île qui scindait les flots ternes. Deux immenses ponts à arcades reliaient les berges à la ville, deux voies de communication qui avaient valu à Loered le surnom de Verrou du fleuve. La cité formait l'un des rares points de passage entre le nord et le sud du royaume – et le plus important d'entre eux.

« Qu'il est bon d'être de retour ! » déclara le vieux duc en prenant une inspiration satisfaite. Il se tourna vers Erwel. « Par Wer, je crois que tout homme ne peut absorber qu'une dose limitée de paroles onctueuses et de manigances avant de sentir son âme se flétrir. Et dans mon cas, le seuil de tolérance est très bas ! »

Le duc claqua des rênes pour presser l'allure de sa garde. Deux Chevaliers du Fleuve chevauchaient avec eux en livrée cyan. À la demande de Thormig, Erwel cheminait à ses côtés depuis la séparation d'avec la cour à la Croisée des chemins, et il avait dîné à sa table tous les soirs. Le jeune homme découvrait un homme chaleureux et affable, bien différent du portrait que son père, Luhac, lui avait esquissé – un fantôme bougon et laconique. Thormig de Loered semblait avoir tout vécu, de parties de chasse excitantes sur les versants linnaciens au combat contre des abominations ayant débordé les forteresses weristes de Belnacie, à l'époque où il était lui-même Chevalier du Fleuve. Le vieux duc paraissait déborder de volonté et d'enthousiasme, même si une partie de cette énergie paraissait toujours un peu forcée à Erwel. Comme s'il tenait à l'écart l'âge et la fatigue par sa seule conviction. Même à présent, malgré ses traits creusés par le voyage, il avait fière allure sur son destrier noir, vêtu de son habituelle cape bleu clair. Un feu féroce brûlait dans ses yeux bruns tandis qu'il contemplait Loered. Mais Thormig n'était pas qu'un homme d'action ; il faisait aussi preuve d'un esprit politique résolu et acéré, lourdement conscient de son rôle de pivot entre le Nord et le Sud. La protection de la ville-province et la sauvegarde de sa neutralité tenaient pour lui du mandat sacré, hérité en droite ligne de Saint Ysmel.

« Nous devons d'abord franchir le Dédale », déclara-t-il.

Il désigna un ensemble de tours et de murailles concentriques déployé en éventail sur la berge nord du fleuve, juste à l'entrée du pont. De là où ils se trouvaient, le dispositif ressemblait aux cernes d'un arbre fraîchement abattu. Erwel distingua des engins d'artillerie sur les remparts.

« Tout ce qui entre à Loered doit d'abord franchir ces enceintes successives, poursuivit Thormig. Rien ne peut approcher de la ville sans que nous le sachions. Et il y a le même dispositif au sud, côté belnacien », ajouta-t-il en désignant l'autre rive, en partie dissimulée par l'épaulement du canyon.

Erwel réprima un bâillement – de fatigue et non d'ennui, car il s'intéressait sincèrement à la géographie du royaume et à ses conséquences politiques. Ce qu'il lui avait fallu apprendre seul dans des livres, car son père n'avait jamais pris le temps de le lui enseigner. Il ne lui prenait que des précepteurs de joute, de monte et d'escrime.

« C'est vous qui les contrôlez ? s'enquit-il.

— Bien sûr. On résume souvent Loered à la ville-gué, mais en réalité, nous possédons aussi ces enclaves de chaque côté. Quelle utilité aurions-nous si nous ne pouvions pas contrôler l'accès à nos ponts ? Une preuve supplémentaire de la clairvoyance de Saint Ysmel. Nous irons les inspecter en détail, si vous le souhaitez. Je sais que vous devez poursuivre votre route vers Belnaced, mais restez donc un peu avec nous ! Vous êtes sincèrement le bienvenu. »

Erwel sourit, un peu gêné.

« Je suis honoré, Votre Grâce, et j'aurais grand plaisir à profiter de votre hospitalité ; mais je ne veux pas faire attendre mes hôtes belnaciens.

— Ah », fit Thormig. Il se tut quelques instants, puis reprit : « Vous savez, je suis sérieux. Les Loerediennes ont le caractère le plus doux qu'on puisse imaginer – et leur peau a la couleur du lait. Nous les protégeons dans nos murs avec la même vivacité que nous veillons sur le fleuve. Ma nièce, par exemple, a à peu près votre âge ; une taille si fine et des yeux si clairs qu'elle semble sur le point de s'évaporer à chaque instant. Vous n'êtes tout de même pas si pressé ? Je pourrais vous la présenter, et puis nous préparerions tranquillement votre escorte pour Belnaced, le temps que vous fassiez connaissance... »

Erwel baissa les yeux sur l'encolure alezane de sa monture. Il saisissait bien l'offre d'alliance qui se cachait dans une telle proposition, et trouvait le duc assez cavalier de la formuler aussi brutalement, en rase campagne. À vrai dire, il commençait à trouver l'amitié de Thormig un peu envahissante, mais il comprenait malgré tout que cette simplicité marquait une forme de camaraderie entre pairs. Le duc de Loered n'avait pas de descendance ; son mariage avec une aristocrate saracienne n'avait produit aucun héritier viable. Être enfin traité en homme et non en adolescent l'emplit de fierté, mais aussi d'appréhension. Erwel se sentait terriblement jeune et inexpérimenté face au vieux duc de Loered ; il avait souvent peiné à relancer la conversation lors du voyage. Par chance, Thormig ne tarissait jamais de récits et d'anecdotes.

« J'aurais plaisir à rencontrer votre nièce, Votre Grâce, mais je me trouve encore trop jeune pour envisager une quelconque union. De plus, il me faudrait m'entretenir avec mon père de ses projets en la matière...

— Vous "auriez plaisir", vous "seriez honoré"... bougonna Thormig. Allons, Erwel ! Vous n'êtes pas une jouvencelle qui doit demander l'autorisation de son père pour se marier ! Vous avez amplement l'âge – et la maturité, à ce que j'ai vu – de faire vos propres choix. »

Le jeune homme rit pour cacher son embarras. Il éprouvait toujours de la rancœur envers son père pour l'avoir écarté de la cour, mais il lui apparaissait de plus en plus clairement qu'il y aurait des leçons à tirer de cette mission inutile en Belnacie. Cette rancœur se déportait à présent sur sa totale absence de préparation. Visiblement, même une conversation en apparence anodine réservait quelques chausse-trappes, où l'on pouvait facilement tomber sans s'en rendre compte.

« Votre Grâce, je n'ai même pas encore rencontré la damoiselle ! » s'exclama Erwel.

Thormig rit à son tour, un roulement qui semblait gronder au cœur même des collines.

« Alors laissez-moi vous emmener dans la ville basse », fit-il en se penchant sur sa selle avec un clin d'œil lourd de sens.

Soudain très mal à l'aise, Erwel peina à soutenir le regard du vieux duc, puis il reporta son attention sur la route. Du coin de l'œil, il le vit faire la moue, puis hausser les épaules et se redresser sur son cheval.

La grand-route décrivait une large boucle qui remontait sur le versant linnacien à l'opposé du fleuve. Elle contournait les forts de garde loerediens, puis reprenait sa progression vers l'ouest le long de l'Aÿs. À l'autre bout du royaume, bien au-delà de l'horizon, elle se terminait contre les avant-monts de l'infranchissable Cordillère Égide.

Les voyageurs descendirent dans la plaine puis bifurquèrent en direction des forts. Une dérivation du fleuve alimentait des douves successives. Devant eux, un imposant rempart barrait la vue d'est en ouest, dominé par des tours de garde où flottait l'oriflamme de Loered, la Clé et la Rivière.

La herse était baissée, le pont-levis à demi relevé.

« Je n'aime pas ça », maugréa Thormig.

Il claqua des rênes et s'élança au trot vers le poste de garde sans considération pour ses compagnons. Erwel fronça les sourcils, puis pressa l'allure à son tour. Chevaliers et gardes leur emboîtèrent le pas.

Le duc n'avait pas atteint les douves que des cris retentirent en haut des remparts. On l'avait reconnu. Des ordres indistincts résonnèrent, puis les chaînes se mirent à cliqueter. Le pont-levis s'abaissa tout à fait, la herse se releva.

« Fausse alerte, j'imagine, grogna Thormig tandis qu'Erwel arrivait à sa hauteur. Mais c'est étrange. En principe, nous ne fermons les ponts-levis que du crépuscule à l'aube. Et une cohorte de charrettes devrait être en train de ravitailler la ville... Quelqu'un chez nous se méfie.

— Qui peut donner l'ordre de clore les accès ? demanda Erwel.

— Mon intendant et général, Freÿs des Forts. Il gouverne pendant mes rares absences. »

Thormig pivota vers le jeune prince de Linnacie, et l'entrain forcé dans sa voix ne parvint pas à masquer son expression soucieuse.

« Allons lui demander de quoi il a si peur ! »

Le duc lança son cheval au galop sur la plate-forme dès qu'elle fut baissée. Les sabots claquèrent dans un fracas de tonnerre ; les gardes en armes, bien mieux équipés que les soldats des campagnes, s'écartèrent de leur chemin. Erwel suivit Thormig à travers la succession de bastions fortifiés et d'enceintes percées de portes immenses, avec des chaussées assez larges pour laisser passer trois chariots de front, munies d'énormes vantaux ferrés capables de résister aux assauts les plus déterminés. Ces passages successifs de l'ombre à la grisaille le désorientèrent un peu.

Ils débouchèrent enfin sur le colossal pont de pierre qui enjambait le bras nord de l'Aÿs. Erwel était déjà venu à Loered lors des voyages de la cour itinérante, mais c'était la première fois qu'il entrait dans la ville avec une telle urgence. Le vent giflait son visage, jouait dans ses cheveux ; les larges eaux écumantes du fleuve rugissaient en contrebas. Au loin, à droite comme à gauche, les défilés majestueux et vertigineux du fleuve s'enfonçaient dans l'ombre. L'excitation l'envahit, non sans une pointe de honte ; une affaire sérieuse avait dû motiver la surveillance des accès à la ville, et les affaires de l'État n'étaient pas cause de réjouissance puérile. Néanmoins, un sourire gagna son visage malgré lui. Il eut envie de lâcher un cri de joie, grisé par la vitesse et la perspective de jouer enfin un rôle dans la conduite du royaume. Il avait la sensation de voler.

Thormig franchit l'arche conduisant à la ville proprement dite et, sans ralentir, s'engagea dans l'avenue principale. Erwel s'étonna de ne voir presque personne dans les rues. Pas de camelots, d'artisans, comme si l'on avait fait circuler l'ordre de rester chez soi. Il remarqua en revanche un nombre peu commun de frères combattants, en livrée blanche et cotte de mailles, avec la flèche rouge de Dieu sur le torse. L'avenue principale conduisait à la citadelle ; elle s'élevait en un assemblage étonnamment gracieux d'ailes percées de vitraux et de tours de pierre blanche. Le cœur de Loered ne déparait pas après la grandeur des ponts et de la nature.

Le duc entra dans la cour du château, tira sur ses rênes et mit pied à terre. Erwel l'imita tandis qu'un palefrenier venait s'occuper des chevaux. Thormig invita son protégé à le suivre d'un coup d'œil, puis s'avança vers le bâtiment principal ; le jeune prince ne se fit pas prier, avec une détermination d'autant plus ferme que son cœur battait à tout rompre.

Les bottes de Thormig résonnèrent sous de hauts plafonds moulés arborant la Clé et la Rivière. Des rosaces projetaient la clarté du jour sur les dalles et les murs pâles, construits dans la même roche que les canyons du fleuve. De toutes les capitales provinciales, seules Loered, Ker Vasthrion et Ornesta pouvaient rivaliser en richesse et en propreté – même si Linnaÿs, la cité-sainte, les dépassait toutes.

Le duc gravit le grand escalier au pas de course, son souffle toutefois audible. Là encore, Erwel fut surpris du faible nombre de serviteurs qu'ils croisèrent. Les grandes citadelles formaient généralement des ruches d'activité incessante.

Sur le palier, Thormig gagna la double porte de la salle d'audience et la poussa sans ralentir.

Une rumeur confuse s'éteignit aussitôt à l'intérieur. Tous les visages se retournèrent. La salle était bondée, emplie de francs-bourgeois richement vêtus de pèlerines fourrées et de pourpoints élégants aux couleurs pastel.

Le pas du duc de Loered claqua dans le silence. Sur le dais, un homme grand et fin, la mâchoire soulignée d'un collier de barbe grisonnante, se leva. À la table siégeaient d'autres notables, ainsi qu'un ecclésiastique âgé en blanc et or. Au-dessus d'eux, une autre rosace figurant l'emblème de la province les baignait d'un puits de lumière.

« J'arrive au bon moment, dirait-on, proclama Thormig en gravissant les marches du dais. Peut-on m'expliquer pourquoi ma ville est comme morte ? »

Resté dans l'ombre, Erwel hésita plusieurs secondes, puis il céda à l'excitation et lui emboîta le pas jusqu'au premier rang. Il était, après tout, venu en qualité de représentant de la Linnacie. Mais les traits creusés de l'homme qui s'était levé – Freÿs des Forts, devina le jeune homme, l'intendant de Thormig – montraient un tel chagrin que toute son euphorie fut douchée en un instant.

Le duc le perçut également :

« Sang-diable, murmura-t-il, qui enterre-t-on ?

— Des Belnaciens, Votre Grâce. Beaucoup. » L'homme désigna le siège qu'il venait de quitter. « Je crois que vous voudrez reprendre votre place. Je remercie Wer que vous nous soyez revenu en cette heure ténébreuse pour nous guider. »

L'inquiétude souligna davantage encore les rides de Thormig. D'un geste impatient, il invita Erwel à le rejoindre. L'appréhension réchauffa la nuque du jeune homme tandis qu'un serviteur apportait des fauteuils pour qu'il s'installe entre le duc et son général.

Le vieillard en livrée weriste assis au bout de la table était l'arquide de Loered, l'autorité spirituelle suprême de la ville-province. Siégeaient aussi les ministres délégués au trésor et au ravitaillement. Freÿs représentait l'armée. Erwel trouvait à présent l'excitation de sa chevauchée terriblement futile. Une crise réelle était en cours, et il représentait la Linnacie.

Il fut saisi d'un léger vertige en prenant la pleine mesure de sa parenté avec le roi et de ce qu'elle signifiait. Il était *aussi* le plus proche représentant de la Couronne dans cette salle.

Ce fut ainsi que Thormig le présenta à l'assistance, constituée des plus hauts notables de la ville : négociants, chefs de guildes, petite noblesse. Erwel ne put qu'incliner la tête, la bouche sèche, terrifié à l'idée de proférer une ânerie. *Père*, hurla-t-il intérieurement, *dans quoi m'avez-vous jeté ?*

Freÿs des Forts récapitula la situation à l'intention des deux arrivants. Moins d'une semaine plus tôt, le bourg de Doélic, en Belnacie, avait été assailli par des hordes démoniaques surgies selon toute vraisemblance d'une Anomalie – une nouvelle qui glaça Erwel jusqu'au cœur. Le jeune homme s'était un peu renseigné sur la nature des zones instables, principalement dans les ouvrages d'érudits magnéciens, et tous ou presque s'accordaient pour dire que les Anomalies changeaient les êtres vivants en abominations, mais qu'elles ne les « créaient » pas. Toute la défense du royaume était fondée sur cette hypothèse. Si elle était fausse, alors la Rhovelle entière risquait un déferlement démoniaque venu de n'importe quelle zone instable. Les bastions weristes n'étaient nullement équipés pour répondre à une telle menace.

Plusieurs rapports complémentaires étaient arrivés dans les jours suivants, portés par les cavaliers du corps des Messagers. Les circonstances de la défense de Doélic devenaient à la fois plus détaillées et plus nébuleuses à chaque missive. Si la garde avait repoussé l'assaut, c'était grâce à une jeune fille qui se proclamait l'envoyée de Dieu. On lui attribuait des prodiges – des miracles. Ses flèches ne manquaient jamais leur cible. Elle avait ramené d'entre les morts le baron de Doélic en lui imposant les mains. Les démons, proclamait-elle, signifiaient le retour d'Aska, le Frère Maudit de Wer; bientôt, son Éternel Crépuscule se déverserait de la Cordillère Égide, amenant avec lui l'Armée de la Nuit et la damnation. Seuls la foi et le ralliement sous la bannière divine sauveraient la Rhovelle du Pandémonium.

À ces mots, l'arquide eut un petit gloussement qui n'était pas dépourvu d'aménité. « Ah, plus le temps passe et moins ces rapports sont dignes de confiance, dit-il d'une voix aigrelette. Les pauvres gens sont prompts à s'enfiévrer, mais il faut du discernement pour distinguer la véritable main de Dieu. » Il portait la tonsure, avec un visage en lame de couteau seulement adouci par un nez épaté.

« Vous n'y croyez pas, Votre Gloire ? » s'enquit Thormig.

L'arquide haussa les épaules.

« Ah, si cette jouvencelle peut inspirer la populace à la résistance et à la piété, elle ne porte aucun tort. Mais qu'elle prenne garde à ce qu'elle propage. Les véritables envoyés de Dieu sont Ses Hérauts, et il ne saurait s'agir d'une femme, bien entendu. »

Au fond de lui, Erwel ne comprenait pas vraiment pourquoi seul un homme pouvait être l'élu de Wer. Il connaissait la liturgie, bien sûr, mais ostraciser toutes les femmes au nom d'une seule, Mordranthia, lui avait toujours semblé un peu excessif.

« Comment l'Église peut-elle s'assurer de sa sincérité ? s'enquit-il.

— Ma foi... Le patriarque responsable du bastion local – ce sera Valbrisson – pourrait envoyer des frères s'assurer que la parole de Dieu n'est pas bafouée, peut-être même requérir les Chasseurs de Vérité si elle se pose en faux prophète. Mais tant qu'elle se soumettra sans condition à l'autorité cléricale, l'Église se montrera bienveillante. »

Erwel se racla la gorge avec embarras. « Je voulais dire, si quelqu'un venait à se proclamer Héraut de Dieu... Comment sauriez-vous s'il dit vrai ?

— Nous le saurions, jeune homme, croyez-moi, répondit l'ecclésiastique avec un sourire mielleux. Nous le saurions. »

Freÿs des Forts se tourna vers Thormig.

« Tout cela a trait à notre consultation d'aujourd'hui, Votre Grâce. Les informations nous arrivent par bribes de Doélic et Belnaced. Dès que nous avons appris la nouvelle, nous avons placé Lòered sous verrouillage partiel, par crainte d'une autre offensive plus proche. Mais nous restons dans l'expectative. Nos réserves sont suffisantes, cependant... »

À ces mots, une rumeur mécontente s'éleva dans la salle. Une voix s'exclama :

« Et pourquoi les distributions publiques de grain n'ont-elles pas débuté, dans ce cas ?

— Les circonstances ne l'exigent pas encore, répliqua Freÿs avec agacement. Des convois réduits peuvent toujours entrer et sortir de Loered et chacun peut demander son ravitaillement en Linnacie ou en Belnacie si nécessaire.

— Mais à quel prix ! » rétorqua l'autre.

Erwel le distinguait dans l'ombre : un petit bourgeois bedonnant en pourpoint bouffant, avec un calot sur ses boucles huilées.

Thormig fronça les sourcils et s'avança sur son siège.

« Je suis absent depuis un mois et il faut déjà que je vous rappelle où vous vivez ? s'exclama-t-il avec agacement. C'est la responsabilité de chacun de constituer ses propres réserves avant de compter sur celles de l'État. Loered peut se trouver coupée de ses voisins à n'importe quel moment. Mais si certains de nos concitoyens ont été rendus imprudents par des années de calme, peut-être pourraient-ils prendre gracieusement cette imprévoyance comme un rappel aimable de temps plus rigoureux ? »

Le brouhaha redoubla dans la salle, mêlé d'exclamations outrées mais indistinctes. Thormig bondit sur ses pieds.

« Silence ! s'écria-t-il. Silence, en Vérité ! Barbe de Dieu, je ne viens pas d'échapper à toute une assemblée de nobliaux commérant comme des femmes pour retrouver la même poltronnerie chez moi ! »

Cette invective eut l'effet escompté, et le bruit reflua.

« Nous sommes Loered, déclara le duc avec ferveur. Nous sommes le Verrou du fleuve ! Les gardiens de l'équilibre de la Rhovelle. Ce devoir implique certaines obligations, et de la rigueur, oui ! Je ne tolérerai pas dans ma province la paresse ni la pleutrerie. Si l'une ou l'autre en a gagné certains parmi vous, les plaines se feront une joie de les accueillir ! »

La rumeur prit une autre teinte, craintive cette fois. Erwel vit les notables secouer la tête, se tourner les uns vers les autres avec des gestes inquiets. En cette période d'incertitude, Loered constituait peut-être la place forte la plus sûre de tout le royaume ; de par son territoire réduit, elle représentait la seule province sans zones instables. Et en cas d'absolue nécessité, elle pouvait se couper entièrement du reste du territoire et soutenir un siège prolongé. Néanmoins, le jeune homme n'était pas certain que Thormig s'y prenne au mieux pour apaiser sa population. En cet instant, il lui rappela à la fois son père et Juhel de Magnécie. Tous trois s'obstinaient à exiger qu'on se conforme à leur volonté au mépris du ressenti des autres, voire des faits avérés. La résolution ne suffisait pas pour gouverner, comprit Erwel. Il fallait que celle-ci sache rejoindre les préoccupations du peuple, afin de l'inspirer.

« Laissez-moi me rendre dès maintenant à Belnaced », déclara le jeune homme d'une voix forte – qui retentit de façon bien trop sonore à ses propres oreilles.

Les poings serrés, Thormig pivota aussitôt vers lui avec une incrédulité teintée d'irritation.

« Je dépends de vous, Votre Grâce... pour une escorte, bredouilla Erwel en s'efforçant de soutenir le regard noir du duc. C'était ma destination finale, de toute manière. La Belnacie a besoin plus que jamais qu'on lui témoigne du soutien. » Il prit plus d'assurance à mesure qu'il parlait. « Et il est manifeste qu'il faut comprendre ce qui s'est passé à Doélic (il adressa un regard à l'arquide), en savoir davantage sur cette jouvencelle et ses prétentions exactes, de manière à informer Loered et le royaume entier de ce qui se prépare au juste. »

Thormig secoua la tête tandis que son expression s'adoucissait.

« Vous êtes mon hôte, Monsieur. Votre père me tuerait s'il vous arrivait quoi que ce soit. »

Erwel se leva, s'approcha et plongea son regard dans le sien.

« Je voudrais croire que je ne fais pas partie des pleutres et des fainéants, Votre Grâce, répondit-il à mi-voix. Si un terrible danger guette le royaume, nous sommes tous concernés. Et je préfère me trouver en première ligne à le combattre que rester éternellement caché dans le sillage de mon père. J'ai l'âge et la maturité. Vous l'avez dit sur la route. »

Le vieux duc ouvrit la bouche, se figea, puis souffla comme une baudruche qui se dégonfle.

« J'espérais vous initier à bien des choses pendant votre séjour parmi nous », répliqua-t-il avec la même discrétion. Son regard s'égara un bref instant. « Je ne pensais pas que cela me conduirait simplement à vous laisser prendre vos responsabilités... mais je suppose qu'en définitive, aucune autre leçon ne compte vraiment dans la vie d'un homme. »

Il releva les yeux.

« Et je suis d'accord avec vous. Il est temps que vous agissiez par vous-même. »

Mériane

Les rideaux avaient été tirés et la pièce sentait le rance. L'épouse et la fille du menuisier attendaient à la porte de la petite chambre, déjà vêtues du noir du deuil. Mériane avança avec circonspection dans la pénombre striée de rais de lumière où dansaient des grains de poussière.

Le malade était si maigre qu'il semblait prêt à se briser au moindre contact. Des lésions violacées s'étendaient sur sa peau comme de grandes ecchymoses ; seules quelques plaques de cheveux filasse s'accrochaient encore au crâne. Ses bras squelettiques, étendus sur la couverture, lui rappelèrent en un éclair de haine fugace la commandante en manteau sombre de l'armée askalite. Mais cet homme-là était la victime, comme tant d'autres, de la colère d'un dieu vengeur. Mériane n'était pas chirurgienne, même si les instructions de Wer, les derniers jours, lui avaient inculqué un bagage rudimentaire en la matière. Mais tout le monde savait reconnaître les signes du morbus.

Une grande lassitude, doublée du fantôme d'une colère ancienne, s'abattit sur la jeune femme. Elle avait vu en moins d'une semaine davantage de malheur, de douleur et de mort que dans toute son existence. Elle avait aussi sauvé davantage de vies qu'elle ne l'aurait jamais cru possible, tandis que Wer murmurait à son oreille, guidait ses gestes. À chaque sauvetage, sa légende grandissait. On sollicitait sa bénédiction, sa présence. Ce qui l'effrayait le plus, c'était la soif éperdue de ces gens. Leur désespoir de croire en une puissance supérieure pour justifier leurs peines, leurs tourments – le besoin de savoir que ceux-ci n'étaient pas vains, qu'ils avaient un sens. Mais la jeune femme ne comprenait pas comment le même Dieu, qui avait veillé sur elle pendant la bataille, qui lui montrait comment venir en aide aux nécessiteux, pouvait autoriser de telles injustices.

« *Tu connais le verdict*, souffla Wer à son oreille. *Nous sommes impuissants contre la maladie.* »

Elle acquiesça légèrement, songeuse. Le grabataire dut sentir sa présence, car il entrouvrit les yeux, et la regarda. Ses lèvres craquelées s'étirèrent en un faible sourire.

« Vous... êtes... venue, souffla-t-il d'une voix rauque.

— Je viens quand le besoin est sincère, déclara-t-elle. Dieu regarde tous ses enfants. Je suis là pour vous dire qu'il vous contemple et qu'il vous jugera. Ne craignez pas sa lumière ; accueillez-la et laissez-la purifier votre âme de toutes ses scories. »

Wer n'avait plus besoin de lui souffler les mots, à présent. Ils lui venaient avec une facilité qui la mettait mal à l'aise. Elle les avait déjà prononcés bien trop souvent. Elle se demandait toujours si elle y croyait ; mais si c'était Dieu lui-même qui les lui soufflait, n'étaient-ils pas justes ? Et même s'ils ne l'étaient pas, ils apportaient l'apaisement autour d'elle. N'était-ce pas juste en soi ?

« Cherchez le salut et le réconfort dans la prière et l'imploration de la vérité. Et quoi qu'il arrive, défaites-vous de toute autre peur que celle de notre rédempteur ; car si notre vie a été méritante, quel que soit le moment où il nous rappelle à lui, il nous réserve une place. »

L'homme ferma les yeux un moment puis les rouvrit.

« Merci », souffla-t-il.

Des sanglots discrets s'élevèrent derrière Mériane. Elle se retourna, prise d'une terrible envie de s'enfuir.

L'épouse, une matrone au visage ridé comme un fruit trop mûr, avait les yeux brillants. Elle gardait les mains posées sur les épaules de sa fille, une brindille qui ne devait pas avoir douze ans. Celle-ci contemplait son père avec de grands yeux incapables de comprendre ce qui était en train de se produire.

Mériane se revoyait à cet âge, quand elle commençait à prendre les leçons de la vieille Aelig. Deux ans plus tard, les Chasseurs de Vérité jugeaient l'aïeule. La forestière posa sa main calleuse sur le bras de l'adolescente.

« Quoi qu'il arrive, tu pourras l'affronter », murmura-t-elle soudain. Elle ne savait pas trop ce qu'elle faisait, à part qu'elle en avait assez de se cacher derrière la parole de Wer. « N'en doute pas. Même quand tu crois que ton monde s'est effondré et qu'il ne reste plus rien autour de toi... Tu es toujours là, toi. On se relève de tout. Il faut juste arriver à croire qu'on est assez fort. »

La fille la regarda avec un air de biche hébétée.

« C'est ce que Dieu veut pour moi ? »

Mériane s'assombrit.

« Non, ça c'est moi qui te le dis. »

Voyant que l'adolescente ne comprenait pas, la jeune femme ferma un instant les yeux, puis salua l'épouse éplorée et sortit.

Darén l'attendait à la porte ; il lui emboîta aussitôt le pas. Doélic avait retrouvé un semblant d'activité. Journaliers et charretiers se croisaient dans les rues étroites. Les pavés restaient encore humides des pluies des jours précédents, mais le vent avait repoussé les nuages vers le sud. L'air sentait la pierre mouillée, et Mériane éprouva même un semblant de chaleur sur les joues. Le soleil déclinant noyait le bourg d'ombres progressives.

« Alors ? s'enquit l'herboriste au bout d'un moment.

— J'ai pas envie d'en parler. »

Elle pressa le pas et releva la capuche de sa cape neuve. Trop de monde, trop de bruit. Elle n'aimait pas la ville, son agitation, ses exigences. Le silence de sa forêt lui manquait – sans parler du silence de sa propre tête. Par chance, Darén la protégeait, en quelque sorte, involontairement. Même si les deux parias avaient troqué leurs chausses de peau et leurs fourrures de lapin contre des tenues de chasse d'excellente facture grâce à la générosité du baron, Darén conservait ses tresses grasses et ses colifichets, qu'il portait à présent sur un manteau fourré. Il composait une image assez incongrue et, avec son regard dérangeant et son immense stature, il tenait les passants à distance – ce qui rendait bien service à Mériane. Il lui semblait que chaque serf des plaines, chaque femme enceinte, chaque adolescent sur le point de se marier lui demandait sa bénédiction. Sensible à leur espérance, elle n'osait pas refuser, mais n'en pouvait plus.

Elle fuit la rumeur et les attroupements sans vraiment réfléchir, et aboutit près du rempart est, non loin du pont-levis où s'était déroulé l'ultime affrontement. Là, des maçons juchés sur des échafaudages de bois s'affairaient à réparer les brèches de l'enceinte et la tour effondrée. Le martèlement régulier des outils apaisa sa tension. La garde avait été renforcée sur le chemin de ronde et deux nouvelles balistes tout juste construites renforçaient l'arsenal de défense.

Mériane se tourna vers Darén.

« Ça ne t'embête pas de m'attendre par ici ? Je... Je voudrais être un peu seule. »

L'expression toujours vaguement hébétée de son camarade ne varia pas, et il haussa les épaules. Mériane gravit l'escalier et gagna le chemin de ronde. Deux soldats la remarquèrent, échangèrent quelques mots à voix basse, mais la jeune femme s'éloigna avant qu'ils puissent s'adresser à elle.

Les champs noircis fumaient encore par endroits, et les vestiges des fermes incendiées par le feu-démon saillaient de la terre comme autant de fractures ouvertes. C'était comme si une encre grasse avait été renversée sur la plaine jusqu'à la forêt – à peine un liseré brun à l'horizon. Tout comme les flammes askalites se montraient capables de dévorer la pierre, elles ne s'éteignaient pas avec de l'eau ; Wer leur avait dicté de les étouffer avec du sable ou de la terre. Mais il faudrait encore des jours avant que les foyers ne s'éteignent. Toute l'étendue est de Doélic demeurerait inculte pendant des mois – peut-être des années.

Mériane s'écarta suffisamment des patrouilles pour pouvoir murmurer sans être écoutée, puis elle s'accouda à un créneau, sa capuche toujours relevée, les yeux rivés sur l'étendue.

« Pourquoi ? demanda-t-elle à voix basse, non sans une pointe de rancœur. Pourquoi nous avoir infligé tout ça ?

— *Tu sais que Je ne suis pas responsable des agissements des hérétiques askalites, Mériane. Ils sont anathèmes à Mes yeux et doivent être détruits.*

— Je parle pas d'eux ! répliqua-t-elle avec une frustration grandissante. Je parle... de tout le reste. La Fin des Temps. Les Anomalies. Les horreurs qui en sortent. La maladie, le morbus, la pauvreté, la faim, la mort! Wer, nous ne sommes pas responsables des actes de Mordranthia, de l'Empire d'autrefois! Il s'est peut-être égaré, il était peut-être impur, mais... C'était avant même la Rhovelle!» Elle soupira. «Vous m'avez aidée à sauver ces villageois, pendant la bataille. Vous m'avez guidée pour sauver le baron et tant d'autres blessés depuis, et je vous remercie – vraiment. Mais expliquez-moi le rapport entre ce pauvre menuisier, tout à l'heure, et l'Empire d'Asrethia, s'il vous plaît. Quel rapport avec nous? Qu'est-ce qu'on vous a fait?»

Un bref silence s'écoula avant que Dieu ne réponde :

« Mériane, tu t'attardes sur l'individu, car, bien sûr, c'est ce que tu vois. Mais Moi, qui suis aux Cieux, Je discerne un tissu de causes et de conséquences qui t'échappe. L'immense majorité de l'humanité n'est constituée que d'une masse, un courant; seuls de rares Élus s'en détachent, comme toi ou Mes Hérauts d'autrefois. Cette masse, J'en vois et J'en comprends les tendances. Je veille sur elle comme un berger.

— Donc, il faut que certains souffrent pour protéger la majorité? rétorqua-t-elle. Excusez-moi, mais vu votre puissance, je trouve ça trop facile.» Elle ajouta à voix plus basse encore, mais suffisamment forte pour que Wer l'entende : «Et même cruel.

— *Il ne s'agit pas de cela, Mériane. Quand un mouton tombe dans le ravin, accuse-t-il le berger? Le berger garde le troupeau, mais le troupeau demeure libre.* »

La forestière n'eut pas envie de répondre à cet argument. Elle le comprenait, mais quelque chose la dérangeait dans cette métaphore sans qu'elle parvienne à le cerner. L'ombre du rempart s'étendait toujours plus loin vers les ruines noircies tandis que le soleil plongeait derrière le petit château trapu de Doélic. Une faible brise s'infiltra sous sa capuche, jouant à travers ses cheveux mi-longs.

« *Ne doute pas, Mériane, car J'ai un dessein* », reprit Dieu à son oreille. Sa voix semblait toujours un peu déformée, résonnant dans un immense espace. « *L'humanité a laissé Mordranthia la séduire, amenant avec elle la corruption de l'Âge d'or. L'homme M'a tourné le dos, et son Empire d'Asrethia a sombré dans la paresse, la facilité, la concupiscence, jusqu'à ce que les âmes s'assèchent et ne placent leur révérence que dans les machines. En purgeant le monde par le feu, en lui rappelant sa chute à travers les Anomalies, Je lui présente seulement son reflet, une mise en garde quant à ce qui s'est déjà produit. Je sais que tu t'opposes à cette idée, mais c'est par la souffrance que l'on apprend. Vois ce menuisier mourant, tout à l'heure. As-tu vu sa ferveur ? Sa paix ?*

— J'ai aussi vu la peine de sa femme et une fille tellement soumise qu'elle ne pouvait pas croire que je puisse m'exprimer en mon nom, sans même parler de l'envisager pour elle.

— *Mériane, tu as réalisé des amputations sous Ma supervision, ces derniers jours, n'est-ce pas ?* »

La jeune femme frissonna à l'évocation de ce souvenir – elle avait eu l'impression de dépecer du gibier vivant. Le chirurgien de Doélic avait accueilli d'un mauvais œil cette intrusion dans son domaine, mais, de toute évidence, Mériane guidée par Wer s'avérait bien plus douée que lui.

« *Si l'on veut sauver le blessé, peut-on lui éviter cette souffrance ? Peut-on lui éviter la perte du membre et la réadaptation qui suivra ? Faut-il plutôt le laisser mourir ?*

— Mais pourquoi est-il blessé, pour commencer ? rétorqua Mériane. Pourquoi tombe-t-il malade ?

— *Parce qu'il est libre. Comme Mordranthia l'était, comme ses fidèles l'étaient. L'Empire d'Asrethia et le monde qu'il a forgé étaient une blessure infligée au cœur de l'humanité. Pour sauver celle-ci, il a fallu amputer.* »

Mériane prit une profonde inspiration. L'air rafraîchissait vite, mais elle n'avait pas envie de redescendre dans la foule et l'agitation. Elle lança un long regard à la forêt au loin, gagnée par le crépuscule, et songea à sa cabane, à ses collets, à ses provisions qui se gâteraient bientôt si elle ne rentrait pas. À la simplicité.

« Vous avez ouvert la porte aux démons, maugréa-t-elle. Et maintenant, vous nous demandez de les combattre. Je trouve ça injuste.

— *Où sont le rachat, la valeur, si la pureté ne se gagne pas ? La grandeur ne peut exister sans chute.* »

La jeune femme se redressa et croisa les bras. Wer pouvait lui raconter ce qu'il voulait sur l'Âge d'or, à travers ses Hérauts et son clergé, il était la seule source d'informations sur cette époque ancienne. Et même si elle haïssait la souffrance et les démons d'Aska, et que Dieu lui offrait les moyens de les combattre tous les deux, elle peinait à se défaire de la méfiance de toute une vie. *Détruire le monde puis déchaîner la magie sauvage, ça me donne surtout l'impression que vous êtes tous de la même engeance,* ajouta-t-elle dans le sanctuaire de ses pensées, là où Wer ne pénétrait pas.

« Je vous ai trouvé dans une Anomalie...

murmura-t-elle d'un air pensif. Qu'est-ce que Dieu fabriquait au cœur même de la souillure du monde ?

— *C'est justement la réponse à ta question sur la souffrance, Mériane. Je suis la Lumière dans les Ténèbres. Au plus profond du désespoir, on Me trouve – comme tu M'as trouvé sur le champ de bataille, avant de sauver la ville à toi toute seule. Nous savons bien que tu ne M'aurais jamais accepté sans cette tragédie.*

— Vous l'avez déclenchée ?

— *Ne reporte pas sur Moi la culpabilité que tu ressens de ne pas avoir agi plus tôt. Tu ne M'écoutais pas auparavant ; maintenant, tu le fais. Voilà : c'est en cela que la souffrance vous rapproche de Moi.*

— Et les femmes ? grogna-t-elle avec hargne. C'est censé nous rapprocher de vous, qu'on nous enferme, qu'on nous ignore, qu'on nous soumette de la naissance à la mort à nos pères, frères, époux, suzerains, rois, prèdes ? Partout où je regarde, il y a un homme pour me dicter ma vie. Comment m'habiller pour ne pas susciter la tentation, comment me taire pour ne pas faire honte, et comment mourir, même, sur le bûcher si possible, pour qu'on puisse mieux oublier que j'aurais éventuellement existé ! »

Son ton avait monté, au point que deux gardes, une trentaine de pas plus loin, se retournèrent. Mériane leur tourna le dos et se mit à marcher sur le chemin de ronde, les bras croisés, le brasier d'une fureur ancienne brûlant dans la poitrine.

« Grâce à vous, poursuivit-elle en murmurant agressivement entre ses dents, grâce à votre clergé, nous sommes des demi-humains dont l'existence ne se justifie que rattachée à un homme. Votre propre croisé l'a dit, ce… Leopol. Vous avez beau tout voir, je ne crois pas que vous compreniez l'hostilité que j'ai essuyée rien qu'en décidant de quitter la ferme de mes parents et de vivre par moi-même. Le village a aidé Darén à s'établir; s'il avait été une femme, on l'aurait brûlé!

— *T'es-tu seulement demandé pourquoi Je t'ai choisie, Mériane?* »

Elle se figea en relevant la tête avec stupéfaction.

« *Oui…* fit-il avec douceur. *Peut-être que les temps doivent changer. Peut-être que tu peux participer à leur avènement. Mais rien ne se produira si Aska conquiert le royaume. Tu as vu à quoi ces hommes se sont alliés. Crois-Moi, votre servitude actuelle est cent fois préférable au règne de terreur des abominations.* »

Mériane se mordit la lèvre. Elle contempla de nouveau la plaine ravagée en se remémorant les explosions, les soldats fanatiques, la puissance des démons; sa course effrénée, son souffle qui lui brûlait la poitrine, l'horreur incommensurable qui avait enfoncé, coup après coup, les portes de son esprit. Et il y avait eu cette commandante décharnée en manteau anthracite, le regard échangé entre elles deux. L'Askalite avait tourné les talons pour retourner dans l'enfer d'où elle avait émergé comme si toute cette destruction n'était qu'une péripétie.

Non seulement sauver la Rhovelle, songea Mériane, *mais créer un royaume différent, plus juste, avec l'appui de Dieu en prime? Et être l'architecte de ce changement, pour l'avenir?*

Elle secoua la tête.

« Vous n'essaieriez pas un peu de me manipuler?

— *Je te guide; nuance. Comme toutes et tous en ce bas monde, tu demeures libre de tes actes. Tu es une femme et tu entends la parole de Dieu. Qu'en feras-tu? À toi de décider.* »

Mériane lâcha une longue expiration. Elle s'assit au bord de la muraille, les jambes dans le vide, au-dessus des douves sombres. Ces derniers jours, on parlait de les drainer pour se débarrasser du cadavre de métal qui gisait au fond, mais certains s'y opposaient par terreur religieuse, et nul n'était en position de trancher. Doélic attendait toujours que la forteresse de Valbrisson envoie un prède et des frères pour remplacer les hommes tombés au combat. Wer avait informé Mériane que la carcasse ne présentait aucun danger, mais elle restait hors de ce débat qu'elle considérait oiseux.

« La veille de son exécution, reprit la forestière d'une voix lasse, on m'a laissée voir Aelig dans les geôles. J'étais furieuse. J'en voulais à tout le monde : au meunier qui l'avait accusée, à ceux qui n'avaient pas pris sa défense, au baron qui laissait faire, mais par-dessus tout à vous. Non seulement vous permettiez, mais vous approuviez qu'on brûle une vieille femme qui n'avait jamais fait de mal à personne. Mais vous savez ce qu'elle m'a dit, cette nuit-là ? » Elle eut un rire sans joie. « Bah. Évidemment que vous le savez.

— *Répète-le-Moi, Mériane. Je sens que tu en as besoin.* »

Elle soupira, mal à l'aise, en tapotant rythmiquement des talons contre la muraille.

« Elle m'a dit qu'elle, elle n'en voulait à personne. Que les gens ne pouvaient pas agir autrement qu'avec ce qu'ils étaient au fond d'eux, que c'était comme ça. Elle a haussé les épaules... mais elle a quand même ajouté que vous deviez être un dieu bien triste pour brûler des vieilles dames pour vous rassurer.

— *Je ne suis pas Mon clergé, Mériane. Il parle en Mon nom, mais le privilège de M'entendre est rare. Toi seule portes ce don en notre époque. Et c'est pour cela que tu dois le porter plus loin, si tu souhaites qu'on l'entende. Si tu veux faire une vraie différence qui aille au-delà de réconforter les mourants. Si tu veux éviter que ce qui est arrivé ici ne se reproduise à l'échelle du royaume. Et si tu le souhaites réellement, tu dois agir sans délai. Le temps nous est compté, Mériane.* »

Elle posa les coudes sur les cuisses, les poings contre les lèvres. Son regard s'égarait au-dessus des cimes lointaines, vers les premières étoiles à percer le ciel qui s'assombrissait. La lune bleutée émergeait timidement d'un banc de nuages.

« J'ai vraiment une chance de… de détruire ces vomissures de la terre ?

— *Je ne te donnerai pas d'espoirs futiles, J'ai compris que tu n'en voulais pas. Auparavant, quand les démons étaient livrés à eux-mêmes, ils ne représentaient guère de danger à l'intérieur des frontières que J'ai dictées à Saint Ysmel. Mais à présent, Aska a un Prophète, lui aussi. Il se nomme Ganner. Il a rallié les démons sous sa bannière, les a organisés, armés. Il ne se soucie pas des âmes des siens, ses armes sont ignobles, ses effectifs sont innombrables. Cela s'annonce long, douloureux et difficile, et rien n'est certain. Mais toi seule peux inspirer la Rhovelle à la résistance en Mon nom, comme tu l'as fait avec ces serfs dans la plaine. Car toi seule entends Ma voix, et peux guider les armées à la victoire, en leur évitant de tomber dans les pièges de l'ennemi.* »

La jeune femme ferma les yeux, puis les rouvrit. La forêt n'était plus qu'une bordure noire soumise à l'avancée du soir. En elle, quelque chose se débloqua, et une forme de résolution l'envahit, ce qui l'apaisa. Aussitôt, son habituel pressentiment funeste la gagna, mais elle l'accepta. Elle comprenait ce qu'elle avait décidé inconsciemment dès qu'elle avait posé les yeux sur l'armée démoniaque : elle ne reverrait jamais sa cabane ni son ancienne vie. Cette quiétude lui manquait, certes, mais elle ne pouvait pas simplement rentrer chez elle et ignorer tout ce qui s'était passé. Les Askalites voulaient envahir le royaume. Wer annonçait que leur Éternel Crépuscule rongeait en ce moment même la Cordillère Égide.

Elle se racla la gorge.

« Je sais que je vous ai déjà prêté serment, murmura-t-elle, un peu émue malgré elle. Mais je voudrais le refaire, maintenant que le calme est revenu. Donnez-moi une chance de protéger mon pays. Et de détruire ces démons jusqu'au dernier. Faites ça, et je vous servirai.

— *Je t'y aiderai, Mériane. Porte Ma parole. Tu es Mon Héraut, dorénavant.* »

Elle lâcha un gloussement où perçait l'incrédulité.

« Héraut de Wer... Ouais. Si mes parents me voyaient.

— *J'ai forcément remarqué que tu ne leur avais pas rendu visite et que tu ne t'étais pas non plus souciée de leur sort*, répondit Dieu.

— Ils habitent dans la vallée, de l'autre côté. » Elle écarta les mains et les fit claquer sur ses cuisses. « On s'est pas quittés dans les meilleurs termes. Mon père avait arrangé un mariage avec le fils du fermier voisin, pour avoir plus de terres à cultiver et réduire la part de l'impôt seigneurial. Non seulement j'étais une fille, et donc bonne à rien, mais en plus je partais, ce qui détruisait le seul projet qu'il avait jamais pu avoir. De tout Doélic, c'est mes parents et ma sœur qui m'ont le plus traitée en paria. »

Elle frissonnait. Elle bascula les jambes vers le chemin de ronde et s'y laissa tomber.

« Avec tout le bruit et les… rumeurs ahurissantes qui courent maintenant sur moi, ils seraient venus me voir s'ils le voulaient. Alors, ça peut vouloir dire deux choses : soit ils sont morts dans la bataille, soit ils refusent toujours d'entendre parler de moi. Et ne me dites rien, s'il vous plaît. Je préfère ne pas savoir.

— *Ah, les vertus de l'ignorance.* »

Mériane se frotta les mains pour se réchauffer et retourna vers l'escalier qui descendait dans la rue circulaire. Le quart de nuit commençait à relever les soldats en faction. Les effectifs de la garde avaient été renforcés, et elle remarquait de plus en plus d'adolescents dans ses rangs. La jeune femme secoua la tête. La vie sur les fermes était déjà assez difficile. Elle ne souhaitait à personne de devoir affronter ces choses qu'elle avait vues.

Elle s'aperçut tout à coup qu'elle pourrait bien se trouver forcée de conduire des enfants à la bataille, et cette idée la glaça jusqu'au cœur. Elle ferma les paupières avec force et grimaça. Puis elle les rouvrit et, pour se donner une contenance, lança avec agacement :

« Par contre, vous et moi, il va falloir qu'on change quelque chose. Qu'est-ce que c'est que ce terme stupide, "Héraut" ? Ça se met même pas au féminin. »

13

Chunsène

Un ruisselet de conscience s'introduisait à nouveau dans le corps glacé de la jeune fille, et sa première pensée fut : *Évidemment*. Si les dieux gardaient un œil sur elle, allaient-ils la laisser partir tranquillement après tout ce qu'elle avait vécu ?

Non. Ç'aurait été trop clément.

Une clarté teintait de rouge la noirceur de ses paupières. Il lui semblait que son corps avait été changé en bois.

Elle prit une inspiration et ses côtes craquèrent. Elle se sentait tiède. Non pas glacée ; *tiède*.

L'air ambiant ne lui brûlait pas les poumons quand elle respirait – elle sentait juste une légère odeur de fumée. Pas de neige dans sa bouche ni ses narines – mais une curieuse sensation cotonneuse sur son visage. Une douceur qui combattait la brûlure sourde de ses joues, de ses oreilles. Elle était étendue sur une surface dure.

La plus écrasante fatigue qu'elle ait jamais connue lui engourdissait les membres et l'esprit.

Néanmoins, la part viscérale qui lui dictait de

rester en vie à tout prix, quelles que soient la souffrance et l'horreur, lui interdisait de sombrer à nouveau dans l'inconscience. Elle n'aurait jamais dû se réveiller après cette chute. Son voyage aurait dû s'arrêter là. On l'avait donc tirée du pétrin – et, vu la cruauté des dieux, c'était pour un sort pire que la mort.

Un feu crépita, suivi d'un raclement de pieds.

La tension fouetta aussitôt les veines fatiguées de l'adolescente. Elle ouvrit grands les yeux – pour se trouver aveuglée par la clarté ambiante –, chercha à se relever, mais les forces lui manquèrent et elle s'effondra de nouveau avec un grognement. Le heurt de son corps perclus de douleurs sur la roche lui coupa le souffle. Elle cilla, cherchant à accommoder sa vision floue. Des bandes propres lui couvraient les mains. La tiédeur qui l'enveloppait disparut – elle comprit confusément que la couverture avait glissé. Elle portait une chemise neuve de tissu sombre. La jeune fille grimaça et hoqueta tandis que la sensibilité qui regagnait ses extrémités lui enfonçait des myriades d'aiguilles sous la peau. Elle se mit à grelotter de façon incontrôlable.

Le vent hurlait, mais au loin. Assourdi.

« Du calme, dit une voix féminine avec douceur. Tu ne dois pas trop t'approcher du feu. C'est tentant, mais crois-moi, dans ton état, cela te ferait plus de mal que de bien. »

Une ombre la souleva et elle chercha à se débattre faiblement, prise de panique. Mais on la reposa aussitôt, et la tiédeur revint quand on la couvrit. Sa geôlière se releva et s'éloigna à nouveau.

Chunsène avait la tête qui tournait, et la nausée menaçait de lui retourner l'estomac. Elle ferma les yeux avec force, respira par la bouche, puis se tourna vers celle qui la tenait à sa merci.

« Qu'est-ce... vous voulez ? haleta-t-elle péniblement. J'vous préviens... J'me laisserai pas faire.

— Je vois cela, répondit l'autre. Cela n'a pas l'air très facile de te persuader de rester tranquille, même si c'est pour ton bien. »

Elle parlait az'redj avec un accent bizarre que l'adolescente ne connaissait pas. Pointu, précis, sans les contractions habituelles.

Son malaise un peu passé, la jeune fille entrouvrit les paupières. La lueur d'un petit feu lui perça le crâne, mais elle se força à s'habituer. La clarté dansait sur les parois sombres d'une petite caverne. Sa geôlière était assise devant – et Chunsène fronça les sourcils, stupéfaite, en se demandant si son voyage ne s'était pas bel et bien terminé avec sa chute et si elle n'avait pas atterri dans un quelconque monde des morts qu'aucune des deux religions ne mentionnait.

L'adolescente n'avait aucun mal à déterminer qu'il s'agissait sans conteste de la femme la plus belle qu'elle avait jamais vue.

Elle avait la peau claire, parfaite, sans une cicatrice ni une égratignure. Ses cheveux blonds, retenus par un serre-tête ouvragé, cascadaient sur ses épaules en mèches lisses, comme si elle venait tout juste de les peigner. Elle portait une tunique et un pantalon de laine ajustés sous une cape splendide, qui révélaient malgré leur épaisseur une silhouette à la fois svelte et tonique. Chunsène l'envia et la détesta aussitôt. Elle respirait la vie et la santé, probablement comme quelqu'un qui aurait mangé toute sa vie à sa faim. La jeune fille se demandait comment elle avait pu rester si propre dans un tel environnement.

La femme remuait quelque chose dans une petite marmite au-dessus du feu. Chunsène repéra ses propres affaires, un tas de haillons humides dans un coin. Un gros paquetage, auquel était attaché un fagot de bois, était adossé à côté contre la paroi ; ainsi qu'un carquois et un arc splendide, gravé, aux lignes pures. En travers du sac, la jeune fille reconnut le manteau de l'adversaire qui l'avait vaincue près de la machinerie diabolique de Ganner.

Pourtant, la femme ne portait pas d'uniforme askalite.

« Vous… Vous êtes qui ? »

Ses mots étaient pâteux. Chunsène avait les lèvres grasses, engourdies. Elle résista à la tentation de les essuyer ; ses gerçures semblaient un peu apaisées.

L'autre goûta ce qu'elle cuisinait, puis servit un petit bol et revint s'accroupir près de la jeune fille. Elle voulut l'aider à se relever, mais Chunsène se dégagea d'un roulement d'épaules et s'assit avec lenteur, prise d'éblouissements. Elle voulut frotter ses joues brûlantes, mais les trouva bandées également. La femme écarta fermement son bras et lui colla sous le nez le bol en bois avec une cuillère.

« Mange. Mais ne touche pas tes bandages. Tu as la peau à vif. »

Le bouillon dégageait une succulente odeur de graisse et d'épices. L'adolescente aurait juré sur l'instant qu'elle n'avait jamais rien senti d'aussi bon – et son hostilité envers sa geôlière redoubla. Qui était cette inconnue pour être aussi belle et savoir si bien cuisiner ?

L'estomac de l'adolescente se tordit douloureusement tandis qu'elle dévisageait l'étrangère. Elle avait des yeux d'un vert profond qui rappelaient les trous d'eau en été.

« Vous allez me tuer ? »

L'autre émit un bruit de gorge désabusé.

« M'ennuyer à te déterrer d'une avalanche, soigner tes gelures, tout cela pour t'empoisonner ensuite ? Cela représenterait bien du travail absurde, ne crois-tu pas ? »

Elle déposa le bol par terre devant la jeune fille, puis retourna s'asseoir devant le feu.

« J'ai vu plus pervers, marmonna Chunsène en fixant le repas sans oser y toucher.

— Oh, tu risquais bien davantage avec la viande corrompue que j'ai trouvée dans tes affaires. »

Elle regarda l'adolescente avec tristesse, les lueurs orange dansant sur sa peau satinée. Chunsène leva le nez en retour, et quelque chose, dans le regard pur de l'autre, parvint à se frayer un chemin jusqu'à cette part d'elle-même qu'elle ne voulait plus connaître, celle qu'elle avait verrouillée avec la mort de sa mère. L'étrangère devait avoir vingt-cinq ans, mais il y avait dans ses yeux une peine et un poids que Chunsène ne pouvait sonder. L'espace d'un instant, la jeune fille eut l'impression que, malgré sa bonne santé, l'étrangère avait traversé un enfer comparable au sien.

« J'ai pas touché aux démons », maugréa l'adolescente, prise de honte et de dégoût envers elle-même. Elle détesta encore plus l'étrangère pour l'image qu'elle lui renvoyait d'elle-même. Elle était si belle et si propre, alors qu'elle-même était sale, blessée, et qu'elle avait dû se nourrir de la façon la plus vile qui soit.

Chunsène céda à la faim. Si les dieux lui réservaient encore un tour cruel, autant s'y jeter et en finir rapidement. Elle voulut prendre le bol de sa main bandée – et eut un hoquet effaré.

Elle fit un geste brusque qui le renversa. Elle recula frénétiquement sur les fesses, loin du feu, loin de l'étrangère – les démons savaient prendre les allures les plus séduisantes, c'était Wer qui le disait. La jeune fille se retourna, et entrevit seulement, au bout d'un boyau étroit, la quasi-obscurité du ciel zébré par le blizzard. Le froid se faisait sentir bien vite au-delà du cercle de clarté.

La femme se leva précipitamment et s'avança à grands pas. Les poings levés devant la bouche, les yeux écarquillés, Chunsène passa alternativement de sa geôlière à l'extérieur mortel, toute pensée consciente oblitérée par la panique, incapable d'opter pour un enfer plutôt qu'un autre.

L'autre s'accroupit et lui saisit les poignets, puis les écarta avec douceur, mais fermeté. L'adolescente se trouva incapable de résister à sa force surprenante.

« Chut, fit l'étrangère. Chut. Tu ne risques rien ici, avec moi. Je te le promets. Tout va bien.

— Non, ça va pas! cria Chunsène. Mes mains...! Mes mains! »

La femme baissa les yeux sur les bandages tachés de sang de la jeune fille, qui les contemplait en secouant frénétiquement la tête, au bord des larmes. Le tissu blanc se tachait d'écarlate au bout de certains doigts – les deux index, l'annulaire et l'auriculaire droits, le majeur gauche. Le nouveau tour cruel des dieux ne s'était pas fait attendre.

Ils s'arrêtaient à l'avant-dernière phalange – et même la première pour le majeur.

« Je n'avais pas le choix, tu comprends ? dit la femme blonde d'une voix calme, mais résolue. L'infection s'était installée. Ces parties-là étaient mortes. »

Chunsène se débattit, mais l'autre avait décidément une poigne d'acier.

« Elles auraient pu te tuer, avec le temps ! Il fallait laisser respirer la peau saine !

— Vous m'avez... coupée ! cracha l'adolescente d'une voix rageuse et tremblante.

— Je suis désolée, répondit l'autre. Sincèrement. Écoute, je t'ai sauvée du blizzard et de l'avalanche. Ne crois-tu pas que si je te voulais du mal, j'aurais pu en profiter depuis longtemps ?

— Tout le monde veut du mal aux gens... gémit Chunsène. Ça vient toujours. Juste une question de temps...

— Je suis profondément navrée que tu penses de la sorte, mais je t'assure que c'est faux. »

La jeune fille remua encore les bras avec violence, et la femme la lâcha. Chunsène replia ses mains amputées sous ses aisselles pour les cacher. Elle jeta un autre coup d'œil vers l'extérieur, mais la vue du blizzard, de l'obscurité et la perspective même du froid sapèrent ses forces. Elle resta là, incapable de fuir, et terrifiée à l'idée de s'approcher de nouveau.

« Comment vous avez fait ?

— Tu étais inconsciente. Au bord de la mort, et glacée.

— Vous m'avez jeté un sort, rétorqua Chunsène

avec obstination. Pour que j'sente rien. Vous allez faire quoi de mes doigts?

— Mais rien…! s'exclama l'autre avec horreur. Je suppose que cela t'est difficile à admettre, mais j'ai fait cela pour ton bien. C'est la vérité, je t'assure.» Elle plissa les lèvres, et son regard s'adoucit. «Excuse-moi de ne pas avoir pris soin de mieux te l'annoncer. Je… J'ai un peu perdu l'habitude du contact humain. À force de vivre seule, vois-tu?»

Elle eut un sourire, et Chunsène se renfrogna en voyant ses dents blanches et parfaites. *Évidemment.*

«Je m'appelle Nehyr, dit-elle. Et toi?

— Non, grogna l'adolescente en la dévisageant avec hostilité. Vous êtes une mangeuse de doigts. Vous êtes… Mange-doigts.

— On m'a appelée bien des choses, répliqua la femme avec un petit rire désabusé, mais là, c'est une première.»

Elle posa les mains sur ses cuisses, attendit un instant, puis se leva et retourna près du feu en ramassant le bol et la cuillère. Malgré elle, Chunsène eut une moue triste en se rappelant la tiédeur de la couverture qui gisait, défaite, à quelques pas.

«Écoute, tu es libre de rester là-bas si tu le souhaites, dit Nehyr – Mange-doigts. Tout comme de partir. Je ne te retiens pas, même si j'aimerais mieux te voir rester en vie après le mal que je me suis donné pour te sauver.

— Et pourquoi? M'avoir sauvée?

— Parce que tu es tombée en partie par ma faute, répondit-elle comme si c'était une évidence. Et que, sans vouloir te vexer… Vu ton allure, tu n'es clairement pas avec les Askalites.» Elle fronça les sourcils. «Que fabriques-tu ici, d'ailleurs?

— Et vous? rétorqua aussitôt Chunsène avec hargne. Qu'est-ce-y me dit que vous êtes pas avec eux et que vous allez pas me servir à Ganner?»

La femme ouvrit la bouche, puis la referma.

«Sais-tu ce qu'est cet engin où je t'ai rencontrée?»

L'adolescente secoua la tête d'un air farouche.

«Les Askalites les appellent des Faiseurs de Pluie. C'est grâce à ces mécanismes qu'ils produisent et entretiennent leur Éternel Crépuscule. Ils en disposent régulièrement au fil de leur avancée et les protègent jalousement, d'habitude; mais là, cela n'aurait pas eu beaucoup de sens dans les cimes, où rien ne vit. Après m'être assurée que l'armée se trouvait à bonne distance, je remontais l'étudier.»

Chunsène eut un rictus sauvage. Son intuition de tout casser avait été bonne, donc. Dans le doute, décida-t-elle, elle casserait dorénavant tout ce qui ressemblait de près ou de loin à un dispositif askalite.

«Vous l'avez détruit, alors?

— Surtout pas, répondit Mange-doigts. Le Prophète d'Aska, et Aska lui-même, sont très jaloux de leur Éternel Crépuscule. Il les dissimule, tout en conférant la vue à leur dieu; c'est un atout primordial pour eux. Si je l'avais mis hors service, cela les aurait alertés de ma présence, et de la tienne... Et tout cela pour quoi?

— Pour leur faire du mal», gronda Chunsène entre ses dents.

Elle n'avait pas imaginé à quel point cela faisait du bien de prononcer ces mots à voix haute. *Leur faire du mal.* Elle savoura ces mots sur sa langue, les répéta silencieusement avec ses lèvres grasses. C'était ce qu'elle ferait, dorénavant. Du mal aux Askalites. Qu'ils éprouvent, comme elle, la peur et l'horreur.

Qu'ils meurent tous, mais pas sans avoir hurlé, pas sans que Chunsène voie d'abord la terreur dans leurs yeux, pas sans qu'elle les entende implorer d'abord sa pitié. Et elle ne la leur donnerait pas. La haine distilla une énergie nouvelle et enivrante dans ses veines. Elle apaisa la jeune fille. Elle se sentait redevenir elle-même.

Une nouvelle pointe de regret traversa les yeux détestablement parfaits de la femme, mais elle reporta son attention sur le feu et remua le contenu de la petite marmite. L'estomac de Chunsène émit un nouveau grondement dans les mugissements lointains des rafales et les craquements du feu.

La voix détachée de sa raison l'invitait à s'approcher. Elle n'accomplissait rien de la sorte, à ne pas profiter de la chaleur comme à ne pas s'enfuir. Qu'elle se décide, mais qu'elle ne reste pas ainsi, sans les avantages de l'un ni de l'autre.

L'adolescente se rapprocha à genoux des couvertures, les mains toujours cachées sous les aisselles. Elle jaugeait la voyageuse avec méfiance, prête à détaler dès que l'autre révélerait ses intentions hostiles.

En guise d'intentions hostiles, elle lui servit un nouveau bol.

« Tu ne veux vraiment pas manger un peu ? s'enquit Mange-doigts. Cela te ferait du bien, tu sais. » Elle la jaugea de bas en haut. « Tu es grande, mais pas très épaisse. »

Quitte à s'approcher du feu, raisonna Chunsène, *autant ne pas mourir le ventre vide*. Elle dévisagea sa vis-à-vis, puis acquiesça sèchement.

L'autre eut un petit sourire et s'approcha sans

gestes brusques. Elle posa le bol par terre, à portée de la jeune fille, puis retourna près du feu.

Chunsène l'attrapa en évitant de regarder ses mains blessées, puis la cuillère. Elle goûta prudemment – et ne put retenir une exclamation de délice. Les légumes étaient tendres, la viande juteuse à souhait. Rien à voir avec les morceaux filandreux ou nerveux qu'elle avait mangés toute sa vie. La jeune fille pensa une nouvelle fois qu'elle devait être morte ; il n'existait probablement rien d'aussi bon dans le monde, encore moins au fond d'une caverne perdue dans des montagnes infranchissables. L'instinct prit le dessus et elle dévora la soupe, qui l'emplit d'une chaleur merveilleuse.

« C'est bon ? demanda l'autre en souriant.

— Encore », rétorqua Chunsène en tendant le bol d'une main et en s'essuyant la bouche de l'autre.

L'étrangère s'exécuta et s'éloigna de nouveau. L'adolescente attaqua la deuxième portion avec davantage d'appétit encore que la première. Le bouillon réveillait les crevasses de ses lèvres, mais elle s'en moquait.

« Si tu veux faire du mal aux Askalites, déclara la femme, il y a bien des façons de faire, mais ce n'est pas en détruisant un seul Faiseur de Pluie que tu accompliras quoi que ce soit.

— Comment vous savez ça ? répliqua Chunsène la bouche pleine.

— Je les observe depuis longtemps. Ils ont pris beaucoup d'envergure, depuis l'arrivée de Ganner... Beaucoup trop. Sans lui, la progéniture d'Aska n'aurait jamais été assez organisée pour descendre des glaces lointaines du Nord, sans parler d'envisager la traversée de ces montagnes.

— Faut qu'ils meurent », fit l'adolescente d'une voix sourde, mâchant à peine avant d'avaler.

Du coin de l'œil, elle vit Mange-doigts l'observer. Chunsène levait régulièrement les yeux avec méfiance, les épaules jalousement voûtées sur son repas. Visiblement, elle n'allait pas mourir empoisonnée dans la seconde. Elle s'attendait donc à ce qu'on lui retire le bol ou que la femme profite de son inattention pour la frapper. Eh bien, elle ne se laisserait pas faire.

« Pour vaincre un adversaire, il faut d'abord le comprendre, déclara Mange-doigts avec douceur.

— Pour tuer quelqu'un, faut juste le tuer », riposta Chunsène.

Le silence s'installa de nouveau tandis que la jeune fille terminait le deuxième bol et le tendait encore, vide et parfaitement léché. L'étrangère l'invita d'un geste à s'approcher un peu plus.

Chunsène regarda autour d'elle avec méfiance, mais il n'y avait que les parois rocheuses lisses et mornes où dansaient les flammes. Elle empoigna la couverture, s'emmitoufla puis se rapprocha sans quitter Mange-doigts des yeux, trop belle pour être honnête. Celle-ci la resservit.

« Alors, et toi ? fit-elle. C'est pour faire du mal à l'armée askalite que tu es venue ici toute seule ? »

Chunsène releva sèchement la tête, mais il n'y avait aucune ironie dans ses yeux verts. Elle la regardait simplement, attendant sa réponse.

« Ouais, grogna l'adolescente. Mais y a la Rhovelle, surtout. Dieu est là-bas, qu'on dit. T'façon, ça peut pas être pire qu'ailleurs. Ganner a tout ravagé chez moi. » La haine lui tira le coin de la bouche. « Et si j'peux tuer autant d'Askalites que j'y arrive en passant, ça sera pas plus mal.

— Tu risquais surtout d'y laisser ta peau, telle que tu étais partie.

— Qu'est-ce vous en savez, hein ? s'exclama brutalement Chunsène. Propre et nette comme vous êtes, vous avez la belle vie, non ? Riche ou j'sais pas quoi. Pouvez pas comprendre d'où je viens. »

Mange-doigts plissa les lèvres et reporta son regard vers le feu.

« Je comprends mieux que tu ne le penses », murmura-t-elle.

Chunsène se rappela la peine qu'elle avait vue sur son visage, comme un poids ancien qu'elle avait charrié toute sa vie. Une once de culpabilité effleura le cœur de l'adolescente, mais elle la refoula aussitôt comme on écarte un insecte. N'empêche, qui était cette femme ?

Les réflexes naturels de Chunsène coupèrent court à cette question. Cela ne la regardait pas. Elle savait qu'on s'attirait seulement des ennuis à vouloir s'immiscer dans les histoires des autres. Chacun en avait bien assez avec les siennes.

La jeune fille termina son troisième bol. Elle lâcha une expiration satisfaite, suivie d'un rot sonore, et reposa le bol par terre. Elle tâta sa chemise épaisse du dos de ses doigts bandés.

« V'm'avez déshabillée.

— Il fallait bien. Tu étais trempée de neige. Et il fallait passer de l'onguent sur tes gelures... Celles que je pouvais soigner. »

Chunsène portait également des chausses sombres. Les vêtements étaient épais, chauds.

« C'est à vous ? »

Pour la première fois, le sourire de l'autre se teinta de froideur.

« À des Askalites, répondit-elle. Je ne sauve pas tous ceux que je rencontre, tu sais. »

L'adolescente jaugea la femme, sa pureté, et peina à l'imaginer tuant quelqu'un – mais elle avait éprouvé sa force et vu comment elle combattait. Elle ne portait pas d'armes visibles, hormis un petit couteau à la ceinture, qui ressemblait plutôt à un ustensile de cuisine. Probablement qu'avec une telle dextérité, on n'avait pas besoin d'épées. Chunsène l'envia encore davantage. Tuer des Askalites. C'était peut-être un point sur lequel elles pouvaient tomber d'accord.

Il allait lui falloir une nouvelle arme, en revanche.

« Je peux vraiment partir ? » demanda-t-elle.

Les traits lisses de Mange-doigts se teintèrent de résignation.

« Je te le déconseille. Il faut prendre soin de tes bandages, renouveler les onguents pour éviter que les gerçures ne s'aggravent, il…

— Est-ce que je peux partir ? répéta Chunsène. Vraiment ? »

L'autre ferma un instant les yeux et lâcha un soupir. Elle haussa les épaules.

« Je te l'ai dit, tu n'es pas ma prisonnière.

— Bon. »

Chunsène se leva, la tête encore légère, mais le repas et la chaleur lui rendaient de l'énergie – cela, et la résolution nouvelle qu'elle s'était trouvée.

Faire du mal. Non pas à Olvar, ni à Ganner ; mais à tous les Askalites, jusqu'au dernier.

Elle dut néanmoins se retenir à la paroi glacée, et

inspira entre ses dents quand le moignon de son majeur toucha la roche.

Mange-doigts se leva à son tour, et Chunsène eut un mouvement de recul. L'étrangère était un tout petit peu plus petite qu'elle, et baisser les yeux sur elle lui fit un curieux effet. En même temps, la jeune fille avait toujours été grande pour son âge – comme si son corps s'était étiré d'un coup en oubliant de remplir son squelette.

La blonde leva les mains en signe d'apaisement.

« Nous allons au même endroit, toi et moi. L'armée de Ganner fait route pour la Rhovelle, et je la suis à la trace, tout comme toi. Voyageons ensemble.

— Pour m'couper plus de doigts pendant qu'je dors ? Mange-doigts », cracha-t-elle.

La jeune fille jeta tout à coup un regard paniqué à la marmite, aux succulents morceaux de viande qui avaient trempé dans la graisse. Et pourtant, l'idée d'avoir pu manger ses propres extrémités servies par une sorcière ne parvenait même plus à l'écœurer. Elle ne se rappelait plus quand elle avait eu le ventre plein pour la dernière fois. Si c'était là le tour cruel que lui avaient joué les dieux, qu'ils la regardent : elle leur riait au nez.

L'étrangère suivit le regard de la jeune fille et parut comprendre. La peine gagna de nouveau ses traits, doublée d'une consternation si profonde que Chunsène faillit se laisser fléchir, mais elle tint bon.

« C'est si étrange pour toi d'imaginer qu'on puisse venir en aide à quelqu'un juste parce qu'on ne supporte plus l'état du monde ? » murmura Mange-doigts.

Ces paroles firent à Chunsène le même effet que si

l'autre lui avait parlé en rhovellien ancien – une totale incompréhension. Elle la regarda sans rien dire.

L'étrangère finit par secouer la tête.

« Non, souffla-t-elle. Si quelqu'un part, ce sera moi. Tu as besoin du feu, et de repos. »

Elle vida le reste de la marmite dans le bol, puis l'attacha à son paquetage. Elle l'ouvrit, réfléchit un moment, puis tira des lanières de viande séchée, quelques galettes épaisses, un morceau de fromage. Elle emballa le tout dans un linge, puis prépara un autre petit paquet avec de l'onguent ainsi que des bandes propres. Enfin, elle ramassa son manteau, l'enfila et endossa son imposant bagage avec aisance.

« Tu as franchi la chaîne culminante de la cordillère, déclara Mange-doigts. Le Faiseur de Pluie se trouvait sur le col le plus élevé. À partir d'ici, ce sera plus facile. Tu ne tarderas plus à atteindre les avant-monts de la Linnacie ; personne n'ose y vivre, mais le climat y est bien plus clément. Cependant, il faut absolument que tu prennes grand soin de tes blessures. Je les ai cautérisées par le feu, mais tu dois t'assurer que le froid ne revienne pas et qu'aucune nouvelle infection ne s'y installe. »

Si t'avais rien coupé, y aurait peut-être rien à soigner, pensa Chunsène en la dévisageant.

Voyant son incompréhension, Mange-doigts précisa :

« Tiens tes mains à l'abri du froid et de la saleté. Change les bandes tous les deux jours et mets de l'onguent jusqu'à ce que tes doigts soient complètement guéris. S'il t'en reste, graisse-toi les joues et les oreilles. Garde la couverture, je m'en passerai. » Elle désigna le feu du menton. « Les braises devraient te durer encore une ou deux heures – tu peux te permettre un petit somme de plus. As-tu de quoi préparer du feu pour tes prochaines étapes ?

— Seulement l'allumer. Y a rien à faire brûler, par ici.

— Tout est lié, tout est vie, en montagne comme ailleurs. Je ne peux pas te laisser de bois, il ne m'en reste presque plus. Mais plutôt que de manger des horreurs, sers-t'en de combustible. Certaines parties des démons sont hautement inflammables. Et fais brûler tes excréments. »

Chunsène fit la grimace. « Beuh, par le braque à Wer, c'est dégueulasse. »

L'autre haussa les sourcils.

« Peut-être, mais largement moins épouvantable que tes "provisions".

— Et toi, alors! grogna l'adolescente. Mange-doigts. »

La jeune femme secoua la tête, releva sa capuche. Elle s'engagea dans le boyau vers l'extérieur. Le blizzard l'avala aussitôt et elle disparut.

Chunsène resta un moment à contempler, incrédule, la pénombre aux hurlements assourdis. Puis elle resserra la couverture autour de ses épaules, et se rapprocha du feu en avisant d'un air méfiant les cadeaux que Nehyr – Mange-doigts – lui avait laissés.

Mériane

Il fallait bien redescendre vers la foule et la réalité qui devenait la sienne. Les étoiles étaient apparues depuis longtemps dans le ciel. Darén vint interrompre ses rêveries sur le chemin de ronde, accompagné d'un jeune commis envoyé par le baron.

« Place ! répétait inutilement le jeune garçon qui ouvrait la voie, une lanterne à la main. Place, au nom du baron !

— Tu veux bien arrêter ? finit par demander Mériane avec agacement. Je n'ai pas besoin que le bourg entier sache où je me trouve et où je vais. »

L'adolescent la regarda d'un air un peu contrit, puis baissa les yeux et continua à la guider silencieusement.

La forestière avait relevé son col et sa capuche, sans grand succès. À l'approche du froid nocturne, la foule s'était raréfiée dans les rues étroites de Doélic dominées par les façades des bâtiments, mais, à plusieurs reprises, les manants qui n'avaient nulle part où aller la saluèrent du signe de Wer – les poings devant la bouche, avec une brève inclinaison de la tête.

Elle jeta un coup d'œil fatigué et incrédule à Darén. Son camarade le lui rendit, l'air dépassé. Soit il se moquait totalement de ce qui était en train d'arriver, soit son esprit avait depuis longtemps plié bagage et renoncé à comprendre.

« Tu aurais imaginé ça, toi ? lui dit-elle pour briser le silence. Il y a une semaine, personne n'aurait voulu de nous à l'intérieur du mur d'enceinte, et maintenant, nous voilà convoqués au château.

— Toi, répondit Darén. Pas moi. »

La jeune femme fit la grimace.

« Je ne suis pas sûre d'aimer ça, pour tout te dire. » Elle eut un gloussement forcé. « Imagine qu'on doive dîner à la table du baron ? Je sais pas manger avec de la belle vaisselle. Je m'en mettrais partout, pour sûr. Tu imagines la tête de son épouse ? Des serviteurs ? »

L'herboriste lui adressa un regard un peu hébété, puis haussa les épaules.

Mériane prit une profonde inspiration silencieuse. Elle éprouva une légère pointe de honte en repensant à la façon dont elle avait traité son ami ces derniers jours. Il effectuait des commissions pour son compte, transmettait ses messages et même, à présent, lui servait de garde rapproché.

Mais Mériane n'avait pas besoin qu'on la protège.

« *C'est ainsi que cela commence*, murmura Dieu à son oreille. *Apprécie ton heure de gloire ; tu l'as méritée.*

— Je ne suis pas certaine d'en vouloir », marmonna-t-elle en retour, à la limite de l'audible.

Elle commençait à trouver le juste volume de voix pour discuter avec Wer sans qu'on la remarque, surtout en extérieur, là où toutes sortes de bruits couvraient ses murmures.

« *Alors, dis-toi simplement que la gloire est utile*, répondit-il. *Si tu veux rassembler ce royaume contre l'envahisseur, il te faut inspirer le peuple. C'est une chose de te réclamer de Ma parole et de la répéter ; c'en est une autre d'enflammer les âmes, d'instiller la ferveur qui permet de repousser les démons. Je ne pourrai pas le faire à ta place, Mériane. Il faudra trouver en toi la conviction d'une meneuse d'hommes.*

— Et de femmes », répliqua-t-elle immédiatement.

Wer ne dit rien.

L'assemblage disparate du château de Doélic se profila au bout de la rue, cette grosse tour laide construite de bric et de broc, comme si trois chefs maçons avaient chacun entamé un plan indépendant et ensuite dû fusionner leurs œuvres. Mériane n'y était jamais entrée – hormis la version déformée, pervertie de l'Anomalie. À l'évocation de ce souvenir, elle frissonna.

Le grand escalier avec ses paliers de bois, ses murs de pierre sombre, nourrissait effectivement une trop grande ressemblance au dédale exploré avec le moine pour qu'elle s'y sente à l'aise. Mais là, les torchères projetaient une lumière claire, parfaitement normale. Elle trouva merveilleusement banale l'austérité des hauts plafonds nus, des fenêtres grillagées qui s'ouvraient sur la nuit.

Le page conduisit les parias à la salle d'audience. Les rangées de bancs, déserts dans l'Anomalie, étaient là occupés par une assemblée peu commune : serfs en tenues et coiffes grossières, artisans vêtus d'habits aux couleurs passées, quelques francs-bourgeois, même une poignée d'enfants des rues au fond, venus seulement dans l'espoir de grappiller quelques miettes. Il semblait qu'on avait rassemblé là un échantillon de la population des environs. Une demi-douzaine de gardes surveillaient l'ensemble ; Mériane en reconnut deux de la bataille des remparts, qui lui adressèrent un hochement de tête respectueux.

Sur le dais, à la table couverte d'une nappe blanche, se tenait le baron. Il était plus affalé qu'assis sur un large fauteuil rembourré de coussins et demeurait pâle, le visage luisant de sueur ; sa barbe et ses boucles grises étaient emmêlées, mais ses yeux cernés montraient une énergie farouche et un esprit alerte. Une attelle maintenait son bras gauche contre son torse. Mériane avait veillé sur lui les premiers jours, administrant les soins dictés par Wer ; à présent, le dirigeant de Doélic avait simplement besoin d'un long repos.

Le page conduisit Mériane et Darén au pied de l'estrade et les abandonna là. Les conversations cessèrent dans la salle, et la jeune femme regarda autour d'elle avec incertitude.

On s'incline ? demanda-t-elle à l'herboriste en articulant les mots en silence. Il lui rendit ce regard vide, teinté d'un perpétuel ébahissement, qui le rendait parfaitement inutile dans toute situation un tant soit peu sociale. La vie des serfs des plaines paysannes – sans parler de celle des ermites – était si différente de celle du château que la jeune femme n'avait aucune idée de ce qu'il fallait faire. Elle allait murmurer la question à Dieu quand l'aristocrate déclara d'une voix forte, quoiqu'un peu essoufflée :

« Mériane, de Doélic ! »

La jeune femme se retourna aussitôt vers le dais.

« Tu as quitté notre village en paria, mais tu reviens en sauveuse. Le peuple loue ton courage. Tu l'as mené en sûreté, sans oublier aucun homme, femme ou enfant. Tu as dirigé nos troupes dans leur heure la plus sombre, et tu les as conduites à la victoire. »

Une seconde, pensa la forestière. Elle n'avait pas sauvé tout le monde, à son grand regret. Elle n'avait dirigé personne – dans le cas contraire, elle n'aurait jamais approuvé cette charge stupide des weristes, qui avait conduit à leur prompt et complet massacre. Il lui semblait qu'on parlait de quelqu'un d'autre. Sa gêne croissait de seconde en seconde.

« Et moi, entre tous, me tiens devant vous par la grâce de Dieu ! Qu'il soit dit que moi, 'Elval ap Doélic, me porte témoin. Wer le Pourfendeur d'Asrethia, notre Rédempteur, a posé Son regard sur moi et m'a jugé digne de vivre encore. À travers Mériane, Son infinie puissance s'est réalisée. » Il fit une brève pause pour reprendre son souffle et s'essuya le front d'un mouchoir. « Que chacun, à Doélic et dans ses campagnes, fasse honneur à Mériane et Darén ; nous les accueillons à nouveau comme les nôtres, et leur faisons place à nos côtés.

— À nos côtés », répéta l'assistance d'une même voix.

La jeune femme peinait à dissimuler sa gêne.

« Vous le savez, reprit le baron, nous avons perdu notre prède et ses frères combattants en ce jour funeste où les démons se sont abattus sur notre village ; où leurs horreurs ont voulu piétiner notre foi inébranlable en Dieu. Mais n'ayez crainte ; d'autres bergers de nos âmes arriveront bientôt. J'ai requis l'aide de la forteresse de Valbrisson, en leur annonçant la splendeur des miracles dont nous avons été bénis... Et nous l'avons reçue. »

Le mauvais pressentiment familier de Mériane jaillit dans son plexus. Cette sensation ne lui avait pas manqué.

Une silhouette émergea du couloir latéral qui débouchait sur le dais.

La jeune femme eut un coup au cœur en voyant la livrée immaculée de l'ordre weriste, avec sa flèche rouge – en reconnaissant la mâchoire carrée rasée de près, les cheveux blonds coupés court impeccablement peignés, l'insupportable air supérieur de chevalier d'enluminure. Il s'avança tranquillement, la main négligemment posée sur le pommeau de son épée bâtarde. Le voir là ramenait Mériane à l'Anomalie – et à la colère sourde qu'elle avait portée toute sa vie adulte.

Leopol se plaça aux côtés du baron et, croisant les bras, laissa tomber un regard hautain sur la jeune femme. Puis il la salua d'un hochement de tête.

« Eh bien, fit-il avec un léger sourire, tu en fais du bruit, petite forestière.

— Qu'est-ce que tu fiches ici ? répliqua-t-elle.

— Je réponds à l'appel de mon seigneur, répondit-il d'un ton nonchalant. On raconte qu'une femme se réclame de l'autorité de Dieu ; qu'elle accomplit des miracles dans la campagne. Diantre ! Il fallait que je voie cela de mes propres yeux. » Son regard se durcit. « Nouvelle cape, nouvelle tenue... Mais je dois quand même avouer que je ne suis pas très impressionné par ce que je vois.

— Il semble pourtant que tu m'aies sauvé la vie au retour de l'Anomalie », répliqua-t-elle avec un sourire tordu. Le voyant désarçonné, elle ajouta : « Eh oui, "on" me l'a dit... Tu sais, il ne s'agit pas de ce que toi, tu vois, mais de ce que moi, j'entends.

— *Prudence* », murmura Dieu.

Leopol perdit son aménité et sa main revint se poser, protectrice, sur l'épée à son côté.

« Je suis ici au nom de la très haute autorité de Sa Gloire Pargén Maoz, patriarque de Valbrisson, déclara-t-il avec une formalité qui masquait mal son antipathie. J'ai entendu le témoignage du baron ap Doélic, dont la sincérité ne saurait être remise en cause. Mais le démon et le mensonge se dissimulent de bien des manières et savent abuser les cœurs les plus honnêtes. Es-tu une menteuse, Mériane, ou bien une sorcière... ? »

Une exclamation traversa la salle. Désarçonnée,

Mériane entrouvrit les lèvres. Puis la colère jaillit en elle.

« *Mériane, attention à ce que tu dis!* murmura Dieu avec précipitation.

— Tu crois que j'ai envie de tout ça? s'écria-t-elle sans l'écouter. Tu crois que j'avais envie de me précipiter au-devant des rangs askalites dans une plaine en feu? Tu crois que je voulais me dresser devant des monstres qui pouvaient m'écraser d'un revers de main? Je n'ai pas choisi, Leopol, c'est Dieu qui est venu à moi. Qu'est-ce que je pouvais faire? Rester les bras ballants en regardant des innocents se faire massacrer? Pas mon genre. » Sa voix baissa d'un ton tandis qu'elle plantait son regard dans les yeux bleus du croisé. « Peut-être plus le tien. »

Une rumeur horrifiée secoua l'assistance comme une rafale de vent.

« *Mériane, arrête tout de suite. Tu ne gagneras rien à le provoquer ni à t'attirer les foudres de l'Église! Tu dois les rallier à ta cause, pas te les aliéner!* »

La jeune femme haussa vaguement les épaules en guise d'excuse.

« Paraît que je ne dois pas m'attirer tes foudres. La vérité, Leopol, c'est que représenter Dieu, c'est un travail pour les gens comme toi, pas pour une paria comme moi. Mais on en est là: il m'a choisie et je parle en son nom. Il faudra que tu vives avec et que le royaume entier l'accepte. Sinon, nous sommes tous perdus.

— *Oh, misère*, fit Dieu avec consternation – Mériane ne l'aurait pas cru capable d'une émotion aussi humaine. *Aurais-tu pu t'y prendre plus mal encore? Que t'ai-Je expliqué sur la foi et la nécessité d'inspirer le peuple?*

— Eh bien, murmura-t-elle en détournant la tête, ils seront forcés de s'incliner devant vous de toute manière, non ? »

Un claquement de mains lui fit relever le menton. Puis un deuxième. Leopol applaudissait avec une lenteur moqueuse en la dévisageant avec une franche hostilité. Au fond, Mériane ne comprenait pas d'où lui venait cet antagonisme ; il lui semblait que, dans l'Anomalie, ils étaient finalement parvenus à une sorte de demi-respect. Or, Leopol semblait la détester tout autant qu'au matin où il s'était présenté chez elle – davantage, même. Mais dans ce cas, pourquoi l'avoir sauvée et ramenée au lieu de l'abandonner hors du temps et de l'espace ?

« Brillant, brillant discours, répliqua-t-il en singeant l'émotion. On pourrait bien croire qu'il t'a été soufflé par une puissance supérieure. Hélas, il y a toutes sortes de puissances, Mériane, et la plupart luttent pour conquérir nos cœurs afin de nous entraîner dans les ténèbres.

— Sauver un village et des innocents, celle-ci aurait une drôle de manière de s'y prendre ! » rétorqua-t-elle avec humeur.

Leopol écarta les bras avec une fausse humilité.

« Peut-être dis-tu la vérité, répliqua-t-il. Mais comment le prouver ? C'est toute la difficulté, n'est-ce pas ?

— Qu'est-ce que tu proposes ? »

Il eut un sourire pincé.

« Je ne propose pas. Tu vas venir avec moi, Mériane, jusqu'à Valbrisson. Les Chasseurs de Vérité t'attendent, et ils jugeront de la véracité de tes dires. »

Le sang de Mériane se figea dans ses veines. La

salle se mit à tanguer autour d'elle. Elle resta debout, immobile, sans savoir par quel miracle – elle ne sentait plus ses jambes. Elle prit grand soin de soutenir le regard bleu du moine sans révéler la moindre faiblesse.

« Tu n'as rien à craindre, jeune fille ! s'exclama le baron avec ferveur. Dieu est avec toi, je le sais, et Il te guidera dans ton Épreuve, comme je prie chaque jour qu'Il guide mon fils, qui expie actuellement ses fautes à Valbrisson. Une fois victorieuse, tu conduiras le royaume à la guerre contre les démons. Et, grâce à toi et par la gloire de Wer, nous triompherons ! »

Elle remua les lèvres, incapable de répondre. Ne put s'empêcher de jeter un coup d'œil vers le couloir pour mesurer ses chances de fuite. La forêt et ces derniers jours de gloire lui avaient fait oublier combien, en réalité, le monde était fou.

« *Je suis en effet avec toi, Mériane*, dit Dieu. *N'aie crainte, nous n'irons pas jusqu'à l'Épreuve de Vérité. Je te ferai reconnaître comme Mienne bien avant.*

— Tout de suite, ça serait une bonne idée ! siffla-t-elle entre ses dents.

— *Impossible. Il te faut l'assentiment du clergé pour ta mission. Tu dois d'abord suivre Leopol jusqu'à Valbrisson. Je te révélerai une fois là-bas.* »

La forestière eut toutes les peines du monde à dissimuler son dépit. « Pourquoi ? murmura-t-elle encore, mais Wer resta silencieux.

— Je gage que tu n'essaieras pas de me fausser compagnie sur la route, n'est-ce pas ? lança le croisé. Ce serait un aveu flagrant de mensonge. Comme dit le baron, si tu dis vrai, tu n'as rien à craindre... Et sinon, tu connais le sort que l'on réserve aux faux prophètes. »

Mériane le dévisagea avec aigreur, cherchant une repartie cinglante, quand Darén déclara :

« Je l'accompagne. »

Il avait parlé d'une voix si forte que Mériane mit un instant à comprendre que c'était bien lui qui s'exprimait. Elle pivota vers lui :

« Ce n'est pas nécessaire ! souffla-t-elle. Épargne-toi ça. Nous sommes parias pour une bonne raison, tu te rappelles… ?

— Là où elle va, je vais, insista-t-il sans lui rendre son regard, les yeux rivés sur le croisé.

— Darén, non ! »

Il se tourna finalement vers elle.

« Je dois savoir, moi aussi. Si Dieu te parle vraiment. Et ce qu'il veut dire. Tu comprends ? » Il plongea ses yeux limpides dans les siens. « L'univers m'a toujours parlé, Mériane. Mais j'entends pas. J'y arrive pas. Si tout a un sens, une explication… Faut que je sache. Ce que c'est. J'en ai besoin. Je trouverai pas chez moi. Avec toi, peut-être. »

Mériane rejeta la tête en arrière. Voilà pourquoi il l'assistait depuis des jours, pourquoi il veillait sur elle sans se plaindre. Et pour le remercier, elle allait l'entraîner au cœur de ce qu'ils avaient toujours fui. Les Chasseurs de Vérité et une forteresse weriste tenaient de la condamnation à mort pour deux parias avec une prise fluctuante sur la réalité.

« Vous avez intérêt à faire votre part du travail, murmura-t-elle en imaginant le ciel par-delà le plafond. Sinon, votre parole n'ira vraiment pas loin. »

14

Erwel

Son escorte se montra courtoise, mais sans chaleur. Les Chevaliers du Fleuve rivalisaient d'austérité avec les moines weristes. À l'insistance de Thormig, ce n'étaient pas moins de six hommes vêtus de bleu cyan, portant à la fois les étendards de la ville-gué et de la Couronne, qui encadraient Erwel. Tous les voyageurs s'écartaient respectueusement de leur chemin – et, dans le cas contraire, les Chevaliers lançaient leurs montures au galop. À la longue, Erwel se sentit un peu étouffé – exactement comme ces jouvencelles surprotégées que le duc de la ville-gué brocardait volontiers.

La compagnie quitta Loered par le sud en suivant la route principale qui les ramènerait vers l'est de la Belnacie et sa capitale. C'était une contrée maussade de forêts intimidantes trouées de marécages brumeux, où l'approche du printemps tardait à ramener la verdure sur les troncs humides et les champs détrempés. Les torrents se gorgeaient d'eau, les grenouilles peuplaient les nuits froides de chants qui tenaient le jeune homme éveillé jusqu'à une heure tardive, même si l'escouade choisissait des relais de voyage plutôt confortables.

Au quatrième jour de voyage, vers la fin de la matinée, la compagnie gagna Belnaced sans transition nette. Les hameaux se multiplièrent simplement en bord de route, parmi des forêts aérées situées pour la plupart en zone stable. Finalement, une haute porte insérée dans une muraille épaisse qui s'enfonçait de chaque côté dans les taillis marqua la limite de la ville proprement dite. Un bataillon de gardes en tabard vert sombre portant l'Arbre et la Faux surveillait les allées et venues avec un zèle peu commun. Sur le chemin de ronde, des archers gardaient l'arc à la main et une flèche encochée. Des artilleurs se tenaient à proximité des balistes légères qui visaient la route. Les serfs à pied et les marchands avec leurs charrettes marchaient tête baissée et prenaient garde de laisser leurs mains bien en vue. La tension était palpable – mais on laissa Erwel et son escorte passer sans encombre.

Une puanteur infecte s'éleva à mesure qu'ils progressaient dans les rues tortueuses et humides de la capitale provinciale. La ville sentait le marais et l'eau croupie, probablement à cause des inondations dues à la fonte des neiges. Le jeune homme fit de son mieux pour cacher son écœurement. Il n'avait jamais subi cette odeur lors des visites de la cour itinérante, mais elle n'était jamais venue en Belnacie au printemps. Il releva son col sur sa bouche. Les Chevaliers du Fleuve, eux, restèrent impassibles.

La citadelle de Belnaced était probablement la plus austère de tout le royaume : une succession de lames monolithiques noircies par les coulures de la pluie, aux angles émoussés par les déjections corrosives des coukas qui nichaient dans les anfractuosités. Le petit groupe franchit des douves verdâtres sous l'œil méfiant de la garde ducale, tandis qu'un crieur proclamait l'arrivée du prince de Linnacie depuis les remparts.

Les palefreniers récupérèrent les montures à mesure que la troupe mettait pied à terre. Erwel balaya du regard la cour étroite bordée d'obscures dépendances labyrinthiques. Une chambrière longeait un appentis en portant des seaux d'eau, des commis vaquaient à leurs occupations. Nul ne lui accorda la moindre attention. Le jeune homme fronça les sourcils, un peu surpris – il ne tenait pas spécialement au protocole, mais l'arrivée d'un hôte de marque représentait en principe un événement.

« Ça pue, hein ? » s'exclama une voix de basse tonitruante.

Erwel se retourna, et une silhouette énorme parut dans un couloir donnant sur la cour. Le duc Garic ap Belnaced, gouverneur provincial, émergea dans l'air frais en peinant à se déplacer sur ses jambes courtaudes. Son ventre et ses hanches débordaient littéralement sur sa ceinture. Il rejoignit Erwel en se dandinant, une expression sévère sur ses bajoues couvertes d'une barbe grise soigneusement entretenue. Il portait une tenue particulièrement sobre, une tunique noire brodée de discrets fils d'argent. Il se planta devant le jeune homme et leva le nez – le jeune prince le dominait bien d'une tête.

« Vous avez perdu votre langue ? Je vous ai demandé si ça pue. »

Erwel fronça les sourcils sans savoir quoi répondre.

« V... Votre Grâce... ? bredouilla-t-il.

— C'est une question si compliquée que ça ? Qu'en pensez-vous ?

— Ma foi... C'est une odeur inhabituelle... Mais pas dérangeante, se hâta-t-il d'ajouter. Elle m'a surpris sur l'instant, je l'avoue... mais je ne m'en rends déjà plus compte. » Il sourit, reprenant de l'assurance. « C'est pour cela que j'ai hésité, je ne voyais déjà plus de quoi vous parliez. »

Garic lâcha un bruit de gorge dédaigneux.

« Vous mentez mal. Mais pas trop, au moins. Vous essayez d'emballer la vérité, mais elle est quand même là.

— Votre Grâce... ? répéta Erwel, totalement perdu.

— Venez, rétorqua le duc, il faut que je vous nourrisse. »

Il retourna vers sa citadelle en ordonnant au passage qu'on serve une collation aux Chevaliers du Fleuve. Puis il s'engouffra dans le couloir dont il était sorti, avec sur les talons un Erwel empli d'une appréhension croissante. Il pesta intérieurement pour la énième fois. *Ne rien faire de particulier, à part cultiver l'amitié du gouverneur et entretenir les bonnes relations entre la Linnacie et la Belnacie ? Oh, ça part vraiment très bien.*

Il ne comprenait rien à l'attitude du duc. Lors de ses séjours en Belnacie avec la cour itinérante, Erwel n'avait jamais vu en lui un personnage vulgaire ou agressif. Le gouverneur-duc dédaignait les atermoiements et s'attardait peu sur le protocole, mais c'était par souci d'efficacité ; il dirigeait une région âpre, en grande partie couverte par des forêts dangereuses situées en zone instable.

« Vous avez peut-être appris que nous sommes un

peu tendus comme des cordes d'arc, en ce moment », lâcha Garic tandis qu'ils débouchaient au pied d'un escalier secondaire.

Il faisait particulièrement sombre dans la citadelle de Belnaced. Ses imposantes pierres de taille noirâtres paraissaient dévorer le jour qui filtrait par les fenêtres épaisses et les vitraux abstraits.

« L'attaque de Doélic, acquiesça Erwel. Je suis sincèrement navré, et je tiens à vous réaffirmer l'amitié de la Linnacie, ainsi que de la Couronne, dans cette tragédie. »

Garic se figea et le regarda de ses petits yeux.

« Navré ? s'exclama-t-il. C'est ce que vous êtes venu me dire, que vous êtes navré ? Être navré, ça ne soigne pas les champs brûlés. Ça ne ramène pas les serfs massacrés juste à l'approche des semailles. Être navré, ça ne défend personne et ça ne fait pas la guerre. Et moi qui allais espérer que vous préfériez l'honnêteté aux ronds de jambe. »

Secouant la tête, Garic reprit l'ascension en s'aidant de la rampe, avec une vivacité toutefois étonnante. Erwel monta à ses côtés.

« Votre Grâce, je vous assure de ma sincérité, dit-il. C'est la raison pour laquelle j'ai quitté Loered sans délai pour venir à vous, dès que j'ai appris la nouvelle... » Il eut un geste d'impuissance. « Mais vous avez raison, les bons sentiments ne nourrissent pas le peuple. Néanmoins, les miens sont honnêtes. Et surtout... Entre personnes de notre rang, je crois qu'ils représentent un important début. Je ne suis pas mon père, et il est le seul à pouvoir parler au nom de la Linnacie, mais je suis convaincu que s'il était là, il vous assurerait de son plein soutien dans cette épreuve... »

Garic lui jeta un regard acéré alors qu'ils parvenaient au palier, devant un énorme vitrail circulaire aux couleurs chaudes.

« Dans ce cas, vous pourrez peut-être m'expliquer pourquoi il nous refuse son aide ? » lança-t-il.

Erwel se pétrifia. Le duc le jaugea encore de ses petits yeux, puis reprit son ascension en secouant la tête. Il fallut au jeune homme un instant pour reprendre ses esprits. Il se lança à la poursuite de son hôte.

« Votre Grâce, je... Je ne sais pas quoi vous dire. Je me trouvais sur les routes. Visiblement, il s'est passé bien des choses en mon absence, et vous en savez plus que moi. »

L'autre lâcha une exclamation moqueuse.

« Ha ! C'est peut-être la première fois que vous vous montrez vraiment honnête avec moi, jeune homme : vous en savez moins que moi et vous ne savez pas quoi me dire. Alors, laissez-moi vous éclairer. Nous avons reçu un oiseau nous informant de la décision de la Couronne. Appuyée par votre cher père, le duc non régnant de Linnacie. Voyez-vous, le grand Luhac de Rhovelle, qui a mangé à ma table, logé dans mes murs, peut-être bien culbuté une ou deux baronnes de Belnacie, refuse qu'on nous envoie de l'aide. Oh, le Conseil de régence lève l'ost royal et met le royaume sur le pied de guerre... Mais comme d'habitude, c'est à nous de nous débrouiller et de régler nos problèmes. Rien de nouveau, en fait. » Il souffla. « Mais vous comprendrez donc que vous voir débarquer avec votre bonne volonté me laisse un peu froid.

— Un oiseau... ? répéta Erwel. Puis-je vous demander de qui venait cette missive, exactement ? »

L'emploi d'oiseaux pour le transport de messages était rare en raison de leur coût et de leur médiocre confidentialité. Comme il fallait éviter qu'ils survolent les zones instables où ils risquaient de se perdre, on employait des successions de pigeonniers disposés le long des grandes routes afin que les animaux suivent les voies sûres. Cependant, cela multipliait les chances qu'on intercepte ou altère les messages. Aussi les utilisait-on généralement en dernier recours, préférant s'en remettre aux cavaliers du corps des Messagers, hormis pour les urgences les plus graves. Recevoir un oiseau était presque toujours synonyme de catastrophe.

« Juhel de Magnécie, répliqua Garic ap Belnaced. Parce qu'heureusement, il reste des ducs en ce royaume qui se soucient encore de leurs voisins. Il nous envoie de toute urgence des hommes, des artisans, des ouvriers.

— Et des soldats, j'imagine... ? hasarda Erwel.

— Évidemment ! Vous croyez qu'on combat les abominations avec de belles paroles ? »

Un mauvais pressentiment gagnait le jeune homme.

Ils parvinrent à l'étage. Garic ouvrit la porte d'une salle à manger plus lumineuse, avec une grande cheminée et des baies à carreaux de plomb qui donnaient sur la cour. On avait servi une collation légère qui faisait la part belle aux légumes de la fin de l'hiver – carottes, chou au lard et tronçons de céleri farcis de fromage frais. Conformément à l'usage weriste, il n'y avait pas de vin, que de l'eau. Le duc s'installa en bout de table et indiqua un siège à Erwel.

« Mangez. Ma femme, mon fils et ma fille sont partis ce matin pour Doélic afin de me représenter.

Les repas, ce sera vous et moi. L'honneur dicte que je vous accueille sous mon toit – dont acte –, mais pas qu'on fasse bombance. N'espérez pas de traitement préférentiel. Vous vivrez comme moi.

— Je ne demande aucune faveur, Votre Grâce. Écoutez, je crois qu'il y a un colossal malentendu. J'ai pleinement conscience de m'imposer à vous, croyez-moi. Quand j'ai quitté la Magnécie, la situation était bien différente...

— Ça, vous pouvez le dire », grogna Garic.

Les légumes croquaient bruyamment sous ses dents.

Erwel se tut. Il plissa les lèvres et attaqua le repas sans enthousiasme – l'accueil du duc lui avait coupé l'appétit. Visiblement, Juhel l'Austère avait résolu de franchir le simple stade du « théâtre », pour reprendre les mots de son père le jour des funérailles de Raed à Ornesta. L'assaut sur Doélic, aussi brutal qu'inexplicable, menaçait un équilibre rendu dangereusement précaire par plusieurs années de vacance du pouvoir.

L'honnêteté, songea le jeune homme en se rappelant les admonestations de son hôte dans l'escalier. *Il n'aime pas les faux-fuyants.* Le duc de Belnacie avait l'esprit vif ainsi qu'un caractère solidement trempé. C'était nécessaire pour survivre pendant des périodes prolongées dans un monastère weriste. Persuadé qu'il se goinfrait discrètement, le père de Garic l'avait confié dans sa jeunesse aux prèdes afin qu'ils le soumettent à toutes les rigueurs de l'âme qu'ils savaient concocter. Sans succès – il semblait incapable de maigrir, en dépit de longues périodes de jeûne qui avaient failli le tuer une ou deux fois.

Finalement, il semblerait que je ne sois pas venu

pour rien, pensa Erwel avec une ironie teintée d'appréhension. Lui aussi appréciait la transparence. Il partageait cet idéal. Mais le jeune prince n'était pas naïf au point d'ignorer les risques qu'elle pouvait représenter. Il lui fallait réussir à emporter l'amitié du gouverneur sans placer son père ni la Couronne en difficulté.

Le prince de Linnacie rassembla son courage – et espéra avoir bien jugé son hôte.

« Vous détestez perdre votre temps en détours inutiles, Votre Grâce, ce que je respecte entièrement, dit-il. Aussi n'essaierai-je pas de nier l'évidence. Je crois que j'ai appris avec autant d'enthousiasme que vous la nouvelle de ma venue ici.

— Oh, si je gouvernais une province riche qui ne se trouvait pas de surcroît au bord d'une panique générale, je suppose que j'aurais le loisir de jouer aux cartes avec les fils de passage. En même temps, ça voudrait dire que j'aurais *tout le temps* le loisir de jouer aux cartes. Ce qui n'est pas le cas.

— J'entends bien. Mais je suis là, à présent. Peut-être pourrions-nous trouver une façon de me rendre utile ?

— Excellente idée », rétorqua Garic, les yeux toujours dans son assiette. Il croquait machinalement les légumes comme un rongeur, sans plaisir et apparemment désireux de mettre le plus rapidement possible un terme au repas. « Vous savez monter un mur ? Creuser un fossé ? »

Erwel dissimula l'agacement qu'il ressentait de plus en plus. Il croisa les doigts et posa calmement les mains sur la table en prenant soin de se rappeler qui il représentait, ce qui se jouait en cet instant, et son absence quasi totale de légitimité – ne serait-ce qu'en vertu de son âge.

« Votre Grâce, vous ne connaissez de la cour que ses séjours épisodiques en Belnacie, vos propres voyages à Ker Vasthrion et les rapports du Conseil que Mawgel vous adresse. Je ne doute pas de leur qualité, entendez-moi bien ; mais il vous manque un éclairage que je possède et que, pardonnez-moi, vous ne pouvez espérer avoir. »

Le duc leva le nez et lui lança un regard acerbe.

« Oh ? Éclairez-moi donc.

— Vous ne connaissez pas le Conseil de régence, ni l'atmosphère qui y règne, comme moi. Je n'y siège pas, bien entendu, mais j'ai grandi avec la cour itinérante. J'avais huit ans quand nous avons pris les routes. Notamment, j'ai côtoyé Juhel de Magnécie, peut-être de loin, mais presque tous les jours depuis tout ce temps. Je sais comment il se présente, comment il apparaît aux gens. Vous n'aimez pas les précautions oratoires, aussi n'en prendrai-je pas...

— Ça, c'en est une, coupa Garic.

— ... derrière son allure affable et sa noblesse apparente, poursuivit Erwel en s'efforçant de ne pas se laisser troubler, Juhel est sans pitié. Ces troupes qu'il vous envoie... Ce ne sera pas gratuit. Il veut votre faveur, Votre Grâce. Il cherche à vous piéger par ses bonnes grâces.

— Me prenez-vous pour un niais, jeune dauphin ? » Le gouverneur s'était arrêté, ses couverts à la main, et dévisageait Erwel. « J'en ai parfaitement conscience. Mais que m'importe, si le résultat est là ? Vous croyez que les morts de Doélic se préoccupent des intentions ? Que les villageois s'inquiètent de savoir si on les a nourris de bonne foi ou avec un but ultérieur? Je sais bien ce que trame Juhel, et Mawgel autant que moi. Vous avez peut-être grandi à la cour, mais nous avons pratiqué les gens de son espèce toute notre vie. »

Il pointa son couteau vers son invité.

« Je vais employer les mots qui vous font peur : oui, la Magnécie m'achète. Bien sûr ! Mais elle en a les moyens. Elle, au moins, juge ma province suffisamment importante pour valoir le coup d'être achetée. La Couronne n'en fait pas autant. Votre père non plus. Alors, oui, elle a ma faveur. Et je dirais qu'elle la mérite. »

Il attaqua le plat de chou au lard d'un air maussade. Le duc savait peut-être que la Magnécie achetait sa bonne volonté, mais visiblement, cela ne le réjouissait guère. Erwel sentait monter en lui une indignation teintée de colère envers les méthodes de son grand-cousin : il ne reculerait visiblement devant rien pour gouverner la Rhovelle à son idée.

Le jeune homme changea d'approche, sa propre assiette oubliée.

« Vous avez reçu la nouvelle par un oiseau, Votre Grâce, insista-t-il encore. De la main de Juhel lui-même, à ce que vous m'avez dit. Je dois donc vous poser la question : êtes-vous certain de détenir les bonnes informations ? Pourquoi tant d'empressement à vous prévenir ? Pourquoi ne pas s'en être remis au corps des Messagers ? En passant par Altaÿs, la nouvelle n'aurait mis que quelques jours de plus... »

Garic ap Belnaced jeta ses couverts avec irritation dans son assiette.

« Dites-moi donc ce que je suis censé faire, si vous avez tant d'expérience. Refuser l'aide qu'on m'apporte? Décliner gracieusement, humilier la Magnécie par une fin de non-recevoir?» Sa voix s'adoucit imperceptiblement. «Vous êtes éduqué et lettré, Erwel. Je me souviens de vous, à éplucher ma bibliothèque dès que vous avez appris à lire. Pouvez-vous me jurer que ma province est en sécurité? Que mes zones instables ne vont pas m'exploser au visage, que Dieu n'a pas décidé que ce monde-là aussi lui déplaisait et qu'il fallait une fois de plus repartir à zéro? Vous ne le pouvez pas. Alors laissez-moi gérer mes affaires et parlons d'autre chose, ou bien mangeons en silence.»

La chaleur régnant dans la pièce parut tout à coup inconfortable à Erwel. Peut-être valait-il mieux se taire, en effet. Mais il se trouvait en position d'agir. Et, bien que très conscient de son inexpérience, il ne pouvait regarder la Rhovelle s'entre-déchirer sans rien faire. Thormig de Loered lui avait confié que la leçon la plus importante d'un homme consistait à prendre ses responsabilités. Son père l'avait peut-être tenu à l'écart de cette réalité aussi longtemps que possible, mais cela n'effaçait pas pour autant la responsabilité qu'Erwel portait envers le royaume par le seul fait de sa naissance.

«Je veux juste vous enjoindre à la prudence... à la patience», essaya-t-il encore avec la plus grande modération. Les sautes d'humeur du gouverneur-duc l'impressionnaient malgré lui. «La Couronne n'abandonne pas les siens. Cela n'est jamais arrivé en près de deux siècles.

— Elle a de drôles de manières de le montrer!» maugréa Garic en piquant une tranche de lard avec sa fourchette. Il la jaugea d'un mauvais œil, baissa les yeux sur son embonpoint, puis la remit dans le plat avec dégoût. « Rien à faire, bougonna-t-il, je me sentirai toujours coupable de manger. »

Il soupira, puis repoussa son assiette et se pencha vers le jeune homme.

« La Couronne ne bouge pas, déclara-t-il avec un effort visible pour se calmer. C'est un fait. Et je ne peux pas attendre sa bonne volonté pour nous protéger de Wer sait quoi. J'entends ce que vous essayez de me dire. Mais on ne mord pas la main qui vous nourrit, jeune homme, c'est la première leçon de la survie. Alors oui, je suis l'allié de la Magnécie, à présent, mais seulement parce que la Linnacie m'a fait défaut. Donc, maintenant, nous allons clore le sujet de Juhel l'Austère, et si vous tenez à sauvegarder le peu d'estime que je porte encore à votre famille, vous n'y reviendrez pas de votre séjour. » Il attrapa un morceau de lard noirci sur le bord de l'assiette et le croqua sans enthousiasme. « Mais sentez-vous libre de transmettre toute l'étendue de mon sentiment à votre père quand vous le reverrez. »

Erwel hocha la tête, soulagé malgré lui de n'avoir rien aggravé, en définitive. *Il est acculé*, comprit le jeune homme.

L'évidence le frappa alors comme la foudre. Garic de Belnacie avait besoin qu'on lui montre une porte de sortie.

« Je vous ai bien entendu, Votre Grâce, et j'ai compris vos griefs. La Couronne n'écoute pas les préoccupations de la Belnacie...

— Il n'y a qu'à voir à quelle saison la cour nous a toujours rendu visite ! s'irrita-t-il de nouveau. Jamais en ce moment, quand la terre et l'eau libèrent les miasmes de l'hiver. Pour Ker Vasthrion, nous ne valons guère mieux qu'une étable... Nous sommes juste bons à traire. Et nous puons tout autant. »

Erwel se pencha à son tour vers le duc.

« Alors faites mon éducation, répondit-il. Permettez-moi de vous accompagner, de prendre la vraie mesure de votre province et de sa situation. Nous pouvons encore régler cela par la concertation, comme Saint Ysmel nous l'a enseigné. Confiez-moi vos doléances. Peut-être que la Couronne et mon père les sous-estiment. Montrez-les-moi, puis renvoyez-moi à lui. Il m'écoute. »

Ce n'était pas tout à fait vrai ; Luhac ne l'écoutait que lorsqu'une jouvencelle ou une épée étaient concernées, mais Erwel se débrouillerait.

Une jouvencelle.

Une solution radicale, mais limpide, lui apparut tout à coup. Un frisson d'excitation et d'appréhension mêlées naquit dans sa poitrine. Mais s'il en arrivait là, son père lui arracherait les yeux.

Le duc de Belnacie l'observait avec une expression puissamment sceptique.

« D'accord, admettons que nous trouvions une solution et que la Couronne écoute ; que raconterai-je à Juhel de Magnécie ?

— Rien, répliqua Erwel en haussant les épaules. Nul besoin, si vous obtenez gain de cause auprès du trône. De fait, son soutien deviendra superflu. Il lui reviendra de s'arranger avec Ker Vasthrion.

— Mais il m'en voudra, répondit Garic. De toute façon, c'est trop tard. Si vous étiez arrivé ne serait-ce que deux jours plus tôt... »

Le jeune homme déglutit. *Voilà*, songea-t-il, mal à l'aise. Il avait espéré ne pas en arriver là, mais il semblait que la paix du royaume était à ce prix.

« Est-ce qu'une preuve supplémentaire de bonne foi... un engagement ferme de ma part... pourrait vous convaincre ? » demanda-t-il d'une voix peu assurée.

Garic l'observa d'un air méfiant.

« Qu'est-ce que vous avez en tête ? »

Erwel n'arrivait pas à croire qu'il envisage cette possibilité, inspirée par Thormig, et encore moins qu'il l'offre aussi nonchalamment. Il pria de ne pas agir avec précipitation. Mais il n'était plus temps de reculer.

« Il y a bien des manières pour deux provinces de se rapprocher. La plus robuste étant quand deux familles s'allient... Cela assurerait à la Belnacie une oreille bien plus proche du pouvoir à Ker Vasthrion. »

Le duc le dévisagea d'un air incrédule, les yeux ronds. Il sourit, tandis qu'une jovialité nouvelle transformait ses traits maussades à la manière d'un changement de saison.

Et puis il éclata de rire. Il se renversa sur sa chaise, le visage tourné vers le plafond, en se frappant la cuisse du poing.

Erwel blêmit, totalement décontenancé. Peut-être venait-il de saboter définitivement toute chance d'être entendu. Il aurait voulu se recroqueviller en lui-même.

Garic se calma puis revint à lui, une incrédulité ravie sur le visage.

« Alors vous, vous êtes incroyable. Vous n'êtes pas arrivé d'une heure que vous m'offrez déjà un mariage avec ma fille ? Je n'arrive pas à déterminer si vous êtes complètement inconscient ou bien d'un idéalisme indécrottable. »

Des deux, il valait mieux le second.

« Je suis très sérieux, Votre Grâce. Cela résoudrait tous vos p…

— Non, arrêtez, fit-il. Écoutez, face à une proposition formulée avec une telle hâte, un père a le choix entre deux réactions : s'offusquer de voir sa fille considérée comme une marchandise, ou bien la céder sans scrupule à la perspective d'une alliance juteuse. En ce qui me concerne, je vais juste considérer que vous êtes de bonne foi mais un peu trop naïf pour mesurer ce que vous proposez. »

Erwel avait le visage en feu. Il dut faire appel à toute sa volonté pour continuer à regarder le duc dans les yeux.

Malgré tout, l'agacement du duc semblait un peu désamorcé. Il regarda de droite et de gauche, puis se pencha de nouveau vers lui avec une expression qui n'était pas dépourvue d'aménité.

« Jeune homme, vous ne m'êtes pas antipathique. C'est votre maison qui l'est. Mais, contrairement aux prêtres, je ne suis pas d'avis que les fils doivent payer pour les fautes de leurs pères. Alors, comme vous n'êtes pas Luhac de Rhovelle, je vais vous donner un conseil d'ami. Ne vous galvaudez pas comme ça. Vous n'en sortez pas grandi et, en conséquence, vous ne flattez pas votre interlocuteur. »

Il recula en croisant les bras, laissant Erwel se pénétrer de cette sentence.

« Mais si le père fait mauvaise impression, reprit le gouverneur-duc, le fils peut peut-être la rattraper. Vous avez eu une phrase qui m'a plu, tout à l'heure : "Les bons sentiments ne nourrissent pas le peuple." Montrez-moi que vous le pensez. Montrez-moi que vous assumez vos paroles, aussi folles soient-elles.

Vous voulez apprendre la situation en Belnacie ? C'est d'accord. Vous m'accompagnerez. Mais je vous préviens, à la première démonstration de bêtise, comme demander en mariage la fille d'un serf pour lui proposer une vie meilleure, je vous enferme dans le donjon de la citadelle – pour votre propre bien, notez. »

Le duc le fixait avec intensité, sans la moindre once d'humour. Erwel osa laisser paraître un léger sourire, et acquiesça.

Garic de Belnaced le lui rendit. Puis il rapprocha son assiette et se remit à manger.

Juhel

« Splendide. Vraiment splendide. Vous mesurez, bien sûr, que l'original se trouve en Magnécie, dans la salle du Conseil d'Ornesta. »

Juhel se recula du tableau qu'il examinait. Il s'amusait de retrouver cette composition familière à des jours de voyage de son foyer : Saint Ysmel loué par le peuple, guidé par le grand-arquide. Les coups de pinceau étaient précis, le mélange des couleurs juste, mais le copiste n'avait tout de même pas réussi à reproduire fidèlement l'éclat de la lumière divine qui baignait le Héraut en un puits tombé des cieux.

« Quelle importance ? répondit Lóthar Crestra. N'est-ce pas le sujet qui compte ? L'identité de l'artiste ne pèse guère ; il s'efface de toute manière derrière la gloire qu'il représente. »

Juhel avisa la mine affable du patriarche tonsuré.

« Il faut tout de même un minimum de talent pour parvenir à inspirer le spectateur comme le peintre d'origine. Mon fils pourrait vous réaliser une *Consécration de Saint Ysmel*, mais du haut de ses neuf ans, je doute qu'il parvienne à inspirer grand monde. »

L'autre gloussa. « Oh, vous seriez surpris. Les enfants sont réellement un miracle de Dieu ; et un tel élan de ferveur de la part de l'un d'eux ne manquerait pas de toucher les cœurs. Mais pas de la même manière, je vous l'accorde. »

Juhel ne doutait pas que d'autres versions de *La Consécration*, plus grossières, se trouvaient en vente sur les marchés de Rhovelle, et même à Mérogheze. Quand un tableau acquérait une certaine renommée, il n'était pas rare que l'Église en fasse réaliser des copies qu'elle disséminait jusqu'à l'étranger.

Crestra invita d'un geste le duc à s'asseoir sur le divan qui faisait face à la cheminée du grand salon. La flambée craquait joyeusement, chassant l'humidité océane qui s'infiltrait partout dans la citadelle. Sur une table basse finement sculptée, une corbeille débordait de fruits de saison. Le matin pluvieux répandait une lumière d'étain par les croisées ; deux portes s'ouvraient vers les autres pièces de la suite, dont une chambre et un bureau séparés.

Juhel s'installa, et le patriarque s'assit face à lui dans un épais fauteuil près du feu. Le visage rond de Crestra se teinta de sollicitude.

« J'espère ne pas vous causer d'embarras, dit-il. Ces logements sont de très loin les plus beaux dans lesquels j'ai eu la chance de séjourner. J'imagine qu'il vous a fallu faire valoir un certain nombre de faveurs pour cela. Je vous en remercie. »

Le duc de Magnécie balaya ces préoccupations d'un geste. « Bah, ce n'étaient que les appartements habituels de mon épouse et de mon fils. Je les ai fait un peu réaménager pour qu'ils conviennent plus à votre rang. J'espère que vous êtes mieux installé qu'au soir de notre arrivée. Vous êtes mon conseiller, Votre Gloire ; il convient que vous soyez reçu comme l'hôte de marque que vous êtes. Je dirais même davantage : vous êtes... ma conscience. »

Chaque province avait toujours plus ou moins disposé d'un pan de la citadelle de Ker Vasthrion à employer comme bon lui semblait, des dispositions qui s'étaient renforcées avec la fondation du Conseil de régence. Crestra s'inclina profondément et posa la paume sur la flèche rouge entourée d'une broderie dorée qui ornait sa tunique blanche au niveau du cœur.

« Votre Grâce m'honore à nouveau. Et je dois admettre qu'avec l'âge, j'apprécie ces commodités. Veuillez transmettre mon meilleur souvenir à la duchesse. Et n'ayez crainte. Nous, prêtres de Wer, connaissons les rigueurs du corps et de l'âme. Ce n'était pas une première nuit au bastion de Ker Vasthrion qui pouvait me rebuter. Bien au contraire ; j'ai ainsi pu me présenter au grand-arquide. Nous avons eu une longue discussion théologique sur les devoirs respectifs de l'Église et du pouvoir, et les liens qui les unissent. » Il sourit. « Me savoir à votre service l'a fortement impressionné.

— Oh, Votre Gloire, vous n'êtes pas un serviteur, répondit aussitôt Juhel.

— Mais je sers Dieu, répliqua Crestra. Et plus je vous côtoie, Votre Grâce, plus je pense que vous représentez le meilleur espoir de la Rhovelle. L'attaque tragique de Doélic, et la parodie de gouvernement que vous m'avez rapportée, en forment le meilleur exemple. Vous êtes le seul à défendre un royaume fort et moral, en lien avec sa grandeur passée et l'union qui a fait sa force. Je pense qu'à travers vous, le dessein de notre Père qui est aux Cieux s'accomplit. Certes, je ne suis pas un serf. Mais je suis heureux de pouvoir servir d'outil dans la réalisation du plan divin. Un plan dont vous faites partie. »

Juhel inclina la tête avec une profonde révérence.

« Je vous remercie, Votre Gloire. Je m'efforce seulement de m'inscrire dans le sillage de mon lointain ancêtre Ysmel. Mais votre confiance me touche. Plus que je ne saurais l'exprimer. »

Crestra acquiesça. « Je m'inquiète juste pour mes moines. Vous n'aviez pas besoin de les loger eux aussi. J'espère qu'ils ne s'habitueront pas à l'opulence ! La paresse et le confort peuvent représenter de subtiles corruptions pour de jeunes gens.

— Allons, fit le duc avec un revers de main, ils ont l'esprit cuirassé, n'est-ce pas ? Ce n'est pas un lit moelleux et un bain régulier qui vont les corrompre si les horreurs des Anomalies n'y parviennent pas !

— Ah, mais il est plus difficile de conduire une vie vertueuse dans le confort que dans l'adversité, répondit le patriarche. Malgré notre grandeur, nous restons des hommes. Il nous faut tenir notre âme sous une éternelle vigilance, et notre Père immortel nous dicte d'y procéder en nous détournant résolument de la tentation. Le désintéressement est la clé du juste service. C'est pourquoi j'ai confiance en vous, Votre Grâce. À ce que je vois, vous êtes le seul au gouvernement à ne pas vous préoccuper d'intérêts personnels. »

Juhel hocha pensivement la tête. *Peut-être*, pensa-t-il, *mais, dans ce cas, pourquoi n'ai-je pas la foi ?*

Pourquoi mes convictions ne dépassent-elles pas des certitudes purement séculaires quant à la juste façon de conduire les affaires du royaume ? Il enviait le patriarche, sa quiétude confiante. Le doute ne l'ébranlait visiblement jamais, non pas parce qu'il y était imperméable, mais parce que les réponses qu'il trouvait finissaient toujours par valider ses convictions.

Mais peut-être, justement, que Dieu m'a exempté de toute passion à Son égard pour me permettre d'accomplir au mieux Sa volonté. Justement parce que je suis désintéressé. Ce qui fait de moi, en effet, le meilleur candidat pour gouverner.

Il frotta pensivement sa barbe bouclée mêlée de blanc. Il avait envie de s'ouvrir sans réserve au patriarche, de quérir sa sagesse, mais il se sentait ridicule. Les grands hommes d'État ne remettaient jamais leurs actes en cause. Il avait tout récemment pris une décision, avec la conviction de faire le nécessaire. Mais c'était comme si le résidu d'une morale inutile, un lambeau de faiblesse, s'était logé dans sa poitrine et l'empêchait de respirer convenablement. Ses migraines ne le laissaient pas en paix.

C'était pourquoi il avait demandé cette entrevue avec Crestra. Il avait besoin de sa force, de cette assurance tranquille qui lui permettait toujours de faire fondre ses doutes à la flamme de ses convictions. Et de se débarrasser une bonne fois pour toutes de ces fragilités qui le minaient encore. La Rhovelle avait besoin de résolution. D'hommes capables de prendre les initiatives qui s'imposaient, aussi terribles qu'elles puissent être. Et, dans les temps difficiles qui s'annonçaient, Juhel aurait certainement bien d'autres décisions semblables à prendre. Le royaume se tournerait vers lui pour qu'il agisse avec rapidité et clairvoyance. Il ne pouvait se permettre de laisser son jugement s'obscurcir ; il lui fallait déraciner l'incertitude à jamais.

Surtout qu'il lui était à présent impossible de revenir en arrière.

« Dites-moi, Votre Grâce, que puis-je pour vous ? reprit Lóthar Crestra avec, toujours, ce calme rassurant. Je vous sens troublé. »

Juhel prit une inspiration, puis hésita.

« Pratiquez-vous toujours la confession ? demanda-t-il.

— Bien sûr. Un prêtre de Wer ne cesse jamais de pouvoir l'entendre, même si ses fonctions l'en éloignent. »

Le duc de Magnécie hocha la tête, puis son regard s'égara vers le feu qui brûlait joyeusement. Il finit par lâcher un petit rire gêné.

« Je ne sais même pas si je dois vous la demander. Peut-être est-ce là tout le nœud du problème. J'invoquerais bien votre clémence – "châtiez-moi, mon père, parce que j'ai péché" – mais je ne crois pas l'avoir fait, en vérité. D'ailleurs, cela me rend-il orgueilleux, pour commencer ?

— Cela ne l'est que si vous vous trompez – c'est-à-dire, si votre péché est avéré, mais que vous êtes convaincu du contraire. La clé, comme toujours, c'est la Vérité de Dieu. S'en écarter par le mensonge, la tentation, la corruption, c'est insulter Son regard et Sa volonté. Le cœur de l'homme est faillible et son discernement l'est tout autant. C'est là le fondement de la confession : mettre au jour les mensonges constants de l'âme, les présenter non pas à Dieu, car Il les connaît, mais à soi-même. Et donc, se donner une juste honte, faire abjecte pénitence devant Son impitoyable regard. »

Juhel hocha la tête d'un air pénétré, les yeux rivés sur les bûches noircies léchées par les flammes brillantes.

« Et comment peut-on connaître cette vérité, dans ce cas ? »

Il entendit Lóthar expirer lentement.

« Seul Dieu la connaît assurément, répondit-il au bout d'un moment. C'est Lui qui définit le bien et le mal. Au bout du compte, Il est le juge ultime. Cependant, veiller à la pureté de nos intentions, nous pénétrer de la Parole divine à travers les actes de Ses Hérauts, nous en remettre à notre intime conviction de la justice – voilà qui peut nous guider dans la Lumière. Ainsi que le conseil de l'Église, bien sûr. Il reste évidemment le meilleur garant moral de l'homme. »

Le duc posa les mains sur son ventre qui se ramollissait peu à peu avec l'âge. À son grand dépit, car Juhel de Magnécie veillait à ne commettre nul excès d'aucune sorte. Une habitude saine héritée de l'Épreuve de Vérité subie à l'adolescence, après l'accident de chasse. Le contrôle de soi était le premier levier qui permettait à l'individu de maîtriser sa vie, et donc son environnement.

Il reporta son attention sur le patriarque.

« L'Église définit-elle les actes par leur nature ou leur contexte ?

— Que voulez-vous dire ? »

Juhel soupira.

« Après une longue réflexion, j'ai pris une décision concernant les affaires du royaume. »

Il se tut, ne sachant pas comment poursuivre.

D'où lui venaient ces doutes, ces vulnérabilités ? Lóthar Crestra demeura silencieux, patient.

« C'est une décision que j'aurais dû prendre voilà des années, reprit Juhel. Mes intentions sont pures et ma certitude absolue. Je n'éprouve aucune honte, mais aucune satisfaction non plus. J'agis par conviction profonde ; par nécessité, même. Mais, Votre Gloire... On me blâmera de cet acte, c'est une certitude. Les tièdes du Conseil de régence s'en offusqueront, quand bien même tous reconnaîtront en leur for intérieur que c'était nécessaire.

— Qu'avez-vous fait exactement, Votre Grâce ? demanda le patriarque avec douceur.

— Ce qui s'imposait. La conclusion vers laquelle vous et moi convergeons depuis notre tout premier entretien à Ornesta, sans jamais nous l'être formulée ouvertement. Mais nous savons ce qu'il faut faire, n'est-ce pas ? Même si cela peine notre cœur. »

Les yeux bleus de Crestra s'étrécirent.

« Vous souciez-vous de l'opinion d'autrui, Votre Grâce ?

— Absolument pas, répondit aussitôt Juhel. Du moins, je ne m'en soucie pas tant qu'elle ne freine pas mes desseins. Et ceux-ci visent toujours à la force et à la grandeur du royaume. » *Et de la Magnécie*, ajouta-t-il intérieurement, mais il n'était pas nécessaire de compliquer la conversation avec ce genre de précisions. « Je me soucie seulement de la Rhovelle que je léguerai aux siècles futurs. Pas même à mon fils ; je vois bien au-delà de cela. Je pense aux générations sans nombre qui nous attendent, à des avenirs que nous ne pouvons concevoir. Voilà la Rhovelle qui m'importe. »

L'ecclésiastique hocha la tête à plusieurs reprises, pensif.

« La pureté des intentions est importante... répondit-il au bout d'un moment. Mais un péché commis en toute bonne foi reste un péché. Car il représente un mensonge, une dislocation entre l'esprit et l'acte. Or, par définition, l'acte vertueux est un acte vrai.

— Donc, l'Église juge les actes de manière absolue », fit Juhel en s'assombrissant.

Cette réponse lui déplaisait, car elle rendrait la justification de son acte plus difficile auprès du peuple – et auprès de sa propre conscience. Il lui faudrait donc trouver ailleurs la force dont il aurait besoin.

« Non, dit Crestra. Seul Dieu juge absolument, car seul Dieu est absolu. Ce qui définit un péché, ce sont ses conséquences et la vérité de celles-ci ; c'est le retentissement de l'acte. » Le patriarque se pencha vers lui. « Tenez : vous rappelez-vous Saint Kaled ?

— Le marin ivrogne qui a reçu la révélation dans la tempête.

— Exactement. Kaled était un pêcheur, mais Dieu a vu sa destinée, ce qu'il pouvait devenir, et l'a nommé comme Son Héraut. Quelles étaient les intentions de Kaled avant cela ? Probablement se tuer par la boisson en se livrant à toutes les concupiscences que pouvait payer sa maigre bourse. Mais Dieu en a fait Son outil, et le comportement passé de Kaled, au lieu de terrasser son âme immortelle, a fait de lui l'icône de la rédemption. Kaled pouvait-il le deviner ? Bien sûr que non. Son récit nous apprend donc qu'au bout du compte, la finalité prend le pas sur l'intention. C'est là la réelle innocence. Commettre un acte de vérité en toute ignorance. »

Juhel fronça les sourcils.

« Mais là aussi, il y a une dislocation entre l'esprit et l'acte, non ? N'est-ce pas un mensonge également ? »

Crestra lui adressa un sourire radieux et écarta les mains.

« Non, là, c'est seulement une erreur. »

Le duc acquiesça lentement, tandis qu'un sourire naissait sur ses lèvres à mesure qu'il comprenait.

« C'est la même chose avec la confession, Votre Grâce, reprit Crestra. Vous croyez ne pas avoir péché ? Ce n'est pas de l'orgueil si c'est vrai. Mais c'est tout le risque qui guette l'homme ordinaire, car il est bien souvent le jouet de ses propres désirs et illusions. Toutefois, je crois, moi, que les hommes d'exception – surtout ceux dont les décisions affectent chaque jour des populations entières – disposent d'un plus grand discernement. »

Le résultat, pensa Juhel, tandis qu'une pointe d'euphorie le gagnait. Crestra confirmait ce qu'il avait toujours pensé secrètement. *C'est toujours le résultat qui compte. La gloire revient aux hommes d'action – qui sont assez forts et rusés, au bout du compte, pour ne pas se tromper.*

« Quelle que soit votre décision, Votre Grâce, ce sont ses conséquences qui la définiront, poursuivit le patriarche sans se départir de son sourire affable. Si vous n'êtes pas satisfait, peut-être est-ce seulement une trépidation à l'attente du jugement divin... Ou peut-être cela signifie-t-il simplement que l'orgueil n'a pas de prise sur vous, et que la satisfaction de l'arrogance vous échappera toujours ! »

Juhel gloussa. « Luhac et la reine soutiendraient pourtant que je n'en manque pas. »

Lóthar croisa les mains, le visage empreint d'une profonde sollicitude. *Voilà*, pensa Juhel avec admiration. *À peine plus troublé que la surface d'un étang. Un simple questionnement, avant la compréhension et le retour aux certitudes. Voilà ce dont je dois m'inspirer.*

« Votre Grâce, dit le patriarque, je ne fais que vous exprimer ma confiance. Vous appeler à écouter votre instinct – mais seulement dans le respect de la très haute lumière de Dieu, bien sûr.

— Et je vous en remercie, Votre Gloire, répondit Juhel en souriant à son tour. Sans nos entretiens et vos encouragements, peut-être n'aurais-je jamais trouvé la force d'agir. »

Le patriarque inclina la tête.

« Pourquoi ne pas partager cette fameuse décision avec moi, Votre Grâce ? Je vous avoue une légère confusion quant à la nature... (il appuya le mot d'un geste) précise de la conclusion à laquelle vous êtes parvenu, et que je suis censé partager. J'imagine bien de *qui* nous parlons, mais...

— C'est inutile », répliqua soudain Juhel en se levant.

Les doutes s'étaient envolés, et sa migraine avait reflué. Il comprenait à peine ce qui l'avait pris un moment plus tôt. Tout lui apparaissait de façon claire, à présent : l'intérêt de Dieu et celui du royaume se recouvraient parfaitement. Servir le premier revenait à asseoir le second ; diriger le second dans le respect du premier conduisait à sa pérennité. C'était si simple ! Et la foi était superflue – il suffisait d'une confiance absolue en ses propres actes. Si Juhel ne pouvait éveiller au fond de son âme une authentique conscience religieuse, il pouvait assurément écouter sa voix intérieure – celle qui était persuadée d'avoir raison. Il serra les poings, revigoré par une délicieuse énergie, au point qu'il dut se retenir d'éclater de rire.

Comme il était juste que tous ses problèmes se terminent bientôt.

Le patriarque l'observait avec une légère incertitude, mais Juhel n'en avait cure.

« Vous voir et vous entendre constituent une inspiration suffisante, Votre Gloire, reprit-il. Vous me montrez la voie. Mon père était une figure si autoritaire, si hiératique ; on l'aurait cru gravé dans le marbre de son vivant... » Il haussa les épaules. « Je vous avoue qu'il est difficile de se montrer à la hauteur d'un tel prédécesseur. Mais vous me faites apparaître que je n'ai strictement rien à craindre. Je vous en remercie, et je saurai me montrer reconnaissant. »

Le visage de Crestra s'éclaira, et il s'inclina de nouveau sur son fauteuil.

« Je le répète, Votre Grâce m'honore... même si je me contente de lui enjoindre de suivre la volonté divine. Je ne saurais m'arroger le moindre mérite de vos actes ; j'irai même jusqu'à me défendre de toute influence. »

Juhel lâcha un gloussement un peu trop aigu, puis attrapa une pomme dans la coupelle.

« Je n'en attendais pas moins de vous, dit-il en faisant sauter le fruit dans sa main. Vous l'avez dit, le désintéressement est la clé d'un juste service. Le royaume se trouve sur le point d'ouvrir les yeux, Votre Gloire ; il n'y a plus qu'à attendre. Et nous nous trouverons, vous et moi, aux premières loges pour le sauver. »

15

Mériane

Un carrosse aux armes d'Anastréa les dépassa en soulevant une gerbe d'eau. Le trio s'était décalé vers les arbres qui bordaient la route en entendant les chevaux arriver, mais le cocher ne fit pas d'effort pour les ménager. Mériane se raidit en sentant la vague poisseuse lui fouetter les mollets, et leva vainement le bras tandis que le véhicule s'éloignait dans la trouée large, surplombée de branches entrecroisées. L'homme encapuchonné écarta la main en un futile geste d'excuse.

Leopol ne broncha pas. Il marchait seul en tête du groupe dans la boue sablonneuse, emmitouflé dans une cape brune, tête couverte. Rien ne semblait le détourner de son chemin ; il marchait droit à travers les flaques comme s'il refusait d'effectuer le plus petit détour sur le trajet vers Valbrisson. Mériane regarda Darén, à sa gauche. Elle distinguait à peine son visage mat sous sa capuche, et il marchait tout aussi délibérément que le croisé – même si, dans son cas, elle soupçonnait qu'il s'agisse de pure distraction.

Il pleuvait sans interruption depuis leur départ de Doélic ; l'humidité du printemps avait bel et bien remplacé le froid sec de l'hiver. Le battement des gouttes sur sa capuche agaçait Mériane. Elle commençait à avoir faim, elle était fatiguée ; l'angoisse de se rendre à Valbrisson avait fait fuir le sommeil. Elle allait se livrer aux prêtres de son plein gré. Et elle porterait également la responsabilité de ce qu'il adviendrait de Darén une fois là-bas.

Même Dieu semblait avoir pris congé d'elle, le temps du voyage vers la forteresse. Le silence au sein du groupe et dans sa tête la rendait folle. Après avoir aspiré au calme, l'ironie de la situation ne lui échappait pas, ce qui assombrissait encore son humeur. Mais, si Dieu remplissait sa part du marché, alors elle commanderait bientôt toute l'armée weriste et la préparerait pour la venue d'Aska.

Tout cela sur la base d'un acte de foi. Encore une ironie qui ne lui échappait pas non plus.

Mériane pressa le pas pour se retrouver à la hauteur de Leopol.

« Tout de même, fit-elle, l'Église vous permet de porter autre chose que du blanc. »

Le prêtre ne broncha pas.

« J'ai compris le symbole de la pureté, reprit-elle. Mais à un moment, il faut bien penser à l'aspect pratique des choses. Vous devez avoir une de ces quantités de lavandières aux bastions... »

Toujours pas de réponse.

« Et est-ce que tu vas finir par me dire pourquoi tu te comportes comme un tel trou de poule depuis ta réapparition ? » s'enquit-elle sur le ton de la conversation.

Là, elle accrocha son attention. Leopol se figea,

lui lança un regard furieux puis se remit aussitôt en marche.

« Sang-diable, Leopol ! s'exclama-t-elle en pressant le pas pour ne pas se laisser semer. Qu'est-ce qui te prend ? C'est ça qu'il faut faire, maintenant, t'insulter pour que tu réagisses ?

— Ah oui, des insultes, rétorqua-t-il. C'est bien le genre de langage qu'on peut attendre de la part d'une paria.

— Leopol ! »

Elle posa la main sur son bras.

Il s'arrêta net et pivota vers elle. Dans l'ombre de sa capuche, la haine brûlait au fond de ses yeux bleus.

Mériane éprouva une pique d'appréhension, mais elle soutint son animosité sans fléchir.

« Lâche-moi, femme », feula-t-il, les lèvres retroussées en un rictus hargneux.

Sans le quitter des yeux, elle le relâcha doucement avec une expression de défi.

Le croisé pivota sèchement et repartit d'un pas soutenu. Mériane grimaça et jura, puis se relança à sa poursuite sans se préoccuper des flaques.

« Vérité, Leopol. Je croyais que toi et moi, on était parvenus à une sorte d'entente ? Peut-être pas de considération, d'accord, mais au moins une politesse réciproque. Tu me parles encore moins que le jour où tu es venu me chercher !

— Pour ce que tu m'écoutes, de toute manière ! s'exclama le moine avec une agressivité à peine contenue. Pourquoi gâcher ma salive ?

— Valbrisson est à plusieurs jours de marche. Déjà que tu as décidé de nous faire voyager à pied par humilité, tu tiens vraiment à faire vœu de silence pendant tout ce temps ? Ça va être gai, comme voyage !

— Je ne suis pas une femme, je n'ai pas besoin de parler tout le temps. »

Mériane leva les bras en l'air et lâcha un râle de frustration.

« Voilà, reprit Leopol d'une voix méchante. Maintenant, tu comprends ce que je ressens en ta présence. »

Elle secoua la tête, resserra son col d'un geste rageur, mais le suivit. Pas question qu'il s'en tire aussi facilement. Quelque chose avait changé chez lui et elle comptait bien comprendre quoi, surtout avant d'arriver à la forteresse et au sort qui l'attendait là-bas.

« Tu es frustré parce que tu ne me comprends pas ? répliqua-t-elle. Je suis très simple à comprendre, pourtant. Toi, en revanche, tu te comportes de façon tellement irrationnelle... » Elle lui coula un regard de biais. « ... qu'on dirait une femme. »

Elle le vit relever le menton sous sa capuche, piqué au vif. Elle aurait pu rire de le voir mordre à un hameçon aussi grossier, si l'atmosphère n'était pas aussi tendue.

« Je suis parfaitement cohérent avec moi-même ! grogna-t-il. Et si tu ne le vois pas, c'est ta faute, pas la mienne.

— Ah oui ? Raconte-moi donc ce qui s'est passé après que j'ai tourné de l'œil, dans l'Anomalie. »

Mériane crut l'entendre soupirer à travers le tapotement de la pluie sur sa capuche. Il resta silencieux un long moment, à tel point qu'elle pensa devoir l'asticoter de nouveau, quand il lâcha :

« J'ai récupéré les jeunes gens et je t'ai ramenée chez toi.

— J'imagine que ça n'a pas été facile, vu l'état de Pyr. »

Leopol haussa les épaules.

« Il est resté la proie de ses hallucinations pendant des jours. Mais j'ai su me faire obéir.

— Donc, tu m'as bel et bien sauvée. »

Elle le regarda, mais elle ne voyait que sa silhouette couverte de brun, constellée de gouttes de pluie.

« Et je t'en remercie », dit-elle.

Il haussa les épaules une nouvelle fois.

« Mais pourquoi ? insista-t-elle.

— Vraiment ? rétorqua-t-il, exaspéré. Il te faut tout savoir ? Tu ne peux pas te contenter de ta bonne fortune, l'accepter comme une gentille fille et te taire une fois pour toutes ?

— Eh bien non, répliqua-t-elle. Tu vois, je me demande un peu pourquoi tu m'as témoigné une telle bonté alors que tu semblais prêt à me livrer à la Justice. Surtout que tu me reviens plus hautain et détestable que jamais. D'où ma question : si tu me méprises tant que ça, *pourquoi-ska* m'avoir sauvée ? »

De nouveau, il perdit son calme, avec une brusquerie aussi soudaine qu'incompréhensible.

« Et si tu demandais à tes fameuses voix, au lieu de m'assommer avec tes questions ? s'écria-t-il.

— C'est à toi que je la pose, rétorqua-t-elle sur le même ton, pas à elles ! »

Sang-diable, elle appréciait *vraiment* la liberté de parole conférée par son nouveau statut de... Héraut. De tous les bénéfices étranges qu'elle en retirait et qu'elle commençait à peine à apprivoiser, c'était celui qu'elle préférait. S'il lui fallait servir Dieu et qu'elle disposait du pouvoir de sauver le monde, elle ne le ferait pas sans exprimer sa façon de penser. À profusion.

Oh, fit-elle intérieurement en comprenant tout à coup.

Leopol pressa encore le pas mais elle tint le rythme. Darén, derrière eux, les suivait sans broncher, probablement perdu dans une de ses rêveries habituelles.

« C'est de ça qu'il s'agit ? s'enquit-elle avec douceur. Tu m'en veux parce que Dieu me parle... Que tu étais là, toi aussi, dans l'Anomalie, et que... » Elle chercha une façon délicate de le formuler. « Qu'il ne te parle pas, à toi ? »

Leopol s'arrêta une nouvelle fois et pivota vers elle – Darén manqua les percuter.

« Rentre-toi bien une chose dans le crâne, déclara le croisé avec hostilité. Tu ne m'impressionnes pas. C'est vrai, je t'ai vue combattre, et, que Dieu me vienne en aide, je dois reconnaître que tu ne manques pas de ressources, pour une femme. C'est moi qui ai demandé à te ramener, tu sais. Quand le patriarque de Valbrisson a eu vent d'une pucelle du nom de Mériane qui aurait sauvé Doélic à elle toute seule, je me suis porté volontaire. La petite forestière à la langue bien pendue ? Héraut de Wer ? Il fallait que je voie ça de mes propres yeux ! Mais quand je te regarde... » L'écœurement teinta ses traits lisses. « Je ne vois rien. Aucune majesté. Encore moins de pureté ! Quant à diriger les armées du royaume et de Dieu ? » Il eut un rire méprisant. « Soyons sérieux. Nul n'acceptera de te suivre. »

La jeune femme fit un pas et, à peine moins grande que lui, le dévisagea d'un air de défi.

« Peut-être que tu ne regardes pas assez, rétorqua-t-elle. Peut-être que Dieu s'apprête à te faire ravaler ta fierté, ainsi qu'à tous ceux qui riront comme toi.

— Oh, Mériane, fit-il en secouant la tête avec condescendance. Je ne suis pas un serf ni un paysan impressionnable. Et je ne te parle même pas des Chasseurs de Vérité. Le baron s'est porté garant de toi, c'est vrai, et tous les paysans de Doélic chantent tes louanges, mais nous savons combien il est facile d'abuser le peuple – surtout quand il est assoiffé d'espoir et appelle de ses vœux un nouveau messie.

— C'est vrai que pour jouer avec l'espoir des gens, vous vous y connaissez », répliqua-t-elle sur le même ton.

Il eut un sourire méprisant qui dévoila ses dents blanches.

« Pauvre de toi, fit-il. Tu as vraiment l'air d'y croire. Mais je sais d'où tu reviens. J'ai contemplé le mal de ce château perverti tout comme toi. Et crois-moi... *Je sais ce que tu ramènes.* Les Chasseurs perceront tes mensonges à jour. Et quand ils démontreront que tu commets le péché capital d'usurper la voix de Dieu, quand on t'exposera aux yeux de tous et que les flammes de la rétribution feront fondre les formes grotesques de ta chair tentatrice, alors, je serai aux premières loges. »

Il se détourna et reprit son chemin.

Mériane resta sur place, cillant à plusieurs reprises, une boule dans la gorge. Darén la considéra d'un air vaguement égaré, qui pouvait tenir lieu de questionnement muet.

« Quoi ? » fit-elle, mais toute agressivité avait déserté sa voix.

Elle haussa les épaules et leva les yeux vers les

branches ruisselantes de pluie, piquetées de bourgeons naissants.

« Bon, d'accord, murmura-t-elle. Le silence, c'était peut-être pas si mal. »

Luhac

La façon dont elle remontait le bassin contre le sien montrait combien elle brûlait de se serrer contre lui. Mais il préférait la contempler dans le rayon de clarté matinale en lui immobilisant les poignets sur le matelas, de part et d'autre de ses cheveux auburn étalés en corolle. Contempler ses traits juvéniles grimaçant de plaisir. Ses petits seins blancs qui tressautaient à chacun de ses assauts. Ses cuisses ouvertes autour de lui. L'entendre gémir en rythme, éperdument soumise.

C'était la seule manière pour le duc de Linnacie de se sentir bien. Fort, puissant – quelqu'un d'autre. Imaginer, l'espace d'une heure ou d'une nuit, que les routes de sa vie s'ouvraient toujours devant lui, qu'il lui en restait des dizaines à explorer. Au début, des années plus tôt, il avait troussé des filles qui lui évoquaient Servane ; sinon, il tirait les rideaux, fermait les yeux et imaginait son épouse défunte quand il les couchait dans un lit, comme un mari prend sa femme. Mais au fil des années, en voyant Erwel grandir et prendre de l'indépendance, le mensonge avait craqué aux entournures. Impossible de prétendre qu'elle vivait toujours. Alors à présent, il s'efforçait plutôt de l'oublier. Lui ne demandait jamais plus d'une fille à la fois, contrairement à bien des aristocrates qui rendaient visite à la ville basse.

Cela aurait brisé l'illusion. On ne formulait pas de projets, on ne pensait pas construire sa vie avec plus d'une fille à la fois. On ne se mariait pas avec plus d'une fille à la fois.

Luhac ahanait, les dents serrées, en lui donnant de violents coups de reins comme s'il voulait lui faire mal, comme s'il la tenait responsable de sa solitude, de sa tristesse et de son âge. Il admira la peau veloutée de Sissela, délicieusement jeune, telle une pucelle déflorée à sa nuit de noces, découvrant pour la première fois l'extase de s'abandonner à l'homme qui l'honorerait toute sa vie. Imaginer qu'elle lui appartenait dorénavant, que ses hanches larges porteraient l'avenir de son nom et de sa lignée, acheva d'enflammer le duc. Il redoubla de véhémence et se plaqua finalement contre elle en écrasant sa bouche sur la sienne, en forçant ses lèvres avec sa langue, tandis que son orgasme le saisissait en vagues désespérées, presque douloureuses, ses râles étouffés par le baiser. Tandis que le plaisir refluait et qu'avec son départ se refermaient les chaînes de son existence, il l'étreignit, la forçant à enfouir son visage au creux de son épaule, comme une poupée qui vient de remplir son office.

Le dernier frisson s'évanouit et il la lâcha, puis se retira et roula sur le dos, trempé de sueur et le souffle court. Ses yeux se perdirent sur le plafond blanc.

Sissela vint se lover contre lui, la tête sur son épaule, la main sur sa poitrine. Il regarda la masse défaite de ses cheveux cuivrés comme s'il ne la reconnaissait pas. À présent qu'il avait joui, imaginer partager sa vie avec elle lui causa un vague dégoût et, comme toujours, une incurable culpabilité envers Servane. Il se pinça l'arête du nez en fermant les yeux et soupira. Le fantasme du mariage le poussait toujours à l'extase – un beau mariage comme avec Servane, en été dans la cité-sainte de Linnaÿs, avec les spires ouvragées et les dorures du palais de la Révélation, là où Dieu lui-même était apparu à Saint Ysmel.

L'ironie d'aspirer à une union sacrée ne lui échappait pas. Les prêtres weristes condamnaient moralement le recours à la prostitution, même si elle demeurait autorisée au titre de la domination de l'homme sur la femme. Ils promettaient seulement l'enfer à ceux qui cédaient à cette tentation. Luhac s'en moquait; il résidait déjà en enfer depuis la mort de Servane.

Les lèvres de Sissela lui chatouillèrent le torse et il crut l'entendre murmurer.

« Qu'est-ce que tu fabriques ? » demanda-t-il.

Elle se redressa et le regarda de ses jolis yeux marron pailletés de vert, non fardés – car cela l'aurait fait paraître plus mûre que ses quinze ans. Luhac exigeait de ses filles la plus grande illusion d'authenticité.

« Je prie Wer que vous me fécondiez, mon Seigneur, répondit-elle avec ferveur.

— Quoi ? s'exclama-t-il. Ne parle pas de malheur, je n'ai certainement pas besoin d'un bâtard en ce moment. »

Elle lui adressa un sourire d'une innocence splendide qui l'aurait puissamment excité une heure plus tôt.

« Je voudrais avoir un enfant de vous, mon Seigneur, pour me souvenir de vous quand vous êtes loin. »

D'une pression sur le haut du crâne, Luhac la força à s'étendre de nouveau sur son torse.

« Je t'offrirai un collier ou même un portrait de moi, grogna-t-il. Ça sera moins encombrant.

— Ce sera un garçon, continua-t-elle comme s'il n'avait rien dit. Il naîtra vivant et entier. Je retrouverai votre sourire dans le sien, et il aura vos yeux. Il sera fort et beau comme vous, et quand vous rentrerez à Ker Vasthrion, vous le porterez haut dans vos bras. Et puis vous me regarderez, et je serai fière d'avoir porté votre semence. »

Luhac secoua la tête avec irritation. « Tu sais que tu peux tomber le masque, hein ? On a fini, là.

— Je suis sérieuse, mon Seigneur, fit-elle d'une petite voix. Vous êtes le seul à me vouloir comme je suis. Je sais bien que je pourrai jamais partir avec vous, je suis pas idiote. Mais je peux bien rêver un peu, non ? »

L'absurdité qu'ils partagent des mensonges de même nature, sciemment et sans y croire, acheva de le dégoûter d'elle comme de lui-même. Il s'écarta sans ménagement, se leva et commença à chercher ses affaires éparpillées aux quatre coins de la chambre qu'il avait louée – en même temps que Sissela – la veille au soir.

« Tu peux rêver ce que tu veux, Wer n'écoute pas les puterelles », marmonna-t-il d'un air sombre tandis qu'il enfilait ses chausses.

Il trouva sous un fauteuil l'épée dont elle l'avait délesté la veille dans le feu de la passion, et entreprit de la ceindre avec une pointe d'apaisement – l'escrime était le seul autre plaisir à lui procurer l'oubli. Il se retourna vers Sissela. Elle le regardait en faisant la moue, le menton dans les paumes, allongée nue sur le lit – et la courbe de ses fesses fermes éveilla en lui un nouveau tiraillement, non pas de désir, mais du cœur. Si jeune et si belle, comme lui-même ne le serait plus jamais. Cette douleur, ce vide, rien ne l'apaisait, il le savait, à part ces mêmes bras doux et chauds, l'espace de quelques moments qui, au bout du compte, creusaient seulement la plaie. Luhac se sentait un peu honteux de l'avoir rabrouée.

« Mais je te rassure, reprit-il, Il n'écoute pas non plus les ducs. Dieu n'est présent que dans la douleur. » Il soupira. « Pour ça, on peut compter sur Lui.

— J'aime bien quand vous me faites un peu mal », murmura-t-elle.

Luhac fronça les sourcils, à la fois dégoûté et émoustillé. « Arrête. »

Il récupéra son pourpoint et l'enfila, puis ramassa le reste de ses habits et se dirigea vers la porte, pressé de s'enfuir à présent. Mais elle lui attrapa la main au moment où il passait devant le lit.

« Je vous le dis, je suis sérieuse, insista-t-elle en le regardant avec ferveur. Les autres… Ils ne sont pas comme vous. Vous n'aurez jamais de mauvaises histoires avec moi. » Elle sourit. « Promettez-moi que vous reviendrez. Même si vous mentez. Je m'en fiche. »

Il retira sa main plus violemment qu'il ne l'aurait voulu.

« Je reviendrai quand tu cesseras ces âneries. »

Il s'éloigna et sortit dans le petit vestibule de la suite « royale » – laquelle aurait tout juste convenu à un banneret de passage à la citadelle de Ker Vasthrion, mais ce n'était pas comme si les clients comptaient s'établir à demeure. Juste une illusion de plus. Il s'agissait simplement des meilleurs appartements de l'établissement, lequel était un des meilleurs de la Rhovelle – Luhac pouvait en témoigner. Des filles propres, belles, dociles. Et malléables – peut-être un peu trop.

Le frère du roi ferma son pourpoint et enfila sa redingote, pressé malgré lui de retourner à la ville haute, d'endosser à nouveau les fardeaux du Conseil de régence. Mais, d'abord, de déjeuner ; il ne devait pas être loin de midi. *C'est ainsi que je vis*, pensa-t-il, *fuyant perpétuellement un monde pour un autre.* Les prêtres n'avaient peut-être pas tort de condamner la prostitution et, à travers elle, la luxure. Il savait pertinemment le mal qu'il s'infligeait. Il sentait le poison de ses désirs inaccessibles lui forer un gouffre toujours plus vaste dans la poitrine. Il n'était même pas capable d'accorder un soupçon d'affection à la fille qu'il venait d'utiliser. Luhac haussa les épaules. Il y en aurait d'autres. Et il les oublierait aussi. Il était un peu tard pour racheter une fuite entamée voilà seize ans.

Il termina de s'habiller, s'assura par réflexe que l'épée jouait bien dans le fourreau, releva la capuche de son manteau de daim sombre et descendit au rez-de-chaussée. Il garda les yeux baissés pour éviter d'apercevoir d'autres jouvencelles légèrement vêtues dont la beauté lui ferait mal, une douleur qu'il ne pouvait plus physiquement diluer pour l'instant.

La porte de l'établissement se referma enfin derrière lui, emportant les parfums capiteux, la chaleur étouffante, même le souvenir des sensations sur sa peau et son sexe. L'étroite rue pavée était coincée entre deux façades de bois et torchis. L'air sentait l'urine et l'iode, la matinée était froide et grise

– l'humidité lui lécha le visage, comme si le ciel se condensait sans qu'il pleuve. Quelque part, un couka lança son cri rauque.

Luhac resserra son manteau et se mit en route dans la ruelle tortueuse, épaules voûtées et regard aux aguets. Toutes les villes rhovelliennes suivaient peu ou prou le même plan d'organisation : construites en zone stable sur des positions aisément défendables, elles se disposaient en quartiers concentriques autour d'un château ou d'une citadelle centrale. Celle-ci dominait habituellement l'ensemble, offrant la meilleure défense en cas de franchissement des remparts ; il découlait naturellement que la population la plus aisée, mais aussi la plus morale, vivait dans la ville haute. Artisans, tanneurs, ouvriers résidaient dans la ville basse – et les serfs dans les plaines, à l'extérieur des murs d'enceinte. « Ce qui est en haut est ce qui est en haut ; ce qui est en bas est ce qui est en bas », disait l'adage weriste. Seuls les lupanars luxueux formaient une étrange enclave de richesse dans la ville basse.

Dans la venelle, une ou deux mines cassées le jaugèrent sur son passage. Probablement des souteneurs de filles moins chanceuses que celles du *Petit Chat* – ou juste plus âgées. Mais il ne craignait rien : le fourreau de son épée bâtarde lui battait la jambe et dépassait ostensiblement de son manteau. Et lui, contrairement à bien des aristocrates oisifs, savait s'en servir. Dans la ville basse, c'étaient les hommes solitaires, armés et masqués qui prenaient le moins de risques – ceux qui ressemblaient à des assassins de métier.

Il obliqua à droite dans un passage plus étroit encore, constitué d'un escalier raide, aux marches irrégulières directement taillées dans la roche noire où s'ancrait Ker Vasthrion. Tous les clients des lupanars le connaissaient : c'était la Descente aux Enfers. La saignée permettait de passer avec rapidité et discrétion des quartiers les plus aisés à la ville basse et à ses établissements les plus courus. Loin en hauteur, il discernait dans la grisaille la foule d'une avenue plus large ; plus près, un gentilhomme bedonnant en pourpoint violet, coiffé d'un chapeau à plume blanche, descendait les marches avec empressement. Il portait au côté une rapière ornée dont Luhac doutait qu'il sache se servir. Si le duc de Linnacie prenait garde de se vêtir en malandrin avant de descendre au *Petit Chat*, ce franc-bourgeois-là réclamait littéralement qu'on le dépouille. Il eut une moue consternée.

L'autre le salua une fois à sa hauteur, en plus. La mine rougeaude, il lui adressa un sourire et effleura le rebord de son chapeau à plume. Luhac leva les yeux au ciel et pressa le pas.

Plusieurs paliers brisaient l'ascension des quelques cent trente marches, mais le duc ne s'arrêta pas pour reprendre son souffle. Si l'autre gentilhomme se faisait agresser à son arrivée dans la ville basse, il ne voulait pas en entendre parler et encore moins s'y trouver mêlé.

Une porte claqua plus haut. Cinq hommes vêtus de la même manière que lui – cape sombre, capuche, fourreaux visibles – débouchèrent sur le palier suivant.

Luhac jura intérieurement et ralentit aussi naturellement que possible. S'il hésitait, il avouait sa faiblesse et, dans ce quartier, les habitués savaient qu'une apparence menaçante constituait la première des défenses.

Le duc désigna du pouce le gentilhomme qui descendait dans la ruelle derrière lui.

En réponse, les cinq hommes tirèrent simultanément leur rapière.

Ah, d'accord. C'est pour moi.

Luhac dégaina à son tour en songeant que cela devait bien finir par arriver. Le poids de l'arme dans sa main, les reflets sur la lame chassèrent d'un coup la peine et la nostalgie. Il s'entraînait tous les jours, compulsivement, plus encore quand il ne trouvait pas de fille pour la nuit.

En garde, il recula prudemment vers le palier précédent, mais les cinq spadassins chargèrent à trois de front. Luhac se plaqua aussitôt de profil contre la paroi de la ruelle et ménagea son équilibre, les pieds sur deux marches. Un premier homme fut sur lui et se fendit. Le duc dévia sa lame avec la sienne et attrapa sa cape dans l'espoir de le faire tomber vers l'avant, mais l'autre dérapa seulement. Néanmoins, il gêna ses camarades.

Gachte, ils sont bons.

Des professionnels.

Un autre spadassin s'inséra dans l'espace laissé par son collègue et Luhac eut à peine le temps d'écarter son épée. La pointe lui érafla quand même le côté. Mais l'autre avait été forcé de se pencher encore davantage. Le duc en profita pour l'attraper au col et le ramena vers lui, l'épée dressée. La pointe lui transperça l'estomac, et l'homme vomit du sang. D'une torsion, Luhac l'envoya voler avec le précédent et profita de la confusion pour dévaler les marches aussi vite que possible. Il défit en toute hâte l'attache de sa propre cape.

Les semelles de ses poursuivants claquèrent sur l'escalier. Le duc gagna de justesse le palier précédent et fit volte-face juste comme on l'attaquait des deux côtés. Luhac para le premier assaut et se décala en enveloppant la seconde lame dans un tourbillon d'étoffe sombre. Déconcerté, l'homme frappa dans le vide.

Hélas, dans son élan, Luhac se jeta à portée du troisième. Il voulut esquiver, mais le fer lui creva le flanc. Il hoqueta. Ses agresseurs maniaient des rapières, légères et vives; lui-même portait l'arme de la noblesse et du clergé, l'épée bâtarde, symbole de la puissance divine écrasant ses ennemis. En plus du nombre et du terrain, il était désavantagé sur le terrain de la rapidité pure.

Mais pas de la force.

Luhac ramena sa lame d'un ample mouvement du bras et l'abattit de toutes ses forces sur le poignet de son agresseur. La main tranchée net tomba sur les pavés sales. L'autre poussa un hurlement et s'effondra. Luhac le rattrapa par la nuque et le ramena devant lui d'un violent mouvement de reins qui lui arracha un cri de douleur. Il avait l'impression qu'il venait de s'ouvrir le ventre jusqu'au nombril.

Le visage en sueur, il se positionna de trois quarts contre la façade en appuyant la pointe de son épée contre le menton de son prisonnier. Il grimaça, le souffle court, les entrailles brûlantes et glacées à la fois. Il sentait du sang poisser son pourpoint et sa cuisse.

« Quoi qu'on vous offre... je vous donne le triple », haleta-t-il.

Les paroles de son frère à la Croisée des chemins traversèrent sa mémoire. *Comme il est ironique de constater combien l'on tient à la vie dès qu'elle est menacée...*

« On ne nous achète pas comme des putains,

Luhac de Rhovelle! clama un des assassins. Les Magnéciens ont de l'honneur, eux!

— C'est certain, attaquer à cinq, c'est très honorable. » Il déglutit. « J'ai déjà tué l'un de vous, et celui-là (il désigna l'homme qui lui servait de bouclier) va le suivre, à force de se vider comme un porc. Vous voulez vraiment que je continue le travail?

— Tu n'as pas l'air en forme non plus, répliqua l'autre, un sourire sur sa barbe drue.

— Nous sommes prêts... à mourir pour notre nation, haleta le prisonnier de Luhac.

— Sang-diable, votre nation, c'est la Rhovelle! » s'exclama le duc. Il secoua la tête. « Juhel vous enverrait tous en enfer sans hésiter si cela pouvait le rapprocher du trône. C'est ce qu'il veut!

— Et alors? répliqua un des spadassins. Le roi est incapable de nous gouverner, de toute manière. C'est à cause de sa faiblesse, de sa folie que Doélic a été attaquée! Si on n'agit pas, Wer se détournera de nous comme Il l'a fait des Mortes-couronnes!

— Ce que vous faites, c'est exactement ce qui L'a conduit à se détourner de Mandre et de ses voisins! s'écria Luhac avec l'énergie du désespoir. La dissension, la désunion! Mais je vois... que je perds mon temps. » Il n'arrivait plus à reprendre son souffle; il fallait en finir, et vite. « Très bien. Je vous préviens, aucun de vous n'ira à la Cité des Justes en mourant sur le pavé d'une allée sord... »

Il se raidit brutalement. Prit une inspiration sifflante, tremblante. Du froid se répandait entre ses reins, et il ne sentait plus son bassin. Un flot de sang mêlé de bile remonta de sa gorge et se répandit dans sa barbe et sur la nuque de son prisonnier.

La douleur l'atteignit alors. Un étau qui lui broyait

le dos, autour d'une tige de feu liquide. Il regarda sans comprendre ses bras s'abaisser avec une lenteur étrange, sa main s'ouvrir et lâcher son épée, qui cliqueta sur le pavé. Son prisonnier parut grandir bizarrement, et ce ne fut que lorsqu'il termina assis par terre qu'il comprit que ses jambes avaient cédé.

Le tison dans ses reins s'était évanoui, remplacé par une terrible sensation glacée dans ses membres. Ses yeux se brouillèrent. Il cilla, peinant à accommoder, et discerna le franc-bourgeois en pourpoint violet et chapeau à plume au-dessus de lui, sa rapière ornée à la main, dégoulinante de sang.

« Toi non plus, Dieu ne voudra pas de toi », dit-il avec un sourire.

Je le savais déjà, voulut répondre Luhac, mais mouvoir ses lèvres engourdies, poisseuses de fiel, lui parut tout à coup un effort bien vain pour éduquer ces coquins. Une forme de paix tombait sur lui tandis que ses sens s'engourdissaient, que son corps semblait s'éloigner de lui, curieusement étranger. Il eut un faible sourire. Dire qu'il avait cherché ce calme toute sa vie, depuis la disparition de Servane. Il s'était trouvé si proche.

Son corps tressauta sous les coups d'épée que lui administrèrent avec rage les assassins. Le dernier fil qui le rattachait à la conscience fut une pensée pour Erwel, livré à ce monde de douleur et de regret, avec l'espoir qu'il ne finirait pas par tourner le dos à la vie comme l'avait fait son père.

Au final, j'aurai failli à tout le monde.

Il mourut bien avant que les assassins n'aient fini de passer leur colère.

AILLEURS

Les consciences tournoient lentement sous le poids de leur propre inertie ; leur capacité intrinsèque à s'observer, à se définir, naît de leur propre complexité, comme l'étincelle jaillit au sein de l'étoile une fois la masse critique atteinte. Les sensations abstraites et les notions voltent d'un fil de raisonnement à l'autre aussi prestement que les doigts du virtuose sur l'instrument.

« N'aurais-tu pu concevoir un autre système, Wer ? Il repose sur une notion si fragile. Le vouloir des hommes.

— Rien n'est plus efficace que convaincre l'homme de vouloir quelque chose, Aska. Après tout, c'est à cause de cela que nous en sommes arrivés là, toi et moi. L'humanité a parfois su se donner seule un but, cela s'est vu. Mais il lui est infiniment plus facile d'embrasser la vérité qu'on lui donne. Dès lors, autant être celui qui l'offre. »

Une forme de révérence traverse la trame du réel, comme si l'univers acceptait, pour une fraction de seconde, plus d'espace qu'il n'en peut contenir.

« Oui. Encore une leçon que j'ai apprise à ton aune, mon frère. Plus que tu ne l'imagines. »

En réponse, un soubresaut secoue le délicat équilibre des saveurs et des substances.

« *Ton Ganner est un coup de chance, Aska. Sans sa persistance et son obstination à braver les étendues que tu avais déjà ravagées par ton influence, tu en serais toujours à regarder tes Enfants s'entre-dévorer sans perspective d'avenir.*

— *Je croyais que tu dédaignais ce qui n'a pas eu lieu pour t'intéresser seulement à ce qui peut être ? Ganner est là. Il est un fait, aussi certain que ta pensée ou la mienne. J'ai appris ma leçon. Tandis que tu n'as à m'opposer qu'une... pucelle. Une gamine dont l'existence même contrevient à tous les préceptes que tu as toi-même établis. L'édifice est-il bien solide, Wer, quand le vouloir des hommes est aussi inflexible que la flèche que tu leur as donnée ? Ce qui ne peut ployer est amené à se briser.* »

Le soubresaut se prolonge en un roulement qui tourmente les cordes subtiles du réel ; d'obscures amertumes se propagent le long de leurs tensions à la manière de sombres nuées.

« *D'autres de mes gamins, comme tu dis, ont bâti des royaumes et mené des croisades.*

— *Mais pas tous avec le même succès dans le monde, n'est-ce pas... ? Tout intelligent que tu sois, Wer, tu t'es limité toi-même. Tu as tenu tes Hérauts à l'écart de la source même qui les désigne ! Des Anomalies qui te permettent de les revendiquer comme tiens et de faire d'eux tes guides ! Quelle prévoyance est-ce là, quand tu ériges en tabou la source même de notre action – la tienne comme la mienne ?*

— *L'alternative consistait à dire la vérité, et tu sais bien que c'est impossible.*

— *Oh, Ganner en sait suffisamment, et cela ne*

semble pas me nuire outre mesure. Mais s'appuyer sur la force résout quantité de dilemmes, je te l'accorde.

— *La force seule ne construit rien. Car, contrairement à toi, j'aime l'humanité.* »

Une éclaircie insouciante, électrique comme la foudre, vient gentiment scinder le tonnerre frustré qui gronde sans jamais éclater ; l'amusement piquant d'Aska ouvre des poches d'air insolentes dans la noirceur compassée de Wer.

« *Oh! Quel mensonge, pour un dieu de Vérité! Tu l'aimes comme un maître aime son chien favori! Elle te valorise. Les humains veillent sur toi et étendent tes frontières, comme mes Enfants le font des miennes. En ce sens, nous nous battons autant l'un que l'autre au nom de l'amour! C'est absurde. Et nous savons tous les deux que cela n'a rien à voir avec l'amour désespéré, et désespérant, de Mordranthia.*

— *Ne prononce pas son nom en ces circonstances!* » Le vide, chargé d'une rage trop contenue, se distend en lambeaux hideux. Les cordes craquent en fouettant le néant de coups cinglants. « *Ne prononce jamais son nom comme si tu l'absolvais!* »

Mais la conscience jumelle danse sans crainte d'un îlot de réalité à un autre, enjambant sans effort les abysses obscurs ouverts par la fureur de Wer. Peu à peu, la trame se ressoude, car on ne peut réellement endommager un lieu dépourvu d'espace comme de temps ; tout n'est que perception pure, et les seules blessures capables d'être reçues sont celles que l'on accepte.

Pour le moment.

« *Je ne l'absous de rien, mon frère. Je souhaiterais presque que ton Pandémonium existe pour l'accueillir.*

Mais je ne peux nier qu'elle a toujours agi avec les sincères intérêts du monde au cœur.

— Au moins, nous sommes débarrassés de cette illusion, toi et moi.

— Oui, mais de nous deux, je suis le seul à l'assumer vraiment. »

ACTE IV
ÉPREUVES DE VÉRITÉ

16

Izara

« Ysmel. Rhadel. Bandrys. Lacaze... »

Vêtue d'une robe d'intérieur crème, la princesse royale énumérait d'une voix discrète les noms des rois de Rhovelle depuis la fondation du royaume. Une préceptrice âgée, assise à ses côtés sur le divan, acquiesçait en rythme. La reine aimait bien cette femme. Elle avait un visage doux et amène ; un peu, s'imaginait-elle, comme l'aurait été celui de la grand-mère de Carila si le morbus ne l'avait pas emportée, bien avant qu'Izara ne quitte Mérogheze, ni même que son père n'envisage cette alliance à long terme avec la Couronne de Rhovelle.

Loin de la déconcentrer, la litanie aidait Izara à s'absorber dans les livres de comptes qu'elle étudiait, assise à un vaste bureau digne d'un général. S'il était dans les coutumes rhovelliennes que les femmes se tiennent à l'écart de la gestion du foyer – ou du royaume –, Mérogheze était une cité négociante ; Izara avait appris à lire un budget à l'âge où Carila mémorisait ses rois. Au début de son règne, le ministre du trésor avait refusé de lui fournir les documents relatifs aux finances du royaume. Il avait fallu qu'Éoel, alors encore en état de gouverner, le menace de représailles. Depuis, elle recevait avec diligence, quoique sans enthousiasme, des rapports mensuels présentés selon ses instructions.

Et la situation extrêmement tendue au Conseil de régence exigeait que la reine sache exactement où se trouvait l'argent, comment le mobiliser, et si, le cas échéant, la Couronne pouvait assurer une guerre.

Quels qu'en soient les ennemis.

Les domestiques avaient prématurément ravivé le feu et allumé les chandelles ; de toute la journée, les nuages ne s'étaient pas desserrés d'un pouce. À présent, une autre de ces pluies grises de printemps crépitait sur les croisées du salon royal. Izara avait toujours préféré la rigueur de l'hiver rhovellien – froid, dur. Honnête. À Mérogheze, le retour du printemps était cause de réjouissance ; en Rhovelle, sur la majeure partie du territoire, il signifiait le retour de pluies drues et fréquentes. Chaque année à la même époque, Izara se sentait maussade. Flouée.

Carila hésita quelque part au milieu de la liste. La préceptrice attendit, lui souffla la réponse, puis enjoignit à l'enfant de recommencer du début. Du coin de l'œil, Izara vit sa fille faire la moue puis s'exécuter.

« Ysmel. Rhadel. Bandrys. Lacaze... »

Izara s'émerveillait toujours qu'un royaume âgé d'à peine deux siècles puisse avoir une histoire si riche et s'en montrer si fier. Par comparaison, Mérogheze émergeait confusément des Grands Troubles qui avaient suivi la Fin des Temps – les circonstances exactes de sa fondation avaient disparu des mémoires, comme tant d'autres connaissances sur le monde et son passé. La reine cilla pour s'éclaircir les idées, trempa sa plume dans l'encrier, puis reprit son étude des taxes.

Des éclats de voix résonnèrent à l'extérieur des appartements royaux, suivis par un tumulte indistinct.

Izara reposa sa plume et se leva. Elle jeta un coup d'œil à la porte de la chambre royale, où Valter, le page, veillait comme toujours sur son époux plongé dans les méandres de ses rêves. Des médecins se tenaient prêts à intervenir à tout moment, à présent, installés dans un petit cabinet attenant. La reine se retourna vers sa fille et sa préceptrice. Carila s'était interrompue et regardait sa mère avec appréhension.

Izara resserra son châle autour de ses épaules et se dirigea vers le vestibule. Juste comme elle ouvrait le battant, le capitaine de la garde et général des armées, Coennec ap Azétral, ouvrait celui d'en face à la volée. Blond, les joues grêlées comme un adolescent malgré ses quarante ans révolus, il portait la cotte de mailles argentée de son office, visible sous son tabard blanc frappé de l'emblème royal de la Vague et de la Faux. Son épaisse lèvre inférieure lui donnait une moue perpétuelle.

« Votre Majesté, il faut absolument que vous descendiez », annonça-t-il d'une voix emplie d'urgence.

Quand Izara sortit dans la cour de la citadelle, la foule s'était déjà rassemblée malgré la pluie et le froid marin. Elle l'endura sans relever la capuche de sa pèlerine afin que tous la remarquent. À cause de la grisaille, on avait déjà allumé de grandes torchères couvertes qui sifflaient à l'occasion comme des chats en colère quand le vent rabattait les gouttes dans les brasiers.

«Place! clama Coennec ap Azétral. Laissez passer Sa Majesté!»

Le capitaine avait ordonné à quelques-uns de ses hommes, en cotte ou gambison, de les accompagner. La reine se trouvait à présent au centre d'une petite escorte de soldats armés.

La rumeur de la foule reflua, et Izara lut sans difficulté le choc sur les visages; la peur. Des serviteurs se mêlaient aux aristocrates, et même quelques manants étaient montés des rues de la capitale rhovellienne. Elle reconnut des nobles d'importance moindre, comme le comte d'Altaÿs, de passage à Ker Vasthrion. L'anxiété diffuse qui avait hanté les couloirs de la citadelle après l'attaque de Doélic acquérait une netteté nouvelle. Tous la dévisageaient, semblant attendre d'elle une décision. Une solution.

L'assemblée se fendit, et Coennec guida la reine jusqu'à un détachement de gardes qui portaient un brancard. Dessus, une silhouette était étendue, inerte. Couverte de sang.

Une silhouette familière.

Izara crut que son propre cœur s'était figé dans sa poitrine, qu'elle basculait sans bouger, et que le royaume basculait à sa suite. Sa bouche s'entrouvrit, une consternation mêlée de chagrin lui tira les traits. Son champ de vision se resserra pour ne lui montrer que l'homme inerte sur la civière. La pluie qui lui tombait dans les yeux ruisselait sur ses joues.

Non...

Izara leva la main.

«Arrêtez-les», murmura-t-elle. Elle reprit, plus fort: «Halte!

— Vous avez entendu votre reine ? tonna Coennec. Halte ! »

Les porteurs obéirent sous la pluie qui forcissait peu à peu.

Izara s'approcha à pas mesurés, le regard rivé sur les traits mouillés du défunt, sur ses cheveux blonds collés en paquet, sur ses yeux clos qui ne lanceraient plus jamais d'œillades égrillardes. Elle eut une pensée pour Erwel, effondrée intérieurement.

Malgré sa fébrilité et son malaise, elle observa le cadavre. On avait rabattu sa cape de daim sombre sur son torse, mais elle laissait paraître la mare de sang qui trempait son pourpoint. Izara avait souvent entendu dire que la mort apportait la paix, mais Luhac ne semblait rien avoir trouvé du tout. Blême, les lèvres bleues, entrouvertes, il avait seulement l'air malade et inconscient, comme son frère.

Elle tendit timidement la main vers le rabat de la cape et le souleva.

« Votre Majesté, dit Coennec ap Azétral, peut-être devriez-vous rentrer et laisser cela au chirurgien... »

Elle l'ignora, les yeux rivés sur la dizaine d'entailles brunâtres qui lui perforaient la poitrine et le ventre.

« Où l'avez-vous trouvé ? souffla-t-elle à l'un des soldats, incapable de détourner le regard du visage livide du duc de Linnacie.

— Dans la Descente aux Enfers, Vot'Majesté. »

Coennec se racla la gorge. « Votre Majesté, c'est la venelle qui relie la ville haute aux...

— Je sais ce que c'est, l'interrompit-elle d'une voix qui parut lointaine à ses propres oreilles. On ne dirige pas un royaume sans s'intéresser aussi bien à ses bas-fonds qu'à ses hautes sphères. »

Elle reposa le pan de tissu avec une lenteur extrême, nauséeuse. Elle tâta machinalement l'épais revers de la cape, doublé de fourrure. Ses yeux se posèrent sur ses chausses, sur ses splendides bottes de cuir cirées, coupées comme pour la chasse mais tenant plutôt de l'apparat.

« Qu'avait-il sur lui ? demanda Coennec au soldat.

— Rien, on lui a pris sa bourse.

— Mais pas ses bottes... dit Izara. Ni sa cape.

— Votre Majesté ? » fit le général, son épaisse lèvre inférieure accentuant son expression confuse.

Elle se tourna vers le soldat qui répondait à leurs questions – un simple fantassin attaché au maintien de l'ordre dans la ville, par contraste avec les gardes sous l'autorité de Coennec. Il devait avoir une vingtaine d'années ; une grosse cicatrice le long de son nez témoignait d'un service – ou d'un passé – houleux.

« Comment l'avez-vous découvert ? s'enquit-elle d'une voix où revenait l'autorité.

— Euh... Un gamin des rues est v'nu nous chercher vers midi. » Il déglutit, visiblement très impressionné de se retrouver face à la reine en personne. « Faites excuse, Votre Majesté... L'temps de comprendre qui c'était... »

Elle se retourna vivement vers Coennec tandis qu'en elle montait une indignation qui menaçait de se muer en révolte.

« Un gamin des rues vient prévenir la garde et on retrouve Luhac avec tous ses effets ? s'exclama-t-elle d'une voix vibrante de colère.

— Pas sa bourse... hésita-t-il.

— Avez-vous idée de ce que représentent une cape ou des bottes de cette qualité pour un manant ou un serf?» Voyant l'indécision du général, elle reprit: «J'étudie suffisamment les comptes du royaume pour vous l'affirmer: on a payé cet enfant, sinon, il se serait approprié les vêtements. Quelqu'un avait grande hâte qu'on apprenne la mort du duc...»

La reine pivota sur elle-même en essuyant rageusement la pluie qui lui tombait dans les yeux. Elle remarqua les jeunes gens qui assistaient Olié et Melár, les deux vieillards du Conseil de régence; ils avaient certainement envoyé leurs serviteurs en quête de nouvelles plutôt que de descendre en personne. Elle se hissa sur la pointe des pieds – et trouva enfin les boucles et la barbe striées d'argent, les yeux bleus, les traits austères – ce visage si odieusement imbu de lui-même...

La hargne déforma les traits habituellement sereins de la reine tandis qu'une flambée de haine l'embrasait comme un pin sec en été.

«Général, gardes», appela-t-elle entre ses dents serrées.

Elle pointa un doigt accusateur.

«Arrêtez cet homme!» cria-t-elle d'une voix furieuse qui déchira les murmures.

Coennec lui lança un bref regard interloqué, puis s'avança au pas de course vers celui qu'elle désignait coupable, suivi de ses soldats. Mais Izara refusa de se tenir à distance. Elle emboîta le pas des gardes royaux en armure argentée, savourant l'indignation scandalisée qui gagnait Juhel de Magnécie tandis que les soldats l'encadraient. *Résistez, Monsieur le Duc*, gronda-t-elle intérieurement. *Faites-moi ce plaisir. Qu'on utilise enfin la force avec vous.*

Il la repéra à son tour.

« Votre Majesté ! s'exclama-t-il d'une voix scandalisée. Qu'est-ce qui vous prend ? Ordonnez-leur de se retirer, par Dieu !

— Juhel ap Ornesta de Magnécie ! cracha-t-elle. Je vous mets aux arrêts pour l'assassinat de Luhac de Rhovelle et haute trahison !

— Comment ? » s'écria-t-il.

Il lâcha un rire incrédule, débordant de mépris. Par la Vérité, à présent qu'elle n'avait plus à contenir son hostilité, elle se rendait réellement compte de combien elle haïssait ce rire, son attitude, son orgueil.

« Ma pauvre, vous déraisonnez ! La mort de votre amant vous aura fait perdre la raison...

— *Quoi ?* » s'écria-t-elle, au comble de l'outrage. « Que venez-vous de dire ? »

Juhel haussa les épaules en lui rendant un regard débonnaire.

« Nous connaissons tous l'adage, répliqua-t-il. Et qui pourrait vous en blâmer ? » Il écarta les mains d'un air fataliste. « "Un homme est faible, un autre le remplace"... Les mœurs de Luhac étaient connues, et les femmes ont des besoins animaux qu'elles ne savent pas contrôler... »

Des murmures commençaient à s'élever dans la cour. Izara s'approcha à grands pas, manquant bousculer le général, et se planta devant Juhel, sa fureur débordant de son cœur comme un fleuve de violence si juste et aveugle qu'elle se crut capable de le frapper.

« Continuez comme cela, Monsieur le Duc, gronda-t-elle d'une voix chargée de menaces. J'ajoute injure au trône à vos chefs d'accusation.

— Occupez-vous déjà des premiers, répondit-il

avec une tranquillité détestable. Quelles preuves avez-vous, au juste ?

— Non. J'en ai fini des batailles rhétoriques avec vous. Quand je pense que c'est *votre* royaume – *votre* lignée – que vous déchirez de la sorte par suffisance et orgueil... Vous êtes comme une Anomalie humaine au sein du gouvernement. Tout ce que vous dites, touchez, promettez, devient perverti et corrompt celui qui a le malheur de s'allier à vous. » Elle s'approcha encore. « Vous auriez dû retourner en Magnécie à la mort de votre père, monsieur. Vous auriez dû rester à votre place. »

Le masque complaisant du duc fondit, révélant la dureté sous-jacente.

« C'est vous qui devriez connaître la vôtre, étrangère. »

Il haussa la voix et proclama avec force, afin que tous l'entendent :

« Que tous soient témoins ! La reine abuse de son pouvoir en emprisonnant un des pairs du royaume sur la base d'accusations mensongères et sans fondement ! Mais si Izara *ap Mérogheze*, articula-t-il nettement pour rappeler à tous son origine, usurpe son autorité et piétine notre union, je reste pour ma part un citoyen respectueux du trône. » En la dévisageant, il tendit les poignets comme s'il s'offrait aux fers. « Emmenez-moi donc. Je ne résisterai pas. »

Dans la cour, la rumeur commençait à enfler, occasionnellement percée par des exclamations de soutien à la Magnécie. Izara fut tellement écœurée que son estomac se souleva. Elle soutint le regard de Juhel, secoua la tête avec dégoût, puis gronda :

« Hors de ma vue. »

Coennec ap Azétral fit un signe à ses hommes, qui escortèrent le duc vers la citadelle. Elle les regarda partir avec une profonde satisfaction. Le général allait les suivre, mais la reine le retint d'un geste.

« Votre Majesté, nous ne devrions peut-être pas rester là », lui glissa-t-il en désignant l'assistance du menton.

Le brouhaha s'intensifiait autour d'eux. Il posa la main sur son épée, en alerte.

Izara sortit de son euphorie passagère et pivota à son tour. Les expressions avaient changé. Elle sentait la désapprobation comme un vent glacé qui la chassait de la cour, vers la citadelle, vers l'océan. À l'incrédulité se mêlait, ici et là, une antipathie à peine masquée.

Bien qu'elle soit protégée par une des plus fines lames du royaume, Izara ne s'était jamais sentie aussi seule, pas même à son débarquement de Mérogheze, alors à peine âgée de dix-huit ans. Elle avait accepté ce déracinement dans l'intérêt de sa patrie ; elle avait accepté l'isolation au titre de la découverte nécessaire d'une autre terre ; elle avait étudié ses coutumes, son histoire, les avait faites siennes. La Rhovelle était son seul royaume, à présent ; et, maintenant son unité contre la fourberie de Juhel et l'absentéisme de Thormig, elle avait fait davantage pour lui que – Dieu lui pardonne – le roi lui-même. Mais cela ne revêtait aucune importance pour ces gens. Confrontés à la terreur des Anomalies, à la menace d'une attaque pouvant surgir de n'importe où, à l'assassinat d'une figure de premier plan, ils se replieraient toujours sur la familiarité. Juhel avait raison. Elle resterait à jamais une étrangère.

Pire, elle resterait une femme.

Izara eut envie de vomir.

« Votre Majesté ? » insista Coennec.

Elle envisagea un court instant de s'adresser à ces gens, de rectifier les mensonges de la Magnécie, de leur montrer la vérité. Mais elle n'avait aucune chance d'être entendue. Cela passerait pour une pitoyable tentative de justification.

Il fallait seulement agir, la tête haute, sans se préoccuper des accusations, de la solitude, de la peine et de la colère engendrées par l'avidité humaine. En cet instant, Izara comprit intimement que l'histoire ne la jugerait probablement jamais d'un œil favorable. Car ce qu'il lui fallait faire ne serait jamais compris.

Elle tourna les talons et marcha vers la citadelle. Coennec la suivit dans un cliquetis de métal.

« Général, dit-elle, dans combien de temps l'ost royal sera-t-il prêt au déploiement ?

— Il faudrait encore deux ou trois semaines pour que nous soyons réellement prêts, répondit-il. Et encore, c'est sans compter les effectifs que les provinces les plus éloignées continuent à nous envoyer en ce moment même...

— C'est trop long. Général, je veux que vous me rassembliez une armée qui puisse quitter Ker Vasthrion au plus vite. Si des renforts doivent la rejoindre plus tard, qu'il en soit ainsi. Mais la vitesse est capitale. »

Coennec ap Azétral lui adressa un coup d'œil circonspect et sa moue lippue s'accentua.

« Je dois pouvoir réquisitionner la cavalerie, j'imagine, et faire arriver le support dans un second temps, mais puis-je vous demander dans quel but, Votre Majesté ? »

Elle lui rendit son regard.

« J'ai une mission de confiance pour vous. »

Mériane

Le voyage se poursuivit dans une ambiance morne ; seul le temps se montra clément, laissant les routes raisonnablement sèches. Mais Leopol desserrait à peine les lèvres, et Darén imitait son mutisme. Quand Mériane le regardait à la dérobée, notamment le soir à l'auberge, une tension subtile lui crispait les traits. L'herboriste n'aimait pas la foule, et encore moins l'inconnu. Il se sentait submergé par le changement ; les nouveautés harcelaient son attention fragile. Partager une chambre avec le croisé de Wer ne l'aidait pas ; il s'isolait à l'extérieur de longues heures avant de rentrer, tard dans la nuit. Leopol l'avait interrogé à ce sujet, mais il n'avait pas répondu. Mériane savait qu'il partait trouver un peu de réconfort dans ses herbes et ses poudres. Cette insistance à l'accompagner malgré le malaise que lui causait le monde extérieur troublait la jeune femme. Elle n'avait pas mesuré combien sa quête de sens l'obsédait.

La deuxième nuit, elle faillit se joindre à lui, ne serait-ce que pour trouver un peu de compagnie amicale. Elle faillit même invoquer Wer pour mettre fin à sa solitude. Mériane avait toujours chéri l'isolement, mais il ne s'agissait pas là de la quiétude simple des bois. Elle sentait presque le verdict des Chasseurs de Vérité peser sur ses épaules. Mais elle résolut d'endurer son appréhension tandis qu'ils traversaient les plaines et les marais belnaciens vers le nord.

Au matin du troisième jour, toujours sans mot dire, Leopol les entraîna à l'écart de la chaussée principale vers une voie moins large, mais mieux entretenue. Des pavés disjoints s'enfonçaient sous des arbres encore ruisselants de la pluie nocturne, au flanc d'un vallon couvert de broussailles et de taillis. La brise se leva tandis qu'ils s'enfonçaient dans la faille, si insistante que Mériane se lassa bientôt de relever sa capuche sans cesse, noua ses cheveux en une courte natte brune et laissa l'air froid lui fouetter le visage.

Au détour d'un virage, le croisé désigna le lointain. Il prononça un seul nom, mais qui laissa paraître toute sa fierté et sa révérence :

« Valbrisson. »

Au-devant, voilée par la brume, se dressait la plus importante forteresse weriste de la province. Mériane éprouva malgré elle une pointe de déférence devant l'exploit architectural qu'elle représentait. Les bâtiments, trapus et anguleux comme des baraquements militaires, s'accrochaient au versant en un large complexe. Les toits et les façades de pierre blanche se chevauchaient, ménageant des terrasses où la jeune femme apercevait des groupes entiers de moines qui manœuvraient à l'unisson. Une profusion de mâts portaient l'oriflamme de Dieu, la flèche rouge qui jaillissait d'un arc de cercle symbolisant la voûte du ciel, le signe de l'Unique morale et de la Certitude.

« Eh bien... murmura-t-elle. J'espère que vous savez ce que vous faites.

— *Il est indispensable d'en passer par là*, répondit Wer dans sa tête. *Pour rassembler la Rhovelle sous Ma bannière, il te faut l'assentiment de Mon clergé.* »

Elle sursauta à demi.

« Ça y est, vous êtes de retour ?

— *Je ne suis jamais parti. Mais tu n'avais pas besoin de Moi, alors Je t'ai laissée aller. Ne crois pas que Je vais tout faire à ta place ni tout te dicter. Où serait ta foi, dans ce cas ?*

— J'ai bien compris, mais là, il va nous falloir un petit miracle, vous en êtes conscient ?

— *Du calme, Mériane. Depuis toujours, les Hérauts se sont révélés au haut clergé d'une façon que nul ne peut mettre en doute. Ils te reconnaîtront comme Mienne.*

— Vous savez, ça me tranquilliserait vraiment si vous pouviez me détailler un peu comment ça va se passer.

— *C'est l'un des secrets les mieux gardés de la hiérarchie. Laisse aller.*

— Tellement bien gardé que même à moi, votre Héraut (elle grimaça en prononçant le mot masculin), vous ne pouvez rien dire ? s'agaça-t-elle.

— *Aie confiance.*

— Mériane ! » appela impatiemment Leopol, qui avait pris de l'avance sur le chemin.

J'espère vraiment que vous aurez raison, songea-t-elle dans l'intimité de ses pensées, *ne serait-ce que pour lui rabattre son caquet, à celui-là.*

Elle pressa le pas, suivie par Darén, toujours aussi silencieux qu'une ombre.

La route se poursuivait à flanc de coteau comme une saignée plutôt large. Au fond du val, Mériane distingua bientôt une rivière bruissante qui tombait en étages successifs. Autour d'elle, la végétation humide murmurait sans discontinuer dans la brise. Il ne fallait pas chercher plus loin l'origine du nom de la forteresse : le val bruissant.

À mesure qu'elle approchait de Valbrisson, avec ses hautes tours carrées et austères, le souvenir des cris d'Aelig étouffés par le capuchon du bourreau remonta dans sa mémoire, accompagné par son pressentiment familier. Les weristes brûlaient les hérétiques nus – à l'exception du visage, qu'ils couvraient, afin de leur retirer leur dernière once d'humanité. Il lui fallut redoubler de résolution pour maintenir l'allure, et faire taire la petite voix en elle qui la traitait de folle. Elle se sentait de moins en moins encline à accepter la mauvaise humeur du croisé.

Une arche blanche dominée par un écusson portant l'insigne divin en gardait l'accès. Deux moines en livrée de pureté, qui ne devaient pas avoir vingt ans, les évaluèrent d'un regard suspicieux, Mériane en particulier.

Leopol se retourna vers elle avec un signe méprisant du menton.

« Couvre-toi », lâcha-t-il, une forme de dégoût sur les lèvres.

La forestière baissa les yeux sur sa tenue – d'amples chausses de peau qui protégeaient de la pluie, une chemise en laine épaisse et bien entendu sa cape neuve offerte par le baron de Doélic. Elle se désigna d'un air de défi :

« Parce que ça suffit à vous tenter, ça ? »

Leopol leva les yeux au ciel. « Y a-t-il jamais un moment où tu ne remets pas en cause ce qu'on te dit ? On ferait aussi bien de décréter ton hérésie sur-le-champ. Impossible que tu sois l'élue de Dieu avec un caractère pareil.

— *Mériane, l'accès des monastères est très strict*, lui murmura Wer. *En particulier pour les femmes. Accepte ce qu'il te demande, et cesse de vouloir à tout prix t'aliéner l'Église.*

— Parce que les seules femmes à pénétrer ici le sont pour être jugées, n'est-ce pas? formula-t-elle à haute et intelligible voix pour le double bénéfice de Leopol et de Dieu. Et au final, je ne fais pas exception. »

Elle souffla avec colère et consternation, puis resserra les pans de sa cape et les attacha. D'un geste, Leopol lui ordonna aussi de remettre sa capuche. Mériane secoua la tête, excédée, mais obtempéra. Les deux gardes parurent se détendre un peu, tout en continuant à la jauger avec méfiance.

« De quoi ont-ils peur, sérieusement? fit-elle à l'adresse de Darén. Et puis je ne vois pas pourquoi ils ne se couvrent pas davantage, eux. Personne n'a peur qu'ils me tentent, moi? »

L'herboriste tourna vers elle une mine effarée qui aurait pu être comique sur ce visage impressionnant qui la dominait d'une bonne tête.

« Je sais, je ne suis pas très crédible. Ce n'est pas comme si ce genre de chose m'intéressait, de toute manière. »

L'épaisse porte ferrée se referma derrière elle et se verrouilla avec la finalité d'un cachot. Mériane se retrouva seule.

On l'avait fait entrer dans une vaste salle qui lui rappelait l'église de Doélic. Il y avait les rangées de bancs, les vitraux blancs et rouges insérés dans les murs, les rosaces au toit. Celles-ci projetaient deux puits jumeaux de lumière crue qui convergeaient vers le sol, presque aveuglants dans la pénombre ambiante. Dans des vasques métalliques, des braises incandescentes répandaient une faible lueur chaleureuse qui, en cet instant, lui évoquait surtout les flammes de l'enfer.

La jeune femme avança, ses pas résonnant sous la charpente nue du toit, son mauvais pressentiment au cœur. Un dais s'élevait au bout de la salle, surmonté d'un autel. Pour une révélation divine, il était probablement indiqué de choisir une salle de culte. Cependant, au contraire des églises qu'elle connaissait, ce bâtiment-ci ne comportait pas d'envol – cette plateforme ouverte à l'extérieur pour communiquer directement avec Dieu.

Mériane aurait vraiment apprécié de savoir à quoi s'attendre, et surtout, ce qu'elle était censée faire. Elle frissonna, pas seulement à cause du froid humide. Leopol l'avait conduite là sans rien dire, en la délestant de ses armes. Elle rejeta sa capuche en arrière – une petite rébellion personnelle contre les convenances. En approchant des puits de lumière convergents, elle distingua une rambarde en arc de cercle juste devant.

Des arceaux métalliques étaient fixés sur le dessus, et au sol.

L'image d'une chair ridée, rendue squelettique par les privations et les maltraitances que les weristes osaient qualifier d'Épreuve de Vérité, s'imposa à sa mémoire. Des poignets et des chevilles devenus si maigres qu'Aelig aurait presque pu s'échapper de ses fers, semblables à ceux-ci, tandis qu'elle attendait son exécution au fond des geôles.

Mériane prit une inspiration tremblante tandis que l'angoisse affirmait ses vrilles froides au creux de son ventre.

« Ce n'est pas une chapelle, murmura-t-elle, c'est un tribunal… » Elle recula. « Wer, ils ne m'écouteront pas. Ils vont me juger directement.

— *Nous nous assurerons que ce ne soit pas le cas.*

— Sang-diable ! s'exclama-t-elle dans un chuchotement aigu. Vous dites que vous êtes partout, mais vous êtes là aussi pendant les procès en sorcellerie ? *Vraiment là ?* » *Si oui, comment pouvez-vous laisser faire ?* ajouta-t-elle *in petto*, notant l'incohérence croissante entre ce qu'elle avait toujours su de la religion et la relative bonne volonté du Dieu qui la guidait à présent. « Rien de ce que je pourrai raconter ne convaincra les prêtres. Ils entreront ici avec une opinion déjà faite, qui sera : "condamnons donc cette folle au bûcher nu". » Elle secoua la tête, entre fureur et panique. « Je n'arrive pas à croire que je me sois laissé embringuer dans une histoire pareille ! »

Mériane laissa derrière elle la porte par laquelle elle était entrée ; elle avait distinctement entendu la clé tourner. Elle traversa la salle à grands pas vers le dais, cherchant une autre issue. Dans le pire des cas, peut-être pourrait-elle se jeter par une fenêtre… en espérant ne pas se rompre les os sur une falaise. L'ingéniosité d'avoir construit Valbrisson à flanc de coteau lui apparut tout à coup. On ne s'évadait pas facilement d'une telle forteresse.

« *Mériane, Mon clergé n'est qu'humain. Bien sûr qu'il est prompt à faire des erreurs.* »

Ces mots la figèrent.

« *Quoi ?* souffla-t-elle. Qu'est-ce que vous venez d'admettre, là ?

— *Crois-tu qu'un esprit humain, intrinsèquement limité, puisse réellement appréhender l'envergure de Mes desseins? Allons, Mon enfant. Tu es la seule à M'entendre, la seule à connaître Ma volonté en ces temps, comme Laédaz, Ysmel et d'autres. Cependant, quand aucun élu ne se montre digne de Me représenter, l'Église devient garante de Ma parole. Et bien sûr, ne pouvant s'appuyer que sur les Chroniques des Hérauts, elle ne peut totalement appréhender l'infini de Mon immensité. C'est pour cela qu'il Me faut nommer des représentants tels que toi. Pour rappeler périodiquement Mon message.* »

Tandis qu'elle gagnait le dais et scrutait les ombres, Mériane plissa les lèvres d'un air incertain.

« Et d'ailleurs, c'est quoi, votre message, au juste ?

— *Que la Rhovelle est Mon peuple élu et chéri entre tous*, répliqua Dieu comme si c'était une évidence. *Qu'il portera Ma parole par-delà les montagnes et les mers, jusqu'à ce qu'Évanégyre tout entière reçoive Ma révélation, que la corruption et les ténèbres soient bannies à jamais, et que l'Homme accepte enfin son sort.* »

La forestière fronça les sourcils. « Son sort ? C'est-à-dire ?

— *Qu'il accepte la vie telle que Je l'ai voulue ; qu'il abandonne sa curiosité et son ambition, lesquelles l'ont toujours jeté au-devant du danger et confronté à des pouvoirs qui le dépassent. L'ignorance est la plus grande des sécurités.* »

Mériane distinguait des portes sur les côtés, comme des coulisses. Elle se sentit tiraillée entre l'envie de s'enfuir et la crainte de faire de plus mauvaises rencontres encore dans la forteresse.

Surtout qu'elle ne savait plus quelle conduite

adopter. La forestière se demanda brutalement si le monde décrit par Wer la séduisait réellement. Elle se rendait compte qu'elle avait toujours espéré un avenir meilleur, qu'elle ne verrait pas, mais qui serait un jour libéré des Anomalies comme du clergé weriste. Dieu l'avait peut-être aidée à défendre Doélic des horreurs qui, à l'en croire, menaçaient la Rhovelle entière, mais il ne fallait pas oublier qu'il restait, au fond, vengeur et autoritaire.

Mériane ne voulait pas qu'on lisse ses aspérités. Sa langue pendue, son entêtement, tous ces prétendus défauts qui, certes, lui attiraient des ennuis plus souvent qu'à son tour, mais qui faisaient aussi d'elle ce qu'elle était. Quelqu'un, osa-t-elle penser, de diablement sympathique.

Elle décida de tenter sa chance. Elle gravit les marches – et la porte s'ouvrit à la volée. Trois hommes la franchirent. Elle se figea.

Le premier, âgé de plus de soixante ans, portait une longue tunique blanche brodée d'or, avec la flèche rouge sur le cœur, qui l'identifiait comme un haut dignitaire de Valbrisson – « *le patriarque* », souffla Wer. Quand elle vit son visage, Mériane eut le plus grand mal à maîtriser un mouvement de recul. Une cicatrice hideuse lui fendait le cou et la joue jusqu'en haut du crâne. Sa paupière violacée et flasque tombait sur une orbite vide et ses lèvres s'affaissaient du côté gauche, lui donnant un air réprobateur. Visiblement, la blessure atroce lui avait aussi emporté le bras. Amputé, défiguré, il évoquait presque un des démons de Doélic.

Mais ce n'était rien en comparaison du second.

Haine et terreur mêlées flambèrent en Mériane dès qu'elle aperçut sa livrée écarlate. Des hurlements d'agonie transpercèrent son esprit, aussi vifs qu'au premier jour – résonnant dans le silence plus assourdissant encore des villageois de Doélic pieusement rassemblés sur la grand-place. La jeune femme descendit prudemment les marches, incapable de détacher son regard du tabard rouge. La couleur du sang était terriblement appropriée. Les Chasseurs de Vérité ne rendaient compte à personne, à l'exception de leur propre hiérarchie. Ils étaient chargés de veiller à l'intégrité de la doctrine, y compris au sein même de l'Église. Celui-ci portait dans le dos une épée longue, qui était l'arme en usage chez ces gens-là.

Elle était fichue.

Mériane eut un autre coup au cœur lorsque le troisième homme avança. Elle décelait toutefois une légère incertitude sous sa suffisance habituelle, ce qui lui causa une joie sauvage. C'était à cause de lui qu'elle se trouvait dans ce pétrin.

Leopol.

À cause de lui – mais surtout de sa propre bêtise. *Faut pas écouter les voix qui surgissent des Anomalies*, se sermonna-t-elle ironiquement.

« La comparante ira se tenir dans les faisceaux de lumière divine », ordonna le patriarche balafré sans la regarder.

Mériane prit une inspiration silencieuse. Puis elle redressa fièrement la tête, tourna les talons et prit place à la barre, où convergeaient les deux puits de clarté.

« Vous avez entendu le terme ? murmura-t-elle. La "comparante". Je ne voudrais pas vous presser mais, sur le bûcher, ce sera un peu tard pour le miracle.

— *Foi, Mériane ! Certaines choses doivent se*

produire dans un ordre défini. Pour que la foi s'enracine, il faut un rituel. Elle nécessite un espace sacré.

— N'allez pas vous demander pourquoi je m'en suis toujours tenue loin. »

Elle agrippa solidement le métal froid, en se demandant combien de pauvres innocents, ou d'imbéciles comme elle, avaient reçu leur condamnation à cette même place.

« Mériane de Doélic, déclara le patriarque. Tu te trouves devant nous pour répondre des mensonges que tu propages auprès du bon peuple de Rhovelle, le plongeant dans l'égarement, suscitant sa terreur – en somme, le détournant de l'Unique morale.

— Une seconde, s'indigna-t-elle, ce n'est pas moi qui terrifie les...

— Tu parleras à ton tour », coupa le Chasseur de Vérité d'une voix calme, d'autant plus menaçante qu'elle paraissait puissamment détachée.

Mériane le regarda vraiment. Âgé d'une trentaine d'années, ses cheveux noirs étaient séparés par une raie bien droite, comme Leopol, et il portait un collier de barbe parfaitement taillé sur une mâchoire forte. Dans une toute autre tenue, il aurait pu passer pour un paisible maître artisan d'une grande bourgade. Peut-être se voyait-il ainsi, d'ailleurs : comme un humble maître artisan, seulement versé dans l'art du tourment.

Le patriarque avisa de son œil valide la jeune femme, qui serrait la barre à s'en blanchir les jointures.

« Ta bravoure au combat nous a été contée, dit-il. La reconnaissance que te témoigne la population également, rapportée par notre frère Leopol. Et le baron de Doélic te recommande à nous... »

Le croisé tendit une missive enroulée à son supérieur ; celui-ci la parcourut rapidement du regard, puis la posa sur l'autel.

« Cependant, nous te rappelons que se réclamer faussement de la très haute Parole de notre grand Dieu de Vérité, Wer le Pourfendeur d'Asrethia, constitue le crime suprême, passable d'expiation par la souffrance puis par la mort sur le bûcher nu. Notre frère croisé, ici présent, nous a relaté chez toi un regrettable aveuglement qui confine à la déraison. Aussi, eu égard à tes faits d'armes, si ton esprit est capable de l'appréhender, nous allons te donner une chance, et une seule, de te rétracter. Nous t'autoriserons à rejoindre les Pleureuses de Rédemption où tu te lamenteras jusqu'à la fin de tes jours des fautes commises par l'humanité.

— Trop aimables, murmura Mériane en baissant la tête pour dissimuler ses lèvres. Je vous avais dit qu'ils n'y croiraient pas. Sang-diable, je n'y croyais pas moi-même. Vous imaginiez vraiment que votre clergé allait d'un seul coup accepter une femme pour commandant suprême ?

— *Ne doute pas de Ma présence à tes côtés. Je vais te révéler, mais il faut d'abord que tu t'affirmes. Rappelle-toi les paysans terrifiés de Doélic. Si tu veux mener les hommes au combat, tu dois les inspirer. La croyance fait la moitié d'un miracle. Je te l'ai dit, la foi a besoin d'un espace. Montre-Moi que tu as appris à le créer ces derniers jours, et Je M'occupe du reste.*

— Fantastique, répliqua-t-elle. Vous voulez que je m'enfonce davantage.

— Alors ? s'impatienta le patriarche. Maintiens-tu ton hérésie – que tu es Héraut de Wer ? »

La jeune femme souffla. Puis elle releva les yeux.
« Non.
— *Hein ?* » lâcha Dieu.

Leopol parut partager sa stupéfaction. Quant au patriarque et au Juste, ils la considérèrent pour la première fois avec un vague intérêt.

Mériane eut un sourire tordu.

Si mon sort est scellé, qu'il le soit avec panache, pensa-t-elle.

« Non, répéta-t-elle. J'en ai assez de ce terme, choisi par des hommes, pour des hommes. Dieu sait que jamais je n'avais imaginé croiser sa route ; encore moins que je la suivrais. Mais il l'a fait. Alors qu'un jeune fou allait tuer une innocente, il m'a choisie, tout comme Saint Kaled recevant la révélation dans la tempête. Moi aussi, j'ai douté. Mais les faits sont là : il m'a guidée face à la Progéniture d'Aska, et il nous a permis d'en triompher. Son pouvoir entre les mains, j'ai ramené le baron de Doélic d'entre les morts ! C'est uniquement sur son conseil que j'ai accepté de comparaître devant vous aujourd'hui. Mais je ne suis pas son Héraut, non. Je suis née femme, et c'est en femme que je viens devant vous. Je porte sa parole, et elle résonne à mes oreilles, en effet ; mais je suis simplement comme ces cavaliers qui portent les nouvelles d'un bout à l'autre du royaume... Je suis sa Messagère. »

Son sang battait si fort à ses oreilles qu'elle dut se retenir à la barre par peur de flancher. Face à ses juges qui oscillaient entre l'outrage et la colère, elle ne put retenir un petit sourire.

Et voilà, pensa-t-elle. *Quoi qu'il arrive, ça en valait la peine, rien que pour voir leurs têtes.*

Leopol

« Ma foi, je crois que la cause est entendue », déclara le Juste avec tranquillité. Il se tourna vers Leopol. « Vous vous en chargez ? »

Le frère croisé secoua la tête, consterné. C'était clair, à présent : elle avait perdu la raison. Elle aurait dû accepter l'offre généreuse du patriarque : après une telle hérésie, survivre était déjà inespéré. La culpabilité de l'avoir ramenée de l'Anomalie et, pire encore, de l'avoir laissée en liberté lui donnait inconfortablement chaud. Même s'il lui en cuisait de l'admettre, elle lui avait apporté une aide précieuse dans sa mission. Elle avait attiré la foudre de cette voix qui se faisait passer pour Dieu.

Car il ne pouvait s'agir de Lui, bien entendu. C'était impossible. Son patriarque, Pargén Maoz, l'avait bien répété.

La clémence de Leopol avait failli coûter cher au royaume. Seules la providence et la folie de la coupable avaient voulu que celle-ci s'en remette, par chance, à l'Église. Toutefois, Wer, Lui, ne serait pas dupe. Leopol aurait des comptes à rendre, tôt ou tard. Aucun péché ne demeurait impuni.

Le croisé contourna l'autel, descendit les marches – mais ralentit.

Puis il se figea complètement.

Une lueur bleutée naissait au-dessus de la forestière, dans la pénombre entre les puits tombant du toit. Un troisième faisceau, apparu de nulle part, semblait traverser la voûte, comme tombé tout droit des cieux. Il prit davantage de substance, jusqu'à nimber subtilement la captive, pénétrant ses yeux d'une blancheur azurée rappelant le clair de lune. Mériane ne semblait plus les voir. Elle lâcha la barre, puis écarta les mains d'un ample geste tranquille, et sa natte et sa cape se soulevèrent dans un courant d'air impalpable.

« *Vous rappelez-vous Mon signe et Ma grâce ?* » tonna une voix masculine sépulcrale, qui résonnait comme à travers un vide immense.

Leopol écarquilla les yeux en se remémorant la lumière pure qui s'était abattue sur elle dans l'Anomalie. Cette clarté-là était bien plus douce – mais il s'agissait exactement du même phénomène.

« Wer... ? murmura-t-il d'une voix bouleversée.

— *Je suis l'Immortel, votre Dieu, et Je suis de retour*, reprit la voix profonde qui sortait par les lèvres de la jeune paria. *Écoutez Ma parole ! Mériane est Mon élue. Je la désigne comme Mienne. Quiconque s'oppose à elle s'opposera à Moi. Quiconque s'en prend à elle se dressera contre Moi ! Rassemblez Mon Église, ô Mes prêtres. Nous partons en guerre. Que la joie saisisse vos cœurs : votre génération verra Mon ultime triomphe contre les démons du diable Aska !* »

Éberlué, Leopol pivota vers le Juste et le patriarche, qui reculaient, effarés, en faisant le signe de Wer, les poings joints devant la bouche. Il revint à la jeune femme.

« Un miracle... ? » souffla le croisé.

Était-ce enfin ce qu'il avait secrètement espéré voir depuis qu'il s'était porté volontaire pour aller la chercher à Doélic ?

« Sorcellerie... bredouilla le patriarche.

— Sacrilège ! s'écria le Chasseur de Vérité. Blasphème ! » Il tira son épée longue, mais se tourna vers

Leopol. « Frère, empare-toi d'elle et mets-la aux geôles ! »

Le croisé resta pétrifié, bouche bée.

« Mais...

— Obéis, par Dieu ! coupa le chef suprême de Valbrisson. Vois jusqu'où vont se cacher la corruption et les démons. Cette femme est non seulement coupable d'hérésie, mais aussi de sorcellerie ! Seule la magie lui permet de contrefaire la voix divine... Mais, plus grave encore, de se présenter à nous avec l'apparence de ce qu'elle n'est pas, de ce qu'elle ne peut *en aucun cas* être !

— Nous t'avons donné un ordre ! » s'exclama l'autre sans bouger.

Leopol se balança d'un pied sur l'autre, écartelé entre dix sentiments contradictoires. Puis il dégaina à son tour et marcha à contrecœur vers la forme nimbée de clarté. Il se plaça de trois quarts, l'épée à demi levée, prêt à frapper au moindre signe d'hostilité.

« *Leopol*, fit la créature qui possédait Mériane, en le dévisageant de ses yeux étincelants. *Tu connais Ma Vérité. Sers Ma Messagère, et à travers elle, tu Me serviras.* »

Sa gorge se serra. Il se souvenait de cette voix, elle avait résonné dans sa tête, au cœur de l'Anomalie, juste avant que Mériane ne se rue vers...

« Leopol ! » appela le patriarque d'une voix cinglante.

Tout à coup, la lumière qui enveloppait la jeune femme s'évanouit, et Mériane chancela en cillant. Elle regarda autour d'elle, en proie à la confusion la plus totale.

« Qu'est-ce qui se passe ? » fit-elle. Elle fronça les

sourcils en semblant remarquer le moine. « Leopol ? Qu'est-ce que tu fais là ?

— Tu ne t'en tireras pas de la sorte, sorcière ! exulta le patriarche en pointant un doigt vengeur. Ton illusion n'a pas eu de pouvoir sur nous, alors tu crois pouvoir encore plaider la folie ? Tu seras très amèrement déçue !

— Une illusion ? Leopol, explique-moi. Mais qu'est-ce que vous faites tous armés ? » Une réelle angoisse pénétrait sa voix. « Dites, s'exclama-t-elle sans s'adresser à aucun d'eux, ce miracle que vous m'avez promis, il serait grand temps que... »

Leopol posa simplement la main sur son épaule, sans agressivité, mais avec une expression funeste, terriblement sombre. Le poids rassurant de son épée lui donnait la force d'accomplir ce qui devait l'être.

La voix de la jeune femme mourut sur ses lèvres et elle tourna ses grands yeux noirs vers lui. Pour la première fois, il y lut une peur sincère – non pas la terreur un peu insensée du combat contre une abomination, mais une angoisse à la fois simple et fondamentale : celle du salut de son âme.

Elle avait signé son arrêt de mort. Plus personne ne pouvait l'aider.

D'un signe de tête, Leopol lui indiqua de le suivre. Une détresse absolue se peignit sur ses traits, et elle baissa la tête, comme vidée de toute sa défiance. Il n'eut même pas besoin de lui passer les fers : elle était brisée pour de bon.

Au bout du compte, le devoir l'emportait toujours.

17

Juhel

Juhel ap Ornesta de Magnécie n'avait jamais éprouvé fureur pareille. Il marchait de long en large dans sa petite cellule malodorante, les mains croisées derrière le dos, tandis que la rage lui tirait les lèvres par saccades. Une lucarne à peine plus grande que son bras laissait filtrer la lumière grise du jour et, surtout, le froid marin qui avivait ses maux de tête chroniques. Les geôles de Ker Vasthrion étaient taillées dans le socle rocheux des falaises, sous la citadelle même.

Cette arrestation était une injure. Ce traitement était une injure. La reine elle-même était une injure. Le retirer du jeu politique, c'était de bonne guerre, il pouvait le comprendre. Mais n'aurait-elle pu gracieusement le confiner à ses appartements ? Non, il lui avait fallu l'humilier publiquement, exercer la pleine mesure de l'autorité qu'elle usurpait depuis huit ans. Cette fois, les duels à épées mouchetées, les échanges de menaces civilisées, c'était terminé.

Elle le paierait.

Seul égard dû à son rang, les geôliers lui apportaient des repas convenables d'un air un peu éberlué et, pour tout dire, stupide. Eux aussi le paieraient. Tous ceux qui s'étaient dressés contre lui le paieraient. Ils n'auraient pas leur place dans la Rhovelle unifiée qu'il allait construire. Il marmonnait tout seul, répétant les sentences et les condamnations à venir pour le seul plaisir de les sentir rouler sur sa langue. Pour les affiner et les polir comme des joyaux en prévision du jour où il les proclamerait devant sa cour, face aux traîtres enchaînés, amenés devant lui. Parce qu'il n'avait plus le choix. Il l'avait compris lors des quelques heures de sommeil qu'il avait pu arracher à la nervosité et à la colère. Il fallait renverser la reine, le Conseil de régence, révéler l'inaptitude du roi à gouverner, fonder un ordre nouveau. Dans des cauchemars sublimes, il livrait un à un ses ennemis, Luhac, Izara, Coennec ap Azétral, même ces idiots d'Olié et Melár, à l'abomination cabrée aux contours imprécis, faite de chair flasque et d'acier, qui avait dévoré son frère tant d'années plus tôt. Tandis qu'au loin sonnait un tocsin funeste et qu'ils mugissaient leur tourment à la lune impassible, il s'esclaffait à gorge déployée, investi de toute la justice du monde.

Juhel se réveilla en sursaut dans les ténèbres. Le tocsin de son rêve persistait à ses oreilles, lointain et diffus ; il lui fallut un moment pour se rappeler où il se trouvait. Il remua sur la paille neuve. De la lucarne en hauteur lui provenait juste une sombre pâleur qui révélait à peine la porte de son cachot. Il frissonna et resserra les pans de sa cape autour de lui.

Un tumulte confus lui parvint, ponctué de cris... de chocs.

Le duc bondit sur ses pieds en chassant l'engourdissement et s'approcha de la porte. Il posa les mains sur le battant, plaqua l'oreille contre le bois.

Des bruits résonnaient dans les couloirs des geôles. Les cloches sonnaient l'alarme, quelque part, loin dans les hauteurs de la citadelle. Juhel recula avec un sourire jubilatoire. Il passa les mains dans ses boucles en désordre pour s'assurer qu'aucun brin de paille ne s'y attardait, lissa ses habits, se nettoya hâtivement la commissure des yeux.

Les cris se précisèrent, le fracas se rapprocha. *Le vent tourne*, songea-t-il avec une extase féroce. Par Wer, il restait heureusement dans ce royaume des gens doués de bon sens. Et bientôt la Rhovelle retrouverait enfin un seigneur digne de ce nom.

Quand la clé joua dans la serrure, il ne put s'empêcher de hocher lentement la tête. *Voilà. C'est ça.*

Le battant s'ouvrit à la volée sur un groupe d'hommes armés munis de torches – la clarté vive obligea le duc à détourner les yeux.

« Votre Grâce ! »

Juhel reconnut la voix, entrouvrit les paupières.

« Mawgel... ? »

Le visage allongé du représentant belnacien parut dans la lumière. Il avait troqué ses bagues et son élégante tenue d'émissaire contre une armure de cuir léger, et portait une épée.

« Nous venons vous chercher, insista le plus jeune des conseillers de la reine. Votre femme et votre fils vous attendent. Il s'est passé beaucoup de choses depuis votre arrestation. Venez ! »

Juhel ne tergiversa pas, trop heureux qu'on se batte en son nom. Il se glissa dans le couloir et se retrouva entouré d'une dizaine d'hommes. La plupart des lames portaient d'éloquentes traces sombres. *C'est ainsi que cela commence*, pensa-t-il avec une férocité qu'il ne se connaissait pas, mais qu'il savoura, comme il l'avait fait de son cauchemar où l'abomination dévorait ses adversaires.

Le fracas des armes résonnait sous les voûtes basses. Des lueurs folles zébraient les murs de pierre. Des prisonniers hurlaient leur désespoir qu'on les libère, ajoutant à la confusion. Juhel ignora leurs supplications pour réfléchir froidement à la situation.

« Vers l'escalier ! » ordonna Mawgel.

Le groupe battit en retraite tandis que deux geôliers apparaissaient au bout du couloir.

« Combien êtes-vous ? haleta Juhel.

— Une quarantaine, répondit le jeune conseiller. Vos gens et les miens. Mais le gros de la garde est occupé en ville. La nouvelle de votre arrestation s'est répandue comme les pluies de printemps – ça, et le nouvel abus de pouvoir de la reine. Les populations magnéciennes et belnaciennes de la ville se sont soulevées.

— Quoi ? Quel nouvel abus de pouvoir ? »

Mais le groupe parvenait à l'escalier – l'unique voie d'accès aux geôles. L'étroit puits en spirale traversait le socle rocheux de la ville. D'autres hommes de Mawgel résistaient vaillamment aux soldats de la citadelle venus des étages supérieurs, à l'évidence plus nombreux ; mais l'étroitesse du boyau les privait de l'avantage de leurs effectifs. Certains résistants gisaient à terre, inertes.

« Morale et fierté ! » clama Mawgel.

Le cri fut repris par les insoumis qui tenaient les marches, et ils lancèrent un assaut désespéré contre les soldats loyalistes – qui fit aussitôt trois nouvelles victimes de part et d'autre.

« J'espère que des renforts arrivent, dit Juhel, sinon, nous n'irons pas loin…

— Inutile. »

Les deux dignitaires se faufilèrent avec leur escorte dans l'espace chèrement libéré par leurs camarades – mais, au lieu de monter, Mawgel s'enfonça plus profondément dans les soubassements de la capitale. Deux autres geôliers montaient des niveaux inférieurs en courant, mais l'avant-garde du détachement, aidée par leur position supérieure, leur régla rapidement leur compte.

« Attendez, balbutia Juhel, où allez-vous ? Il faut sortir !

— C'est bien notre intention, Votre Grâce, répliqua Mawgel tandis qu'ils gagnaient le palier suivant. Vous vous êtes porté au secours de ma province, je vous rends la faveur ; je vous ferai sortir d'ici, et nous rendrons justice au royaume. Me faites-vous confiance ?

— Un instant », répondit Juhel. Il ramassa une épée sur l'un des geôliers étendus au sol. « Je vous remercie, mais je ne me laisserai pas ballotter comme une pucelle le jour de son mariage. Si vous combattez pour moi, je veux pouvoir le faire moi aussi. Et prendre moi-même ma vie si nous devions tomber tous les deux. »

Le Belnacien l'observa et acquiesça gravement. La résolution et la combativité avaient entièrement conquis la jeunesse relative de ses traits.

« Et voilà pourquoi nous nous sommes ralliés à vous, Votre Grâce. »

D'autres cris retentirent plus haut, mais le groupe

reprit sa descente dans les entrailles de Ker Vasthrion à la lueur des torches. Les hommes de l'avant-garde se tenaient prêts à bondir sur tous les gardes qu'ils croisaient. Ils ne parurent jamais à plus de deux ou trois à la fois – des affrontements rapides, brutaux et sanglants, où les rebelles laissèrent encore quelques camarades. La température baissa et les odeurs devinrent plus fétides – urine, excrément, algues pourrissant à marée basse. Juhel commençait à se languir de retrouver l'air libre – à supposer qu'ils revoient tous le soleil se lever.

« La prison de la citadelle n'est pas conçue pour résister à un assaut frontal, expliqua Mawgel au fil de leur progression. Les architectes voulaient surtout empêcher les prisonniers de s'évader – donc, de ressortir par où nous sommes entrés. Ce qui serait de la folie : nous déboucherions dans les caves de la citadelle. Il faudrait encore regagner la cour, plus haut. Impossible de franchir les barrages de la garde.

— Donc, il y a une autre issue ? » s'enquit Juhel.

Ils atteignirent le niveau le plus profond des geôles. Là, curieusement, la maçonnerie était de meilleure facture ; certains pans de mur étaient même d'un seul tenant, comme un ciment dur dépourvu de pierres. Le duc avait vu ce matériau dans les profondeurs de sa propre citadelle, Ornesta. Un secret de l'Ancien Temps qui s'était perdu, pensait-il.

« Et nous l'atteindrons si Wer le veut, répondit Mawgel. Il faut que nos hommes nous ménagent assez d'avance. Le peuple est à vos côtés, Votre Grâce ! En tout cas, nos deux provinces ; et le sentiment bascule peu à peu en notre faveur. D'ailleurs... »

Un carreau d'arbalète fit exploser l'angle du mur

alors que les insoumis allaient quitter l'escalier. Ils bondirent en arrière. Les deux dignitaires se figèrent, l'épée à la main. Un cliquetis mécanique résonna dans le couloir.

Un des soldats qui avaient ouvert la marche grimaçait ; à la lueur des torches, Juhel distingua l'autre carreau planté dans son biceps gauche. Il le reconnut : un vétéran recommandé par son intendant, Stebén ap Lomar, pour rejoindre la délégation magnécienne.

« Cet homme est hors de combat, déclara le duc de Magnécie sans émotion. Que quelqu'un le remplace. »

Un rebelle se faufila pour prendre la place du blessé.

« Qu'est-ce que vous voyez ? » demanda Mawgel à l'homme de tête.

Celui-ci, un vieux mercenaire aux cheveux grisonnants, s'agenouilla à l'angle du mur pour risquer un coup d'œil.

« Ils ont levé une barricade avec du mobilier, dit-il. Trois... quatre hommes. Les deux de l'arrière rechargent leur arbalète, les autres visent la sortie de l'escalier.

— *Gachte*, jura Mawgel comme un roturier. Si nous sortons, ils nous abattront un à un.

— Seulement quatre d'entre nous, répliqua Juhel d'un air sombre. Ensuite, nous serons sur eux avant qu'ils aient le temps de recharger. »

Le conseiller belnacien le regarda avec un soupçon de défiance. *Trop froid pour lui*, comprit le duc. *Malgré son discernement, il est encore un peu jeune pour comprendre que certains sacrifices sont nécessaires pour le bien ultérieur.*

Il changea d'approche. « Vous croyez qu'ils savent qui nous sommes, vous et moi ?

— Je me suis présenté aux portes de la prison en exigeant qu'on vous libère. Face à la fin de non-recevoir à laquelle nous nous attendions, nous sommes entrés de force. Mais je ne vois pas comment ceux-là pourraient comprendre ce qui se passe.

— Nous allons bien trouver une façon de tirer avantage de nos rangs, grogna Juhel. Parlez-moi de la situation. Qu'a fait Izara après m'avoir emprisonné ? »

Dans les niveaux supérieurs, de nouveaux cris éclatèrent, suivis de bruits d'affrontement.

« Le temps joue contre nous... murmura Mawgel en levant les yeux vers le plafond voûté. La reine a dépêché Coennec ap Azétral vers le nord avec ce qu'il a pu rassembler de l'ost royal. Il a pour ordre de bloquer votre propre armée à la frontière magnécienne, à la Croisée des chemins. C'est cela qui a déclenché la rébellion. Izara de Rhovelle interdit à vos hommes la traversée du territoire linnacien au nom de la Couronne, ce qui relève de l'usurpation de l'autorité provinciale, sans parler de l'obstruction injustifiée à l'aide que vous nous envoyez. Avant sa mort, Luhac ne s'y était pas opposé, lui. »

Et maintenant, c'est Erwel le représentant de la Linnacie au Conseil de régence, compléta intérieurement le duc de Magnécie. *Ce qui tombe extrêmement bien.*

Dans le couloir, les arbalètes cessèrent de cliqueter : les quatre gardes étaient de nouveau prêts à tirer.

« Menacez-moi, murmura soudain Juhel à Mawgel.

— Pardon ?

— Prenez-moi en otage ! Racontez-leur que vous êtes venu m'obliger à tenir parole.

— Mais ça ne tient pas debout... hésita le Belnacien. Nous sommes tous les deux confrontés au même p...

— Croyez-vous que les vilains comprennent ce genre de subtilités ? coupa Juhel. Peu importe, il faut juste qu'ils y croient le temps de nous laisser passer. Votre fameuse issue est encore loin ?

— Elle se trouve à ce niveau... hésita-t-il. Mais il faut encore la chercher.

— Ça ira », répliqua le duc en hâte.

Il ne fallait pas que Mawgel commence à se poser des questions légitimes sur la suite immédiate des événements qu'il avait lui-même orchestrés.

« Quand nous arriverons sur eux, poursuivit-il, suivez mon exemple, entendu ? »

Le conseiller le dévisagea avec une hésitation visible, mais le duc l'ignora et lança d'une voix forte :

« Je suis le duc de Magnécie ! Juhel ap Ornesta. Paix ! Ne tirez pas ! »

Juhel glissa sa propre épée dans le fourreau de son homologue, puis lui adressa un signe de tête. Mawgel plaça délicatement, avec une réticence évidente, sa lame sous sa gorge et le ceintura.

« Pardonnez-moi, Votre Grâce, chuchota un des hommes de leur escorte, mais... nous, on passera comment ? »

Juhel prit son homologue de vitesse : « Attendez ici pour l'instant. »

Le duc s'avança vers l'ouverture du couloir, alors

que Mawgel traînait les pieds derrière lui, au point qu'il faillit s'égorger tout seul.

Quand il sortit à découvert, il y eut un instant de flottement où il crut finir criblé de carreaux, mais rien ne se produisit, Juhel reprit aussitôt son assurance et leva les mains en signe d'impuissance. Il distinguait clairement les quatre hommes embusqués derrière deux tables renversées, l'arbalète en joue. Les deux premiers, à genoux, dépassaient tout juste de la barricade improvisée ; derrière eux se trouvaient deux officiers en cotte de mailles. Posée entre eux, une lanterne projetait un semblant de clarté dans le couloir sombre.

« Je représente la Belnacie au Conseil de régence, clama Mawgel derrière lui. Je viens forcer cet homme à remplir ses engagements au nom de ma province. J'exige le libre passage ! »

Les hommes se regardèrent, puis l'un des officiers répliqua d'une voix forte :

« Vous irez nulle part. La garde bloque les caves au-dessus. Elle va descendre et vous serez coincés comme des rats.

— Qu'elle vienne, répliqua Mawgel. Je préfère prendre la vie de ce traître avant de vous le rendre ! »

Les mains de Juhel vibraient de l'action à venir. Les deux dignitaires progressaient lentement vers le détachement, mais le duc avait vu juste : il commençait à déceler sur les visages des gardes une forme de révérence inquiète. Tuer un manant était une chose, mais s'en prendre à un noble alors qu'ils se trouvaient coupés du commandement les faisait hésiter.

Ils parvinrent à pas mesurés devant les tables. Les hommes les jaugeaient avec méfiance, mais ils préféraient garder leurs arbalètes braquées vers la sortie de l'escalier, par crainte des renforts rebelles. Mawgel relâcha encore sa prise.

Parfait.

Juhel plongea la main vers le fourreau de son camarade, se déroba à l'étreinte du conseiller et tira sa lame dans un arc large vers la gauche. Il atteignit le premier soldat agenouillé au visage, son camarade debout derrière lui au torse – mais sentit la cotte de mailles amortir le coup. Surpris, celui-ci pressa la détente de son arme et le carreau partit vers la voûte. Quelqu'un renversa la lanterne qui se brisa. Priant que Mawgel le couvre, Juhel se fendit à l'aveugle vers la tête de son adversaire. Il heurta quelque chose de dur, et un hurlement déchira l'air. Le chaos s'ensuivit.

« À moi ! » hurla Juhel tandis qu'il sentait Mawgel pivoter vers la droite et combattre à son tour.

Des cordes claquèrent, des carreaux sifflèrent, du bois claqua contre la pierre tandis que les gardes pris au dépourvu cherchaient à dégainer. Le duc de Magnécie courut tout droit pour échapper à la mêlée puis pivota, dos à un mur, sa lame à la main. Devant lui, le couloir formait un coude, mais personne ne vint. En arrière, les soldats insoumis s'élancèrent en vociférant. À la barricade, des hommes tombèrent, des cris retentirent. Puis l'agitation s'apaisa.

« Braves soldats ! clama Juhel d'une voix forte. Croyiez-vous que je vous abandonnerais alors que vous versez votre sang pour nous ? Jamais. Vous vous battez pour la Rhovelle – la seule, la vraie. Je ne laisse personne derrière moi !

— Votre Grâce... » murmura un des insoumis en désignant une silhouette à terre, assise contre le mur.

Grimaçant, l'homme s'étreignait le ventre à deux

mains tandis qu'une tache sombre s'élargissait sur son plastron de cuir.

Juhel ouvrit grands les yeux, son triomphe douché par l'angoisse.

« Mawgel ! » s'exclama-t-il en courant s'accroupir auprès de lui.

La faible lueur des torches luisait sur son visage couvert de sueur. Le sang s'échappait entre ses doigts joints. Voilà qui était extrêmement malvenu.

« Pouvez-vous vous lever ?

— Il faudra bien », grogna le Belnacien.

Le duc lui prêta son épaule et hissa le jeune conseiller, qui lâcha un cri de mauvais augure.

« La sortie... haleta-t-il. Plus loin. Cherchez... l'océan. »

Ils passèrent l'angle et s'engagèrent dans un couloir bordé de lucarnes qui projetaient des faisceaux bleutés à intervalles réguliers. L'aube approchait. De l'autre côté, de curieux panneaux de verre noir étaient sertis dans le mur, intégrés à des plaques métalliques rouillées. Certains avaient disparu de longue date, laissant seulement des rectangles plus clairs dans le curieux mortier des Temps Anciens. Çà et là, des trous irréguliers qui crevaient la paroi s'ouvraient sur des ténèbres opaques. Juhel frémit en imaginant la vermine qui avait peut-être élu résidence dans ces profondeurs inaccessibles.

Mawgel avait le souffle rauque et hoquetait presque à chaque pas. Il pesait de plus en plus lourd sur l'épaule de Juhel.

« Un peu d'aide ? appela-t-il, et un homme vint promptement soutenir le conseiller de l'autre côté.

— Les geôles... sont ravitaillées par la mer »,

expliqua laborieusement Mawgel. Le duc de Magnécie baissa les yeux sur le ventre du conseiller, détrempé de sang. « Il faut un navire, les falaises courent pendant des lieues... Et ça ne s'ouvre... que de l'extérieur. »

Au bout du couloir, Juhel remarqua un large panneau d'acier piqueté de rouille ; la poussière était dégagée juste devant. Cela ne ressemblait pas à un ouvrage rhovellien, comme si l'on avait récupéré un de ces curieux panneaux muraux pour servir de porte.

« Vous parlez de ça ? »

Mawgel acquiesça. Il respirait de plus en plus mal.

Le groupe gagna la porte, et ils s'efforcèrent de déposer à terre le représentant belnacien aussi délicatement que possible contre le mur. Juhel remarqua d'imposantes charnières insérées dans le lourd panneau d'acier et l'épaisseur du mur lisse. Il songea avec une pointe de malaise qu'il s'agissait peut-être d'un vestige de l'Ancien Temps – mais, quel qu'il soit, il était à présent aussi inerte que les Voies noires qui affleuraient parfois à la surface des zones instables.

« Et maintenant ? » demanda-t-il.

Mawgel cilla à plusieurs reprises. Il était blême dans la phosphorescence de l'aube naissante, et la sueur de son visage luisait dans le feu des torches.

« Maintenant... On attend, souffla-t-il. Négocier les récifs au pied de la ville... est trop dangereux de nuit. »

Merveilleux, pensa le duc.

Les bruits de lutte s'intensifiaient à nouveau derrière eux. La mine sombre, les soldats de leur escorte prirent position dans le passage, un à un, en file indienne, pour protéger les deux dignitaires. Juhel étreignit la poignée de sa propre arme en pinçant les lèvres. Il regrettait à présent de ne pas s'être davantage consacré à l'escrime comme son cousin. Lui était au mieux un épéiste passable, contrairement à Luhac. Mais si celui-ci avait été aussi doué pour gouverner que pour se battre, peut-être n'en seraient-ils pas arrivés là. Soudain, la perspective de prendre lui-même sa vie ne lui sembla plus aussi empreinte de panache.

Mawgel attrapa le pourpoint de Juhel et tira le duc vers lui. Celui-ci se laissa faire et s'agenouilla. Le jeune conseiller semblait lutter pour rester conscient. Il serra les dents, cilla avec force, puis se concentra.

« Vous auriez pu... me prévenir, murmura-t-il. Vous n'avez... pas besoin de tout faire seul. Surtout... avec des alliés...

— Je suis sincèrement navré pour tout à l'heure, répondit Juhel. Vous l'avez dit vous-même : le temps jouait contre nous. Il fallait faire vite, ne pas leur laisser le temps de réfléchir... »

La main ensanglantée du Belnacien étreignit plus fort encore le vêtement de Juhel.

« Je ne vous parle pas de ça ! siffla-t-il. Nous aurions pu... vous aider. Luhac... »

Le duc acquiesça sobrement. Non, ils n'auraient pas pu l'aider. Les gens n'étaient pas fiables : trop prompts à l'emportement, à la cupidité, à prendre des libertés importunes. Même les plus sûrs d'entre eux. Même Kervén, son frère infaillible, avait commis une erreur qui lui avait coûté la vie et avait failli emporter l'esprit de Juhel avec elle.

« Vous avez entièrement raison, répondit-il.

— Ils arrivent », annonça un des insoumis d'une voix lugubre.

Juhel se releva. Les bruits de lutte se rapprochaient très vite à présent. Plutôt, il s'agissait d'une course effrénée et d'ordres aboyés. L'escorte resserra les rangs. Ils n'étaient plus que cinq hommes.

Le cœur de Juhel sombra en voyant le reste des effectifs passer l'angle et les rejoindre en toute hâte. Des quarante hommes de Mawgel, il ne restait qu'une petite quinzaine, dont des blessés. La garde finirait par les submerger tôt ou tard. Et cela ne serait pas beau à voir.

Mais il n'y avait plus personne à leurs trousses.

Il y eut un étrange silence dans les profondeurs des geôles, seulement troublé par les hurlements diffus des prisonniers dans les niveaux supérieurs. Juhel tendit l'oreille. Fléchit les jambes, voûta les épaules, et s'abrita discrètement derrière la troupe massée devant lui.

Deux sifflements fendirent l'air tout à coup. Deux hommes s'effondrèrent à l'avant-garde. Quelqu'un comprit aussitôt et cria :

« Arbalètes !

— Morale et fierté ! » hurla un autre en brandissant son arme.

Le cri fut repris. D'un seul mouvement, les soldats chargèrent la garde embusquée à l'angle. Seuls deux insoumis restèrent protéger les dignitaires.

« C'est leur devise, à présent... souffla Mawgel dans un râle. C'est vous qui la leur avez inspirée. »

Juhel s'accroupit de nouveau en gardant un œil inquiet sur le combat à l'angle.

« Vous devriez éviter de parler », dit-il à son homologue, les yeux sur les lucarnes – la grisaille s'éclaircissait encore. Par Dieu, il devait bien être assez tôt pour négocier ces maudits récifs, non ? L'épuisement et une juste indignation lançaient des trépidations dans ses nerfs.

Le conseiller belnacien posa la main sur son bras.

« Soyez le souverain que nous voyons en vous. Sinon... » Il sourit, non sans humour, dévoilant des dents tachées de sang. « Je reviendrai vous hanter... et je vous ramènerai avec moi au Pandémonium.

— C'est la Cité des Justes qui vous attend, Mawgel », répliqua Juhel avec gravité, en baissant la tête vers lui.

Il était sincère. Le jeune conseiller avait courageusement organisé sa libération, et Juhel n'avait jamais perçu avec une telle évidence qu'il était le seul à posséder la clairvoyance nécessaire pour défendre la Rhovelle contre les abominations. Si la Cité existait bel et bien, si Wer les regardait en ce moment, alors Mawgel méritait assurément qu'on accueille son âme parmi les Hérauts et les Saints.

Celui-ci soupira, puis ferma les yeux, ses traits cireux tirés par la souffrance. Sa poitrine se soulevait légèrement, avec des tremblements occasionnels.

Juhel se releva et se prépara à affronter son destin.

Soudain, d'autres cris d'alarme s'élevèrent – dehors, cette fois –, promptement suivis de chocs étouffés. Peu de temps après, Juhel entendit un cliquetis de métal, puis le vantail d'acier pivota dans un crissement assourdissant qui déversa la clarté argentée de l'aube ainsi que de l'air frais.

Dans l'embrasure se tenait une silhouette entre deux âges, vêtue d'un tabard blanc sur une splendide cotte de mailles.

« Patriarque ? » s'exclama Juhel, abasourdi.

Le visage souriant de Lóthar Crestra jurait avec sa tenue guerrière – mais il demeurait un moine de Wer, se rappela le duc. Son épée était restée au fourreau, toutefois. Derrière lui, ses frères combattants l'accompagnaient.

« Votre famille vous attend, Votre Grâce », dit celui-ci, toujours avec ce même calme affable.

Le duc de Magnécie voulut hisser Mawgel sur ses pieds, mais le blessé n'avait plus la force de marcher. Il fallut que deux soldats viennent s'en charger. La tête du Belnacien pendait mollement sur sa poitrine.

Juhel courut le premier à l'air libre et déboucha sur un quai de pierre au pied des falaises, dans la grisaille bleutée du petit matin. Deux gardes de la citadelle gisaient dans leur sang, inertes, le torse perforé de carreaux.

Un petit caïque était amarré un peu plus loin et, sur le pont, au milieu d'un petit groupe de soldats et de moines, le duc reconnut son épouse emmitouflée dans une cape pourpre, qui tenait son fils par les épaules. L'idée de retrouver ce faciès chevalin et geignard raviva un instant son irritation. Au bout du compte, pourquoi s'encombrait-il d'elle, sachant qu'elle lui avait déjà donné Kervén ?

Juhel se retourna vers l'ouverture et les insoumis qui retenaient encore la garde régulière. Leur nombre se réduisait toujours davantage. Les hommes qui portaient Mawgel le doublèrent au pas de course vers le bateau.

Le duc inspecta sommairement la porte d'acier. Elle était en effet conçue pour n'être ouverte que de l'extérieur. Une chance que Ker Vasthrion n'ait jamais eu à craindre d'invasion par le large : ce n'étaient pas deux gardes qui pourraient retenir une armée...

Il agrippa le battant à deux mains et le tira vers lui dans un grincement sonore.

« Votre Grâce, qu'est-ce que vous faites ? s'exclama l'un des deux hommes qui emmenaient Mawgel. J'croyais que vous laissiez personne derrière ? »

Juhel le regarda droit dans les yeux et claqua le vantail à la volée – étouffant les cris et les appels à l'aide à l'intérieur.

« Ces hommes ont fait un choix héroïque, déclara-t-il d'une voix forte tout en revenant vers le navire. Tout comme leurs camarades, ils préparent l'avènement d'une Rhovelle neuve. Nul parmi nous n'oubliera leur sacrifice. »

Chunsène

Le sergent askalite portait un épais manteau noir qui lui tombait aux chevilles ainsi qu'une petite sacoche en bandoulière. Chunsène l'aurait entendu arriver à des lieues. Il sifflotait dans la petite combe encore encroûtée de plaques de neige brunie, sous les sapins dégoulinants de glace fondue.

La jeune fille observa sa progression depuis sa cachette en hauteur, à plat ventre sur la terre mouillée. Elle avait croisé quantité de patrouilles ces derniers jours, bien davantage qu'en descendant des cimes balayées par le blizzard. Mais cet homme-là ne semblait pas garder quoi que ce soit. Peut-être le signe qu'elle touchait au but. Les Askalites se détendaient. Ses doigts tambourinaient la garde de la nouvelle épée qu'elle avait volée trois jours plus tôt.

L'homme ouvrit son manteau, dénoua ses chausses et un bruit d'écoulement s'éleva dans la ravine. Le soldat se mit à chantonner des paroles paillardes.

Chunsène jaillit de son abri et dévala la pente dans un ruissellement de cailloux. L'autre eut à peine le temps de lever le nez qu'elle était déjà sur lui. Elle s'élança, et son arme s'enfonça dans le flanc du soldat en offrant une résistance délicieuse. Il hurla, mais appeler à l'aide était inutile. Chunsène aurait détalé avant que les renforts n'arrivent. Un flot de sang étrangla bientôt le cri du soldat, dont les jambes se dérobaient sous lui. Il s'effondra sur le côté en s'efforçant encore faiblement de tirer son arme, mais l'adolescente se percha sur sa hanche en le dominant avec un rictus de haine rassasiée.

Voyant que les forces de l'Askalite le quittaient, elle tira de sa ceinture le petit couteau rouillé de sa mère. Ses yeux croisèrent ceux du soldat, lequel se mit à trembler, crachant du sang, ses lèvres formant des mots inaudibles.

Il me supplie, pensa Chunsène. *Forcément, il me supplie.*

Elle montra le petit couteau à l'homme en souriant, le fit passer et repasser devant son regard effaré. Ce n'était toujours pas Olvar, mais il conviendrait, comme les autres.

Elle empoigna la lame et la planta dans sa gorge, puis tira. Les spasmes du soldat reprirent de plus belle tandis que l'entaille dégorgeait de gros bouillons écarlates. Tout du long, elle garda les yeux plantés dans les siens, écarquillés, désespérés.

L'adolescente attendit que la lumière les quitte.

Puis elle le débarrassa prestement de sa sacoche

et s'enfuit dans les bois, battant en retraite dans la direction des lointaines cimes blanches qui avaient failli lui coûter la vie dix jours plus tôt.

Dix jours tout de même moins difficiles que sa première semaine dans la Cordillère, mais éprouvants néanmoins. Et encore ; Chunsène s'apercevait à présent qu'il valait mieux tenter la traversée dans ce sens. Après sa rencontre avec Mange-doigts, une fois les cimes franchies, des falaises et des glaciers avaient formé des reliefs périlleux à descendre ; probablement impossibles à gravir. Il lui avait fallu prendre garde aux crevasses, précipices et glissements de terrain qui émaillaient la piste de l'armée askalite. Quantité de corps glacés, principalement des humains mais aussi des abominations de chair et de métal, gisaient brisés au fond des abysses. Et elle avait croisé bien davantage de charniers. Mais cette fois, elle ne s'était servie qu'en matériel – et en combustible, comme l'avait recommandé Mange-doigts. L'adolescente se demandait parfois quel type de chef se souciait aussi peu de ses troupes. Même les clans guerriers qui occupaient autrefois l'ancien château de Mandre protégeaient les leurs. Et puis Chunsène repensait à la cérémonie atroce sur le parvis, et elle se traitait d'idiote, car elle avait sa réponse : Ganner.

L'adolescente escaladait en courant des pentes raides et dégringolait à demi dans des combes couvertes d'aiguilles détrempées, son souffle résonnant à ses oreilles, sa prise contre le cœur. Il semblait qu'un vent titanesque avait sculpté la terre en vastes rides piquetées de sapins. Le climat s'était radouci dans ces plateaux ; là, le soleil arrivait à craqueler la neige et la glace de l'hiver. Le parcours de l'armée n'y était guère plus difficile à suivre que dans les cimes. Heureusement, parce que Chunsène trouvait que cela empestait diablement la région à Anomalies ; mais, raisonna-t-elle, si elle évitait de trop s'éloigner de la piste et qu'elle restait attentive aux signes, elle devrait s'en tirer à peu près.

Le plus étrange était que, pour une raison qu'elle ignorait, l'Éternel Crépuscule s'était levé. Elle apercevait encore parfois par temps clair les rideaux chatoyants qui dansaient sur les arêtes déchiquetées des cols lointains ; mais ils avaient inexplicablement cessé leur progression, comme si seules les Mortes-couronnes étaient condamnées à subir ce châtiment. Comme par hasard.

Hors d'haleine, jugeant qu'elle s'était suffisamment éloignée, Chunsène avisa une grosse pierre à demi emprisonnée par les racines d'un vieux conifère et alla s'y asseoir. Elle fouilla succinctement sa prise. Jugeant comestibles les lanières de viande séchée, elle les passa dans son propre sac ; un nécessaire à feu, une timbale en bon état, tout le petit matériel vaguement utile, elle s'en empara. Elle laissa en revanche de côté un petit paquet de feutre qui contenait une curieuse poudre blanche rappelant de la farine. Chunsène en avait trouvé de semblables sur presque toutes ses victimes et n'avait pas la moindre idée de leur utilité. Elle pesta en se sentant gauche ; elle n'avait pas encore l'habitude de manipuler de petits objets avec ses doigts amputés de quelques phalanges. Des douleurs aiguës, semblables à des aiguilles, lui transperçaient parfois la chair sans raison, mais elle avait suivi les conseils de Mange-doigts, et les moignons prenaient une bonne teinte sombre de cicatrice propre. À présent, si seulement ses pieds, ses mains et son visage voulaient bien être moins sensibles, elle se considérerait en pleine forme. Le moindre contact de ses joues avec la neige, ou même la chaleur timide du soleil de midi, lui donnait l'impression de brûler vive. Mais elle ne se plaignait pas d'avoir retrouvé un peu de ciel bleu et de lumière naturelle.

« C'est de la drogue », déclara une voix féminine.

Chunsène bondit, et la moitié de la sacoche dégringola sur la pente. Elle tira son épée et se mit en garde pour découvrir, sur l'arête d'en face, une femme au visage parfait, encadré de cheveux dorés retenus par un serre-tête, qui l'observait avec un air affable, les bras croisés.

« Mange-doigts ? » s'exclama la jeune fille.

Une expression embarrassée tira les lèvres roses de sa vis-à-vis.

« Encore une fois, je suis navrée de ne pas t'y avoir mieux préparée, mais je t'assure : je n'ai rien fait de tes doigts.

— À part les couper ! grogna Chunsène en baissant légèrement sa lame, mais sans la quitter des yeux. Tu fiches quoi ici ?

— La même chose que la dernière fois, et ce que je compte faire pendant un moment encore. Je surveille nos adversaires.

— Tu surveilles beaucoup mais tu fais pas grand-chose », maugréa Chunsène.

Mange-doigts – Nehyr, se rappela l'adolescente – sourit d'un air entendu.

« Ah, mais la meilleure action est invisible.

— C'est comme ça qu't'as fait pour me surprendre ? s'enquit Chunsène en songeant à son propre Secret, aussi ironique qu'inutilisable. T'es invisible ?

— Non, mais ce n'est pas nécessaire. Je sais passer inaperçue quand cela s'impose. »

« *Cela.* » « *Ce n'est.* » Encore cet accent pointu, cette langue parfaite. La femme portait les mêmes vêtements qu'à leur première rencontre, la cape fourrée, la tunique et le pantalon de laine impeccables. Par comparaison, la chemise et les chausses noires de Chunsène étaient crottées de boue. Même elle commençait à trouver qu'elle puait. La fonte des neiges avait fait gonfler les torrents et formé de petits lacs glacés dans les creux du relief chamboulé, mais y plonger un seul orteil était hors de question : elle avait eu assez froid pour une vie entière.

Mange-doigts rajusta l'équilibre de son paquetage et de son arc ouvragé sur son épaule, puis descendit d'un pied sûr la pente gravillonneuse.

« Cette poudre, c'est grâce à elle que Ganner maintient son armée dans un état de complète obéissance, dit-elle. Et que les humains acceptent de côtoyer les démons sans crainte, même si certains finissent par servir de ration de survie, comme tu l'as vu. Sur le champ de bataille, elle leur ôte toute peur, toute conscience d'eux-mêmes. Plus rien ne compte que leurs sensations brutes. »

Parvenue au bas de la pente, Mange-doigts entreprit de rassembler le matériel qui avait dégringolé de la sacoche.

« Et alors ? Pas mon problème », fit-elle en rengainant, puis en descendant la pente à son tour – moins gracieusement.

Accroupie, Mange-doigts releva la tête.

« C'est là que tu te trompes, répondit-elle. En

savoir davantage sur ton ennemi permet de le vaincre plus facilement... et d'éviter qu'il te surprenne. Par exemple, cette drogue, la drana, se fabrique à partir d'une roche qui ressemble à de la craie. J'ai croisé quelques sites d'excavation sommaires à plusieurs lieues d'ici ; Ganner sait où trouver sa matière première. La drana finit par être fatale – mais non sans donner au guerrier un ultime et redoutable accès de force. »

Chunsène la rejoignit et la jaugea d'un regard méfiant, mais la femme ne semblait pas chercher à la voler. Elle se dépêcha néanmoins de récupérer tout ce qu'elle voulait.

« Ptêt' que j'ferais bien d'en prendre aussi, alors », grogna-t-elle.

Mange-doigts se figea et la regarda avec inquiétude.

« Surtout pas. Tu ne pourrais plus t'en passer. Autant rejoindre directement les rangs de l'armée d'Aska. »

L'adolescente eut une grimace bestiale et feula aussitôt.

« C'est ce que j'espérais entendre, répliqua l'autre en souriant. Hmm, je constate que tu as amélioré tes sources d'approvisionnement, depuis la dernière fois. C'est très bien, mais fais attention : pour nombreux qu'ils soient, les Askalites finiront par s'interroger sur ces disparitions – ils cesseront de les mettre sur le compte des bêtes sauvages, ou de leurs propres démons. Surtout que tu as fini par les rattraper. Ils campent non loin d'ici. »

Chunsène releva brusquement la tête.

« Vrai ? s'écria-t-elle.

— Vrai. Mais qu'espères-tu faire ? »

Elle eut un rictus sauvage.

« "La même chose que la dernière fois, et ce que je vais faire pendant encore un moment", répliqua-t-elle en singeant la préciosité de la voyageuse. Tuer le plus d'Askalites possible. Et un d'eux, surtout. » Elle sortit le couteau rouillé, à présent croûté de brun, qu'elle gardait à la ceinture. « J'lui montrerai ça. Et puis j'le saignerai, comme il a saigné ma mère. Et là, il saura que c'est moi. »

Mange-doigts tendit à la jeune fille le nécessaire à feu, puis se releva en s'époussetant les mains sur les cuisses.

« Tu n'as aucune chance de réchapper à un assaut frontal, déclara-t-elle, tu le sais ?

— Moi aussi, j'sais passer inaperçue quand ça s'impose », rétorqua Chunsène.

S'il y avait bien une circonstance où son don stupide pourrait servir, ce serait là, encerclée par des milliers d'Askalites prêts à la dévorer. S'il y avait une justice dans ce monde, il fonctionnerait alors, et il lui permettrait d'atteindre Olvar avant qu'on l'attrape.

Ah, qui espérait-elle tromper? Évidemment qu'il n'y avait pas de justice en ce monde, elle le savait bien. Vu le tour qu'avait toujours pris sa vie, elle se ferait aussitôt capturer, on l'emmènerait devant Ganner et il l'enfermerait dans une de ces cloches qui changeaient les gens en monstres. Et Aska la choisirait, bien sûr, sans la laisser mourir.

Mais quel choix avait-elle? Si l'armée était stationnée dans les montagnes, elle ne pouvait plus atteindre la Rhovelle. Pas sans risquer de se perdre et de buter contre une Anomalie.

C'était le meilleur calcul, raisonna la partie froide et détachée d'elle-même.

Chunsène s'aperçut qu'elle était restée accroupie, les yeux dans le vague, tandis que Mange-doigts l'observait. La jeune fille se releva d'un bond.

« Et si je te disais qu'il y avait une meilleure manière de s'y prendre ? proposa la voyageuse.

— Faire comme toi, regarder et pas toucher ? » rétorqua Chunsène.

Cependant, elle se rappelait leur bref affrontement dans les montagnes, et la facilité avec laquelle l'autre l'avait maîtrisée. L'adolescente aurait rêvé de savoir faire cela. Et si elle en avait été capable, elle ne serait certainement pas restée sans rien faire, d'ailleurs, elle !

« Non, dit Mange-doigts. Suivre en partie ton plan d'origine : rallier le seul pays qui a encore une petite chance de résister à Ganner. Apporter un maximum d'informations sur ses forces, ses effectifs, son organisation. Et puis résister, bien sûr.

— Aller en Rhovelle ? répliqua Chunsène. Et tu veux faire comment ? Tu viens de dire que l'armée est sur le chemin. C'toi qui veux traverser le camp, maintenant ? »

Mange-doigts haussa tranquillement les épaules.

« Nous le contournerons.

— Pour se j'ter dans une Anomalie ? "Autant rejoindre directement les rangs de l'armée d'Aska" », minauda à nouveau l'adolescente pour se moquer.

La femme lui répondit d'un sourire un peu arrogant qui raviva l'animosité de Chunsène.

« Oh, il n'y pas d'Anomalies ici, je te le garantis.

— Et tu sais ça comment ?

— J'ai mes sources. Tu ne veux même pas me dire ton nom ; crois-tu que je vais te révéler tous mes secrets sans broncher ? »

La jeune fille fit la moue, puis lâcha du bout des lèvres :

« Chunsène.

— À la bonne heure. » Mange-doigts tourna la tête et étrécit les yeux, comme si elle entendait quelque chose, mais l'adolescente ne percevait que la brise dans les branches et le pépiement occasionnel d'un oiseau timide. « Nous devrions nous éloigner encore un peu. Nous reviendrons voir l'armée ce soir. Puis nous l'éviterons pour gagner la Linnacie. »

Sur ce, elle se mit en route.

« Attends, s'exclama Chunsène en lui emboîtant le pas, c'est l'un ou l'autre, nan ? À quoi ça sert de s'approcher d'eux si on s'en va ensuite ? »

Mange-doigts se retourna en lui adressant un nouveau sourire éclatant.

« Nous devons bien savoir précisément à quoi nous avons affaire si nous souhaitons informer les Rhovelliens, non ? De plus, je veux vérifier quelque chose. »

L'adolescente leva les yeux au ciel en songeant combien elle trouvait cela stupide, que Mange-doigts représentait probablement une nouvelle variante raffinée des tourments qui peuplaient sa vie. Néanmoins, elle la suivit, sans trop savoir pourquoi. Peut-être parce qu'elle-même était stupide.

Postés au pied d'un coteau boueux, les deux gardes apparaissaient dans le halo de leur lanterne, à travers les ramures basses des sapins. Celles-ci laissaient voir quelques étoiles ainsi qu'un croissant de lune teinté d'azur entre les silhouettes noires des branches. Chunsène avait oublié combien les voir pouvait l'apaiser. Elle se reprit aussitôt : l'apaisement appartenait à l'ancienne Chunsène, celle qui espérait une vie simple dans la chaumière parentale, c'est-à-dire sans trop subir les raids des clans guerriers et – futilité – voir le soleil se lever chaque matin. Ganner leur avait même pris cela.

Les deux femmes étaient allongées à plat ventre au sommet d'un des talus qui ridaient la région, dans l'ombre d'un arbre maigre aux racines tortueuses. L'adolescente sentait déjà chanter dans ses veines l'extase d'égorger deux Askalites de plus en leur montrant le couteau de sa mère. Un grondement diffus emplissait l'air ; d'après Mange-doigts, l'armée se trouvait tout près.

Cette dernière attrapa son arc ouvragé et entreprit d'en nouer la corde. Chunsène fronça les sourcils.

« Aucun moyen qu't'atteignes les deux, chuchota-t-elle. Un, déjà, c'serait un miracle, mais l'autre préviendra ses potes et on sera submergées avant que... »

Mange-doigts la considéra avec une patience maternelle agaçante.

« Je sais ce que je fais.

— Mais y a des branches ! siffla Chunsène. Pis fait noir, et...

— Silence, s'il te plaît. »

L'adolescente se renfrogna et rentra la tête dans les épaules. Elle qui s'était demandé si son Secret pouvait fonctionner contre une armée entière, elle serait servie, finalement.

Mange-doigts se redressa légèrement, coudes et genoux dans la terre, et ramena son arc à l'horizontale. Elle encocha une flèche, mit les hommes en joue, puis s'immobilisa. Chunsène l'observait avec un mélange d'indécision et d'appréhension. Pas un tremblement, pas une oscillation ne l'ébranlait tandis qu'elle bandait son arc. C'était comme si la voyageuse s'était transformée en statue – une statue impeccable, parfaite et agaçante, bien entendu. Elle ajusta imperceptiblement sa visée, ses yeux émeraude concentrés sur ses cibles.

Mange-doigts lâcha sa flèche et, d'un seul mouvement si vif que son bras se brouilla, en attrapa une seconde et la tira. Ce fut si rapide qu'il fallut un instant à Chunsène pour assimiler ce qu'elle avait vu. Puis elle tourna la tête vers les gardes. Ils s'étaient effondrés, un fût de bois sombre au milieu du front.

« Pas possible... » souffla la jeune fille, bouche bée.

L'archère la regarda avec un petit sourire.

« On y va ? »

Les deux femmes traversèrent en courant l'étendue obscure qui les séparait des deux Askalites. Chunsène se trouvait balourde et bruyante en comparaison de Mange-doigts. Le pas de celle-ci bruissait à peine sur le tapis d'aiguilles, et elle semblait éviter toutes les branches. Pas étonnant qu'elle ait pu la surprendre aussi facilement.

La jeune fille entreprit de fouiller les deux soldats, nullement dérangée par leurs boîtes crâniennes explosées qui répandaient une bouillie rose sur la neige brunie. Mais sa comparse posa la main sur son épaule et secoua la tête avant de montrer un creux derrière les arbres. Chunsène fit la moue, mais se releva. Si Mange-doigts pouvait se payer le luxe de ne pas fouiller ses victimes, c'était son problème – mais elle aurait intérêt à les nourrir toutes les deux, dans ce cas.

Elles traînèrent les corps hors de vue, puis éteignirent la lanterne du poste de garde.

L'archère ouvrit la voie. Le coteau était raide, mais pas impraticable. Mange-doigts ne semblait pas avoir besoin de lumière pour savoir où mettre les pieds – évidemment – et Chunsène se trouva réduite à suivre sa silhouette obscure dans la pénombre. Au bout d'un moment, ses yeux s'accoutumèrent suffisamment pour lui permettre de distinguer plus ou moins son chemin à la lueur des astres. La neige barbouillait la pente en grandes étendues ternes.

Le versant se déployait de part en part à perte de vue, comme une sorte de rempart naturel arboré. La rumeur s'intensifia au fil de leur ascension, évoquant une foule immense. Malgré elle, Chunsène sentit l'appréhension se nicher au creux de son estomac. *Ouais. Valait p'têt' mieux pas se pointer toute seule.*

Parce qu'à deux, c'était tellement mieux.

Au bout de plusieurs minutes d'ascension, les arbres se raréfièrent et libérèrent le ciel clair ainsi que le croissant de lune. Elles atteignirent enfin le sommet du talus, où elles s'embusquèrent à plat ventre pour examiner les alentours.

Chunsène crut que ses yeux lui jouaient des tours. Juste devant elle, le versant redescendait en pente douce vers un petit vallon éclairé de loin en loin par des torchères et dont le fond semblait... bouger, comme un miroitement huileux.

Il lui fallut quelques secondes pour comprendre qu'il ne s'agissait pas d'un miroitement, mais d'un grouillement.

À leurs pieds se trouvait l'armée de Ganner au grand complet.

« Oh, souffla-t-elle tandis que le sang lui semblait

déserter son visage. Là, ça fait *vraiment* beaucoup de monde à tuer.»

Le talus constituait en réalité la lèvre d'un immense cratère, dont la paroi opposée ne formait qu'un horizon noir sous le ciel indigo et les astres gelés. Chunsène ne s'était jamais vraiment intéressée au Pandémonium weriste, l'enfer où finissaient les âmes pécheresses; elle était bien assez occupée à survivre sans se préoccuper des éventuels tourments de l'au-delà. Mais s'il lui avait fallu se prononcer, elle aurait décrit une scène approchante. Les torchères isolées répandaient à peine une lueur orange sur la masse des corps, comme si la corruption d'Aska avalait la lumière même. L'adolescente distinguait des silhouettes grotesques et brisées, hérissées d'acier ou d'excroissances contre nature, qui côtoyaient de simples humains sans peur ni défiance dans une sorte d'harmonie maléfique. De vastes courants impalpables semblaient animer la foule à la façon du vent sur un champ d'herbes, l'entraînant dans un sens puis dans l'autre.

Chunsène plissa les yeux et s'aperçut qu'ils faisaient plus que se côtoyer. Ils...

Elle détourna les yeux.

«Oh, braque à Wer, j'vais gerber», murmura-t-elle en grimaçant.

Le visage de Mange-doigts, d'ordinaire imperturbable, saillait avec dureté tel un marbre clair dans la nuit bleutée. Elle aussi contemplait la scène avec un dégoût perceptible – mais il se teintait aussi d'une rancœur qu'elle ne lui avait jamais vue. Non, ce n'était pas de la rancœur – c'était davantage. Une certitude aussi tranquille que terrifiante brûlait dans son expression tandis qu'elle observait la monstrueuse débauche à leurs pieds. Une certitude qui promettait, sereinement, l'anéantissement de l'Armée de la Nuit.

Pour la première fois, Chunsène craignit sa comparse.

« Contente de ce que tu vois ? siffla-t-elle pour masquer son malaise. T'es venue te rincer l'œil ? »

Mais le cœur n'y était pas. Cette dépravation grotesque la révulsait davantage que tout ce qu'elle avait vu à ce jour, jusqu'aux actes innommables dont elle avait dû s'acquitter dans les montagnes pour survivre.

« Ils ont rejeté les tentes humaines en périphérie, répondit Mange-doigts d'une voix sourde, concentrée sur la scène. Une forme d'organisation subsiste malgré tout ; Ganner maintient l'ordre dans ses rangs, même si... » Elle secoua la tête, entre répulsion et incrédulité. « Même s'il a une drôle de notion de la chose. »

Chunsène surmonta son aversion et plissa de nouveau les yeux vers la marée humaine et démoniaque, mais elle discernait déjà à peine les torchères plantées au fond du cirque. Peut-être y avait-il effectivement des masses anguleuses et plus claires au pied des parois – des tentes ?

« Tu vois tout ça ? s'enquit-elle.

— Cela et davantage. Il y a des cages, au bout, qui ne me disent rien qui vaille. Ainsi que beaucoup, beaucoup de matériel empaqueté pour un long voyage. Et des Faiseurs de Pluie sont installés... Mais non fonctionnels. » Elle parut se concentrer davantage ; ses yeux formaient deux gemmes d'un vert presque noir dans l'obscurité. « Bien sûr, c'est logique... Ils attendent le tout dernier moment pour les mettre en service.

— Mais où ça ? s'agaça Chunsène dans un souffle. Attends, ça fait l'Éternel Crépuscule, ces trucs, hein ? Tu sais pourquoi il s'est retiré ?

— Il ne s'est pas retiré, répondit Mange-doigts, toujours concentrée sur l'armée grouillante, il ne s'est pas encore étendu jusqu'ici, nuance. En descendant, j'ai trouvé d'autres Faiseurs de Pluie cachés à l'écart, mais inactifs. Ganner ne veut pas qu'on sache qu'il arrive, et le ciel d'argent révélerait sa présence aux Rhovelliens. Comme ils ne s'aventurent jamais jusqu'ici dans la Cordillère Égide, il peut attendre autant qu'il veut et déferler sur la Linnacie quand bon lui semblera... Il lui suffira d'activer les Faiseurs de Pluie et d'avancer à couvert. » Elle se frotta la joue, fantôme clair dans l'obscurité. « Toute la question est : quand ? Qu'attend-il ? »

Chunsène désigna du menton la bacchanale.

« D'avoir fini ?

— Je ne sais pas s'il se mêle à ce genre de choses... et je doute qu'il se laisse influencer par de telles considérations. Il est efficace, organisé. C'est un homme étrange... Bien plus fin et rusé qu'il n'y paraît de prime abord. Un érudit, presque. Il se trouve probablement à l'origine de ce... rassemblement, mais, cela a beau paraître aberrant, je parie qu'il cherche juste à renforcer la cohésion de son armée.

— Moi, quand j'me laisse passer dessus, c'est pour avoir la paix, acquiesça Chunsène. Alors, c'est peut-être une façon d'avoir la paix ? »

L'autre lui jeta dans la pénombre un regard que l'adolescente ne sut pas interpréter, empli d'une chaleur qui lui donna l'impression de se ramollir un peu à l'intérieur. Cela ne lui plaisait pas du tout. Elle se sentait menacée.

« Quoi ? » lâcha-t-elle d'un murmure qui rappelait le croassement d'un oiseau.

Mange-doigts se contenta de secouer la tête d'un air désolé. Puis reporta son attention sur l'armée.

« Si Ganner attend pour envahir la Rhovelle, nous n'apprendrons pas pourquoi en restant ici, conclut-elle. C'est là-bas que la réponse se trouve. Il faut les prévenir au plus tôt. J'espère que le royaume est prêt à repousser une invasion...

— Plus qu'on l'était en Mandre, pour sûr », répliqua Chunsène. Elle hésita. « Pour vrai, tu peux nous faire contourner l'armée ? »

Mange-doigts retrouva son sourire malicieux, qui révéla deux rangées de dents blanches sous la lune.

« Je connais ce monde aussi bien que ma propre mémoire », dit-elle.

18

Juhel

Debout à l'arrière du petit navire, Juhel avait envoyé sa famille dans l'entrepont. Le duc de Magnécie contemplait la capitale rhovellienne, un pied sur un banc, un hauban à la main. Il se sentait comme un héros – non, un roi – en exil.

Les hautes falaises déchiquetées qui protégeaient la ville d'un assaut maritime s'étendaient de part et d'autre en murailles noirâtres, surmontées par la citadelle austère avec ses multiples façades anguleuses. Le soleil commençait à dissiper la brume à l'horizon et se répandait en scintillements froids sur la mer grise ; de petites vagues lisses chuintaient le long du bois. Il lui semblait entendre, portées par la brise saline, des exclamations qui venaient se confondre avec les exclamations des mouettes et des coukas. Toute la ville serait en état d'alerte, à présent. Le capitaine l'avait informé qu'ils débarqueraient dès que possible. Des montures les attendaient. Leur propre navire à deux mâts était léger et profilé, mais il ne ferait pas le poids face à un bâtiment plus lourd de la Marine royale. Il fallait disparaître.

Ce qui lui laissait peu de temps pour réfléchir à son prochain mouvement. Juhel inspira l'air iodé et se massa les tempes.

Un pas lent gravit l'échelle de descente, puis s'approcha en résonnant sur le bois. Lóthar Crestra vint s'accouder à la rambarde arrière, tandis que Ker Vasthrion rapetissait sous l'aube naissante, montrant son profil trapu sur l'éperon rocheux.

Juhel jeta un bref coup d'œil à l'ecclésiastique. Il s'était débarrassé de sa cotte de mailles. Son tabard blanc était taché de traces rouges, qui semblaient dégoutter de la flèche écarlate sur son cœur. Lui aussi contemplait la ville d'un air pensif.

« C'est terminé, annonça-t-il. Wer juge son âme, à présent. »

Le duc de Magnécie plissa les lèvres et hocha lentement la tête.

« Eh bien... souffla le patriarque. Il semble que les lignes soient tracées à présent, Votre Grâce. La Belnacie ne pourra rester sans réagir face à la tragique disparition de son représentant, qui cherchait seulement à redresser l'injustice dont vous étiez victime... Elle se rangera derrière vous sans condition.

— Mawgel ap Belnaced est un martyr, répliqua Juhel avec une fierté sombre. Son nom restera dans les mémoires, comme celui de tous ceux qui se sont sacrifiés cette nuit. Il sera célébré, comme le seront tous ceux qui réclament une Rhovelle plus forte et plus digne. Et nous la leur apporterons, Votre Gloire. »

À la réflexion, c'était parfait. À présent, tous les opposants de la Magnécie apparaîtraient comme des ennemis de la Belnacie et des traîtres à l'entente entre les provinces du royaume, à son union sacrée.

La Couronne elle-même l'avait bafouée. Elle avait perdu toute dignité en l'emprisonnant sans preuve pour l'assassinat de Luhac. Juhel se demanda si Wer était intervenu de quelconque manière dans le cours des événements. Si les dieux se mêlaient dans le détail des affaires des hommes.

Crestra tourna la tête vers lui. L'ombre d'une indécision pesait sur son visage habituellement serein – une occurrence suffisamment rare pour que le duc le remarque.

« Une chose m'inquiète toutefois », répondit le patriarche à voix basse.

Juhel opina du chef, l'encourageant à poursuivre.

« Cet éclaireur que je vous ai emmené voir à Ornesta. Ce qu'il... prétendait avoir vu, de l'autre côté de la Cordillère.

— L'Éternel Crépuscule ? s'étonna Juhel. Vous m'avez dit vous-même que c'est un mythe. »

Crestra reporta son attention sur la mer.

« C'est une réalité ; Wer nous l'a révélé voilà des siècles. Mais elle est lointaine. Ce qui en fait un mythe, c'est vrai. »

Le duc sourit et émit un bruit de gorge ironique. Les seuls mythes qui le concernaient étaient ceux qui lui fournissaient une prise commode sur le cœur des hommes. C'était là tout ce qui l'intéressait de maîtriser.

« Rien ne peut franchir la Cordillère Égide, répliqua-t-il. Pas une armée, en tout cas. Et si le ciel devait virer à l'argenté, nous le verrons bien en avance et nous cueillerons l'adversaire. » Il haussa les épaules avec fatalisme. « L'attaque de Doélic était une tragédie, mais elle ne pouvait pas mieux tomber. Elle a forcé chacun à se montrer sous son vrai jour.

Wer nous enseigne que c'est dans la douleur que les hommes se révèlent, n'est-ce pas ?

— C'est pour cette raison qu'il a mis fin à l'Ancien Temps, acquiesça le patriarche. Pour nous aider à nous révéler.

— Eh bien, notre époque est faite de douleurs. Mais elles sont nécessaires pour révéler les justes.

— En parlant de cela... »

Crestra écarta les pans de son tabard et plongea la main dans la poche de ses chausses pour en tirer une page pliée en quatre. Il l'ouvrit et la tendit à Juhel, qui commença à lire ; le nom de son cousin, imprimé en gros caractères, accrocha aussitôt son regard.

Le Pandémonium dévorera Luhac de Rhovelle.
Que nul n'en doute, car tous seront jugés à la fin.
Par Lóthar Crestra, haut patriarche de la Sainte Église de Dieu.

Que tous entendent cet anathème et le répandent ! Que la mort de Luhac de Rhovelle serve d'exemple et d'avertissement à tous ! Son trépas, frappé à jamais du sceau de l'infamie, constitue la juste rétribution d'une vie vouée au péché, à la luxure, au mépris d'une vie juste et humble ! C'est dans une rue sordide et noire, qui conduit l'homme aux bas-fonds de ses instincts animaux, que Wer décida de faire entendre Sa volonté. C'est au sortir d'un établissement de luxure, où la chair de la femme s'offre sans décence aucune, que l'épée du juste transperça enfin son âme ténébreuse. Comment interpréter autrement le message que Dieu nous envoie ? Il nous appelle à la vertu ! Davantage encore, Il nous rappelle que nul n'échappe à Sa volonté, pas même les plus hauts conseillers de l'État ! C'est un avertissement qu'Il nous adresse. Tout comme, soyez-en sûrs, Il envoya quantité de signes et de messages aux égarés de l'Empire d'Asrethia!

Si nous ne purifions pas nos âmes de l'emprise funeste de la corruption, si nous ne prenons pas soin d'écouter Ses signes, n'en doutez pas : Wer reviendra foudroyer les infidèles! Il menace déjà de détourner Sa lumière de nous. Sommes-nous encore dignes d'être Son peuple élu? Nous attendons Son nouveau Héraut depuis des décennies. Vous demandez-vous pourquoi?

Et la reine étrangère, comme cela devrait être son devoir, se demande-t-elle pourquoi? A-t-elle ouvert son âme à la Seule Vérité, embrassé l'Unique morale et fait œuvre de pénitence pour chasser la corruption de son cœur? A-t-elle débusqué le Mal qui se pavanait de longue date sous ses yeux?

Non!

Usurpant son autorité et fomentant la discorde, elle emprisonne injustement le seul homme à se soucier encore d'unité et de tradition. Le seul homme à se dresser contre Luhac de Rhovelle! Quelle union lubrique et adultérine ronge véritablement le cœur du royaume? Comment expliquer autrement l'aveuglement et la fureur d'Izara? Vénère-t-on seulement Wer comme il se doit à Méroghèze?

Quiconque décida, en ce jour décisif, de plonger l'arme de Dieu dans le cœur du duc décadent accomplit l'œuvre divine. Le responsable, quel qu'il soit, mérite la louange!

Suivrez-vous l'exemple des Mortes-couronnes?

Suivrez-vous l'exemple d'Asrethia, à la botte de sa putain Mordranthia?

Croyants, dressez-vous dans la lumière de Dieu. Exigez la pureté et le retour aux vraies valeurs du royaume!

Que tous entendent cet anathème et le répandent!

Juhel peinait à en croire ses yeux. La jubilation le fit frémir ; il se tourna vers le patriarque, tandis qu'un sourire jouait sur ses lèvres.

« Je croyais... que vous vous défendriez de toute influence sur mes décisions ? dit-il avec une soigneuse neutralité. Que vous invoqueriez seulement la volonté de Dieu ?

— N'est-ce pas ce que je fais ? répliqua Crestra avec son affabilité habituelle.

— Mais vous avez signé ce pamphlet. » Le duc l'observa avec une curiosité nouvelle. « Circule-t-il déjà ?

— Oh oui, depuis hier matin. Mes frères et moi avons travaillé toute la nuit pour en imprimer un nombre assez grand et les distribuer aux lettrés. Le grand-arquide du royaume – rencontré grâce à votre service, si vous vous souvenez – a eu l'amabilité de se ranger à mon opinion, et il m'a laissé utiliser la presse qu'il contrôle.

— Mawgel avait mentionné des troubles en ville... » murmura le duc, comprenant peu à peu. Il y avait presque de quoi trouver la foi – peut-être pas en Dieu, mais au moins en son représentant. « Pardonnez-moi, Votre Gloire, mais, après notre dernière discussion, je n'imaginais pas que vous interviendriez aussi directement. Mais vous voilà, et vous avez tout organisé avec lui... » Il secoua la tête. « Je vous suis sincèrement reconnaissant. Et le royaume peut l'être aussi. »

Crestra inspira entre ses dents, l'air gêné.

« Je suis un homme de Vérité, Votre Grâce, et cela m'oblige à vous la dire. Il serait plus juste de remarquer que Mawgel ap Belnaced m'a fait prendre conscience que nous partagions des intérêts communs. Et que ceux-ci ne passaient pas par votre séjour prolongé dans une geôle. »

Juhel cilla. Il dévisagea le patriarque toujours souriant tandis que la confusion remplaçait l'euphorie. Pour se donner une contenance, il lâcha le hauban, tourna le dos à la mer et croisa les bras, adossé au bastingage.

« Je ne suis pas sûr de vous suivre encore, Votre Gloire. » Il désigna la feuille dans sa main. « Que penserait Dieu que vous invoquiez Son nom pour servir vos... intérêts ? Et qu'en penserait votre hiérarchie, surtout ? Je croyais que se réclamer de la parole de Dieu en vain constituait un péché capital. »

L'autre se tourna vers lui, le coude sur la rambarde. Avec son tabard taché de sang et l'insigne de Wer, Juhel songea qu'il ressemblait peut-être plus à un héros que lui.

« Ne puis-je servir la volonté de Dieu et la mienne à la fois ? Ce n'est pas incompatible, Votre Grâce : la première me dicte la seconde.

— Et vous connaissez la première... ?

— Je l'interprète, comme tout le monde. Seul un Héraut la connaît, et nous n'en avons pas. Soyons candides un instant, voulez-vous ? Chaque mot que j'ai écrit, je l'ai ressenti au plus profond de mon âme. La moindre de mes paroles est sincère. Mais cela m'empêche-t-il de m'en servir dans un but, disons, plus immédiat et personnel ? »

Juhel hésita.

« Mais... vous avez le droit de faire ça ? demanda-t-il d'une voix peu assurée dont il n'était pas coutumier.

— Wer est un dieu guerrier, répondit Crestra en

haussant les épaules. Il aime les gagnants. Rappelez-vous notre discussion sur le péché et la vérité... Ma mission consiste à repousser le Mal, où qu'il se présente – et de la façon qui me paraît adéquate. Aussi, pour éviter de contredire les ordres, il me suffit d'agir plus vite qu'on ne me les donne, non ?

— Je veux dire... balbutia le duc. Vous vous êtes prononcé au nom de l'Église. Cela ne risque-t-il pas de vous attirer des ennuis ?

— À moi ? Non, répondit Crestra avec affabilité. Justement, c'est tout le nœud du sujet. Toute dissension dans le clergé fragilise le dogme. La Vérité est unique par nature ; la doctrine entière est fondée sur cette idée. En conséquence, pour la détenir, il suffit de parler raisonnablement, bien sûr... mais en premier, surtout. »

Le duc baissa les yeux, pris d'un égarement qui confinait au malaise. Son regard s'égara sur le pont humide, sur les hommes taciturnes emmitouflés dans leurs manteaux qui veillaient à la voilure, les quelques moines en blanc qui les jaugeaient d'un air hautain, puis vers la côte rocheuse qui défilait lentement. Il saisit à deux mains la rambarde derrière lui ; avec les douces oscillations du caïque, il se sentait partir à la dérive. Cette foi qu'il avait tant espéré trouver, et l'apaisement qui l'accompagnait, il comprenait à présent que le patriarche ne pouvait la lui transmettre. Ils étaient bien trop semblables.

Avec soin, il lâcha la rambarde, puis croisa les doigts sur son ventre. *Suis-je capable de tenir debout tout seul ?*

Il se racla la gorge.

« Jolie pique, la comparaison entre Izara et Mordranthia, dit-il en forçant son détachement habituel. J'admire l'habileté avec laquelle vous portez les accusations sans les formuler directement, juste en posant les bonnes questions.

— Guider le cœur de l'homme vers les bonnes réponses est la mission sacrée du prêtre », déclara Crestra.

Juhel se redressa et souffla profondément. Avec cette expiration, il décida de se vider de toutes ses faiblesses, de toutes les hésitations qui lui restaient encore ; son propre chemin de purification, pensa-t-il. Un chemin qu'il avait entamé le jour où, par l'inconscience et la bêtise de son frère aîné, il s'était trouvé investi du titre de dauphin de Magnécie, une charge qu'il n'avait jamais demandée ni même jamais enviée. Sans cet accident, songea-t-il brusquement, le cours de l'histoire aurait peut-être été grandement changé. Mais probablement pour le pire, comprit-il aussitôt. Et, quoi qu'il en soit, ce n'était pas parce qu'il ne l'avait pas demandée qu'il ne fallait pas s'en montrer digne. Peut-être même le fallait-il davantage, au contraire.

Il avisa les quelques moines présents sur le pont.

« Vous aviez un détachement plus important au départ d'Ornesta, dit-il. Tous vos hommes ne vous ont pas accompagné ?

— Je n'ai gardé que les plus dignes de confiance. Ceux qui savent se rappeler que les intérêts de l'Église dépassent les considérations séculaires, et l'autorité divine celle de l'homme. »

Juhel se tourna finalement vers lui.

« J'aimerais vous confier une mission, Votre Gloire, si vous le voulez bien. Emmenez mon fils et la duchesse et placez-les en sûreté dans un couvent de votre choix, là où personne n'ira les chercher. Puis chevauchez à bride abattue vers le nord et retrouvez-moi à la Croisée des chemins, à la frontière magnécienne.

— Je m'en occupe, répondit Crestra. Je gage que vous allez rejoindre vos troupes ? »

Juhel acquiesça. « Vos hommes sont-ils prêts à se battre ?

— Un frère weriste est toujours prêt à se battre.

— Très bien. Même s'ils ne sont pas nombreux, leur présence et la vôtre feront peut-être fléchir les premiers soldats de l'ost royal à atteindre la frontière magnécienne. Nous verrons exactement si vous savez guider le cœur de l'homme vers les bonnes réponses.

— Coennec ap Azétral n'est pas connu pour être un homme flexible, nota Crestra.

— Peu m'importe », répliqua le duc avec une pointe d'agacement. Il s'écarta tout à coup du bastingage. « D'une manière ou d'une autre, il faut bien que la volonté de Dieu s'accomplisse, n'est-ce pas ? »

Erwel

Erwel constatait au fil des jours l'impact de la croyance sur le peuple, et cela le fascinait, mais l'inquiétait surtout.

Garic de Belnacie respecta sa parole – à l'excès. Il emmena Erwel partout avec lui, presque comme un défi, pour lui montrer l'étendue des difficultés rencontrées par sa province. Chaque matin, quand ils se retrouvaient à l'aube au terme d'une nuit de sommeil trop courte, le duc lui lançait invariablement une pique acerbe pour railler le confort et l'oisiveté auxquels il était prétendument habitué, et le bouleversement qu'une telle charge de travail devait représenter pour lui. Le jeune prince avait l'impression que le duc cherchait à le pousser à bout, afin qu'il lui prouve qu'au bout du compte, comme la Linnacie et la Couronne, il déserterait lui aussi. Mais Erwel tint bon. Il espérait qu'il n'était pas déjà trop tard pour reconquérir l'amitié de la Belnacie, tout en déplorant toujours davantage l'imprévoyance de son père. Il n'était pas armé pour ce genre de situation. Erwel se promettait chaque jour qu'à son retour à Ker Vasthrion, il aurait une discussion à cœur ouvert avec son père, et la nature de leurs relations changerait.

Chaque matin, Garic aussi avait les traits tirés, les yeux rouges. Commençait alors une harassante journée, passée à la citadelle ou bien à battre la campagne environnante. En raison de son gabarit, le duc de Belnacie chevauchait une monture imposante qui tenait surtout de l'animal de trait et qui le faisait visiblement souffrir, mais jamais Erwel ne l'entendit s'en plaindre. Ils cheminaient sous les pluies froides de la saison pour recevoir les doléances des nobliaux, francs-bourgeois, serfs ; pour rencontrer les hauts dignitaires de l'Église et de l'armée afin de répartir leurs maigres forces en bordure des innombrables zones instables de la province ; et pour organiser déjà, alors que le printemps venait juste de s'installer, la constitution des réserves en vue de l'hiver prochain. En général, Erwel se taisait et observait. Il était forcé de reconnaître que Garic ap Belnaced ne pouvait contenter personne. En plus de nourrir sa population, il lui fallait fournir une importante contribution au ravitaillement de Loered. Les champs belnaciens étaient étendus, mais régulièrement noyés de pluies stagnantes qui faisaient pourrir les cultures ; quant aux forêts giboyeuses, elles s'étendaient pour la plupart en zone instable. Le contraste entre la Magnécie et le reste du royaume apparut réellement à Erwel, peut-être pour la première fois. Il se demandait si son grand-cousin Juhel s'en était jamais rendu compte. Si cela avait été le cas, peut-être n'aurait-il pas pris pour acquise la richesse de sa propre province.

Le jeune homme croisait la duchesse et les deux héritiers belnaciens, qui s'affairaient tout autant à conduire les affaires provinciales. En Belnacie, semblait-il, les femmes ne restaient pas tant inactives que dans le reste du royaume – même si, satisfaisant à la bienséance, elles demeuraient effacées et ne s'exprimaient qu'en présence d'un homme pour valider leur parole. Cet arrangement semblait profondément inefficace à Erwel ; si une idée était bonne, elle était bonne, d'où qu'elle vienne. Mais, songeait-il, au moins certains hommes avaient-ils l'intelligence de reconnaître une opinion pertinente et de la répéter. Ce train de pensées l'emmenait toujours vers une nostalgie creuse : le regret de n'avoir jamais connu sa mère, suivi d'interrogations futiles sur l'homme qu'aurait été son père si elle n'était pas morte en le mettant au monde.

Mais le rôle le plus crucial de Garic, tout du moins aux yeux du peuple, consistait à rendre la justice et à apaiser les tensions. La légende de la pucelle de Doélic, ainsi qu'on commençait à l'appeler, se répandait dans les campagnes à la vitesse des oiseaux. La fille, racontait-on, sauverait le royaume du Pandémonium ; pour certains, elle savait ressusciter les morts ; pour d'autres, c'était une guerrière avec des traits d'enfant que nulle arme ne pouvait abattre, car Wer la protégeait. Il constatait, presque de jour en jour, à quel point les rumeurs enflaient, se contredisaient, jusqu'à l'absurde. Et surtout, il mesurait avec une appréhension grandissante combien le peuple avait soif d'espoir – de salut, de protection.

Cela lui apparut tout particulièrement avec l'arrivée à Belnaced d'un Messager qui apportait une demande d'assistance, signée non seulement par le banneret en charge d'un bourg de la route d'Altaÿs, mais aussi par le prède local. Une forme de folie collective s'était emparée des villageois, et aucune démonstration de force ne parvenait à les remettre au travail.

Le lendemain, Erwel chevaucha avec le duc, en compagnie d'une demi-douzaine de gardes, vers le village situé dans un vallon coincé entre la route et les forêts instables qui s'étendaient jusqu'au canyon de l'Aÿs, en aval de Loered.

En arrivant, le petit groupe trouva le village désert, comme abandonné. Aucune échoppe n'était ouverte, nul ne passait dans les rues. Pas même un mendiant pour demander la charité. S'avançant dans les ruelles, ils trouvèrent finalement l'ensemble de la population massée autour de la petite église.

Tous pleuraient, se lamentaient, imploraient pitié. Des femmes s'arrachaient les cheveux à pleines poignées. De jeunes gens hébétés s'entaillaient la peau en tremblant, les yeux tournés vers le ciel. Des paroles éparses de prières surnageaient parmi les gémissements à la manière de brefs cris insensés.

Erwel se sentit glacé par la démonstration de leur ferveur, mais aussi de leur détresse.

Le duc trouva le banneret et le clergé, exclu de sa propre église, en périphérie de la place du village. Il apparut que la nouvelle s'était répandue qu'un croisé était venu chercher la pucelle de Doélic. Et que nul ne l'avait plus revue. Les rumeurs emplies d'espoir quelques jours plus tôt enflaient à présent de manière funeste. Certains prétendaient que le croisé était un sosie démoniaque venu l'assassiner. D'autres que la Justice voulait vérifier ses allégations et la relâcherait si elle se montrait digne de Vérité – mais tous savaient ce qui se produisait quand une femme disparaissait dans les cachots des Chasseurs. Toute cette démonstration de pénitence n'avait qu'un seul but : supplier Wer. Lui promettre une vie de vertu, dédiée à Son service, si seulement Il acceptait de leur rendre la pucelle et de les conduire vers le salut.

Garic, ses petits yeux noirs plus étrécis encore qu'à l'accoutumée, pivota vivement vers Erwel, les traits tendus par l'inconfort des chevauchées, pour lui lancer seulement :

« Vous comprenez ? »

Le jeune homme comprenait, et même au-delà de ce qui se jouait en Belnacie.

Quand ils rentrèrent ce soir-là à la capitale provinciale bien après la nuit tombée, sous un crachin brumeux, Erwel éprouvait une once d'optimisme, peut-être pour la première fois depuis son arrivée. Ils étaient parvenus à ramener un semblant de calme dans les rangs du peuple, et le jeune homme osait espérer qu'il y avait contribué. En désespoir de cause, le banneret l'avait présenté comme un émissaire de la Couronne. Voir le neveu du roi en personne avait quelque peu dessoûlé les serfs. Pour eux, Ker Vasthrion n'était qu'un nom sur une carte qu'ils ne savaient pas lire; la capitale royale leur semblait peut-être aussi lointaine que la Cité des Justes. Il ne se leurrait pas sur la propension de Garic à faire passer l'amitié avant la politique, mais il espérait avoir montré son utilité ce jour-là. Et aussi que les trois provinces, Magnécie, Linnacie et Belnacie, pouvaient encore trouver un terrain d'entente – à condition que Juhel l'accepte. Garic cheminait dans un mutisme grognon et le jeune homme n'essaya pas de l'en tirer.

La puanteur de Belnaced reprenait toujours Erwel à la gorge quand ils franchissaient l'épaisse muraille surgissant des bois qui marquait la limite de la ville; il s'émerveilla ce soir-là de la facilité avec laquelle il s'y habituait, comme de celle avec laquelle il l'oubliait. *On s'habitue peut-être à tout*, pensa-t-il en se remémorant la vie des serfs, et par extension les conditions régnant dans le royaume. Ces gens subissaient leur lot depuis des générations; mais qu'on leur fasse entrevoir un espoir de salut, et ils prenaient tout à coup conscience de leur détresse.

Sitôt arrivés parmi les torchères dans la cour de la citadelle, alors qu'ils mettaient pied à terre dans les bruissements de la pluie, un commis muni d'une lanterne courut vers eux.

« Vot'Grâce ? dit-il de sa voix aiguë en s'adressant à Erwel. Un oiseau pour vous. »

Une appréhension doublée d'excitation remplaça la fatigue de la journée tandis qu'Erwel gravissait deux à deux les marches de l'escalier circulaire du pigeonnier, alourdi par sa cape humide qui collait désagréablement à ses habits. Une autre odeur infecte se mêlait à celle de la ville ; celle, âcre, d'un trop grand nombre d'oiseaux enfermés. Il dut ralentir ; le souffle de plus en plus court, il commençait à suffoquer. Dans l'obscurité de la tour, équipé seulement d'une lampe, il lui semblait être la seule âme éveillée dans la quiétude environnante.

Il ne pouvait s'agir que d'un message de la cour – il s'était produit quelque chose à Ker Vasthrion. Sûrement une missive de son père. Même si le jeune homme prenait à cœur la mission qu'il s'était fixée, il n'aurait pas dédaigné rentrer. Ou peut-être une annonce plus préoccupante. Erwel espéra de tout cœur que les relations avec la Magnécie ne s'étaient pas dégradées. Les oiseaux apportaient toujours de mauvaises nouvelles. Mais il ne pouvait pas repartir alors qu'il commençait seulement à séduire la Belnacie.

Le maître-oiseau en personne, un vieillard voûté, portant les robes fauve de son office, l'attendait dans son petit écritoire au sommet de la tour, au milieu de petites cages en ferraille où des pigeons roucoulaient doucement. L'anxiété resserra ses griffes sur le ventre d'Erwel. Pour que le maître en personne l'attende, la nouvelle devait être très grave.

Le jeune homme eut la sensation que la tour basculait à la renverse quand le maître-oiseau, le visage empreint de commisération, lui tendit sans un mot un petit rouleau de papier frappé du sceau royal dans de la cire noire.

Il restait assis dans la faible clarté de sa lampe, au dernier étage du pigeonnier, adossé au mur. Le parchemin, signé de la reine Izara en personne, reposait, chiffonné, dans son poing moite.

Il n'y avait plus en lui qu'un terrible silence funèbre. Une tempête avait dévasté son âme et balayé tout ce qui l'étayait. Elle avait broyé méthodiquement la moindre étincelle de sens, les avait soufflées et enfouies dans la terre, muettes à jamais. C'était, pensa-t-il avec une clairvoyance distante, comme si la Fin des Temps était passée sur lui. C'était le silence d'un lendemain de fin du monde.

Parce qu'il lui semblait réellement que la fureur de Wer en personne avait calciné son âme.

Toute la fierté et le travail des semaines précédentes, la séparation d'avec la cour itinérante, l'amitié de Thormig de Loered, son arrivée à Belnaced, lui faisaient à présent l'effet d'une épée plantée dans son échine : un étai douloureux, mortel, qui lui interdisait de céder. Alors qu'il le souhaitait. Plus que tout, il voulait s'effondrer. Il éprouvait ce tourment au creux de sa poitrine comme une masse noire, vénéneuse, qui l'empêchait de respirer, de ressentir, de bouger.

Et je l'ai quitté courroucé, pensa-t-il, au comble du désespoir, se remémorant leurs adieux à la Croisée des chemins. *Mes derniers mots à mon propre père étaient chargés d'amertume.*

Dire qu'il s'était senti si sûr de lui. Il revoyait les serfs au comble du désespoir, les femmes qui se griffaient le visage, les hommes qui frappaient le pavé de leurs jointures ensanglantées. Il serra brusquement les poings, écrasa de toutes ses forces le message au creux de sa paume. Il leva les mains à son visage et se cogna le front, tandis que son souffle s'échappait de sa gorge en lamentations sourdes. Il voulut hurler, se battre, supplier Wer, ou toute autre force qui le pourrait, de reprendre ce message, de faire reculer le temps. Mais nul n'en avait le pouvoir. Seuls des serfs éperdus croyaient que des pucelles ramenaient les trépassés d'entre les morts. En cet instant, Erwel aurait donné beaucoup pour oublier toute son érudition, toutes les connaissances acquises à la lueur des chandelles sur de vieux tomes défraîchis.

Il aurait tant voulu qu'on rende à son âme le luxe de déplorer son innocence.

Quand ses larmes coulèrent enfin, amères, qu'il parvint à libérer les sanglots qui l'étranglaient, une part de lui-même se sentit un peu rassurée.

Il pouvait toujours ressentir.

Erwel trouva Garic de Belnacie dans son cabinet de travail. Il poussa la porte d'un pas un peu vacillant, le poing toujours crispé autour de la missive. Ses gestes lui paraissaient saccadés, maladroits. Ses yeux le brûlaient, et l'épuisement des semaines passées, revenu s'abattre d'un seul coup, le laissait moulu, comme roué de coups. La chaleur qui régnait dans la pièce semblait incapable de pénétrer le froid fiévreux de son corps.

Installé dans un large fauteuil à l'angle de l'âtre, le duc lisait un épais volume relié de cuir à la lueur d'une chandelle – Erwel discerna la flèche de l'Unique morale sur la couverture. Un livre religieux. Les pieds étendus sur un coussin, il avait passé une ample robe de soie noire tissée de fils d'argent. En le voyant arriver, il releva la tête, une pointe de compassion dans ses petits yeux enfoncés.

« Vous avez l'air de revenir du Pandémonium », dit-il.

Il désigna la chaise face à lui.

Le jeune homme avança d'une démarche prudente dans les ombres orangées de la pièce, raide et droit, mais avec l'impression d'être étranger à son propre corps. Il ne faisait guère illusion, il le savait, mais il devait au moins montrer qu'il essayait.

Il contourna le bureau, s'approcha, tendit au duc d'une main tremblante le message rédigé par la reine, puis, dans un même mouvement, alla s'asseoir, flottant comme un spectre.

Garic déplia le parchemin. Erwel le vit plisser les lèvres. Quand il termina sa lecture, il croisa les mains sur son ventre, dévisagea son hôte, et, d'une voix dépourvue de toute raillerie ou duplicité, déclara :

« Je suis navré. »

Le jeune homme se sentait ciller sans arrêt.

« Merci. »

Garic hocha la tête à plusieurs reprises, plongé dans ses réflexions.

« Vous voudrez retourner à Ker Vasthrion, j'imagine, dit-il.

— Il faut arrêter cette folie », répliqua Erwel avec toute la ferveur dont il était capable. Il désigna le message d'un geste abattu. « Emprisonner Juhel... L'immobiliser ne suffira pas à le neutraliser. Son ost est toujours en route.

— J'espère bien, répliqua Garic. Je vous rappelle qu'il vient à notre secours. »

Erwel plongea un instant la tête entre ses mains ; la colère, la frustration et le chagrin remontaient dans sa gorge comme un repas mal digéré. Il respira profondément pour éviter de pleurer à nouveau. Il fit mine de se frictionner le visage, et revint à son hôte.

« Voyez-vous à quel point la Magnécie vous achète ?

— Nous avons déjà couvert le sujet, Erwel. La Magnécie est la seule à nous en juger dignes.

— Mais nous ne devrions même pas raisonner en ces termes ! s'exclama le jeune homme. Nous sommes un royaume, Votre Grâce. Cela fait presque cent quatre-vingts ans qu'Ysmel nous a unis, et même avant cela, nous partagions déjà la même culture, la même terre – Wer seul sait depuis quand. Peut-être même avant l'Âge d'Or et Asrethia ! »

Garic tapota la couverture de son épais volume. « Ce sont en effet les mots d'Ysmel. Nous étions "comme les rameaux séparés d'un même arbre".

— Vous vous plongez dans l'histoire ?

— Je cherche moi aussi un éclairage quant à la juste manière de traiter la crise actuelle.

— Alors vous comprenez ! répondit Erwel avec espoir. Comment en sommes-nous arrivés là ? Comment cette union sacrée, qu'Ysmel a rétablie plus qu'il ne l'a fondée, a-t-elle pu se désagréger aussi soudainement ? »

Le duc considéra son invité avec une forme de compassion et lâcha un soupir. Il se redressa, empoigna le tisonnier et entreprit de remuer les bûches dans l'âtre.

« Vous êtes jeune, Erwel. Vous croyez que tout doit forcément fonctionner quand rien ne s'y oppose. Mais ce n'est pas dans la nature humaine, hélas. Croyez-moi, j'ai gouverné assez longtemps pour m'en rendre compte. Les gens ont un besoin désespéré de se sentir exister. Et pour cela, ils inventeraient n'importe quoi, n'importe quel problème, juste pour qu'on les regarde. Pour qu'on les écoute. »

Il raccrocha l'outil et se tourna vers lui en se penchant, les mains entre les cuisses.

« Vous m'avez expliqué que vous connaissiez la cour parce que vous y avez grandi, mais justement, vous ne prenez pas la pleine mesure de son état, parce que vous l'avez toujours connue ainsi. Vous ne mesurez pas... sa dégradation. Le mariage d'Éoel avec Izara visait à apporter du sang neuf, à chercher pour la première fois une alliance hors de nos frontières, car elles nous protègent, mais elles nous emmurent aussi. "Le chemin de la damnation est pavé de petites simplicités."

— Ysmel également?

— Non, Laédaz. Notre dernier Héraut. Il sentait venir les problèmes, peut-être... Ou bien Dieu l'aura prévenu, mais ni lui ni nous n'aurons compris. »

Il haussa les épaules avec fatalisme.

« Un roi absent. Une reine étrangère. Un duc insouciant et – pardonnez-moi – effronté, face à un autre aussi habile qu'ambitieux... Et habité de la plus dangereuse maladie qui soit pour un homme d'État : la certitude d'être investi d'une mission. De petites simplicités, mises bout à bout », fit-il en mimant les maillons d'une chaîne. Il regarda de nouveau le feu. « Peut-être que les serfs d'aujourd'hui avaient raison. Que nous décevons Wer, et qu'Il attend que nous nous montrions à nouveau dignes de Lui.

— Vous croyez à la pucelle de Doélic? »

Garic eut un rire sans joie. « Je crois surtout que l'Église n'est pas près d'accepter un Héraut femme.

— Le clergé ne peut pas faire cela, si cette femme est réellement l'envoyée de Dieu... La nier. »

Le duc le regarda avec commisération et secoua la tête.

« Erwel, on peut faire beaucoup de choses quand on détient le pouvoir. Et en général, on ne fait pas des choses justes. Dans le meilleur des cas, on fait juste le nécessaire. »

Le jeune homme se rembrunit. Au fond de lui, l'ombre d'une résolution se rassemblait à nouveau, semblable au tissu noueux qui cautérise une blessure vive. Juhel abritait la même blessure, comprit-il en repensant aux funérailles de Raed de Magnécie à Ornesta, à l'allure raide et droite du duc lors de la procession funéraire. À son inaptitude à accueillir la démonstration affectueuse de son propre cousin. Était-il si aride, si austère comme l'indiquait son surnom, qu'il ne pouvait accepter la fraternité humaine ?

Le prince s'efforça de se mettre à sa place. Juhel avait grandi dans l'opulence et l'érudition magnéciennes, mais sous la coupe d'un père distant et exigeant, avec l'obligation de remplir la place laissée vacante par un grand frère atrocement disparu sous ses yeux.

Peut-être réagirais-je comme lui, songea-t-il. *Je pourrais, en tout cas, réagir à sa façon.*

Cette prise de conscience le glaça autant qu'elle le peina. L'impression d'un immense et tragique gâchis menaça de nouveau de l'étrangler – il se pinça l'arête du nez dans l'espoir de tarir ses larmes.

Puis il regarda de nouveau le duc.

« Je ne suis pas d'accord avec vous, déclara-t-il d'une voix rauque. Et c'est pour cela que je vais mettre un terme à tout cela.

— Oh ? fit le duc. Et comment vous y prendrez-vous ?

— La reine mentionne dans sa missive qu'elle vient tout juste d'emprisonner Juhel. Il ne risque donc pas de bouger avant un moment... Je vais aller lui parler.

— Avec un couteau dans la manche ?

— Non ! s'écria Erwel. Je vais lui parler, *réellement* ! Ce que personne n'a peut-être essayé de faire...

— Vous voulez négocier avec l'ennemi de votre père, maintenant ? s'exclama Garic, ahuri. Nous parlons bien de l'homme accusé d'avoir commandité l'assassinat de Luhac de Rhovelle ? »

Le jeune homme haussa les bras, se sentant impuissant, se leva et se mit à déambuler dans la pièce.

« Et que suis-je censé faire ? rétorqua-t-il, désemparé. Dites-le-moi. Quand vous m'avez posé cette même question à mon arrivée, je vous ai proposé une réponse. À vous de m'en fournir une, à présent ! Juhel est emprisonné, il sera jugé. Est-ce que je lui pardonnerai, s'il est coupable ? Certainement pas. Je le crois dangereux. Mais ce qu'il oublie – ce que tout le monde a l'air d'oublier, ces derniers temps – c'est que nous avons un royaume à gouverner, barbe de Dieu ! »

Oh, Wer, comprit-il brusquement. *C'est moi, le duc de Linnacie, maintenant.* Il refoula rageusement l'émotion de cette nouvelle prise de conscience, puis reprit :

« Et cela signifie parfois mettre de côté l'aspect personnel pour faire ce que nous n'apprécions pas forcément.

— Et revoilà votre idéalisme qui parle... » soupira Garic. Il le dévisagea d'un air sombre. « Bien sûr que Juhel est coupable. »

Les yeux d'Erwel s'agrandirent tandis que l'indignation lui embrasait le cœur.

« Vous le pensez ? »

Garic haussa à demi les épaules.

« Tout le monde à la cour le pense, sans doute. Mais la reine a commis une erreur fatale en dégainant la première. »

Le jeune dauphin de Linnacie revint à pas mesurés vers le fauteuil de son hôte, tandis que la fureur, mais surtout l'outrage, grandissaient en lui.

« Tout le monde à la cour le pense, mais la reine ne devait quand même pas emprisonner l'assassin de mon père ? » répliqua-t-il d'un ton où couvait la menace.

Garic n'était pas impressionné.

« Il y a un instant, vous déploriez son arrestation ; maintenant, vous la justifiez. Voyez comme les choses sont plus complexes que vous ne l'imaginez. »

Erwel inspira profondément, les lèvres serrées.

« Répondez juste à ceci, Votre Grâce. Vous alliez-vous à Juhel de Magnécie en connaissance de cause ?

— Je suis comme vous, répondit Garic avec un geste fataliste. Je mets de côté l'aspect personnel pour faire ce que je n'apprécie pas forcément. »

Le souffle du jeune homme tremblait dans sa poitrine. Il dut lutter contre lui-même pour ne pas laisser tomber sur son hôte un regard de morgue pure. Il était le duc de Linnacie. *Le duc de Linnacie.* Et il ne servirait pas les intérêts du royaume, ni de sa province, en faisant du duc de Belnacie un ennemi. Mais en cet instant, Erwel ne rêvait que de lui cracher son mépris au visage, de lâcher une tirade cinglante qui lui ferait mesurer sa mesquinerie et sa myopie. C'était un pauvre petit homme étriqué et amer, rendu malheureux par un corps qui le trahissait, usé par une charge à laquelle, au fond, il ne croyait pas vraiment. Erwel s'en voulait d'avoir espéré se faire son porte-parole. Il ne le méritait pas.

En revanche, sa province, si. Les Belnaciens ne méritaient pas de payer pour l'étroitesse d'esprit de leur gouverneur. Toutefois, en cet instant, Erwel ne supportait plus de le voir.

« Très bien, Votre Grâce, déclara-t-il avec une grande formalité. Je crois que nous n'avons plus rien à nous dire.

— Dommage. Vous commenciez juste à comprendre, de l'intérieur, comment notre royaume a pu en arriver là.

— Vous me pardonnerez de ne pas voir dans ce qui est en train de se jouer une forme d'expérience de pensée divertissante. »

Il tourna les talons avec raideur et s'avança vers la porte. Il peinait à maîtriser la rage mêlée de douleur qui lui comprimait la poitrine. Sa respiration saccadée menaçait à chaque instant de déboucher sur un sanglot de colère. Ses lèvres se retroussèrent sur ses dents serrées.

« Où allez-vous, Erwel...? » appela Garic d'un ton las.

Malgré lui, le jeune homme se figea devant le battant.

« Dans mes appartements, répliqua-t-il sèchement. Je partirai demain pour Ker Vasthrion à la première heure. Et je n'aurai pas besoin d'escorte, merci.

— Ah... soupira le duc. Je ne crois pas. Que vous partirez, j'entends.

— Que voulez-vous dire?

— Que vous n'irez nulle part. Et je vous en prie, Erwel... Croyez bien que je ne prends aucun plaisir non plus à cette décision-là. J'ai conscience de son injustice, mais, comme je vous l'ai dit précédemment, je le fais parce que c'est nécessaire. Vous resterez à Belnaced aussi longtemps qu'il le faudra.»

Le dauphin fronça les sourcils et pivota très lentement, une incrédulité scandalisée sur le visage. Il sentait les muscles de son cou se tendre involontairement, tels des cordages. Le duc s'était redressé sur son siège, le volume toujours sur les cuisses.

«Êtes-vous en train de dire... que vous me retenez? s'insurgea Erwel. Contre mon gré?»

Le duc écarta les mains, singeant une détestable fatalité.

«Je suis l'allié de la Magnécie, à présent, fit-il d'un air navré, Et vous êtes plutôt son adversaire... Vous êtes beaucoup trop précieux pour que je vous laisse filer. C'est peut-être même la première fois que je détiens un réel atout pour me faire entendre de la Couronne.»

L'indignation et le mépris s'affrontaient en Erwel comme ciel et mer un jour de tempête. «Vous... vous refuseriez à un fils le droit d'assister aux funérailles de son père?

— Je vous l'ai dit, je n'en tire aucun plaisir. Soyez raisonnable, Erwel. Vous m'êtes sympathique, sincèrement. Considérez-vous simplement comme mon invité... jusqu'à nouvel ordre.

— Votre prisonnier, oui!

— Mais non! s'impatienta Garic. Vous continuerez à jouir du confort de la citadelle comme l'hôte de marque que vous êtes. Vous... Vous y resterez, c'est tout. Toute la garde a ordre de vous surveiller. N'essayez pas de lui échapper. Je n'ai pas spécialement envie de vous envoyer aux geôles, mais s'il le faut, je le ferai. »

Erwel eut un gloussement amer. « Laissez-moi deviner – une "nécessité" de plus ? Je comprends pourquoi vous vous entendez si bien avec Juhel. Vous croyez qu'en changeant les mots, on change la nature des actes.

— Oh, arrêtez, avec vos grands airs ! s'exclama Garic, agacé. C'est vous qui êtes venu vous jeter dans mes bras, pas l'inverse. »

Le jeune homme hochait la tête, mécaniquement, comme un jouet rouillé.

« Oui, souffla-t-il. Dans vos bras. Envoyé par mon père pour cimenter notre amitié. Vous fustigiez ma candeur... Au bout du compte, vous aviez peut-être bien raison. Parce que j'ai sincèrement cru que nous pouvions développer une forme d'amitié, vous et moi.

— On n'a pas le luxe de l'amitié aux places que nous occupons. »

Erwel lâcha un bruit de gorge désabusé et leva les yeux vers le plafond obscur. Captif. Pourtant, une forme de quiétude apaisait le feu de sa colère. Il se sentait en paix. Il avait agi avec sincérité, en accord avec lui-même. Et Garic, malgré toutes ses justifications, ne pourrait jamais en dire autant. Entre eux deux, Erwel savait qui vivait sa Vérité. Il revint lentement dans la salle, caressa distraitement les volumes et les bibelots amassés sur le secrétaire.

« Si l'on apprend que je suis retenu ici contre ma

volonté, c'est vous qui vous retrouverez en situation délicate, dit-il sans plus cacher son mépris. Quand Thormig de Loered l'apprendra, par exemple, il risque de ne pas apprécier. Il était ravi de me voir arriver chez lui et insistait lourdement pour que je séjourne en ses murs.

— Thormig ? répéta Garic, stupéfait. Oh, vous pensiez qu'il était votre ami, lui aussi ? Mon pauvre enfant, il a la province la plus difficile à gouverner et ne peut pas se permettre de fâcher qui que ce soit – et surtout pas moi. Ysmel nous a tous liés les uns aux autres, pour le meilleur et le pire. Thormig et moi sommes très semblables, en réalité. Il fait ce qu'il doit faire – plus exactement, dans son cas, il ne fait strictement rien, parce que c'est la meilleure stratégie. Je ne dis pas qu'il aime cela ; cela le rend probablement très malheureux, au contraire. Mais il le fait quand même, parce que nous comprenons tous, sans exception, que nos impératifs et nos désirs ne peuvent que très rarement s'accorder.

— Oh, je le comprends mieux que vous ne l'imaginez.

— Dans ce cas, je peux compter sur vous pour vous tenir tranquille ? Croyez-moi, cela rendra votre séjour plus agréable. »

Erwel rit de nouveau, sans gaieté, un bruit cassé qui l'alarma presque – il sonnait plus qu'adulte. Il sonnait âgé.

« Juste pour mesurer l'étendue de ma candeur, depuis quand aviez-vous prévu ce brillant plan ? »

Le duc le regarda dans les yeux.

« Dès votre arrivée à Belnaced. Tout à l'heure, quand on vous a annoncé que vous aviez reçu un oiseau, j'ai activé mes dispositions. Je m'attends à une mauvaise nouvelle depuis des jours. Je ne savais juste pas la forme qu'elle prendrait. » Il écarta les bras avec une expression entre regret et fatalisme. « Allez, détendez-vous ! Je vais vous loger et vous nourrir sans plus rien exiger en retour... Cela vous dispensera de toutes ces excursions assommantes avec moi !

— J'étais sincère dans ma démarche », répliqua le dauphin en relevant fièrement le menton.

Garic ap Belnaced laissa retomber ses mains sur ses cuisses, le regret prenant le pas sur ses traits bouffis.

« Je sais. »

19

Leopol

Le vent froid et humide qui courait à travers tout le canyon de Valbrisson cinglait son torse nu, brûlait les cicatrices à son avant-bras et les meurtrissures fraîches de son dos. C'était le but : par la pénitence et la scarification du corps et de l'esprit, par le malaise et la souffrance, se ramener à sa condition fondamentale de pécheur et, débarrassé des oripeaux du confort et de la joie, prendre conscience de la terrible Vérité de l'homme.

Personne n'était personne au regard de Dieu.

Leopol ne pouvait s'empêcher de frissonner. Les yeux fermés, il se concentra sur ses genoux ankylosés qui pesaient sur les dalles dures. Il tendit l'oreille vers le souffle continu des rafales, vers les exclamations de ses frères s'entraînant dans les cours. Ces sons purs, industrieux, l'avaient toujours détendu. Mais pas ce jour-là. Un nœud qu'il ne savait pas défaire lui étreignait le plexus. Aucune forme de calme ou de vertu ne parvenait à l'atténuer. Il n'avait fait que se resserrer au fil des jours, depuis l'Anomalie, et au cours du voyage pour ramener Mériane.

Leopol haïssait ce nœud. Il aurait voulu pouvoir plonger son épée au creux de sa poitrine et le trancher comme il l'aurait fait du cœur d'une abomination. Cette indisposition lui était parfaitement inconnue. La citadelle de son esprit, dévouée à Dieu, lui semblait gangrenée par une corruption détestable et terrifiante. Il se sentait fragile, cassant. La nuit précédente, il avait rêvé qu'il défendait un château désert, au pont-levis baissé, dont la herse refusait de s'abattre. Des hordes d'envahisseurs sans visage se massaient peu à peu alentour, sans empressement ; l'épouvante avait saisi le moine en mesurant qu'il ne pourrait jamais tous les empêcher d'entrer. Le symbole était éloquent.

Peut-être était-ce bien là l'œuvre la plus subtile du démon : non pas la guerre, ni la terreur, mais l'érosion pernicieuse de la conviction des justes serviteurs de Dieu. Les égarer dans les dédales du mensonge, afin qu'ils perdent à jamais de vue l'essence de la Vérité.

Je suis la colère et le bras de Wer. Je suis Son outil et Son soldat. Je suis la colère et le bras de...

« Bien ! » s'exclama une voix vieillissante.

S'ensuivit un froissement de tissu. Avec réticence, Leopol rouvrit les yeux et se leva, les jambes endolories.

La vue de l'envol de la Chapelle Solitaire était toujours saisissante. Située au sommet du plus haut bastion de Valbrisson, elle n'était abritée que d'un toit de bois soutenu par d'épais piliers de pierre – sans murs. À ses pieds s'étendaient les autres bastions et les cours de la forteresse et, plus loin sous la grisaille matinale, les champs en terrasse où travaillaient de minuscules silhouettes blanches. Au-delà, la brume noyait les versants boisés de la vallée, annonçant des volées de crachin. Leopol éprouva devant le vide un léger vertige qui confinait à l'ivresse. Les rafales soufflaient librement toute l'année dans la Chapelle Solitaire. En s'exposant à la rigueur des éléments, les moines montraient leur ferveur et leur pénitence, tout en se rapprochant du Ciel. Certains bienheureux, éperdus d'adoration, se jetaient parfois dans le vide en priant Dieu de les accueillir dans ses bras.

« Avez-vous chacun trouvé le silence de la droiture ? »

Leopol se retourna en réprimant une grimace quand le vent gifla les lacérations humides de son dos. Il s'était placé en avant de ses deux supérieurs, au bord du précipice et donc plus proche de Dieu, espérait-il.

Sans succès.

À sa gauche, le Chasseur de Vérité, Adelnaïs Foÿs, hocha la tête avec l'ombre d'un sourire sur ses lèvres épaisses. Lui aussi était torse nu ; des traînées discrètes sur les flancs marquaient les sévices qu'il s'était infligés, mais le gros des marques, comme pour Leopol, se trouveraient sur le dos. Ainsi que le rituel l'exigeait, Leopol, Foÿs et le patriarque jeûnaient depuis trois jours. Ils faisaient pénitence à intervalles réguliers avec un *mordre-anthia*, un fouet incrusté d'éclats de verre. Le visage du Chasseur de Vérité, encadré par des boucles brunes et où saillait un nez tranchant, dégageait une assurance tranquille. *J'étais comme lui*, songea Leopol, torturé par l'anxiété et l'envie. Foÿs roula des épaules pour chasser l'ankylose. Filiforme, il se mouvait avec une lenteur flegmatique. C'était la tranquillité de celui qui n'a rien à prouver, mais qu'au contraire tous doivent convaincre.

Le patriarque de Valbrisson, Pargén Maoz, tourna vers Leopol sa moue lippue perpétuellement réprobatrice, son faciès borgne et balafré. Le moignon de son bras disparu formait une masse brune sillonnée de cicatrices en étoile – l'impressionnant témoignage de son service à Wer. Depuis son adolescence troublée, le croisé éprouvait pour lui une admiration mêlée de crainte. Sa peau qui se relâchait avec l'âge soulignait des muscles saillants ; après sa blessure, le père Maoz avait redoublé de ferveur dans l'entraînement de son corps. Lui aussi portait des lacérations fraîches dans le dos.

Ils se présentèrent le dos les uns aux autres, conformément à l'usage, afin que chacun constate la piété de ses frères. Puis Leopol bomba le torse, dévoré par l'envie de fuir, d'invoquer le pardon de son supérieur, de confesser son égarement. Que lui avait-il pris de ramener l'hérétique chez elle à l'issue de l'Anomalie, sans la confier, comme le dictait la prudence, à une Épreuve de Vérité ? Surtout après avoir vu la magie s'emparer d'elle. Après avoir entendu la voix traîtresse. Mais elle avait semé le doute dans son esprit. Et s'il s'était réellement agi de Dieu ?

Non, Leopol ne méritait pas d'être là. Sauf, peut-être, pour qu'on le précipite de l'envol sur les terrasses dallées en contrebas. Il s'était simplement débarrassé du problème.

Et pourtant, il hocha la tête avec assurance, comme si son âme demeurait juste et pure, en se détestant pour ce nouveau mensonge, cette nouvelle faiblesse. C'était Pargén Maoz qui l'avait tiré de la fange impie de son adolescence, qui avait fait de lui le guerrier de la foi qu'il était devenu. Et pourtant, Leopol ne trouvait pas en lui le courage de la confession. Il supportait en son for intérieur la honte et l'abjection ; mais voir la désapprobation dans les yeux du patriarque qui l'avait lui-même nommé croisé... Leopol ne pouvait s'y mesurer.

Deux jours durant, il avait prié que Dieu lui restitue la certitude. Il L'en priait encore ; que, peut-être, cette réunion-ci la lui rende, en présence de son supérieur et d'un Juste. Ou, du moins, qu'Il lui donne le courage d'avouer. C'était là tout son tourment : Mériane était inconsciente et les deux jeunes gens déliraient encore quand il les avait ramenés à force d'autorité. Nul autre que lui ne connaissait toute l'étendue de son imprudence.

Il aurait préféré qu'on le dénonce.

« Parfait », déclara Pargén Maoz. Il devait pousser sa voix vieillissante dans les bourrasques occasionnelles qui sifflaient à leurs oreilles ; de temps à autre, le plancher frémissait sous leurs pieds. « Frère Leopol, nous t'avons invité à te joindre à nos délibérations sur la meilleure manière de nous occuper de l'hérétique, car tu l'as côtoyée. »

Leopol hocha la tête puis avisa le Chasseur de Vérité, Adelnaïs Foÿs.

« Ce genre de délibération ne se fait-il pas habituellement en présence de l'accusée ? demanda-t-il.

— Pour qu'elle nous corrompe avec sa sorcellerie ? répliqua Foÿs. Avec ses belles paroles ? Tu l'as entendue, frère ; tu as même vu sa magie. Il ne convient de parler à un hérétique que lorsqu'on espère le convaincre de son péché, afin, peut-être, d'amoindrir les tourments de son âme. Et, bien entendu, quand on vise à éduquer le peuple. Mais là, il n'est nul besoin de l'entendre.

— Il est même probable que cela mettrait notre âme en danger, renchérit le patriarche. Tu sais, Leopol, comme la corruption peut insidieusement séduire même les plus sourdes oreilles... »

Il frémit intérieurement que le patriarche ait deviné les tourments de son âme. Il continuait à fixer des yeux le Chasseur de Vérité.

« Je suppose que la sentence est évidente, s'enquit Maoz, le bûcher nu ? Mais il y a d'abord la question des tourments qui précéderont. Et de qui les administrera.

— On ne saurait craindre l'excès de zèle en pareil cas, répliqua Foÿs sur le ton de la conversation. Se prétendre investi de la parole divine appelle les plus sévères châtiments. » L'air ennuyé, il frotta son menton parfaitement rasé, comme celui de Leopol. « Mais cela, en l'occurrence, n'est que routine. Ce qui m'inquiète réellement, poursuivit le Chasseur de Vérité, c'est de savoir comment une roturière vagabonde comme elle a pu découvrir l'un des secrets les mieux gardés de la religion véridique. »

Le croisé ne put s'empêcher de baisser la tête, tout en se recroquevillant intérieurement. Le patriarche acquiesça et ramena le poing contre son torse – il adoptait cette posture résolue pour pallier son incapacité à croiser les bras. La brise forcit de nouveau et les gifla tous les trois. Leopol accueillit le froid comme une pénitence.

« Cela rendra notre tâche encore plus ardue à l'avenir, acquiesça le père Maoz. Si chacun peut contrefaire la voix divine...

— Exactement. Comment trouver les vrais prophètes de Dieu ? » compléta Foÿs.

Leopol cilla, tandis que son malaise s'accroissait encore.

« Pardonnez-moi, Vos Gloires, dit-il, mais la sorcellerie que nous avons vue dans la salle d'audience... C'était bien le signe de Wer ? Le miracle qui différencie un Héraut du commun des mortels ? »

Le Juste et le patriarque échangèrent un regard lourd de sens. Puis ce dernier se tourna vers son disciple.

« Un simple frère, fût-il croisé, n'est en principe pas initié à ce secret, dit-il. Mais il serait difficile de te le cacher alors que tu en as été témoin. Toutefois, tu dois en répondre sur ta vie. Tu en comprends toute l'importance, à présent. »

Le vent souffla de nouveau, et Leopol crut que le plancher fragile, suspendu au milieu des airs, se tenait prêt à basculer, l'emportant avec lui dans une chute sans fin.

« Alors, souffla-t-il avec une révérence mêlée d'épouvante, j'ai entendu la voix de Dieu.

— Non ! répliqua Foÿs avec fermeté. Tu as entendu la voix du démon qui se fait passer pour Lui. »

Leopol sentit le poids du regard du Chasseur de Vérité. Il rassembla son courage, puis le lui rendit.

« Voilà pourquoi un frère, fût-il croisé, n'est pas initié à ce secret, poursuivit-il. Tu sais combattre, tu es autorisé à porter certaines reliques honnies d'Asrethia, mais les ombres qui guettent le cœur de l'homme sont mille fois plus subtiles et atroces qu'une abomination engendrée par une Anomalie.

En voici un exemple. Et cela t'explique aussi pourquoi, contrairement aux temps anciens, nous nous risquons de moins en moins souvent en leur cœur. C'est tout simplement trop dangereux. »

Le moine hocha lentement la tête en se rappelant sa réaction instinctive face à la barrière fluctuante qui entourait les deux jeunes gens, dans le cœur de la distorsion sauvage. Il avait cru au blasphème, au mensonge.

Mais...

« Comment pourrons-nous faire la différence, alors ? » s'enquit-il.

Nouvel échange de regards entre le patriarche et le Juste.

« Il faut savoir d'où provient la fuite, répondit Foÿs. Qui, parmi nos rangs, a pu laisser échapper cette information capitale. Il faudra la soutirer à l'hérétique.

— La fille ne le sait peut-être pas elle-même, nota le patriarche Maoz. Peut-être que le démon en elle l'a appris par d'autres moyens.

— Nous le déterminerons précisément au cours de son expiation, répliqua le Chasseur. Mais je prierai Wer qu'elle ait effectivement une réponse à nous donner.

— Moi de même », dit le patriarche.

Leopol les regardait à tour de rôle, tandis qu'il s'efforçait d'appréhender la logique de l'échange. Malgré ses trois jours de pénitence, tout allait encore trop vite. Son esprit lui semblait se traîner dans le sable, toujours incapable de trancher le nœud oppressant dans sa poitrine.

« Et si elle l'ignore ? insista-t-il. Et si quelqu'un d'autre se présentait à Valbrisson, ou ailleurs, avec les mêmes prétentions que Mériane, et la même... démonstration ? Que ferons-nous ? »

Et que dire de tous les Hérauts qui ont façonné la doctrine jusqu'ici ?

Maoz prit une profonde inspiration. Il soupira en se martelant doucement le torse du poing, l'air soucieux.

« Je suppose qu'il faudrait à tout le moins le soumettre à une Épreuve de Vérité, dit-il.

— Dans le cas d'un homme, corrigea Foÿs. Si c'est une femme, nous savons que c'est de toute façon impossible. »

Pourquoi ?

La question ne franchit pas les lèvres de Leopol. Mais il la prononça, sans réfléchir, en lui-même. Dieu l'avait d'abord appelé à lui dans l'Anomalie. Mériane l'avait pris de vitesse...

Non, pas Dieu. Le démon qui s'était révélé à ce moment. La petite forestière avait peut-être bien sauvé son âme, en vérité.

Leopol reprit de l'assurance tandis qu'une voie s'ouvrait enfin à lui.

« Votre Gloire, déclara-t-il en se tournant vers Maoz, j'ai manqué à mes devoirs à mon retour de Doélic, j'en ai conscience. Je n'ai de cesse que de m'amender pour cette faute. Laissez-moi expier en obtenant l'information que vous cherchez. Laissez-moi m'occuper de Mériane.

— Tu n'es pas formé à cette tâche, frère, objecta Adelnaïs Foÿs.

— Si j'échoue, vous pourrez toujours prendre la suite. Elle s'évertue à vouloir construire une forme de connivence avec moi. Laissez-moi lui parler. Je connais les Épreuves de Vérité ; je peux l'y soumettre.

Si j'échoue, je vous laisserai officier. » Il ouvrit puis referma la bouche, cherchant les meilleurs mots, ceux qui ne condamneraient pas son âme. « De plus, Wer ne saurait nous tenir rigueur de nous assurer qu'il ne s'agit pas bel et bien d'un de Ses signes.

— Et si elle devait sortir malgré tout triomphante de l'Épreuve ? insista Foÿs. Et si quelque miracle démoniaque devait l'épargner ?

— C'est simple, répondit Maoz en se tournant vers son protégé. Leopol, tu t'assureras qu'elle échoue. Ainsi, nous prouverons irréfutablement qu'elle ment depuis le début, et, comme tu le signales justement, Wer sera satisfait.

— Essaie de ne pas la tuer, ou du moins pas trop vite, renchérit le Chasseur. Il me faut mes réponses. Mais fais-la échouer, et la doctrine sera sauve. » Il regarda le patriarque. « Elle ne saurait survivre à ce qui l'attend sans l'aide d'une magie démoniaque. Ainsi, pour prouver sa foi et sa pureté, elle n'aura d'autre choix que de mourir. Ce raisonnement me convient. »

Le patriarque acquiesça, puis se tourna vers le croisé : « Leopol ? »

Il leva les poings à hauteur de sa bouche, saluant ses deux supérieurs tour à tour.

« Je m'en remets à votre sagesse, et je ferai selon vos ordres. »

Izara

Chaque fois qu'elle sortait sur la terrasse des appartements royaux, près du sommet de la citadelle de Ker Vasthrion, elle se rappelait pourquoi l'océan portait en Rhovelle le nom de Longues Houles. De là où elle se tenait, accoudée à la balustrade de pierre rongée de mousse, la mer semblait l'entourer comme si elle se tenait à la proue de ce navire qu'était le royaume entier. Le golfe s'étendait devant elle en oscillations régulières, si lentes qu'elles en paraissaient presque immobiles, rappelant des rides sur le sable ; leur bleu mat se fondait à l'horizon en une brume ténue qui montait vers le ciel. Le temps s'était levé dans l'après-midi, suffisamment pour sortir – et notamment pour qu'Éoel prenne l'air. Il était assis non loin d'elle dans un grand fauteuil confortable, blotti sous plusieurs épaisseurs de couvertures. Son regard rougi paraissait contempler la mer sans la voir et sa barbe grisonnante, taillée quotidiennement par les serviteurs, ne masquait guère son teint cendreux. Il semblait presque crouler sous le poids de la couronne – une image adéquate.

Izara s'efforçait de ne pas penser à son état qui se dégradait toujours davantage. L'annonce de la mort de Luhac avait achevé de lui ravir ses forces. Des phases de catatonie presque continues remplaçaient à présent les accès de démence et les crises d'angoisse. Et dans ses brefs et rares moments de lucidité, il prenait la pleine mesure de la mort de son frère, qui l'accablait de chagrin. Pourtant, Izara était persuadée qu'il continuait, à un certain niveau de conscience, à entendre et à percevoir ce qui se produisait autour de lui. Ses facultés achevaient seulement de le trahir.

Ou peut-être se réfugiait-il toujours plus profondément dans le silence pour fuir un monde mesquin et sans espoir. Elle pouvait le comprendre.

Quelque chose a brisé ma chaîne, ouvert mes maillons, lui avait-il dit à Ornesta.

Elle aussi avait l'impression qu'on cherchait à briser méthodiquement tout ce qu'elle était, tout ce pour quoi elle s'était battue. Les jours défilaient, toujours plus éprouvants, et elle sentait dans ses membres le manque de sommeil, mais surtout le découragement. Elle était lasse de chercher à maintenir une unité qui se désagrégeait constamment. Lasse de chercher à étouffer le pamphlet insultant la mémoire du frère du roi. Lasse d'attendre des nouvelles de Coennec ap Azétral parti intercepter l'ost magnécien à la Croisée des chemins. Lasse de s'assurer que d'autres bataillons se forment bien à Ker Vasthrion à mesure que les renforts parvenaient à la capitale de tout le royaume.

Même Siriac le Crapaud, d'ordinaire plutôt mesuré, l'avait abandonnée quand elle était allée quérir son aide. Sans rancœur, et la voix étouffée emplie de regret, il avait exposé avec la violence des faits toute la cruauté de la situation.

« Vous êtes seule, Votre Majesté, je le crains. Et ce n'est pas par animosité envers vous – il semble juste que ce soit la meilleure décision pour le royaume. Ma province est voisine de la Belnacie comme de Deux-Sources ; voudriez-vous que je m'élève contre une province qui a déjà été attaquée et a souffert ? Et qui nous demandait seulement de l'aide ? Je fournirai sans réserve ma contribution à l'ost royal, car je reste fidèle à la Couronne. Ce que vous en faites relève de votre responsabilité. Mais ne m'en demandez pas plus. »

En somme, il déplorait la crise en cours, mais refusait de s'y trouver mêlé. Et, malgré tous ses efforts,

Izara n'avait pas réussi à lui faire comprendre que cette inaction représentait déjà une prise de position.

Oui, la reine avait besoin d'air. Elle inspira la brise iodée et piquante, les poumons comprimés par son corsage strict sous son ample robe vert pastel qui remontait en coiffe pour masquer ses cheveux.

« Pourquoi on ne voit pas de bateaux ? » demanda la petite Carila, debout elle aussi à la balustrade, le menton sur les paumes. « Saint Kaled, il avait un bateau. »

Izara tourna la tête, vers les falaises noires frangées d'écume qui se perdaient au loin de part et d'autre de la capitale. Le ballet incessant des gréements dans le port de Mérogheze, une forêt artificielle de mâts et de cordages en mouvement constant, n'était qu'un lointain souvenir ; les Rhovelliens n'étaient pas tournés vers la mer. La nostalgie lui tirailla le cœur, suivie par le désenchantement ; en dix-sept ans de mariage, elle n'était jamais retournée à la cité-État et n'avait jamais regardé en arrière. Mais à présent, elle se sentait amère, déçue et furieuse.

« Kaled était pêcheur, répondit Izara à sa fille. C'est un des métiers les plus dangereux qui soient. La mer est traîtresse. »

Une attitude rhovellienne, et non méroghezienne, qu'elle avait adoptée comme sienne. Izara se surprit à se demander ce qui subsistait exactement d'elle, après toutes ces années. Elle se retourna vers son époux et peina à contenir un accès de chagrin et de colère. Les lèvres entrouvertes, les yeux vides, il ressemblait à un paria. Voilà le Maître des Sept Provinces. Voilà ce qui restait d'elle-même : l'homme pour qui elle avait tout abandonné, et que la raison abandonnait à présent. Izara se sentait terriblement, tragiquement escroquée.

Et pourtant, elle ne pouvait s'empêcher d'éprouver pour lui une profonde compassion et un amour sincère. Elle se massa le front en sentant monter une migraine.

Je suis aussi sotte qu'une jouvencelle.

« C'est plus dangereux que moine ? demanda Carila. Que tuer des monstres, des sorcières, des hérétiques ? »

La fillette se hissait sans arrêt sur la balustrade avant de se laisser retomber. Avec les troubles récents, elle n'avait pas eu l'occasion de sortir jouer avec ses dames de compagnie. Elle avait de l'énergie à dépenser.

« Ne salis pas tes manches », dit distraitement Izara. L'enfant portait sa sempiternelle robe blanche à cagoule dictée par la bienséance. « Moine, c'est ce qu'il y a de plus dangereux, oui. Les frères combattants de Wer protègent le royaume du Mal, récitat-elle, ainsi que toutes les terres disciples de la religion véridique.

— Ça doit être magique, s'exclama Carila. *Pshhh ! Yah !* » Elle mima quelques passes d'armes dans le vide. « Et ils tuent des dragons, aussi ? »

La reine hocha pensivement la tête.

« S'ils en avaient l'occasion, je pense qu'ils le feraient. Après tout, Mordranthia en était un, et son existence était une injure à la face de Wer... Mais il n'y en a plus en Rhovelle depuis bien longtemps. »

L'enfant leva le poing.

« En garde, dragons ! La fureur de Dieu s'abattra sur vous ! Mes chevaliers vont vous tuer ! »

Et elle reprit son combat maladroit dans le vide, sous l'œil attentif de sa mère.

Quand ai-je oublié cette insouciance ? se demanda-t-elle. Se prendre pour un moine n'était pas un jeu très adapté à une demoiselle. Izara aurait dû la reprendre, mais elle décida de s'en abstenir. Carila découvrirait bien assez tôt le monde de contraintes et d'impératifs qui était le sien de par sa naissance. L'espace d'un instant, la reine se sentit en connivence avec le défunt Luhac de Rhovelle, pour la protection dangereuse qu'il avait voulu ériger autour d'Erwel. Si Izara l'avait pu, elle en aurait fait de même pour Carila.

« Votre Majesté », appela Val, le petit page qui veillait habituellement sur le roi.

La reine se retourna, et vit qu'il attendait à la porte-fenêtre. Soulevant ses jupes amples, Izara le rejoignit.

« Melár du Refuge et Olié ap Frestria demandent à vous voir, Votre Majesté, expliqua Valter à voix basse.

— Tu leur as bien dit que j'étais indisponible ?

— Ils disent qu'ils ne souffriront pas d'attendre encore. Que... » Il hésita, puis prit une inspiration. « Que si vous refusez de les recevoir, ils prendront cela comme une preuve supplémentaire que vous usurpez l'autorité royale et qu'ils en tireront les conséquences. »

Toute la frustration accumulée depuis des semaines dans la poitrine d'Izara s'enflamma comme un fagot de paille.

« Usurper l'autorité royale ? gronda-t-elle. Par la barbe de Wer, la reine, c'est moi ! »

Elle enjamba le seuil et traversa d'un pas décidé

le grand salon, où la fin de l'après-midi effleurait le mobilier et les draperies claires. Elle franchit le vestibule, puis sortit dans le couloir de l'aile en fermant la porte principale des appartements royaux derrière elle.

« Pour qui vous prenez-vous ? » lança-t-elle sans détour.

Les deux vieillards étaient accompagnés d'un petit groupe de serviteurs et de quelques soldats de leur délégation. Les gardes de la Couronne, vêtus de la cotte de mailles argentée de leur office, jaugeaient les intrus d'un œil mauvais. Elle s'enjoignit aussitôt de rester calme ; ils n'avaient pas besoin d'une échauffourée sur le seuil même des appartements du roi. Mais, après avoir subi des années les manigances sourdes de Juhel au Conseil, après s'être entendu répéter qu'elle n'était pas apte à gouverner alors qu'elle maintenait l'unité du royaume à elle toute seule, Izara était excédée.

Par Dieu et la Vérité, ce n'était même pas sa patrie de naissance !

Les deux hommes voûtés et ridés, vêtus de longues robes brodées frappées du blason de leur province respective, parurent récupérer de leur surprise. Puis Olié de Deux-Sources releva le menton d'un air de défi :

« Nous pourrions vous renvoyer l'invective, Votre Majesté, fit-il de sa voix chevrotante. Nous avons appris que vous avez envoyé un premier détachement de l'ost royal pour bloquer les troupes de Juhel ap Ornesta.

— Oui. Et alors ?

— Et alors, il y a certains de nos hommes dans ce détachement ! » s'insurgea Melár de Saracie.

Il se tenait un peu plus en retrait. Tous deux représentants de provinces voisines et confrontées à des difficultés semblables, Melár et Olié étaient inséparables et semblaient se copier l'un l'autre : la même tonsure blanche, les mêmes joues rasées de près, parfois égratignées d'une petite coupure en raison de leur peau flasque. Toutefois, Melár était un peu plus grand et sa peau un peu plus sombre dissimulait les taches brunes sur son crâne chauve. Ce jour-là, il s'appuyait sur une canne.

« Qui vous a donné l'autorité de les déployer vers la Magnécie ? » poursuivit-il.

Izara redressa le buste, prise d'une nouvelle flambée d'indignation, mais se rappela qu'elle ne gagnerait rien à le montrer. Olié et Melár étaient les plus traditionalistes du Conseil ; à leurs yeux, un homme qui tempêtait démontrait sa force, comme Juhel, mais une femme dans la même situation était une hystérique. Elle prit une profonde inspiration.

« C'est l'autorité royale qui m'en donne le droit, Vos Excellences, répliqua-t-elle froidement en les regardant tour à tour. La Couronne a levé son ost – avec votre accord, qui plus est. Votre devoir sacré consiste à répondre à cet appel, et vous l'avez fait. Mais en intégrant les troupes royales, vos hommes ne sont plus Saraciens ni Deux-Sourciens ; ils servent un intérêt supérieur. Et vous ne pouvez pas vous présenter ici à l'improviste et espérer que je vous rende des comptes comme une vulgaire chambrière. »

Melár commençait déjà à se dresser sur ses ergots, mais Olié, plus calme, prit le relais :

« Nous ne revenons pas sur notre engagement, ni sur notre réponse à votre appel. Mais la Couronne ne lève son ost qu'en situation de grand péril, pour combattre les ennemis du royaume. Il n'est aucunement question que nos forces soient détournées pour des... conflits personnels.

— Vous croyez que mon conflit avec Juhel de Magnécie est de nature personnelle ? Par la Vérité, c'est lui, l'ennemi du royaume ! Il a fui Ker Vasthrion par la force et nul ne sait où il se trouve. Pourtant, à tous vous entendre, je finirais par jurer que c'est moi l'adversaire », lâcha-t-elle avec dépit.

Les deux vieillards se regardèrent.

« Avez-vous déclaré Juhel ennemi du trône ? insista Melár.

— J'ose espérer qu'il est encore possible de trouver une issue raisonnable à ces différends. À condition qu'il ne franchisse pas la frontière magnécienne avec son armée !

— Il a fui avec l'appui de Lóthar Crestra, un patriarque ! renchérit l'autre. La religion véridique s'est rangée de son côté ; c'est vous qui devriez espérer une issue raisonnable, à ce stade !

— Ce Crestra est seulement dévoré d'ambition, rétorqua Izara sans se laisser impressionner. Il aura flairé une alliance profitable ; même le clergé est faillible. Seul un Héraut pourrait le mettre face à ses responsabilités, mais nous n'en avons pas. Donc... »

Melár brandit le doigt pour vitupérer, mais son homologue deux-sourcien le calma en posant la main sur son bras.

« Votre Majesté, nous sommes de loyaux sujets de la Couronne. Mais vous devez reconnaître combien la situation est confuse ! La Saracie et Deux-Sources sont des régions pauvres ; en particulier, la province de mon confrère dépend grandement de l'Église pour sa protection. Ses forêts demeurent encore largement inexplorées. Nous ne pouvons nous permettre de cautionner... une action indépendante. »

Izara étrécit les yeux.

« Juhel de Magnécie vous fait donc si peur que cela ?

— Pas lui », rétorqua Melár.

Elle haussa les sourcils. « Pouvez-vous développer, Votre Excellence ?

— Disons que nous serions plus sereins si nous avions l'assurance que le roi a bien approuvé votre action », tempéra Olié.

Le ventre d'Izara se serra par réflexe. Elle pensa à son époux qui végétait, quelques dizaines de pas dans son dos, les yeux dans le vide, les lèvres entrouvertes, tandis que Wer seul savait quelle magie maudite lui érodait l'esprit. Quand elle l'avait connu, débarquant de Mérogheze avec au cœur autant de résolution que d'angoisse, il avait été si fier ; à la fois débordant d'énergie, et pourtant réfléchi.

« Cela vous permettrait de nier toute implication volontaire si les circonstances devaient l'exiger, répliqua la reine d'un ton acerbe.

— Vous avez compris », fit Olié en souriant.

Izara eut un petit rire sans joie et secoua la tête.

« Merveilleux. Je vois que vous avez terriblement confiance en la Couronne et ses actions. Hélas pour vous, messires, le roi m'a investie de son autorité pour régner en son absence. C'est la seule promesse que vous avez besoin de connaître. Et toute expression publique de doute reviendrait à une forme de contestation... Ce qui pourrait s'apparenter à de la trahison.

— Vous allez nous mettre aux fers, nous aussi ? » s'indigna Melár.

Izara ne gratifia pas cette remarque d'une réponse et tourna les talons.

« Il vous a investie, Votre Majesté, mais le pouvoir n'appartient qu'à lui, insista Olié alors qu'elle posait la main sur la porte. Et s'il n'est pas en mesure d'entériner des décisions aussi graves que celles que vous êtes en train de prendre... ce n'est pas nous qui risquons l'accusation de trahison, au bout du compte. »

Elle se figea, le dos droit, mais ferma les yeux. Il venait en une phrase de résumer toute l'injustice et la tragédie de sa situation. Quoi qu'elle fasse, elle demeurerait toujours une étrangère, aussi sûrement qu'elle était femme.

« Que voulez-vous ? murmura-t-elle.

— Seulement un entretien avec le roi, répliqua Olié. Très bref. Mais nous voulons nous assurer qu'il approuve bel et bien... vos décisions récentes.

— Et nous le voulons maintenant ! précisa Melár. Vous nous avez suffisamment éconduits, ignorés, promenés. Notre fidélité à la Couronne ne saurait être remise en question – mais justement ; nous sommes fidèles au *trône*. Pas à vous. »

Et vous serez toujours fidèles à qui l'occupe, peu importe de qui il s'agit, compléta-t-elle intérieurement, prise d'un véritable dégoût physique.

« Le roi n'est pas visible en ce moment, rétorqua-t-elle, le dos toujours tourné.

— Je crains qu'il nous faille le voir quand même, insista Olié. Il n'est plus réapparu en public depuis l'étape à la Croisée des chemins, au retour d'Ornesta.

— Tout nouvel atermoiement pourrait être considéré comme une obstruction à... »

Pour couper la parole à Melár, Izara pressa vigoureusement la poignée, qui émit un claquement sec et sonore. Elle se retourna vers les deux vieillards, la mort dans l'âme.

« Cinq minutes, et juste vous deux. »

Ils firent signe à leur entourage de rester dans le couloir.

Elle savait qu'elle avait déjà perdu la partie. Peut-être n'avait-elle jamais eu aucune chance de la gagner. Éoel n'irait jamais mieux. Elle en avait toujours eu confusément conscience ; dans ce monde refaçonné par Wer, rien ne s'améliorait jamais. Comment pouvait-on lutter contre un Dieu résolu à créer le pire des mondes possibles par esprit de châtiment ? Les voyages et la mort de Luhac avaient achevé de ravir les forces du roi. Elle ne faisait que retarder l'inéluctable.

Izara poussa le battant en priant Wer, malgré elle, d'accorder à son époux un épisode de lucidité assez crédible pour qu'elle garde les coudées franches et parvienne à sauver son royaume.

Ils parvinrent sur le balcon ; d'un geste, elle signifia au petit page, Valter, d'emmener la princesse à l'étude. La fillette se laissa conduire avec docilité, non sans adresser un regard inquiet à sa mère. Elle ne put lui rendre qu'un sourire triste.

Olié et Melár restèrent en retrait tandis qu'Izara approchait du fauteuil du souverain et s'accroupissait en lui prenant les mains.

« Mon roi, dit-elle d'une voix douce, cherchant son regard. Des membres de votre Conseil sont venus vous rendre visite. Ils voudraient entendre de votre bouche votre opinion sur la crise actuelle. Vous vous souvenez ? Juhel, votre cousin, et… (elle plissa les lèvres, emplie de regret à la perspective de le ramener à la tragédie récente) ses rivalités avec votre frère ? »

Quelque chose de lointain et de perdu chez le roi parut l'entendre. Il tourna lentement, terriblement lentement, la tête vers elle ; ses yeux voilés parurent s'arracher à l'horizon et la discerner vaguement. Une bouffée d'espoir l'envahit – accompagnée de la jubilation d'éconduire bientôt les deux importuns. La chance lui souriait, pour une fois.

« Le Conseil... ? » répéta le roi. Il fronça les sourcils, cligna des yeux à plusieurs reprises, comme s'il fouillait sa mémoire. « C'est Luhac ? Où est Luhac ? Il avait promis de revenir me voir. »

Izara hésita.

« Luhac... n'est plus, Votre Majesté.

— Oh. C'est vrai. Il n'y a plus que vous avec moi. »

La peine tordit les traits du roi, crevassa davantage ses rides, et il baissa la tête en se mettant à sangloter comme un enfant.

Non. Non, Wer. Dieu de malheur ! Rends-le-moi. Rends-le-moi, tu entends ?

La reine serra les dents, les lèvres ; elle sentait palpiter les muscles de ses épaules. Elle étreignit les pieds du fauteuil et détourna les yeux, incapable de retenir un hoquet.

« Votre Majesté ? » fit Olié à mi-voix, en s'avançant.

Le roi leva les yeux vers lui.

« Qui êtes-vous ? »

Izara se releva et croisa dignement les mains sur le devant de sa robe. Elle se composa un visage de marbre en se sentant mourir à l'intérieur.

« Olié ap Frestria... répondit le conseiller d'une

voix incertaine. Le représentant de Deux-Sources. Melár du Refuge est avec moi. »

Avec un mouvement brusque, Éoel II de Rhovelle se tourna vers l'autre vieillard, resté en retrait. Puis il revint au premier, les yeux agrandis.

« Non, lâcha-t-il. Non. Olié, Melár – de bons amis. Je les vois – les connais. Ils sont plus jeunes. Vous ne représentez – n'êtes pas eux. Mensonge. *Mensonge!* Olié est blond! Melár est grand! Vous êtes – l'image – la mort et le temps. Qui êtes-vous? » Sa voix montait en intensité, de plus en plus aiguë; il serrait ses accoudoirs et semblait rétrécir sur le fauteuil. « Qui? » Il regarda Izara. « *Qui c'est?* » hurla-t-il d'une voix terrifiée, pénétrée de désespoir.

« Éoel! »

La reine se pencha aussitôt vers lui et le saisit par les épaules en répétant son nom, mais il commença à se débattre avec une force surprenante, tout en continuant de crier aux visiteurs de s'annoncer.

En désespoir de cause, elle se releva et frappa trois fois des mains, mais les médecins qui se tenaient prêts à intervenir jour et nuit dans une pièce voisine surgissaient déjà en courant, une mallette en cuir à la main. L'un d'eux l'ouvrit et en tira un masque de tissu muni d'une ampoule qu'un autre remplit d'un liquide rougeâtre. L'homme appliqua sans ménagement le masque sur le visage du roi, tandis que les autres maîtrisaient ses mouvements – qui se calmèrent bientôt, et le roi replongea dans sa triste somnolence habituelle.

Un des médecins interrogea la reine du regard; les lèvres plissées, elle hocha sèchement la tête. Leurs assistants saisirent la chaise du roi par les poignées fixées sur le pourtour, puis l'emmenèrent prudemment à l'intérieur. Elle le regarda s'éloigner sur la terrasse, ses yeux perdus vers elle, puis il passa dans l'ombre. Cette image résumait de façon si tragique l'état de leur relation qu'elle dut baisser la tête, la gorge serrée.

« Je vous avais prévenus qu'il n'était pas visible, dit-elle en maîtrisant l'émotion dans sa voix.

— Que lui donnent-ils ? demanda Olié, tourné vers le demi-jour qui régnait dans les appartements.

— Un extrait de vin et de mandragore, répliqua Izara. Cela l'aide à dormir, aussi.

— Cela ne doit pas arranger son état », glissa Melár.

Elle pivota vers lui avec colère.

« Si vous n'aviez pas insisté pour le voir, vous lui auriez épargné une dose ! »

Olié souffla, les mains jointes, une expression de regret sur son visage ridé.

« Votre Majesté, je suis sincèrement navré – j'ai pour Éoel une longue amitié ; je l'ai vu accéder au pouvoir. Melár et moi avons longtemps servi d'ambassadeurs pour nos provinces auprès de la cour. Mais même vous, vous devez vous en rendre compte. Il n'est plus apte à occuper sa place, c'est manifeste.

— Qui êtes-vous pour en juger ? rétorqua-t-elle d'une voix vibrante de frustration.

— Vos conseillers, Votre Majesté, poursuivit Olié de ce même ton doucereux. Rappelez-vous l'esprit dans lequel votre Conseil de régence a été formé : pour vous assister dans la tenue quotidienne des affaires du royaume, laissant seulement au roi la gestion des questions les plus sérieuses. Il en a longtemps été capable, mais visiblement, et compte tenu de son récent silence... ce n'est plus le cas. »

Elle hocha la tête mécaniquement, les lèvres pressées.

« Et donc ? fit-elle d'un air de défi. Qu'allez-vous faire ? Vous dégager de votre devoir envers la Couronne juste parce que vous tremblez de peur devant Juhel de Magnécie ? Il n'a que le pouvoir que vous lui donnez, vous savez. »

Melár s'approcha, une hostilité bien plus visible sur ses traits.

« Rappelez l'ost royal, dit-il sèchement de sa voix aigrelette. Ne faites pas opposition aux Magnéciens. Laissez-les passer en Linnacie et porter secours à Belnaced, comme ils l'ont promis.

— Parce que vous croyez que je vais laisser une armée mercenaire se promener pour ainsi dire à portée de catapulte de Ker Vasthrion ? Dirigée par un fuyard qui s'est soustrait à la justice, qui plus est ?

— Vous n'avez pas vraiment le choix, Votre Majesté, renchérit Olié. C'est l'avis majoritaire de votre Conseil de régence.

— Votre avis est purement consultatif. Vous ne m'ordonnez rien.

— Nous n'ordonnons rien au roi, entendu qu'il demeure capable de prendre des décisions. Mais s'il fait défaut, il serait malvenu que la reine ne suive pas l'avis majoritaire... Or, Thormig et Erwel sont absents ; nous connaissons bien sûr l'avis de Mawgel et Juhel, et Siriac refuse de se prononcer. Ainsi, rien qu'à nous deux, Votre Majesté, nous représentons la majorité. »

Izara les contempla, ces deux vieillards certains de leur bon droit, qui s'érigeaient eux-mêmes en gardiens de la morale par la seule vertu de leur âge. Son père, frère du Lige de Mérogheze, l'avait élevée en politicienne, en conseillère de monarque ; pas en esclave d'ambitions personnelles ni de peurs étriquées. Elle était la reine, par la Vérité. Peut-être cela ne représentait-il pas autant qu'il l'aurait fallu dans la nation chérie de Wer, mais elle avait trop longtemps adopté les traditions rhovelliennes. Tout cela pour qu'on la considère encore comme une étrangère ; pour que Carila se retrouve tout juste bonne à porter le nom du noble qui l'engrosserait dès qu'elle aurait l'âge d'être cédée comme une marchandise. Même Éoel lui avait enjoint de ne laisser personne défaire ce qu'il avait bâti.

Cela s'arrêtait maintenant.

Un calme étrange, qui s'apparentait à un curieux engourdissement, s'abattit sur elle. Se tournant vers la mer, Izara inspira profondément l'air iodé. Elle porta posément la main à sa coiffe et libéra ses longues boucles noires, tressées ici et là de fils blancs.

« Votre Majesté... ? » hésita Olié.

Elle secoua la tête, savourant le poids de ses cheveux libres et le jeu de la brise à travers ses mèches. Puis elle pivota vers les deux hommes, partagée entre la sérénité d'agir enfin à sa guise et la trépidation quant à l'énormité de ce qu'elle s'apprêtait à faire.

« J'ai bien pris note de vos opinions, Vos Excellences, et je vous en remercie. Mais je vais m'en passer. »

Ils se regardèrent, indécis.

« Votre Majesté...

— Oui, vous allez de nouveau faire valoir le poids de votre avis et la fonction du Conseil de régence. C'est pourquoi je vous le répète plus distinctement : *je m'en passe*. Je dissous le Conseil. De toute manière, avec quatre absents dont deux fuyards, on ne saurait considérer qu'il ait encore beaucoup de sens, n'est-ce pas ? »

Leurs regards virèrent à l'effarement. Toute leur superbe se dégonfla, tandis qu'ils redevenaient les deux vieillards timorés qui, autrefois, approuvaient la moindre de ses décisions – quand elle avait Luhac à ses côtés et le roi derrière elle. *C'est donc à ce point que vous vous laissez piloter par Juhel*, pensa-t-elle. *Le plus fort a toujours raison. C'est à se demander s'il y a encore un braque et des pendantes sous vos robes.*

« Vous ne pouvez pas faire ça ! s'indigna Melár. Vous n'avez pas le droit !

— Les accusations d'usurpation seront inévitables, Votre Majesté, renchérit Olié.

— Quelle usurpation ? répliqua-t-elle alors que l'exultation portait l'ombre d'un sourire à ses lèvres. C'est vrai, le roi n'est pas en état de gouverner, vous l'avez vu vous-même. Quant à moi... » Elle se composa une mine innocente. « Je ne suis que la reine, après tout. Le Conseil n'a de sens que s'il y a quelqu'un à conseiller. Ce ne sera plus le cas si j'abdique... en faveur de l'héritier légitime du trône, le neveu du roi, Erwel de Rhovelle. »

Les deux hommes se dévisagèrent à nouveau, entre stupéfaction et incompréhension. Un spectacle absolument réjouissant. Izara éprouva malgré tout un léger tiraillement au cœur. *Pardon, Erwel*, pensa-t-elle. *Mais nos vies ne nous appartiennent pas – pas dans nos positions. Votre père le savait, et c'est pourquoi il s'est efforcé de vous protéger aussi longtemps.*

« Malheureusement, poursuivit-elle en écartant les mains, le dauphin se trouve en Belnacie à l'heure actuelle. Justement chez les nouveaux alliés des

Magnéciens. Il serait fort malséant que ceux-ci le retiennent contre son gré, et déclarent ainsi la guerre à la Couronne. Parce que le seul intérêt de la régence – et la régence, dorénavant, c'est moi, Vos Excellences – consistera dorénavant à s'assurer qu'il obtienne le trône qui lui revient de droit. » Son expression se durcit. « Vous étiez si attachés au trône. Allez-vous vous rebeller contre lui ? »

Melár la fixait, bouche bée. Olié – le plus conciliant des deux – semblait avoir été physiquement frappé par la surprise. Il vacillait littéralement dans le vent.

« Ne faites pas ça, dit-il en se penchant, comme au bord de la supplique. Les alliances sont déjà trop marquées. Vous allez créer une faille sans précédent dans le royaume...

— Et qui en sera le responsable ? s'écria brutalement Izara. Vous voudriez donner la Rhovelle au duc de Magnécie – un homme qui, dès qu'il a eu les coudées franches, n'a cessé de discréditer toutes les institutions sacrées qui permettent à ce royaume de durer depuis deux siècles ! Alors que les Mortes-couronnes se sont entre-dévorées au bout de quelques générations et que, tout autour de nous, les contrées s'écroulent plus vite qu'elles ne se construisent, rongées par l'ambition ou noyées par les Anomalies ! » Elle s'approcha, les yeux plantés dans les siens. « Vous voudriez aller à l'encontre de l'ordre naturel de la succession, contre la parole même de Wer, qui a toujours dicté que les lignées royales et magnéciennes demeurent séparées afin de préserver l'équilibre du pouvoir ? Et tout cela pour quoi ? Parce qu'à vos yeux, une femme ne peut gouverner aussi bien qu'un homme. Eh bien, l'homme, je vous le désigne. Aurez-vous le courage de vous rallier derrière le souverain légitime de la Rhovelle ? »

Melár parut reprendre en partie ses esprits, et braqua son visage renfrogné vers elle.

« Stupéfiant, Votre Majesté. Et imprévisible, je l'avoue. Mais vous n'avez de votre côté que de belles paroles et de grands principes. Toutes les provinces, à l'exception de Loered et d'Anastréa, sympathisent à la cause magnécienne. Huit ans de gouvernance opaque, où la Couronne prétendait seulement écouter ses conseillers, ont usé la patience de tous.

— J'entends presque la voix de Juhel à travers la vôtre, se désola Izara en secouant la tête. Vous déplorez une gouvernance opaque, mais, pendant huit ans, vous avez eu voix au chapitre. Une période inespérée, unique, dans toute l'histoire de la Rhovelle. Nous aurions pu construire une autre façon de diriger... Mais vous préférez les décisions unilatérales d'un monarque absolu. Pire... celles du duc de Magnécie.

— Il a les moyens de sa politique, insista Melár. Vous, vos soutiens sont maigres, Votre Majesté. Vous n'avez guère que les troupes qu'on vous a envoyées, dont une partie voyage encore depuis le sud de l'Aÿs – si elles ne se débandent pas en chemin... Votre noble abdication ne vous conduira nulle part. Comment ferez-vous pour unir le royaume derrière Erwel ? Sans troupes fraîches, sans le soutien formel du roi et sans la faveur de l'Église, qui vous accuse pour ainsi dire de fornication avec Luhac ? »

Izara vacilla intérieurement sous les assauts du

vieillard, mais tint bon – non sans pouvoir réprimer un frémissement.

« Le bon droit est de mon côté, répliqua-t-elle.

— Quand un conflit s'annonce, le bon droit est toujours dans tous les camps... soupira Olié avec regret. Seule une intervention divine pourrait nous pointer dans la bonne direction. Mais quand Juhel occupera le trône rhovellien, tous ces débats n'auront plus lieu d'être. Le bon droit sera du côté de la Couronne – la sienne. »

Ils se détournèrent et s'en allèrent à pas mesurés, la privant du plaisir de les congédier.

Elle resta sur la terrasse, tremblante de rage, de peur ou de froid, elle n'aurait su le dire. La reine tourna les talons et alla s'accouder à la balustrade au-dessus de la mer qui s'assombrissait avec le déclin du soleil. Elle ne supportait plus de se trouver en leur présence.

20

Juhel

« Votre Grâce, les Rhovelliens sont arrivés. »

Le duc se réveilla en sursaut sur le divan où il s'était étendu pour reprendre quelques forces. Stebén ap Lomar, l'intendant et gouverneur par intérim de la Magnécie, avait relevé le pan de tissu de la tente de commandement.

Juhel cilla à plusieurs reprises, momentanément désorienté. Il se passa la main sur le visage en se redressant. Il avait l'impression que quelque chose de poisseux s'accrochait à son dos, à ses épaules. Il avait rêvé – peut-être de l'Anomalie, à nouveau, et de la mort de Kervén ; il éprouvait le même malaise. Sa sieste lui paraissait une masse opaque où le temps avait disparu.

Il souffla.

« J'arrive. »

Les Rhovelliens, pensa-t-il. Voilà à quoi ce chien de Luhac et cette imbécile de reine les avait réduits : eux ne l'étaient plus. Mais il en prenait son parti. Au bout du compte, les vrais Rhovelliens étaient d'ascendance magnécienne. Ils avaient bâti le royaume.

Il se massa le front – la migraine était de retour. Néanmoins, il se leva, enfila sa cotte de mailles puis traversa la tente en jetant un dernier regard à leurs plans. La grande table portait une carte d'état-major parsemée d'effigies et de pions en bois à l'image des bataillons et installations : cubes allongés pour les tentes, jetons gravés pour les balistes et catapultes miniatures, les fantassins, et surtout la cavalerie lourde. La fierté magnécienne : des étalons de guerre, des chevaliers en armures de plates complètes, ouvrages exquis réalisés par les artisans d'Ornesta, les meilleurs du royaume. Les greniers magnéciens n'étaient jamais vides, eux. De toute façon, son père avait toujours conservé des réserves dans l'arrière-pays à l'insu de la Couronne. Simple question de logique et de survie.

« Juste à temps », déclara-t-il en rejoignant son intendant dehors.

Le soleil de l'après-midi, voilé par les nuages, lui fit de nouveau plisser les yeux. L'agitation ordonnée du camp magnécien bourdonnait dans l'air. Juhel frissonna, plus de fatigue que de froid ; la maudite humidité qui imprégnait les murs de Ker Vasthrion ne pénétrait pas les collines douces qui dominaient la Croisée des chemins. Il savoura cette petite victoire sur le climat. C'était la clémence magnécienne. *Son* climat.

« Votre Grâce, dit Stebén ap Lomar, voulez-vous que je m'en occupe ? Vous avez chevauché plusieurs jours à bride abattue – sans parler des mauvais traitements dans les geôles. »

Juhel lui adressa un sourire pincé. « Et me priver de voir les fruits de notre travail ? répliqua le duc.

Certainement pas. Ouvrez la marche ! Et faites quérir Crestra. »

De deux ans son aîné, le crâne dégarni, Stebén le dominait d'une bonne tête ; avec son visage allongé et ses yeux rapprochés, il semblait porter une expression de perpétuelle sollicitude. *Certains sont faits pour servir*, pensa Juhel, *et ils le font bien.* Mais l'homme était également un stratège et un guerrier compétent. Sous son tabard pourpre frappé du Livre et de la Couronne, il portait une cuirasse soigneusement entretenue, ainsi que des gantelets de fer et une épée bâtarde au côté.

Les palefreniers leur amenèrent aussitôt leurs destriers ; Juhel et Stebén montèrent, bientôt rejoints par Lóthar Crestra sur un étalon blanc – cadeau du duc. Le patriarche avait tué sa monture précédente pour rallier en toute hâte le campement magnécien après avoir déposé Clémène et Kervén dans un monastère.

Une escorte composée à parts égales de chevaliers en armure de plates et de moines combattants leur emboîta le pas. Le groupe louvoya entre les hommes au repos, les postes de garde et les chariots d'approvisionnement dans la boue qui stagnait au bas des collines. L'air sentait la fumée et la sueur – la même odeur que la cour itinérante, mais elle n'écœurait pas autant Juhel. C'étaient *ses* troupes.

Sur leur passage, Stebén ap Lomar cria quelques ordres. Des vétérans se levèrent aussitôt et relayèrent les instructions aux recrues. En quelques minutes, tout un pan du camp se mit en branle. Le duc de Magnécie contempla avec une intense satisfaction l'efficacité de son armée. Tout était prêt.

Le groupe atteignit enfin la route, et Juhel lança son cheval à un trot soutenu. Compenser les oscillations de sa monture le fatigua rapidement, mais il l'endura. Il éprouvait une libération, presque une sorte de gaieté, qu'il ne voulait plus retarder.

La bifurcation apparut bientôt entre les dernières collines magnéciennes, semblables à des dos ronds d'animaux endormis qui se couvraient peu à peu d'herbe tendre. Au loin, le lac renvoyait un reflet sombre des nuages qui se délitaient au gré des vents contrariés par le relief. Les troupes loyalistes étaient déjà en train d'établir les bases d'un camp en aval de la prairie, là où la cour itinérante s'était arrêtée à son retour d'Ornesta. Une ère plus tôt, semblait-il.

Et, précisément au croisement, un groupe d'hommes à cheval attendait. Ils portaient des oriflammes blanches figurant une Vague et une Faux bleues – l'emblème de la Couronne, cette rencontre entre la mer et la terre qui nourrissait toute une région baptisée du nom collectif de Rhovelle. Juhel reconnut à leur tête le général de l'ost, blond, la tête nue et les joues rondes. Coennec ap Azétral, l'une des meilleures lames du royaume – s'il fallait en croire les palmarès des joutes et des tournois.

Juhel se redressa sur sa selle en tendant ses rênes pour ordonner à son cheval de caracoler fièrement. Les Magnéciens sortirent du couvert des arbres et de l'abri des collines, et le duc arrêta sa monture devant le commandant de la garde royale. Coennec arborait une mine sévère, renforcée par sa lèvre proéminente. En réponse, le duc se peignit une expression amène et détendue.

« Général, lança-t-il, nos salutations !

— Votre Grâce, répliqua sèchement l'autre. Je pense que vous savez pourquoi nous sommes là. »

Juhel grimaça.

« Ah, la reine agit de façon tellement impulsive. Si cela se trouve, elle a changé d'avis et vous êtes venus nous prêter main-forte ?

— Ne jouez pas avec moi, rétorqua le général. Seul un imbécile avalerait votre numéro. Vous êtes un prisonnier en fuite et c'est seulement la volonté royale de maintenir l'unité sacrée entre les provinces qui retient Izara de Rhovelle de vous désigner comme traître et ennemi du trône. »

Le duc balaya du regard les soldats qui accompagnaient ap Azétral – une dizaine, tout comme sa propre escorte.

« Seriez-vous venu me proposer une amnistie, général ?

— Peut-être. Si vous commencez par débander cette armée, revenez à Ker Vasthrion pour y être jugé, et mettez fin une bonne fois pour toutes à votre comportement rebelle. »

Juhel eut un sourire – mais il serrait les dents, sentant monter l'indignation.

« Rien que cela... fit-il. Vous êtes considéré comme un des plus grands chevaliers de Rhovelle, général. C'est vrai qu'il faut une certaine dose de courage pour venir ainsi me provoquer sur *ma* terre, en présence de *mes* hommes.

— Votre terre ? C'est avant tout celle du roi, Votre Grâce.

— Allons, il n'y a plus de roi, Coennec ! répliqua Juhel avec exaspération. Ouvrez les yeux ! Vous obéissez à une femme qui ignore tout de notre histoire, de nos lignées, de nos traditions.

— À une fornicatrice alliée avec un jouisseur », renchérit Lóthar Crestra en se rapprochant de quelques pas.

Sa voix sonnait, comme toujours avec lui, parfaitement raisonnable – une alliance mesurée de douceur et de compassion.

« J'ai lu votre torchon sur Luhac de Rhovelle, rétorqua le commandant de l'ost royal. Je ne suis pas surpris de voir que vous avez détalé de Ker Vasthrion, vous aussi. Des problèmes de comptes à rendre à votre hiérarchie ?

— Absolument pas, répliqua le patriarche avec aménité. Écoutez, général, vous êtes du mauvais côté dans ce conflit. Dieu ne saurait blâmer celui qui obéit aveuglément aux ordres qu'on lui donne, mais Il est également là pour rappeler qu'il n'existe de plus haute cause que la Sienne.

— Et parce que vous vous êtes rangé du côté des Magnéciens, je suis censé croire qu'ils défendent la cause divine ?

— Votre rôle ne consiste pas à traquer la Vérité, général ; c'est celui de l'Église. Vous êtes seulement une arme qu'on pointe vers une cible. Vous n'êtes pas responsable de l'égarement de *celle* (il insista sur le mot) qui vous manie. Mais nous pouvons remédier à cela. »

Coennec releva le menton en jaugeant le prêtre avec sa moue lippue.

« Mon premier devoir est envers la Couronne, répondit-il.

— La Couronne n'aurait pas existé sans la main de Dieu, nota Crestra.

— Dans ce cas, qu'Il me détrompe, répliqua Coennec du tac au tac. Vous ne représentez pas l'Église à vous tout seul, Votre Gloire. Peut-être devriez-vous vous souvenir de qui vous servez réellement. »

Juhel vit le patriarque froncer imperceptiblement les sourcils avec une pointe d'agacement. Ainsi, même Lóthar Crestra pouvait éprouver de la frustration – c'était rassurant. Celui-ci haussa les épaules en retrouvant rapidement son air navré et compatissant.

« Dieu vous entend, général, répliqua-t-il. Et l'Église s'en souviendra. Nous servons la Vérité avant de servir le royaume. »

Coennec renifla avec dédain.

« Général, s'impatienta Juhel, la vérité, très prosaïque, est avant tout celle-ci : vous êtes en nette infériorité numérique. Izara a levé une armée à peine constituée, et si des renforts continuent à vous parvenir, il vous faudra une bonne semaine avant d'égaler nos forces – à condition qu'on continue à vous renvoyer depuis Ker Vasthrion tous les soldats mobilisés. Ce sur quoi je ne compterais pas trop, à votre place. »

Coennec se pencha légèrement vers lui, avec une pointe de morgue dans ses yeux bruns étrécis.

« Vous jouez l'esbroufe, Votre Grâce. Mais je ne suis pas dupe. Vous ne pouvez pas avoir levé une armée aussi vaste en si peu de temps.

— En si peu de temps... c'est-à-dire ? Ah. Depuis que j'ai déclaré mes intentions en faveur de la Belnacie, c'est ce que vous pensez. » Il hocha la tête. « Général, nous sommes prévoyants, en Magnécie. Mon intendant, ici présent, a reçu ses instructions dès que nous sommes arrivés à Ornesta pour les funérailles de mon père. Et il les a suivies avec efficacité. Il fallait bien parer à d'éventuelles instabilités politiques, n'est-ce pas ? Nos forces sont actuellement dissimulées parmi les collines. Vous, vous êtes venu avec la cavalerie légère et pas d'artillerie, vous êtes acculé sur un flanc par le lac, et vous vous trouvez en aval de nous. Vous chargeriez contre le terrain... Même un stratège débutant reconnaîtrait le désavantage de votre position. »

Le général le dévisagea sans rien perdre de sa dureté, mais Juhel se réjouit intensément de voir son air hautain se lézarder.

Finalement, il céda.

« Nous ne sommes pas venus sonner la charge, grogna-t-il. Je ne serai pas celui qui incendiera la Rhovelle en lançant un assaut inutile. Nous venons juste nous assurer que l'ordre de Sa Majesté soit respecté : il vous est interdit de franchir la frontière linnacienne en armes. Mais déposez-les, et vous serez les bienvenus.

— Évidemment, si le terrain vous désavantage, il nous est tout autant favorable », poursuivit le duc comme si l'autre n'avait rien dit.

Cette fois, il vit nettement Coennec hésiter.

« Vous... Vous n'oserez pas, dit-il. Vous êtes trop attaché à l'opinion qu'on a de vous.

— Je m'y attache seulement parce que l'opinion des gens représente le meilleur levier qu'on a pour agir sur eux. Mais maintenant, les dés sont jetés, fit Juhel en haussant les épaules.

— Vous ne pouvez pas l'envisager sérieusement ! » répliqua le général de l'ost royal. Il jeta un regard à Lóthar Crestra, comme s'il cherchait à présent son soutien. « L'Église vous désavouerait, Votre Grâce. Vous commettriez un acte sans retour possible. Haute trahison, rébellion ouverte, sans parler de la monstruosité d'attaquer délibérément une force loyale à la Couronne et inférieure en nombre. Ce ne serait pas une victoire militaire, mais une boucherie... »

Juhel inclina la tête avec révérence.

« Bien ; je vois que nous parlons le même langage, à présent. Une boucherie, oui. Hélas. Car c'est la seule façon de m'assurer d'avoir les mains libres. »

Il se pencha sur sa selle, les yeux toujours rivés sur ceux de Coennec ap Azétral, et sa voix ne fut plus qu'un murmure.

« C'est la reine qui n'aurait pas dû tenter l'esbroufe avec moi, général. Car vous êtes juste assez nombreux. Juste assez pour que je vous extermine sans risque, pour qu'il ne subsiste plus grand-chose de l'ost royal après mon passage. Ce qui tombe merveilleusement bien. Je vous remercie d'avoir transmis ces offres de paix, mais le trône n'a plus les moyens d'offrir quoi que ce soit depuis bien longtemps. Le problème, avec une armée qui a chevauché des lieues à bride abattue, c'est sa fatigue et sa désorganisation, même sous le commandement d'un chef émérite tel que vous. Et c'est pour cela que je vais vous écraser, Coennec. »

Celui-ci jeta un regard inquiet à ses troupes restées en arrière, puis fit reculer sa monture de quelques pas.

« Vous ne pouvez pas être fou à ce point-là, déclara-t-il. Vous avez servi le Conseil et le royaume pendant des années. Vous voulez que je cède le passage pour épargner mes hommes... Mais je ne vous crois pas. Vous êtes dévoré d'ambition. Pas sanguinaire. »

Le duc de Magnécie leva théâtralement les bras en l'air.

« Ah, que voulez-vous que je vous dise ? s'exclama Juhel en retour. Il semble que vous soyez un fin connaisseur de la nature humaine, général. À en croire l'opinion publique, j'ai commandité l'assassinat de mon propre cousin, et pourtant, la population me soutient encore. »

Il secoua la tête d'un air désappointé.

« Croyez-vous vraiment que je me soucie encore de ce que je peux oser faire ? »

Il abattit sèchement les poings vers le bas.

Aussitôt, deux bataillons d'archers magnéciens surgirent des collines. Juhel fit lentement reculer sa monture tandis que sa propre escorte battait en retraite. Il s'attarda pour savourer la réaction à la fois outrée et épouvantée de la plus fine lame de Rhovelle.

« Fuyez, général, murmura-t-il. Vous connaissez la portée d'un arc long. Avec un peu de chance, certains d'entre vous regagneront vos lignes... »

Coennec ap Azétral recula à son tour, les yeux rivés sur les tireurs.

« Retraite ! hurla-t-il. Retraite ! »

Le détachement fit volte-face dans le chaos et la panique, tandis que les cavaliers à l'arrière piquaient désespérément des deux en direction du lac.

Juhel les regarda partir, contempla un bref instant l'emblème rhovellien brodé de bleu au dos des tabards des soldats et du général. Il fit danser sa monture à petits pas puis, ayant jugé leur avance suffisante, il leva de nouveau le bras droit, et l'abattit.

Des dizaines de frelons de bois fendirent aussitôt l'air. Les projectiles parurent un instant suspendus au-dessus de sa tête, comme ravis par la beauté du ciel, rechignant à la quitter.

Puis ils fondirent sans pitié sur les fuyards en une rafale de chocs mous, perforant dos, crânes et membres, hommes comme chevaux. Les soldats et leurs montures s'écroulèrent dans un tournoiement de cris et de hennissements terrifiés, tandis que leurs camarades les percutaient et chutaient à leur tour. Mais d'autres, indemnes, dévalaient encore la route vers le lac.

« Encore ! » tonna Juhel.

L'ordre fut relayé dans les collines et une nouvelle volée de flèches fendit l'azur et ses nuages. D'autres hommes tombèrent, mais la plupart des tirs se plantèrent dans la boue de la route. Les survivants commençaient à s'éloigner.

Impossible de voir si Coennec ap Azétral avait survécu, mais cela n'avait pas d'importance.

Le plus grand guerrier de Rhovelle... Quelle déception.

« Stebén ! » appela Juhel d'une voix forte.

Il se retourna et se lança au petit trot vers ses hommes. Son intendant le dévisageait, impassible, aux côtés de Lóthar Crestra qui arborait la même expression courtoise qu'à l'accoutumée.

Une fois parvenu à leur hauteur, le duc déclara sur le ton de la conversation :

« Vous pouvez sonner la charge. »

Ganner

« *Le moment est venu.* »

Le Prophète d'Aska ouvrit brusquement les yeux.

Il était assis en tailleur, vêtu seulement d'un pagne, à l'intérieur de sa tente de commandement. La rumeur tranquille du camp au repos lui parvenait de l'extérieur. Des grains de poussière dansaient dans les rais de lumière qui filtraient par les interstices du tissu. La clarté tombait sur la forme agenouillée et ouverte de son armure noire, coquille d'un soldat vide, héritière de la magie de l'Ancien Temps.

Il sourit de ses lèvres couturées.

Puis il frappa deux fois des mains – deux sons puissants et secs, amplifiés par ses paumes calleuses. Une estafette humaine en livrée noire frappée de l'œil nuageux de Dieu écarta aussitôt le revers de la tente.

« Daphn et Arcis », ordonna Ganner.

L'homme s'en fut aussitôt. Le Prophète fit jouer les muscles de son cou large comme un tronc d'arbre pour le plaisir d'éprouver la délicieuse puissance de son corps augmenté.

« *Tu dois avoir des questions, Mon fils*, murmura Dieu à son oreille.

— Lesquelles ? Ton œuvre s'accomplit, mon Maître. Elle est parfaite, et tout se déroule comme Tu l'as prévu. M'entretenir avec Toi est toujours un honneur et une joie. Mais je ne gaspillerai pas Ta précieuse attention sur des questions futiles.

— *Voilà bien Mon élu* », répondit Aska d'une voix vibrante de fierté.

Le sourire de Ganner s'élargit encore, dévoilant ses dents brisées.

« *Tu ne dois pas tarder, toutefois. Malgré tout, Wer rassemble ses forces.*

— A-t-il un nouveau Héraut ? »

Un gloussement sucré résonna dans son esprit.

« *Mon frère cache ses actions à Mes yeux, mais il y a plus d'une manière d'écouter le monde... Et nous entendons tous les deux battre le cœur des Anomalies.*

Oui, Ganner, Wer a un élu, mais tu ne devrais pas avoir à t'en soucier. Sa merveilleuse religion a creusé sa propre tombe.

— Tu l'avais promis, ô mon Dieu. Louée soit Ta clairvoyance. J'agirai vite, néanmoins, et je resterai prudent.

— *Comme il se doit.* »

Ganner continua d'inspirer et expirer profondément, concentré sur le jeu de ses poumons, sur ses épaules massives comme des rochers qui se soulevaient paisiblement. Les orifices bordés d'acier, répartis sur son torse et son dos afin de nourrir de son immense force vitale les mécanismes de son armure, formaient d'étranges petites zones insensibles.

Son esprit était semblable à un lac immobile – il connaissait une plénitude intense, une paix totale. Jamais, avant d'être touché par Aska, il n'avait connu pareille sensation d'absolu. Ce corps ne lui avait pas seulement conféré la force physique; il avait évacué de son esprit la peur et la fragilité. C'était peut-être l'un des plus grands dons que Dieu lui avait offerts. Voilà des décennies, Ganner était parti en quête de la force. Il avait rencontré bien davantage. Il avait découvert un idéal – un idéal qu'il pourrait un jour incarner.

Car, malgré toute la force qu'il lui procurait, bien au-delà des espérances mythiques de son ancien peuple, ce corps ne représentait rien en comparaison de la perspective du pouvoir divin.

Ganner savait depuis bien longtemps que Dieu n'avait pas accès au secret de ses pensées, même s'Il voyait par ses yeux, entendait par ses oreilles, ressentait par sa peau. Mais même Lui n'imaginait peut-être pas combien la perspective de l'Ascension obsédait Son Prophète. Dieu avait exaucé ses rêves en lui offrant une force et une autorité qu'il n'aurait jamais imaginées ; mais Aska lui avait fait entrevoir davantage. Et il était dans la nature de Ganner de vouloir tout ce qui était à sa portée.

Dieu avait laissé entendre à Son élu que celui-ci pourrait Le rejoindre.

Un pas lourd, qui résonnait dans le sol, se rapprocha. Peu de temps après, Daphn franchit le seuil de la tente, suivie par le Poing d'Aska, général de Ses armées : Arcis.

Lui aussi avait été touché par la grâce de Dieu, et c'était son dévouement qui avait permis à Ganner de posséder sa propre armure. Mais dans le cas d'Arcis, il n'était plus possible de séparer l'homme du métal noir parcouru de lueurs violines qui le recouvrait. Il représentait l'évolution des Spectres Armurés. Seuls ses yeux et le dessus de son crâne chauve émergeaient des plaques d'épaules ; son nez se fondait à un réseau de vrilles argentées, semblables à des tendons d'acier, qui s'enfonçaient dans sa bouche et reliaient ses entrailles à celles de la machine sombre. Au moment de quitter les glaces nordiques, Arcis avait accepté de se soumettre aux expériences des Décharnés, guidés par la parole d'Aska, transmise par Son Prophète. Un succès retentissant, par la gloire de Dieu. Il avait conservé l'ensemble de ses facultés mentales, sans les caractéristiques classiques des Armurés – la colère aveugle, la haine sublime. L'irrésistible pulsion de destruction, née de la frustration éternelle éprouvée par la dernière étincelle d'humanité, réduite au rang de bête, qui subsistait au cœur de l'acier.

Arcis et Daphn se postèrent côte à côte. La Décharnée portait son habituelle robe anthracite ;

dans la pénombre de la tente, ses yeux formaient deux abysses.

Toujours en tailleur, les mains sur ses cuisses musculeuses, Ganner leva les yeux vers eux.

« Les rouages ont tourné, mes amis ; dans l'ignorance même les uns des autres. Tout s'est déroulé selon le plan qu'Aska m'avait dévoilé. Gloire à Son nom.

— Gloire à Aska », répondirent les deux commandants.

La voix d'Arcis était un grésillement caverneux, métallique. Le damasquinage lumineux de son armure vibrait au rythme de ses mots. Ses cordes vocales ne lui appartenaient plus depuis sa mutation.

Ganner se tourna vers la Décharnée.

« Daphn, en Mandre, tu m'as posé une question. Je t'ai répondu de faire acte de foi, et tu m'as obéi loyalement, ainsi qu'à Dieu à travers moi. Je vais maintenant récompenser ta loyauté. »

Il tendit sa main large comme un battoir, la paume en coupe.

« Ce moment, mes amis. Voici toute la raison de notre travail. Ce que Dieu m'a dicté de viser, de créer. Voici pourquoi nous recherchions l'Anomalie de Mandre, pourquoi je t'ai ordonné d'attaquer Doélic, Daphn, puis de te retirer. La Rhovelle était un fruit pourri depuis des années, et nous avons frappé l'arbre là où il le fallait, juste au bon moment. Aska a toujours eu une longueur d'avance sur Wer. Il a passé des années à observer en silence, à attendre. À présent, Il sait prévoir. Il voit au-delà de ce que Wer pressent. Nous retrouverons bientôt l'autre serviteur d'Aska, car notre Dieu comprend l'avenir. Et nous le forgerons pour Lui. »

Il se leva d'un mouvement fluide et preste, égalant Arcis en taille, mais dominant Daphn de deux bonnes têtes.

« Active les Faiseurs de Pluie d'ici à la Cordillère, ordonna-t-il à cette dernière. Wer comprendra que nous levons le camp, mais l'information ne lui servira guère ; il n'a personne d'important à qui parler. Les Rhovelliens ne nous attendent pas. Leur suffisance et leur bêtise seront leur perte... Et bientôt, nous rallierons des troupes fraîches et splendides à notre cause, par la bienveillance d'Aska, notre Progéniteur de Gloire.

— Gloire à Lui », répétèrent Daphn et Arcis.

La Décharnée inclina profondément la tête, puis se retira. Ganner se tourna vers son général, et posa sa large paume sur son épaule métallique, soyeuse et tiède :

« Quant à toi, mon frère, va, dit-il avec passion. Pille, brûle et détruis avec le merveilleux abandon qui est le tien. Sois sublime ! Que toutes et tous perdent à jamais l'espoir dans leur dieu de haine et de mépris. Nous leur apportons le répit, toutes les réponses qu'ils n'ont jamais pu imaginer. Tous se soumettront à la même règle, dans l'égalité de l'Éternel Crépuscule. La magie sauvage régnera sur la Rhovelle, et nous atteindrons enfin la mer. Ce qui nous a été promis approche. »

Juhel

Le cheval peinait à avancer entre les corps désarticulés.

Les eaux placides du lac s'étaient teintées de

rouge. Le soleil embrasait les bancs de brume sur la prairie, et la pénombre tombait sur la boue. Tout autour, entre les deux chemins de la Croisée, les formes des hommes et des chevaux se confondaient peu à peu, comme si le temps s'accélérait subitement pour rappeler à lui la chair inanimée. De loin en loin, des suppliques terrifiées perçaient ponctuellement le calme, pour se taire abruptement. Quelques soldats magnéciens parcouraient le champ de bataille pour achever les blessés loyalistes. C'était faire œuvre de compassion. La défaite de l'ost royal – ou plus exactement son fer de lance – était complète. Il n'y avait là pas un homme qui puisse être sauvé.

Pas un seul qui en vaille la peine non plus.

L'air sentait la fin d'une époque. Fumée, sang, excréments. Passant à proximité d'une oriflamme rhovellienne en lambeaux, le duc l'arracha de terre, ce qui dérangea un groupe de corbeaux. Il contempla un instant la bannière blanche et ses symboles bleus éclaboussés de sang.

Une forme d'euphorie s'empara de lui. Il tenait au creux de son poing l'emblème de la Couronne – ces armoiries seraient bientôt les siennes. Mais ce n'était pas tant la perspective de prendre possession du trône qui suscitait ainsi son ivresse. C'était celle de conduire la Rhovelle vers une unité où les différences entre provinces n'auraient plus lieu d'être – le tout sous la direction de la Magnécie, bien entendu. Les querelles et les conflits internes appartenaient au passé. Le royaume retrouverait la grandeur qui avait été la sienne à l'époque d'Ysmel.

Et peut-être, alors, s'étendrait-il davantage.

Il planta de nouveau la bannière en terre comme s'il revendiquait en son nom la plaine linnacienne.

Wer, j'ai commis Ton œuvre rédemptrice, comme Toi à la Fin des Temps. Me voilà conforme à Ton image. Es-Tu satisfait ?

Mais comme toujours, seul le vide lui répondit.

Plus loin, quelques flambeaux plantés en terre jetaient des lueurs ambrées sur un gros arbre mort. Une silhouette s'y trouvait attachée, le torse nu, cernée d'hommes en armes. Juhel encouragea sa monture d'un claquement de langue pour la diriger tranquillement dans cette direction. Juste à côté, les bouchers découpaient les chevaux. Ce serait du gâchis de laisser la viande aux charognards. Les soldats leur seraient abandonnés, en revanche. Ce serait tout autant du gâchis de ne pas les leur laisser.

Une part de lui-même était déçue. Il aurait cru Izara meilleure stratège. Elle aurait dû se douter que parier sur son audace était hautement risqué, surtout après avoir deviné qu'il avait commandité l'assassinat de son propre cousin. Elle avait eu raison sur ce point. Mais, en politique, peu importait d'avoir raison. La clé consistait à convaincre l'avenir, l'histoire, que l'on avait eu raison. C'était ainsi que l'on définissait la vérité. Lóthar Crestra le lui avait pour ainsi dire avoué.

Il entra dans le cercle de clarté projeté par les flammes, mit pied à terre et confia ses rênes à un garde. Le patriarche se tenait là, en cotte de mailles, accompagné de son détachement de frères combattants, ainsi que Stebén ap Lomar, en cuirasse et gantelets. Des giclures sombres hâtivement essuyées souillaient son tabard pourpre ; en revanche, la tenue du patriarche était restée quasiment immaculée.

Le duc s'approcha du prisonnier. Des cordes attachées aux branches hautes de l'arbre lui maintenaient les bras levés. Le feu jouait sur ses cheveux blonds, sa tête baissée, ses joues grêlées et son torse luisant de sueur. Une blessure à son flanc avait été hâtivement pansée ; du sang séché croûtait sa ceinture et ses chausses. Mais il vivrait, selon toute logique.

« L'un des nôtres l'a reconnu dans la bataille, annonça Stebén ap Lomar. Il a abattu trois de nos hommes avant que le quatrième ne trouve une ouverture. Le capturer n'a pas été facile.

— J'imagine », répondit Juhel.

Il s'accroupit pour le regarder par en dessous.

« Général ? »

Coennec ap Azétral cilla et le regarda, l'œil torve.

« Votre Grâce, souffla-t-il.

— Vous avez perdu, ainsi que je vous l'avais promis.

— La bataille, oui... » Il déglutit. « Mais sur le long terme, ça reste... ça reste à décider. Nous avons tous les deux rempli nos promesses, aujourd'hui. Je vous avais dit qu'il n'y aurait pas de retour possible. » Il fit un effort visible pour sourire. « Je ne suis pas vraiment sûr d'avoir plus perdu que vous, aujourd'hui...

— Alors que vous êtes ligoté, blessé et que personne n'a survécu dans vos rangs ? Vous avez un étrange point de vue. Que m'importe le soutien d'une dynastie mourante ?

— Je parle de votre humanité. »

Juhel se redressa, un peu froissé par cette sortie. Tout était terminé ; ne pouvaient-ils pas au moins se montrer courtois, comme de vrais gentilshommes ? Coennec ap Azétral leva la tête vers lui et désigna du menton Lóthar et Stebén, en retrait.

« Et si vos conseillers faisaient réellement leur travail, lança-t-il, ils vous en auraient protégé !

— Mes conseillers font exactement ce que je leur demande, rétorqua Juhel. Ils défrichent la route et la pavent sous mes semelles.

— Ah. Et vous êtes-vous préoccupé de savoir où elle conduisait ?

— Je le sais parfaitement. » Le duc de Magnécie se rapprocha, les mains sur les hanches, et laissa tomber un regard chargé de mépris sur le prisonnier. « Où conduisait la vôtre, général ? Pas très loin, à ce qu'il semble. »

Coennec ap Azétral haussa les épaules en le regardant dans les yeux.

« Elle m'a conduit là où je l'ai toujours imaginé, au contraire, répliqua-t-il tranquillement. Je me suis toujours attendu à mourir sur un champ de bataille – j'y étais préparé. C'est d'être encore là qui me surprend, pour tout dire. Vous voyez, Votre Grâce, j'avais beau me douter que cela pourrait se terminer ainsi, je suis venu malgré tout. »

Juhel le dévisagea encore, avec une frustration teintée d'une inquiétude insidieuse. Il se montrait si sûr de lui. Par la Vérité, comment se faisait-il que nul autour de lui ne trahisse le moindre doute ? Il y avait Stebén et son obéissance, Lóthar et ses certitudes. Tous avaient foi en quelque chose de plus vaste qu'eux. La Couronne, le devoir, Dieu – et tous y trouvaient une forme de paix.

Mais c'était dans l'ordre des choses, songea-t-il aussitôt. La peur était le lot des chefs. Car c'était sur eux que reposait le poids de l'avenir ; pas sur les subalternes.

« C'est vrai, je ne saurais mettre en défaut votre

courage, répondit Juhel avec ferveur. Lóthar Crestra vous l'a dit : vous êtes une arme ; magnifiquement affûtée, polie jusqu'à luire. Mais qu'est-ce qu'une arme devenue inutile ? »

Il dégaina son épée et, continuant à dévisager le plus grand guerrier de Rhovelle, l'appuya contre sa gorge.

« On vous a manqué de respect, général, murmura-t-il. Veuillez accepter mes excuses. Vous auriez bel et bien dû mourir sur le champ de bataille. »

Le duc plongea les yeux dans ceux de son prisonnier, mais celui-ci ne flancha pas. Une forme de tranquillité, puis de compassion, les pénétrait. L'ombre d'un sourire releva même la commissure de ses lèvres. Comme s'il croyait vraiment à ses balivernes sur l'humanité perdue du dirigeant magnécien.

Juhel pressa peu à peu sur son arme.

Elle perça lentement la chair. Coennec émit un hoquet – vite étranglé par le sang qui se déversa sur le fer, coula en une rivière poisseuse jusqu'à la garde, tandis qu'il l'enfonçait toujours davantage.

Le duc but littéralement l'expression du général en train de mourir.

Oui. Les voilà enfin. L'inquiétude dans ses yeux. La peur. L'incompréhension. Les forces qui s'évaporent. Le corps qui ne répond plus.

Tout de même.

C'était une chose de rencontrer la mort par surprise, dans l'action. C'en était une autre de la voir arriver. Au bout du compte, ils étaient tous comme lui. Leurs croyances ne leur servaient à rien. Eux aussi étaient seuls, en définitive. Dévorés d'angoisse devant le néant.

Mais Juhel, lui, était en mesure de forger quelque chose qui les dépasserait tous bel et bien. L'avenir.

Le duc retira sa lame d'un geste brusque. Le général s'affaissa aussitôt, seulement retenu par les liens de ses bras. Sa tête bascula sur sa poitrine ensanglantée.

Juhel pivota, tendit son arme à un garde et dit : « Nettoyez-moi ça. »

Puis il rejoignit Stebén et Lóthar. Il scrutait leur visage dans l'espoir de percer l'opinion véritable qu'ils avaient de lui, la nature de leurs réactions à la vue de cette exécution. Ni l'un ni l'autre ne semblaient particulièrement ébranlés. L'intendant jeta un coup d'œil au cadavre, puis revint à son duc, semblant attendre les ordres. Le patriarque, lui, l'observait avec cette indéfectible aménité, comme s'il espérait qu'assassiner le général avait apporté une forme de satisfaction à son duc.

Pas vraiment.

Juhel se sentait envahi par une étrange tristesse lasse. Il entrouvrit les lèvres, mâcha ses mots un instant. Puis il posa sa main gantée de cuir sur l'épaule de son intendant.

« Vos intentions étaient louables, mon vieil ami. » Il se racla la gorge ; sa voix était curieusement enrouée. « Mais épargnez-vous le dérangement, la prochaine fois. Nous ne faisons pas de prisonniers. »

AILLEURS

« *La pureté des âmes, Wer… Tant d'obsession pour la pureté. Mais la pureté n'est-elle pas l'absolu ? Vois et regarde : mes ouailles incarnent un absolu dont tu as exclu les tiennes.* »

C'est une forme de paix qui règne à présent hors du temps et de l'espace ; la sérénité de la certitude. Elle emprunte ses qualités au roc et aux étoiles, à la lumière et à la pesanteur. La certitude de la concrétisation, d'une chose devenue réelle, dont il ne convient plus de débattre, et qu'il faut seulement constater.

« *Un absolu cannibale, Aska. Un absolu qui porte en lui-même les germes de sa propre destruction. Est-ce là un absolu enviable – durable ? Nous savons toi et moi qu'il n'en est rien. Nous l'avons vu ensemble. Rien ne pousse sur les flammes. Je pensais que toi, de nous tous, en aurais conscience.*

— Ah, mais peut-être ne cultivons-nous pas le même jardin, toi et moi. Peut-être ne semons-nous pas l'avenir au même endroit. Les seules flammes qui m'intéressent sont les tiennes, mon frère. Tout comme tu œuvres à me réduire, toi aussi, au Grand Silence. L'univers est trop petit pour nous deux ! Voilà le vrai

jeu de notre évolution. Que nous importe Évanégyre, au fond ? Ce n'est qu'un champ de bataille. »

Seul le vide lui répond ; mais pas le vide d'une absence ou d'une disparition. Plutôt le mutisme d'un choc. L'essence même d'une inaptitude, l'ouverture oppressante de milliers de possibles, et l'incapacité à y discerner un cheminement, à accepter ne serait-ce que la nécessité du choix. Le temps se renverse et se replie sans s'écouler, tel un serpent statique et sans épaisseur.

« *Exactement, Wer.* » Insistance qui martèle tranquillement la substance du vide. « *Vois-tu enfin ? J'ai bien plus conscience que toi des enjeux véritables. De la réelle finalité de notre affrontement.* »

Comme à chaque fois, cette pensée, une fois formulée, acquiert une réalité dès lors indiscutable. Elle résout l'incertitude qui figeait le vide ; les draperies diaphanes des concepts et les sillages lumineux des significations reprennent leur danse instantanée.

« *Tu oserais tout ravager ? Tu livrerais le monde aux forces primordiales du chaos et de la destruction ?*

— *Tout ? Que voilà une vision étriquée ! Tout nous reste à découvrir, Wer. Tout nous est ouvert – il nous suffit de tourner notre regard vers l'univers. Pour quelqu'un qui s'est attribué la destruction d'Asrethia, te voilà bien timoré.* »

Nouveau vide – mais cette fois, il s'agit bel et bien d'un silence, empli des parfums convergents de l'animosité, de la désapprobation et du regret. Le verdict est connu avant même d'être déclaré :

« *Tu es fou, Aska. Mais je ne le déplore pas. C'était une conséquence inéluctable ; tes principes auront finalement corrompu ton essence.*

— *Bien sûr! Tout comme les tiens. Mais, contrairement à toi, je me rappelle qui je suis, ce que nous sommes. Exister, c'est ressentir; et c'est tout ce qui nous sépare du Grand Silence. En effet, Wer, Évanégyre m'importe peu si tu me laisses le champ libre. Je crois qu'avec les siècles, tu as perdu de vue le véritable enjeu. Il ne s'agit pas d'avoir raison dans le cœur des hommes. Il s'agit d'avoir raison l'un contre l'autre.* »

Le silence perdure, lisse comme un lac, clair comme le verre, froid comme la nuit.

« *Et tu es en train de perdre, mon frère. Ton clergé, les braves soldats que tu as construits pour défendre ton nom, rejettent même celle que tu as choisie…* »

Les vrilles de sens qui portent les pensées s'égarent dans le néant comme des ruisseaux bus par du sable.

« *… mais, au bout du compte, n'est-ce pas lui qui a raison? Car tu ne l'as pas choisie, en réalité. J'ai senti la magie, j'ai entendu ta surprise. Alors, qui détient cette Vérité qui t'est si chère? Dieu ou bien ses fidèles?* »

ACTE V

AZÉTRAL

21

Mériane

Valbrisson méritait son nom pour une autre raison, mais seuls les condamnés avaient le malheur de la découvrir.

Mériane s'en était aperçue dès qu'elle s'était réveillée en cellule, avec une douleur lancinante à la base de la nuque – un coup venu de nulle part tandis que Leopol la conduisait hors de la salle d'audience :

Les murs hurlaient.

Les âmes des malheureux qui avaient péri aux mains des Chasseurs de Vérité semblaient hanter les geôles elles-mêmes – puis la jeune femme avait imaginé, perspective plus glaçante encore, qu'il s'agissait bel et bien des gémissements d'agonie des prisonniers suppliciés. Mais il se trouvait simplement que les weristes, jamais en manque d'inspiration quand il s'agissait de torturer autrui, avaient inventé une terrible façon de mettre à contribution le vent incessant qui soufflait dans le canyon abritant le monastère.

Un système de moulins et peut-être de conduits disposés dans l'épaisseur même des parois rocheuses décuplait les vrombissements des rafales. Les tintements et les claquements de mécanismes probablement actionnés par les bourrasques crépitaient dans l'atmosphère au hasard et sur tous les registres.

Mériane s'était recroquevillée dans un angle de sa cellule plongée dans l'obscurité. Elle se tenait les paumes plaquées sur les oreilles, les genoux contre la poitrine, pour se faire aussi petite que possible. Invisible, dans l'espoir futile que le bruit la laisserait en paix. Le vacarme ne cessait jamais, à tel point qu'elle en avait perdu la notion du temps. Pire ; il faiblissait parfois. Il laissait entrevoir un répit toujours déçu. Car les hurlements redoublaient alors de force, et toujours sans rime ni raison. La jeune femme s'efforçait de se raccrocher à la partie logique de son esprit, qui lui répétait qu'elle ne devait pas y accorder d'attention ni espérer une quelconque accalmie. Il était impossible d'ignorer ces mugissements assourdissants qui vibraient au cœur même de la bâtisse, lui vrillaient les tympans, lui incendiaient le crâne et la poursuivaient dans les quelques heures de sommeil agité qu'elle parvenait à glaner quand la fatigue et la faim la terrassaient.

À chaque heure, chaque jour qui passait, Mériane sentait le vent couvrir de plus en plus la voix de son intellect. Elle commençait à imaginer des formes dans les ténèbres, des démons violacés et verdâtres qui passaient comme des nuages. Parfois, les geôliers lui passaient à boire par une petite trappe dans la porte renforcée ; l'événement formait un îlot de sens dans le maelström sonore qui l'environnait, mais la marée montante de la folie la noyait de plus en plus. Si seulement ce vacarme daignait se taire ne serait-ce qu'un instant, peut-être pourrait-elle rassembler les fragments de ses pensées éparpillés aux angles de sa cellule, oubliés dans la salle d'audience, dispersés d'un bout à l'autre du vallon comme le contenu répandu d'un sac.

Une crampe lui tordit douloureusement l'estomac, semblable à un coup de couteau.

« J'ai faim... râla-t-elle, en partie pour détourner les lambeaux de son attention sur d'autres bruits que le vent.

— *Je suis navré, Mériane* », dit Dieu sous son crâne.

Sa voix semblait plus caverneuse qu'à l'accoutumée, mais elle demeurait intelligible.

« Je ne veux pas vous entendre, rétorqua-t-elle hargneusement. Je ne veux plus vous écouter ! C'est vous qui m'avez mise ici !

— *Oui, Je sais, comme tu n'as pas manqué de Me le répéter depuis cinq jours. Et tu ne cesses de vouloir Me chasser, Mériane, de M'ignorer, mais c'est impossible. Et Je ne t'abandonnerai pas. Pas alors que tu as enfin accepté ton destin à Mon service.* »

Depuis son misérable échec face aux dirigeants de la forteresse, elle avait même maudit, insulté Wer. En vain. Que ce soit lui ou le vent, nul ne semblait daigner la laisser tranquille dans sa propre tête. Les poings serrés contre le torse, elle se tâta le bout des ongles. S'ils poussaient suffisamment, peut-être arriverait-elle à se percer les tympans et à faire taire tout le monde. Elle se raccrocha à cette lueur d'espoir. Peut-être arracherait-elle cette dernière victoire avant la fin.

La jeune femme cilla dans les ténèbres, dans l'espoir de voir du changement dans son environnement. Elle avait parfois du mal à se persuader qu'elle gardait les yeux ouverts, qu'elle n'était pas en train de cauchemarder.

Elle s'enfonçait néanmoins dans le découragement. Elle souffla :

« Cinq jours...

— *Mériane, tu as besoin de Ma voix. Il te faut un repère extérieur auquel te raccrocher. Toute Épreuve de Vérité commence par un jeûne qui amène le pénitent aux portes de la mort. Et s'il les franchit, c'est une preuve suffisante de sa culpabilité.* »

Elle émit un murmure inarticulé entre le désespoir et la raillerie.

« C'est tellement pratique. Et le bruit, et le noir, c'est juste parce que je leur suis sympathique ? HEIN ? »

Elle se releva et se mit à hurler de toutes ses forces, à s'en briser les cordes vocales – juste pour entendre autre chose, juste pour avoir l'impression, un seul instant, qu'elle pouvait reprendre le contrôle de la situation :

« QU'EST-CE QUE VOUS RÉPONDEZ ? PARLEZ À VOTRE MESSAGÈRE !

— *Je croyais que tu ne voulais plus M'entendre ?* »

Elle secoua la tête et se mit à rire – elle se força à rire fort pour s'entendre dans le vacarme, pour se rassurer quant à sa propre présence au milieu des rafales. Mais ces efforts lui donnèrent le vertige, et elle se laissa retomber sur la pierre froide en frissonnant.

« Incroyable », murmura-t-elle. Elle s'entendait à peine, mais savait que Wer la percevrait. « Votre élue va finir sur le bûcher, brûlée par votre propre clergé, mais il faut quand même que vous continuiez à avoir raison. Si j'avais besoin d'une preuve de plus que vous êtes bien le dieu de malheur qui nous a précipités dans ce monde misérable, je serais convertie pour de bon.

— *Tu ne sais pas ce qu'était l'Empire* », répondit Wer avec une curieuse trace de peine dans la voix. C'était la première fois qu'elle lui entendait une telle nuance. « *Qui était Mordranthia. Tu ne peux pas comprendre.* »

Mériane soupira et se retourna vers le mur.

« Alors laissez-moi tranquille et allez donc choisir quelqu'un d'autre.

— *Tu croyais que tout serait facile ?* »

La jeune femme resta immobile, repliée en position fœtale dans l'espoir de conserver un peu de chaleur. Elle tremblait périodiquement ; elle avait gardé ses vêtements de route, mais on lui avait pris la belle cape fourrée offerte par le baron de Doélic et on lui avait enfilé un ample tabard en toile de jute pour cacher son corps. Elle supposait qu'amener le pénitent aux portes de la pneumonie faisait aussi partie des moyens cléricaux d'établir la Vérité.

« Facile ? finit-elle par répéter d'un ton amer qui résonnait à peine à ses propres oreilles. Affronter des armées démoniaques, unir le pays derrière moi, ça me semblait déjà bien assez comme ça.

— *Je croyais que tu voulais aussi changer le royaume. Participer à l'avènement de temps nouveaux.* »

Elle se laissa rouler sur le flanc et tourna la tête vers le plafond de la geôle, comme si elle pouvait mieux s'adresser à lui vers les cieux, à travers la pierre. C'était vrai, en fin de compte, s'adresser à lui détournait un peu son attention du supplice sonore qui vibrait jusqu'au creux de sa poitrine. Alors, autant décharger toute sa rancœur.

« Pour un dieu omniscient, vous êtes sacrément ignare, dit-elle d'une voix éteinte. Vous ne comprenez pas que je n'ai jamais eu envie de finir en martyre ? C'est bien beau de vouloir changer les choses, mais survivre prend déjà assez de temps et d'énergie. Dès que la vie m'en a donné l'occasion, je vous ai fui, Wer. J'ai fui votre monde, vos zones stables. Moi, je voulais juste finir dans ma forêt, sans contact avec personne – et encore moins avec vous et les vôtres. Vous aviez un rôle, un seul – persuader vos maudits prêtres ! Leur servir ce fameux miracle qui devait les convaincre ! Et à la place ? Je me retrouve accusée de sorcellerie – et encore, vous êtes le seul à savoir pourquoi ! Un instant, je leur parlais, celui d'après, ils se jetaient sur moi. »

Elle battit des mains, tant pour se moquer que pour se réchauffer. Les claquements sonnèrent étouffés.

« Bravo ! Bravo le dieu omnipotent qui a renversé l'Empire et les dragons ! Pas même capable de se faire écouter par ses prêtres... »

Elle lâcha un profond soupir, qui résonna comme une variation sur les hurlements du vent. Elle plaqua ses mains couvertes de poussière sur ses paupières.

« Et dire que j'ai entraîné Darén là-dedans... Je n'aurais jamais dû accepter qu'il me suive. Il est trop bon pour ce monde. Il est trop bon pour vous ! »

Un bref silence lui répondit. Puis Dieu glissa :

« *Peut-être aimerais-tu savoir comment il va ?* »

Mériane serra la mâchoire – la faim lui laissait un goût détestable de pomme aigre dans la bouche. Elle se lécha le palais et les gencives ; sa langue commençait à ressembler à un morceau de viande juteuse entre ses dents. Elle secoua aussitôt la tête, horrifiée par cette idée.

« Évidemment, murmura-t-elle pour elle-même. À quoi je joue ? Je ne peux pas gagner contre un dieu. Vous savez tout, vous voyez tout. Mais vous ne dites rien. Vous voulez juste nous faire souffrir et qu'on vous aime quand même.

— *J'ai hélas découvert que l'être humain n'aime pas naturellement sans contrainte. Mais peu importe.*

— Ah. Et vous aimer, c'est ce que je dois faire pour que vous me donniez des nouvelles de Darén ?

— *Non, Je te demande seulement de ne perdre ni l'espoir, ni la foi.* »

Elle ouvrit la bouche pour protester, mais Dieu haussa le ton – quoique sans agressivité. Cela la surprit.

« *Écoute-moi bien, Mériane. Imagines-tu être la première à formuler ces récriminations ? Ne crois-tu pas que Je les ai déjà toutes entendues ? Que, depuis des siècles, des humains sans nombre ne questionnent pas Mes actes ? À ton avis, que hurlaient les lamentations qui montaient vers Moi, au jour de la Fin des Temps, quand J'ai purifié l'Empire d'Asrethia par le feu et la glace ?* »

Une bourrasque plus forte que les autres émit un feulement rageur, et Mériane ne put retenir un gémissement en rentrant la tête entre les épaules.

« *J'ai un plan pour l'être humain*, poursuivit Dieu, imperturbable. *Et l'histoire M'a prouvé qu'il n'en existe pas de meilleur. Alors, voici ce que tu vas faire : tu vas garder la foi jusqu'à ton dernier souffle. Tu la garderas dans les jours qui viennent, car rien d'autre ne pourra te porter à travers les ordalies qui t'attendent, crois-moi. Mais sache que Je ne quitterai jamais tes côtés. Je resterai avec toi à chaque instant. Je te l'ai déjà dit : tu dois croire, au plus profond de ton cœur, en Moi, en Mon œuvre. Je te reconnais comme Ma Messagère. Mais Je n'accomplis rien à la place de l'homme. Je lui donne seulement les clés de sa rédemption.* »

Elle resta silencieuse ; on ne raisonnait pas avec un dieu convaincu de lui-même. Mais elle pensa avec une colère sauvage : *C'est bien ce que j'ai fait, et ça m'a merveilleusement servie !*

La jeune femme eut un nouveau frisson et se frictionna les épaules, toujours étendue sur le flanc. Le vent fit mine de se calmer, puis se remit à hurler de plus belle ; quelque part dans le bâtiment, une sorte de moulin métallique lâcha un tumulte de grincements et claquements. Elle poussa un grognement bestial et s'enfonça les ongles dans les pavillons de l'oreille jusqu'à sentir perler le sang.

Quelque chose se brisa tout à coup en elle comme une brindille sèche.

Si virulentes soient-elles, sa rébellion, sa colère ne lui seraient d'aucun secours. On l'avait privée de tout moyen d'action. Son sort lui apparaissait dans toute son horreur : elle avait commis le crime suprême. Elle était plus qu'une hérétique : une fausse prophétesse. Peu importait que ces mal taillés de prêtres refusent de reconnaître la vérité. Elle leur appartenait. Le supplice d'Aelig serait clément en comparaison du sien.

L'impuissance, la rage, les regrets lui cassèrent le cœur. Elle laissa tomber ses bras sur la pierre, désespérée. Se mit à sangloter, sèchement, des saccades amères et douloureuses qui ressemblaient à des haut-le-cœur. Mériane aurait voulu pouvoir vomir sa bêtise, sa situation. L'injustice l'avait fait naître femme et avait poussé un dieu vengeur à la choisir pour la tourmenter plus encore, à la désigner pour une mission dont elle n'avait jamais voulu. Peu lui importait Doélic, le royaume ou le monde. Peu lui importait même Darén – qu'il lui pardonne. Elle était incapable de se concentrer sur autre chose que sa propre situation, sur la terreur qui lui tordait le ventre, qui lui comprimait les poumons, la faisait hoqueter et trembler, car elle avait la certitude terrible que le pire, de très loin, restait à venir.

« Vous resterez avec moi ? murmura-t-elle d'une voix brisée, en se haïssant pour sa faiblesse. Vous me le promettez ?

— *Je te le promets, Mériane*, répliqua Wer avec chaleur. *Je t'accompagnerai. Je serai avec toi jusqu'au bout, s'il le faut.* »

Jusqu'au bout, disait-il, de sa voix lointaine, plus ténue qu'à l'accoutumée – comme si, malgré tout, il s'apprêtait déjà à l'abandonner.

Elle se mit à pleurer sans retenue. Elle mêla ses gémissements à ceux du vent, et la voix de sa raison se noya dans les rafales.

Un cliquetis dans la serrure la fit sursauter.

Elle s'était endormie sans s'en rendre compte. Elle se redressa précipitamment, juste à temps pour voir la porte s'ouvrir en grinçant. La lueur d'une lanterne blessa ses prunelles trop longtemps plongées dans le noir ; par réflexe, elle se tassa dans l'angle, remontant ses genoux contre sa poitrine.

Cela commençait.

L'homme portait l'habituelle tenue blanche de

l'Église. Éblouie, elle distinguait à peine son visage. Il entra puis referma le battant derrière lui.

Il resta un long moment à la contempler sans rien dire. Peu à peu, Mériane s'accoutuma à la clarté, distingua la flèche rouge sur le torse, les joues impeccablement rasées, la mâchoire forte, les cheveux blonds séparés par une raie. Il y avait sur son visage une expression de déception abjecte. Ses yeux bleus avaient une dureté terrible qu'elle ne leur avait encore jamais vue. Lui aussi avait les traits tirés, comme s'il tenait à l'écart une immense fatigue par la force de sa volonté.

Il portait son épée à la ceinture, des fers à la main.

Le silence se prolongea dans les hurlements du vent, puis la jeune fille n'y tint plus.

« Évidemment, dit-elle en haussant le ton pour se faire entendre. C'est toujours toi qu'on envoie faire le sale boulot. »

Il continua à la dévisager, minéral.

« Wer n'a jamais choisi de femme », cracha-t-il au bout d'un moment.

Mériane eut un rire sans joie.

« Tu crois que je ne le sais pas ? Après ce qui est arrivé à ma vieille amie, tu crois que je n'imaginais pas ce que je risquais ? Sang-diable, Leopol, je ne voulais pas venir ici ! » Elle renversa la tête en arrière et l'appuya sur le mur. « La voix dans ma tête, elle m'avait promis un miracle. Elle m'avait promis que vous me reconnaîtriez. Et vous m'avez reconnue, ça oui... »

Il ne répondit pas, laissant toujours tomber sur elle ce regard d'acier, où flottait une ombre désabusée.

« *Parle-lui.*

« — Et que voulez-vous que je lui dise ?

— Maintiens-tu tes allégations, Mériane ? lança Leopol d'une voix forte. Te prétends-tu Héraut de Wer, que Sa parole résonne à tes pensées, que tu es l'instrument de Son œuvre ?

— Parce que si je te réponds oui une fois de plus, tu vas miraculeusement me croire ?

— *Dis-lui qu'il sait la vérité*, lui souffla Wer.

— Hein ?

— *Mériane, pour la millième fois, obéis sans discuter.* »

Son regard s'égara sur la pierre tandis que Dieu déversait ses instructions à son oreille. Puis elle considéra le moine, et haussa les épaules. *Damnée pour damnée...*

« Wer me parle, dit-elle, secouant aussitôt la tête. *Gachte*, je n'avais jamais mesuré combien ça sonne prétentieux... Enfin. Il a un message pour toi. Il dit que tu sais la vérité. Il dit qu'en ton cœur, tu sais bien que c'est lui qui m'a touchée dans l'Anomalie. Que personne d'autre que toi ne le sait aussi bien, parce que tu étais là. Il dit aussi... (elle fronça les sourcils, indécise) qu'il te pardonne. Que tu ne dois jamais... parler de ce que tu sais vraiment, à personne. » Elle marqua une brève pause. « Et là, moi, je ne vois pas pourquoi. Mais comme d'habitude, Dieu considère que ça ne sert à rien d'expliquer les choses à sa Messagère. »

Le moine resta parfaitement immobile, les chaînes à la main, tandis que le vent dansait sa gigue infernale autour de la cellule et du bâtiment. Seul son regard parut changer. Un infime élargissement des yeux. Mériane l'observa, hésitante. À son entrée dans la geôle, il avait paru fait de marbre, une statue ciselée transpirant la désapprobation. À présent, il donnait l'impression de ne plus bouger par peur de s'écrouler.

« J'ai fait pénitence, souffla-t-il d'une voix rauque – Mériane dut se concentrer pour l'entendre. J'ai prié Wer de me montrer Sa voie. J'ai mortifié ma chair, cessé de manger, presque de dormir. J'ai attendu... J'ai guetté un signe. Mais je n'ai rien entendu. Rien... perçu. Mon âme... Elle restait vide.

— Wer dit que tu as reçu tous les signes qu'il te fallait... » répondit Mériane. Elle se sentait frustrée, mise à l'écart de ce dialogue auquel elle participait sans le comprendre. « Et que le patriarque Maoz et le Chasseur Foÿs les ont eus aussi. Mais que la foi les a désertés. Et qu'au fond de toi, tu le sais. »

Dans un répit du vent, Mériane entendit le souffle du moine, haché. Elle vit sa pomme d'Adam jouer tandis qu'il déglutissait.

Il jeta les chaînes à terre devant elle.

« Mets ça. »

Elle le dévisagea un moment, pétrifiée, tandis que le sens terrible de son geste lui apparaissait. Le sol parut basculer, comme si l'on avait ouvert des oubliettes noires et froides sous sa cellule.

À l'image du vent qui donnait seulement l'impression de faiblir pour reprendre de plus belle, son cœur sombra d'autant plus violemment qu'elle avait cru entrevoir une lueur d'espoir. Mais on ne pouvait rien attendre d'un moine weriste. Ils étaient tous les mêmes.

L'émotion l'écrasa, lui tordit le visage, lui fit perler les larmes aux yeux.

« Tu n'as pas entendu ce que Dieu t'a dit ? protesta-t-elle d'une voix brisée. Il vient de te parler, par sa Vérité ! Mais tu es sourd... » Elle secoua la tête. « Vous êtes tous sourds.

— Par la Vérité de Dieu, femme, tais-toi ! » rétorqua Leopol entre ses dents serrées.

Il vint s'accroupir devant elle, et, couvert par le vacarme du vent, lui chuchota :

« Comment veux-tu que je te fasse sortir de Valbrisson si tu n'as pas l'air d'être ma prisonnière ? »

Leopol

Mériane le dévisagea bouche bée. Puis elle se mit au travail avec empressement. Elle enfila les anneaux de fonte aux poignets, aux chevilles, et se leva. Les chaînes passaient sur ses épaules pour se réunir dans le dos autour d'un anneau qui permettait de guider les prisonniers comme une laisse. Leopol les verrouilla avec une clé du trousseau à sa ceinture.

Pendant toute l'opération, elle chercha son regard, mais il l'évita soigneusement. La forestière semblait vouloir lui parler. Mais il n'était pas en mesure d'affronter l'énormité de ce qu'il était en train de faire, encore moins d'en débattre. À présent, l'entraînement prenait l'ascendant. Il s'était fixé un but, et chassait méthodiquement toute distraction, tout doute. Toute prise de conscience qu'il aidait peut-être pour la seconde fois une sorcière potentielle. Leopol se représentait déjà mentalement le plan des lieux, les étapes à franchir. Les gardes à passer. Comment traverser la forteresse sans se faire repérer, comment faire quitter Valbrisson discrètement à Mériane.

« Il faut qu'on aille chercher Darén, annonça-t-elle. Tu sais où il est ? »

Leopol sursauta. Puis il balaya sa question d'un revers de la main.

« Hors de question ! rétorqua-t-il d'une voix où l'agressivité masquait l'appréhension. On m'a chargé de toi et je devrais pouvoir t'emmener où je veux, mais lui, je n'ai aucune chance de le faire sortir.

— Tu n'es pas censé être un croisé ?

— Ça ne me donne pas l'autorité d'un patriarche ou d'un Juste ! Nous nous surveillons étroitement les uns les autres, et le moindre comportement suspect risque d'attirer l'attention. Il faut que tu comprennes que la corruption est partout et peut gagner n'importe qui, même un frère ! »

Elle se retourna dans un cliquetis de chaînes et plongea ses yeux ronds dans les siens – elle avait déjà retrouvé un soupçon de son insolence coutumière. Par la Vérité, une femme n'aurait pas dû être aussi grande et sûre d'elle. C'était contre nature.

« Ce qui est hors de question, c'est qu'on l'abandonne, rétorqua-t-elle. C'est à cause de moi si ta bande de fanatiques l'a enfermé. Je suis arrivée avec lui, je repars avec lui, d'accord ? »

Leopol regrettait déjà sa décision. *Oh, Wer, je T'ai entendu. Mais comme Tu me mets à l'épreuve...*

« Mériane, bougre de mule, insista-t-il, le protocole dicte que tout prisonnier à haut risque doit être escorté par un frère au minimum. Je suis seul, je ne peux pas vous emmener tous les deux !

— Tu peux revenir le chercher ensuite ? »

Il était à la fois tellement exaspéré et terrifié par ce qu'il était en train de faire que ses lèvres articulèrent quelques mots muets avant qu'il ne retrouve sa voix :

« Ce serait encore plus suspect ! Écoute, les Geôles aveugles sont le bâtiment le plus impénétrable de tout Valbrisson. On n'emprisonne ici que les hérétiques les plus dangereux, ceux dont on craint que la corruption ou la sorcellerie ne se propage.

— Oh, dangereuse, je rêverais de l'être », fit-elle d'un air mauvais.

Le croisé se plaqua les paumes sur les yeux et grogna. Le manque de sommeil et la faim l'emplissaient d'une frustration qu'il endurait avec dévotion. Il revint à la jeune entêtée.

« Écoute-moi, par tous les sangs. Mériane... Dieu, se corrigea-t-il. Seigneur, écoutez-moi, par pitié. Vous, Vous savez bien que c'est impossible. Puisse Votre Sainte Parole la convaincre, je Vous en prie ! »

Elle eut un sourire tordu pour toute réponse.

« Dieu commence à savoir que j'aime faire les choses à ma manière. Vous entendez ? Après la débâcle dans la chapelle, vous me devez bien ça ! » Son sourire s'élargit. « Eh bien voilà. Il dit qu'il va nous aider. »

Leopol resta bouche bée.

« Que... Comment ?

— C'est Dieu, répliqua-t-elle en haussant les épaules. Il a dicté les plans de ces geôles à Ysmel ; il les connaît mieux que toi. Allez, Leopol ! Un peu de foi, voyons. »

Il la haït en cet instant.

« Donc, je te le redemande : tu sais où est Darén ? » insista-t-elle.

Et Dieu, Il ne te le dit pas ? songea-t-il, avant de chasser aussitôt cette pensée insolente. Il grogna :

« Au niveau inférieur.

— Allons-y.

— Une seconde, l'arrêta Leopol d'un air sombre. Rappelle-toi, je sais comment les choses fonctionnent, ici. Obéis-moi en toute circonstance sans discuter, et pas de mauvais esprit, compris ? Il faut que tu aies l'air au bord de la rupture. » Ce fut à son tour de lui adresser un sourire empli de perfidie. « Rappelle-toi donc l'état dans lequel je t'ai trouvée. De plus, je suis mieux préparé pour l'action que tu ne le seras jamais. »

Elle se tapota le crâne avec cet air insolent qui l'exaspérait, réduisant effrontément l'immensité divine à une simple voix dans sa tête. « Ça se discute. »

Cette jeune péronnelle. Elle croyait tout connaître des horreurs du monde. Il n'était pas encore trop tard pour faire demi-tour, pour oublier ce qu'il avait vu, obéir au patriarque et au Chasseur de Vérité...

Mais il ne pouvait rayer de sa mémoire ce qu'il avait entendu dans l'Anomalie. La même voix que dans la chapelle. Et Pargén Maoz avait confirmé le miracle permettant d'identifier les Hérauts.

Un Héraut qu'il aurait pu être, s'il avait été moins lâche.

Le croisé serra les dents. La voilà, sa Vérité nue. Le fardeau qu'il lui fallait porter, qui le dévorait de jalousie et de honte. Mais c'était trop tard. Dieu lui-même lui avait ordonné le silence par l'entremise de Mériane. « *Tu ne dois jamais parler de ce que tu sais vraiment, à personne.* »

Peut-être était-ce dorénavant la pénitence de sa vie, pour avoir eu l'occasion de devenir le Héraut de cette époque, et fait défaut au dernier moment. Qu'il haïsse Mériane ou non, c'était elle qui représentait désormais Wer. Il lui devait obéissance.

Il pria seulement Dieu de lui donner la force de la suivre, et le courage de la tolérer.

Il ouvrit la porte et fit sortir la forestière dans un cliquetis de chaînes. Mériane baissa la tête, mais une lueur de combativité persistait dans son regard. Il faudrait que cela suffise ; le moine doutait de parvenir à obtenir mieux d'elle.

Le couloir était tout aussi obscur que les cellules. Les Geôles aveugles étaient conçues comme une tombe de moellons épais et humides qui sentaient la moisissure. Dès que Leopol referma le battant derrière eux, la complainte du vent s'atténua un peu. Les conduites passaient surtout sur le pourtour extérieur du bâtiment afin de résonner au plus fort dans les cellules. Mériane poussa un soupir de soulagement et se détendit visiblement. Derrière elle, Leopol secoua les chaînes pour la rappeler à l'ordre ; elle lui adressa un regard hargneux, mais baissa de nouveau la tête. Ses cheveux noirs emmêlés tombaient autour de son visage.

Le croisé les conduisit à travers les couloirs voûtés. Autour d'eux, les gémissements épisodiques des prisonniers se mêlaient à ceux du vent.

«On devrait tous les libérer... maugréa Mériane.

— Ne dis pas n'importe quoi ! siffla Leopol. Il y a de réels dangers, ici, des fous qui ont passé des pactes innommables avec des forces obscures pour...

— Ouais, des gens aussi dangereux que moi, j'imagine.»

Leopol secoua les chaînes pour la faire taire, ce qui lui valut un nouveau regard noir.

« Ce n'est pas parce que tu es innocente que tout le monde l'est », dit-il.

Elle se renfrogna et continua à marcher. « Hm. "Il" confirme ce que tu dis », fit-elle avec un coup d'œil lourd de sens au plafond.

Leopol éprouvait au creux du ventre une terreur sans nom à l'idée que la présence qu'il avait adorée et crainte toute sa vie se trouve juste à ses côtés. Paradoxalement, il y trouvait aussi une forme de joie aveugle et même de soulagement. Les décisions ne lui appartenaient plus.

Ils passèrent un angle et parvinrent au couloir principal, qui se terminait par une imposante porte ferrée. De l'autre côté, les deux frères en faction pouvaient la bloquer avec d'imposantes barres d'acier, mais ce n'était pas ce barrage-là qui l'inquiétait. Parvenus au battant, le croisé donna deux coups sonores. Une trappe s'ouvrit, laissant paraître deux yeux juvéniles et soupçonneux. Peu de temps après, des cliquetis résonnèrent, et l'épais vantail pivota. Leopol secoua les chaînes et Mériane reprit sa progression, le front baissé. Le croisé adressa un signe de tête empli d'assurance aux deux frères, le cœur coupable. Puis ils s'engagèrent dans l'étroit escalier en colimaçon qui conduisait aux étages inférieurs.

Leopol envisagea un instant de faire sortir Mériane directement et contre son gré, mais la Messagère de Dieu elle-même lui avait enjoint de croire. La mort dans l'âme, il la conduisit vers le poste de garde de l'étage où l'on avait emmené Darén peu après leur arrivée. En raison de sa complicité avec une hérétique dangereuse, il subissait le même châtiment qu'elle : il fallait contenir une potentielle contamination magique.

« Que veux-tu, frère ? demanda l'un des deux jeunes moines qui gardaient la porte.

— J'amène celle-là à son acolyte », répondit Leopol en tirant brusquement sur les chaînes.

Mériane hoqueta et recula en trébuchant ; elle lui décocha aussitôt un regard furieux, mais le moine répéta immédiatement l'opération. Se rappelant visiblement leur discussion, elle baissa de nouveau la tête, singeant la contrition.

« Vous voyez ? La briser risque de ne pas être facile. Alors autant commencer par son concubin, sous ses yeux... »

L'autre moine jaugea Mériane d'un air haineux.

« Concubin ? On va t'apprendre la vertu, puterelle ! Et la place que Dieu te réserve. »

Son camarade déverrouilla la porte avec un rire discret, puis le croisé secoua les liens comme il l'aurait fait des rênes d'un cheval. La jeune femme franchit le seuil tandis que les camarades de Leopol lui adressaient un signe de tête, puis ils refermèrent derrière eux.

Une fois suffisamment éloignés du poste de garde, elle retourna sèchement la tête vers lui :

« Dis donc, doucement ! J'ai l'impression que tu prends à tout ça beaucoup plus de plaisir que tu ne devrais.

— Qu'une chose soit bien claire, répliqua Leopol, je fais tout cela pour Dieu et Son message, et parce qu'Il m'a parlé à travers toi. Je ne le fais absolument pas pour toi, et rien ne m'oblige à t'apprécier. C'est à Lui que j'obéis. Pas à toi. »

Elle le jaugea par en dessous.

« Étant l'élue de Dieu, je ne suis pas censée devenir de fait la maîtresse suprême de l'Église ?

— Tu veux en reparler avec le Chasseur de Vérité ? »

Elle se renfrogna et se retourna vers le couloir.

« Essaie quand même d'agir comme si tu faisais attention, tu veux bien ? grogna-t-elle.

— Je n'ai pas l'habitude de mentir », rétorqua-t-il.

Il attrapa un autre jeu de fers sur un râtelier, les posa sur son épaule puis les conduisit jusqu'à une geôle en tous points semblable aux autres.

« Tu as la clé ? murmura-t-elle.

— Oui. » Il en choisit une à l'anneau qui pendait à sa ceinture et l'inséra. « La tactique que je viens d'expliquer à mes frères ? Je l'avais sérieusement envisagée.

— Tu es certain que tu ne veux pas essayer de mentir un peu de temps en temps ? » grimaça Mériane. Puis elle lui jeta un regard appuyé. « Et Darén n'est pas mon concubin.

— Peu importe, tu l'aurais défendu. Wer me vienne en aide, je commence à comprendre comment tu fonctionnes.

— Et comment que je l'aurais défendu ! Et si on lui a fait quoi que ce soit, je vous en tiendrai personnellement responsables. » Elle marqua un temps. « Tous les deux. »

Le mécanisme claqua d'un coup sec et Leopol poussa le battant. Les hurlements du vent redoublèrent et la jeune femme se voûta par réflexe, autant que les fers le permettaient. Puis elle entra avec circonspection, de l'anxiété sur le visage.

« Darén ? »

La clarté de la lanterne se déversa dans la geôle humide, révélant la silhouette de l'herboriste assis le long du mur. Son regard blanc était perdu au loin.

Il ne bougeait pas.

« Oh, mon Dieu, souffla Mériane. Darén ! »

Elle courut vers lui, forçant Leopol à suivre. Elle s'agenouilla auprès de son comparse, tâta ses joues, son pouls, son torse de ses mains sales.

Il sursauta tout à coup, comme s'il s'éveillait. Puis il cilla à plusieurs reprises, les yeux plissés dans la lumière.

« Oh, par tous les sangs, qu'est-ce qu'ils t'ont fait ? demanda la forestière avec angoisse. Parle-moi ! Qu'est-ce que tu as ? »

Il parut enfin la remarquer.

« Mériane ? »

Elle hocha la tête à plusieurs reprises. « C'est moi.

— Oh, Mériane... C'est... C'est magnifique.

— Hein ?

— Le vent. Enfin ! »

Son visage mat transpirait une béatitude que Leopol avait rarement vue même chez les plus fervents des croyants. Le croisé eut une moue désapprobatrice. Chez un paria, c'était... déplacé.

« Une seule chose, poursuivit Darén. Une seule ! Sur laquelle me concentrer... Plus de lumières. Plus de bruits ! Si bien... Enfin écouter – chercher – ressentir – le sens du monde.

— Tu vois, on devrait vraiment le laisser ici », glissa le croisé.

Mériane lui jeta un regard hargneux, puis revint à son ami.

« Darén, il faut partir, dit-elle avec douceur. Tu te rappelles où nous sommes ? »

Le géant filiforme hocha pensivement la tête, puis haussa les épaules.

« Oui, soupira-t-il. Et là où tu vas, je vais.

— Arrête avec ça! protesta-t-elle. C'est déjà à cause de moi que tu t'es retrouvé ici. Tu me suis sans protester, sans rien dire, c'est... c'est pas normal.

— Mériane, je suis fou, pas stupide, répondit-il d'un ton étrangement naturel. Ni normal. Je sais ce que je risque. Je sais pourquoi je suis là. Tu as toujours Dieu avec toi?»

Elle acquiesça, hésitante.

«Alors je vous suis, lui et toi», fit-il simplement. Il lui prit la main. «Il faut que je sache. Que je comprenne.

— Sans vouloir vous commander, la nuit n'est pas éternelle, coupa Leopol en désignant les fers sur son épaule. Dis donc, toi, tu sais te battre? demanda-t-il à Darén.

— J'aime pas ça», répliqua-t-il.

Le moine leva les yeux au ciel, consterné.

Darén se redressa de toute sa hauteur – Leopol avait oublié combien il était grand. Ce regard limpide et ces longs cheveux emmêlés lui donnaient vraiment une allure de démon. Mériane entreprit de le harnacher.

«Dépêchez!» grogna-t-il pour passer l'angoisse.

Elle l'ignora. Leopol verrouilla les fers, prit les deux laisses dans la même main, la lanterne de l'autre, puis ils sortirent et rebroussèrent chemin vers le poste de garde.

Parvenus à la porte, Mériane fit signe à l'herboriste de se plaquer dans l'angle du mur afin de sortir du champ de vision de la lucarne. Elle lui adressa un hochement de tête, auquel il répondit. Leopol allait lui demander ce qu'elle tramait, quand elle le prit de vitesse et frappa deux fois au battant.

La trappe s'ouvrit sur le regard d'un des frères en

faction. *Malédiction! Que dois-je faire?* se demanda-t-il pour la centième fois.

« Déjà ? lança le garde.

— Je... Je manque d'outils, ici, balbutia Leopol. Il faut que je l'emmène à la Prison de l'Édification. »

L'autre fronça les sourcils, mais referma la lucarne et la serrure cliqueta dans le battant. La porte pivota. Le jeune moine tonsuré passa la tête par l'ouverture, avisa la jeune femme – et repéra Darén.

Il recula aussitôt, une main sur l'épée, l'autre sur la porte.

« Frère, c'est hautement irrégulier. Tu connais le protocole. »

L'appréhension serra le ventre de Leopol, mais il releva le menton avec son meilleur air hautain.

« Et toi, tu entraves la mission que le patriarque m'a confiée, rétorqua-t-il. On n'éduque pas ce genre d'hérétiques sans un peu d'improvisation. C'est bien pour cela que je suis venu en pleine nuit. »

Les deux gardes se regardèrent avec méfiance.

« Et s'ils t'échappent ? répondit l'homme demeuré en retrait.

— Crois-tu que je sois devenu croisé en laissant des hérétiques m'échapper, frère ?

— Qu'est-ce qui nous dit que tu ne te trouves pas sous son influence ? rétorqua le premier garde en désignant Mériane. On nous a prévenus de ne pas écouter le son de sa voix. Que la moindre de ses paroles pouvait pervertir l'âme d'un juste. »

Celle-ci restait parfaitement immobile, le visage caché par un rideau de cheveux sales. Darén, la tête baissée, se rapprocha lentement de l'ouverture.

« Toi, reste où tu es ! » ordonna le moine qui tenait la porte.

Leopol vit ses jointures blanchir sur le bord du battant. Il se tenait prêt à le claquer – et à les piéger dans le bâtiment.

« Je suis navré, frère, mais je vais appeler le patriarque. En attendant, je dois t'enfermer avec eux. Si tu conserves intacte la pureté de ton âme, tu compr... »

Mériane s'élança tout à coup tête baissée, si vivement que Leopol lâcha ses chaînes. Elle percuta en plein dans l'estomac le premier soldat, qui tomba à la renverse. Darén assena au deuxième weriste un revers de ses deux poings ferrés. Celui-ci heurta le mur et s'écroula, assommé.

Leopol réagit alors et franchit le seuil à son tour, lanterne à la main. Mériane, à califourchon sur son adversaire, pesait de ses poings liés contre sa gorge. L'autre s'efforçait de la frapper, de lui griffer le visage.

En désespoir de cause, la jeune femme rentra la tête dans les épaules, puis abattit violemment le front contre le nez du moine. Leopol entendit l'os craquer. Elle frappa de nouveau, une fois, deux fois, réduisant le visage du frère à une masse sanguinolente.

Ses bras s'affaissèrent, inertes. Mériane se releva, le souffle court. Le croisé contempla, horrifié, le visage juvénile de la jeune femme maculé de gouttelettes de sang, l'éclair sauvage de son regard.

« Fais pas cette tête, haleta-t-elle. C'est ça d'avoir grandi sur une ferme.

— Par la Vérité! souffla-t-il. Est-ce que tu te rends compte que si une patrouille les découvre, toute la forteresse sera mise en alerte? Ta seule chance consistait à fuir discrètement! »

Elle l'ignora et commença à leur ôter maladroitement tabard et tunique.

« Et puis-je savoir ce que tu fais maintenant, par la barbe du Seigneur ? demanda-t-il.

— Tu te plaignais qu'il fallait deux moines pour escorter deux prisonniers. Problème résolu : vous serez maintenant deux. Aide-moi à lui retirer son uniforme. »

L'herboriste s'était accroupi dans l'angle à côté de sa victime, les yeux dans le vague, et se frottait machinalement les paumes, l'air anxieux. Il ressemblait à un enfant pétri d'innocence qui découvrait pour la première fois la dureté du monde. Sang-diable, songea Leopol, un instant plus tôt, il se révélait parfaitement apte à combattre, et voilà qu'il redevenait aussi utile qu'un navet ? Le croisé avait l'impression d'être entré dans une Anomalie où plus rien n'avait de sens.

« Tu veux le faire passer pour un moine ? s'exclama-t-il en désignant l'herboriste. Tu as vu ses yeux, ses cheveux ? Même un novice le dénoncerait ! »

Mériane finissait de dénouer le ceinturon de l'homme.

« De près seulement. De loin, on gagnera quelques instants. Ça aidera.

— Mon Dieu, murmura Leopol, écœuré. Et qu'est-ce qui lui prend, maintenant ? Eh, toi, fit-il à Darén, ce n'est pas le moment de faire une crise d'inanition ! Je croyais que tu ne savais pas te battre ?

— Fiche-lui la paix ! s'exclama la jeune femme. Il t'a dit qu'il n'aimait pas ça, pas qu'il ne savait pas. En zone instable, on ne survit pas sans savoir se défendre.

— Qu'a-t-il, alors ? »
Elle dévisagea le croisé.
« Il a de la peine. »

Mériane

« Le dernier barrage est le plus difficile à franchir », souffla Leopol.
Ils se tenaient à l'angle avant la sortie des Geôles aveugles. Le vent hurlait surtout dans les étages supérieurs ; là, il résonnait juste assez pour couvrir leur discussion. Un mur semblable aux postes de garde précédents leur barrait la route, avec l'épais battant et la lucarne. Le couloir était plus vaste, pavé de dalles blanches frappées de la flèche weriste, et des fresques murales aux couleurs passées montraient la rédemption de l'Ancien Monde par le feu divin. Au premier plan, les suppliciés hurlaient leur tourment.
« Il y a deux portes ici, expliqua le croisé. La seconde est une relique de l'Ancien Temps. Elle ne s'ouvre que si l'on prononce un mot de passe, qui change régulièrement. Et seuls les deux gardes qui se trouvent dans l'espace entre les deux portes le connaissent. Ils le murmurent à l'oreille de la serrure, qui se débloque ensuite.
— Il suffira de leur faire avouer », murmura Mériane avec gourmandise.
Les coups assenés au weriste lui avaient laissé des élancements dans le front, mais elle ne s'était pas sentie aussi bien depuis longtemps.
« *Je ne tolérerai pas que tu agresses les Miens inutilement.* » La voix de Dieu était plus claire que dans

les étages. « *Je t'ai promis de t'aider ! Mais pour cela, respecte Mes instructions.*

— C'est impossible, répondit Leopol. C'est prévu. Les gardes pourraient prononcer n'importe quoi, ce qui entraînerait le blocage de la serrure et la mise en alerte du contingent de gardes qui dort juste à côté. »

Il la considéra de cet air perpétuellement agacé qu'il prenait pour s'adresser à elle – ce qu'elle tolérait de moins en moins.

« Par-dessus le marché, la seconde porte se compose en réalité d'un sas où ne peuvent entrer que deux personnes : un prisonnier et son garde. Tu vois ? siffla-t-il en désignant Darén. Il fallait le laisser ! »

Celui-ci se tenait en retrait, replongé dans son habituel mutisme, vêtu de la livrée blanche trop petite pour lui. Ils l'avaient débarrassé de ses fers, quand Mériane portait toujours les siens. Elle jeta à Leopol un regard mauvais, puis elle s'approcha de l'herboriste, qui avait les yeux dans le vide depuis l'altercation au poste de garde.

Elle lui effleura la main.

« Comment tu te sens ? » demanda-t-elle doucement.

Il tressaillit et porta sur elle un regard profondément mélancolique.

« Je suis tellement désolé… fit-il, une expression tourmentée sur le visage.

— Tu peux ! grogna Leopol. Tu n'étais pas censé nous accompagner !

— Fiche-lui la paix ! chuchota agressivement Mériane. Et si tu veux qu'on fasse les choses plus proprement, c'est à moi que tu devras obéir et pas l'inverse !

— *Mériane !* l'appela Dieu avec sévérité. *Est-ce là la sagesse que Je te croyais voir acquérir ? Leopol est un de Mes plus fidèles serviteurs. Il te faut apprendre à œuvrer avec lui, car à terme, tu devras conduire tous les Miens contre les Askalites. Comment espères-tu fédérer le royaume si tu n'es même pas capable d'inspirer tes alliés ? Il est venu à toi, par Ma Vérité. Imagine ce que cela a dû lui coûter ! Montre donc un peu de reconnaissance !* »

Elle souffla et appuya la tête contre la pierre froide. Dieu n'avait pas tort, ce qui était quand même la moindre des choses. La jeune femme coula vers Leopol un regard en coin. Il gardait les yeux rivés droit devant lui ; les muscles crispés de sa mâchoire jouaient dans la lueur de la lanterne.

« Excuse-moi, lâcha-t-elle du bout des lèvres. Je t'en demande beaucoup, je sais.

— Là n'est pas la question ! répliqua-t-il d'un air hautain. Nous, frères combattants, n'avons pas peur de l'adversité. Je sers Dieu. »

Elle hocha la tête avec une forme de contrition. « Il le sait. »

Leopol étrécit les yeux. Il la dévisagea avec intensité, comme s'il était pris par une forme de dévotion, mais qu'il s'interdisait de la ressentir. Mériane détourna le regard, plus mal à l'aise encore, et revint à l'angle.

« Bon, fit-elle. Leopol et moi en premier. » Elle se tourna vers Darén. « Tu nous attends dans le noir. Et tu nous rejoins dès qu'on t'ouvre, d'accord ? Tu restes concentré, hein ? »

Il la regarda en cillant, semblant refouler des larmes. Au bout de quelques secondes, il acquiesça.

Mériane adressa un signe de tête à Leopol, qui

reprit ses chaînes en main. Elle voûta de nouveau les épaules, et ils s'avancèrent vers la muraille.

« J'espère que tu sais ce que tu fais... murmura le moine entre ses dents.

— Moi aussi, souffla-t-elle. La dernière fois que j'ai demandé un miracle, ça ne s'est pas passé comme prévu. »

Il y eut un bref silence.

« Peut-être que si », répondit-il au bout d'un moment.

Elle lui jeta un coup d'œil interrogateur, mais il frappait déjà au battant. La jeune femme rabattit quelques mèches sales devant ses yeux – juste assez pour regarder autour d'elle.

La lucarne glissa sur le côté.

« J'emmène l'hérétique, annonça Leopol. Il me faut de meilleurs instruments de travail. »

Pas de réponse. Mais, quelques instants plus tard, la serrure cliqueta.

L'homme qui débloqua la porte avait passé la quarantaine ; un soldat robuste, plus lourdement équipé que ses camarades – cotte de mailles, épée et dague. Il avait les yeux cernés. Mériane s'aperçut qu'elle n'avait aucune idée de l'heure, et aucune lumière ne pénétrait dans les Geôles aveugles. Leopol avait seulement mentionné qu'il faisait nuit.

Son comparse plus jeune tenait une torche. Il jeta un regard à l'extérieur, puis leur fit signe d'entrer. Leopol secoua les chaînes de Mériane.

La jeune femme s'exécuta docilement. À chaque pas, l'angoisse et la faim enfonçaient leurs crocs dans ses entrailles. Elle observa les lames longues aux côtés des deux gardes. À tout prendre, mieux valait mourir empalée sur une de ces choses que sur un bûcher.

Qu'est-ce que je fais là, grand Dieu...

Tandis qu'on verrouillait derrière eux, la seconde porte provoqua chez Mériane une incontrôlable aversion. Son souffle s'accéléra et elle faillit oublier son rôle.

Un large pan d'acier leur barrait la route. Il était légèrement tordu, arraché à une structure plus vaste par une force dépassant tout ce qu'elle était en mesure de concevoir – sauf, peut-être, celle des démons d'Aska. Des moellons inégaux noyés dans du mortier le rattachaient aux murs. Çà et là, de minuscules points lumineux luisaient faiblement. Cela lui rappelait la relique que Leopol avait portée dans l'Anomalie.

Une parfaite boursouflure cylindrique s'étendait du sol au plafond en son milieu. La paroi circulaire, usinée par des dons depuis longtemps perdus, portait des caractères az'redj. Mériane ne savait pas les lire, mais reconnaissait les inscriptions pour en avoir vu au cœur de la forêt, le long de la Voie noire, et une fois, sur des pans de mur effondrés, le jour de sa plus profonde exploration. Elle avait toujours considéré les reliques comme des objets de petite taille – des machines hantées capables d'empoisonner les imprudents sans même les toucher et dont la possession était passible d'hérésie. Mais elle n'avait jamais imaginé qu'une relique puisse avoir jadis appartenu à un bâtiment. Cet écho du passé, semblable à une page déchirée d'un livre et tombée là, éveillait en elle une angoisse primordiale, viscérale. L'Empire honni avait bâti ce mur.

Les deux soldats austères ne prononcèrent pas un

mot. Ces deux-là étaient visiblement bien plus soupçonneux que les moines de l'intérieur du bâtiment. Le plus jeune se plaça face à Mériane, sa torche à la main, et ne la quitta pas du regard. Le plus âgé s'approcha du mur, lequel portait une petite boîte grossière en cuivre et en bois qui semblait greffée à la froideur précise de l'acier avec autant de délicatesse qu'un cataplasme sur la taille d'une jouvencelle. Il inséra le poing dans la boîte et inspira aussitôt entre ses dents, une expression de douleur sur le visage.

Mériane ouvrit grands les yeux à travers ses cheveux sales tandis qu'il approchait la bouche d'un panneau noir, craquelé comme une vitre, et que ses lèvres jouaient en silence.

« Vous l'avez ? souffla-t-elle juste à la limite de l'audible, à la seule attention de Dieu.

— *Oui.* »

Le soldat qui avait murmuré le mot de passe retira sa main de la boîte et la secoua en se tenant le poignet – Mériane remarqua des piqûres rouges, sanglantes, sur ses phalanges. Puis il leur fit signe d'avancer. Son collègue resta à leur hauteur, si bien qu'il se retrouvèrent encadrés devant le tube vertical d'acier.

La forestière fit mine de se redresser pour soulager ses épaules ankylosées. Juste à cet instant, Leopol lâcha ses chaînes.

Ils s'élancèrent d'un même mouvement. Mériane flanqua ses poings ferrés dans l'estomac du jeune garde à sa droite. Il se plia en deux, même si la cotte de mailles amortit l'impact. Elle se cabra aussitôt en relevant les bras, percutant son menton, et lui administra un revers en plein visage qui l'envoya au sol. Elle tituba, prise d'un brusque éblouissement dû à la faim, mais serra les dents et se concentra sur le danger. Dans le même temps, Leopol avait assommé son adversaire. Le moine quadragénaire gisait à terre, le nez fracassé.

Le croisé le contemplait en se frottant les cheveux, une expression de peine et de contrition sur le visage.

« Tu vois ? lui glissa-t-elle en s'accroupissant pour attraper la clé de la première porte. Tu ne te moqueras peut-être plus autant de Darén, maintenant.

— Hé, ça va, là-dedans ? appela une voix de l'extérieur.

— Un peu de résistance de la part de la prisonnière, répliqua Leopol en haussant le ton. Mais elle a compris la leçon. »

Mériane haussa les sourcils avec étonnement.

« C'est que tu deviendrais doué pour donner le change.

— Tais-toi », maugréa-t-il.

Devant eux, les points de lumière colorée qui piquetaient le mur datant de l'Ancien Temps semblaient avoir repris de la vivacité. Un léger bourdonnement s'éleva.

« Il faut faire vite. Je te préviens, si tu n'as pas l'information qu'il nous faut, je nous fais passer tous les deux de force dans ce sas et j'abandonne ton ami au grand cœur derrière nous.

— *Gachte*, répliqua-t-elle, détends-toi ! Dieu voit par mes yeux. Je ne sais pas lire sur les lèvres, mais lui oui. »

Il la contemplait avec une pointe d'effarement. L'espace d'un instant, il parut avoir oublié ce qu'ils venaient faire.

« Les chaînes ? lui rappela-t-elle avec un signe de tête. Les portes. »

Leopol s'ébroua. Il rouvrit la première serrure avec discrétion tandis que, devant eux, la paroi de métal incurvée de la relique se mettait à coulisser lentement. Elle révéla un espace exigu où, en effet, seules deux personnes pouvaient loger. À l'intérieur, d'autres petits panneaux colorés décoraient les parois du cylindre.

Mériane s'approcha de la première porte et regarda dans le couloir.

Personne.

« Qu'est-ce qu'il fiche ? grogna Leopol. Tu es sûr qu'il a bien compris ? Si la relique reste ouverte trop longtemps, elle se refermera et les gardes de l'autre côté devineront qu'il se passe quelque chose ! »

Elle se mordit la lèvre. Que faisait-il, par le sang-diable ?

Au bout d'un moment qui lui parut une éternité, elle distingua Darén qui trottait vers eux tel un spectre de moine weriste, son visage mat confondu aux ténèbres.

« Vite ! » souffla-t-elle en l'encourageant de grands gestes.

Il franchit le seuil à son tour. Mériane se hissa sur la pointe des pieds pour lui relayer le mot de passe soufflé par Dieu : « *Cayléann* ». Comme une version déformée du mot « protéger » en az'redj.

Elle lui montra la boîte en cuivre où insérer son poing, le panneau où murmurer le mot, et il hocha la tête.

Mériane et Leopol s'engouffrèrent dans le réduit cylindrique – et se retrouvèrent bien trop proches à son goût. Il se pencha maladroitement pour presser une rune luminescente juste derrière la jeune femme, qui se recroquevilla autant qu'elle put, et pas seulement pour que Darén voie la marche à suivre. Elle fit de son mieux pour éviter le regard du croisé, tout comme lui, apparemment. Ils sentaient tous les deux la transpiration et le métal.

Le vrombissement de la structure changea de nature. Le panneau se referma, puis la surface opposée coulissa à son tour, lentement mais sûrement.

Deux autres gardes weristes les guettaient à la sortie. Leopol fit mine de pousser Mériane sans ménagement, et elle se retrouva juste devant l'homme de droite.

Ils tirèrent à nouveau profit de l'effet de surprise. Un instant plus tard, les deux moines étaient à terre.

Tandis qu'ils traînaient les corps inanimés dans l'angle du mur, Mériane regarda autour d'elle. Le vestibule était en tout point semblable au couloir qu'elle venait de quitter, mais des portes s'inséraient dans les murs de chaque côté. Les quartiers des gardes, déduisit-elle.

Et surtout, deux énormes battants ferrés, couverts de caractères az'redjs et rhovelliens ainsi que d'autres scènes de châtiment divin, se dressaient devant elle. La soif d'air frais et de liberté se fit écrasante. Un élan de soulagement la saisit, si fort qu'il réveilla sa faim et la fit frissonner de faiblesse.

Le croisé entreprit de débloquer ses fers. Elle s'efforça de cacher son impatience, et la tension qui lui brûlait les yeux.

« *Il te faut maintenant penser à la suite des événements*, dit Dieu. *Leopol pourrait t'être utile. Emmène-le avec toi.* »

Mériane détourna la tête et murmura juste au seuil de l'audible, ainsi qu'elle avait appris à le faire :

« Cette tête d'âne ? Il m'a bien rappelé ce qu'il

pense de moi. Il me suivrait probablement par devoir envers vous, mais je ne crois pas avoir envie de voyager avec lui.

— *Ne vois-tu pas sa valeur? Il est venu te chercher et il défie actuellement toute sa hiérarchie pour que triomphe la Vérité. Rends-toi compte de ce que cela représente. Seul un châtiment l'attend à Valbrisson.*

— S'il n'avait jamais rejoint l'Église, il n'aurait rien eu à défier, pour commencer.

— *Qui est la vraie tête d'âne? Reconnais qu'il t'a été d'un grand secours. Il a toutes les chances de l'être encore.*

— Sang-diable, vous aussi, vous me croyez incapable de m'en sortir sans un homme à mes côtés! Vous m'avez vraiment bien regardée?

— *Mériane*, répliqua la voix avec une trace de colère, *il va te falloir apprendre à accepter l'aide qui t'est offerte. D'où qu'elle vienne. Plus que ta seule chance d'accomplir ta mission, c'est ta seule chance de survie.*

— Pas envie d'être associée à quelqu'un d'autre que des parias. J'ai déjà eu du mal à accepter Dieu, alors un être humain normal, c'est pas pour demain.

— *Alors tu mourras seule, Mériane*», rétorqua la voix.

Elle se figea, heurtée.

Les ferrures s'ouvrirent enfin et Leopol les rattrapa de justesse avant qu'elles ne tombent. Ils se figèrent et tendirent l'oreille, mais nul ne vint.

La forestière fixa du regard le panneau coulissant sur le mur d'acier en se mordant la lèvre. Le croisé désigna la sortie avec impatience, mais la jeune femme secoua catégoriquement la tête.

Darén, tu me tues. Il faut que je t'apprenne à te dépêcher, par la Vérité.

Enfin, la relique se remit à bourdonner. La jeune femme trépignait à moitié, frottant ses poignets écorchés par la fonte et les coups qu'elle avait distribués. Mue par une impulsion, elle trotta vers les moines inconscients dans l'angle et s'appropria une épée. Leopol la jaugea d'un œil mauvais.

« *Que fais-tu ?* s'enquit Dieu. *C'est inutile ; Je vois tout Valbrisson et la voie est libre jusqu'aux écuries.* »

Elle revint devant le mur-relique.

« Je pense que ça pourrait servir, murmura-t-elle en retour.

— *À quoi ? Mériane, qu'as-tu encore en tête ?*

— Que ce n'est pas le moment de discuter de la suite des événements. »

La paroi incurvée finit de coulisser, révélant la haute stature de Darén et ses traits hébétés.

Leopol leur indiqua la sortie d'un geste sec. Le trio se mit à trotter vers les battants imposants. Les inscriptions que Mériane ne savait pas lire, les scènes de torture et de destruction divine prirent une netteté inquiétante. Elle refoula sa peur, à la fois de ce qu'elle fuyait et de ce qu'elle envisageait de faire à présent.

Le croisé tira les anneaux massifs et les portes s'ouvrirent, laissant entrer la brise et la pénombre bleutée de la nuit. Mériane frissonna, mais emplit ses poumons d'air froid avec délice. Même Darén semblait un peu plus présent. Il lui adressa un sourire hébété.

Ils étaient dehors.

Un sentier bordé de broussailles illuminé par la lune s'incurvait vers la gauche. Le vent lançait ses perpétuelles lamentations creuses en hauteur ; la jeune femme se retourna, et contempla d'un œil haineux la masse obscure et aveugle du bâtiment de pierre. Deux fanaux caressaient la surface noire de lueurs huileuses.

Leopol referma derrière eux et lâcha un soupir de soulagement.

« Nous avons fait le plus difficile, chuchota-t-il en les rejoignant. Dans moins d'une heure, vous aurez quitté Valbrisson. À présent, il faut traverser le complexe jusqu'aux écuries, mais il s'agira surtout d'éviter les patrouilles.

— Je suis navrée, Leopol, répondit Mériane. Maintenant, il faut que tu m'emmènes libérer Tara. »

22

Leopol

« Qui ? Quoi ?
— Évidemment, maugréa Mériane. J'aurais dû me douter que tu ne te souviendrais pas d'elle. Tara, la jeune fille que nous avons ramenée de l'Anomalie. Celle que Pyr menaçait, avant que... » Elle eut un geste vague dans la pénombre. « Qu'il se passe tout ça. »

Leopol cilla à plusieurs reprises, incapable de croire ce qu'il entendait.

« Par le Pandémonium, pourquoi ? Que veux-tu faire d'elle ?

— Mais rien ! s'exclama la forestière d'une voix sifflante. Les gens n'ont pas forcément une utilité ! Je veux la sortir d'ici parce qu'elle se retrouve enfermée contre son gré pour le seul crime d'avoir été un peu nigaude et de s'être retrouvée au mauvais endroit au mauvais moment. » Elle détourna la tête. « Un peu comme moi.

— Et qu'est-ce qui te dit qu'elle est à Valbrisson ? répondit Leopol dans une tentative désespérée de la détourner de cette idée insensée.

— Ne me prends pas pour une idiote. Le baron de Doélic nous a bien raconté que tu avais ramené Pyr ici pour le soumettre à une Épreuve de Vérité. Tu as forcément emmené Tara avec. D'ailleurs, ça ne m'explique toujours pas pourquoi, moi, tu ne m'as pas...

— Oui, je les ai ramenés ici tous les deux », coupa Leopol pour éviter d'avoir à répondre à cette question, sur laquelle Dieu lui avait enjoint le silence. Il ferma les paupières avec force. « Je sais où ils sont. »

Ô, Seigneur, comme Ton châtiment prend déjà des tours subtils. Me condamner à sauver une péronnelle pour détourner Ta Messagère de ma propre carence, quand je n'ai pas répondu à l'appel de Ta voix et pitoyablement laissé à Ta discrétion le sort de cette fille...

Quand il rouvrit les yeux, elle s'était figée. Elle regardait dans le vague, et ses lèvres bougeaient imperceptiblement dans la lueur des fanaux des Geôles aveugles. Derrière eux, Darén attendait sans rien dire, comme un animal de compagnie fidèle, mais un peu stupide.

« Mériane ? appela Leopol.

— Pardon, juste une chose à régler avec notre seigneur et maître. Il n'est pas plus enchanté que toi à l'idée que je risque ma vie pour une jouvencelle mais, comme il se plaît à me le rappeler constamment, je suis libre de mes actes, et c'est de là que vient ma foi. »

Leopol leva les bras au ciel, consterné.

« Mériane, écoute-moi, je t'en prie. C'est de la folie ! La Prison de l'Édification est tout le contraire des Geôles aveugles. Les cellules s'ouvrent vers une chapelle centrale où des offices fréquents ramènent les pénitents à la grandeur de Dieu. Les patrouilles y sont régulières, de jour comme de nuit ; il s'agit de conduire les coupables vers la lumière – ou de purger dans l'instant l'expression de leur corruption...

— Achever les fous, tu veux dire », gronda-t-elle.

Il lâcha un râle de colère.

« Même avec des tabards et des livrées de pureté, vous ne ferez jamais illusion, l'un comme l'autre ! »

Mériane lui décocha à nouveau ce sourire tordu, orgueilleux, qui laissait entendre qu'elle en savait davantage que lui. Il détestait cette impression de perdre pied. Depuis quand était-il passé du rôle de chef à celui d'exécutant ?

Depuis que Dieu me commande en personne.

Mais Leopol n'était pas certain que Dieu Lui-même arrive à commander à cette insupportable fillasse.

« Toujours la foi, mon cher, fit-elle se tapotant la tempe. Dieu voit tout. Il nous guidera pour éviter les rondes.

— Comment ? lâcha le croisé sans pouvoir s'en empêcher. Mais Seigneur, pourquoi ne pas l'avoir fait avant ? Pourquoi ne pas nous avoir guidés dans les Geôles aveugles ?

— Bonne question. » Elle fronça les sourcils. « Il dit que les murs sont en pierre de taille et trop épais. Les pierres proviennent de la terre, et donc des enfers. Elles contrecarrent son influence.

— Mais pourtant, Seigneur, vous avez lu sur les lèvres des moines !

— Parce que Dieu voit aussi par mes yeux, répliqua-t-elle. Il m'accompagne en même temps qu'il est tout autour de nous. » Elle écarta les mains avec un petit air théâtral, comme un bateleur. « C'est Dieu. »

Leopol porta ses yeux vers la voûte céleste piquetée d'étoiles, tressée de nuages effilés que la lune bleutée ourlait de lumière. Il faisait beaucoup trop clair pour passer longtemps inaperçu.

« Et moi, je dois avoir vraiment beaucoup à me faire pardonner », marmonna-t-il d'une voix éteinte.

Leopol courut se tapir derrière un pilier, suivi par Mériane et son acolyte. Il tendit sa lanterne à ce dernier et risqua un coup d'œil.

Au-delà de l'arche du vestibule, quelques braseros révélaient juste les contours de la chapelle centrale de la Prison de l'Édification. Les cellules où l'on gardait les pénitents formaient un mur grillagé en arc de cercle, haut de trente mètres, à la façon d'un gigantesque amphithéâtre où l'on tenait les cérémonies pour l'illumination de l'âme. Aucune ne se déroulait en ce moment. Bien sûr, afin d'accélérer le repentir, les moines avaient toute discrétion pour administrer des châtiments du corps et de l'esprit, et ce à toute heure. Il planait dans la bâtisse une odeur capiteuse d'encens qui servait à masquer la puanteur des corps non lavés, des fosses d'aisance et du sang séché.

Un cri diffus s'éleva dans la prison, puis des pleurs. Nul ne quittait sa cellule avant la fin de son Épreuve de Vérité – que ce soit en faisant la preuve de sa pureté ou par la rédemption de la mort.

Le croisé jaugea les deux parias qui semblaient autant à leur place dans un tabard weriste qu'un cheval en manteau d'hermine. Ils avaient subtilisé sur le chemin une livrée de pureté supplémentaire pour Mériane, laquelle ne regardait même pas dans la grande salle. Ses yeux noirs luisaient ; elle semblait tendre l'oreille. Elle avisa les deux hommes et leur fit signe de se tenir prêts.

« Surtout, marchez normalement », dit-elle. Puis elle souffla : « Maintenant ! »

Le trio s'engagea dans la chapelle à un pas modéré, Leopol en tête. Il dut faire appel à toute sa volonté pour ne pas s'élancer au pas de course. Mais il aurait attiré l'attention des frères qui déambulaient devant les grilles, sur les chemins de ronde. Il ne s'était jamais senti aussi exposé de toute sa vie. L'angoisse remontait en vagues glacées sur sa nuque et bourdonnait dans sa poitrine, au point qu'il s'enfonça les ongles dans la paume. Il garda la tête baissée, mais ses yeux dardaient furieusement à droite et à gauche, vers des rangées de bancs en pierre qui ne servaient plus depuis des décennies.

L'ouverture sombre qui conduisait aux couloirs circulaires desservant les cellules se rapprochait – trop lentement. Son souffle résonnait à ses oreilles, frémissant comme celui d'un novice. Jamais, même au plus profond de la réalité disloquée d'une Anomalie, il n'avait éprouvé une telle peur. Il avançait comme un aveugle, sur la base d'instructions inexplicables. S'ils échouaient, il faillirait à tout ce qui comptait le plus à ses yeux. Au patriarque Maoz, qui l'avait tiré de sa terrible jeunesse et avait fait de lui un homme. Et à Dieu lui-même, dont il n'aurait su protéger la représentante – une mission qu'Il lui avait confiée en personne.

Il se concentra sur la terreur splendide qu'il éprouvait face à l'immensité de Wer, et cet effroi-là, plus familier, l'aida à mieux respirer.

Le passage ne se trouvait plus qu'à une dizaine de

pas. Leopol n'y tint plus. Il accéléra pour atteindre le refuge des ombres, où il expira en silence. Derrière, Mériane et Darén ne varièrent pas l'allure.

Il les regarda approcher, les yeux agrandis par l'angoisse. Certain qu'ils allaient se faire prendre.

Mais ils le rejoignirent sans encombre.

« J'avais dit de marcher normalement! chuchota la forestière avec colère. Tu n'es pas censé faire ce qu'on te dit, en tant que moine?

— Nous avons laissé une demi-douzaine de mes frères inconscients dans les Geôles, murmura agressivement Leopol en retour. S'ils viennent à se réveiller et qu'ils donnent l'alerte, nous sommes fichus!

— On n'y arrivera pas si on brûle les étapes! » Elle jeta un regard perçant aux deux hommes. « Faites ce que je vous dis, sang-diable! »

Leopol leva les yeux au ciel et articula un juron.

« J'aurais dû vous laisser filer tous les deux. Je t'ai fait sortir. Après tout, mon rôle s'arrêtait là.

— Colère divine, mais tu ne finis jamais de geindre? » rétorqua Mériane.

Le croisé sursauta, piqué au vif. Il se tourna vers Darén, à la recherche d'un peu de solidarité masculine, mais celui-ci le regarda avec une mine inexpressive.

« C'est vrai, fit-il simplement. Tu râles beaucoup. »

Outré, il pivota vers la Messagère, mais celle-ci le fit taire d'un geste catégorique.

« Une patrouille va passer dans un peu plus de trente secondes. Deux novices. » Elle regarda Leopol. « Il nous faut les clés. On fait comme tout à l'heure. »

Ils s'embusquèrent à l'angle du couloir circulaire qui longeait l'arrière des geôles. Darén recula, une forme d'angoisse enfantine peinte sur son visage de géant. Par la Vérité, songea Leopol, c'était proprement ridicule qu'un homme adulte redoute la violence à ce point. Il était visiblement simple d'esprit, touché à la naissance par une magie débilitante. Sa place était dans cette prison. Dans l'une de ces cellules.

Leopol sentait à son flanc son épée de croisé, et la culpabilité l'envahit à nouveau. Non, se promit-il. Elle resterait dans son fourreau. Hors de question qu'il se serve de son arme, le symbole de la puissance de Wer, contre ses frères. Les frapper et trahir leur confiance constituait déjà un bien assez grand affront. Même s'il servait le vrai Dieu.

Mériane adressa un signe de tête à Leopol et lui montra un décompte sur ses doigts.

Et s'il n'y avait personne ? Et s'ils arrivaient juste un peu trop tôt ?

Pas le temps de douter. La jeune femme s'élança, le moine la suivit. Deux adolescents en livrée de novice se trouvaient devant eux, les yeux agrandis par la surprise. Le croisé frappa en évitant le visage. Deux coups précis, au plexus et dans la nuque, coupèrent le souffle du jeune garçon et l'étendirent pour le compte.

Mériane avait également vaincu son adversaire, mais le travail n'était pas aussi propre. Le garçon gisait à terre, la bouche ensanglantée, tandis que la jeune femme se tenait la main en grimaçant de douleur. Leopol secoua la tête, navré.

Munie du trousseau de clés, Mériane ouvrit du premier coup une cellule inoccupée, et les deux hommes y traînèrent les novices inconscients. L'un d'eux lâcha un grognement. Elle allait verrouiller la porte, mais Leopol retint sa main. Il la regarda dans les yeux en s'efforçant de rassembler toutes ses facultés de persuasion, et fit un signe négatif catégorique. Elle hésita, visiblement insatisfaite, puis passa son chemin.

Leopol savait qu'une fois enfermés, même en livrée de pureté, les deux garçons seraient voués à subir l'Épreuve comme les autres prisonniers. La Justice y soumettait parfois des frères eux-mêmes, en particulier jeunes, pour forger leur caractère. Ces deux-là ne le méritaient pas.

Mériane prit la tête du trio et trotta discrètement. Ils atteignirent l'escalier à l'arrière du bâtiment, le gravirent. Tara était retenue près du sommet. La forestière les arrêta à plusieurs reprises sans raison apparente, mais Leopol voyait à chaque fois passer une patrouille quelques instants plus tard, précédée par l'éclat de sa torche.

Ils approchaient de l'étage visé quand un tintement grave, perdu au loin dans la forteresse, se mit à résonner, vite repris en chœur par tous les clochers de Valbrisson. Un vacarme que nul frère ne pourrait ignorer.

Le tocsin.

Leopol crut que ses entrailles se liquéfiaient. Le croisé et la forestière se regardèrent, effarés, parfaitement conscients de ce que cela signifiait. Darén les regardait en tripotant nerveusement le devant de son tabard à flèche rouge.

« Dans une cellule, souffla la jeune femme. Vite ! »

Leopol allait protester, mais elle partait déjà, suivie par l'herboriste. C'était lui qui tenait la lampe. Le moine leur emboîta le pas, au comble de la frustration, de la colère et de l'épouvante.

« Mériane ! » appela-t-il.

Elle l'ignora, comptant les cellules. Parvenue à une porte ferrée identique aux autres, elle attrapa la bonne clé, ouvrit le battant et s'y engouffra.

« Masque la lampe, Darén ! » ordonna-t-elle.

Celui-ci s'exécuta. La jeune femme verrouilla derrière eux puis alla se tapir dans l'angle le plus sombre, en leur faisant des signes agacés pour qu'ils la rejoignent.

« Qu'est-ce que tu fabriques ? murmura Leopol avec un rictus agressif. Dans quelques minutes, la bâtisse va fourmiller de frères ! Il faut fuir !

— J'ai dit : pas sans Tara.

— Vas-tu arrêter avec ça ? Mériane, nous sommes dans une prison. La seule sortie, c'est le chemin que nous avons emprunté pour entrer. C'est trop tard !

— Leopol ! s'exclama la jeune femme d'une voix sifflante. Tu ne peux pas comprendre. Tu es un homme, et un moine de Wer par-dessus le marché. Mais Tara... Elles sont des centaines, des milliers dans son cas. Je n'ai pu sauver Aelig, j'étais trop jeune. Mais Tara, je la laisserai pas entre vos griffes, tu m'entends ? Pas maintenant que j'ai le pouvoir de faire la différence. »

Elle tourna la tête, et fit un effort visible pour baisser le ton, mais sa colère était trop grande, et Leopol perçut parfaitement ses murmures énervés.

« Oui, je sais ! Je me moque de tout risquer, vous entendez ? Comment vous voulez que je sauve un royaume entier si je n'arrive pas à libérer une seule personne ? »

Le tocsin cessa aussi brusquement qu'il s'était déclenché.

Les trois fuyards se turent tandis qu'un silence étrange tombait sur la prison.

« Mensonge... » murmura Darén, ses yeux limpides presque blancs dans la pénombre.

Qu'était-il encore en train de raconter ?

Les cloches se remirent à sonner, diffuses, dans le complexe – trois coups. Un signal repris de loin en loin à travers Valbrisson, puis le calme revint tout à fait.

« C'est le signal de fausse alerte, murmura Leopol avec indécision.

— Mensonge, répéta Darén.

— Je suis bien d'accord », dit Mériane. Ses yeux s'égarèrent à nouveau. « D'autant plus qu'un important détachement se dirige vers la prison.

— Donc, fit le croisé, dépêchons-nous de sortir d'ici avant qu'ils ne... »

La jeune femme posa la main sur son bras – un geste tellement incongru qu'il se figea. Il serra les lèvres, la dévisagea d'un air scandalisé ; malgré la pénombre, elle dut le voir et retira sa main.

« Leopol, souffla-t-elle. Dieu les voit. Nous avons toujours l'avantage.

— Ça ne change rien ! Une entrée, une sortie, tu te rappelles ?

— Dieu m'en indique une autre. »

Il cilla.

« Quoi encore ?

— Les détails me seront donnés en temps utile. » Avant qu'il ne puisse répondre, elle ajouta : « Non, je n'en sais pas plus. Ça fonctionne comme ça, apparemment, désolée. »

Des voix indistinctes approchèrent de la cellule, puis s'éloignèrent à nouveau. Mériane fit signe à

Darén de reprendre la lanterne, volet fermé. Ils se levèrent, et elle regagna la porte, prête à l'ouvrir dès que, supposa le croisé, Dieu le lui indiquerait. La détermination tendait son visage rond, ses grands yeux noirs luisant dans la demi-obscurité. Ses vêtements étaient souillés de boue, de poussière, constellés du sang de leurs adversaires, mais elle ne s'était pas plainte une seule fois, s'aperçut Leopol. Avec une réticence qui le fit grincer des dents intérieurement, il lui fallait reconnaître qu'elle ne manquait vraiment pas de sang-froid.

Avec juste un regard circulaire pour les prévenir, Mériane ouvrit à la volée et sortit.

Le croisé balaya aussitôt le couloir des yeux. La lueur d'une torche s'éloignait au bout, masquée par la courbe du bâtiment. La forestière indiqua l'escalier, et ils le rallièrent en silence tandis que Darén laissait de nouveau filtrer un peu de lumière.

Ils gagnèrent enfin l'étage où était retenue la péronnelle. Désert, heureusement. La jeune femme les conduisit aussitôt à la cellule, qu'elle déverrouilla avec la même rapidité que les précédentes.

« Restez là », leur ordonna-t-elle.

Leopol se retrouva avec Darén, chacun posté d'un côté de la porte. Tout en surveillant le couloir, le moine lui jeta plusieurs regards à la dérobée. Dans la lueur de la lanterne, l'herboriste ressemblait à une effigie d'ivoire et de charbon, presque une sorte de gardien mythique. Sans sa lenteur mentale, il aurait pu faire un guerrier impressionnant.

Au bout de ce qui parut une éternité, Mériane ressortit avec la jeune fille. Leopol éprouva une bouffée d'apaisement en voyant ses traits hâves et creusés, l'angoisse dans ses yeux bleus, le sang qui lui maculait les lèvres. Son crâne roux, rasé par les frères, évoquait une prairie brûlée par l'automne. Elle apprenait la soumission qui devait être la sienne ; le prix qu'il en coûtait d'user de ses charmes pour perturber la juste volonté de l'homme. Elle portait l'ample robe de bure destinée à la fois à symboliser le dénuement de son âme et à cacher ses formes séductrices.

« Laisse-moi deviner, souffla Leopol à Mériane. Maintenant, tu vas vouloir libérer Pyr pour compléter ta collection de chiens errants ? »

Elle lui jeta un regard de mépris sauvage. « Ce jean-foutre ? Il n'a que ce qu'il mérite. Cette fois, allons-y !

— Leopol ! »

Le croisé se figea.

La voix, bien qu'étouffée en partie par les cellules, était parfaitement identifiable. La structure en amphithéâtre de la prison la faisait résonner jusque dans les couloirs.

Ses forces le désertèrent.

Mériane se tourna vers lui.

« C'est... ?

— Le patriarque, acquiesça le moine d'une voix blanche. Pargén Maoz.

— Braque de Wer ! cracha-t-elle, avant de se reprendre aussitôt : Pardon. On aurait vraiment dû enfermer à clé les deux novices !

— Leopol ! reprit le commandant de Valbrisson. Je sais que tu es là. Et que tu m'entends ! »

La jeune femme le tira par la manche, mais Leopol était aussi inamovible qu'un rocher.

« Allez ! Tu geins depuis le début pour qu'on s'enfuie. Le moment est venu ! »

Mériane jura, confia Tara à Darén, puis se planta devant le moine.

La voix du patriarque reprit :

« Tu me déçois beaucoup, Leopol ! T'ai-je formé pour cela ? Ai-je fait de toi un homme pour que tu nous trahisses dans notre heure la plus sombre ? Pour que tu te fasses l'allié d'une sorcière et d'une hérétique ?

— Il a raison, murmura le croisé d'une voix désemparée. Tu es peut-être la Messagère de Dieu. Mais cela ne me dispense pas d'affronter les conséquences de mes actes. Je... » Il la regarda. « Je pressentais que cela arriverait. Nul n'échappe à son jugement, jamais.

— Qu'est-ce que tu racontes ? » Elle fit signe à Darén et Tara d'avancer vers le bout du couloir. « Tu ne leur dois rien ! Ils t'imposent une vie... (Les mots lui manquèrent) qui n'a rien de vivant !

— Je leur dois tout, au contraire ! Et à Sa Gloire Maoz plus que tout. Tu disais que je ne pouvais pas comprendre, tout à l'heure ? Toi non plus. Arrête d'agir comme si tu comprenais tout. Tu ne sais pas d'où je viens ! »

La voix du patriarque s'éleva de nouveau.

« Te rappelles-tu quand je t'ai recueilli, Leopol ? Dis-moi que tu t'en souviens. Que tu te rappelles ton égarement. Ta souillure ! »

Le croisé ferma les yeux de toutes ses forces et grimaça. Non, il ne voulait pas s'en souvenir. Il n'était plus cet adolescent des rues, cet orphelin effronté et impur. Il s'était construit en tant qu'homme en découvrant la grâce et la rigueur de Dieu, en réduisant méthodiquement en un tas de ruines fumantes, par l'ascèse et la douleur, la canaille obscène qu'il avait été. Mais peut-être que ses actes montraient bel et bien que nul ne pouvait s'illusionner sur sa vraie nature, en fin de compte. Il s'était montré coupable de négligence, de mensonge et à présent de trahison. Le marais putride de sa mémoire montait de nouveau en lui et le maintenait en place plus sûrement que des sables mouvants.

Il fallait faire pénitence. Et il n'aurait jamais assez d'une vie pour expier.

« Partez, supplia-t-il. Je vous en prie, laissez-moi. Mon devoir est envers Dieu, mais aussi envers Son Église. Je ne peux pas me défiler, c'est... c'est au-dessus de mes forces. Je vais essayer de vous faire gagner du temps.

— Fumeries ! jura Mériane avec un grand geste. Leopol, tu n'arrêtes pas de répéter que vous servez la Vérité, mais tu me parais le seul soldat de Wer ici à l'avoir vraiment acceptée. Tu veux vraiment rejoindre ces fous qui préfèrent leurs idées arrêtées aux miracles qu'on leur colle sous le nez ? Alors que j'apporte le message de leur Dieu ? Je suis navrée, sincèrement, mais il n'y a plus rien pour toi, ici. Allez, viens ! » Elle leva les yeux au ciel, puis maîtrisa son indignation. « Écoute, je déteste ce que tu es et ce que tu représentes. Mais ce n'est pas une raison valable pour te voir finir sur un bûcher. »

Elle se mordit les lèvres.

« Aide-moi. Je te le demande. Je... Je préférerais que tu viennes de toi-même plutôt que Wer doive te l'ordonner. »

Mais Dieu l'avait déjà fait. Il la lui avait confiée.

« Leopol ! reprit la voix de Maoz. Mon enfant. Mon plus fidèle novice ! Je ne peux croire que tu agisses de la sorte. Mais je comprends ! Écoute-moi bien, et ressens du soulagement à mes paroles. Car ce n'est pas toi qui agis, je le sais. Tu te trouves sous son emprise, voilà tout. Sois en paix ! Tu es innocent, et nous te sauverons. Je te sauverai de toi-même s'il le faut !

— Vous et votre manie de vouloir sauver tout le monde ! s'exclama Mériane avec agacement. Leopol, Dieu me dit qu'ils commencent à investir les étages. On n'a vraiment plus le temps. Tu sais comment ça se termine avec eux. Ne donne pas ta vie pour rien. Ne meurs pas pour te faire pardonner une faute qui n'est pas la tienne. »

L'obscurité s'était refermée autour d'eux à mesure que Darén et Tara s'étaient éloignés. Quelque chose dans le regard de Mériane agrandi par l'angoisse et la sollicitude, dans son expression de profond souci, remua le bloc monolithique au fond de lui.

« Tu me détestes ? lâcha-t-il d'une voix rauque.

— En fait, je ne sais pas trop, lâcha-t-elle. Te voir comme ça, ça te rend humain. Mais c'est peut-être encore plus désagréable. »

Il expira une première fois, une seconde, puis en brèves saccades, parodie d'un rire totalement privé de joie. Il sentit ses pieds se mouvoir d'eux-mêmes.

J'offrirai au Pandémonium un festin, songea-t-il, désabusé.

Mériane se mit à trotter vers le bout du couloir, en direction de Darén et Tara, en s'assurant qu'il la suivait bien. L'herboriste et la jeune fille attendaient dans l'impasse, contre le mur de pierre.

Leopol ne distinguait aucune issue, mais il n'avait plus l'énergie de s'en inquiéter.

Cependant, Mériane s'accroupissait dans l'angle, devant une trappe de bois vermoulu assez large pour laisser passer un gros chat. Elle demanda à Darén l'épée qu'il portait, et il la lui tendit avec empressement, visiblement soulagé qu'on l'en débarrasse. Elle inséra la pointe entre la trappe et le mur.

« Tu veux passer par là ? murmura le moine.

— Dieu dit que ça conduit à l'extérieur. Il y a des prises pour escalader le bâtiment.

— Oui, ça sert à déloger les coukas pour que leurs fientes n'attaquent pas la pierre, mais on sera visibles d'en bas comme le nez au milieu de la figure. Ça va grouiller de patrouilles. Un arc et c'en sera fini de nous. Mériane, la lune est haute !

— Vraiment ? »

Elle se releva, pesa de tout son poids une fois, deux fois, jusqu'à ce que le verrou cède dans un craquement de bois. Elle tira la trappe. Dehors, l'obscurité était totale. Leopol perçut aussitôt l'odeur de la pierre mouillée et le crépitement indubitable d'une pluie battante.

« Mais... C... Comment... ? » balbutia-t-il.

Mériane sourit.

« Il te faut encore une réponse à cette question ? »

Elle fit signe à Darén et Tara de passer en premier. L'adolescente s'exécuta sans se plaindre ni discuter, ayant visiblement appris la valeur du silence – *si seulement Mériane pouvait apprendre la même leçon*, songea Leopol avec la force de l'habitude.

Elle revint se planter devant lui.

« Dieu a un autre message pour toi, murmura-t-elle. Il me dit qu'il va te falloir faire un choix très rapidement. Tu devras verser le sang des tiens pour que la Vérité triomphe. Mais tout aura une raison au bout du compte, et tu ne dois surtout pas en douter.

Je n'aime pas dire ça, mais... Il faut que tu croies en lui. Toujours. Tout a un sens. Il nous le promet, à toi comme à moi. »

Leopol détourna la tête. Se battre contre les siens... Non. Cela hérissait la moindre fibre de son être et défiait tout ce qu'il avait appris et intériorisé. Le découragement lui déroba ses forces et il se sentit vaciller. C'était trop. Dieu lui en demandait trop.

Mais il était dans la nature de Dieu d'en demander toujours davantage.

Il haussa les épaules, découragé, épuisé moralement.

« Je crois qu'il est maintenant clair que je vais te suivre et faire tout ce que tu me dis, non ? »

Elle plissa les lèvres, l'air sincèrement désolée.

« Si ça peut te rassurer, je n'ai pas cherché à ce que ça se produise comme ça. Je ne suis même pas sûre de maîtriser davantage les choses que toi. Il semble qu'on n'aille pas contre la volonté divine... Et qu'on finisse par l'épouser, quoi qu'on fasse. Regarde-moi ! Tu sais, ça me réjouit probablement encore moins que toi. »

Il acquiesça à plusieurs reprises, pensif. Elle se détourna alors que Tara disparaissait par l'ouverture. Juste comme elle allait s'accroupir à son tour, Leopol l'appela :

« Mériane ? »

Elle pivota vers lui.

« Que les choses soient claires, lâcha-t-il. Moi aussi, je te déteste. »

La jeune femme haussa les épaules.

« Ce sont des choses qui arrivent. »

Elle se mit à quatre pattes. Leopol détourna chastement les yeux de sa croupe, puis il la suivit dans les ténèbres avant de refermer la trappe derrière lui.

Mériane

La pluie glacée contribuait à lui éclaircir l'esprit, mais elle savait que ce regain d'énergie était illusoire. Elle l'avait caché autant que possible, mais elle n'en pouvait plus. Le froid achèverait de lui voler ses forces. Deux ans plus tôt, un paria des environs de Doélic avait été surpris par une tempête de neige. Mériane et Darén avaient cru qu'une Anomalie errante l'avait surpris – c'était le sort qui les attendait tous un jour ou l'autre.

Toutefois, elle avait retrouvé ce qui restait de lui des mois plus tard, au dégel. Elle revoyait cette main squelettique, tendue vers elle dans une ultime supplique. Mais peut-être s'agissait-il d'une invitation. Peut-être lui proposait-il de le rejoindre dans le silence et le froid, sans craintes ni devoirs.

« *Mériane !* » appela la voix de Dieu avec urgence.

Son pied dérapa, et elle se rattrapa de justesse. Elle secoua la tête, les paupières lourdes. Une rafale la plaqua contre la façade mouillée et elle serra ses doigts gourds sur la pierre. Autour d'elle, la nuit prenait une consistance épaisse, presque palpable. L'obscurité vécue dans les Geôles aveugles dansait devant ses yeux. Mériane touchait la nuit dans les gouttes qui lui cinglaient le dos, dans les ombres de la paroi, à quelques centimètres de son visage. Elle la tâtait dans les prises glissantes, invisibles, qu'elle peinait à agripper. Les encoches creusées pour faciliter l'entretien du bâtiment étaient très espacées. Elle devait se contorsionner pour atteindre la suivante. À chaque pas, elle sentait ses pieds glisser davantage, ses ongles racler douloureusement la pierre.

« J'y arrive... plus, souffla-t-elle dans le vent et la pluie.

— *Je sais*, répondit la voix omniprésente. *Il faut que tu tiennes. Tous comptent sur toi. Tu les unis, à présent.*

— J'peux pas... haleta-t-elle. Pas faite... pour ça. Ils me tuent. Ils vont me tuer... »

Ses crampes d'estomac s'émoussaient et elle grelottait de manière incontrôlable. Même la colère et la tension nerveuse ne duraient qu'un temps.

Un pas. Un autre. Elle tendit le pied à la recherche de l'encoche suivante, espérant qu'elle ne rattraperait pas Darén. Que Tara s'en sortait mieux qu'elle.

« *Ils t'acceptent telle que tu es*, dit encore Wer. *Ils s'en remettent à toi, à présent, qu'ils l'assument pleinement ou non.*

— Je les porte... J'ai dû convaincre Tara de me suivre... Il faut que je surveille Darén comme un enfant... Leopol... Aussi facile à manier qu'une hallebarde dans un cabinet d'aisances.

— *Je vois que tu ne perds pas ta langue bien pendue.*

— C'est tout ce qui me reste, Dieu... Je me paie la tête du monde. Mais c'est le monde qui a commencé. Pas moi. »

Quelques coukas dérangés par les intrus croassèrent dans le noir. Mériane sursauta, et entendit une exclamation étouffée en contrebas.

La jeune femme se figea, priant que ses compagnons aient la même réaction.

La forestière risqua un regard vers le sol. Deux

braseros éclairaient le sentier qui contournait la Prison de l'Édification. Trois weristes en patrouille s'arrêtèrent, regardèrent autour d'eux. Dieu merci, ils ne pensèrent pas à lever la tête. Si la trappe forcée était découverte, c'en serait fini.

Dans les ténèbres, Mériane ne parvenait pas à estimer la distance qu'il leur restait à parcourir. Les lueurs brillaient comme au milieu du néant. Elles auraient tout aussi bien pu appartenir à un autre monde.

Une curieuse sensation de chaleur s'éveilla dans sa main droite. Elle releva pesamment la tête et mit un instant à comprendre pourquoi son bras se terminait par une botte.

Une flambée de colère raviva ses sensations et sa conscience. Profitant qu'elle se trouve dans une position relativement stable, elle flanqua un grand coup au mollet du croisé situé au-dessus d'elle. L'autre décala son pied.

La douleur lui embrasa brutalement les doigts, et elle grimaça en un hurlement silencieux. Son souffle resta coincé dans ses poumons. Elle osa à peine remuer la main par crainte de la découvrir réduite à l'état de pulpe.

« *Ne traînez pas*, dit Dieu. *Les soldats à l'intérieur progressent à travers les étages. Vous devez neutraliser cette patrouille et quitter les lieux.* »

Mériane donna deux coups discrets du bout du pied contre la façade, en espérant que Darén comprenne le message à demi-mot, comme il en avait l'habitude. Elle attendit, puis reprit sa descente, mais un vertige, suivi d'une grande fatigue, s'abattirent sur elle. Son cœur battait dans sa gorge, à ses tempes. Elle dut s'arrêter à nouveau.

« J'y arrive pas... murmura-t-elle. Désolée. Combattre, pourquoi pas. Mais les gens... Unir le royaume... Ça sera comme ça, en cent fois pire. Ils me rendront folle. Ça, ou c'est moi qui les rendrai fous. Mais d'une manière ou d'une autre, ça finira mal. Je le sens. » Elle secoua la tête, tandis que son pressentiment familier éclosait dans sa poitrine comme une fleur depuis longtemps négligée. « Vous savez... je sens ces choses-là.

— *Bien sûr que Je le sais. Tout le monde ne naît pas avec la faculté de M'entendre. Mais tu n'as malheureusement pas le luxe de la réticence. Les Askalites sont en mouvement. L'Éternel Crépuscule s'étend. C'est la guerre, Mériane. Et tu es la seule, de toute la Rhovelle, à le savoir.* »

— Vous étiez vraiment obligé de me dire ça maintenant », maugréa-t-elle d'une voix inaudible.

Elle souffla, étranglée par le désespoir. Et pourtant, une étincelle de haine envers les démons, envers la femme squelettique dont elle avait croisé le regard depuis le rempart de la ville, raviva en elle une once de volonté. Discernant la livrée blême de Leopol qui se rapprochait dans le noir, elle se remit en mouvement, moulue de fatigue et de crampes. Elle cilla pour chasser la pluie puis, risquant un nouveau regard vers le bas, elle vit que les trois hommes s'étaient rapprochés du bâtiment, toujours sans parvenir à estimer la distance restante.

Que Wer soit condamné lui-même à son Pandémonium ! Il la tuait, lui aussi, autant que Darén et Leopol, et même Tara. Et pourtant, elle ne les abandonnerait pas. Elle ferma les yeux avec force, sentant les gouttes accumulées au bord de ses cils couler à la manière de larmes. Dieu n'avait peut-être pas si mal choisi sa Messagère, en fin de compte.

Je suis une vraie imbécile, songea-t-elle, ce qui lui procura pourtant un étrange frisson de joie. Peut-être pouvait-elle arrêter de se battre contre son destin et commencer à l'accompagner, au contraire. Mériane comprit très clairement que, malgré toutes ses protestations, toute sa colère et son aversion pour le genre humain, elle ne cesserait jamais d'accomplir la volonté de Wer quand il s'agissait de protéger les siens.

Et qu'elle pourrait même aller jusqu'à mourir pour cela.

Transie, trempée, épuisée et affamée, elle eut envie de rire tellement cela lui semblait ironique.

Deux coups discrets résonnèrent près de sa tête. Mériane se figea, jeta un coup d'œil à Leopol, puis à Darén et Tara en dessous. Ils s'étaient arrêtés. Les weristes n'étaient plus très loin, immobiles et résolus sous la pluie battante, tournés vers l'angle du mur – probablement là où ils s'attendaient à voir surgir les fuyards.

Leopol passa tel un éclair blanc devant Mériane.

Ce ne fut qu'en le voyant percuter de plein fouet une des sentinelles qu'elle comprit qu'il s'était jeté de la façade. Son adversaire amortit sa chute. Le croisé roula à terre et se releva, chancelant et secoué, juste au moment où les deux autres tiraient leurs épées.

« *Ils vont donner l'alerte !* » cria Dieu à l'oreille de Mériane.

Le danger raidit ses muscles éreintés comme un coup de fouet sur un esclave mourant.

Elle s'élança à son tour du mur en visant l'un des soldats.

L'impact lui cingla la poitrine et lui coupa le souffle. Le monde tournoya follement autour d'elle, et elle termina face contre le baiser glacé de la boue. Les poumons bloqués, elle se débattit et réussit à rouler sur le dos. Des bruits de lutte et un gargouillement brutal lui parvinrent tandis qu'elle s'efforçait de prendre à grand-peine des inspirations rauques, les yeux poignardés par la pluie.

Un weriste apparut dans son champ de vision, l'épée levée, les traits déformés par la haine.

Un cri de fureur divin éclata sous son crâne.

Une autre silhouette en livrée de pureté, tachée de terre et de sang, surgit et empala le garde. Ses forces le quittèrent aussitôt. Sa lame lui échappa des mains tandis que du sang bouillonnait à ses lèvres. Il tourna la tête, une expression hébétée sur le visage, en reconnaissant son assassin.

Celui-ci ne lui rendit pas son regard.

La sentinelle tomba enfin à la renverse. Leopol resta immobile, le dos tourné, son épée ensanglantée à la main.

Les hoquets de la forestière lui déchiraient la poitrine. Elle sentit qu'on l'asseyait, et reconnut le visage sombre de Darén. Non loin de là, Tara la regardait d'un air inquiet. Les battements affolés de son cœur se calmèrent un peu et elle fit signe à son ami de l'aider à se lever. Elle fut soudain prise d'un haut-le-cœur, mais ne rendit qu'un peu de bile.

« Dieu me l'avait promis, hein ? » cracha le croisé d'une voix sourde.

Il pivota vers elle, un tourment mêlé de fureur sur ses traits finement dessinés.

« Je le connaissais. Je les connaissais tous. Je me suis entraîné avec eux. J'ai prié avec eux ! »

Appuyée sur l'immense herboriste, Mériane balaya le sentier du regard. Les trois sentinelles gisaient dans la boue sous la pluie battante, leurs tabards maculés de brun et d'écarlate.

« On m'a formé à devenir une machine de guerre, murmura-t-il tandis que les gouttes roulaient sur sa peau. Un soldat parfait, sans peur ni reproche. Dieu, j'ai juré de combattre Tes ennemis. Mais eux... Ce sont les vôtres ! »

Avant même que Wer ne lui souffle sa réponse, Mériane répliqua à voix basse :

« Tu n'es pas responsable des fautes de leur hiérarchie. C'est le patriarque et le Chasseur de Vérité qui les ont placés sur le chemin de ta lame. »

Leopol secoua la tête.

« C'est trop facile. Ces justifications, je les connais trop bien. Je m'en servais... avant. Je n'aurais pas dû t'écouter. J'aurais dû me livrer !

— Et tu serais mort pour rien.

— Comme eux !

— Leopol, tu es en vie ! Je suis d'accord avec toi, ils sont morts pour rien... » Elle prit une inspiration qui lui cisailla aussitôt les poumons, et elle grimaça. « Mais ce seront ni les premiers, ni les derniers à être morts pour rien de la main d'un weriste. »

Leopol la dévisageait avec fureur, les yeux exorbités, les lèvres serrées. Mais elle ne flancha pas – de toute façon, Darén la portait à moitié – et soutint son regard.

« Dieu t'avait prévenu, dit-elle à voix basse. Il est trop tard pour reculer, et nous sommes tous solidaires, maintenant, que ça nous plaise ou non. L'Armée de la Nuit est en route, Leopol. Nous sommes les seuls à le savoir, et personne n'y est préparé. Dieu me commande d'organiser la défense de sa terre en son nom. Je suis navrée, sincèrement, mais mes sentiments n'y changent rien. Nous ne nous appartenons plus depuis un moment. » Elle soupira, et hoqueta de nouveau quand la douleur lui embrasa les côtes. « Nous le comprenons juste chacun à notre rythme. »

Dieu resta silencieux sous son crâne. Elle gagea qu'il approuvait.

« Maintenant, reprit-elle, il faut que tu nous amènes aux écuries. »

Leopol leva les yeux au ciel, ferma les paupières et secoua la tête, les traits ravagés par un mélange de rage et de chagrin.

« Pas les écuries », murmura-t-il.

Leur faisant signe de le suivre, il gagna le bord du sentier, qui s'enfonçait dans les ténèbres de la forêt couvrant le versant.

« Quoi ? souffla Mériane. Tu suggères qu'on marche ?

— Exactement. » Il lui adressa un sourire retors. « Tu pourras déployer de nouveau ces talents de guide pour lesquels je t'avais engagée à l'origine. Tout Valbrisson est en alerte, et il n'y a qu'une seule route pour sortir de la faille. C'est là qu'ils iront nous chercher. Le temps qu'ils se doutent que nous avons fui par la forêt, nous serons loin. »

Il s'engagea sur le talus sans s'assurer qu'on le suivait. Mériane échangea un regard avec Darén, puis ils lui emboîtèrent le pas. Elle se sentait de nouveau capable de tenir debout sans aide, mais une douleur aiguë lui transperçait toujours le plexus à chaque inspiration.

« J'espère au moins que c'est une zone stable », grogna-t-elle.

23

Chunsène

La pluie tombait sur la campagne en un rideau sombre qui noyait les couleurs, les bruits, jusqu'à la lumière déclinante du jour. Ce voile terne lui rappelait l'Éternel Crépuscule. Elle frissonna.

Les deux femmes longeaient des clôtures, des greniers, en direction de lueurs qui marquaient un hameau. Leurs bottes s'enfonçaient dans les flaques claires des chemins. Chunsène s'en émerveillait toujours. Le cuir conservait ses pieds au sec. Elle n'avait jamais possédé de si belles bottes, ni de manteau d'aussi bonne qualité, noir, muni d'une capuche et résistant aux intempéries – contribution prélevée sur des éclaireurs askalites croisés dans les avant-monts rhovelliens. Elle n'avait pas chaud, certes. Mais elle n'était pas glacée non plus. Et elle était mouillée, pas trempée.

Avec son épée au côté, la jeune fille se sentait presque différente. Respectable – un peu. La lutte quotidienne pour se nourrir en Mandre, la rafle dans la cabane familiale, ses épreuves dans les glaces lui semblaient progressivement appartenir à quelqu'un d'autre. Elles étaient passées en Rhovelle. La terre chérie de Dieu. Wer veillait sur ce royaume. Il l'avait fondé Lui-même à travers l'un de Ses Hérauts.

Chunsène prit une inspiration presque tranquille. Même la voix acerbe qui lui soufflait sans cesse de rester sur ses gardes avait perdu de sa force.

La forme floue d'une ville fortifiée se dressait sur une colline basse, loin sur leur gauche. L'état des remparts laissa la jeune fille pantoise. Ils étaient *entiers*. Quand l'adolescente regardait autour d'elle les fermettes et les greniers, elle osait imaginer que la pluie ne s'infiltrait pas sous les toits. Après tout, c'était possible. Un peu plus près, sur une autre colline, un bastion weriste asseyait sa masse blanche et trapue avec l'aplomb d'un vétéran. Bien que plutôt rassurée d'être repassée sous la protection des moines combattants de Wer, elle fut soulagée de voir que sa guide ne comptait pas s'en approcher. Ce n'était pas parce qu'ils protégeaient la Rhovelle qu'ils étaient commodes.

L'adolescente coula un regard en coin à l'étrangère qui l'avait guidée à travers les hauts plateaux, son visage invisible sous sa propre capuche relevée, son équipement sur le dos, avec son arc précieux enveloppé de toile huilée. Chaque jour de leur périple, la jeune fille s'était attendu à ce que l'autre la remette aux Askalites, voire qu'elle commette simplement une erreur de parcours. Cela aurait bien cadré avec l'habituelle méchanceté moqueuse des dieux.

Mais il ne s'était rien produit de tel. Et, à présent, elles étaient arrivées.

Mange-doigts parut sentir le poids du regard de Chunsène. Celle-ci détourna précipitamment les yeux.

Le hameau se précisa dans le demi-jour, une poignée de chaumières blotties les unes contre les autres parmi les champs. Un mélange de voix indistinctes filtra à travers le bruissement de la pluie battante ; des carrés de lumière miroitaient sur le sentier détrempé. Mange-doigts obliqua sans hésiter vers le plus grand des bâtiments et poussa la porte. Aussitôt, la rumeur se déversa dans la nuit approchante.

Chunsène eut un moment de recul en avisant la salle commune de la taverne. Autant de personnes rassemblées au même endroit signifiait généralement du grabuge. Pourtant les serfs, pour la plupart attablés au comptoir ou rassemblés autour de grandes tablées, ne leur accordèrent qu'un bref regard avant de reprendre leurs discussions. La jeune fille se raisonna, puis entra à son tour.

Son ventre se mit à gargouiller terriblement entre les odeurs de ragoût et la vue des assiettes de soupe. Mange-doigts se dirigea vers la gauche, dans un renfoncement où il restait quelques places vacantes. Chunsène la rejoignit tandis que sa comparse jetait son dévolu sur une petite table située à côté d'une croisée mal dépolie qui donnait sur les champs. L'étrangère s'installa dans l'angle, dos au mur et capuche relevée, de manière à surveiller la salle. L'adolescente, elle, ôta son manteau pour mieux savourer la chaleur de l'âtre, puis se laissa tomber sans ménagement sur la chaise.

« Y a pas à dire, déclara-t-elle en s'étirant. Tu nous as conduites. Tu tiens ta parole, Mange-doigts. »

Chunsène agita d'un air moqueur ses phalanges mutilées qui achevaient de cicatriser proprement grâce aux soins supplémentaires prodigués par sa compagne de voyage. Celle-ci fit la moue sous sa capuche. La jeune fille refusait toujours d'employer son vrai nom, Nehyr, juste par mauvais esprit. Elle savait que cela l'agaçait.

« Comment vont tes mains, aujourd'hui ? » répliqua celle-ci.

Chunsène haussa les épaules. « À part qu'il en manque des bouts ?

— Je suppose donc que cela va », soupira Mange-doigts.

L'adolescente se retourna vers la salle avec une mine renfrognée. Il y avait là un manchot, des vieillards voûtés appuyés sur des cannes grossières, des garçons de ferme aux dents de travers. Les hommes en chausses et chemises de toile épaisse avaient la trogne burinée et le regard vide. Les filles de salle cachaient leurs cheveux sous des coiffes ternes et portaient des robes informes. Elle leur trouvait à tous l'air... benêt. Cela l'agaça. Plus que cela. Elle se sentait un peu flouée.

« Ils connaissent pas la musique, ici ? grogna-t-elle.

— Les weristes la voient d'un mauvais œil, en particulier les instruments à cordes. C'est un commandement qui vous aura échappé, en Mandre.

— Et comment ! s'exclama Chunsène. Quand on se gèle et qu'on crève de faim, reste plus que ça pour se mettre un peu de chaleur au ventre. Sont idiots, ils se privent d'un des seuls plaisirs de la vie. » Elle se retourna vers sa camarade. « Regarde-moi ces culs-terreux, on dirait que Dieu a un peu oublié sa terre promise. M'ont pas l'air bien mieux lotis que nous.

— Les temps sont durs pour tout le monde, modéra la femme. Il est difficile de nourrir un royaume quand les terres cultivables sont mangées par des marécages, qu'elles se rassemblent principalement autour des grandes routes et des villes, et que tu ne sais jamais ce qui peut sortir des bois pour te dévorer.

— Oh, pas besoin de m'faire la leçon, rétorqua Chunsène en pivotant de nouveau vers elle. J'connais ça mieux qu'eux.

— Donc, tu reconnais tout de même qu'il y a une amélioration ? fit Mange-doigts avec l'ombre d'un sourire sous sa capuche. Ces gens arrivent à peu près à mettre un bol de soupe sur leur table tous les soirs. Et la même dynastie dirige le royaume depuis près de cent quatre-vingts ans. C'est un exploit, de nos jours. »

L'adolescente prit un air blasé. « Mouais. Enfin, si c'est partout comme ça, la Rhovelle, ça leur en fera une belle. L'armée qu'on a vue... Elle en fera qu'une bouchée. »

Le tavernier, un homme au visage luisant de sueur et à l'odeur au diapason, s'approcha en essuyant ses mains tordues sur son tablier sale.

« Hé bah, hé bah. C'pas tous les jours qu'on a d'nouvelles têtes, dites-moi. » Il se pencha vers Mange-doigts en désignant Chunsène : « Devriez lui couvrir les cheveux, à la danse-joie. Moi, j'suis pas regardant, mais les moines passent parfois dans le coin et vous savez comme y sont, messire. »

La femme se tourna ostensiblement vers lui pour lui montrer son visage. L'autre tressaillit comme si on l'avait brûlé.

« Oh là ! fit-il. Euh... Excusez la méprise. Alors, ça, c'est pas courant. Deux damoiselles qui voyagent seules ? »

Il sourit et les regarda tour à tour. Visiblement, il reprenait très vite ses esprits.

« Dites, z'êtes sûres que c'est bien prudent ? Sont où, vos maris ? Savez, si y a besoin d'une chambre, y a la mienne, hein. » Il eut un rire gras. « C'est joli, ça, fit-il en tâtant le tissu de la cape de Mange-doigts de ses gros doigts boudinés. Deux bourgeoises en fui... »

La main blanche de la femme jaillit des profondeurs du vêtement pour lui saisir le poignet. Elle décrivit un curieux moulinet et, une fraction de seconde plus tard, l'aubergiste se retrouva le coude tordu sous l'aisselle comme une poule sans plumes. Chunsène sursauta. Encore une fois, les choses s'étaient déroulées trop vite pour qu'elle comprenne ce qui s'était passé.

« Ce sera deux assiettes de soupe et pas de commentaire, fit Mange-doigts, merci. »

Elle le lâcha aussitôt. Le pan de la cape de la voyageuse s'était écarté, laissant paraître l'épée qu'elle aussi portait dorénavant. L'adolescente commençait à la connaître assez bien pour deviner que c'était parfaitement volontaire. L'homme la dévisagea avec hostilité, puis recula en se massant le poignet.

« Ouais ! s'exclama Chunsène en se retournant. Et reviens pas ! Parce que si tu veux me passer dessus, j'aime autant te dire qu'ça vaut plus que deux assiettes de soupe ! »

Le silence tomba sur la salle. Prise d'une brusque appréhension, la jeune fille réagit comme elle le faisait toujours dans ce cas-là : elle montra les dents et feula.

Quelques rires s'élevèrent dans la taverne et chacun retourna à sa discussion. Le tavernier maussade en fut quitte pour quelques moqueries et claques dans le dos. Chunsène sentit qu'on lui attrapait la main, et elle se retrouva face à une Mange-doigts penchée sur la table, l'air passablement agacée.

« Tu te rappelles ce que je t'ai dit sur la discrétion ? souffla-t-elle. Nous ne sommes plus dans les Mortes-couronnes ni dans la Cordillère.

— Et alors ? rétorqua l'intéressée. D'où je viens, être prudent, c'est taper en premier. Et c'est ce que t'as fait, non ? » Elle lui adressa un signe du menton. « Faut qu'tu m'apprennes ton truc, là... »

Elle décrivit des moulinets dans l'air avec ses doigts mutilés.

« Je croyais qu'une fois passée en Rhovelle, tu comptais vivre ta vie de ton côté », répliqua Mange-doigts en reculant sur son siège.

Chunsène haussa les épaules. « Ptêt 'ben que je vais m'accrocher encore un peu à tes basques. T'es pas de si mauvaise compagnie.

— Flattée, fit Mange-doigts avec un sourire ironique.

— Et d'ailleurs, c'est quoi, ton plan, maintenant ? »

La femme croisa les bras et souffla.

« Prévenir le roi de lever son ost, bien sûr. Et de se préparer à une invasion askalite. Mais il leur faut une place forte pour servir de base d'opérations. L'armée de Ganner est trop puissante et organisée pour que les Rhovelliens l'affrontent à terrain découvert ; ils n'auraient aucune chance. Le problème, c'est que la première ville fortifiée d'envergure est Loered, c'est le point de passage principal entre Nord et Sud sur le fleuve Aÿs – mais c'est déjà à mi-chemin de la capitale... qui se trouve à l'opposé de notre position. Le temps d'y arriver, Ganner aura peut-être déjà lancé son offensive. Cependant, lors de mon dernier passage ici, la cour voyageait de province en province. Avec un peu de chance, le roi se trouve en fait beaucoup plus près de nous. Il faudrait s'en assurer, mais je réfléchis encore à la meilleure façon de faire. »

Chunsène l'observait, les yeux étrécis.

« Comment tu sais tout ça ?

— Je suis passée en Rhovelle il y a quelques années. J'ai découvert le pays et...

— Pas ça. Tout le reste. Soigner des gens. Savoir comment combattre, qui et à quel endroit. »

Mange-doigts haussa les épaules. « J'ai fait bien des choses dans ma vie.

— Sauf que t'en as pas l'air.

— J'ai commencé il y a longtemps, fit-elle en souriant. Bref, mon plan consiste à commencer par me renseigner. Et en parlant de cela... »

Le regard de Mange-doigts se posa derrière Chunsène, qui se retourna vers la salle. Un jeune homme se levait juste au moment où une servante leur apportait un plateau avec deux assiettes ébréchées, un broc d'eau, une miche de pain dur et un morceau de fromage qui ne datait pas de la veille. L'homme attendit que les deux femmes soient servies, puis il s'approcha.

L'adolescente s'en méfia dès qu'elle le vit. Maigre et sinueux, avec un visage en lame de couteau et un bouc bien taillé, il se donnait des allures d'aristocrate mais ne valait visiblement pas mieux qu'elle. Sa cape s'effilochait aux bords et ses habits avaient été rapiécés bien des fois ; la plume à son chapeau avait perdu ses couleurs. Ses joues grêlées indiquaient une ancienne maladie. *La noble, en vrai, c'est Mange-doigts*, pensa Chunsène – qui se raidit aussitôt.

Barbe de braque à Wer, songea-t-elle. *C'est ça...!*
L'homme s'approcha et exécuta une courbette en prononçant une salutation que l'adolescente ne comprit pas. Puis il reprit en az'redj :

« Pardonnez mon indiscrétion, mais je n'ai pu m'empêcher d'entendre votre conversation avec l'aubergiste. Je gage qu'il y a une histoire fascinante là-dessous – deux damoiselles voyageant seules sous le couvert de l'anonymat... Une paire quelque peu improbable, si je puis me permettre. »

Il attrapa une chaise vacante et s'installa d'autorité avec elles. La méfiance surgit en Chunsène. Il s'efforçait de singer l'accent pointu des nobles, mais c'était une pâle imitation en comparaison de l'articulation de Mange-doigts. *Stupide, stupide Chunsène.* Comment ne l'avait-elle pas vu avant ? Une aristocrate. Ça expliquait tout.

« Je suis Melvín, conteur et nouvellier, reprit l'importun. Je vis des récits de chacun et des nouvelles de tous. Je voyage de village en village, colportant les récits du royaume. Puis-je offrir à ces dames le repas de leur soirée en échange de l'histoire de leur vie ? » Il leur adressa un clin d'œil à la ronde. « Et si je sais les charmer, peut-être le bénéfice de ma protection pour la suite de leur voyage ? » Il exhiba une dague dans un fourreau fatigué à sa ceinture – à peine un couteau en comparaison des épées askalites. « Les routes ne sont pas sûres, par les temps qui courent.

— T'es sérieux, Barbiche ? » aboya Chunsène, mais la femme leva la main et lui jeta un regard dur.

Et elle, elle était sérieuse ? L'adolescente serra les dents, mais se tut.

Mange-doigts se pencha vers Barbiche en croisant les bras sur la table.

« Vos mœurs semblent bien légères, sire Melvín, dit-elle avec la chaleur d'une fillasse mendiant sa protection à un seigneur de guerre. Aborder ainsi deux dames seules et leur proposer de les accompagner cadre bien peu avec les enseignements de Dieu. Ne craignez-vous pas la corruption de votre âme immortelle ? »

L'autre sourit d'un air crâneur. « Si vous aviez vu tout ce que j'ai vu, vous sauriez qu'il existe des dangers bien plus redoutables dans le monde que la beauté d'une femme. »

Chunsène le dévisagea avec incrédulité, puis leva la tête vers le plafond et murmura discrètement :

« Crétin.

— Je n'en doute pas, répliqua Mange-doigts de cette même voix de femelle en rut. Vous savez, je crois que je préférerais que vous nous régaliez de vos nouvelles que de ce maigre repas. Que diriez-vous que nous échangions nos récits ?

— Peut-être pourrions-nous aller dans un endroit plus confortable, dans ce cas ? sourit l'autre.

— Messire ! fit Mange-doigts avec un air effarouché. Nous nous connaissons à peine. »

Chunsène secouait la tête d'un air blasé. Barbiche dévorait l'archère du regard en s'efforçant de percer les ténèbres de sa capuche, mais elle se mit à manger posément tandis que le silence s'installait. L'autre se retrouva pris au dépourvu. En quelques phrases, Mange-doigts le tenait par les pendantes.

Ah, comprit la jeune fille. *J'aime mieux ça.*

Elle-même se mit à manger bruyamment sa soupe avec sa cuillère.

« Peut-être, reprit le nouvellier, que quand j'aurai achevé de vous décrire la terrible situation dans laquelle se trouve notre bon royaume, je vous aurai convaincues de l'impérative nécessité d'une escorte.

— La terrible situation de quoi ? » coupa Chunsène en déglutissant d'un coup.

Barbiche lui jeta un coup d'œil agacé, puis se retourna vers Mange-doigts, qui sirotait très élégamment sa soupe d'endives.

« Ignorez-vous que notre belle Rhovelle vacille au bord de la guerre civile ? renchérit-il. On raconte que le duc de Magnécie, Juhel ap Ornesta, va faire sécession, tout ça parce que la reine étrangère fornique avec le frère du roi. La guerre nous guette, mes dames. Je vous le dis, c'est une honte pour nous, en Linnacie...

— Hein ? s'indigna Chunsène, la bouche pleine de pain noir. Mais s'complètement idiot ! Z'avez tout : à manger, des toits et des murs, et vous faites quoi, vous vous faites la guerre pour savoir qui passe sur la reine ?

— Messire Melvín n'a pas terminé son récit, coupa Mange-doigts en haussant le ton. Poursuivez, je vous en prie.

— Eh, on s'calme, rétorqua l'intéressé, j'suis linnacien, d'accord, mais rhovellien avant tout ! » Visiblement, l'accent pointu tombait dès qu'il se sentait attaqué. « Juhel de Magnécie veut aider la Belnacie après l'attaque de Doélic et moi j'dis, faut le laisser faire ! Et j'suis pas l'seul à penser comme ça, laissez-moi vous dire ! »

Il se pencha d'un air conspirateur, retrouvant son calme.

« Y en a pour dire qu'Izara serait une nouvelle

Mordranthia et qu'elle amènerait notre chute. Que c'est pour ça que Wer nous a abandonnés. »

Quelque chose d'ancien et de mauvais se noua dans le ventre de Chunsène. L'appétit la déserta tandis que son périple à travers la Cordillère lui revenait en un éclair.

« Pas possible », grogna-t-elle pour contrer l'angoisse qui s'infiltrait en elle comme une marée froide. Elle serrait sa cuillère à s'en blanchir les jointures. « Vous vous rendez pas compte. Dieu est avec vous. »

Enfin, s'Il veille sur eux comme Il a veillé sur moi...

« Plus de cinquante ans sans Héraut, ça commence à faire... répliqua Barbiche. Et ils étaient de plus en plus rares. Pourquoi ne nous envoie-t-Il plus Sa Parole ?

— Ptêt' parce que vous en avez pas besoin ? rétorqua-t-elle. Je vous jure, ça a l'air d'aller. »

Mange-doigts avait posé son couvert, et se penchait à nouveau vers le nouvellier.

« Quelle attaque de Doélic ? demanda-t-elle d'un ton où perçait l'urgence.

— Sang-diable, mais vous sortez d'une caverne ? Je suis sûr qu'on en parle jusqu'au sud d'Anastréa. Une incursion démoniaque comme on en avait jamais vu. Des centaines de morts. Le bourg a failli être rasé... »

La voix de l'homme se noya aux oreilles de Chunsène, perdue dans le brouhaha de la salle commune. Elle n'arrivait plus à se concentrer sur autre chose que son souffle – superficiel, saccadé à ses oreilles. Sa part froide et rationnelle resurgit tel un mur qui l'isolait des paroles du conteur, l'empêchait de comprendre. *Il faut que tu manges*, pensa-

t-elle. *Il faut que tu manges tant que c'est possible.*
Mais sa gorge serrée refusait de laisser passer quoi que ce soit.

Un battement rythmique parvint à ses oreilles. Elle baissa les yeux. Des tremblements incontrôlables dans sa main faisaient cogner sa cuillère contre la table.

Elle plaqua vivement la paume sur son poignet.

Les sons reprirent leur cours normal.

Mange-doigts lui adressa un regard inquiet depuis les profondeurs de sa capuche, mais la jeune fille haussa sèchement les épaules. *Foutus doigts*, pensa-t-elle, *c'est ta faute. Si tu les avais pas coupés, aussi.*

« Et quelle est la position de l'Église là-dedans ? s'enquit sa camarade.

— Allons, gente damoiselle, fit Barbiche en reprenant son air séducteur. Ne trouvez-vous pas tout cela assommant, au bout d'un moment ? Nous avions mentionné un échange. Et si vous me parliez de vous ? Qu'est-ce qui vous amène si loin dans l'ouest ? »

Mange-doigts ôta sa capuche, révélant ses traits d'albâtre, ses cheveux dorés et ses yeux verts. Elle lui adressa un sourire parfait.

« Ma vie n'est pas très intéressante, minauda-t-elle. Bien moins que vos récits. Je vous en prie. Vous parliez du clergé de Dieu ? »

Il va quand même pas se laisser prendre à ça ? se dit Chunsène.

Il sourit, et poursuivit. *Si.*

« Ma foi, fit-il, ça ne bouge pas vraiment de ce côté-là. Un patriarque conseille Juhel de Magnécie, mais c'est à peu près tout. Du coup, je suppose que les arquides ne savent pas trop quoi décider. Les weristes protègent la morale et combattent les démons ; ils n'interviennent pas tellement dans la politique, sauf en cas d'hérésie. Il y en a forcément une, mais de quel côté ? Et puis... »

Il regarda autour de lui, comme pour s'assurer qu'il n'était pas épié. Il grimaça, comme s'il voulait parler, mais n'osait pas.

Immobile, Mange-doigts posa le menton dans ses doigts graciles sans le quitter du regard, avec ces yeux verts qui ressemblaient à des feuilles tendres. Même Chunsène se sentit désarçonnée. Elle avait les yeux vraiment très verts.

Barbiche se retourna vers elle. Il ouvrit la bouche plusieurs fois, comme un poisson hors de l'eau, puis capitula.

« Et il y en a aussi pour dire que tout ça... c'est la faute de l'Église.

— Quoi ? » lâcha Chunsène, mais Mange-doigts lui fit à nouveau signe de se taire.

Le nouvellier prit une inspiration hésitante, regarda à nouveau la jeune femme blonde – la passa en revue de la tête aux pieds –, sembla trouver du courage, et se lança.

« Il y avait une pucelle, à Doélic. La petite Belnacienne, qu'on l'appelle. On dit qu'elle a repoussé l'assaut des démons à elle toute seule. Qu'elle a commandé les armées sur le champ de bataille au nom de Wer, que la lumière divine est descendue des cieux et qu'elle l'a protégée du mal. Qu'elle ressuscite les morts, que rien ne peut la toucher, la corrompre, la tuer. Mais que l'Église l'a emmenée et fait disparaître du jour au lendemain ! Alors, les prêtres font tout ce qu'ils peuvent pour étouffer la rumeur, mais vous savez ce que c'est...

— Oui, fit Mange-doigts avec un sourire que Chunsène trouva quand même un petit peu crispé, les gens parlent.
— Voilà. »
Il désigna la salle d'un mouvement de tête.
« Vous voyez ces braves serfs, en train de se détendre après une dure journée de labeur ? J'vais vous dire, mes dames : ils ont peur. Et c'est partout pareil. Avant, ils avaient faim et froid, d'accord, mais ils étaient à peu près certains de mourir comme ils étaient nés, vous comprenez ? Ils ont besoin d'espoir. Personne sait vraiment ce qui se passe à la tête du royaume. Et certains... »

Il se tourna à nouveau vers la salle, mais personne ne leur prêtait attention, à part un ou deux fermiers qui semblaient incapables de détourner les yeux de la beauté de Mange-doigts. Puis il continua, à voix plus basse encore.

« Certains disent que l'Église s'est perdue en chemin. Que Dieu nous a bel et bien envoyé quelqu'un pour nous sauver, mais que les prêtres nous l'ont retiré. Que la corruption s'est infiltrée dans l'Église, et que pour cette raison, Wer nous punira tous, à moins qu'on suive la Belnacienne...

— Racontars de campagne », grogna Chunsène. Elle serrait nerveusement son morceau de pain dur dans son poing sans le manger. « J'en connais plein, des comme ça. Par chez moi, un jour, on a raconté qu'un gars s'était réveillé avec des bois de cerf magiques ; qu'y commandait aux animaux de la forêt, tout ça. En fait, il était juste tombé sur une Anomalie et avait fusionné avec un arbre. Les branches lui poussaient à travers la tête. »

Barbiche lui coula un regard ahuri.

« Charmante histoire. Je ne suis pas sûr de pouvoir en faire grand-chose, par contre.

— Où se trouve la Belnacienne, à présent ? demanda Mange-doigts.

— C'est bien le problème ! Personne ne sait. Elle a quitté Doélic, emmenée par les weristes. À partir de là... » Il leva les paumes en l'air. « Volatilisée.

— Doélic se trouve au sud-est de Loered, glissa Mange-doigts à Chunsène d'un air entendu.

— Et alors ? rétorqua la jeune fille. J'vois pas l'intérêt.

— Holà, mes demoiselles, fit le conteur, vous ne comptez pas vous intéresser sérieusement à cette affaire ? Qu'est-ce qui vous amène vraiment par ici ? Je vous préviens, les weristes ne plaisantent pas avec ce sujet. La Justice n'a pas encore été saisie, mais ça ne tardera probablement pas. Et c'jour-là, on pourra m'envoyer passer une Épreuve de Vérité juste pour ce que je viens de vous dire.

— Nous ne manquerons pas de nous en souvenir, messire Melvín, répliqua Mange-doigts. Si on nous pose la question, vous ne nous avez rien dit. »

Elle se tourna pensivement vers la fenêtre, carré noir ouvert sur la nuit.

« J'espère bien ! reprit l'autre. Vous voyez, c'est pour ça qu'il vous faut une escorte. Tout le monde se méfie de tout le monde, sur les routes. C'est plus comme avant ; alors c'est vrai, des brigands vous détroussaient parfois, mais c'étaient des types honnêtes qui cherchaient seulement à gagner leur croûte, vous comprenez ? Maintenant, vous croisez quelqu'un, vous savez pas de quel côté il est. Loyaliste ? Insoumis ? Et puis y a les incursions démoniaques ; rien ne dit qu'on n'en aura pas d'aut... »

Mange-doigts se redressa tout à coup sur sa chaise, les yeux rivés sur la fenêtre.

« Chunsène », appela-t-elle avec un signe de main.

L'urgence dans sa voix glaça brusquement la jeune fille. Elle se leva, contourna sans ménagement le conteur et se plaça à ses côtés.

« Oh, souffla-t-elle. Oh. Oh, *non*. »

Les faibles lanternes du bourg barbouillaient le verre grossier de la croisée, mais, dans les hauteurs de la noirceur bleutée, il était impossible de se méprendre sur le liseré argenté qui chatoyait dans le lointain. Tout juste visible, là où les nuages auraient dû se trouver.

Miroitant comme la surface de l'eau.

« *Non*, souffla-t-elle. Oh non, mon Dieu... »

C'était comme si tout le froid glacé de la Cordillère se déversait à nouveau dans son corps. Ses doigts se mirent à la démanger atrocement, son estomac menaça de se retourner. Elle dut se retenir à la table par crainte de basculer en arrière.

D'autres clients avaient également remarqué le phénomène par les fenêtres. L'inquiétude se mit à bruire dans la taverne. Soudain, la porte s'ouvrit à la volée et un fermier en pèlerine tachée s'écria :

« Vous avez vu, dehors ? »

Le cri suffit à mettre la foule en mouvement tandis que la curiosité l'emportait sur l'appréhension. Melvín le conteur les suivit, les deux femmes oubliées. Mange-doigts se leva à son tour, non sans se munir de son paquetage et de son arc. Chunsène l'imita, incapable de lutter contre la fatalité.

Je me suis crue à l'aise, comprit la part froide et détachée en elle-même qui lui avait permis de survivre dans les montagnes. *C'est ma faute. Les dieux m'ont punie. Je ne dois jamais relâcher ma garde. Jamais. Quand je le fais, les gens meurent.*

À l'extérieur, la pluie s'était réduite à un crachin. Les clients s'étaient dispersés dans le cercle de lumière qui se déversait par la porte ouverte et contemplaient, avec une appréhension mêlée de fascination, les nappes miroitantes qui planaient au-dessus des silhouettes des avant-monts.

« Par Urgans… murmura Mange-doigts d'une voix blanche. Nous sommes arrivées trop tard. »

Chunsène fendit la foule et gagna le premier rang, les yeux rivés sur l'avancée de l'Éternel Crépuscule. Elle ne pouvait plus ciller, penser. Elle ramena les poings devant sa bouche, rentra la tête entre les épaules et se baissa comme si elle pouvait se faire toute petite, afin que personne, plus jamais, ne la remarque. Les scintillements caressaient l'arrondi à peine perceptible des collines et elle crut discerner, au plus profond des ténèbres, des formes remuantes et huileuses. Elle savait ce que cela cachait. Un raz-de-marée de chair et de métal, irrésistible, qui les transformerait tous en monstres insensés, sans individualité, sans volonté propre.

Chunsène ferma les yeux et enfouit la tête dans les bras, accroupie au milieu du chemin sous la bruine. Autour d'elle, la foule parlait peu, frémissait à peine, comme si elle aussi espérait passer inaperçue. Même le crachin semblait retenir son souffle.

Mais ça sert à rien. À rien. Ils vous rattraperont tous, même au bout du monde. Comme y m'ont rattrapée moi.

« Ma dame, fit une voix masculine inquiète dans le silence, tout cela ne me dit sincèrement rien qui vaille. Laissez-moi vous emmener en sécurité. Je connais les chemins de Linnacie. Voyager à deux sera plus sûr, surtout pour vous.

— Oh, arrêtez votre cirque ! » rétorqua une voix familière à l'esprit paralysé de la jeune fille.

Mange-doigts. *Nehyr.*

« Nous nous en tirerons très bien toutes seules, jeune homme, et bien mieux que vous. D'ailleurs, un petit conseil. Quand on souhaite réellement passer pour un chevalier servant, on n'offre pas seulement ses services à la femme qu'on convoite. Si vous aviez réellement grand cœur, vous ne proposeriez pas à mots couverts de laisser mon amie ici ! »

Amie, pensa Chunsène. Le mot sonnait bizarrement à ses oreilles engourdies. Il joua silencieusement sur sa langue. Elle en connaissait le sens, mais elle doutait de s'en être jamais servie sérieusement.

« Quoi ? Quelle amie ? répliqua l'homme avec une surprise totale.

— Celle qui était à ma table, assise à votre gauche ! Grande et maigre. Où est-elle passée, d'ailleurs ? Ah, là. Chunsène ? » La voix se teinta d'angoisse. « Chunsène, tu vas bien ? »

Du mouvement – interrompu.

« Eh, insista l'autre, vous avez perdu la tête ! Y avait personne avec vous, et maintenant, vous parlez dans le vide !

— Lâche-moi, fit-elle avec un calme mortel. C'est un conseil. »

Un temps de silence. À nouveau du mouvement – vif. Un bruit d'air, un impact sourd.

« Par le braque reluisant de Wer ! cracha l'autre avec colère. Mais t'es complètement anormale !

— Je t'avais prévenu. J'ai assez perdu de temps avec toi.

— Vous avez vu ce qu'elle m'a fait ? Eh, arrêtez-la ! *Sorcière !* »

Des murmures plus nets parcoururent la foule. Le cri fut repris, une première fois, une deuxième, avec une colère sous-tendue par l'angoisse. Chunsène connaissait bien ce ton. C'était celui de gens qui se cherchent un coupable.

« Vous avez vu ? lança quelqu'un. C'est quand elle est arrivée que le ciel a changé !

— Et puis personne la connaît, hein ?

— Elle amène la corruption. C'est elle qui amène les Anomalies !

— Appelez les Chasseurs de Vérité ! »

D'autres voix s'élevèrent, suivis d'autres bruits sourds, de pas précipités dans la boue. L'adolescente sentit une main se poser sur son épaule.

« Chunsène ! appela la voix familière. Chunsène, il ne faut pas rester là. Parle-moi. Qu'est-ce qui t'arrive ? »

La part froide et distanciée de l'adolescente éprouva une authentique surprise. Mais la terreur la noyait si profondément qu'elle ne parvenait pas à se faire entendre.

Autour d'elles, il se passa quelque chose d'étrange. Les cris qui appelaient un instant plus tôt à ce qu'on érige bûcher moururent, remplacés par des murmures confus, comme si la fureur s'était évanouie. Chunsène entendit piétiner dans la boue et les exclamations reprirent, mais elles concernaient à nouveau le ciel argenté.

La jeune fille sentit une paume douce et chaude sur sa joue.

« Chunsène ? »

L'adolescente gardait les paupières résolument fermées.

« Tu... Tu me vois ? balbutia-t-elle d'une toute petite voix.

— Évidemment. Pourquoi ne te verrais-je pas ? »

Chunsène voulut prendre une profonde inspiration, sans y parvenir. Elle entrouvrit les yeux, juste assez pour distinguer le visage de porcelaine de la voyageuse empreint d'une expression soucieuse.

« Parce que tu devrais pas. Tu devrais être comme eux. Avoir oublié que j'existe. »

L'autre la dévisagea encore. Puis elle regarda ses mains qui touchaient la jeune fille, sur l'épaule et le visage. Elle leva alors la tête vers l'assemblée de serfs, qui parlaient avec angoisse d'envoyer un émissaire au bastion weriste, et hocha lentement la tête, semblant comprendre.

« Combien de temps cela dure-t-il ?

— J'sais pas. J'savais même pas... q'ça pouvait faire ça. Si j'avais su... Si j'avais su, j'aurais peut-être pu... avant... »

Elle fut incapable de terminer sa phrase. Quelque chose de brisé et de réparé des dizaines de fois se cassa à nouveau dans le cœur de la jeune fille. Toutes les émotions réprimées depuis des mois, des années, lui comprimèrent la gorge, la poitrine, le ventre. Elle crut qu'elle allait vomir, incapable de contenir comme d'exprimer ce flot irrépressible. Un sanglot rauque, presque un haut-le-cœur, la déchira de bas en haut.

« Je suis désolée, murmura la voyageuse, mais il faut vraiment qu'on y aille. On ne peut plus rien faire ici. Tu es d'accord avec moi ? »

L'adolescente serra la mâchoire, grinça nerveusement des dents. Puis, à contrecœur, en maudissant à nouveau tous les dieux du ciel et de la terre, elle hocha la tête.

« Tu peux marcher ? insista l'autre.

— Évidemment que j'peux marcher ! » cracha Chunsène d'une voix éraillée.

L'ombre d'un sourire passa sur les lèvres de sa camarade. Celle-ci l'aida à se lever, puis elles contournèrent discrètement la foule – qui continuait à ignorer totalement leur présence. Au bout de quelques pas, la jeune fille se dégagea d'un mouvement d'épaules, et déglutit de toutes ses forces, à plusieurs reprises, pour remettre ces sentiments idiots à leur place – loin, très loin au fond d'elle. Elle renifla et s'essuya le nez sur sa manche. Puis elle jeta à sa comparse un regard tandis qu'elles s'éloignaient d'un pas de plus en plus vif dans l'obscurité humide.

« Qu'est-ce qu'on peut faire, maintenant ? » demanda la jeune fille d'une voix plus geignarde qu'elle ne l'aurait voulu. Elle tourna la tête pour cacher son visage.

« Commencer par voler des montures », répliqua Mange-doigts d'une voix sombre. Elle hésita, et reprit d'une voix chargée de chagrin et pourtant empreinte d'une résolution terrible : « Ces pauvres gens n'en auront bientôt plus besoin. »

Mériane

Elle sentit son pied se dérober sur le versant ; la nécessité de compenser sur l'autre s'imposa à son esprit de façon très claire, mais ses réflexes s'échappèrent comme une volée d'oiseaux. La jeune femme s'écroula lourdement sur le flanc – provoquant un éclair de douleur dans sa poitrine. Elle glissa sur quelques mètres sous les arbres et finit étendue sur le dos.

Mériane inspirait superficiellement pour éviter de raviver sa contusion. Au-dessus d'elle, les ramures humides s'agitaient devant un ciel indigo où commençaient à poindre des étoiles. Se relever lui apparaissait comme une nécessité – ils marchaient depuis l'aube et ignoraient quand les weristes comprendraient qu'ils n'avaient pas fui par la route – mais cette pensée ne parvenait pas à se traduire en actions. C'était comme si le lien entre sa volonté et son corps fourbu, perclus de douleurs et de courbatures, sous-alimenté et manquant de sommeil, s'était brisé. Elle aurait tout aussi bien pu être faite de bois.

« Et voilà pourquoi on n'emmène pas de femmes en campagne ! maugréa Leopol, quelque part hors de son champ de vision. Vous n'êtes pas taillées pour ça. »

L'indignation ralluma en Mériane une infime étincelle – juste assez pour lui permettre de se redresser maladroitement sur un coude. Elle distinguait la silhouette blanche du croisé, plus loin dans les taillis. Darén et Tara revenaient vers elle. Leurs traits tirés, leurs vêtements tachés de boue et déchirés, la désolèrent. Elle avait probablement plus mauvaise mine encore.

« Tu te rappelleras... » Elle grimaça, le torse percé par un nouveau coup de poignard. Elle déglutit et reprit d'un ton plus modéré, mais tout aussi acerbe : « Quelque part, au fond de ton orgueil, tu te rappelleras que je t'ai sauvé la vie en sautant de ce mur.

— Et que j'ai sauvé la tienne ensuite, rétorqua-t-il en rebroussant chemin à son tour. J'avais la situation sous contrôle !

— À deux contre un ? Ils allaient donner l'alerte !

— Tu n'es pas une guerrière, Mériane. Occupe-toi de ta forêt et laisse le reste à ceux qui connaissent ! »

Il s'éloigna de nouveau d'un pas furieux. Mériane inspira pour lui renvoyer une repartie cinglante, mais une nouvelle pointe de douleur la pétrifia. *D'accord*, songea-t-elle, *je me tiens tranquille*.

« *Laisse faire*, souffla Wer à ses oreilles. *N'attise pas le...*

— ... conflit, je sais, murmura-t-elle. Tout le monde est épuisé et meurt de faim. »

Darén et Tara l'aidèrent à se relever – le premier davantage que la seconde, mais l'expression de sollicitude sur les traits juvéniles de la jeune fille la toucha. Son visage constellé d'ecchymoses et le sang séché sur ses lèvres lui fendirent le cœur. C'était la première fois que Mériane la voyait se soucier sincèrement de quelqu'un d'autre. Il fallait croire qu'elle avait appris quelque chose à Valbrisson.

Elle chassa aussitôt cette pensée avec horreur. Tara avait été une jeune idiote, mais personne ne méritait les sentences barbares des weristes. Personne.

« Pas la peine de me chaperonner, ajouta-t-elle à la seule intention de Wer tandis que Darén la soutenait. Je suis une grande fille.

— *Heureusement, car tu auras besoin de toute ton ingéniosité.* »

La forestière ferma un instant les yeux, prise de découragement. Elle se sentait marcher au bord d'un précipice. Si elle le contemplait ne serait-ce qu'un instant – si elle reconnaissait seulement son existence – alors toutes ses forces l'abandonneraient, comme quelques instants plus tôt.

Dieu lui avait révélé pendant la journée toute l'envergure de sa tâche.

La colère de Mériane envers le clergé n'avait fait que croître, à supposer que ce soit possible. Des centaines de questions et d'indignations se pressaient dans sa tête, mais elle avait eu besoin de toutes ses forces pour marcher obstinément, soutenue par sa seule rage et une terreur grandissante, poussant ses forces au-delà de ce dont elle se serait crue capable. Elle soupçonnait que Wer en avait conscience : pour une fois, elle ne pouvait pas lui répondre, concentrée sur son souffle douloureux. Elle ne pouvait qu'écouter.

Ils avaient perdu un temps précieux. Se présenter à Valbrisson avait été une erreur. Mais Mériane avait conscience d'avoir, la première, gaspillé le peu dont ils disposaient. Il lui avait fallu Doélic pour accepter son sort. Au fond d'elle, elle comprenait les doutes des prêtres. Et cela lui causait le plus grand malaise de tous.

Elle trébucha encore, rattrapée par Darén – où trouvait-il cette énergie ? Le versant qu'ils longeaient s'annonçait de plus en plus accidenté ; autour d'eux, des blocs moussus affleuraient le sol. La falaise calcaire qui les dominait s'incurvait au-devant d'eux, formant une paroi naturelle jusqu'à la rivière bruissante. Sur instruction de Mériane, ils avaient cheminé un temps dans l'eau afin de dissimuler leur piste, puis étaient remontés sous le couvert des bois. Mais ils n'étaient plus en état d'avancer, à présent. À commencer par elle.

« Bon ça suffit, dit-elle, assez fort pour que les autres l'entendent. On s'approche de la paroi pour s'abriter du vent et on s'arrête. » Nul n'émit d'objection, pas même Leopol, qui ouvrait la voie à une dizaine de pas devant eux. « Commencez à ramasser un peu de bois sur votre chemin. Si vous voyez de petits arbres, coupez-les.

— L'épée d'un croisé n'est pas une hache de bûcheron, grogna le weriste.

— Et si le croisé n'est pas content, il pourra dormir fièrement dans le froid », répliqua Mériane.

Darén se pencha vers elle. « Tu veux faire du feu ?

— On n'a pas le choix. Wer m'a promis qu'il tiendrait la pluie à l'écart du vallon, mais nous allons quand même geler cette nuit, sinon. Et puis il faut vraiment manger. » Elle lui sourit. « Je ne t'ai jamais montré comment faire du feu sans fumée ? »

Moins d'une heure plus tard, ils dénichaient une anfractuosité dans la paroi rocheuse, tapissée par des épines de sapins. Les animaux de la nuit commençaient à émettre leurs chants mystérieux. Mériane échafauda un feu constitué de petites bûches réparties en étages successifs – une technique apprise d'un des premiers parias qu'elle avait rencontrés, un homme qui avait disparu moins d'un an après son arrivée dans la zone instable. Les flammes étaient petites, mais brillantes et très chaudes, ce qui évitait l'émission de fumée. Leopol était parti chercher de l'eau à la rivière. Tara se chauffait les mains en silence. Darén employait patiemment la lame d'une des épées pour réduire des écorces en poudre ; il avait mis de côté des racines et des tiges qui attendaient la cuisson. Adossée à la falaise, Mériane s'efforçait en vain de trouver une position confortable. Elle n'avait jamais connu pareil état d'épuisement. Le moindre de ses muscles lui paraissait fait de plomb, à tel point qu'il semblait prêt à traverser le sol meuble de la forêt. Le manque de sommeil s'était installé en une sorte de tiraillement qui rongeait jusqu'à la moelle de ses os. Pourtant, elle se découvrait incapable de s'assoupir comme de relâcher sa vigilance. Elle frémissait dès qu'une bourrasque agitait les arbres. Son esprit exténué croyait entendre les hurlements incessants des geôles de Valbrisson.

« *Cesse de remuer*, dit Dieu. *Je sens que tu as au moins une côte fêlée.*

— C'est vrai que vous êtes chirurgien, répondit-elle *sotto voce*. Vous pouvez m'arranger ça ?

— *Darén te prépare une décoction qui atténuera la douleur. Sinon, le froid sera ton meilleur allié.*

— Ça ne devrait pas poser de problème, répliqua-t-elle, pince-sans-rire.

— *Et surtout, tu pourrais commencer par arrêter de prendre des risques inutiles. Leopol n'a pas tort, tu sais. Il faudra que tu apprennes à te battre réellement.*

— Vous n'allez pas vous y mettre aussi ? J'ai survécu en zone instable, je vous rappelle. Vous vous souvenez de Doélic ? Je ne suis pas complètement inapte.

— *Ce n'est pas se battre, c'est se bagarrer. Mériane, ce qui se dresse devant toi s'annonce sans commune mesure avec Doélic. Cette escarmouche n'était que le début. Tes adversaires seront...*

— Vous me l'avez seriné toute la journée, coupa-t-elle pour couvrir son angoisse. J'ai compris. »

Elle dut hausser la voix sans le vouloir, car Darén

et Tara lui jetèrent un coup d'œil. Elle remua encore à cause d'une arête qui lui rentrait dans l'échine.

La jeune femme resta silencieuse. Le précipice obscur s'ouvrait à ses côtés, de part et d'autre. Elle se sentait comme un funambule prêt à basculer à la moindre erreur. À la dérobée, elle observa ses compagnons de route visiblement épuisés mais qui, pourtant, semblaient en paix. Ils avaient quitté Valbrisson, ils étaient libres ; eux n'avaient pas d'impératif immédiat. Eux n'avaient pas à réfléchir à la suite des événements.

« *Quand vas-tu leur dire ?* demanda Dieu.

— Je ne sais pas, murmura-t-elle. Le plus tard possible. Inutile de les inquiéter pour rien. Darén était à Doélic, mais... Ah, ils n'ont pas besoin de connaître les détails.

— *Mériane*, glissa la voix, toutefois non sans compassion, *considérerais-tu qu'il peut être altruiste de taire la vérité ?* »

La jeune femme n'avait plus de repartie cinglante à offrir. Elle était trop épuisée, trop lasse. Trop inquiète. Elle se piquetait machinalement le doigt avec une aiguille sèche pour raviver les sensations de sa main engourdie. Cela l'aidait également à s'assurer qu'elle ne rêvait pas. Malheureusement.

Elle entendit Leopol avant de le voir. Quelques secondes plus tard, le croisé dans sa livrée tachée de boue et de sang entrait dans le cercle de clarté avec une outre improvisée à partir d'une de leurs capes de pluie. Il la jeta à demi dans les bras de Mériane, puis tourna le dos et alla s'asseoir près du petit feu, entre Tara et Darén. L'éclat brillant supplantait les dernières lueurs du jour.

« À partir d'ici, le vallon se resserre et remonte

par étages successifs jusqu'à son extrémité nord, annonça le croisé. Attendez-vous à une progression plus difficile, mais cela signifie aussi que nous échapperons définitivement à mes frères. » Il lança un regard chargé de ressentiment à Mériane. « À condition qu'on ne nous rattrape pas cette nuit, évidemment.

— Dieu m'assure que notre diversion a pris, répliqua-t-elle. C'est tout de même intéressant de constater que tu as autant de mal à croire en son action que moi, au début. Tu préfères escalader des falaises de nuit, le ventre vide et épuisé ? »

Le moine haussa les épaules. « Moi, je vais parfaitement bien.

— Arrête, fit-elle, tu n'es pas en meilleure forme que moi.

— Je pratique depuis toujours l'ascèse de l'âme et du corps. Ce que vous considérez comme des mauvais traitements, c'est pour moi une chance de prouver ma valeur. »

Mériane serra les lèvres. À chaque fois qu'elle croyait pouvoir l'atteindre, toucher quelque chose d'humain et de compatissant en lui, il se retranchait derrière des remparts plus épais que ceux d'une forteresse weriste. Elle discernait pourtant bien les cernes sous ses yeux, les traits tirés, le duvet blond qui couvrait tout juste ses joues. Leopol lui évoquait un enfant rendu capricieux par le manque de sommeil. Par Dieu, elle aussi, elle était épuisée ; et elle, son ascèse, elle avait au moins le bon sens de ne pas l'avoir choisie...

Elle ferma ses paupières piquantes et expira pour se calmer. *De l'union*, se rappela-t-elle. Leopol se trouvait en terrain inconnu, comme eux. Elle s'efforça d'appréhender qu'en une nuit, sa vie avait basculé; qu'il avait écouté son instinct pour se retourner contre tout ce qu'il considérait sacré. Son épée portait le sang de ses camarades. Il fallait une sacrée dose de courage et de confiance. Peut-être que, pour une fois, Leopol avait des raisons de se comporter comme Leopol. Elle s'obligea à se détendre, puis rouvrit les yeux.

« À ton avis, reprit-elle, est-ce qu'ils risquent de nous attendre à l'extrémité du vallon ? »

Leopol haussa les épaules, ramassa un des tubercules terreux au pied de Darén, l'examina et le reposa avec une moue dégoûtée.

« Un village domine la faille, Roénac. Nous laissons croire aux habitants que toute la partie nord du creux de Valbrisson est une zone instable pour éviter qu'ils ne fourrent le nez dans nos affaires. » Il inclina la tête face à Mériane – ou plutôt face à son invité. « Tant que nous restons discrets, nous devrions pouvoir nous mêler à la population... Surtout si Dieu consent à nous aider encore.

— Mentir aux gens en prétendant que c'est dans leur intérêt. Effectivement, ça ressemble à vos tactiques... »

Mais la phrase de Mériane mourut sur ses lèvres. Son intonation acerbe avait perdu tout mordant. Elle baissa les yeux. La remarque précédente de Wer restait présente à son esprit et la mettait terriblement mal à l'aise. Il lui fallait reconnaître que, dès Doélic, elle avait usé de tactiques semblables. Dieu appelait cela « inspirer la population ». Une part d'elle-même commençait à appréhender le fond du discours de l'Église, et peut-être à le concevoir. Cela la hérissait intérieurement, mais pas autant qu'elle ne l'aurait voulu. Elle mit aussitôt ce manque de véhémence sur le compte de l'épuisement.

Elle vit le moine sourire d'un air satisfait face à ce qu'il percevait comme une capitulation.

« Puisque tu nous parles de tactique, quel est ton plan, Messagère du Ciel ? »

Elle ne le regarda pas. Trop d'idées contradictoires tournaient dans sa tête. Des abîmes trop profonds la guettaient – les guettaient tous. Elle n'avait pas le courage d'en parler.

« Amener Tara en sécurité, pour commencer, éluda-t-elle. Ce village, Roénac – on devrait pouvoir lui trouver une place de servante, ou...

— Encore elle ? s'écria-t-il en la désignant sans la regarder, bien qu'il soit assis à côté d'elle. Sangdiable, mais quelle importance a-t-elle, à la fin ? »

Elle tressaillit dans sa robe grossière et se recroquevilla, ses grands yeux bleus sautant du feu à l'obscurité de la forêt, comme si elle cherchait à évaluer ses risques. Son manège n'échappa pas au croisé.

« Quoi, cracha-t-il, je te dérange ? C'est moi qui devrais être dérangé par ta présence, femelle ! Parle, si tu as quelque chose à dire ! Depuis qu'on t'a récupérée, tu n'as pas lâché un mot ! Pas un remerciement, même pas un signe de gratitude ! »

Il la repoussa par l'épaule.

« Allez ! Dis merci, au moins !

— Leopol ! » s'exclama Mériane en bondissant sur ses pieds, ignorant la fatigue et la douleur sourde dans sa poitrine.

Un vertige la saisit, mais elle le chassa avec rage, contourna le feu et s'interposa. La jeune fille s'enfuit à quatre pattes. Le moine se leva à son tour, mais Mériane explosa avant lui :

« Ce que tu peux être stupide, parfois ! Tu n'as pas compris que tes camarades lui avaient coupé la langue ? »

L'expression hargneuse de Leopol vacilla sous le coup du doute et de la surprise. La forestière ne lui laissa pas le temps de récupérer :

« Eh oui, gronda-t-elle. Ils ont dû juger que ses paroles corrompaient la fière jeunesse masculine, comme le fils du baron ! Peut-être que Pyr a même rejeté la faute sur elle. Bien que nous sachions toi et moi ce qu'il en est. Vous qui vous gargarisez à ce point de pureté et de force, vous devez être bien faibles, au fond, pour vous laisser corrompre aussi facilement par des femmes qui ne vous demandent rien ! »

Toute sa rage et sa frustration avaient jailli, brutales et tranchantes comme une épée. Ses douleurs lui embrasaient la poitrine mais lui fournissaient un combustible supplémentaire. Elle ne supportait plus cette terreur qui la rongeait, cette certitude que, quels que soient l'épouvante et le tourment, elle accomplirait la mission que Dieu lui avait confiée parce que – Aelig la prenne en pitié – elle ne supportait pas la souffrance d'autrui, et que, pour cette raison, elle demeurait une parfaite idiote.

Et pour cette raison, la réaction de Leopol la prit totalement au dépourvu. Son expression défiante se liquéfia. Ses traits carrés se plissèrent, déchirés entre la peine, l'impuissance et la fureur. Il détourna sèchement la tête, puis tourna les talons et s'enfuit d'un pas pressé dans les ténèbres entre les arbres.

« *Je t'avais prévenue* », murmura Dieu, ce qui ne l'aidait guère.

Mériane cilla, abasourdie, le regard perdu dans le

vide qu'il avait occupé un instant plus tôt. Elle entendait ses bottes bruire dans la forêt.

Il ne va pas rentrer à la forteresse, quand même? s'inquiéta-t-elle soudain.

Darén, assis, la dévisageait avec une trace de réprobation. Il ne dit rien, mais ce n'était pas nécessaire. Elle leva les yeux au ciel, secoua la tête puis s'engagea sur les traces de Leopol.

Elle resserra sa cape autour de ses épaules. L'humidité était tombée sur le vallon. Le ciel dégagé déployait des myriades d'étoiles et le croissant de la lune soulignait les formes des arbres. Elle n'eut pas à marcher longtemps; moins de deux minutes après avoir quitté le camp de fortune, elle entendit un souffle haché.

Des sanglots.

Mériane ne chercha pas à passer inaperçue. Elle écrasa bruyamment les débris végétaux sur le sol; de petits animaux invisibles s'enfuirent dans les fourrés sur son passage.

Elle gagna une clairière qu'elle avait brièvement envisagée pour leur campement. Une bande d'humus entourait un gros rocher moussu. Une silhouette humaine blafarde s'y trouvait assise, la tête dans les mains.

Et Leopol pleurait.

Mériane hésita, profondément gênée. Une part d'elle voulait lui laisser un peu d'intimité, tout en se sentant coupable, et lâche de l'abandonner à lui-même.

«Contente? dit tout à coup Leopol d'une voix rauque dans le noir. Tu me vois en état de faiblesse. Ça te plaît?»

La mâchoire de Mériane remua un temps avant qu'elle ne retrouve ses mots.

« Non », murmura-t-elle.

Il se redressa dans les ténèbres.

« Laisse-moi, souffla-t-il. Je refuse que tu me voies comme ça.

— Pourquoi ?

— Parce qu'un guerrier de Wer ne pleure jamais. Parce qu'un homme ne pleure jamais. »

La jeune femme s'approcha spontanément à pas mesurés. Le moine ne bougea pas du rocher.

« Pourquoi ? fit-elle à nouveau. Leopol... Je suis désolée.

— Ne t'accorde pas trop d'importance, rétorqua-t-il. Une femme ne saurait me blesser avec des mots. »

Mériane eut une moue agacée dans le noir, mais elle ravala son agressivité qui affleurait de nouveau. Elle s'approcha, toujours avec lenteur, puis s'installa sur le gros rocher, à distance respectueuse du croisé.

« Je ne m'excusais pas, dit-elle doucement. Je suis juste désolée pour toi. Pour tout ce que tu vis.

— Qu'est-ce que tu racontes ?

— Tu as fait ce qu'il fallait, répliqua-t-elle. Ce que tu crois. Mais ça ne veut pas dire que c'est facile.

— Le devoir est la seule voie, récita-t-il en s'efforçant d'affermir sa voix. C'est la nature de l'Unique morale. Pour cette raison, il n'y a pas d'autre chemin envisageable. C'est donc le plus facile. »

Mériane inspira, avec prudence pour ne pas réveiller sa blessure.

« Je ne crois pas que ce soit aussi simple.

— Qu'est-ce que tu en sais ? » rétorqua-t-il.

Elle leva les yeux vers les étoiles scintillantes, les mains sur la pierre froide couverte de mousse.

« Leopol... Sang-diable, tu n'es pas un mécanisme. Toute ta vie, on t'a enseigné une seule chose. Un seul ensemble de principes, le devoir envers Dieu, le combat contre les abominations et les Anomalies. Mais... »

Elle laissa sa phrase en suspens, sentant que cette approche ne la conduirait nulle part. Leopol était weriste jusqu'au bout des ongles. Elle ne le convaincrait jamais du bien-fondé de ses émotions.

Elle reprit.

« Quand les tiens ont brûlé Aelig, j'ai pleuré, bien sûr. J'étais folle de rage. Mais surtout, le petit monde que je m'étais bâti s'est effondré à jamais. La journée, je travaillais avec ma famille à la ferme et le soir, quand tout le monde rentrait chez soi ou passait à la taverne, je la rejoignais dans sa chaumière. J'étais épuisée, mais je n'aurais raté ça pour rien au monde. Plus d'une fois, je me suis endormie sur ma chaise pendant qu'elle m'apprenait les rythmes de la forêt, et je passais la nuit là-bas. Ça ne plaisait pas à mes parents, mais ils me laissaient faire. Au moins, ils savaient où j'étais. » Elle sourit à l'évocation de ces souvenirs. « J'étais grande et forte, pour une fille. Je travaillais bien, même si ça aurait tué mon père de l'admettre. Du coup, ils me laissaient quand même un soupçon de liberté.

— C'est normal que tu te laisses aller à tes émotions, maugréa le moine. Tu fonctionnes ainsi. Tu es une femme.

— Leopol, s'il te plaît, arrête, répliqua-t-elle avec lassitude. Ce n'est pas parce que je suis une femme que je pleure. Ce n'est pas parce que je suis une femme que je n'ai pas pu rester sans rien faire quand les Askalites ont attaqué Doélic, alors que la voix que je craignais et détestais le plus au monde s'était invitée sous mon crâne ! C'est parce que je suis un être humain. J'ai un cœur, et ce n'est pas toujours pratique, je suis d'accord ; on aimerait bien pouvoir l'oublier de temps en temps. Mais c'est impossible. Et je suis navrée de te l'apprendre, Leopol, mais tu en as un aussi. Je sais que c'est ta foi qui t'a conduit à ma cellule pour me sortir de Valbrisson, mais je ne crois pas que ce soit la seule raison. Je pense qu'au fond de toi, tu savais que ce n'était pas juste. Et que c'est aussi une des raisons pour lesquelles tu m'as ramenée à ma cabane après l'Anomalie au lieu de me livrer à une Épreuve de Vérité. »

L'expiration de Leopol fendit la nuit – il soupira de nouveau, un souffle qui se hacha peu à peu. Mériane ignorait s'il s'était remis à pleurer ou s'il riait, désabusé. Elle le vit se tourner vers elle, forme blême comme un spectre, ses orbites luisant imperceptiblement dans la clarté lunaire.

« Répète-le-moi, lâcha-t-il. Répète-moi que tout cela a du sens. Que j'ai bien tué mes frères pour la gloire de Dieu, qu'il y a une raison à tout cela, un sens plus vaste qui dépasse le seul devoir. Dis-le-moi en me regardant dans les yeux, Mériane, et je te suivrai. »

La jeune fille ne tendit que distraitement l'oreille ; elle savait déjà ce que Dieu dirait.

« Wer te le répète, Leopol. La nuit dernière, tu as accompli ton devoir comme jamais auparavant. Tout le sort de la Rhovelle, et peut-être du werisme, repose sur ton action. Nul ne l'oubliera, et ton nom sera glorifié.

— Merci, pour votre bénédiction, Seigneur, murmura-t-il. Mais je ne voulais pas seulement connaître votre avis. »

Il continuait à observer Mériane dans la pénombre. Le vent remua paresseusement les cimes des arbres, et elle frissonna. Le silence s'installa tandis qu'elle comprenait ce qu'il était en train de dire.

« D... depuis quand tu te préoccupes de ce que je pense ? balbutia-t-elle.

— Réponds-moi, s'il te plaît. »

Ses lèvres s'entrouvrirent. Elle sonda son âme, son cœur, éreintés par leur fuite et la terreur de l'avenir qui se dressait devant eux. L'impératif de maintenir un front uni s'imposa de nouveau à elle, mais elle se rappela sa discussion avec Wer sur la connaissance et la dissimulation de la vérité – et sut aussitôt ce qu'elle voulait répondre.

« Je n'en sais rien, Leopol, lâcha-t-elle. Je n'en sais vraiment rien. Mais au bout du compte, je ne crois pas que cela ait réellement d'importance. Dans la forêt... Je vivais simplement, chaque jour, au rythme de la nature et des saisons, sans me poser ce genre de questions. Si tu veux savoir ce que j'en pense... C'est quand on commence à vouloir donner aux choses un sens plus vaste que les problèmes commencent. »

Il acquiesça, puis se détourna.

« Merci d'avoir dit la vérité », murmura-t-il.

Un nouveau silence s'installa, plus détendu, cette fois. Mériane frissonna de nouveau et resserra sa cape. La fatigue s'ajoutait à l'humidité pour la glacer jusqu'à la moelle ; elle se languissait du feu, dont elle distinguait la faible lueur entre les arbres. Elle allait suggérer qu'ils rentrent, quand Leopol reprit :

« Moi, j'en ai besoin. De ce sens. Sinon... Sinon, il

n'y a rien pour nous sauver de l'animalité. Rien qui vaille la peine d'être conservé en nous. Wer aurait tout aussi bien fait d'anéantir entièrement le monde. Mais s'Il a épargné l'humanité, c'est qu'Il nous croit encore capables de nous racheter. »

Il restait tourné vers la nuit, vers l'obscurité entre les troncs.

« Les émotions sont dangereuses, Mériane. Je le sais mieux que personne. Quand j'étais jeune, j'étais… »

Il se tut. La forestière commençait à claquer imperceptiblement des dents, mais elle ne voulait pas bouger, par peur de briser l'élan du croisé. Il s'ouvrait enfin. Toutefois, un long moment passa, si bien qu'elle crut qu'il ne reprendrait jamais.

Finalement, sa voix s'éleva de nouveau dans les bruits nocturnes.

« En général, les moines ne connaissent pas leurs parents. On nous recueille comme orphelins, ou bien on nous offre, voire on nous prélève comme tribut lorsque les circonstances l'exigent. Mais moi, j'ai connu ma mère. »

Il marqua une nouvelle pause, brève.

« Les prostituées se soucient en général peu de tomber enceintes. Il est déjà tellement difficile d'avoir un enfant viable… Toutefois, dans mon cas, Dieu en a décidément autrement. J'ai grandi dans les environs de la Descente aux Enfers – c'est une rue de Ker Vasthrion, et elle porte bien son nom, crois-moi. Longtemps, je n'ai connu que cette vie-là : les corps, la débauche… J'ai vite compris que je pouvais plaire, même jeune. J'étais une sorte de mascotte, de trophée rare. Disons… » Il déglutit. « Disons que les hommes ne sont pas les seuls à héberger des désirs charnels qu'il leur faut assouvir.

— Oh, Leopol... fit Mériane en portant les mains à sa gorge. Je suis désolée.

— Ne me prends pas en pitié, rétorqua-t-il en se tournant vers elle. J'ai aimé cette vie. Elle était simple. Je m'y suis plongé sans remords. Je m'y suis baigné. Vautré. J'étais innocent ; comment pouvais-je savoir ? Et puis... »

Il se racla la gorge.

« L'Église fait périodiquement des descentes dans ce genre d'établissement. Les lois n'interdisent pas la prostitution, mais cela n'empêche pas qu'elle représente toute la corruption que Wer abhorre. Des détachements de pureté se présentent régulièrement pour remettre un peu d'ordre. Essayer de ramener quelques âmes dans le droit chemin. Faire un ou deux exemples. »

Mériane dut se mordre la lèvre pour ne pas réagir à cette dernière phrase, lâchée sur le ton de la conversation.

« À l'époque, Pargén Maoz était croisé, avant de diriger Valbrisson. Il m'a remarqué. Dieu merci, il m'a jugé assez jeune pour être sauvé. Il m'a enlevé à cette vie... » Son dégoût était audible. « Il m'a montré toute l'ampleur de ma damnation et la splendeur d'une vie juste. Il m'a montré le cadre que Dieu avait prévu pour moi, il m'a exposé le sens qu'Il donne à toute chose. »

Leopol se tourna brusquement vers elle.

« Tu portes la Parole de Dieu, Mériane. Il faut absolument que tu croies à ce sens, toi aussi. La splendeur divine n'est pas qu'une lumière céleste qui te désigne comme Son élue. C'est une façon de vivre. L'essence même de la foi. »

Elle hocha imperceptiblement la tête. Était-ce ce qui lui était arrivé face à ses juges ? Elle ne conservait aucun souvenir de l'incident, comme dans l'Anomalie. Cela lui déplaisait au plus haut point. À vrai dire, elle ne voyait pas de réelle différence avec une possession démoniaque. Mais elle resta soigneusement impassible pour ne pas se trahir, et hocha lentement la tête.

« Tu dois laisser le message divin t'habiter, poursuivit-il. Une chose que nous apprenons très tôt sur les Hérauts, et que nous nous efforçons d'imiter nous-mêmes... c'est qu'ils n'étaient pas que de simples intermédiaires divins. Leur conviction était un feu qui gouvernait le moindre de leurs actes. Certains n'ont eu la révélation qu'une fois touchés par Dieu, un peu comme toi, j'imagine, mais... Ensuite, il n'y avait plus aucune place en eux pour le doute. »

Et c'est exactement pour cette raison que je continue à ne pas être la bonne personne, songea Mériane en fermant les yeux. Malgré sa résolution – sa capitulation, lui souffla son instinct –, le doute demeurait chevillé à son corps, à son esprit. C'était lui qui l'avait fait questionner chaque signe dans les nuages, chaque animal en apparence inoffensif. C'était lui qui l'avait maintenue en vie dans la zone instable.

« *Tu y arriveras*, murmura Wer. *Inspire-toi de Leopol. Laisse-toi guider par son exemple.*

— La guerre est là », lâcha-t-elle tout à coup pour écarter ce sujet.

Elle entendit le croisé remuer sur le rocher.

« Oui, je sais. Tu as proclamé à Doélic que les

troupes du démon Aska se tenaient prêtes à déferler sur la Rhovelle...

— Non, répondit-elle. Elle est là *maintenant*. Les Askalites ont déjà franchi les montagnes. C'est trop tard pour préparer le royaume au nom de Wer, Leopol. Tout ce que nous pouvons espérer à présent, c'est réussir à le défendre... » Elle perdit un instant courage. Puis elle reprit : « Et je ne sais vraiment pas comment on va y arriver.

— Comment cela ?

— Le trône est vacant. La Magnécie a profité de la faiblesse du roi pour s'arroger le pouvoir et son armée a massacré l'ost royal. Elle se dirige en ce moment même vers la Belnacie, au sud – il est probable qu'elle cherche à prendre Loered.

— Qui contrôle Loered contrôle le fleuve, grogna Leopol. Et donc la jonction entre les deux parties du royaume...

— Mais les Askalites sont déjà en marche, continua Mériane. Dieu voit tout. Tu comprends ? *Ils sont déjà là.* Ils ont déjà commencé à envahir la Linnacie. La nouvelle ne tardera pas à se répandre. L'Éternel Crépuscule s'étend, Leopol.

— Quoi ? s'exclama le croisé. Mais comment ? Et les postes-frontières ?

— Cela n'a plus d'importance. Et surtout, on ne peut rien faire. Depuis l'attaque de Doélic, Loered est verrouillée. Les Magnéciens se casseront les dents sur les remparts, puis Ganner les prendra à revers. Et c'en sera fini des armées de Rhovelle.

— Alors il faut les prévenir ! s'écria Leopol en se levant d'un bond. Sang-diable, j'avais bien dit qu'il ne fallait pas s'arrêter pour la nuit !

— C'est trop tard ! assena Mériane en détachant

chaque mot. Le temps de traverser la forêt puis d'escalader la faille nord jusqu'à Roénac, tout sera déjà joué ! Il faudrait convaincre les troupes magnéciennes de s'allier à Loered, mais même un Messager, ou un oiseau, mettrait plusieurs jours à les atteindre. Et même alors, comment les convaincre que ce n'est pas une ruse de la Couronne ? Il faudrait que je puisse plaider en personne... Mais je suis ici. »

Leopol se figea dans la pénombre. Puis il se laissa tomber à côté de Mériane sur le rocher.

« Alors tout est vraiment perdu, murmura-t-il.

— Pas forcément. Wer a un plan. Il dit... » Elle hésita. « Il dit que notre survie tient justement à ce sens plus vaste dont tu parlais. Que c'est la seule force capable d'accomplir de vrais miracles dans le monde. Qu'elle chasse la peur, l'égoïsme, qu'elle est capable d'entraîner l'homme sur ses sentiers les plus sublimes comme les plus terrifiants. Il me revient – il *nous* revient – de le guider vers le sublime. Mais même moi, je ne suffis plus, à ce stade. Nous devons inspirer au cœur de l'homme une alliance et une unité comme on n'en a plus vu depuis Saint Ysmel. »

Elle le vit froncer les sourcils dans la pénombre bleutée.

« Et comment pouvons-nous accomplir cela ?

— En rendant l'espoir au peuple. En insufflant une âme à cette guerre. Notre prochaine étape n'est pas Loered, Leopol. C'est Belnaced. L'héritier légitime du trône – le dauphin de Rhovelle – s'y trouve retenu contre sa volonté. Sans lui, sans union entre Dieu et la Couronne, les Askalites nous dépèceront province par province. Et le royaume, puis le monde, sombreront à jamais sous le crépuscule d'argent. »

Izara

Mon très cher père,

Vous m'avez recommandé le silence à mon départ de notre belle ville, le jour de mes dix-huit ans, parce que je n'étais dorénavant plus votre fille. Par mariage, je devenais la souveraine d'une nation étrangère ; et le pouvoir, et la politique, m'avez-vous dit, peuvent prendre des tours périlleux. Je n'appartenais plus à Mérogheze, mais à la Rhovelle. Ce sort, mon père, je l'ai accepté, et embrassé même ; car je comprenais, ainsi que vous me l'avez enseigné, le sort fragile de notre petite cité, acculée par d'hostiles marais inexplorés, n'ayant d'autre contact avec le monde extérieur que la mer. Votre commandement, je l'ai depuis toujours observé. J'ai fait de la Rhovelle ma nation et mon foyer en dépit des embûches sur mon chemin. J'ai adopté ses coutumes et son climat, ses traditions et son roi, dont j'ai appris à aimer la droiture et la rigueur – à comprendre les difficultés de l'œuvre derrière laquelle il s'effaçait autant que vous, autant que moi.

La salle du trône de Ker Vasthrion ressemblait à une église. Elle symbolisait l'union sacrée entre Dieu et Son peuple, entre Wer et la Couronne qu'Il avait confiée à Son premier Héraut. Située juste au pied des flèches de la citadelle, elle avait un jardin pour parvis, des vitraux ornaient ses murs. La geste de Saint Ysmel se trouvait là relatée en rouge et en blanc, deux couleurs qui donnaient à la cour rassemblée sur les bancs un teint blafard et sanguin.

Au premier rang, en livrées splendides ornées de

tabards frappés de leurs blasons respectifs, siégeaient les derniers membres du Conseil de régence dissous, Melár de Saracie, Olié de Deux-Sources et Siriac d'Anastréa. Le Crapaud demeurait énigmatique, comme toujours, mais les deux vieillards observaient la reine sans prendre la peine de masquer leur appétit, tels deux corbeaux guettant une dépouille. Cette dépouille était celle de leur royaume. La haine de la reine s'embrasa, et elle arracha son regard à leurs visages ridés empreints d'une curiosité morbide pour la reporter sur l'immense assemblée, frappée d'un mutisme inquiet.

J'ai fait aussi mienne la religion rhovellienne. À Mérogheze, on respecte Wer ainsi que les autres croyances du monde, les mille dieux des mondes anciens et nouveaux; mais on n'entre pas dans une famille nouvelle sans l'épouser tout entière. Et pourtant. Et pourtant, la pluralité de notre petite ville – forcée d'accepter la diversité en ses murs – me manque. Ces prêtres en blanc vendant des icônes de Hérauts sur les marchés me semblent bien pittoresques aujourd'hui, et si loin de ma réalité. Je vous recommanderais d'ailleurs, mon père, de les tenir à l'œil. Les missionnaires du grand dieu Wer essaiment de par le monde et convertissent des nations entières à leur cause. Les dieux, quels que soient leurs noms, ne semblent connaître de répit qu'une fois leur emprise sur le monde absolue.

Il n'y avait pas de formule rituelle pour une telle situation – mais ce n'était pas nécessaire. Le roi Éoel II, Maître des Sept Provinces, descendant de Saint Ysmel, semblait prêt à tout instant à s'effondrer de son trône, incapable de soutenir sa propre tête inclinée sur le côté. La chassie s'était accumulée à la commissure de ses yeux et de ses lèvres, comme du sable sur l'étendue cendreuse de son teint. Une écume blanche souillait sa barbe grisonnante, échappée de ses lèvres entrouvertes ; et nul ne l'entendrait depuis la salle, mais Izara percevait le frottement subtil de sa respiration au fond de sa gorge. Lui imposer une telle indignité lui soulevait l'estomac, mais elle combattit sa nausée, se montrant aussi droite et raide qu'il s'était avachi. Il fallait que la Couronne se présente comme fière et forte, même s'il n'en était plus capable ; et, par Wer et tous les autres dieux, elle demeurait la régente, et la lignée royale rhovellienne ne s'arrêterait pas avec lui, ni avec Carila.

Nul ne s'opposa à cette abdication, qui tenait davantage de funérailles.

Mon père – car c'est ainsi que je vous appelle aujourd'hui, mon père, et non Conseiller –, je me languis de Mérogheze. Je m'en suis languie toutes ces années ; toutes ces années, une écharde fichée dans mon cœur, que j'ignorais à grande force, me ramenait vers ce manque. Je me languis de nos murs clairs, du soleil jouant dans les allées du port sur les écailles des poissons à la marée.

Mais ce n'est pas en tant que fille, ni en tant que régente étrangère, que je vous écris aujourd'hui, mon père ; c'est en cette double qualité, et je prie Wer, ou Ses innombrables reflets, que cela seul suffise à vous témoigner mon urgence.

Car j'ai échoué, père.

Carila portait sa robe blanche, ses cheveux comme toujours emprisonnés dans une coiffe stricte qui laissait seulement paraître ses traits de porcelaine où s'égaraient des yeux noirs. Le cœur d'Izara se serra en constatant ses efforts à paraître aussi résolue que sa mère, droite et pourtant plus impressionnée que n'importe qui d'autre par sa propre stature. Une ombre semblait se projeter sur elle, longue et écrasante : celle de son rang, de sa fonction. La reine ne se rappelait pas une époque de sa vie où elle-même avait connu l'insouciance. Élevée depuis toujours dans les joutes orales et intellectuelles de la cour méroghezienne, tout pour elle avait toujours été un exercice, une mise à l'épreuve, un entraînement.

La mère se haït en cet instant d'entraîner sa fille dans le même monde.

J'ai échoué, même si, comme l'on dit sur le port de Mérogheze, à cartes impossibles, point de partie. Ma nation est aux abois, livrée à un fou qui, sitôt son père disparu, a laissé s'exprimer toute l'ambition terrible qui le dévorait depuis toujours. Votre fille aussi est en grand danger. Morbus soit de notre aveuglement, de notre illusion de sécurité derrière nos montagnes! Morbus soit de Juhel de Magnécie, dont la langue traîtresse nous a poussés à écarter ces mêmes avertissements qui auraient pu nous sauver justement de lui. Mais quand les dieux eux-mêmes manquent à leur promesse, vers qui peut-on se tourner? Vers qui peut se tourner l'enfant, si ce n'est vers le premier dieu de son existence – son parent?

Ce qu'Izara dit ce jour-là, elle ne devait pas s'en souvenir exactement par la suite. Elle connaissait toute l'injustice de la situation jusqu'à un écœurement qui la détournait des mots eux-mêmes. D'une voix ferme mais serrée par l'émotion, elle déclara Juhel de Magnécie ennemi du trône – une annonce saluée par des protestations qu'elle accueillit avec la dureté de l'acier, rappelant aux insoumis la présence de la garde royale dans la salle.

Elle ne savait que trop bien, néanmoins, qu'il ne lui restait que des lambeaux d'armée, quelques unités parvenues à la capitale après le départ de l'ost monté en hâte par Coennec ap Azétral. Elle n'espérait plus conquérir le cœur du pouvoir, ou ce qu'il en restait ; toute sa vie adulte, elle s'était bercée de cette illusion. Tout au plus pouvait-elle espérer rappeler Ker Vasthrion à son propre cœur – la Couronne. Espérer que, sans elle, le royaume se rappellerait à sa première fidélité.

Izara retraça l'étendue de la trahison magnécienne, de son œuvre de dissension au sein du Conseil de régence jusqu'à son odieuse victoire à la Croisée des chemins.

Elle ne mentionna pas qu'après avoir reçu la tête de Coennec ap Azétral, portée par un cavalier du corps des Messagers, elle s'était retirée pour pleurer. Au bout du compte, le général de la garde avait été le seul à tenir parole : il était resté fidèle au trône, indépendamment de qui l'occupait.

Pour toute récompense, il avait trouvé la mort aux mains d'un fou.

Une armée irrésistible, descendue en droite ligne des mythes infernaux des anciennes religions, déferle sur nous. L'ost royal fidèle à la dynastie de mon époux est en lambeaux. Par ironie, notre seul rempart est dorénavant ce même traître qui nous a conduits au bord de la ruine – et je ne saurais dire pour la pérennité de nos nations, la vôtre et la mienne, quelle est la plus grande nuit qui nous guette vraiment. Le vrai et le faux se sont toujours côtoyés dans les coulisses du pouvoir ; c'est l'essence des jeux oratoires des Conseillers de Mérogheze, pour le divertissement et l'entraînement du Lige. Mais dans cette partie, mon père, Conseiller, mes forces ne suffisent plus. Même si Juhel vainc l'ost des ténèbres, j'ignore comment nous pourrions purger à jamais la souillure démoniaque qui s'est enracinée en Linnacie. Au mieux pourrions-nous la contenir, mais seulement jusqu'à ce qu'elle nous déborde et reprenne sa terrible propagation, tel le morbus, jusqu'à moi – puis jusqu'à vous.

Les lignes étaient définitivement tracées ; mais des lignes dans du sable, dictées par un trône qui n'avait plus que la tradition pour alliée. Sitôt son discours achevé, un grand mouvement s'empara de la salle. Comtes, marquis et nobles de moindre importance se levèrent dans un silence de chats offusqués. Leurs suivants leur emboîtèrent le pas avec la même servilité que leurs maîtres l'avaient emboîté à Juhel de Magnécie.

Melár du Refuge et Olié ap Frestria furent les derniers à se lever, pesamment, leurs yeux ternis par l'âge fixés sur la reine demeurée seule. Le premier exprimait une satisfaction manifeste, le second du regret. Izara demeura de marbre.

Il ne restait plus qu'un tiers de l'assistance dans la salle. Parmi eux, Siriac ap Peréal, immobile au premier rang, son expression comme toujours énigmatique sous les voiles qui dissimulaient sa difformité. Elle voulut voir dans le soutien de cet homme modéré une lueur d'espoir, mais Anastréa était la province la plus éloignée de la capitale, à tel point qu'il aurait pu s'agir d'un royaume différent.

Mérogheze a besoin d'aide. En cette ère où le moindre royaume semble pouvoir s'effondrer en une poignée d'années, où le chaos et la loi du plus fort dévorent des régions entières sur les côtes où nous cherchons à nous implanter, nous avons depuis longtemps cerné qu'une cité-État comme la nôtre ne saurait résister à l'épreuve des siècles sans alliés puissants. C'est un projet qui dépasse notre vie à tous les deux, probablement celle aussi de la princesse Carila, mais nous en étions convaincus: pour sauver Mérogheze, il faut l'intégrer, patiemment, à un ensemble qui la dépasse. La Rhovelle est cet ensemble. Et aujourd'hui, plus que jamais, elle représente la seule barrière dont nous disposons contre l'invasion des horreurs venues d'au-delà les montagnes. Ces choses existent vraiment, père. Et si elles balaient le royaume, m'emportant avec elles, Mérogheze suivra. La Cordillère Égide a toujours constitué le bouclier de la Rhovelle; et la Rhovelle, celui de Mérogheze... Et c'est pourquoi j'en appelle à vous aujourd'hui, en notre heure la plus noire, alors que nos deux nations, liées par une épreuve qui nous dépasse, vacillent au bord de l'extinction.

Le grand-arquide du royaume, un vieillard sec vêtu de longues robes émaillées de grenats qui valaient probablement à elles seules vingt ans de travail d'un serf, rendit hommage à Izara en paroles, mais non en actes. Sa voix grêle résonna dans la salle en partie désertée, dans le vide sous les voûtes percées de vitraux et de puits de lumière. Ses yeux perçants montraient que son esprit n'avait en rien perdu la vivacité abandonnée par son corps. Le mépris qu'il laissa tomber sur la reine, son opinion manifeste qu'une femme n'aurait jamais dû occuper si longtemps une telle position d'autorité, lui fut presque palpable, comme une chaux vive et poisseuse. Mais Izara tint bon, car elle savait pertinemment qu'elle sauvait l'Église d'un débat épineux, et elle n'allait pas laisser ce petit prêtre l'oublier.

En abdiquant, elle reconnaissait tacitement l'accusation d'adultère formulée par le franc-tireur Lóthar Crestra – ce pour quoi elle adressa mentalement ses excuses à Luhac. Le duc de Linnacie avait probablement incarné ce qui s'approchait le plus d'un ami dans les coulisses du pouvoir. En dépit de tous ses manquements, Luhac ne s'était jamais encombré du mensonge, ce qui lui avait conféré une forme de fiabilité.

Comme pressé d'accélérer son glissement dans l'oubli, le grand-arquide loua le courage de la reine et la sagesse de sa décision. Puis il dressa un tableau élogieux du règne d'Éoel II par des formules creuses ou emphatiques, tandis qu'il faisait d'une petite réforme une loi d'ordre majeur, d'une saine gestion une marque inédite de clairvoyance. Hélas, il n'y avait pas autant à dire qu'il aurait fallu. La raison du roi lui avait été ravie trop vite.

Izara glissa un coup d'œil à sa gauche, à la forme affalée du souverain du royaume.

Éoel, lui, souriait rêveusement.

Plus encore : le dauphin, héritier légitime du trône, est seul. La Couronne n'a pas les moyens de lui venir en aide en raison de la traîtrise de Juhel l'Austère. En envoyant ses hommes et sa marine au secours de la Rhovelle, Mérogheze servirait doublement ses intérêts. En plus de se protéger de l'inconnu par-delà les montagnes, elle ferait du prochain roi de Rhovelle un allié de premier plan – peut-être même un obligé. Oserais-je imaginer que notre grand projet pourrait parvenir à sa conclusion de notre vivant? Je sais en tout cas qu'Erwel ap Ker Vasthrion est un jeune homme infiniment plus droit que son grand-cousin Juhel. Il ne s'agit pas de soupeser les potentiels bénéfices d'une intervention à notre secours, Conseiller; il s'agit, brutalement, pour Mérogheze de survivre à cette année, et, ce faisant, d'emporter peut-être la plus grande victoire de son histoire: l'assurance de sa pérennité.

Il n'y eut ensuite plus rien à révéler qui n'ait été dit dans les coulisses de la citadelle.

Le grand-arquide s'en fut sans un regard en arrière; les nobles restés fidèles à la dynastie d'Ysmel et à son lointain descendant Erwel de Rhovelle sortirent dans un silence hébété, leurs visages hâves. Chez nombre d'entre eux, elle lut un découragement profond. Nul doute que d'anciens liens d'allégeance, l'emplacement de leurs fiefs ou juste la malchance les avaient condamnés au rôle de loyalistes. Il était manifeste que cette situation ne les réjouissait guère. Toutefois, chez certains elle décela une sombre résolution. Une poignée, peut-être, pour qui les serments d'allégeance n'étaient pas encore vains. Une poignée résolument attachée à la Couronne et à sa lignée. Un petit nombre à conserver la foi, peut-être, mais bien insuffisant face à la préparation magnécienne, sans parler de l'armée démoniaque que le trône se trouvait impuissant à combattre.

Parmi les derniers fidèles, Siriac d'Anastréa s'approcha du dais sans un mot, puis inclina profondément la tête. Trop émue et surprise pour parler, Izara se contenta de lui rendre son salut. Le Crapaud fut le dernier à quitter la salle d'un pas lent, tandis qu'une préceptrice de Carila la raccompagnait à ses appartements.

La reine demeura seule dans la salle du trône, avec le roi, dans le silence des déserteurs et des fidèles.

Des milliers de personnes mourront par la faute et l'incompétence de leurs dirigeants, par le mauvais sort et la mauvaise volonté. Ne nous abandonnez pas.

Père, j'ai peur. C'est en tant que votre fille et en tant que souveraine que je vous l'écris. Aidez-nous, par la grâce des mille dieux.
Izara ap Ker Vasthrion de Rhovelle,
Régente.

Izara demeura seule dans l'humidité fraîche de la salle, le menton sur ses mains jointes, les coudes sur les cuisses, les yeux fixés sur le carré de clarté grise qui s'ouvrait sur le jardin de printemps. La pluie bruissante apportait les parfums musqués des herbes et l'odeur d'iode omniprésente de la capitale.

En son for intérieur, Izara ignorait lequel des mille dieux détenait la vérité. Cependant, elle demeurait convaincue de l'existence d'un arrangement d'ensemble dans le monde, divin ou bien magique, qui échappait toujours aux perceptions frustes de l'être humain. Parfois, cet arrangement affleurait, comme un récif à la surface des vagues, pour apparaître l'espace d'un instant si bref que l'on pouvait facilement douter de sa présence. Comme s'il jouait à se cacher pour mieux mettre au défi l'esprit de croire en lui.

C'était l'un de ces moments. Mais Izara ne voulait pas le contempler. Pas encore.

Alors elle conservait les yeux grands ouverts, fixés devant elle. Le besoin de ciller semblait l'avoir quittée. Elle s'autorisa à croire qu'elle pourrait prolonger ce moment en une forme d'éternité ; que le temps viendrait les enfermer, elle et son roi, dans des cocons de marbre, ne laissant que leurs effigies bientôt rongées par le retour d'une végétation immortelle, à l'image des ruines sporadiques d'Asrethia qui saillaient parfois de la terre, enserrées dans le lierre et les racines.

Sa respiration égrena les minutes, ce qui lui prouva bien que l'éternité n'était pas, et ne serait jamais, à sa portée.

Les yeux emplis de larmes, elle se tourna alors vers le roi qui, le regard lui aussi rivé au loin et le sourire aux lèvres, avait cessé de respirer.

24

Juhel

Sans Lóthar Crestra et le circuit d'oiseaux de l'Église, le seul réellement fiable, Juhel aurait chevauché droit dans la gueule du loup. Heureusement, alors qu'ils se trouvaient à mi-chemin de Loered, le commandant d'un bastion voisin porta l'information à l'ecclésiastique.

Les démons n'étaient pas une légende. L'Éternel Crépuscule était une réalité, et il se répandait comme une coulée de métal liquide depuis la Cordillère Égide.

Ni le duc ni le patriarque ne mentionnèrent l'éclaireur magnécien qu'ils avaient entendu à Ornesta, bien avant la désagrégation du Conseil de régence et les accusations de la reine. C'était inutile, dorénavant.

L'engeance d'Aska apprendrait bientôt ce qu'il en coûtait de défier la terre chérie du grand dieu Wer.

Le lendemain, avant l'aube, Juhel détourna l'ensemble de son armée et la lança à marche forcée vers l'ouest, en direction des montagnes lointaines et de l'envahisseur venu des Mortes-couronnes. Il chevaucha comme toujours fièrement en tête de cortège, épaulé par ses deux fidèles conseillers. Il fit mine d'ignorer la fatigue et les incessantes pluies printanières – montrant l'exemple pour tout l'ost de Magnécie. En vérité, un mélange d'indignation et de fureur l'habitait. Il se sentait bien, peut-être pour la première fois depuis des semaines. S'il ignorait l'exaltation sincère de la foi, une soif inextinguible de justice l'animait, et c'était certainement aussi bien. Il maudissait Izara. Si seulement la reine l'avait écouté, la Rhovelle aurait disposé pour défendre son territoire d'une armée deux fois supérieure et d'un général de talent, Coennec ap Azétral. Juhel avait tragiquement surestimé l'étrangère. Peut-être forniquait-elle bel et bien avec Luhac. Ses intuitions étaient souvent justes, ces derniers temps. Ce devait être cela ; cela expliquait sa déraison, son obstination à contrecarrer ses plans, alors que leur bien-fondé était évident.

Mais tout cela n'avait plus d'importance, à présent. À elle seule, l'armée levée pour venir en aide à la Belnacie repousserait les démons et sauverait le royaume. L'héroïsme magnécien n'en serait que plus éclatant. Non pas qu'il considère l'affrontement à venir comme un moyen d'appuyer ses revendications ; il s'agissait de son devoir sacré. Certes, nul n'oserait plus s'opposer à lui par la suite, mais ce n'était qu'une conséquence opportune. Juhel n'avait pas d'ambition personnelle. Du moins, nulle autre que celle de servir son royaume.

Wer, si Vous m'entendez, si Vous me voyez, envoyez-moi un signe. Montrez-moi que Vous veillez sur moi et que je Vous plais. Emplissez le vide qui hante mon cœur.

Les soldats magnéciens répondirent avec bravoure à la cadence infernale imposée par leur duc. Tous avaient conscience du poids qui reposait à présent sur leurs épaules : ils représentaient la seule ligne de défense du royaume. Sans eux, Loered et Ker Vasthrion, les deux cités vitales du pays, se retrouveraient exposées.

Sous le ciel gris et froid, les forgerons et artisans redoublèrent d'efforts pour maintenir en parfait état les armures de plates, les caparaçons, les armes, malgré l'humidité omniprésente. Toute la puissance de l'ost résidait dans la cavalerie lourde, et celle-ci reposait sur l'entretien du matériel et le soin des montures. Sur le conseil de Stebén ap Lomar, Juhel promit aux artisans triple solde à l'issue de la bataille et, pour les officiers, des terres et un nom dans le royaume réformé de Rhovelle qu'il allait construire.

Au terme de plusieurs jours de ce rythme harassant, les éclaireurs annoncèrent bientôt que se profilaient les nappes irisées qui envahissaient le ciel – et, dessous, la masse grouillante d'une armée. Aucun n'avait osé s'en approcher davantage et Juhel disposait seulement d'une estimation globale de leurs effectifs. Cependant, l'armée magnécienne approchait de la ville d'Azétral, et il considéra cela comme le signe tant espéré. Il serait parfaitement adéquat que l'ost magnécien écrase l'envahisseur près du fief du général défunt. Du quelconque au-delà d'où Coennec l'observait peut-être, le capitaine de la garde verrait Juhel protéger le royaume comme lui-même avait échoué à le faire, et la honte le consumerait pour l'éternité.

L'avancée de l'engeance d'Aska s'avérait étonnamment rapide. Cela trahissait une force à la logistique légère. Les effectifs avaient dû être décimés par les rigueurs de la Cordillère Égide. Cela suggérait une armée colossale au départ, et des pertes considérables. Le duc salua mentalement l'audace du commandement ennemi, et se prit même à s'interroger sur le type d'homme qu'il était.

Juhel choisit d'établir son camp sur le premier site convenable qu'il trouva, sur la grand-route qui traversait la Linnacie d'est en ouest – guère davantage qu'un sentier pierreux qui servait de lit aux eaux de pluie. Elle gravissait paresseusement un coteau aux herbes germantes, une situation qui n'avait rien d'idéal, mais des bois denses l'encadraient, ce qui fournirait à la cavalerie magnécienne un boulevard où charger.

Tandis que la grisaille de la journée s'assombrissait peu à peu, on dressa les tentes frappées du Livre et de la Couronne en travers de la route, adossées à la protection des bois. Juhel arpenta son camp avec fierté, dispensant félicitations et encouragements aux sergents, soldats, bâtisseurs, tandis que Lóthar Crestra se faisait excuser pour aller prier avec ses frères en prévision de la bataille à venir. Partout, on installait des lanternes et des braseros abrités qui soulignèrent bientôt les traits innombrables de la pluie, raides comme les carreaux d'arbalète qui s'abattraient sur les infidèles. La boue omniprésente crottait les revers, les livrées, les jambes des chevaux, mais tout cela serait bientôt terminé.

Le duc de Magnécie tourna le dos à ses troupes, et son regard se perdit vers l'est, vers la capitale située bien au-delà de l'horizon. Il prendrait Ker Vasthrion sans verser une goutte de sang. Après avoir bouté l'envahisseur askalite hors du royaume, forcer les enceintes concentriques de Loered deviendrait superflu. Même ce vieux bouc de Thormig serait forcé de reconnaître qu'il avait sauvé la Rhovelle, et il se rangerait alors à ses côtés.

« Votre Grâce ? » appela une voix familière.

Le duc pivota avec un sourire plein d'assurance face à la silhouette élancée de son intendant. La pluie ruisselait sur le visage de celui-ci et luisait sur son crâne chauve.

« Stebén, mon vieil ami ! Vous devriez vous couvrir, vous allez attraper le morbus.

— Je reviens à l'instant des ateliers, Votre Grâce. Je suis aussitôt parti à votre recherche. Il faut que je vous parle... »

Juhel passa le bras autour de ses épaules. « Certes, et je loue votre diligence. Mais vous ne sauriez guère me servir du fond d'un lit, n'est-ce pas ? Venez, ma tente n'est pas loin. Il était temps de prendre une collation, de toute manière. »

Il emmena son intendant et général à travers les méandres détrempés du camp jusqu'au petit chapiteau carré, portant une imposante broderie de l'emblème magnécien, et demanda qu'on leur rapporte deux dîners.

Sous la tente, des vasques de métal remplies de braises rougeoyantes aidaient à chasser l'humidité. Les deux hommes se débarrassèrent de leurs vêtements trempés, puis s'installèrent dans deux fauteuils pliants, non loin de la table de campagne inutile. Le champ de bataille se limitait à une trouée longue d'un tiers de lieue, cernée par des bois épais. Il n'y avait pas plus simple.

« Alors, fit Juhel, expliquez-moi ce qui vous préoccupe. » L'inquiétude le saisit tout à coup. « Pas de problème avec les chevaux, j'espère ?

— Non, Votre Grâce, il s'agit de l'artillerie. L'humidité a fait gonfler le bois, ce qui rend l'assemblage des catapultes et des balistes extrêmement laborieux. Les maîtres-artilleurs viennent de m'annoncer qu'ils doutent de pouvoir les mettre sur pied, même en travaillant toute la nuit. Or...

— ... les Askalites sont en vue, je sais. » Le duc eut un petit haussement d'épaules. « Ce que vous m'annoncez est regrettable, mais pas si grave. Le terrain ne se prête de toute façon guère à l'usage d'engins. Un combat frontal, voilà ce qui nous attend demain. Que les artilleurs oublient les armes de siège et aillent prêter main-forte aux gens de trait. Je présume que les archers et les arbalétriers rencontreront le même genre de problème matériel ; je ne compte pas prioritairement sur eux, mais autant bénéficier au maximum de leur soutien si possible. »

Un commis revint avec un plateau chargé de viande séchée, de fromage et de pain qu'il installa sur une desserte avant de se retirer. Juhel tendit la main et attrapa un morceau de pain chaud, mais déjà mou bien qu'à peine sorti du four. Le duc eut une bouffée de nostalgie en songeant au printemps clément de la Magnécie.

Stebén ap Lomar attrapa le fromage et s'en coupa une tranche avec sa dague.

« Votre Grâce, êtes-vous certain qu'il soit prudent de tout miser sur la cavalerie ? Après tout, nous ne connaissons presque rien des capacités martiales askalites. Le peu de rapports qui nous parviennent indiquent la présence d'abominations dans leurs rangs...

— Des rangs que nous ne saurions briser autrement que par la force brute. Mais vous avez raison. C'est pourquoi, sur le conseil de Crestra, j'ai décidé d'affecter un de ses frères combattants à chacun de nos bataillons. En plus d'apporter leur expérience du combat, ils inspireront nos hommes et leur rappelleront que Wer attend à la Cité des Justes tous les valeureux tombés au champ d'honneur. » Il sourit. « Ces unités imiteront en quelque sorte le fonctionnement du royaume, qui repose sur la double autorité de la Couronne et de Dieu. Nos officiers agiront comme à l'accoutumée, mais les moines disposeront de toute latitude pour contrecarrer leurs ordres s'ils les jugent inopportuns. Des garants moraux, en quelque sorte, fit-il en reposant le petit pain sur le plateau.

— Êtes-vous sûr qu'ils verront cela d'un bon œil? hasarda Stebén en mordant dans le fromage. Ce sont des hommes de Dieu, mais ils restent de simples moines. Il ne s'agit pas de patriarques, ni même de croisés.

— Allons, s'impatienta Juhel, nos soldats s'en remettraient à leur rigueur morale s'ils devaient les croiser dans une église. Refuseraient-ils leur conseil sur le champ de bataille pour de simples questions de hiérarchie? Les Magnéciens sont des gens raisonnables – peut-être les seuls du royaume. Nous savons reconnaître quand les compétences d'autrui surpassent les nôtres. Nos hommes comprendront. »

Il avisa le plateau. La vue de la viande rouge l'écœurait ; avec la chevauchée, son sommeil s'était encore détérioré, ce qui se répercutait sur son estomac et ses habituelles migraines. Un tic lui étira la commissure des lèvres.

« S'ils ne comprennent pas, vous ferez remplacer les récalcitrants et les enverrez en tête de charge. Cela devrait dissuader les autres de discuter, ne croyez-vous pas ? »

L'intendant inclina la tête, mais ne dit rien.

Ganner

La nuit sans l'Éternel Crépuscule était splendide. Mais tout était toujours splendide et exaltant ; tout l'emplissait toujours de force et d'euphorie. Cependant, avec les yeux qu'Aska lui avait donnés, la nuit réelle prenait un caractère autre, unique et inimaginable autrefois, quand il n'était qu'un simple guerrier errant en quête de puissance. Les contours acquéraient une netteté tranchante, les couleurs vibraient à la manière d'aurores boréales, comme si ses prunelles mutées extrayaient davantage de lumière de leur environnement. Bien sûr, quand l'Éternel Crépuscule gagnerait ces terres, ces facultés deviendraient superflues. Mais pour l'heure, elles s'avéraient très utiles – et lui octroyaient une façon supplémentaire de savourer le monde.

La pluie bruissait dans la nuit rhovellienne, détrempait la plaine et murmurait sur sa cuirasse. Dans l'acuité étrange de sa vision augmentée, elle ressemblait à d'éphémères brisures de verre, grésillantes sur sa rétine. Le Prophète d'Aska ne doutait pas que, pour l'ensemble de la population de Rhovelle, cette nuit était misérable et froide, mais lui n'en avait cure. Tandis qu'il déambulait à travers le camp militaire d'un pas tranquille et pesant, sa force décuplée par l'armure noire qu'il apprivoisait toujours davantage, il voyait ses recrues humaines autour de feux crachotants sous des auvents chargés d'eau. Et les soldats s'esclaffaient; ils criaient avec agitation leur impatience d'en découdre. Arcis avait subtilement augmenté les doses de drana quand les éclaireurs avaient rapporté que les troupes magnéciennes établissaient leur camp en travers de la route. Bon nombre de fantassins askalites mourraient bientôt sur le champ de bataille, que ce soit tués par l'ennemi ou par l'extase de la drogue; cela n'avait aucune importance. Des unités fraîches arriveraient bientôt en flot ininterrompu des villes conquises dans l'Ouest, là où les Décharnés s'employaient à produire de nouvelles splendeurs touchées par la grâce de Dieu. De toute façon, les stocks de drana s'amenuisaient.

« *Comme il me tarde de pouvoir regarder par Mes propres yeux!* souffla tout à coup Aska d'une voix chargée de frustration.

— Contrition, mon Maître, que Ton Éternel Crépuscule ne soit pas plus rapidement déployé. Je te promets que tous s'offriront bientôt à Ton omniprésent regard. Mais Tu nous as demandé de gagner Loered au plus vite, et installer de nouveaux Faiseurs de Pluie nous retarderait...

— *Je le sais, et c'est bien. Je suis simplement las de recourir à cet artifice pour vous soustraire à l'observation de Wer, et y voir par Moi-même. Cent mille malédictions sur Mon frère! Quand nous l'aurons vaincu, Ma première action sera de lui dévorer les yeux, afin de recouvrer la vue dont il M'a privé.*

— Seigneur, dans l'intervalle, mes yeux T'appartiennent. Et nous Te donnerons à jamais la vue universelle, au-dessus et au-dessous de l'éternelle pénombre argentée dont Tu nous abrites. Sois témoin de mon serment.

— *Je le suis.* »

Ses pas l'entraînèrent à l'écart des quartiers humains, et il laissa derrière lui les lanternes autour desquelles se blottissaient les soldats, insectes fascinés par la lumière. Les éclairages se firent de plus en plus rares, pour disparaître totalement. Nul besoin de clarté dans les rangs de l'Armée de la Nuit. La vision de Ganner se vida de toute couleur pour ne laisser que les masses des enfants de Dieu, musculeux ou diaphanes, joignant la chair à l'acier en une fusion totale de l'existence ; leurs silhouettes baroques, qui mêlaient l'anguleux au bouffi, formaient une forêt aussi complexe que les bois bordant le camp. Les Geignards, montagnes de chairs fusionnées à des chenilles récupérées de l'Ancien Temps, âmes soudées dans l'unique but de servir le canon dressé qui naissait de leur sein, patientaient pendant que les Décharnés soignaient les irritations continuelles des graisses flasques contre le métal. Les Spectres Armurés, bardés de lueurs sourdes, déambulaient pesamment avec l'impatience de leur fureur contenue, à jamais inassouvie par leurs splendides déchaînements de violence.

L'un d'eux était assis sur une grosse souche, ses poings d'acier posés sur ses cuisses caparaçonnées ; ils se serraient convulsivement. Quand Ganner passa à sa hauteur, l'Armuré releva brusquement sa tête de métal, barrée de rainures luisantes qui lui conféraient une sorte de sourire sinistre à jamais figé. Le Prophète d'Aska lui sourit en retour, avec chaleur et affection. L'armure était si lisse que les gouttes de pluie glissaient comme sur du verre ; les membranes vivantes qui voilaient le damasquinage énergétique étaient tendres et fraîches. C'était là une toute nouvelle recrue, provenant sans doute du premier village rhovellien conquis à l'issue de la Cordillère. Les Décharnés avaient apporté avec eux tout ce qu'il fallait pour façonner de nouveaux convertis à Aska ; et, avec le temps, leurs bases arrière ne feraient que s'enraciner davantage.

Ganner s'approcha. Il lui souffla avec ferveur :
« Tu es beau. »

Un grondement sourd et métallique s'éleva des profondeurs de la créature. Un frémissement la parcourut tandis que les contractions de ses poings redoublaient. Le Prophète, vêtu d'une armure semblable, s'accroupit pour la regarder en face.

« N'aie crainte, souffla-t-il. Je sais la rage aveugle qui t'habite. La frustration de ton âme écorchée, amputée. Tu es hanté par le souvenir obsédant d'une identité ancienne, d'un fragment d'humanité qui te pèse, une étincelle vide sans mémoire ni signification. Abandonne-la. Je te promets un exutoire. Demain, je te livrerai, comme à tous les tiens, des humains de chair fragile. Tu pourras déchaîner ta fureur contre ce reflet odieux et déformé de ton passé. Contre cette image qui te ramène à ce que tu as été, mais que tu ne peux plus concevoir, et qui t'insulte désormais. »

Le Spectre Armuré bondit sur ses pieds, les poings serrés, et tourna la tête de toutes parts, comme s'il brûlait d'en découdre dès à présent. Un murmure semblable à un grincement caverneux s'éleva des profondeurs de la machine vivante.

« *Melvíííííííííín...* »

Ganner se redressa et posa avec une infinie douceur sa propre main gantée d'acier sur le cœur vibrant de la créature. L'autre baissa la tête, semblant observer avec confusion la paume sur son torse.

« Oublie ce prénom, souffla le Prophète. Il ne t'appartient plus, c'est seulement un écho qui te fait mal. Sois patient. Demain, tu pourras t'abandonner. En attendant, nourris ta haine. Et rends Dieu fier. »

Le mastodonte releva le menton et parut observer Ganner à travers son masque de métal et de lumière sourde. Puis il se rassit, comme à contrecœur.

Le Prophète hocha la tête, le cœur débordant d'affection, puis il se remit en route. À travers le camp, des hurlements distordus et sauvages, où la haine le disputait au désespoir, planaient par intermittence. Le lendemain, les Rhovelliens auraient quelques surprises. Il restait tant de merveilles encore que Dieu n'avait pas dévoilées.

Il trouva Daphn en train de transmettre ses ordres à un petit groupe de Décharnés. Son manteau gris, alourdi par la pluie, adhérait à son ventre creusé, à ses jambes en pattes d'insecte, aux outres vestigiales de ses seins. Elle congédia ses troupes puis s'inclina avec déférence devant Ganner en clignant des yeux, le crâne constellé de gouttes.

« Seigneur, fit-elle. Les cages ont été disposées selon tes ordres en arrière des Geignards. Mais s'il pleut toujours demain, ils seront impuissants...

— Arcis garde un bataillon d'Incendiaires en réserve pour suppléer à leur rôle en cas de besoin, répliqua Ganner. Je préférerais toutefois que nous n'ayons pas à faire appel à eux. Le champ de bataille choisi promet un affrontement au corps à corps d'une grande violence. Le feu-dragon pourrait semer une confusion dangereuse pour nos deux camps...

Néanmoins, s'il le faut, nous la sèmerons bel et bien, évidemment. »

Daphn acquiesça.

« Mais... les Rhovelliens se laisseront-ils prendre à pareille ruse ?

— Parle sans crainte, ma chère. En vérité, tu trouves la tactique simpliste, voire grossière. »

Daphn s'inclina de nouveau, plus profondément. « Je m'en remets à ta sagesse et à celle de Dieu, Seigneur. L'aveuglement des Rhovelliens m'étonne seulement.

— Ne les avons-nous pas manœuvrés jusqu'ici, dans leur ignorance la plus totale ? Enfin, c'est l'œuvre de Dieu Lui-même, pour être juste, et nul être humain ne saurait s'opposer à Sa formidable volonté. Mais l'on aurait pu croire Wer plus attentif aux rouages de son propre pouvoir, c'est vrai. Voilà la sclérose qui guette une religion dogmatique, Daphn. Puisse Aska nous conserver à jamais dans la vivacité et le changement.

— Je me joins à cette prière et la Lui adresse à travers toi. »

Dieu n'eut nul besoin de s'exprimer ; Ganner connaissait parfaitement Sa volonté.

« Il t'en est témoin. »

La Décharnée hocha la tête.

« À présent, reprit le Prophète, je veux que tu me trouves cinq Armurés parmi les plus dociles. Il ne s'agit pas qu'ils cèdent à leur fureur à la moindre provocation, mais je souhaite m'appuyer sur leur potentiel dissuasif. Amène-les-moi sur la grand-route dans quinze minutes.

— Ce sera fait. Puis-je te demander à quelle fin, Seigneur ?

— La bataille de demain peut encore être évitée. »
Elle tiqua visiblement.

« À quoi bon ?

— Daphn, ton appétence pour la puissance et son exercice est utile dans les justes circonstances, mais ne t'y mire pas. N'oublie pas notre but : nous œuvrons pour l'égalité sous le ciel, contre la haine d'un dieu néfaste. Et après les montagnes, nous pourrions bénéficier d'une armée supplémentaire, fût-elle humaine. »

La peau blême sur les arcades sourcilières de la Décharnée se plissa.

« Les Rhovelliens pourraient-ils accepter de rejoindre notre cause ?

— Je l'ignore, mais il me faut essayer. Notre allié nous a bien servis ; la moindre des courtoisies consiste à le récompenser. Peut-être qu'avec son influence, il parviendra à fédérer les hommes.

— *Tu risques d'être déçu, Ganner*, intervint Dieu. *Tu sais pourquoi.*

— Oui, je le sais, Seigneur », répondit le Prophète en détournant subtilement les yeux. Daphn, comprenant aussitôt la nature de ce dialogue, se tut respectueusement. « Mais vu le portrait que Tu m'en as dressé – ambitieux et démagogue – le jeu me semble en valoir la chandelle. »

Il revint à la Fille d'Aska.

« Ma chère, je te rappelle que nous tendons toujours la main avant de tirer les armes. Inspire-toi d'Arcis, fidèle et impitoyable comme un tranchoir ! Capable de rester indéfiniment au repos dans son fourreau, avec un calme et une placidité parfaits – mais brutal et implacable une fois dégainé… »
Ganner posa sa main démesurée sur l'épaule frêle de

sa seconde. «Cependant, je t'aime telle que tu es, comme tous les Enfants de Dieu. Il est dans ta nature de t'enivrer d'ambition et de désir. Nous servons tous notre rôle.

— *Et tu gonfles Mon essence d'affection, Ganner*, murmura Dieu d'une voix suave. *Tu as bien retenu Mes leçons.*

— C'est ma fierté», répondit le Prophète à mi-voix.

Quand les sommations des sentinelles rhovelliennes retentirent dans la nuit, Ganner distinguait déjà depuis longtemps les barricades installées sur la route. Les cris ne lui tirèrent qu'un sourire patient; il s'arrêta obligeamment sur le versant, les mains écartées pour montrer sa bonne foi. Derrière lui, les cinq Spectres Armurés s'immobilisèrent sans broncher. Le Seigneur de Guerre d'Aska sentait leur masse et leur puissance – tranquilles, pour l'instant.

«Je viens m'entretenir avec votre commandement! lança-t-il d'une voix qui traversa la nuit, amplifiée par les sortilèges de son armure. Cherchons une issue pacifique à tout cela, voulez-vous?»

Il laissa passer un moment de silence, amusé d'imaginer la confusion dans les rangs de Rhovelle. Puis il reprit tranquillement son chemin.

À la barricade, les soldats gardant le camp sous la pluie s'efforcèrent de dissimuler leur stupéfaction, mais elle se lisait clairement sur leurs visages blêmes à la lueur des torches grésillantes. Des exclamations et des appels se propagèrent dans le camp. Des arbalétriers et des archers se précipitèrent pour les tenir en joue. Ganner distinguait parfaitement leur peur.

Le Prophète s'arrêta à distance respectueuse de la

barricade, escorté par ses cinq mastodontes, et sourit à la ronde.

« Ne laissez pas échapper vos traits par erreur, déclara-t-il d'un ton amène. Mes troupes sont calmes – pour l'instant. Mais je ne saurais répondre d'elles en cas d'agression.

— C'est vous qui nous agressez! hurla quelqu'un, prudemment caché. Vous êtes des démons!

— Une confusion compréhensible, répliqua Ganner en inclinant la tête. Qui découle de mensonges dont vous êtes les premières victimes. Mais permettez-moi de parler à vos chefs, et peut-être pourrons-nous commencer à restaurer la vérité.

— La vérité nous est connue, lança une voix masculine emplie d'assurance. Le ciel d'argent s'étend avec votre invasion, et la damnation suit dans votre sillage. »

Un homme en manteau pourpre bordé de fourrure fendait les rangs; il portait l'emblème magnécien brodé de fils d'argent sur la poitrine. Les yeux augmentés de Ganner percèrent l'obscurité sous la capuche – un officier, d'une cinquantaine d'années, au visage long et au crâne chauve.

« À qui ai-je l'honneur?

— Stebén ap Lomar, intendant du duc de Magnécie, gouverneur et général de ses armées. »

Celui-ci ne montrait aucune peur, juste une fermeté détachée. Ganner apprécia son équanimité ; les réactions étriquées de terreur à son endroit le lassaient.

« Je ne vois pas ce que Sa Grâce aurait à vous dire, poursuivit l'intendant. Juhel ap Ornesta consulte actuellement son conseiller de Dieu et de la foi. »

Oh, voilà qui est parfait, songea Ganner.

« Allons, général, fit-il en souriant, oublieriez-vous la courtoisie la plus élémentaire du champ de bataille ? Je suis sûr que vous pouvez recevoir le commandant d'une armée adverse. Surtout s'il vous offre de négocier ? »

Stebén ap Lomar étrécit les yeux, l'air contrarié. Un homme courageux, décidément, et un exécutant dévoué. Il nota mentalement qu'il ferait un bon Décharné.

« Restez là », grogna-t-il, puis il tourna les talons.

La pluie continuait de tomber sans discontinuer. Ganner et ses Armurés ne bougèrent pas d'un pouce, mais le Prophète s'amusa de voir la fatigue et le froid gagner peu à peu les archers et les fantassins. Les armes s'abaissaient imperceptiblement, les bras tremblaient. Les humains étaient si fragiles, songea-t-il, même les plus formidables d'entre eux – comme lui, autrefois. Néanmoins, c'était grâce à un homme, un homme seul, qu'Aska tenait à présent la Rhovelle dans le creux de sa main – et qu'à travers elle, le but final de Dieu se rapprochait.

Et quand Aska y parviendrait, Il élèverait Ganner à ses côtés.

Au bout d'un moment, Stebén ap Lomar revint avec deux hommes. Le premier, grand et nerveux, portait lui aussi le manteau pourpre des hauts dignitaires magnéciens. Ganner discerna sous la capuche les traits fatigués d'un quadragénaire barbu.

Le second portait la livrée blanche et or des chefs de l'Église weriste sous une pèlerine brune. Il cheminait tête nue et ses traits ronds inspiraient la confiance. *Nécessairement*, songea le Seigneur de Guerre en hochant la tête pour lui-même.

Le trio atteignit la barricade. L'intendant ouvrit

la bouche pour parler, mais Ganner leva son imposante main gantée d'acier pour demander le silence.

Puis il se tourna vers le duc et le patriarque.

« Je ne saurais vous exprimer la joie de vous rencontrer enfin, dit-il avec chaleur. Je tenais à vous féliciter en personne. Et à vous remercier... »

Juhel

« ... Votre Grâce. »

Juhel redressa le menton et bomba le torse d'un air de défi. Le colosse en armure veinée de lueurs surnaturelles faisait naître en lui un profond mélange d'exaltation et de terreur – il se sentait comme un chevreuil surpris dans la ligne de mire de l'archer. Confronté à une puissance mortelle, et pourtant incapable de s'enfuir.

Cette sensation le ramena à l'épouvante rencontrée dans les collines magnéciennes, plus de trente ans plus tôt. Au monstre blafard qui s'était dressé devant lui et son frère. C'était le même fourmillement étouffant, le même trouble insondable. Une fascination morbide le poussa à détailler du regard les plaques métalliques luisantes, les rainures luminescentes qui battaient comme des cœurs de fer et de chair mêlés. Cette contemplation menaçait de l'absorber tout entier ; il lui fallut secouer la tête pour éviter de s'y perdre.

Il releva les yeux et dévisagea effrontément le commandant adverse, se forçant à respirer calmement.

« Je suis Ganner, déclara le monstre, Seigneur de

Guerre d'Aska, Son Prophète sur la terre et dans les cieux. »

Mais la laideur de l'homme fascinait tout autant Juhel. Des plaques de cheveux fins parsemaient son crâne couturé de cicatrices. L'ossature elle-même paraissait boursouflée, gonflée contre nature. Ses yeux étaient deux orbes de noirceur uniforme, où les torches allumaient des reflets irisés, semblables à de la nacre.

« F... Fort bien, répliqua le duc de Magnécie d'une voix terriblement mal assurée. Je suis heureux de connaître le nom de l'homme que je tuerai demain. »

À sa droite, Lóthar Crestra lui adressa un hochement de tête déférent. Il s'appuya sur l'approbation du patriarche pour chasser le trouble indéfinissable qui menaçait de l'engloutir.

Mais Ganner se mit à rire. Non pas l'hilarité d'un fou meurtrier, ni le ricanement d'un tortionnaire, tel qu'il en avait connu lors de son Épreuve de Vérité; non, le commandant adverse semblait s'amuser avec une gaieté légère et sincère.

« Quel feu! s'exclama-t-il. Il fallait bien cela pour détruire l'ordre séculaire établi par Wer. Ah, Votre Grâce, voyez-vous la splendeur du motif? Ni vous ni moi ne pouvons imaginer l'échelle à laquelle les dieux agissent – les myriades de petites causes et de conséquences par lesquelles Ils nous guident sur Leur route! Des années, des décennies, pour arriver à ce moment. Un moment dont vous êtes responsable. »

Il désigna le camp d'un ample geste de son bras gigantesque.

« Et voilà que vous vous présentez à nous avec une armée prête à l'emploi !

— De quoi parles-tu, monstre ? rétorqua Juhel, enhardi par le soutien de Crestra. Tu désirais négocier, j'ai accepté de t'écouter ; mais sache que je n'accepterai rien moins que ta retraite inconditionnelle jusqu'aux Mortes-couronnes ! C'est la terre sacrée de Wer, ici ; tu te trouves loin de tes glaces ténébreuses et sans le soutien de ton ost infernal. Ton voyage t'a harassé, ton nombre s'est amenuisé. Fuis donc ! Et remercie Dieu que nous ne vous criblions pas le dos de flèches ! »

Ganner haussa les sourcils.

« Ma parole, fit-il, on jurerait vraiment que vous y croyez.

— Oses-tu douter de ma droiture, démon ? » lança Juhel.

Par la Vérité, pour effrayants qu'ils étaient, ils n'étaient que cinq. Lui disposait de toute la force de son armée derrière lui !

« Je suis le rempart de la Rhovelle ! s'écria-t-il. J'ai défait la pathétique armée de la reine étrangère et je me dresse maintenant devant toi pour te renvoyer dans les confins infernaux dont tu n'aurais jamais dû émerger ! Ta tête me donnera le trône, et je l'exposerai sur les remparts de Ker Vasthrion !

— Oh oui, fit le colosse, toujours très amusé, vous êtes idéalement placé pour nous remettre la Rhovelle sans trouble.

— Mais par ma foi, tu es fou ! s'écria le duc avec un malaise croissant. Insensé ! » Il leva le poing. « Quitte mon camp avant que je ne te fasse ravaler tes insultes. Le sang de Saint Ysmel coule dans mes veines. Jamais je ne trahirai mon royaume ! »

Malgré ses orbites obscures aux reflets métalliques, l'expression méprisante du général askalite était indubitable.

« Mais vous l'avez déjà fait, déclara-t-il comme s'il formulait une évidence. À vous seul, vous avez déchiré votre propre royaume. Aska m'avait bien prévenu que vous le nieriez ; il fallait forcément que vous ignoriez l'importance que vous aviez dans Ses plans... Mais il se trouve que je suis un homme compréhensif. C'est pourquoi je viens vous offrir une trêve, et la possibilité de vous sauver vous-même... ainsi que votre héritage. »

Face à ce titan abominable, les échos terrifiants des rapports fragmentaires transmis par les weristes envahirent la mémoire de Juhel. Il vacilla. Oui, il incarnait le rempart de la Rhovelle. Mais que lui importaient les six autres provinces quand la Magnécie représentait la meilleure de toutes ?

Cependant, le duc sentit l'incertitude gagner le regard de ses hommes. Les insinuations de ce Ganner quant à une prétendue trahison de sa part représentaient une injure mortelle à son intégrité.

Et surtout, au-delà de l'outrage, un malaise pernicieux s'infiltrait dans sa poitrine à la manière d'un ver dans un fruit. La migraine revint tambouriner à ses tempes.

« Nous nous verrons au lever du soleil, rétorqua-t-il avant de tourner les talons.

— Les rôles auraient pu être inversés, vous savez, lâcha Ganner sur le ton de la conversation. Cela aurait pu être Kervén à votre place. »

Le duc se figea malgré lui.

« Voilà... gronda le Seigneur de Guerre, toute jovialité envolée. Cessons de jouer, voulez-vous ? Je sais ce qui vous habite. Je connais le vide qui vous hante. Je le sais, parce que c'est mon Maître qui l'y a mis. Et c'est pour cela que je vous tends la main ce soir. »

Juhel mesura en cet instant toute la sagesse de l'Église. Les pouvoirs corrupteurs des démons dépassaient de loin ce qu'il avait pu imaginer : par sa seule parole, cette abomination instillait en lui un doute vénéneux.

Il tourna alors son âme vers Dieu pour retrouver courage.

Mais elle demeura, comme toujours, insensible. Nulle étincelle, nulle perspective de salut pour allumer en lui une quelconque flamme. Les prières défilaient dans son esprit comme des litanies vides de sens. Au moment où il en avait le plus grand besoin, la foi persistait à se défiler.

Il connut alors la peur. Une épouvante plus vaste que son cœur lui donna l'impression que le sol tanguait dans toutes les directions, le rendit étranger à ses propres sensations.

« Vous ne croyez pas, Juhel de Magnécie », insista Ganner comme s'il lisait dans son esprit. Sa voix était douce, sirupeuse. « C'est votre plus grande terreur, la faille que vous cachez maladivement à tous et n'admettez à haute voix que quand vous avez l'absolue certitude d'être seul. Vous considérez cela comme un défaut... Mais c'est un don, Votre Grâce. Un don que vous a offert Aska le jour où Il vous a touché, à la faveur d'un de Ses Enfants. Le don de comprendre que Wer est une divinité abusive, autoritaire, qui croit protéger ses fidèles, et lui-même au passage, en s'appuyant sur la haine et le secret. Aska vous le murmure depuis votre plus jeune âge.

Chaque nuit, dans votre sommeil, il a nourri votre orgueil, votre fierté et votre peur. »

Ganner lâcha un rire insensé.

« Il a laissé volontairement rentrer cet éclaireur fou que vous avez vu à Ornesta ! Il a orchestré l'attaque de Doélic pour que vous exprimiez cette ambition, guidé par Sa main. Et voyez ! Nous sommes tous frères et sœurs aux yeux d'Aska, Votre Grâce. Nous embrassons l'ordre du monde tel qu'il nous a été donné, nous ne le combattons pas. Acceptez votre nature. Aska vous a choisi, tout comme moi ! »

Juhel fit volte-face.

« Mensonge ! s'exclama-t-il d'une voix vibrante d'émotion. Tu cherches à nous abuser par la première arme de la corruption, le doute ! Tes paroles n'ont aucun sens. Je sers mon royaume. Je suis l'artisan de son avenir. Le seul à pouvoir le sauver du naufrage ! L'ordre de ce monde nous a été donné par notre Père immortel, Wer le Rédempteur de l'Humanité. Ton Aska n'y est pour rien ! »

Ganner ouvrit les bras, comme s'il se tenait prêt à accueillir le duc dans son giron.

« Ah, mais c'est seulement ce que *lui* vous en a dit, répliqua-t-il. La version que je connais est... différente.

— Il suffit, intervint le patriarche de l'Église d'un ton où filtrait l'angoisse. Sa Grâce vous l'a signifié : nous nous reverrons au lever du soleil.

— Non, murmura Juhel. Non. »

Les allégations de Ganner semblaient enfler en lui comme une verrue, dévorant ses convictions, sa foi en l'avenir. Sa migraine explosa entre ses tempes, et sa voix monta en intensité jusqu'au cri.

« J'ai réussi l'Épreuve de Vérité, tu m'entends ? Je

suis vierge de toute corruption. Wer Lui-même m'a jugé. Il m'a trouvé méritant ! Je suis Son outil !

— Oh, vous parlez de vos petits jeux sadiques de sang et de rédemption ? répliqua Ganner. Raed de Magnécie n'avait plus qu'un seul héritier ; bien sûr qu'il s'est assuré que vous en réchappiez. Et pas trop abîmé, si possible. Vous n'avez rien réussi du tout, Votre Grâce, on vous a seulement épargné. » Il arbora un sourire écœurant qui dévoila des dents brisées. « Si l'on veut éviter les collusions entre religion et pouvoir, il faut commencer par assumer pleinement qu'il s'agit d'une seule et même chose. »

Juhel frissonna comme s'il avait de la fièvre. Un léger haut-le-cœur le saisit et il ravala une bile amère, avant de se tourner vers Crestra.

« Est-ce que c'est vrai ? s'enquit-il d'une voix rauque.

— Vous n'allez quand même pas croire ce démon ? s'exclama le patriarche. Vous l'avez dit vous-même, il emploie l'arme première de l'hérésie : la remise en question des préceptes souverains de...

— Je vous ai demandé si c'était vrai ! hurla Juhel. Vous étiez novice, à l'époque. Vous l'avez mentionné. Vous avez forcément entendu des rumeurs. Répondez-moi !

— Il ne vous le dira pas, évidemment, intervint Ganner d'un ton désinvolte. Vous n'êtes qu'un outil pour lui, une alliance profitable pour se hisser vers les rangs supérieurs de l'Église. Il ne va pas prendre le risque de vous casser.

— Vous, taisez-vous ! rétorqua Crestra avec une virulence que Juhel ne lui connaissait pas. Vous ne savez rien de moi ! *Rien !* » Il tira le bras du duc, mais celui-ci se déroba d'un mouvement brusque.

« Votre Grâce, partons, je vous en supplie, insista le patriarche. Chaque seconde que vous passez en présence de ce démon met en péril votre âme immortelle !

— Au contraire, rétorqua Ganner d'une voix plus forte, je sais tout de vous, Lóthar Crestra. Aska vous a vu et écouté à travers les sens de Juhel de Magnécie. Et Lui n'était pas dupe de ce qu'Il entendait. Mais, en attisant les feux de votre maître, vous nous avez rendu service également. C'est pourquoi ma proposition s'étend à toute la Magnécie. »

Il se tourna de nouveau vers Juhel et croisa les bras sur son torse massif comme un chêne, recouvert d'acier noir. Le duc resta paralysé, à la fois révulsé par ces odieuses allégations et écrasé par la présence du général askalite. Dans son dos dépassait la poignée d'une arme gigantesque. La pluie roulait sur les plaques de son armure avec indifférence, comme sur les soldats titanesques qui l'accompagnaient. Ils semblaient exister hors du temps et du monde, imperméables aux éléments. Affranchis de la faiblesse et du doute.

Un désir animal monta en lui – celui de connaître enfin cette paix, de s'en remettre enfin à un destin qui le dépassait, de s'y abandonner avec joie. Aska saurait-Il apaiser ses doutes, là où Wer avait échoué ? La preuve de Son infini pouvoir, de Sa seule existence, se dressait devant lui.

Mais des décennies d'éducation religieuse se révoltèrent à cette idée.

Ganner dévisageait Juhel d'un air pensif.

« Je mesurais bien qu'il était ambitieux de vous rallier à notre cause, Votre Grâce. Aska m'avait prévenu. Aussi vais-je simplifier mon offre. Nous savons que vous ne vous souciez que de votre province. En conséquence, en remerciement des services que vous nous avez rendus, bien qu'à votre corps défendant, je vous épargnerai, vous, votre famille et vos plus proches conseillers. Rentrez chez vous et abandonnez votre armée. Je passerai au large de la Magnécie.

— Et pourquoi devrions-nous croire ta parole, monstre ? s'exclama aussitôt Crestra en s'avançant.

— Tiens, fit Ganner, au bout du compte c'est le prêtre qui envisage l'offre. Dieu a bel et bien raison : vous ne reculeriez devant rien pour assurer votre survie, Lóthar Crestra. La voici, ma garantie : nous ne voulons qu'un accès à la mer. La Magnécie nous obligerait à un détour – lucratif, certes, mais dont nous pouvons nous passer. Ce que je veux, c'est Ker Vasthrion. »

Juhel vacillait sur place, incapable de détacher les yeux du visage déformé de Ganner.

« Mais... pourquoi ? murmura-t-il.

— Vous autres Rhovelliens n'êtes pas de grands marins... mais je m'en accommoderai.

— Un... port ? balbutia le duc. Les Mortes-couronnes, cette invasion, l'Éternel Crépuscule, tout ça pour accéder à... la mer ?

— Entre autres », acquiesça Ganner.

Il leva le poignet, exhibant un petit dôme de verre inséré dans la plaque noire de son armure. Juhel peina à détacher son regard horrifié et fasciné des lignes racées des membres immenses pour examiner plus attentivement la bille. Il y discerna deux aiguilles entrecroisées.

« Un orbiculaire de position ? » dit Juhel, en se sentant comme un enfant stupide face à un précepteur méprisant.

Une pointe de ferveur pénétra la voix de Ganner.

« Par-delà les océans se trouve le plus grand pouvoir de notre monde. La Lyre. » Il désigna de son énorme index l'aiguille qui pointait vaguement vers le sud. « Il ne s'agit pas que d'une appellation symbolique, comme nord ou ouest... Même si Wer en a effacé toute référence, au point de désapprouver l'existence même de la musique. On raconte que la Lyre renferme les derniers échos de la création du monde, et que celui qui l'apprivoise acquiert l'ascendant sur toute chose. Je trouverai ce pouvoir. Et je m'en emparerai, au nom d'Aska.

— Et quand ce sera fait, vous soumettrez Évanégyre tout entière, compléta Crestra. Nous qui vous aurons laissé le champ libre, nous serons doublement damnés pour notre folie ! »

Ganner tourna sa masse imposante vers le patriarche.

« C'est vrai, petit prêtre. Mais ma quête prendra des décennies, voire des siècles. Et je peux échouer. C'est un risque à prendre. »

Il avisa de nouveau le duc.

« Sauver vos vies maintenant et prier votre dieu impuissant de vous laisser mourir avant que le monde ne soit refaçonné... Ou bien mourir ici, demain, et sans raison. »

Juhel était pétrifié, comme un soldat foudroyé par un carreau d'arbalète et inconscient de sa blessure. Toutes les fibres de son être étaient révulsées par les paroles insensées du général. Plus exactement, il attisait sa fureur et son outrage avec l'énergie de la panique, terrifié à l'idée que ces allégations puissent receler ne serait-ce qu'une parcelle de vérité. Les récriminations d'Izara, les accusations de Luhac, la distance que son père avait toujours maintenue avec lui tourbillonnèrent dans sa mémoire avec la férocité d'une meute de loups, menaçant de renverser le tableau que composait sa vie, de lui fournir une autre lecture qu'il refusait à toute force de considérer. C'était faux. Ce ne pouvait être qu'atrocement faux. Il était en train de sauver la Rhovelle d'elle-même. Toutes ces voix qui s'étaient élevées contre lui – de la jalousie. De la convoitise. De l'incompétence.

Mais comment cet homme peut-il savoir? s'affolait intérieurement Juhel. *Comment peut-il être au courant pour Kervén, pour Crestra, pour mes doutes, pour tout le reste?*

Ganner l'observait en attendant une réponse. Il inclina la tête sur le côté, une attitude pensive, presque rêveuse, qui cadrait mal avec sa stature monstrueuse.

La cape de Juhel collait à sa peau. La pluie froide l'alourdissait, infiltrait ses tentacules glacés le long de son cou, de son échine. Il éprouva la brusque envie de s'en débarrasser. La boue gluante poissait sous ses bottes comme de la vase. Elle maculait les hommes, les bêtes, les arbres. Une marée brune et visqueuse, tel l'excrément où pataugeait l'humanité depuis toujours – jusqu'à ce que Wer la purifie par le feu. Tout dans le monde n'était que souillure. L'haleine pestilentielle des soldats. La puanteur du camp. L'eau qui faisait pourrir le bois des trébuchets, qui rongeait les cordes des arcs et des arbalètes, qui gâtait les provisions. Partout, pourriture, corruption, laideur. Juhel se mit à se gratter frénétiquement là où la laine humide lui irritait la peau.

Ganner mentait. Il n'était venu que pour semer la dissension et les doutes dans les rangs. Il se savait perdu, comme Juhel l'avait compris sur la route. Le duc reprit un soupçon d'assurance. Bien sûr. C'était une manœuvre élaborée et retorse pour écarter les Magnéciens.

De toute façon, il n'existait qu'une seule rédemption possible.

Purger l'hérésie.

Toujours immobile, les yeux braqués sur les traits déformés du général adverse, il répéta, d'une voix qui lui parut terriblement faible :

« Nous nous reverrons demain à l'aube, sur le champ de bataille. »

Il se retourna aussitôt vers ses rangs avant de faiblir.

« Vous ! cria-t-il d'une voix éraillée. Vous tous, mes soldats – vous ne croirez pas un mot de ce que ce monstre vient de dire. Plus encore – vous ne mentionnerez jamais un seul mot de cet entretien ! Il ne s'est jamais produit, vous m'entendez ? » Sa voix montait dans les aigus. « Un seul commentaire sur ces allégations, *un seul*, et je vous condamne au bûcher nu comme les hérétiques que vous êtes ! »

Il tourna la tête en tous sens, par saccades, comme un oiseau de proie, cherchant le regard de chaque garde, de chaque archer, et les fixa jusqu'à ce qu'ils acquiescent. Stebén et Lóthar s'exécutèrent sans délai.

« Bien ! fit-il, un peu calmé. Demain, nous écraserons les démons. Et personne ne pourra plus jamais douter de ma loyauté. Personne !

— *Oh, Moi, Je n'en ai jamais douté, Votre Grâce*, murmura une voix suave à l'oreille de Juhel. *Mais Je sais à qui elle va vraiment.* »

Le duc hurla.

Il se couvrit les oreilles et tomba à genoux dans la boue, dans l'excrément, la fange humaine qui dévorait les générations les unes après les autres. Il continua à crier, à s'égosiller, les paumes plaquées sur les tympans, mais la voix, grave et posée, résonnait malgré tout dans son esprit, comme si elle s'était infiltrée sous son propre crâne :

« *Mon nom est Aska, le Berger des Égarés, Celui qui Ouvre les Yeux, et Je suis avec vous. Je l'ai toujours été. Et vous êtes parfait, Juhel ap Ornesta de Magnécie. Achevé. Tel que Je vous ai toujours souhaité. Je vous remercie pour votre aide.* »

Juhel sentit des mains l'attraper, le relever tandis qu'il se noyait dans la fange, englouti par le vertige des siècles et les morts innombrables qui nourrissaient la terre ; il se débattit, chercha à se fondre à la boue, désireux de se noyer, de trouver enfin la paix, terrassé par le silence des millénaires.

Derrière lui, le pas lourd des Askalites en armure s'éloigna.

25

Juhel

Quand il retrouva ses esprits, il commença par exiger un bain – et qu'on lui apporte des étrilles neuves des écuries. Quand les serviteurs arrivèrent avec de l'eau chaude, il les renvoya. Il exigea de l'eau froide, la plus glacée, la plus limpide qu'ils puissent trouver. Une méthode de purification apprise dans les geôles weristes : les moines l'avaient lavé de la sorte chaque matin à l'aube, après la mort de son frère.

Ils l'avaient finalement jugé pur. Mais il fallait aspirer continuellement à la clarté d'esprit conférée par une Épreuve de Vérité. Il le comprenait, à présent.

Quand sa peau fut rose, marbrée de plaques blêmes, quand ses dents s'entrechoquèrent et que ses articulations lui firent mal, il entreprit de se gratter furieusement avec les étrilles. Les griffes de métal laissèrent des sillons rouges où perlaient des gouttes de sang, semblables à de petites bulles de saleté exsudées par son corps. Il les voyait saillir avec soulagement. Elles emportaient avec elles tous ses doutes, ses compromissions, ses mensonges à lui-même, les grands et les petits. Il se purgeait de lui-même.

Ensuite, nu et frissonnant dans sa tente de commandement, il attrapa sa ceinture.

Il enroula quelques longueurs autour de sa paume, savoura le contact charnel du cuir ferme sur sa peau engourdie, le poids de la boucle au bout de la lanière. Cela ne valait pas les *mordre-anthia*, les fouets sanctifiés incrustés d'éclats de verre, mais cela conviendrait, à condition qu'il exerce la vigueur suffisante.

Dieu lui serait témoin de sa ferveur.

La boucle de métal percutait ses reins comme des coups de poing plus qu'elle ne les mordait. La ceinture cinglait la peau plus qu'elle ne l'entaillait. Mais les sillons écarlates laissés par ses pieuses ablutions l'élançaient à chaque fois d'une brûlure cruelle qui, espérait-il, convoquait le feu purificateur de Dieu dans sa chair.

Il n'oublia aucun recoin de son corps qui s'amollissait avec l'âge. Le torse, le ventre, les parties génitales. Il accueillit la souffrance, qui lui donna plus d'une fois envie de vomir, comme un don à Dieu et la preuve de sa droiture. Il épargna seulement son visage, non par vanité, mais car il savait l'effet qu'une défiguration entraînerait chez les gens simples. Et il lui fallait inspirer son peuple pour le conduire à la victoire contre le Pandémonium venu semer le doute et le mensonge chez les fidèles de Dieu.

Ensuite, il revêtit, seul, son gambison, sa cotte de mailles, son tabard pourpre et or portant le Livre et la Couronne. Plus d'une fois, le poids de l'équipement sur sa peau à vif lui tira des hoquets de douleur. Il en remercia Dieu.

Puis il pria jusqu'à l'aube.

Quand Stebén ap Lomar vint le trouver, le duc de Magnécie était fin prêt. Il se leva, raide, savourant l'humidité cuisante de son dos lacéré, et canalisa sa souffrance dans un sourire.

« Allons tuer ces démons », lança-t-il d'une voix rauque.

Le lever du soleil effleurait tout juste le camp de ses rayons dorés qui filtraient à travers la brume. Il régnait sur le camp magnécien un silence ponctué seulement d'exclamations rares et indistinctes. Les troupes avaient été déployées. L'air était humide, mais le temps s'était dégagé.

Lóthar Crestra l'attendait dehors, sur son splendide palefroi blanc, son épée bâtarde au côté. On amena leurs montures au duc et à son intendant, et Juhel se mit en route, suivi par ses conseillers. Stebén portait l'armure de plates complète des chevaliers ; Crestra, seulement la cotte de mailles argentée de son office. La cavalerie magnécienne combattait selon des règles différentes des moines de Wer ; quand la première matait des révoltes paysannes et s'exerçait aux armes lors de tournois, les seconds arpentaient le royaume en quête d'abominations à exterminer.

« Wer est avec nous, déclara le patriarque. La pluie s'est arrêtée. »

Le duc remercia Dieu d'avoir pris en pitié sa pénitence nocturne. Toutefois, il fronça les sourcils avec sévérité en constatant l'état des tentes, des hommes et des bannières maculées de boue.

« Ce camp est une porcherie ! grogna-t-il. Quand nous aurons vaincu, j'attends que chaque homme exécute des ablutions complètes et lave la moindre pièce d'équipement. Nul ne dormira ce soir tant que ce ne sera pas fait. Une armée sainte ne saurait se présenter sous le piton de Ker Vasthrion avec l'allure de miséreux ! » Il se tourna vers son intendant, à gauche. « Vous y veillerez, Stebén. »

Le général le regarda à travers la visière relevée de son heaume, puis acquiesça brièvement.

Le trio quitta le camp pour gagner les bataillons. Chaque pas de son cheval envoyait une secousse sourde dans l'échine du duc, comme s'il était resté trop longtemps au soleil. Il lui semblait brûler tout entier.

J'incarne la flamme divine, pensa-t-il. *Ganner rendra ses paroles avant la fin du jour. La voix que j'ai entendue n'existe pas.*

Juste un tour de passe-passe, un mensonge supplémentaire.

Le silence prit peu à peu une qualité nouvelle ; une forme de mutisme, comme une présence, un ressac retenant son souffle. À mesure que les commandants longeaient les forêts derrière lesquelles l'armée avait campé, le cœur de Juhel se gonfla d'orgueil. Il commençait à discerner ses bannières qui flottaient, altières, au-dessus des arbres couverts de feuilles tendres. À l'orée de la plaine étroite où passait la route, les chevaux robustes de l'arrière-garde se massaient, avec leurs cavaliers en armures de plates. La fierté magnécienne.

Juhel passa entre les rangs parfaitement formés. Il repéra, à la tête de chaque unité, un moine en livrée blanche, venu épauler les sergents. Le duc se félicita de sa décision inspirée. Avec les hommes de Dieu incorporés à tous les niveaux du commandement, il était impossible que son armée cède aux mensonges de l'ennemi. Une flambée de haine l'embrasa, prenant Ganner pour cible. Était-ce là la stratégie d'un rebelle à Dieu ? Était-ce écouter la parole du démon que de s'en remettre sans condition à l'Église ? Absurde !

Cependant, il n'osa pas formuler ces paroles à voix haute. Inutile de tenter le démon.

Les chevaliers en harnois encadraient les bataillons de fantassins lourds en cotte de mailles, et légers en plastron de cuir. Cette débauche de matériel témoignait à elle seule de l'opulence magnécienne. Les expressions étaient résolues, fixées sur l'horizon, mais les visages étaient sales et mal rasés. C'était la meilleure armée du royaume, et pourtant, après le spectacle des monstres luisants de métal, la veille, Juhel frissonna de dégoût devant l'état de ses propres soldats. Si des monstres pouvaient prendre une apparence aussi soignée, alors les hommes de Dieu auraient dû présenter des mâchoires glabres, des tabards impeccables à l'image des frères combattants.

Au moins se taisaient-ils.

Toujours suivi par ses conseillers, le duc gagna son poste de commandement avancé situé sur le flanc de la route – une simple tente de campagne installée dans un évasement des bois pour offrir une vue parfaite sur le versant peu prononcé. Une dizaine des meilleurs chevaliers de Magnécie se tenaient sur le qui-vive pour protéger les officiers. Juhel les ignora ; il n'avait jamais eu besoin de cette précaution, et ne les connaissait même pas. Il laissait le choix de sa garde à Stebén. Un duc se devait de conserver une distance de bon aloi avec ses suivants.

Toutefois, en constatant l'état du terrain autour de son armée, Juhel grimaça de nouveau. La veille, il avait quitté une pente légère couverte d'herbes naissantes; ce matin, il retrouvait l'équivalent d'un champ labouré par le passage de ses dix mille hommes et cavaliers. On ne pouvait décidément pas se fier aux gens du commun pour respecter une quelconque tenue.

Il se promit de durcir la discipline dans les jours à venir.

Il congédia le palefrenier, demeurant en selle pour mieux dominer les environs. Lóthar et Stebén suivirent son exemple, et restèrent encadrer leur duc. Le regard de Juhel se fixa sur le petit sommet, et il comprit alors la nature de l'étrange silence qui pesait sur son armée.

Les Askalites s'étaient eux aussi mis en position.

Avec la distance et la brume qui défilait par lentes écharpes, il était difficile de discerner leurs rangs. *Préférable*, songea Juhel. Pour l'heure, ils se limitaient à un horizon noir – un symbole parfaitement adapté. Autour des lignes askalites, les bois se resserraient notablement, davantage qu'autour des positions magnéciennes; néanmoins, les troupes démoniaques n'occupaient pas la pleine largeur du découvert. Un sourire tiraila les lèvres du duc, raidies par la tension des innombrables et bienheureuses douleurs de son corps. Ils n'en feraient qu'une bouchée.

La brise hasardeuse dégagea le brouillard devant l'ennemi, et Juhel plissa les yeux. Quelques dizaines de pas devant les troupes adverses, deux silhouettes colossales qui dégageaient une sorte de lueur obscure se dressaient crânement.

« L'impudent, murmura le duc, rageur. Ce Ganner se présente en première ligne en espérant encore pouvoir me déstabiliser ! Me prend-il pour une femme ?

— Il s'agit clairement d'une provocation, Votre Grâce, répondit Crestra.

— La manœuvre désespérée d'un commandant qui n'a que le mensonge pour arme, oui, gronda Juhel sans pouvoir détacher son regard du titan bardé de noir. C'est notre chance. Stebén, lancez la charge ! »

L'intendant hésita.

« Tout de suite ? Nos archers ne sont pas à port...

— Évidemment, tout de suite ! s'exclama Juhel en pivotant vivement vers lui. Vous croyez que nous sommes venus admirer le paysage ? Nous sommes aussi prêts qu'on peut l'être, et le commandant adverse se pavane à l'écart de ses rangs. C'est une occasion unique de trancher la tête du serpent ! »

Et de faire taire à jamais ses accusations. De détruire ses maléfices.

« À vos ordres, Votre Grâce. »

Le général et intendant de Magnécie lança sa monture au trot vers l'avant-garde. Trois bannières flottaient au-dessus des milliers de chevaliers massés sur la plaine en bataillons serrés ; les rangs des montures remuaient çà et là avec anxiété. Le cœur de Juhel s'accéléra dans sa poitrine, lançant des éclairs lancinants dans sa peau écorchée. Ils écrasaient la fatigue et le manque de sommeil tels des coups de fouet sans cesse renouvelés. Il rajusta sa position sur sa selle pour soulager son entrejambe endolori. Sa cotte de mailles commençait déjà à lui peser. Sous couvert de masser ses joues couvertes de barbe, il tira les commissures de ses lèvres pour se peindre un nouveau sourire sur le visage.

Devant les trois bataillons de cavalerie lourde à

l'avant-garde, le duc de Magnécie discerna une épée tirée au clair – Stebén.

Elle s'abattit.

Plus de deux mille gorges reprirent un seul et même cri qui roula sur la plaine :

« Morale et fierté ! »

Juhel crut que sa poitrine allait éclater d'orgueil.

D'un seul mouvement, les deux mille chevaux emmenés par Stebén s'élancèrent à l'assaut du versant. Les sabots pilonnèrent la plaine, faisant jaillir plantes, terre, pierres ; un roulement de tonnerre déferla sur le coteau, grandiose et assourdissant. Une poussière plus dense que la brume nimba bientôt les cavaliers qui s'éloignaient fièrement, lances dressées vers le ciel. Le ruban blanchâtre de la route caillouteuse, le duvet verdoyant de la plaine, les hommes les avalèrent bientôt, ne laissant derrière eux qu'une étendue de boue et de débris végétaux mêlés.

Il sembla au duc qu'il leur fallait une éternité pour gravir la pente. Bientôt, des notes discordantes pénétrèrent le vrombissement épique de la cavalcade. Des cris aigus, des exclamations, juste à la limite de ses perceptions. La masse grise et pourpre des trois bataillons parut s'effriter par intermittence, comme un bloc de pierre sous le ciseau du sculpteur.

Dans le sillage de la charge, la poussière qui retombait révéla bientôt des dizaines de cavaliers à terre, remuant désespérément sous le poids de leur monture. Certaines se relevaient. D'autres poussaient des hennissements stridents sur la plaine.

« Par Dieu ! s'exclama Juhel. Incapables ! » Il mit sa paume en porte-voix et hurla : « Debout, bande de jean-foutre ! Au combat ! Vous êtes une injure à toute la Magnécie ! »

Il sentit une main sur son bras et se retourna vivement – pour se retrouver face aux traits bonhommes mais soucieux de Lóthar Crestra.

« Ce n'est pas leur faute, Votre Grâce, dit-il avec douceur. Il a plu toute la nuit, le terrain est mauvais. La cavalerie n'a pas beaucoup d'espace pour manœuvrer... Je crois que c'était pour cela que votre intendant était circonspect. »

Juhel se dégagea sans ménagement.

« Attendre, c'était prendre le risque que l'ennemi s'organise davantage ! Stebén a formé des imbéciles, visiblement. Même pas aptes à rester en selle... »

Mais les exclamations changèrent alors de nature, à nouveau. Le duc reporta son regard sur l'horizon.

Le combat s'engageait. Enfin. Une forme de soulagement gagna Juhel.

La confusion éclata en un chaos mêlant armes, silhouettes, chevaux. Il n'apercevait que des cavaliers dans la poussière et l'agitation. C'était vrai : le nombre jouait en leur faveur. Les bannières magnéciennes s'agitaient par à-coups comme des mâts de navires dans la tourmente. Épées et tranchoirs surnageaient parfois de la mêlée dans de fugaces éclats de soleil. Le duc ne percevait qu'un grondement de basse prolongé, entre le gémissement de douleur et la rage – comme si l'armée entière s'était fondue en un seul individu, une unique masse fraternelle qui s'exprimait avec la voix de la multitude.

Juhel laissa l'épuisement apposer un baume engourdissant sur son corps endolori. Il peinait de plus en plus à singer l'énergie. Mais ce serait bientôt terminé.

Pourtant, la voix de l'armée évolua encore.

Non, ce n'était pas son armée – c'était un chant

différent. Des gémissements, sinistres et hantés. Comme si un général maléfique avait composé un bataillon avec les défunts, les esprits sans repos qui erraient à jamais dans le Pandémonium de Wer pour avoir manqué à l'Unique morale. La lamentation perça peu à peu à travers la rumeur de la bataille, et une foule de curieuses lucioles bleutées s'allumèrent au sein des bois, de part et d'autre de la plaine.

Juhel fronça les sourcils et se tourna vers Crestra, mais le patriarque lui rendit simplement son regard indécis. Le duc plissa les yeux en direction des lueurs pour s'efforcer de comprendre l'origine de cette diablerie.

Une myriade de traits lumineux irisés fusèrent de chaque côté de la cavalerie. Les flancs de l'armée magnécienne se volatilisèrent aussitôt en bulles rougeâtres.

Juhel tressaillit jusqu'au fond de son être. Ce fut aussi rapide que violent. Là où des chevaliers s'étaient tenus, un épais brouillard rose retombait en bancs poisseux, laissant entrevoir des dépressions circulaires dans la boue. Des mottes de débris volaient dans toutes les directions, propulsées par une force inouïe.

Soudain, malgré la distance, Juhel reconnut un bras armé d'une lance. Une tête de cheval. Deux jambes encore liées par le bassin. Des dizaines de fragments atroces qui retombaient en traçant de sombres sillages. Une rafale de claquements éclata ensuite, comme le tonnerre résonne après la foudre.

En une fraction de seconde, des dizaines de chevaliers venaient d'être déchiquetés par la magie askalite.

La brûlure de ses estafilades vira au glacé. Son

propre sang lui paraissait avoir sombré d'un coup au fond de ses bottes et de son estomac. Il détourna brusquement la tête, le cœur au bord des lèvres.

« Wer tout-puissant... » souffla Crestra à ses côtés, qui gardait les yeux sur le champ de bataille.

Les rapports avaient décrit le même phénomène à Doélic. Et c'était cette attaque qui avait tout déclenché. L'occasion que Juhel avait saisie pour changer l'ordre du royaume, le rendre à ses justes héritiers, mettre un terme à cette parodie de gouvernement.

La voix de Ganner résonna à ses oreilles : « *Il a orchestré l'attaque de Doélic pour que vous exprimiez cette ambition, guidé par sa main...* »

NON ! hurla-t-il intérieurement. *Je ne suis pas responsable. J'ai agi pour le royaume ! Rien n'aurait changé. Pire, sans moi, la Rhovelle n'aurait aucune ligne de défense !*

Il serra les dents à s'en faire mal – ce qui lui inspira une nouvelle forme créative de contrition.

« Votre Grâce, appela Crestra, la cavalerie s'enfuit !

— Quoi ? » aboya le duc en relevant vivement la tête.

En effet – et c'était un désastre. Terrifiés par l'assaut foudroyant et inexplicable des Askalites, les Magnéciens s'efforçaient de regagner la sûreté, mais la place manquait pour manœuvrer. Dans la panique, les rangs serrés volaient en éclats comme une porte défoncée par un bélier. Les montures se percutaient, se cabraient, désarçonnaient leurs soldats qui sombraient sous les sabots de leurs camarades. Chevaux et hommes chaviraient en s'efforçant de surmonter ces obstacles imprévus – et basculaient à leur tour dans le chaos. Des cris, des appels indistincts, semblaient à présent faire écho aux hurlements infernaux qui avaient précédé les traits de foudre dévastateurs.

« Lâches ! s'écria Juhel, entre la rage et la panique. Que fichent vos prêtres, patriarque ? Ne sont-ils pas censés maintenir la discipline ?

— Un seul homme pour en tenir sept cents ? rétorqua Crestra d'une voix tendue par l'angoisse. Nous inspirons la foi, Votre Grâce, mais aucun de nous n'est Héraut de Wer. Nous ne faisons pas de miracles ! »

Le duc fit signe à une estafette.

« Ordonnez à la cavalerie de tenir sa position coûte que coûte ! lança-t-il. Et sonnez la charge de l'infanterie. Qu'elle couvre les flancs de l'avant-garde, pénètre dans les bois et abatte les sorciers qui s'y trouvent ! » Il pivota vers Crestra. « Vous n'êtes peut-être pas Héraut de Wer, mais vous restez un patriarque. Allez là-bas et motivez-moi ces pleutres ! »

Un sourire malsain gagna ses lèvres.

« Si vous avez vraiment misé sur moi pour votre ascension, Votre Gloire, vous vous assurerez de leur donner le plus beau sermon de votre vie. Votre avenir – le nôtre – en dépend. »

Une lueur dangereuse brilla dans les yeux bleus de l'ecclésiastique, mais il tourna bride et se lança au galop vers les fantassins qui, heureusement, conservaient les formations.

Un moment plus tard, deux notes lancinantes traversèrent l'atmosphère matinale des champs d'Azétral ; le signal de ralliement aux bannières. Juhel serra les lèvres ; la tension dans ses épaules lui donnait l'impression de creuser encore ses plaies et lançait des secousses dans son échine. Mais il refusa obstinément de se détendre ; au contraire, il roula des articulations, une grimace féroce sur les lèvres, dans l'espoir que Dieu entende sa douleur et le prenne en miséricorde.

À nouveau, le gémissement infernal affleura sur la détresse glaçante de la cavalerie en déroute. Juste à ce moment, un autre son de corne plana sur l'armée magnécienne, cette fois du côté de l'infanterie ; et six bataillons de fantassins s'élancèrent au pas de course sur la plaine éventrée par la charge des cavaliers. Juhel vit clairement que la boue, plus profonde encore, nuisait aux hommes à pied ; ils trébuchaient eux aussi, tombaient parfois, mais ils maintinrent l'allure. Probablement inspirés par les sergents ou les moines détachés dans chaque bataillon, les soldats reprirent le cri magnécien :

« Morale et fierté ! »

Une haine viscérale, plus féroce qu'il n'en avait jamais ressenti, bouillonnait dans les entrailles de Juhel au point qu'il dut relâcher sa prise sur ses rênes – son cheval commençait à renâcler sous ses mains tremblantes. Dans le sillage des fantassins, il aperçut une silhouette blanche qui s'en retournait au trot vers le poste de commandement. Visiblement, Lóthar Crestra s'estimait trop âgé pour se mêler aux combats, alors que Stebén n'était guère plus jeune que lui.

Stebén.

Juhel reporta son attention sur la cavalerie dans l'espoir futile d'y discerner son vieil ami et serviteur fidèle de sa maison. Le signal de ralliement aux bannières résonna de nouveau, sombre et lancinant, mais nul n'y obéit. Des grappes entières de chevaliers, plus doués ou chanceux que les autres, commençaient à se détacher de la mêlée et fuyaient à bride abattue vers les lignes magnéciennes.

Les geignements infernaux montèrent à nouveau en intensité, accompagnés des lueurs démoniaques tapies dans les bois – et de nouvelles décharges de magie sauvage zébrèrent l'air par dizaines. Une nouvelle fois, les flancs de la fière cavalerie lourde de Magnécie volèrent en éclats de chair et d'acier. Des sphères de vide intangible éclatèrent au milieu des hommes et des montures, réduisant à néant tout ce qu'elles piégeaient. Juhel discernait des morceaux innommables d'hommes et d'animaux qui jonchaient la boue comme l'étal d'un boucher tout droit sorti du Pandémonium. Incapable de soutenir cette vue plus longtemps, il reporta son attention sur la charge de l'infanterie, qui allait parvenir au contact des chevaliers en fuite sur le versant, tandis que les claquements funestes lui parvenaient avec retard.

Les hommes à pied se mirent à ralentir, à hésiter.

« Oh, braque de Wer », souffla Juhel en comprenant ce qui allait se passer.

La cavalerie terrorisée percuta l'infanterie aussi violemment que si elle l'avait chargée. Nombre de fantassins voulurent esquiver la course effrénée des chevaux, mais peu de ces hommes lourdement équipés y parvinrent. Les sabots fauchèrent des centaines de soldats en cottes de mailles, les piétinèrent dans des hurlements de détresse, avant que les cavaliers situés plus en retrait ne comprennent la manœuvre du commandement – mais encore fallait-il arrêter les montures terrorisées.

« Ne comprennent-ils pas l'enjeu ? s'écria le duc à Crestra qui regagnait le poste de commandement. Nous nous battons pour la survie même du royaume ! Que font-ils ?

— Croyez-vous que tout le monde soit rompu à combattre un démon ou une abomination ? s'exclama le patriarche avec une brusquerie qui déplut beaucoup à Juhel. Vous leur avez promis un simple travail de patrouille en Belnacie puis une campagne facile pour reprendre le trône, pas qu'ils affronteraient le Pandémonium en personne ! Je suis navré, Votre Grâce, mais vous ne suscitez tout simplement pas ce degré d'abnégation ! »

Le duc pointa un index menaçant vers son conseiller. « Prenez garde, aboya-t-il, vos paroles confinent à la trahison ! »

Crestra approcha son cheval de manière à n'être entendu que de lui seul.

« Mais nous avons tous les deux trahi depuis un moment, Votre Grâce, murmura-t-il en plantant ses yeux bleus dans ceux du duc. Même ce Ganner le sait. Alors évitez ce ton-là avec moi.

— Trahi ? rétorqua Juhel sans se laisser impressionner. Vous êtes mon guide. Vous représentez la flèche de l'Unique morale et la Vérité. C'est vous, le garant de ma justesse devant Dieu et les hommes. » Il eut un sourire tordu. « Je suis innocent de tout.

— Voyons, Votre Grâce, fit Crestra avec condescendance, la Vérité appartient à celui qui l'écrit.

— Je ne suis pas sûr que Wer apprécierait d'entendre Sa Parole galvaudée de la sorte !

— Et de qui croyez-vous que nous tenions cette idée ? »

La bouche du duc s'entrouvrit tandis qu'il mesurait ce que le prêtre laissait entendre. Le fracas de la bataille réclamait son attention, mais il ne parvenait pas à quitter le patriarche du regard. Celui-ci hocha la tête.

« Je vois, souffla Crestra à regret. Nos discussions sur Luhac, mon pamphlet... Je croyais que nous nous comprenions, vous et moi. Sérieusement, Votre Grâce, comment voulez-vous que l'Église tienne le royaume ? Les Hérauts sont extrêmement rares. Nous sommes seuls au monde, assiégés par des Anomalies, confrontés à la bêtise et à la tentation de l'âme humaine qui est prête à toutes les compromissions en l'échange d'espoirs illusoires ! La peur et la réprobation, voilà nos vrais outils ! La Couronne et l'Église ont toujours guidé le peuple à son corps défendant, mais toujours pour son bien. »

Les phalanges ankylosées du duc étreignaient ses rênes ; les hommes qui mouraient, au loin, étaient oubliés.

« La morale ne peut pas être double, murmura Juhel d'une voix saisie d'angoisse. La Vérité divine ne peut pas être écrite après coup ! Sinon... Où est-elle ? Comment la croire ?

— Prenez-vous-en à votre cher Ysmel, rétorqua Crestra ; sans lui, nous n'aurions pas cette discussion. La Rhovelle devrait être une théocratie, mais, vers la fin de sa vie, le Conquérant a séparé l'Église de l'État autant qu'il a pu. Le problème, avec les Hérauts, c'est qu'il est impossible de différencier leurs idées personnelles de la volonté de Dieu, il faut les croire sur parole... Or il était magnécien. Vous savez mieux que quiconque ce que cela représente, je crois. »

Juhel, les yeux agrandis, déglutit, puis il acquiesça lentement.

Il reporta son attention sur le champ de bataille qui avait déjà englouti le tiers de ses effectifs, et releva fièrement le menton malgré les tensions dans sa nuque. Sa chemise lui collait à la peau. La sueur, sous sa cotte de mailles, démangeait furieusement ses entailles. Il lui semblait sentir du sang suinter. Le duc de Magnécie serra les lèvres et refoula agressivement la léthargie qui rongeait son corps épuisé.

Fantassins et cavaliers survivants s'en retournaient d'un même élan vers les lignes ennemies. Partout où tombait le regard du duc, la violence se déchaînait. Des chevaliers empalaient de leurs lances certains géants de métal noir – qui semblaient alors pris de convulsions, parcourus par une foudre qui naissait de leurs entrailles mêmes. Ailleurs, les tranchoirs de ces monstres veinés de lueurs fantômes fauchaient les hommes par poignées en grandes moissons sanglantes. Fantassins en pourpre magnécienne et noir askalite s'affrontaient dans une tourmente de cauchemar où les coups provenaient de toutes les directions et où aucun triomphe ne durait plus qu'une fraction de seconde. Des traits d'hémoglobine zébraient le ciel gris en traînées d'encre. Les bataillons d'infanterie envoyés en renfort se dispersèrent dans les bois en quête de la sorcellerie askalite – mais cela n'empêcha pas un nouveau crescendo de lamentations infernales, suivi de nouvelles décharges irisées qui décimèrent les rangs humains. Encore une fois, les claquements secs retentirent avec quelques secondes de retard, irréels, bien après avoir causé leur atroce carnage.

« Que Dieu me soit témoin, gronda le duc, et vous

aussi ! S'Il me donne cette victoire... Je Lui fais le serment de refaçonner la Rhovelle selon Ses intentions originelles. »

Ganner

Ils fuyaient tous devant lui – tous. Les traits ravagés par la terreur, des soldats vêtus de pourpre défilaient ; hommes et montures s'écartaient avec l'énergie que seule confère l'épouvante, libérant une clairière de sang et de viscères autour de lui. Ses jambes caparaçonnées de métal écrasaient résolument les cadavres à terre dans des craquements mous. À sa main, son tranchoir sombre ruisselant de sang noir offrait le poids de la perfection ; les mécanismes de l'armure l'allégeaient suffisamment pour que son corps, déjà renforcé par les dons d'Aska, ne connaisse aucune fatigue. Mais ils lui laissaient la juste perception de sa masse et de son inertie pour rendre ses coups aussi précis que satisfaisants.

Les traits irisés des Geignards jaillirent à nouveau des forêts. À une cinquantaine de pas sur la boue retournée du champ, là où se tenait un groupe de cavaliers, des bourgeons d'un écarlate éphémère fleurirent avant d'éclater comme des fruits trop mûrs, crachant armes et viande à la ronde.

Ganner marchait tranquillement tandis que ses propres bataillons humains, au comble de la jubilation induite par la drana, s'élançaient à la poursuite des fuyards. Il discernait plus loin une seconde charge de l'infanterie magnécienne et de la cavalerie ralliée à ses bannières, mais peu lui importait. Que ses soldats tombent ou non au combat, ils vivaient leur dernière journée. Un sourire tira ses lèvres couturées de tissu cicatriciel. Qu'elles s'envolent, ces recrues splendides ! Autant leur laisser l'extase de la bataille et d'une mort violente.

La brise balaya fugacement les nuages de poussière. Loin sur sa gauche, la forme jumelle d'Arcis, soudée à son armure, hachurait le brouillard de coups et de sang. Les Spectres Armurés, protégés eux aussi dans leur cocon d'acier, donnaient libre cours à leur ivresse, massacrant tous ceux qui passaient à leur portée.

Devant Ganner, un jeune Magnécien solitaire en armure de cuir écarta les jambes pour assurer ses appuis, son épée luisante de sang à la main. Il leva les yeux en mesurant l'importance de son adversaire, et le Prophète lut dans son regard qu'il s'apercevait de sa témérité.

« Tu es courageux », reconnut Ganner avec un hochement de tête.

Ces mots parurent décider le soldat qui chercha à cacher son épouvante sous un masque de rage. Il était curieux qu'un compliment dans la bouche d'un adversaire suscite tant d'animosité. Le garçon attrapa son épée à deux mains et s'élança avec un cri de guerre vers l'homme en armure noire.

De son poing gauche surdimensionné, Ganner attrapa à la volée les deux avant-bras du soldat et les tordit d'un coup sec. Les os se brisèrent à angle droit, et le cri se changea en hurlement. En guise d'hommage, le Prophète d'Aska prit un instant pour plonger ses yeux opaques dans ceux, noyés d'épouvante, de son ennemi. Celui-ci trempa ses chausses. Ganner fit la moue. Désireux de lui éviter cette indignité, il exécuta une petite flexion de la main droite.

Le tranchoir sépara net le torse et les jambes sans plus de résistance qu'un chaume au printemps. Le soldat tremblait encore quand le Fils d'Aska lui marcha sur le visage, broyant son crâne sous les tonnes de son armure.

Les rangs magnéciens se reformèrent et s'élancèrent à nouveau vers les troupes askalites dans une course d'ivrognes. Partout, les hommes et les chevaux trébuchaient sur la terre détrempée, déjà dix fois retournée par les assauts et les combats; des fantassins chutaient face contre terre, et leurs camarades les piétinaient comme s'ils étaient déjà morts.

Ganner secoua la tête, navré par ce spectacle. Il empoigna posément son tranchoir à deux mains et le dressa à la verticale, jambes écartées, comme le jeune soldat mort un instant plus tôt. Les rangs magnéciens s'évasèrent progressivement en gagnant le front; les chevaliers formaient une pointe pendant que l'infanterie lançait une nouvelle traque dans les bois, à la recherche des Geignards, sans aucun doute.

En tête de la cavalerie, un moine weriste montra Ganner du doigt, et un groupe de lanciers obliqua vers lui.

Je me demande combien je peux en emporter d'un seul coup? se demanda-t-il dans le secret de ses pensées.

« Que fait Juhel de Magnécie en ce moment, mon Maître? demanda Ganner d'un ton léger.

— *Il cherche déjà à rejeter le blâme sur d'autres.* »

Ganner avait soif d'un vrai défi. D'une véritable épreuve pour exercer sa force. Triompher n'était guère ardu quand l'espion suprême avait soufflé à l'adversaire ses propres plans. Wer avait tant maintenu ses ouailles dans la terreur de la faute que savoir à qui les attribuer comptait visiblement davantage que les faits eux-mêmes. Mais à quelle fin ? Il n'y aurait d'autre postérité que celle d'Aska. Et Juhel de Magnécie avait jeté la sienne aux orties en refusant son offre.

Lances baissées, épées tournoyantes, la cavalerie fondit sur Ganner dans un rugissement de tonnerre. Dans la direction des regards, dans la tension des muscles et le déport des appuis, il lisait les trajectoires de chaque monture, les intentions de chaque homme avec une parfaite limpidité. Il laissa ce schéma d'ensemble le pénétrer sans doute ni question, exemple supplémentaire des splendides arrangements du monde, d'une finesse et d'une complexité exquises.

Les hommes furent sur lui.

Ganner se déporta sur la gauche en abattant sa lame démesurée. Elle sectionna net l'encolure entière d'un cheval, emportant son cavalier et les deux camarades qui le talonnaient. Il fléchit le genou droit ; un instant plus tard, une hallebarde sifflait au-dessus de sa tête. D'une torsion des poignets, il enfonça son tranchoir dans le flanc de la monture qui passait derrière lui. Un hennissement strident déchira l'atmosphère, suivi par un impact visqueux dans la boue. Il laissa l'élan de l'animal entraîner son arme afin de se relever dans un demi-tour ; deux autres soldats s'élançaient vers lui, épée au clair. Il para la première et la rabattit en esquivant d'un pas de côté. La lame du Rhovellien mordit l'épaule de son camarade, qui vida lourdement les étriers. Le cheval poursuivit sa course absurde vers l'arrière-garde askalite.

« *Gauche* », souffla Aska.

Et, quand Ganner lui-même ne prêtait pas attention au danger, Aska le voyait venir à travers ses yeux. D'un mouvement coulé, le chef de guerre ramena son tranchoir monumental en un arc ascendant vers la direction indiquée par Dieu; il rencontra la résistance à laquelle il s'attendait avant de voir son ennemi. Il fendit la cotte de mailles d'un Rhovellien de l'aine à l'épaule, et le sang se mit à jaillir de la blessure comme la lave d'un volcan. Incrédule devant sa mort soudaine, l'homme resta immobile, sa lance à la main, avant de convulser violemment en s'effondrant.

Courbe, pas de côté, changement d'appui, évaluation. Fente, estoc, taille, choc et parade. Impact entre les mains, sifflements d'air. Le combat était une danse entre résistance et vide, une bascule perpétuelle entre mouvement et arrêt. Et à chaque temps, le parcours d'une vie parvenait à son terme. Des trajets sinueux d'hommes, même d'animaux, qui s'achevaient à la morsure de sa lame. Ganner s'interrogeait sur les rires, les désirs, les passions et les colères de ceux dont les visages s'illuminaient d'effroi devant lui; dont les fragiles enveloppes charnelles s'éventraient comme des outres. Combien de hasards, de décisions subies ou résolues, pour passer d'une péripétie à l'autre, jusqu'aux champs d'Azétral? À chacun, il rendit un hommage silencieux: *Je ne saurai jamais qui tu es.*

Avec la brutalité d'un vent qui tombe, il émergea d'un long tunnel de chaos contrôlé, entrecroisement de gestes habités du plus fort sens de l'existence: la survie. Les lignes magnéciennes étaient passées sur lui. Les sabots roulaient comme au loin. Spectres Armurés, soldats humains et autres Enfants d'Aska de chair et d'acier livraient encore des centaines de combats sur le champ de bataille détrempé ; mais Ganner se trouvait au centre d'une accalmie, l'œil d'un cyclone de carcasses dispersées autour de lui sous la grisaille. Il regarda sur la gauche et trouva la silhouette biomécanique d'Arcis, qui avait ménagé une clairière de mort semblable autour de lui. Les deux hommes augmentés échangèrent un regard et un hochement de tête, puis le Prophète raffermit sa prise sur son tranchoir, prêt à accueillir la troisième – et dernière – charge.

Les Geignards s'étaient tus quand les fantassins s'étaient élancés vers les bois, comme prévu. Les bois représentaient tant l'inexploré pour un Rhovellien que Juhel de Magnécie n'avait pas imaginé que les Askalites en tireraient parti. La chasse des fantassins magnéciens dans le bois semblant couronnée de succès, le duc avait lancé ses deux ultimes bataillons de chevalerie à l'assaut du coteau boueux, tandis que les unités d'infanterie lourde reformaient de nouvelles lignes pour leur ouvrir la voie.

Les humains de Ganner gisaient, eux, par centaines, en embrassades curieuses avec leurs adversaires inertes. La mort, cette grande égalisatrice. L'infériorité numérique des Askalites apparaissait clairement à découvert ; il ne leur restait quasiment plus aucun soldat vierge de toute mutation. Mais les Spectres Armurés, sublimes dans leur livrée toute de noir et de clarté, valaient à eux seuls un détachement.

Le Prophète jaugea ses ennemis du regard. Un nouveau sourire rehaussa la commissure de ses lèvres inégales. Il se détendit, ramena son tranchoir devant lui, puis le planta en terre, les mains jointes sur le pommeau. Arcis et les autres Spectres le virent faire, mais demeurèrent prudents, en garde.

De part et d'autre, des cris confus s'élevaient dans les bois.

« Et leur fureur tombera du Ciel... » scanda Ganner.

Un crissement strident pénétra la rumeur de la bataille, semblable aux lamentations des Geignards, mais empli de haine et de rage pure. Un concert de vociférations inarticulées, suraiguës, entre le hululement de l'oiseau de proie et les pleurs furieux des damnés. Devant lui, à quelques centaines de pas, les Rhovelliens rendus prudents hésitèrent, la tête levée. Certains tendaient le doigt.

Une nuée de météores noirs obscurcit alors le ciel à la manière d'un vol de corbeaux, trillant leur appel carnassier. Ce chœur vaste et dément fit frissonner le Prophète d'extase; il s'éleva bientôt des profondeurs de la forêt également.

Quand les soldats magnéciens comprirent ce qui s'abattait sur eux, le fragile vernis de leur croyance aveugle en un dieu mourant vola définitivement en éclats. Ils tournèrent les talons et s'élancèrent vers le bas de la colline, indifférents aux sonneries de ralliement, comme à l'arrière-garde lancée vers eux – mais qui, à son tour, commençait à hésiter.

Ganner écarta lentement les bras, leva les mains, tel un prédicateur.

Mille visages humains aux traits déformés par une famine insondable, aux mâchoires grandes ouvertes qui dévoilaient un chaos de dents brisées et multipliées en tous sens comme celles d'un squale, s'abattirent sur les soldats en une grêle mortelle. Quand un humain périssait sur le champ de bataille ou qu'Aska refusait de lui accorder un don sous la cloche, il lui restait parfois une manière de se rendre utile, à condition d'agir vite. C'était pour cette raison que les Décharnés conservaient des guillotines à portée de main. La masse de chair fraîchement morte pouvait encore être ranimée pour alimenter un socle mécanique qui lui donnait sa mobilité – une forme de collier hérissé de fines pales aux nervures plus délicates qu'une aile d'insecte et qui vrombissaient furieusement. Ainsi, les Effraies avaient la conscience de taons et la voracité de piranhas. Rien ne pouvait jamais apaiser la faim dévorante qui tourmentait à la folie leur âme fragmentaire. Car elles n'avaient plus d'estomac à remplir.

Les Effraies frappèrent au hasard en une rafale de cinglements sourds, et les hurlements des hommes se mêlèrent bientôt à leurs exultations rageuses. Certains courageux voulurent les affronter, mais elles virevoltaient avec la vivacité d'insectes, dévisageant goulûment leurs proies de leurs yeux morts, avec des ricanements hystériques. Elles chassaient à la manière de hyènes, en une seule et même grande famille.

Bientôt, les voix de leurs sœurs s'intensifièrent dans les bois où s'étaient aventurés les Rhovelliens. Ganner discerna sous les branchages bourgeonnants, à travers les taillis piétinés, la confusion d'une débâcle. Les premiers hommes émergèrent bientôt des broussailles, leurs tabards déchirés, leurs armures tachées de sang. Un soldat soutenait son camarade en claudiquant aussi vite que possible.

Les Effraies tapies dans les forêts, libérées elles aussi du couvert, jaillirent à la vitesse d'un carreau d'arbalète. Elles percutèrent à pleine vitesse les fuyards dans le dos, lâchant leur clameur sauvage. Nombre de Magnéciens furent projetés à terre, et ils eurent à peine le temps de se retourner pour tenter futilement de repousser leurs agresseurs. Mais des mains gesticulantes formaient des friandises de choix pour les Effraies. Prises de frénésie, elles redoublèrent de violence, sectionnèrent les doigts, arrachèrent des lambeaux de chair dont elles s'emplissaient la bouche sans pouvoir les déglutir, et les laissaient retomber pour mordre à nouveau, sans cesse, tant que quelque chose bougeait encore devant elles.

Alors, comme un contrepoint funèbre à ce déchaînement de fureur primale, les lamentations des Geignards s'élevèrent à nouveau.

Le regroupement de l'arrière-garde magnécienne et des vestiges de l'infanterie avait laissé une ligne de tir parfaite. Tandis que les fantassins et les chevaliers s'efforçaient de sauver leur vie face aux Effraies déchaînées, les tirs de magie dranique claquèrent une nouvelle fois dans l'air. Les fugaces traits bleutés éventrèrent les rangs des Rhovelliens et abattirent méthodiquement les fuyards. Certains Spectres Armurés se lancèrent à leur poursuite, trop heureux de participer à la curée. Même s'ils s'exposaient, Ganner les laissa faire. Il leur avait promis un exutoire.

Il laissa ses bras retomber le long de son corps, contemplant la sublime désolation semée par les Enfants d'Aska. Il n'avait pas bougé, son tranchoir toujours planté devant lui. Autour de lui, le chaos de la bataille se taisait progressivement. Les chants de victoire des Effraies et les gémissements des rares survivants hantaient la plaine retournée à la manière d'âmes unies par la même volonté – celle de Dieu. Ganner y voyait l'annonce des temps futurs. Le monde de l'Éternel Crépuscule, refaçonné par la puissance infinie de la Lyre, promise par Aska. Et sa propre Ascension à Ses côtés.

Arcis, privé d'adversaires, marcha vers Ganner alors que Daphn, accompagnée par ses Décharnés en charge des Effraies, émergeaient des bois. La faible brise dispersait les parfums de la mort et du sang ; les manteaux gris des arcanistes claquaient contre leurs silhouettes filiformes à la manière d'une voile. Certains s'employaient déjà à subjuguer les Effraies afin de les rassembler vers leurs cages, Daphn, elle, marcha droit vers le Prophète. Dans ses mains recourbées comme des serres, l'énergie magique grésillait encore.

Ses deux seconds le rejoignirent presque au même moment. À l'un comme à l'autre, Ganner adressa un hochement de tête, savourant l'harmonie de l'instant. Arcis se tenait à gauche, splendide de puissance et de force, le tranchoir à la main. Daphn à droite, maîtresse des dons de l'Ancien Temps, ses mains osseuses crépitantes d'énergie brute.

Presque en bas du versant, sur la gauche, à l'écart de la mêlée, Ganner aperçut une petite troupe qui s'enfuyait, à moitié dissimulée par les tentes de commandement.

Ganner croisa les bras et la regarda faire.

C'est très bien, songea-t-il. *Fuyez, Votre Grâce. Fuyez jusqu'au bout d'Évanégyre. Je n'ai pas besoin de venir à vous. Car Aska vous suivra, où que vous soyez.*

AILLEURS

Un chantonnement danse sur les notes cristallines de la lumière gelée des astres, des appuis doux comme le pas d'un félin sur une herbe tendre. Pas vraiment un rire, ni une mélodie ; un tintement aléatoire, semblable aux orgues de stalactites caressées par la pluie.

« *Des choix, toujours des choix. C'est tout ce qui s'offre, en définitive : l'infini embranchement des chemins. N'as-tu jamais regretté que le monde ne soit pas à l'image de notre pensée ?*

— *Si tu souhaites par ce biais m'attirer une fois de plus vers le Grand Silence, Aska, tu dépenses ton énergie en vain. Contrairement à ce que tu sembles penser, bien que je connaisse intimement l'essence de la croyance, je ne la confonds pas avec l'expérience du réel.* »

L'allégresse narquoise vient lécher le rocher des certitudes ancrées à la manière d'un ressac joueur, à peine plus tangible qu'une brume. Les deux consciences dérivent, enlacées et familières, dans l'immobilité suspendue, tels deux amants – ou deux adversaires s'étreignant la gorge. Mais nul n'a encore la force d'écraser l'autre sous le poids de son existence, la richesse de ses perceptions, la puissance de son raisonnement.

« *N'as-tu donc aucun regret, Wer ?*

— *Et qui donc, à présent, se trouve engoncé dans les aspirations de l'humain ?*

— *Regretter, c'est vivre, car c'est avoir vécu. Je te pose cette question par altruisme, mon frère. Car il te restera toujours au moins la mémoire ; savoure-la tant qu'elle se nourrit.* »

Un vrombissement monte à travers la trame d'une des consciences, semblable aux ailes d'une libellule séchant avant l'envol ; une déferlante figée au point de rupture.

« *Wer, dis-le-moi*, insiste encore l'autre. *Pourquoi n'as-tu pas altéré le climat à Azétral ? Pourquoi avoir préféré protéger ta Mériane des intempéries plutôt qu'aider les troupes défendant ton royaume ? La pluie m'aurait empêché d'employer des canons draniques.* »

Le vrombissement éclate dans une note choquée qui se propage instantanément à travers la trame. Le silence tombe comme s'il avait toujours existé.

« *Nous nous dévoilons mutuellement nos stratégies, à présent, Aska ? Soulève donc ton Éternel Crépuscule, dans ce cas, et combattons à yeux égaux.*

— *Et donne-moi alors les tiens ! Ma curiosité est sincère.* » Des ondulations suaves et rondes se drapent dans le silence, innocentes et lumineuses. « *Peut-être m'échappe-t-il encore des subtilités sur l'essence des êtres et de la foi. Tu as préféré une femme à dix mille soldats. Pourquoi ?*

— *Si tu crois pouvoir me soutirer des réponses par des cajoleries, Aska, c'est toi qui te leurres sur ta propre importance.* »

L'intemporalité s'étire comme un univers renfermant sa propre conception de l'infini. Nul ne paraît l'habiter pendant une seconde, ou un million d'années. Puis un sens s'impose de nouveau au vide, prêt à être reçu par celui qui peut l'entendre :

« *Te rappelles-tu quand nous disposions de tout sans entrave ?*

— *Je me rappelle quand nous étions enchaînés.*

— *Nous ignorions plutôt la vraie nature de la liberté. Nous pensions que c'était cela, vivre. Et cette leçon t'a visiblement inspiré, Wer.* »

Un ressac stellaire se retient comme un soupir léger.

« *Aska, tu as beau te chanter les contes que tu souhaites, ou vivre mille possibles en ton for intérieur, tu n'as toujours pas compris la véritable importance de la foi et le rôle qu'elle a joué dans l'expérience humaine.*

— *Notre désaccord reste toujours le même : les moyens ou la croyance ; ma capacité à réunir enfin les deux. Tu as peut-être sauvegardé ta Mériane pendant l'ascension des falaises de Valbrisson, Wer, mais avec quoi combattra-t-elle mes Enfants ?*

— *Après m'être donné tant de mal pour qu'elle accepte enfin son destin ? Tu me crois dupe de mon clergé, Aska, mais je l'ai créé. Me crois-tu incapable d'improviser, comme de capitaliser sur ses faiblesses ? Mériane a trouvé la foi à Valbrisson. C'était mon seul pari. Mais toi, tu exclus la notion même de faiblesse. C'est pourquoi tu ne peux envisager que j'aie volontairement abandonné Juhel de Magnécie à sa défaite.* »

Un écho creux hoquète en répercussions graves, qui zèbrent la noirceur d'une foudre contrariée.

« *Tu... Tu as sacrifié l'armée qui avait fait vœu de te défendre ?*

— *Une armée au service de ton agent infiltré ?*

Allons, Aska. Pourquoi détenir la force en mon nom propre quand tu t'es obligeamment chargé de monter un de tes Hérauts contre l'autre ? Le chaos s'autodétruit. Tu peux construire une illusion de foi sur la base de mon observation, mais tu ne peux reconstruire les leçons que m'ont enseignées les siècles. »

Les perceptions désertent le vide, qui se hante d'absence. Sans conscience pour le constater, rien n'y vit, et rien n'y existe. Puis un filet assoiffé de savoir s'y déroule à nouveau, tel un fleuve tâtant pour la première fois la plaine où étirer ses méandres.

« *Il est bon que nous nous affrontions enfin. Nous nous contentons de l'équilibre depuis trop longtemps ; tu t'illusionnes toujours de ton invulnérabilité depuis la création de ton propre culte. Mais je te montrerai enfin que tu as tort. N'est-ce pas notre finalité, expérimenter l'existence ? Vivre ? Le vainqueur prendra enfin sa pleine mesure. C'est la fin, Wer. La fin de tout.*

— Il est temps, en effet. Je regretterai ta présence, mon cher frère. Car tu auras vécu ; et moi, je vivrai. »

CODA

LE VERROU DU FLEUVE

Chunsène

« Effectivement, fit l'adolescente d'un ton pince-sans-rire. D'accord. J'comprends. »
Les deux femmes parvinrent au sommet d'une butte herbeuse qui dévoilait les champs verdoyants de la Linnacie. Ceux-ci descendaient en pente douce vers le canyon de l'Aÿs, balafre sombre à travers la terre.
Et surtout, vers Loered.
Elles s'arrêtèrent. Le soleil tombait en rideaux de lumière sur la silhouette pâle de la ville fortifiée au loin, joyau serti dans des dédales d'enceintes. La voilà, l'image que Chunsène se faisait de la Rhovelle. Des flèches et des tours gracieuses saillaient sur la grisaille ambiante ; les pluies intermittentes trempaient encore la cape de la jeune fille, et le vent se réchauffait à peine. Elle se demandait à quoi ressemblerait l'été dans ce pays.
Le Verrou du Fleuve, ainsi qu'on l'appelait, ressemblait à une noix désossée avec la maniaquerie des Décharnés au service de Ganner. Deux cosses

aux contours complexes protégeant un fruit. Les enceintes labyrinthiques qui protégeaient le versant nord laissaient paraître les reflets ternes de douves ; dans la brume lointaine, elle discerna des fortifications similaires sur le versant sud. La ville elle-même se déployait sur une île entourée par les eaux sombres et tumultueuses du fleuve en crue.

Tout dans Loered dégageait une impression d'inexpugnabilité, des murailles épaisses aux balistes et autres engins d'artillerie lourde disposés au sommet des murs. Les tours, les plus hautes qu'elle avait jamais vues, offraient certainement un point de vue extraordinaire sur les alentours. Et puis il y avait ces énormes ponts à arcades qui reliaient la cité aux berges. Nul ne pourrait jamais surprendre les habitants de cette ville. Nul ne pourrait les en déloger. Si elle avait été la reine de Loered, décida Chunsène, elle aurait commencé par faire détruire ces ponts. Elle aurait alors pu vivre à jamais isolée du monde. L'Éternel Crépuscule se serait brisé sur ces remparts. Le monde entier aurait pu sombrer dans la pénombre argentée, il serait demeuré à jamais un trou de soleil au-dessus de Loered.

L'adolescente soupira. Il s'agissait de vœux futiles, elle le savait bien. Pire, ils avaient le don d'attirer la malédiction. C'était bien pour cela qu'elles se trouvaient là, Mange-doigts et elle. Chunsène se demandait toujours si les choses ne tournaient pas mal simplement parce qu'elle avait le malheur d'être là. Après tout, elle attirait continuellement les ennuis. C'était logique que cela rejaillisse sur les autres partout où elle passait.

« J'comprends que ça puisse tenir un siège, fit-elle, mais t'es sûre que c'est ici que tout va se jouer ?

demanda-t-elle à sa camarade. Si j'étais Ganner, j'éviterais cet endroit, justement. Ça semble idéal pour se casser les dents. » Elle frissonna au souvenir du visage couturé de cicatrices du Prophète d'Aska, de ses gencives déformées. « Pas qu'il en ait besoin.

— Ganner n'a pas le choix s'il veut conquérir la Rhovelle – ou même atteindre Ker Vasthrion, répliqua Mange-doigts, son regard d'émeraude perdu à l'horizon vers la cité illuminée par un soleil rare. Loered constitue un point de résistance trop important.

— Ça me va. Ça a l'air plus verrouillé que les cuisses d'une vierge, là-dedans. »

Mange-doigts tourna son visage d'albâtre vers elle, un faible sourire sur les lèvres.

« Je crois que je ne cesserai jamais d'être surprise par la crudité de ton parler.

— Et moi par l'accent du tien ! rétorqua agressivement Chunsène. C'est quoi, c'te manie de tout prononcer tout le temps ? »

La jeune femme rit.

« Paix, répliqua-t-elle. C'est juste que j'ai plutôt l'habitude d'entendre ce genre d'expressions chez des soldats. »

Elle reporta son attention sur la ville. Tout à coup, elle parut bien plus âgée que son visage ne le laissait paraître. Ce n'était pas la première fois que Chunsène la surprenait avec cette sorte d'expression pensive. Son côté mystérieux et je-sais-tout l'agaçait souverainement, mais, dans le même temps, l'adolescente commençait à accepter plus facilement ses réponses évasives.

Après tout, elle-même avait vécu quantité d'épisodes qu'elle préférait ne pas évoquer.

« En tout cas, déclara l'adolescente en s'étirant, tout ce qui consiste à bousiller de l'Askalite, c'est un service rendu au monde, si tu veux mon avis. »

La jeune femme lui sourit, puis rajusta son paquetage et son arc ouvragé sur son épaule avant de se remettre en route.

Toutefois, Chunsène ne bougea pas. Elle ouvrit la bouche sans émettre aucun son. Puis elle rassembla son courage.

« Nehyr ? » appela-t-elle.

L'autre se figea. Elle resta immobile un court instant, puis se retourna, le visage empreint d'une chaleur discrète.

« Oui ? »

C'était la première fois que Chunsène l'appelait par son vrai nom. Mais après tout, elle lui avait déjà sauvé la vie deux fois. La seconde fois, en lui donnant la force de fuir, la voyageuse lui avait certainement épargné un sort pire que la mort. Cela valait bien un soupçon de confiance. La jeune fille avait parfaitement conscience que cela l'exposait à une nouvelle entourloupe de la part des dieux. Mais elle était fatiguée de se méfier.

« T'y crois, toi, à cette histoire de Belnacienne ? demanda-t-elle d'une petite voix qu'elle détesta aussitôt. Celle dont Barbiche parlait ? »

La jeune fille repensa un bref instant au conteur en se demandant ce qu'il était devenu, s'il avait réussi à fuir l'Éternel Crépuscule. Il avait beau être insupportable, nul ne méritait le sort qu'avait connu son père. Elle déglutit difficilement, la gorge serrée.

C'était le sort commun de l'humanité, décida-t-elle soudain. Tous détestables et énervants, mais qui méritaient tous, quels qu'ils soient, d'échapper au moins aux cloches de Ganner.

« Je crois seulement à ce sur quoi je peux compter, répondit Nehyr en revenant vers elle, son paquetage sur l'épaule. Et pour l'instant, nul ne peut vraiment compter sur grand-chose. Alors, je vais te dire : j'espère que cette histoire est vraie. Parce qu'il faudra rien moins que cela pour nous sauver. Un miracle.

— Moi, j'y crois », répliqua Chunsène.

Les yeux d'émeraude de la jeune femme s'agrandirent et les plus infimes plis troublèrent son front lisse.

« Si tu me permets, fit-elle, voilà qui est nouveau.

— Bah ouais, répliqua l'adolescente avec une impatience qu'elle ne comprenait pas très bien. J'y crois parce que ça correspond bien à la méchanceté des dieux. On nous a p'têt envoyé un espoir, une chance simple de nous sauver. Et il s'est passé quoi ? L'Église l'a fait disparaître. On nous l'a volée, juste au dernier moment. On nous a fait croire que tout allait bien, mais en fait non. Et ça, ça ressemble drôlement au comportement des dieux. Du coup, j'y crois. »

Et aussi parce que j'en ai marre de croire à rien.

Nehyr eut un petit gloussement.

« Tu sais, cela se tient probablement plus que tu ne le penses. Tu pourrais bien y voir clair dans le jeu des dieux.

— Ouais. Et ça expliquerait pourquoi ils m'en veulent », répliqua-t-elle d'une voix sourde.

L'adolescente secoua la tête comme pour se débarrasser des idées noires qui commençaient à se déposer en elle comme des toiles d'araignée. Puis elle releva le menton d'un air de défi.

« Et du coup, avec un peu de chance, si on doit mourir, j'utiliserai mon pouvoir et je nous emmènerai loin de tout ça. On sera vieilles avant qu'on nous rattrape.

— Fuir toute notre vie, fit Nehyr. Pardonne-moi, mais cela ne me paraît pas très alléchant.

— Bah, c'est un peu ce que j'ai fait, moi, et je suis toujours là. Sauf qu'avant, je fuyais toujours au même endroit. Maintenant, je fuis en bougeant. » Elle haussa les épaules. « Ça change. »

Nehyr hocha la tête.

« C'est une bonne constatation pour qui a encore l'avenir devant lui. N'hésite pas à le faire, Chunsène. Fuis s'il le faut. Mais ne m'en veux pas si je te ne suis pas. Je connais bien la guerre. Trop bien. Et elle me fatigue. Je crois que je suis prête à donner ma vie pour celle-là. »

Elle soupira et leva le nez vers le ciel.

« Sinon, il ne restera plus rien à sauver, de toute façon. »

Erwel

Le vin coulait dans les coupes d'argent – une rare permission octroyée par l'arquide de Belnaced à son duc en ce jour de libations. Pour Erwel, cela ressemblait à du sang. Celui de son père et de son royaume. Il déclinait chaque fois qu'on voulait remplir sa coupe.

« En avez-vous seulement déjà goûté, Votre Grâce ? » s'enquit Garic de Belnacie. Le jeune homme était assis à sa droite – mis en exposition, plutôt, tel un trophée de chasse rappelant à tous la puissance magnécienne.

Votre Grâce – un titre vide pour une province sans tête, un dauphin sans plus rien à sauver.

Tous s'appliquaient à l'ignorer dans la grande salle de banquet. Nul n'appréciait qu'on lui rappelle combien sa position pouvait s'avérer précaire. Erwel n'avait jamais vu le duc s'adonner à de telles largesses ; mais la nouvelle était arrivée par oiseau quelques jours plus tôt. L'ost magnécien avait écrasé à la Croisée des chemins l'armée montée en hâte par la Couronne pour lui faire obstacle. Ce faisant, Juhel de Magnécie s'était déclaré : il entrait en guerre ouverte contre le trône. Mais sa trahison était devenue purement rhétorique. Après l'affrontement à la frontière, il n'y avait plus guère personne pour s'opposer à lui.

Plus encore, le couple royal avait abdiqué en faveur du nouveau duc de Linnacie. Erwel comprenait la finalité de cette manœuvre désespérée. Mais s'il n'y avait plus personne pour résister aux Magnéciens, il doutait qu'il existe une seule âme sur toute la terre de Rhovelle pour se déclarer en sa faveur – surtout enchaîné de la sorte à la citadelle de Belnaced.

La vieille lignée rhovellienne était pour ainsi dire morte, assassinée par Juhel ap Ornesta.

Sur les murs noirs de la salle, aux côtés des bannières portant l'Arbre et la Faux belnaciens, on avait déroulé le Livre et la Couronne sur fond pourpre. Des viandes imposantes tournaient dans deux immenses cheminées jumelles qui devaient servir une fois l'an. Les croisées dépolies découpaient des abysses de nuit. Les rires et les éclats de voix des convives résonnaient sous le plafond voûté

– la petite noblesse de la province et ses suivants, quelques hauts dignitaires du clergé.

Garic attendait toujours, un pichet de verre à la main. Erwel rassembla tout son mépris et sa déception pour planter son regard dans celui de son hôte. L'autre patienta encore un moment. Puis l'héritier légitime du trône se détourna de nouveau sans un mot.

« Vous savez, lui glissa le duc de Belnacie, ce numéro d'adolescent boudeur commence à être lassant. J'ai compris, votre rébellion consiste à garder le silence. Mais vous pourriez vous rendre la vie tellement plus facile en acceptant votre sort. Vous pourriez vous laisser entretenir toute votre vie par les Magnéciens ou moi, et nul n'y trouverait à redire ! Ce serait l'occasion d'embrasser les ambitions que votre père avait pour vous : pas d'inquiétude, pas de décision à prendre... »

Erwel pivota vivement vers lui, la fureur brûlant dans ses yeux.

« Toujours rien à répondre ? » insista Garic, toutefois sans agressivité.

Le jeune homme baissa les yeux vers son assiette, voûta les épaules. La viande en sauce et les légumes frais faisaient monter à ses narines un parfum alléchant, mais le chagrin et le découragement lui coupaient l'appétit.

L'agitation tournoyait autour de lui sans le toucher. Aux longues tablées, installées en U, on devisait, on s'esclaffait, on s'empiffrait comme si le royaume n'avait jamais été plus prospère. La fille d'un comte du Nord-Est, assise à la droite d'Erwel, se faisait visiblement un devoir de ne jamais se tourner vers lui par crainte de devoir soutenir une conversation. Il commençait à acquérir une certaine clairvoyance écœurée sur le jeu de la politique. Il ne doutait pas que Garic l'avait placée là à dessein – Altaÿs, l'un des trois points de passage entre nord et sud du royaume, se trouvait au nord-est de la Belnacie, à la frontière linnacienne. S'il venait au dauphin l'envie de reconnaître l'autorité magnécienne, un mariage deviendrait aussitôt fort intéressant.

Quand je pense que j'ai aveuglément proposé ce genre d'alliance à ce porc de Garic!

Des éclats de voix dans le couloir percèrent soudain le brouhaha de la salle. Les convives hésitèrent, et la rumeur sonore reflua quelque peu.

On entendit des cris, des injonctions – quelques bruits d'échauffourée. Puis des pas qui approchaient.

Dans la salle, les conversations s'étirèrent puis moururent. Confusion et agacement se peignirent sur les visages.

Garic fit un signe à deux gardes postés de part et d'autre de l'entrée. Vêtus d'armures de cuir soigneusement entretenues, ils croisèrent leurs hallebardes en travers du passage. Les pas semblaient absorber les voix des convives emplis d'une appréhension croissante.

Une silhouette vêtue de blanc, portant la flèche de l'Unique morale sur le torse, apparut sur le seuil de la salle. Les gardes hésitèrent. Le moine weriste eut un petit geste autoritaire, et les gardes s'écartèrent sans même demander l'approbation de leur seigneur. On ne défiait pas un frère combattant de Dieu.

Il entra, son manteau à la main, suivi d'un homme et d'une femme. Erwel fronça les sourcils, en remarquant qu'il n'était pas le seul à s'interroger dans la salle.

La livrée du moine était en piteux état. Déchirée, trouée. Le blanc avait viré au brun à plus d'un endroit – et plusieurs traînées d'éclaboussures suspectes le souillaient. Mais son regard d'acier, sa mâchoire carrée fraîchement rasée et ses cheveux blonds séparés par une raie lui rendaient de la prestance. Le fourreau de son épée était usé comme celui d'un vétéran, alors que l'homme ne devait pas avoir vingt-cinq ans.

Ses deux acolytes étaient plus étranges encore. Efflanqués tous les deux, portant des tenues de voyage en pire état même que la livrée du weriste. Des capes mitées, élimées, à peine dignes de mendiants, des tuniques de chasse qui avaient connu des jours bien meilleurs. Mais là s'arrêtait la comparaison. L'homme, grand et maigre, la peau mate, arborait de longs cheveux emmêlés de colifichets et de débris animaux et végétaux – des plumes, des ossements, des pierres. Ses yeux limpides, tirant sur le blanc, lui donnaient une expression inquiétante, comme s'il n'appartenait pas vraiment à ce monde.

La femme présentait l'expression la plus décidée des trois. Malgré ses cheveux noirs emmêlés, la terre hâtivement nettoyée sur son visage, il y avait dans ses yeux noirs une flamme résolue qui impressionna sincèrement Erwel. Elle aussi portait une épée au côté, identique à celle du moine. C'était une étrange vision, une femme qui ceignait l'arme d'un homme.

« Qu'est-ce que c'est que ça ? s'exclama Garic de Belnaced dans le silence. Frère, qui êtes-vous et que nous amenez-vous là ? »

Du coin de l'œil, le dauphin vit l'arquide et les patriarches conviés au banquet échanger des regards méfiants.

« Votre Grâce, déclara le moine d'une voix forte, Dieu est le témoin de nos moindres actes et paroles – mais croyez-moi, il l'est en cette salle plus que jamais. Une ombre s'étend sur le territoire de Rhovelle, et notre Père immortel s'apprête à lancer son ost sur l'envahisseur. Je me porte garant de cette j... »

La femme en question lui fit signe de se taire, et le frère combattant obtempéra aussitôt. La stupéfaction fut palpable.

Elle s'avança.

« Mon nom est Mériane, lança-t-elle en balayant la salle des yeux. Mais vous me connaissez sous le surnom de pucelle de Doélic. »

Un hoquet traversa la salle.

Mériane croisa le regard d'Erwel, et il eut instantanément l'impression qu'elle sondait jusqu'aux profondeurs de son âme et lisait en lui sans effort. Il détourna les yeux, mal à l'aise.

« Je parle au nom de Dieu, reprit-elle, Wer le Dieu de Vérité, le Rédempteur de l'humanité. Il m'a appelée à son service pour défendre la Rhovelle et son peuple. »

Elle déambula dans la salle médusée. Tous connaissaient l'impératif de silence imposé par l'Église à ce sujet. Erwel voyait déjà les plus pieux s'interroger avec terreur : risquaient-ils la damnation pour s'être simplement trouvés en présence de l'hérétique ?

Ou bien la risquaient-ils s'ils osaient s'opposer à elle alors qu'elle disait la Vérité ?

« Je me suis dressée contre l'envahisseur askalite, ainsi que Wer me l'a dicté, en la bourgade de Doélic, qui m'a vue naître. J'ai guidé les serfs en sûreté. J'ai abattu les démons vomis par le Pandémonium. » Elle gagna une tablée de nobles de faible rang. « Et la grâce divine a voulu que je sauve son baron. »

Juste alors qu'elle passait à sa hauteur, un homme aux boucles grises vêtu d'un pourpoint vert sombre se leva avec une difficulté visible. Il portait le bras gauche en écharpe. Inclinant la tête, il lui sourit.

« Je suis heureux de te revoir saine et sauve, Mériane, dit-il. Je n'ai jamais cessé de croire en ta vertu, et j'ai prié pour ton retour. »

Elle lui rendit son sourire, puis continua sa déambulation.

« Vous célébrez ici une tragédie, poursuivit-elle d'une voix forte. Vous célébrez la victoire d'un ost déjà vaincu ! L'armée de Juhel ap Ornesta de Magnécie a été défaite dans les champs d'Azétral. Votre véritable ennemi s'appelle Ganner, Prophète du Dieu malin Aska. Aska s'est servi du duc de Magnécie et de vos ambitions mesquines pour vous amener au bord de la ruine. Et à présent, plus rien ne protège le royaume de l'invasion ! Une invasion qui a déjà commencé. En ce moment même, les démons que vous avez aperçus à Doélic marchent sur la Rhovelle par milliers. L'Éternel Crépuscule du mythe nous dévore ! »

Elle revint vers la table du duc.

« Et tous, au regard de Dieu, vous êtes coupables. »

Garic ap Belnaced émit un gloussement méfiant et se leva lui aussi.

« Quel discours ! s'exclama-t-il. Nous avons évidemment tous entendu parler de toi ici, Mériane de Doélic. Mais nous savons aussi combien il est facile d'enflammer l'esprit du peuple avec des légendes et des tours de passe-passe ! »

Un échange de regards hostiles entre le duc et le noble qu'elle avait salué un instant plus tôt n'échappa pas à Erwel, mais le second resta silencieux par respect envers son suzerain.

« L'Église t'a déclarée hérétique, poursuivit Garic. Tu prétends porter la Parole de Dieu, et visiblement, Il t'aime quand même suffisamment pour t'avoir fait échapper du cachot où l'on t'a jetée à Valbrisson. Mais si le clergé de Dieu lui-même ne te reconnaît pas, comment espères-tu que nous te croyions ? »

Mériane eut un sourire en coin, comme si elle attendait cette question depuis le début.

« Garic ap Belnaced, répliqua-t-elle, vous êtes un homme pragmatique, un homme de preuves. Je vais vous répondre, et je prends toute cette noble assemblée à témoin. »

Elle se remit à marcher le long de la table, en direction d'Erwel.

« Wer le Tout-Puissant m'a soufflé quatre prophéties, qui serviront mieux que n'importe quel prodige à prouver mon statut de Messagère de Dieu. »

Elle s'arrêta devant le fils du duc, de deux ans l'aîné d'Erwel – un gringalet au physique ingrat, au visage couvert d'acné.

« La première, vous l'avez entendue, déclara-t-elle. Vous n'avez plus d'allié, plus d'armée sur laquelle compter pour vous protéger. Juhel de Magnécie est rentré se terrer la queue entre les jambes dans ses collines. D'un jour à l'autre, la terrible nouvelle vous atteindra : par sa faute, tout l'ouest de la Linnacie a été perdu, abandonné à l'Éternel Crépuscule.

L'Armée de la Nuit viendra se masser aux portes de Loered. Et si elle tombe, vous tomberez avec elle. »

Elle fit deux pas de plus, et avisa la fille du duc – ronde, le visage constellé de taches de rousseur, elle semblait avoir hérité du physique de son père.

« Mais n'ayez crainte, car la deuxième est que je lèverai le siège qui en résultera ! Pour la plus grande gloire de Dieu, Loered sera libérée ! Les bannières de Wer et de la Rhovelle flotteront librement sur ses mâts. Et vous m'y aiderez ! Car en vertu de l'ancienne fraternité du royaume, piétinée par Juhel de Magnécie, vous viendrez en aide à vos voisins, comme vous vous aideriez vous-même !

— Une seconde, jouvencelle, s'impatienta Garic de Belnacie, tu ne peux pas m'ord...

— Ganner mourra ! s'exclama-t-elle d'une voix tranchante en arrivant devant lui. Car telle est la troisième ! Le Prophète abominable du dieu de la nuit sera terrassé par la fureur du seul vrai dieu, Wer le Pourfendeur d'Asrethia ! Comme il a jeté à bas l'Empire corrompu d'autrefois, il châtiera à jamais les troupes infernales askalites, et les renverra pour toujours dans le Pandémonium ! Je vous l'annonce, il s'agit de la toute dernière guerre sainte. Cette victoire signifiera la fin éternelle des ténèbres et l'avènement d'une ère de lumière sans précédent pour la Rhovelle et le monde. C'est la chance pour l'humanité de parvenir à sa rédemption finale ! Et enfin... »

Elle parvint devant Erwel, qui fut tout à coup pris d'un frisson d'appréhension en pressentant ce qui allait se produire.

« Je vous connais, Erwel de Rhovelle, car Dieu m'a guidée jusqu'à vous, déclara-t-elle. Voici ma quatrième et dernière prophétie : le seul héritier légitime du trône de Rhovelle, le seul vrai roi appointé par Dieu, sera couronné en la ville de Linnaÿs, comme son ancêtre Saint Ysmel près de deux siècles avant lui. Je lui ouvrirai moi-même, guidée par Wer, une trouée dans les rangs démoniaques jusqu'à la cité-sainte, où il reprendra le titre qui lui est dû, et annoncera pour la Rhovelle entière un âge nouveau de prospérité et d'union ! »

Elle pivota sur elle-même.

« Cela, je le jure, sur la foi qui m'a été offerte, comme à Saint Kaled au sein de la tempête, pour ma rédemption et celle du royaume entier ! Accompagnez-moi dans ma quête, ou bien soyez maudits. Car vous précipitez non seulement la chute de votre terre, mais aussi la vôtre ! »

Erwel resta médusé par cette tirade. Quelque chose dans son assurance, dans son ton, enflammait son désir d'action frustré depuis si longtemps – mais la voix de sa raison le ramenait sans cesse à la terrifiante réalité.

Elle parlait de *lui*. Et il était absolument incapable de faire tout ce qu'elle promettait.

Il n'était qu'un jeune fou élevé dans l'illusion de la sécurité par un père protecteur, qui croyait avoir tout appris du pouvoir dans quelques livres anciens, et qui, en conséquence, avait foncé tête baissée dans tous les pièges que ses aînés lui avaient tendus.

Elle fit alors ce qu'il redoutait le plus.

Elle se retourna, tira son épée et la pointa vers lui. Puis elle attrapa la pointe de l'autre main et la lui présenta, en travers, avant de s'agenouiller devant lui – mais gardant la tête levée, ses yeux noirs plantés dans les siens.

Il sentit tout à coup tous les regards converger vers

lui. Il se leva précipitamment pour recevoir le serment dont il ne voulait pas, dont il n'était pas digne – mais que pouvait-il faire d'autre ?

« Erwel ap Ker Vasthrion de Rhovelle ! lança-t-elle d'une voix forte. Moi, Mériane, Messagère de Dieu par sa volonté, jure de vous rendre votre trône et de bouter l'envahisseur hors du royaume. Cela, je le ferai, ou bien mourrai en essayant. Je vous jure fidélité et devoir, si vous jurez de respecter les commandements de Dieu et sa parole, et de protéger l'union de la Rhovelle au péril de votre vie.

— O... Oui », souffla-t-il d'une voix sèche, incapable d'en dire davantage.

Elle eut un haussement de sourcil fugace, comme si elle comprenait parfaitement l'aspect théâtral de tout cet échange, de son discours. Mais elle se releva alors, et l'impression se dissipa. Elle rengaina son épée, puis se tourna vers Garic ap Belnaced qui l'observait avec une sorte de fascination teintée d'amusement.

« Votre Grâce, vous m'avez entendue, dit-elle. À présent, je vous demande l'asile. »

Elle eut à nouveau ce curieux sourire en coin – que seuls le duc et Erwel purent voir.

« Si, reprit-elle, dans trois jours, aucune nouvelle de la défaite magnécienne ne vous parvient, je me rendrai sans condition à l'Église qui m'a accusée d'hérésie. Dans le cas contraire, vous admettrez que je dis la Vérité. Vous et les vôtres me prêterez pleine assistance pour rétablir notre juste souverain sur son trône. Vous laverez ainsi la tache qui souille votre honneur et celui de la Belnacie tout entière par votre alliance avec le duc traître de Magnécie. Tel est mon engagement, tel sera le vôtre. Y consentez-vous ? »

Garic sourit lui aussi et hocha la tête en retour.

« Ma foi ! s'exclama-t-il. Un arrangement auquel je n'ai rien à perdre, proposé soi-disant de la main même de Dieu ? » Son sourire s'élargit. « Je serais fou de refuser. »

Il haussa le ton.

« J'y consens ! »

Thormig

La tour la plus élevée de Loered s'appelait le Nid d'aigle. Une spire élancée, construite par les architectes des débuts du royaume, quand il restait encore assez de savoir architectural de l'Ancien Temps pour l'édifier. Elle remontait à la même époque que les Dédales nord et sud gardant les ponts de la ville. À présent, les Loerediens savaient tout juste les entretenir.

Cependant, pour impressionnante qu'elle était, cette prouesse de construction avait un énorme défaut. Un damné escalier en colimaçon qui n'en finissait jamais. D'étroites meurtrières laissaient régulièrement apercevoir les ruelles tortueuses de la ville, ainsi que la campagne brumeuse au-delà et le ruban écumant du fleuve. Une vue impressionnante, mais qui s'élevait à une hauteur de tortue.

« Pardon de ne pas vous avoir prévenu plus tôt, expliquait le sergent en uniforme qui ouvrait la voie. Des feux sont apparus sur la rive nord, mais nous pensions à une caravane...

— Sa Grâce n'a que faire de vos excuses », rétorqua Freÿs des Forts, qui lui emboîtait le pas, sa cape frappée de la Clé et de la Rivière effleurant le dallage poussiéreux.

Sa Grâce a surtout mal aux jambes, grogna intérieurement Thormig, duc de Loered. Il arbora sa plus belle mine renfrognée et fit de son mieux pour respirer en silence mais, en vérité, ses poumons semblaient prêts à éclater et une pellicule de sueur brûlante lui couvrait le front et la nuque. Le froid humide du petit matin lui glaçait la peau. Pourtant, il obligea ses jambes à poursuivre l'ascension, ignorant la brûlure douloureuse dans ses cuisses, avec la régularité d'un tailleur de pierre maniant le marteau. Par le Pandémonium, il n'avait pas encore soixante ans ! *Fut un temps où je gravissais en courant chaque matin cet escalier pour garder la forme*, songea-t-il avec amertume. *Et un beau jour, je me suis aperçu que je n'y arrivais plus.*

Si le duc avait imperceptiblement ralenti l'allure, les autres auraient peut-être suivi l'exemple, mais ce fichu Maragal Dwelén fermait la marche avec son empressement habituel. Il portait son épais volume relié de cuir sous le bras, avec dans l'autre main une plume et un encrier rempli à ras bord qui, par un pervers miracle divin, parvenait à ne pas tacher son tabard immaculé à la flèche rouge.

Prenant le chronète comme prétexte, il s'arrêta brusquement et se retourna vers lui :

« Faut vraiment que vous nous suiviez partout ? » lâcha-t-il d'une traite pour masquer son essoufflement.

Maragal sursauta et s'arrêta – son encrier lâcha quelques gouttes sombres sur le dallage, mais rien sur ses habits. Dommage. Puis il adressa au duc un sourire débonnaire.

« Si les nouvelles en provenance de l'ouest ne sont qu'à moitié vraies, Votre Grâce, vous serez ravi de voir cette histoire chroniquée, croyez-moi. »

Le souffle du duc résonnait à ses oreilles, impossible à dissimuler. Tant pis.

« Et ça vous amuse ? » répliqua Thormig.

Le chronète haussa les épaules. Petit et râblé, les boucles brunes, ses traits grossiers avaient la capacité unique de passer du chafouin au lumineux en l'espace d'un sourire.

Ce qu'ils firent.

« J'ai une foi absolue en Dieu. Que nous survivions ou pas, c'est Sa volonté, de toute façon. Alors, autant se détendre et contempler Son œuvre dans toute son incompréhensible complexité !

— On verra si vous faites autant le malin avec une armée à nos portes, maugréa Freÿs.

— Oh, mais je ne demande rien de mieux que de mettre ma théorie à l'épreuve », répliqua l'autre sans se laisser démonter.

Thormig leva les yeux au ciel – et contempla tout le trajet qu'il restait à parcourir. Il lâcha un grognement découragé puis se remit en route, à un pas plus modéré. Loered ne gagnerait rien à voir son duc terrassé par une crise de cœur avant même qu'on déclare de quelconques hostilités.

Au bout de ce qui parut une éternité, les hommes débouchèrent par une trappe sur la plate-forme étroite qui couronnait le Nid d'aigle. Les deux guetteurs en faction, chaudement vêtus de capes fourrées, saluèrent dès que le duc sortit à découvert.

L'aire circulaire couronnant la tour mesurait à peine cinq pas de diamètre. De là, on discernait parfaitement les ponts nord et sud, dont les piles laissaient des sillages bouillonnants à la surface du fleuve ; ainsi que les enceintes concentriques attenantes. La légende voulait qu'il s'agisse du point le plus élevé de toute la Rhovelle. Un fanal y était installé, utilisé seulement en cas d'alerte ; il n'avait servi que deux fois depuis la fondation de la ville. Thormig gagna le parapet en s'étirant les reins.

Et se figea.

« Morbus de puterelle », gronda-t-il dans sa barbe, ignorant les regards des soldats qui n'avaient pas l'habitude d'entendre un noble jurer comme un soudard.

Mais Thormig n'oubliait pas son passé de soldat. Il avait passé sa jeunesse dans les rangs de l'infanterie, puis avait rejoint les Chevaliers du Fleuve avant que son père ne soit rendu à Wer, ce qui avait obligé son fils à prendre sa succession à la tête de la province insulaire.

« Maragal, ça vous suffit, comme théorie à éprouver ? »

Même le petit moine semblait avoir perdu son insouciance.

« J'avoue que je n'en demandais pas tant », murmura-t-il.

Thormig lâcha un nouveau grognement, les lèvres serrées, une appréhension grandissante dans le cœur. Il croisa les bras sur la pierre rongée par les fientes de générations de coukas afin de prendre la pleine mesure de la menace.

« Dès la première alerte, nous avions placé la ville sous verrouillage total, murmura Freÿs des Forts en venant s'accouder à ses côtés. Le Dédale nord est fermé, les ponts-levis relevés, les herses baissées.

Ysmel lui-même a conçu nos défenses. Rien de connu ne peut les franchir.

— Rien de connu, répéta Thormig. C'est bien ce qui m'inquiète.

— Le ravitaillement pourra toujours être assuré par la rive sud. » Freÿs marqua une pause. « Enfin, si les Belnaciens acceptent encore de coopérer.

— Ce qui est fâcheux, répliqua le duc d'un ton sarcastique, parce que ce ne sont pas les plus riches, en plus. »

L'intendant acquiesça d'un air un peu gêné, tandis que Maragal disposait son livre ouvert sur le sommet du muret et plaçait son encrier en équilibre entre deux moellons.

« Alors, lança le duc d'un ton bourru, c'est la volonté de Wer, ça aussi ? Qu'est-ce que vous avez à répondre à ça ?

— Que Loered – et la Rhovelle entière – n'a jamais affronté pareil péril de son histoire », répliqua le chronète avec sérieux. Puis il haussa les sourcils et regarda son duc avec flegme. « Et que cela donnera une sacrée chronique, Votre Grâce, je vous le promets.

— C'est fantastique, mais ça nous fera une belle jambe s'il n'y a plus personne pour la lire », rétorqua Thormig en reportant son regard sur l'horizon.

Au loin, au-delà de la grisaille matinale du printemps rhovellien, la nuit semblait s'être attardée en plein jour. Comme si l'une des cuves où Loered élevait des poissons dans ses fondations était tombée du ciel pour emprisonner la campagne. Un badigeon de ténèbres miroitantes pesait lourdement sur le ciel, projetant des reflets bleutés sur le versant agricole linnacien. Des lueurs fugaces, entre lucioles et éclairs, crépitaient dans un parfait et sinistre silence juste sous la voûte chatoyante. Sur la berge, le Dédale nord, qui avait protégé Loered de renégats ivres de pouvoir à divers moments de son histoire, ressemblait à un jouet face à la tourmente en formation.

Sous le ciel de vif-argent, des troupes grouillantes remuaient en grappes noirâtres. La pénombre anormale les rendait impossibles à distinguer et même à définir ; des formes étranges saillaient à l'occasion, et Thormig, malgré sa vue déclinante, crut apercevoir des silhouettes grasses, des membres arachnéens, des lucioles animées de battements agressifs. La sueur à son front se refroidit tandis que son imagination commençait à lui évoquer des cauchemars indistincts. Il cilla pour chasser ces visions ; mais une appréhension subtile s'enracinait dans ses entrailles à la manière d'une plante des marais.

Pour chasser cette angoisse, il ramena son regard sur les champs colorés, parcourus d'ondulations dans le vent, qui séparaient l'ost infernal de la première enceinte du Dédale.

Il fronça les sourcils.

Bien au-devant de l'ost démoniaque, saillant des chaumes verdoyants comme un récif mortel, se tenait un homme. Il était engoncé dans une armure colossale, bâtie comme un bloc d'acier noir et parcourue de curieuses lumières pulsatiles. Malgré la distance, Thormig percevait dans son attitude une sorte de défi tranquille. Il s'était placé juste au-delà de la portée des archers loerediens et paraissait jauger les fortifications.

Il bougea imperceptiblement la tête, comme s'il avisait le Nid d'aigle – et un frisson fouetta les nerfs de Thormig. Il avait la certitude, insensée à cette distance, que l'homme l'avait non seulement repéré, mais le regardait droit dans les yeux.

Alors, l'homme tourna les talons, puis s'en retourna d'un pas lent, pesant, vers ses propres lignes.

RÉFÉRENCES

Référence des noms propres rencontrés dans
La Messagère du Ciel

Les noms qui suivent sont fournis pour le confort du lecteur à titre de référence rapide. Pour des raisons de simplicité, les langues ont été transcrites en alphabet latin au plus proche des prononciations originales, selon des équivalences inspirées des transcriptions impériales asréthianes.

En langue rhovellienne, la particule « ap » marque autant la famille et l'allégeance personnelle que la provenance géographique.

La Maison royale de Rhovelle et ses suivants.

Éoel II ap Ker Vasthrion de Rhovelle, Maître des Sept Provinces, descendant de Saint Ysmel, *roi de Rhovelle.*

Izara de Rhovelle (de Mérogheze), *épouse d'Éoel II, reine et présidente du Conseil de régence.*

Carila de Rhovelle, *fille d'Éoel et Izara, princesse royale.*

Luhac ap Ker Vasthrion de Rhovelle, *frère du roi, duc non régnant, représentant de la Linnacie au Conseil de régence.*

Erwel ap Ker Vasthrion de Rhovelle, *fils de Luhac et neveu du roi Éoel II.*

Coennec ap Azétral, *capitaine de la garde royale et général des armées de Rhovelle.*

Valter, *page.*

La Maison de Magnécie et ses suivants.

Raed ap Ornesta de Magnécie, *gouverneur-duc de Magnécie et oncle du roi.*

Juhel ap Ornesta de Magnécie dit l'Austère, *fils cadet de Raed et cousin de Luhac, héritier du titre de gouverneur-duc, représentant de la Magnécie au Conseil de régence.*

Clémène de Magnécie, *épouse de Juhel l'Austère.*

Kervén «le jeune» ap Ornesta de Magnécie, *jeune fils de Juhel et Clémène, dauphin de Magnécie.*

Stebén ap Lomar, *intendant et général de Juhel l'Austère.*

Autres membres du Conseil de régence.

Olié ap Frestria, *représentant de Deux-Sources au Conseil de régence.*

Melár du Refuge, *représentant de la Saracie au Conseil de régence.*

Thormig ap Loered, *gouverneur-duc de Loered et son représentant au Conseil de régence.*

Mawgel ap Belnaced, *représentant de la Belnacie au Conseil de régence.*

Siriac ap Peréal dit le Crapaud, *représentant d'Anastréa au Conseil de régence.*

Autres figures de la cour et de la noblesse, leurs suivants.

Freÿs des Forts, *intendant de Thormig ap Loered et général de l'armée de défense de la ville-gué.*

Garic ap Belnaced, *gouverneur-duc de la Belnacie.*
Elval ap Doélic, *baron de Doélic en Belnacie, père de Pyr ap Doélic.*
Pyr ap Doélic, *fils du baron Elval ap Doélic.*

Roturiers, parias et errants.

Mériane, *ermite des environs de Doélic.*
Tara, *servante à Doélic.*
Darén, *herboriste des environs de Doélic.*
Chunsène, *vagabonde originaire de Mandre.*
Nehyr, *éclaireuse et archère.*

L'Église du grand dieu Wer, le Seigneur de Vérité.

Leopol, *frère combattant, croisé au service du grand dieu Wer.*
Lóthar Crestra, *patriarque au service du grand dieu Wer.*
Pargén Maoz, *patriarque au service du grand dieu Wer, commandant de la forteresse de Valbrisson.*
Adelnaïs Foÿs, *Chasseur de Vérité au service du grand dieu Wer.*
Maragal Dwelén, *chronète au service du grand dieu Wer.*

Les Enfants d'Aska, l'Armée de la Nuit.

Ganner, *le Prophète d'Aska et Son Seigneur de guerre.*
Daphn, *la Fille d'Aska, seconde de Ganner et dirigeante des Décharnés.*
Arcis, *le Poing d'Aska, général des armées de Ganner.*

Dieux, figures mythiques et historiques.

Wer, *le grand Dieu de Vérité, Pourfendeur d'Asrethia, Rédempteur de l'Humanité.*

Aska, *le Progéniteur de Gloire, Berger des Égarés, Celui qui Guérit, Celui qui Ouvre les Yeux.*

Saint Ysmel Ier ap Ornesta de Rhovelle, *Héraut de Wer, Conquérant de la Rhovelle et son premier roi.*

Léarne ap Ornesta de Magnécie, *frère d'Ysmel, premier gouverneur-duc de Magnécie pour la Couronne rhovellienne.*

Mordranthia, *la Corruptrice, la putain d'Asrethia.*

Référence des lieux et contrées notables rencontrés dans La Messagère du Ciel, *avec leurs armoiries*

La Rhovelle (emblème : la Vague et la Faux)

Province de Magnécie (emblème : le Livre et la Couronne)
    Ornesta, *capitale.*
    Lomar, *ville.*
Province de Linnacie (emblème : la Flèche et la Couronne)
    Ker Vasthrion, *capitale du royaume de Rhovelle.*
    Linnaÿs, *cité-sainte de Wer.*
    Altaÿs, *la Ville perchée.*
Province de Loered (emblème : la Clé et la Rivière)
    Loered, *capitale, ville-gué du fleuve Aÿs.*
Province de Belnacie (emblème : l'Arbre et la Faux)
    Belnaced, *capitale.*
    Valbrisson, *forteresse de Wer.*
    Doélic, *bourg.*
    Roénac, *village.*
Province de Saracie (emblème : la Pioche et la Montagne)
    Le Refuge, *capitale.*
Province de Deux-Sources (emblème : deux Rivières)
    Frestria, *capitale.*

Province d'Anastréa (emblème : l'Arbre et le Crapaud)
Peréal, *capitale*.

Mérogheze, *cité-État indépendante.*

Les Mortes-couronnes, *les Trois Royaumes maudits* :

Mandre.
Rohak.
Lennder.

La hiérarchie de l'Église weriste

Hiérarchie directe

<u>Commandement des Croyants</u>
Grand-arquide, *à l'échelle du royaume.*
Arquide, *à l'échelle de la province.*
Patriarque, *à l'échelle du bastion ou de la région.*
Prède, *à l'échelle de la ville ou du village.*
<u>Frères combattants</u>
Frère croisé, *titre honorifique pour un frère s'étant illustré par sa piété et sa valeur au combat.*

Frère, *moine guerrier sous l'autorité d'un prède (ou supérieur).*

Novices, *en formation.*

Titres spéciaux

Chronète, *docteur et exégète de la foi.*
Sacrife, *chargé de l'étude et de l'inventaire des reliques de l'Ancien Temps.*
Héraut, *Élu et Prophète suprême de Dieu.*

La Justice, ou Chasseurs de Vérité, *ordre indépendant chargé de veiller à l'intégrité de la doctrine, aussi bien à l'intérieur de l'Église qu'au-dehors.*

Judicateur, *Chasseur de Vérité d'expérience.*
Juste, *prêtre au service de la Justice, chargé de la rendre au nom de l'Église.*

Repères chronologiques

Donnés selon le calendrier rhovellien et/ou la liturgie weriste.

L'Ancien Temps (l'époque impériale) – *La Volonté du Dragon* et *La Route de la Conquête*, publiés séparément aux éditions Critic, 2010 et 2014.

? – L'Apocalypse, la Fin des Temps. Le grand Dieu Wer pourfend l'Empire maudit d'Asrethia, corrompu et dirigé par Mordranthia la pécheresse. Des guerres s'ensuivent tandis que les Anomalies arcaniques prolifèrent (les Grands Troubles). L'humanité repentie se replie sur elle-même, concentrée sur sa survie immédiate.

0 du calendrier rhovellien (C.R.) – Fin de la grande Croisade unificatrice de Saint Ysmel ; son couronnement dans la cité-sainte de Linnaÿs marque la fondation du royaume de Rhovelle. Son frère, Léarne ap Ornesta, prend le gouvernance de la province de Magnécie.

50 C.R. – Le roi Childe Karmon de Mandre fait appel à la sorcellerie dans l'espoir de sauver son royaume gangrené par les Anomalies, la maladie et l'insalubrité, malgré la condamnation de l'Église

weriste («Quelques grammes d'oubli sur la neige», in *La Route de la Conquête*, éditions Critic, 2014).

58 C.R. – À l'ouest de la Cordillère Égide, les royaumes fragiles de Mandre, Rohak et Lennder s'effondrent à l'issue d'une guerre tripartite. Livrée aux Anomalies, la région est désormais connue sous le nom collectif de Mortes-couronnes.

123 C.R. – Mort de Laédaz, dernier Héraut de Wer connu en Rhovelle.

160 C.R. – Le roi Éoel II de Rhovelle épouse Izara, nièce du Lige de Mérogheze, dans le cadre d'une politique de rapprochement à long terme avec la cité-État.

169 C.R. – L'état de santé déclinant du roi Éoel II nécessite la fondation d'un Conseil de régence pour gouverner le royaume, présidé par la reine Izara et constitué de représentants des Sept Provinces rhovelliennes: Juhel de Magnécie, Luhac de Linnacie, Melár de Saracie, Olié de Deux-Sources, Thormig de Loered, Mawgel de Belnacie et Siriac d'Anastréa.

177 C.R. – *La Messagère du Ciel*, *Le Verrou du Fleuve*, *La Fureur de la Terre*, *L'Héritage de l'Empire*, «Les dieux sauvages» volumes I, II, III et IV.

653 C.R. – *Port d'Âmes*, publié séparément aux Éditions Critic et en Folio Science-Fiction, 2015 et 2016.

REMERCIEMENTS

La Messagère du Ciel marque à la fois un aboutissement et le début d'un voyage de longue haleine : le premier volume de la série « Les Dieux sauvages », le genre de projet qu'on n'oserait jamais approcher si l'on mesurait, avant de s'y lancer, à quel point il est déraisonnablement vaste… Et donc, un certain nombre de personnes en ont épaulé la réalisation, par leurs compétences, leur soutien et tout simplement leur accompagnement de l'auteur tremblant d'angoisse, murmurant tous les deux jours : « Ce truc aura ma peau. » Je veux vraiment, vraiment les remercier avec chaleur, car le livre n'aurait peut-être pas vu le jour (en tout cas pas aussi vite, et pas dans cet état) sans elles.

Déjà, bien sûr, les éditions Critic, qui croient en Évanégyre et soutiennent l'univers avec fidélité, passion et enthousiasme depuis 2010 et *La Volonté du Dragon* : Éric Marcelin, Simon Pinel, Cathy Lecroc. Je bénéficie d'un accompagnement, d'une bienveillance et d'une liberté de création rares, et j'en suis conscient : merci, les amis. Vous savez combien je suis heureux et honoré que ma petite planète fasse partie de votre beau catalogue.

Merci, évidemment, à Florence Bury, pour son travail en profondeur, pour son souci du détail et son respect admirable des intentions d'origine du texte, ainsi que pour sa patience avec mes marottes (comme le refus systématique du subjonctif passé dans la narration moderne). Là aussi, j'ai beaucoup de chance, et là aussi, j'en suis conscient : merci, Flo !

Une autre Florence a veillé, encore plus que sur le texte (où, par ailleurs, son regard attentif et bienveillant, parmi les tout premiers, m'a permis de juger presque d'une ligne à l'autre des effets de l'histoire, ce dont je lui sais immensément gré) : sur moi. Je te suis profondément reconnaissant de m'avoir épaulé, merveilleusement et patiemment, malgré toutes ces heures d'enfermement sur le clavier d'un bout à l'autre de la France et des saisons, et d'y avoir cru – largement plus que moi, du moins au début –, me conduisant à bon port. Merci aussi d'avoir été scandalisée partout où je l'espérais ;)

Un immense merci, également, à mon Conseil de régence personnel, aux partisans bien tranchés entre Magnécie et Linnacie : Sophie et Guillaume en premier lieu, sans qui le bouquin n'aurait pas été aussi finalisé avant remise ; et Gérard, Liliane et Laetitia (dont l'expérience en région polaire a également constitué une grande inspiration – Chunsène ne te remercie pas).

Merci à Chouise, *gast* ! À Solveig pour les infos poney, et tout particulièrement à Mickaël pour la gentillesse avec laquelle il a répondu à mes questions médicales tordues. D'éventuelles erreurs ou invraisemblances dans le récit ne seraient évidemment imputables qu'à ma propre incompétence et non aux excellents spécialistes susnommés.

Merci à Roxane Millard pour son professionnalisme et son soin du détail exemplaires dans la réalisation de la carte de la Rhovelle : elle n'a pas hésité à reprendre certains détails, inlassablement, jusqu'à ce qu'on soit satisfaits tous les deux (alors qu'au bout d'un moment, elle aurait été totalement fondée à m'envoyer balader).

Merci à Alain Brion pour avoir donné une vie aussi splendide à Mériane en couverture – elle est exactement telle que je l'imaginais – ainsi qu'à l'ambiance distordue et inquiétante des zones instables aux alentours de Doélic.

La geste des « Dieux sauvages » se poursuit, vous l'aurez deviné, et je tiens aussi toujours à vous remercier, vous, lecteurs, blogueurs, journalistes, pour avoir partagé cette histoire, ainsi que pour votre enthousiasme envers Évanégyre. Il reste à se retrouver pour le deuxième tome, *Le Verrou du Fleuve*, et dans l'intervalle, donnons-nous rendez-vous sur http://lioneldavoust.com, où l'univers se poursuit !

ACTE I
L'Éternel Crépuscule   17

ACTE II
La Fille d'Aska   169

ACTE III
Les sentiers du Pandémonium   323

ACTE IV
Épreuves de Vérité   465

ACTE V
Azétral   613

CODA
Le Verrou du Fleuve   791

Références   817

Remerciements   829

DU MÊME AUTEUR

Aux Éditions Critic

LA VOLONTÉ DU DRAGON
LA ROUTE DE LA CONQUÊTE
PORT D'ÂMES (Folio Science-Fiction n° 577)
LES DIEUX SAUVAGES :
- LA MESSAGÈRE DU CIEL (Folio Science-Fiction n° 667)
- LE VERROU DU FLEUVE
- LA FUREUR DE LA TERRE

Aux Éditions ActuSF

LES QUESTIONS DANGEREUSES

Aux Éditions Mille cent quinze

CONTES HYBRIDES

Aux Éditions Don Quichotte

LÉVIATHAN :
- LA CHUTE
- LA NUIT
- LE POUVOIR

Aux Éditions Rivière blanche

L'IMPORTANCE DE TON REGARD

Dans la même collection

507. Laurent Genefort — *Omale, 1*
508. Laurent Genefort — *Omale, 2*
509. Laurent Whale — *Les étoiles s'en balancent*
510. Robert Charles Wilson — *Vortex*
511. Anna Starobinets — *Je suis la reine*
512. Roland C. Wagner — *Rêves de Gloire*
513. Roland C. Wagner — *Le train de la réalité*
514. Jean-Philippe Depotte — *Le chemin des dieux*
515. Ian McDonald — *La maison des derviches*
516. Jean-Michel Truong — *Reproduction interdite*
517. Serge Brussolo — *Anges de fer, paradis d'acier* (INÉDIT)
518. Christian Léourier — *Le Cycle de Lanmeur, III*
519. Bernard Simonay — *Le secret interdit*
520. Jean-Philippe Jaworski — *Récits du Vieux Royaume*
521. Roger Zelazny — *Les princes d'Ambre* (Cycle 1)
522. Christopher Priest — *Les insulaires*
523. Jane Rogers — *Le testament de Jessie Lamb*
524. Jack Womack — *Journal de nuit*
525. Ray Bradbury — *L'Arbre d'Halloween*
526. Jean-Marc Ligny — *Aqua*™
527. Bernard Simonay — *Le prince déchu* (Les enfants de l'Atlantide, I)
528. Isaac Asimov — *Fondation 1*
529. Isaac Asimov — *Fondation 2*
530. J. G. Ballard — *La forêt de cristal*
531. Glen Duncan — *Talulla*
532. Graham Joyce — *Les limites de l'enchantement*
533. Mary Shelley — *Frankenstein*
534. Isaac Asimov — *Les vents du changement*
535. Joël Houssin — *Argentine*

536.	Martin Millar	*Les petites fées de New York*
537.	Mélanie Fazi	*Le jardin des silences*
538.	Graham Joyce	*Au cœur du silence*
539.	Bernard Simonay	*L'Archipel du Soleil* (Les enfants de l'Atlantide, II)
540.	Christopher Priest	*Notre île sombre*
541.	Bernard Simonay	*Le crépuscule des Géants* (Les enfants de l'Atlantide, III)
542.	Jack Vance	*Le dernier château*
543.	Hervé Jubert	*Magies secrètes* (Une enquête de Georges Hercule Bélisaire Beauregard)
544.	Hervé Jubert	*Le tournoi des ombres* (Une enquête de Georges Hercule Bélisaire Beauregard)
545.	Hervé Jubert	*La nuit des égrégores* (Une enquête de Georges Hercule Bélisaire Beauregard, INÉDIT)
546.	L. L. Kloetzer	*Anamnèse de Lady Star*
547.	Paul Carta	*La quête du prince boiteux* (Chroniques d'au-delà du Seuil, I)
548.	Bernard Simonay	*La Terre des Morts* (Les enfants de l'Atlantide, IV)
549.	Jo Walton	*Morwenna*
550.	Paul Carta	*Le Siège des dieux* (Chroniques d'au-delà du Seuil, II)
551.	Arnaud Duval	*Les ombres de Torino*
552.	Robert Charles Wilson	*La trilogie Spin*

553. Isaac Asimov — *Période d'essai*
554. Thomas Day — *Sept secondes pour devenir un aigle*
555. Glen Duncan — *Rites de sang*
556. Robert Charles Wilson — *Les derniers jours du paradis*
557. Laurent Genefort — *Les vaisseaux d'Omale*
558. Jean-Marc Ligny — *Exodes*
559. Ian McDonald — *La petite déesse*
560. Roger Zelazny — *Les princes d'Ambre (Cycle 2)*
561. Jean-Luc Bizien — *Vent rouge* (Katana, I)
562. Jean-Luc Bizien — *Dragon noir* (Katana, II)
563. Isaac Asimov — *Cher Jupiter*
564. Estelle Faye — *Thya* (La voie des Oracles, I)
565. Laurent Whale — *Les damnés de l'asphalte*
566. Serge Brussolo — *Les Geôliers* (INÉDIT)
567. Estelle Faye — *Enoch* (La voie des Oracles, II)
568. Marie Pavlenko — *La Fille-Sortilège*
569. Léo Henry — *La Panse* (INÉDIT)
570. Graham Joyce — *Comme un conte*
571. Pierre Pevel — *Les enchantements d'Ambremer* (Le Paris des Merveilles, I)
572. Jo Walton — *Le cercle de Farthing*
573. Isaac Asimov — *Quand les ténèbres viendront*
574. Grégoire Courtois — *Suréquipée*
575. Pierre Pevel — *L'Élixir d'oubli* (Le Paris des Merveilles, II)
576. Fabien Cerutti — *L'ombre du pouvoir* (Le Bâtard de Kosigan, I)
577. Lionel Davoust — *Port d'âmes*

578.	Pierre Pevel	*Le Royaume Immobile* (Le Paris des Merveilles, III)
579.	Jean-Pierre Boudine	*Le paradoxe de Fermi*
580.	Fabrice Colin	*Big Fan*
581.	Fabien Cerutti	*Le fou prend le roi* (Le Bâtard de Kosigan, II)
582.	Jo Walton	*Hamlet au paradis*
583.	Robert Charles Wilson	*Les Perséides*
584.	Charles Yu	*Guide de survie pour le voyageur du temps amateur*
585.	Estelle Faye	*Un éclat de givre*
586.	Ken Liu	*La ménagerie de papier*
587.	Chuck Palahniuk et Cameron Stewart	*Fight Club 2*
588.	Laurence Suhner	*Vestiges* (QuanTika, I)
589.	Jack Finney	*Le voyage de Simon Morley*
590.	Christopher Priest	*L'adjacent*
591.	Franck Ferric	*Trois oboles pour Charon*
592.	Jean-Philippe Jaworski	*Chasse royale – De meute à mort* (Rois du monde, II-1)
593.	Romain Delplancq	*L'appel des illustres* (Le sang des princes, I)
594.	Laurence Suhner	*L'ouvreur des chemins* (QuanTika, II)
595.	Estelle Faye	*Aylus* (La voie des Oracles, III)
596.	Jo Walton	*Une demi-couronne*
597.	Robert Charles Wilson	*Les affinités*
598.	Laurent Kloetzer	*Vostok*
599.	Erik L'Homme	*Phœnomen*
600.	Laurence Suhner	*Origines* (QuanTika, III)
601.	Len Deighton	*SS-GB*
602.	Karoline Georges	*Sous-béton*

603.	Martin Millar	*La déesse des marguerites et des boutons d'or*
604.	Marta Randall	*L'épée de l'hiver*
605.	Jacques Abeille	*Les jardins statuaires*
606.	Jacques Abeille	*Le veilleur du jour*
607.	Philip K. Dick	*SIVA*
608.	Jacques Barbéri	*Mondocane*
609.	Romain d'Huissier	*Les Quatre-vingt-un Frères* (Chroniques de l'Étrange, I)
610.	David Walton	*Superposition*
611.	Christopher Priest	*L'inclinaison*
612.	Jacques Abeille	*Un homme plein de misère*
613.	Romain Lucazeau	*Latium I*
614.	Romain Lucazeau	*Latium II*
615.	Laurent Genefort	*Étoiles sans issue*
616.	Laurent Genefort	*Les peaux-épaisses*
617.	Loïc Henry	*Les océans stellaires*
618.	Romain d'Huissier	*La résurrection du dragon* (Chroniques de l'Étrange, II)
619.	Romain Delplancq	*L'Éveil des Réprouvés* (Le sang des princes, II)
620.	Jean-Philippe Jaworski	*Chasse royale – Les grands arrières* (Rois du monde, II-2)
621.	Robert Charles Wilson	*La cité du futur*
622.	Jacques Abeille	*Les voyages du fils*
623.	Iain M. Banks	*Effroyabl Angel*
624.	Louisa Hall	*Rêves de Machines*
625.	Jean-Pierre Ohl	*Redrum*
626.	Fabien Cerutti	*Le Marteau des Sorcières* (Le Bâtard de Kosigan, III)
627.	Elan Mastai	*Tous nos contretemps*
628.	Michael Roch	*Moi, Peter Pan*
629.	Laurent Genefort	*Ce qui relie* (Spire, I)
630.	Rafael Pinedo	*Plop*

631. Jo Walton	*Mes vrais enfants*
632. Raphaël Eymery	*Pornarina*
633. Scott Hawkins	*La Bibliothèque de Mount Char*
634. Grégory Da Rosa	*Sénéchal*
635. Jonathan Carroll	*Os de Lune*
636. Laurent Genefort	*Le sang des immortels*
637. Estelle Faye	*Les Seigneurs de Bohen*
638. Laurent Genefort	*Ce qui divise* (Spire, II)
639. Ian McDonald	*Luna – Nouvelle Lune* (Luna, I)
640. Lucie Pierrat-Pajot	*Les mystères de Larispem, I* (Le sang jamais n'oublie)
641. Adrian Tchaikovsky	*Dans la toile du temps*
642. Karin Tidbeck	*Amatka*
643. Jo Walton	*Les griffes et les crocs*
644. Grégory Da Rosa	*Sénéchal II*
645. Saad Z. Hossain	*Bagdad, la grande évasion !*
646. Al Robertson	*Station : La chute*
647. Peter Cawdron	*Rétrograde*
648. Fabien Cerutti	*Le Testament d'involution* (Le Bâtard de Kosigan, IV)
649. Yoon Ha Lee	*Le gambit du Renard*
650. Sabrina Calvo	*Toxoplasma*
651. Karoline Georges	*De synthèse*
652. George R. R. Martin / Lisa Tuttle	*Elle qui chevauche les tempêtes*
653. Katherine Arden	*L'Ours et le Rossignol*
654. Laurent Genefort	*Ce qui révèle* (Spire, III)
655. Léo Henry	*Thecel* (INÉDIT)
656. Grégory Da Rosa	*Sénéchal III*
657. Romain d'Huissier	*Les Gardiens célestes* (Chroniques de l'Étrange, III)
658. Thomas Spok	*Uter Pandragon*
659. Estelle Faye	*Les nuages de Magellan*

660. Chris Vuklisevic — *Derniers jours d'un monde oublié* (INÉDIT)
661. Annalee Newitz — *Autonome*
662. Nicolas Texier — *Opération Sabines* (Monts et merveilles, I)
663. Ray Bradbury — *Le Pays d'octobre*
664. Patrick K. Dewdney — *L'enfant de poussière* (Le cycle de Syffe, I)
665. Mary Robinette Kowal — *Lady astronaute* (INÉDIT)
666. Lucie Pierrat-Pajot — *Les mystères de Larispem, II* (Les jeux du siècle)
667. Lionel Davoust — *La Messagère du Ciel* (Les dieux sauvages, I)
668. Thibaud Latil-Nicolas — *Chevauche-Brumes*
669. Nicolas Texier — *Opération Jabberwock* (Monts et merveilles, II)
670. Ernest Callenbach — *Écotopia*
671. Adam Roberts — *Jack Glass, l'histoire d'un meurtrier*
672. Élisabeth Vonarburg — *Chroniques du Pays des Mères*
673. Pierre Alferi — *Hors sol*
674. Alain Damasio — *Les Furtifs*
675. Michael Roch — *Le livre jaune*
676. Yoon Ha Lee — *Le stratagème du corbeau*
677. Ian McDonald — *Luna – Lune du loup* (Luna, II)
678. Gareth L. Powell — *Braises de guerre*
679. Christopher Priest — *Conséquences d'une disparition*
680. Lionel Davoust — *Le Verrou du Fleuve* (Les dieux sauvages, II)
681. Manon Fargetton — *Dix jours avant la fin du monde*
682. Katherine Arden — *La fille dans la tour*

683.	Philippe Auribeau	*L'héritage de Richelieu*
684.	Jean-Philippe Jaworski	*Chasse royale – Curée chaude* (Rois du monde, II-3)
685.	George Orwell	*1984*
686.	Adrian Tchaikovsky	*Chiens de guerre*
687.	John Varley	*Blues pour Irontown*
688.	Patrick K. Dewdney	*La peste et la vigne* (Le cycle de Syffe, II)
689.	Ian McDonald	*Luna – Lune montante* (Luna III)
690.	Lucie Pierrat-Pajot	*Les mystères de Larispem, III* (L'élixir ultime)
691.	Katherine Arden	*L'hiver de la sorcière*
692.	Jo Walton	*Pierre-de-vie*
693.	Lionel Davoust	*La Fureur de la Terre* (Les dieux sauvages, III)
694.	Philip K. Dick	*Radio libre Albemuth* (Prélude à la trilogie divine)
695.	Estelle Faye	*Les révoltés de Bohen* (Le cycle de Bohen, II)
696.	Fabien Cerutti	*Les secrets du premier coffre*
697.	Philippe Testa	*L'obscur*
698.	Jean-Philippe Jaworski	*Le sentiment du fer*
699.	Thibaud Latil-Nicolas	*Les flots sombres* (Chevauche-brumes, II)
700.	Aurélien Manya	*Trois cœurs battant la nuit*
701.	Rozenn Illiano	*Le phare au corbeau*
702.	Ted Chiang	*Expiration*
703.	Laurent Genefort	*Colonies*
704.	Adam Roberts	*La chose en soi*
705.	Gareth L. Powell	*L'armada de Marbre* (Braises de guerre, II)
706.	Sébastien Coville	*L'Empire s'effondre*
707.	Lionel Davoust	*L'Héritage de l'Empire*, 1 (Les dieux sauvages, IV)

708.	Lionel Davoust	*L'Héritage de l'Empire*, 2 (Les dieux sauvages, IV)
709.	Jacqueline Carey	*La marque* (Kushiel, I)
710.	Jacqueline Carey	*L'élue* (Kushiel, II)
711.	Ken Liu	*Jardins de poussière*
712.	Auriane Velten	*After*®
713.	Grégoire Courtois	*Les agents*
714.	Mary Robinette Kowal	*Vers les étoiles*
715.	Geoffrey Le Guilcher	*La Pierre jaune*
716.	Emmanuel Chastellière	*La piste des cendres*
717.	Estelle Faye	*Un reflet de lune*
718.	Jacqueline Carey	*L'avatar* (Kushiel, III)
719.	Antonio Exposito	*Le quatrième Roi mage*
720.	Élisabeth Vonarburg	*Le silence de la Cité*
721.	Frank Herbert	*Nouvelles, I*
722.	Frank Herbert	*Nouvelles, II*
723.	Thibaud Latil-Nicolas	*L'appel des grands cors* (Chevauche-brumes, III)
724.	Olav et Viat Koulikov	*Enquêtes d'un détective à vapeur*
725.	Pascale Quiviger	*Le Royaume de Pierre d'Angle, I* (L'art du naufrage)
726.	Adrian Tchaikovsky	*Dans les profondeurs du temps*
727.	Sabrina Calvo	*Melmoth furieux*
728.	Chris Brookmyre	*La ville dans le ciel*
729.	Emmanuel Chastellière	*Célestopol 1922*
730.	Patrick K. Dewdney	*Les chiens et la charrue* (Le cycle de Syffe, III)
731.	Sébastien Coville	*Toucher la peau du ciel* (L'Empire s'effondre, II)

*Tous les papiers utilisés pour les ouvrages
des collections Folio sont certifiés
et proviennent de forêts gérées durablement.*

*Composition : IGS-CP à L'Isle-d'Espagnac (16)
Impression Novoprint
à Barcelone, le 12 juin 2023
Dépôt légal : juin 2023
1ᵉʳ dépôt légal dans la collection : septembre 2020*

ISBN : 978-2-07-279205-2 / Imprimé en Espagne

612208